DENTES BRANCOS

ZADIE SMITH

Dentes brancos

Tradução
José Antonio Arantes

Companhia Das Letras

Título original
White Teeth

Capa
Angelo Venosa

Foto de capa
© Karen Landmann/Ethno Images, Inc.

Preparação
Maria Cecília Caropreso

Revisão
Beatriz de Freitas Moreira
Renato Potenza Rodrigues

Os personagens e as situações desta obra são reais apenas no universo da ficção; não se referem a pessoas e fatos concretos, e sobre eles não emitem opinião.

Dados Internacionais de Catalogação na Publicação (CIP)
(Câmara Brasileira do Livro, SP, Brasil)

Smith, Zadie
Dentes brancos / Zadie Smith ; tradução José Antonio Arantes. — São Paulo : Companhia das Letras, 2003.

Título original: White teeth.
ISBN 85-359-0330-5

1. Romance inglês I. Título.

03-0387 CDD-823

Índice para catálogo sistemático:
1. Romances : Literatura inglesa 823

[2003]

EDITORA SCHWARCZ LTDA.
Rua Bandeira Paulista 702 cj. 32
04532-002 — São Paulo — SP
Telefone (11) 3707-3500
Fax (11) 3707-3501
www.companhiadasletras.com.br

A minha mãe e a meu pai
e a Jimmi Rahman

O que é passado é prólogo
Inscrição no Museu de Washington

Sumário

Agradecimentos

Agradeço a Lisa e a Joshua Appignanesi por terem arranjado um teto para mim quando mais precisei. Devo agradecer a Tristan Hughes e a Yvonne Bailey-Smith por terem proporcionado dois lares felizes a este livro e a sua autora. Sou também grata às idéias brilhantes e à perspicácia das seguintes pessoas: Paul Hilder, amigo e leitor-cobaia; Nicholas Laird, colega *idiot savant*; Donna Poppy, meticulosa em tudo; Simon Prosser, o editor tão criterioso quanto se espera ter; e, por fim, minha agente, Georgia Garrett, a quem nada escapa.

Archie
1974, 1945

Cada bobagem, por algum motivo, parece ter uma importância incalculável hoje em dia, e quando dizemos, acerca de algo, que "não significa nada", soa como blasfêmia. Não há jeito de saber — como me expressar? — qual de nossas ações, qual de nossas indolências não significarão, para sempre alguma coisa.

Where angels fear to tread, E. M. Foster

1. O singular segundo casamento de Archie Jones

Nascer do dia, pôr-do-século, Cricklewood Broadway. Às 6h27 do dia 1º de janeiro de 1975, Alfred Archibald Jones, trajando roupa de veludo cotelê, estava sentado num Cavalier Musketeer Estate com o rosto sobre o volante, desejando que a sentença não fosse pesada demais para ele. Curvara-se prostrado em cruz, o maxilar relaxado, os braços soltos nos lados como um anjo caído; em cada mão fechada, ele prendia com firmeza as medalhas do serviço militar (na esquerda) e a certidão de casamento (na direita), porque decidira levar os erros consigo. Uma luzinha verde piscava nos olhos, sinalizando a virada para a direita que ele desistira de fazer. Estava conformado com isso. Estava preparado para isso. Atirara uma moeda para o ar e aceitara sem hesitar a conclusão a que ela chegou. Era um suicídio decidido. Era, na verdade, uma decisão de ano-novo.

Mas mesmo quando a respiração se tornou espasmódica e as luzes enfraqueceram, Archie estava ciente de que Cricklewood Broadway pareceria uma escolha estranha. Estranha para a primeira pessoa a notar através do pára-brisa seu corpo tombado, estranha para o policial que faria a ocorrência, para o repórter local escalado para escrever cinqüenta palavras, para o parente que as leria. Espremido entre um onipotente conjunto de cinemas de concreto de um lado e um cruzamento gigantesco de outro, Cricklewood não era lugar algum. Não era um lugar a que um homem iria para morrer. Era um lugar a que um homem iria a fim de ir para outros lugares pela rodovia A41. Mas Archie Jones não quis morrer num bosque aprazível e remoto, ou na beira de um penhasco orlado com urzes delicadas. Na opinião de Archie, gente do campo deveria morrer no campo e gente da cidade deveria morrer na cidade. Cada coisa em seu lugar. *Na morte assim como na vida* e tudo o mais. Fazia sentido que Archie morresse nessa rua urbana feia onde fora parar, morando sozinho aos quarenta e sete anos de idade, num quarto-e-sala em cima de uma birosca abandonada de comida para viagem. Não era do tipo que fazia planos minuciosos — cartas de suicídio e instruções para o enterro —, não era do tipo para coisas especiais. Tudo o que pedia era um *psiu*, um pouco de silêncio para poder se concentrar. Queria que fosse perfeitamente tranqüilo e sereno, como o interior de um confessionário vazio ou o instante no cérebro entre o pensamento e a fala. Queria fazê-lo antes de as lojas abrirem.

No alto, as aves predatórias locais decolaram em bando de algum poleiro invisível, precipitaram-se e parecia que miravam o teto do carro de Archie — até que de repente deram uma impressionante guinada, movendo-se todas em harmonia com a elegância da curvatura de uma bola, e pousaram no Hussein-Ishmael, o renomado açougue *halal*. Archie estava bem mais para lá do que para cá para se queixar delas, mas as observou com um sorriso interior cordial enquanto depositavam a carga, formando listras purpúreas em paredes brancas. Observou-as esticar a perscrutadora cabeça de ave de cima da calha do Hussein-Ishmael; observou-as observar a lenta e regular drenagem do sangue das coisas mortas — frangos, vacas, cordeiros — penduradas em ganchos como casacos dentro do açougue. Os pés-frios. Esses pombos tinham um faro para pés-frios, por isso não fizeram caso de Archie. Porque, embora ele não o soubesse, e apesar do tubo do Hoover que estava no banco do passageiro, soltando nos pulmões a fumaça que saía do cano de escape, a sorte estava com ele nessa manhã. A mais fina película de sorte o cobria como orvalho fresco. Enquanto ficava ora inconsciente, ora consciente, a posição dos planetas, a música das esferas, o bater das asas diáfanas de uma mariposa-tigrina na África Central e um monte de outras coisas que Fazem a Merda Acontecer decidiram que era a hora de uma segunda oportunidade para Archie. Em algum lugar, de algum modo, por obra de alguém, ficou decidido que ele viveria.

O dono do Hussein-Ishmael se chamava Mo Hussein-Ishmael, um touro com um cabelo que subia e baixava num topete, depois num rabinho. Mo acreditava que, em se tratando de pombos, era preciso ir até a raiz do problema: não a excreção, mas o pombo em si. A *merda não é a merda* (este era o mantra de Mo), *o pombo é a merda*. Assim, a manhã da quase-morte de Archie começou como todas as manhãs no Hussein-Ishmael, com Mo apoiando a pança no parapeito da janela, curvando-se para fora e brandindo um cutelo na tentativa de parar a torrente de gotejamento purpúreo.

— Saiam daí! Se mandem, seus bostas de merda! É isso aí! SEIS!

Era críquete, basicamente, o jogo dos ingleses adaptado pelo imigrante, e seis era o número máximo de pombos abatidos num só golpe.

— Varin! — Mo exclamou, voltando-se para a rua abaixo, erguendo vitorioso o cutelo ensangüentado. — Você taí na posição de defesa, cara. Tá pronto?

Abaixo dele, na calçada, estava Varin, um rapaz hindu extremamente obeso e numa equivocada experiência de trabalho para a escola que ficava na esquina, olhando para cima como se fosse um enorme balão de desânimo sob o ponto de interrogação da pergunta de Mo. Era trabalho de Varin subir com grande dificuldade numa escada de mão e recolher pedaços grudados de pombos numa sacolinha de plástico do Kwik Save, amarrar as alças da sacola e jogá-la na lata de lixo no outro lado da rua.

— Anda, seu gordalhão — gritou um auxiliar de cozinha de Mo, cutucando o traseiro de Varin com o cabo de uma vassoura para pontuar cada palavra. — Mexe-esse-bundão-hindu-de-*ganesh*-seu-elefante-e-busca-uma-porção-de-purê-de-pombo.

Mo enxugou o suor da testa, bufou e correu o olhar por Cricklewood, examinando poltronas e tiras de carpete largadas, salas de estar ao ar livre para os bêbados do lugar; os pontos-de-venda de máquinas automáticas, as colheres engorduradas e os táxis mirins — tudo coberto de merda. Um dia, Mo acreditava, Cricklewood e seus moradores lhe agradeceriam pelo massacre diário; um dia, nenhum homem, nenhuma mulher e nenhuma criança na avenida jamais teriam de misturar uma dose de detergente com quatro doses de vinagre para limpar a bosta que desaba no mundo. A *merda não é a merda*, repetia todo solene, *o pombo é a merda*. Mo era o único na comunidade que entendia isso de fato.

Sentia-se muito tranqüilo quanto a isso — cheio de boa vontade para com todos os homens — até que avistou o carro de Archie.

— Arshad!

Um sujeito magrelo de ar evasivo e bigode de pontas viradas, vestido com quatro tons diferentes de marrom, saiu do açougue, as mãos ensangüentadas.

— Arshad! — Mal se contendo, Mo cravou o dedo na direção do carro. — Meu rapaz, vou perguntar só uma vez.

— Sim, *abba* — respondeu Arshad, apoiando-se ora num pé, ora no outro, agitado.

— Mas o que é aquilo? O que aquilo tá fazendo ali? Tenho uma entrega pras seis e meia. Tem quinze peças de carne de boi chegando aqui às seis e meia. Tenho que carregar elas nas costas. É o meu trabalho. Entende? Tem *carne* chegando. Daí que eu tô *perplexo*... — Mo fingiu uma inocente confusão. — Eu achava que o aviso tá bem claro: "Área de descarga". — Apontou para um velho engradado de madeira no qual estava escrito: PROIBIDO ESTACIONAR QUALQUER VEÍCULO EM QUALQUER DIA. — E então?

— Não sei, *abba*.

— Arshad, você é meu filho. Eu não emprego você pra *não* saber. Eu emprego *ele* pra não saber — esticou o corpo para fora da janela e deu um tapa em Varin, que estava lidando com a caca na perigosa calha como um equilibrista no arame, um tabefe na nuca que quase derrubou o rapaz —, eu emprego *você* pra saber das coisas. Pra computar informações. Pra trazer à luz a grande treva do inexplicável universo do criador.

— *Abba?!*

— Descubra o que aquilo tá fazendo ali e se livre dele.

Mo desapareceu da janela. Um minuto depois, Arshad voltou com uma explicação.

— *Abba*.

A cabeça de Mo reapareceu na janela como um galo mal-intencionado saído de um relógio suíço.

— Ele tá sufocando com fumaça, *abba*.

— Quê?

Arshad encolheu os ombros.

— Eu gritei pela janela do carro e disse pro cara se mandar e ele respondeu "Tô me sufocando, me deixa em paz". Bem assim.

— Ninguém se sufoca na minha propriedade — Mo esbravejou, e desceu a escada correndo. — A gente não tem licença pra isso.

Uma vez na rua, avançou na direção do carro de Archie, arrancou as toalhinhas que vedavam a fresta da janela do lado do motorista e abaixou a janela cerca de um palmo com uma força bruta taurina.

— Tá me ouvindo, patrão? A gente aqui não tem licença pra suicídio. Este lugar é *halal*. *Kosher*, entende? Se é pra morrer aqui, meu amigo, primeiro vai ter que passar por uma sangria completa.

Archie ergueu muito devagar a cabeça do volante. E, no instante entre focalizar o suarento corpanzil de um Elvis pardo e se dar conta de que ainda estava vivo, experimentou uma espécie de epifania. Ocorreu-lhe que, pela primeira vez desde que nascera, a Vida tinha dito "Sim" a Archie Jones. Não um simples "Ok" ou um "Vá em frente, já que começou", mas uma retumbante afirmativa. A Vida queria Archie. Toda enciumada, ela o arrancara das mandíbulas da morte, acolhendo-o em seu seio. Embora ele não fosse um de seus melhores espécimes, a Vida queria Archie, e Archie, para total surpresa dele mesmo, queria a Vida.

Num frenesi, abaixou as duas janelas e, ofegante, buscou oxigênio nas profundezas dos pulmões. Entre golfadas, agradeceu profusamente a Mo, lágrimas escorrendo nas faces, as mãos agarrando o avental de Mo.

— Tudo bem, tudo bem — disse o açougueiro, libertando-se dos dedos de Archie e alisando o avental. — Agora toma o teu rumo. Tem carne chegando. Meu negócio é sangria. Não aconselhamento. Você precisa é da rua dos solitários. Esta aqui é a Cricklewood.

Archie, ainda se engasgando com os obrigados, fez a contramarcha, saiu do meio-fio da calçada e tomou a direita.

Archie Jones tentou o suicídio porque a mulher, Ophelia, uma italiana de olhos violeta com um leve bigode, divorciara-se dele havia pouco tempo. Mas não tinha passado a manhã do ano-novo com o tubo de um aspirador de pó enfiado na boca porque a amava. Era mais porque tinha vivido com ela tanto tempo e *não* a amava. O casamento de Archie foi como comprar um par de sapatos, levá-los para casa e descobrir que não servem. Em nome da aparência, suportou-os. E então, de repente, depois de trinta anos, os sapatos pegaram e saíram andando sozinhos de casa. Ela foi embora. Trinta anos.

Tanto quanto ele se lembrava, a exemplo de todo o mundo, começaram bem. No início da primavera de 1946, saíra cambaleante das trevas da guerra e entrara num café florentino, onde foi servido por uma garçonete que era a personificação do sol: Ophelia Diagilo, toda de amarelo, irradiando calor e a promessa de sexo ao lhe entregar um *cappuccino* espumante. Envolveram-se às cegas. Ela não sabia que mulheres nunca permaneceram como a luz do dia na vida de Archie; que no âmago Archie não gostava delas, não confiava nelas, e só era capaz de amá-las se tivessem auréolas. Ninguém contou a Archie que, escondidos na árvore genealógica dos Diagilo, havia duas tias histéricas, um tio que conversava com berinjelas e um primo que vestia as roupas de trás para a frente. Então casaram e ele a levou para a Inglaterra, onde logo ela percebeu que cometera um erro, logo ele a levou à loucura, e a auréola foi guardada no sótão para se cobrir de poeira junto com o resto dos cacarecos e utensílios de cozinha quebrados que Archie prometera um dia consertar. Entre os cacarecos estava um Hoover.

No primeiro dia após o Natal, seis dias antes de estacionar na frente do açougue *halal* de Mo, Archie tinha voltado à casa geminada de Hendon para buscar o Hoover. Era a quarta ida ao sótão em muitos dias, transportando os restos do casamento para o novo apartamento, e o Hoover estava entre os últimos objetos que ele reclamara — uma das coisas mais quebradas, uma das coisas mais feias, as coisas que a gente exige por pura pirraça por ter perdido a casa. O divórcio é isto: tomar coisas que a gente não quer mais de pessoas que a gente já não ama.

— O senhor outra vez — exclamou à porta a arrumadeira espanhola enviada pelo serviço social da regional, Santa-Maria, Maria-Santa, ou coisa assim. — Senhor Jones, o que é agora? A pia da cozinha, *sí*?

— Hoover — respondeu Archie, carrancudo. — Aspirador de pó.

Ela lhe deu uma boa olhada e cuspiu no capacho a poucos centímetros dos sapatos dele.

— Seja bem-vindo, *señor*.

A casa se tornara um abrigo para as pessoas que o detestavam. Afora a arrumadeira, tinha de brigar com a ampliada família italiana de Ophelia, a enfermeira que cuidava de seus problemas mentais, a inspetora do serviço social e, claro, a própria Ophelia, a principal pinel daquele manicômio, enrolada numa bola fetal no sofá, fazendo mugidos numa garrafa de Bailey's. Demorou uma hora e quinze minutos só para ele atravessar as linhas inimigas — e para quê? Um Hoover perverso, encostado meses atrás porque resolvera fazer o oposto do objetivo de todo aspirador: expelir o pó em vez de absorvê-lo.

— Senhor Jones, por que vem aqui se é pra se sentir tão infeliz? Seja sensato. O que é que o senhor quer aqui? — A empregada o seguiu na escada do sótão, armada com algum tipo de líquido de limpeza: — Tá quebrado. Não *precisa* dele. Tá vendo? Tá vendo? — Plugou-o na tomada e demonstrou que o interruptor estava pifado. Archie tirou o plugue da tomada e em silêncio enrolou o fio em volta do Hoover. Se estava quebrado, iria levá-lo embora. Tudo que estava quebrado ele levaria embora. Consertaria cada porcaria quebrada naquela casa, só para mostrar que servia para alguma coisa.

— O senhor não serve pra nada! — Santa, ou coisa assim, o seguiu até o térreo escada abaixo. — A tua mulher tá ruim da cabeça e é isso que o senhor faz!

Archie abraçou o Hoover, apertando-o contra o peito, e o carregou para a sala de estar lotada, onde, sob vários pares de olhares de censura, pegou a caixa de ferramentas e começou a consertar.

— Mas olha só pra ele... — disse uma das avós italianas, a mais encantadora delas, de xale enorme e menos manchas na pele. — Leva tudo, *capisce*? Leva a cabeça dela, leva o liquidificador, leva o toca-discos velho... tudo, só não leva as tábuas do chão. Me dá uma raiva...

A inspetora do serviço social, que mesmo em dias secos lembrava um gato de pêlos compridos ensopado até a pele, concordou com um meneio da cabeça ossuda.

— É revoltante, nem precisa dizer, é revoltante... E, claro, sobra para nós resolver essa embrulhada; a trouxa aqui é que tem que...

Foi interrompida pela enfermeira:

— Aqui, sozinha, ela não pode ficar... Agora que *ele* se mandou, coitada... Ela precisa de um lar decente, precisa...

Estou aqui, Archie sentiu vontade de dizer, *estou bem aqui, sabe, estou bem aqui, caramba. E o liquidificador era meu.*

Mas Archie não era de confrontos. Escutou todas elas por mais quinze minutos, calado enquanto testava a sucção do Hoover contra pedaços de papel de jornal, até que foi tomado pela sensação de que a Vida era uma mochila enorme tão insuportavelmente pesada que, mesmo que significasse perder tudo, seria infinitamente mais fácil deixar toda a bagagem na calçada e caminhar para dentro das trevas. *Você não precisa do liquidificador, cara, não precisa do Hoover. Isso tudo é carga pesada. Largue a mochila, Arch, e se junte aos felizes que acampam no céu.* Tinha alguma coisa errada nisso? Para Archie — a ex-mulher e os parentes da ex-mulher num ouvido, o Hoover crepitando no outro —, parecia apenas que "O fim estava inevitavelmente próximo". Nada pessoal com Deus nem nada. Só que parecia o fim do mundo. E precisaria mais do que o uísque vagabundo, as novidades em *crackers* e uma reles caixa de confeitos Quality Street — todos os de morango já devorados — para justificar a entrada num novo ano.

Com paciência, consertou o Hoover e passou o aspirador na sala de estar de maneira estranhamente metódica, introduzindo o bocal nos cantos mais difíceis. Com solenidade, lançou no ar uma moeda (cara, vida; coroa, morte) e não sentiu nada especial quando se pegou fitando a efígie do leão dançante. Com serenidade, desencaixou o tubo do Hoover, colocou-o numa maleta e saiu da casa pela última vez.

Mas morrer não é mole. E suicídio não é coisa que se põe numa lista de "coisas a fazer", entre limpar a grelha e nivelar o pé do sofá com um tijolo. É a decisão de não fazer, de desfazer; um beijo soprado no esquecimento. Não importa o que digam, suicídio exige peito. É para heróis e mártires, homens verdadeiramente vangloriosos. Archie não era nenhum desses. Era um homem cuja importância na Grande Ordem das Coisas podia ser calculada segundo coeficientes bem conhecidos:

Seixo: Praia.

Gota: Oceano.

Agulha: Palheiro.

Assim, por alguns dias, ignorou a decisão da moeda e se pôs a dirigir a esmo com o tubo do Hoover. À noite, olhava pelo pára-brisa para dentro do céu monstrópole e chegava à velha constatação de suas proporções universais, sentindo o que é ser minúsculo e desarraigado. Pensou na lacuna que deixaria no mundo quando desaparecesse, e ela parecia ínfima, pequenina demais para calcular. Gastou minutos livres pensando se "Hoover" se tornara um termo genérico para aspiradores de pó ou se era, como alguns sustentaram, apenas uma marca de fábrica. E o tempo todo o tubo do Hoover jazia feito um enorme galo flácido no banco de trás, zombando de seu medo silencioso, rindo de seus passos de pombo ao se aproximar do carrasco, escarnecendo de sua impotente indecisão.

Então, em 29 de dezembro, procurou o velho amigo Samad Miah Iqbal. Um companheiro pouco prometedor, talvez, mas ainda assim o amigo mais antigo — um muçulmano bengali ao lado do qual combateu quando o combate foi necessário e que o lembrava daquela guerra; aquela guerra que lembrava algumas pessoas de toucinho gorduroso e meias coloridas, mas que fazia Archie se recordar de disparos de armas, jogos de cartas e do gosto de uma bebida alcoólica ácida e estranha.

— Archie, meu amigão — disse Samad, num tom de voz caloroso e entusiástico. — Você tem que esquecer esse problema com a mulher. Experimente uma nova vida. É disso que você precisa. Agora chega dessa história: topo a parada de cinco *pence* e pego outros cinco seus.

Estavam sentados no novo boteco que freqüentavam, O'Connell's Pool House, jogando pôquer com apenas três mãos, as duas de Archie e uma de Samad — a mão direita de Samad quebrada, pele cinza e imobilizada, morta em todos os sentidos exceto pelo sangue que nela circulava. O lugar, onde se encontravam todas as noites para jantar, era meio café, meio antro de jogatina, propriedade de uma família iraquiana cujos membros tinham, na maioria, sérias doenças de pele.

— Veja o meu caso. O casamento com a Alsana me deu uma nova vida, entende? Ela me abre novas possibilidades. Ela é tão jovem, tão cheia de vivacidade... como um sopro de ar fresco. Quer um conselho? É o seguinte. Não viva essa vida antiga... é uma vida doentia, Archie. Não faz bem. Bem nenhum.

Samad era solidário, tinha afeição por Archie. A amizade do tempo da guerra havia sido rompida por trinta anos de separação nos continentes, mas na primavera de 1973 Samad chegara à Inglaterra, um homem de meia-idade em busca de uma nova vida com a nova noiva de vinte anos de idade: Alsana Begume, miúda, de rosto redondo, olhos perspicazes. Numa onda de nostalgia, e porque era o único homem que conhecia nesta ilhota, Samad procurou e encontrou Archie, e se mudou para o mesmo bairro de Londres. E devagar, mas seguramente, uma espécie de amizade se reacendeu entre os dois homens.

— Você joga que nem uma velha caduca — disse Samad, baixando as damas vitoriosas de costas, umas sobre as outras. Virou-as agilmente com o polegar da mão esquerda num elegante movimento, fazendo-as cair na mesa em forma de leque.

— Estou velho — disse Archie, mostrando suas cartas —, estou velho. Quem vai me querer agora? Já foi bastante difícil convencer alguém na primeira vez.

— Bobagem, Archibald. Você ainda nem encontrou a mulher certa. Essa Ophelia, Archie, ela não é a certa. Pelo que entendi do que me contou, ela não é nem mesmo para esta época...

Referia-se à loucura de Ophelia, que a levara a acreditar, a maior parte do tempo, que era a donzela do celebrado amante da arte do século XV, Cosimo de Medici.

— Ela simplesmente nasceu e está vivendo na época errada! Estes tempos não são para ela! Talvez nem o milênio. A vida moderna pegou essa mulher totalmente desprevenida, e por trás. A cuca dela está ruim. Fundida. E você? Pegou a vida errada no vestiário e agora tem que devolver. Além do mais, ela não abençoou você com filhos... e a vida sem filhos, Archie, para que serve? Mas há uma segunda oportunidade. Ah, sim, há uma segunda oportunidade na vida. Acredite em mim, sei o que estou dizendo. Você — continuou, recolhendo os dez *pence* com o flanco da mão ruim — não devia ter casado com ela.

A porra do retrospecto, pensou Archie. É sempre clarividente.

Por fim, dois dias depois dessa conversa, bem cedo na manhã do dia de ano-novo, a dor chegou a uma agudeza tal que Archie não conseguiu mais se agarrar ao conselho de Samad. Resolveu, em lugar disso, mortificar a própria carne, tirar a própria vida, libertar-se de um caminho da vida que o levara a inúmeros desvios errados, conduzira-o ao deserto mais remoto e enfim aos poucos se perdeu, a trilha de migalhas engolida pelas aves.

ꝏ

Assim que o carro começou a se encher de gás, ele assistiu à obrigatória projeção do filme de sua vida até então. Revelou-se uma experiência visual breve e não edificante, de pouco valor como entretenimento, o equivalente metafísico do discurso da rainha. Uma infância sem graça, um mau casamento, um emprego sem futuro — o clássico triunvirato —, todos eles passaram tremulando velozes, em silêncio, com poucos diálogos, transmitindo quase a mesma sensação da primeira vez. Archie não acreditava muito em destino, mas, pensando bem, parecia mesmo que um especial esforço de predestinação assegurara que sua vida tivesse sido escolhida para ele como um brinde de Natal de empresa — com antecipação e igual ao de todo o mundo.

Havia a guerra, claro, lutara na guerra, só no último ano dela, com apenas dezessete anos de idade, mas isso nem contava. Não na linha de combate, nada disso. É preciso dizer, porém, que ele e Samad, o velho Sam, o jovem Sammy, tinham histórias para contar, Archie tinha até um estilhaço de granada na perna a quem interessasse ver — mas a ninguém interessava. Ninguém queria mais falar *nisso*. Era igual a um pé torto ou a um sinal desfigurador na pele. Igual a pêlos no nariz. As pessoas desviavam o olhar. Se alguém perguntasse a Archie *O que é que você fez na vida, então?* ou *Qual é a sua melhor recordação?*, bom, Deus que o ajudasse se mencionasse a guerra; olhos se embaciavam, dedos tamborilavam, todo mundo se prontificava a pagar a rodada seguinte. Ninguém queria realmente *saber*.

No verão de 1955, Archie foi a Fleet Street com o melhor sapato de bico fino, à procura de trabalho como correspondente de guerra. Um sujeito afrescalhado de bigode fino e voz fina perguntou: *Tem alguma experiência, senhor Jones?* E Archie explicou. Tudo sobre Samad. Tudo sobre o tanque Churchill. Então o frescalhão se debruçou sobre a escrivaninha, todo presunçoso, todo qualificado, e falou: *Seria preciso algo mais além de ter lutado na guerra, senhor Jones. A experiência de guerra não é realmente relevante.*

Não era, era? A guerra não tinha relevância — não em 1955, muito menos agora, em 1974. Nada do que ele fez *antes* importava *agora*. As habilitações adquiridas não eram, no linguajar moderno, *relevantes*, não eram *transferíveis*.

Houve algo mais, senhor Jones?

Mas claro que não houve algo mais, uma vez que anos atrás o sistema educacional britânico lhe passara uma rasteira com um risinho dissimulado. No entanto, ele sabia discernir bem o aspecto de uma coisa, o formato de uma coisa, e assim acabou empregado na Morgan*Hero*, vinte anos e cacetada numa gráfica na Euston Road, planejando a maneira pela qual todos os tipos de coisas deveriam ser *dobradas* — envelopes, mala direta, brochuras, folhetos —, um avanço insignificante, talvez, mas note-se: há coisas que requerem ser dobradas, requerem ser sobrepostas, do contrário a vida seria igual a uma folha volante: agitando-se ao vento e levada rua abaixo, de modo que se perdem as partes importantes. Não que Archie tivesse muito tempo a perder com as folhas volantes. Se ninguém se dava ao trabalho de dobrá-las corretamente, por que ele se daria ao trabalho de lê-las (isso é o que gostaria de saber)?

Que mais? Bom, Archie não dobrou folhas sempre. Uma vez foi ciclista de velódromo. O que Archie gostava no ciclismo era que dava voltas e voltas. Voltas e voltas. O que lhe proporcionava oportunidades atrás de oportunidades de melhorar um pouco, de dar uma volta completa mais depressa, *direito*. Acontece que o problema foi que Archie nunca *melhorou*. 62,8 segundos. Que é um tempo muito bom, padrão de nível mundial até. Mas durante três anos alcançou exatamente 62,8 segundos em cada volta completa. Os outros ciclistas costumavam fazer intervalos para observá-lo. Encostavam a bicicleta no declive e cronometravam o tempo com o marcador de segundos do relógio de pulso. Toda vez 62,8. Esse tipo de inaptidão para se aperfeiçoar é mesmo muito raro. Esse tipo de coerência é, de certo modo, milagroso.

Archie gostava do ciclismo, era invariavelmente bom nisso, e o ciclismo lhe fornecia a única lembrança verdadeiramente valiosa que tinha. Em 1948, Archie Jones participou dos jogos olímpicos de Londres, dividindo o décimo terceiro lugar (62,8 segundos) com um ginecologista sueco chamado Horst Ibelgaufts. Lamentavelmente, esse fato havia sido omitido dos registros olímpicos por uma secretária descuidada que, numa manhã, depois de voltar do intervalo para o café com alguma outra coisa na cabeça, pulou o nome dele ao transferir uma lista para outra folha de papel. A Madame Posteridade pôs Archie no braço do sofá e se esqueceu dele. A única prova que ele possuía de que o evento ocorrera eram as cartas e os bilhetes periódicos que recebeu do próprio Ibelgaufts ao longo dos anos. Bilhetes assim:

17 de maio de 1957

Caro Archibald,

Anexo uma fotografia da minha digníssima esposa comigo no nosso jardim em frente de um terreno em construção muito desagradável. Embora não pareça a Arcádia, é aqui que eu estou construindo um velódromo rudimentar — bastante diferente daquele em que você e eu corremos, mas suficiente para as minhas necessidades. Vai ser numa escala bem menor, mas, veja, é para os filhos que ainda vamos ter. Sonho com eles pedalando em volta dele e acordo com um glorioso sorriso nos lábios! Quando estiver pronto, insisto que você venha nos visitar. Quem mais merece batizar a pista do seu sério concorrente,

Horst Ibelgaufts?

E o cartão-postal que continua em cima do painel de instrumentos do carro até hoje, o dia de sua quase-morte:

28 de dezembro de 1974

Caro Archibald,

Comecei a aprender a tocar harpa. Uma decisão de dia de ano-novo, digamos. Um pouco tarde, acho, mas nunca é tarde demais para ensinar novos truques para o velho cão dentro de nós, não é mesmo? Sabe, é um instrumento pesado para apoiar no ombro, mas o som que ele faz é quase angelical, e a minha esposa acha que por isso eu sou bastante sensível. O que é um grande elogio perto do que ela me disse sobre a minha velha obsessão com o ciclismo! Mas, também, só sujeitos como você são capazes de entender o ciclismo, Archie, e, naturalmente, o autor deste bilhete, seu antigo competidor,

Horst Ibelgaufts

Não via Horst desde a corrida, mas com carinho se lembrava dele como um grandalhão de cabelo loiro-acastanhado, sardas laranja e narinas desniveladas, que se vestia como um playboy internacional e parecia volumoso demais para a bicicleta. Depois da corrida, Horst fez Archie ficar extremamente embriagado e arranjou duas prostitutas do Soho que pareciam conhecer Horst bem ("Faço muitas viagens de negócios para a sua bela capital, Archibald", Horst explicara). A última vez que Archie viu Horst foi um dispensável vislumbre de suas gigantescas nádegas róseas gingando no cômodo adjacente de um chalé da vila olímpica. Na manhã seguinte, aguardando na recepção, estava o primeiro bilhete de sua copiosa correspondência:

Caro Archibald,

Num oásis de trabalho e competição, as mulheres são realmente um doce e agradável refrigério, concorda? Lamento ter tido que partir cedo para pegar o necessário avião, mas eu lhe ordeno, Archie: Não suma! Penso em nós agora como dois homens tão próximos quanto na nossa classificação! Escute: quem disse que treze dá azar era mais tolo do que o seu amigo,

Horst Ibelgaufts

P.S.: *Por favor, cuide para que Daria e Melanie cheguem em casa sãs e salvas.*

Daria era a dele. Magérrima, costelas iguais a carapaça de lagosta e um peito de nada, mas uma figura adorável: dócil, suave nos beijos, com pulsos ultraflexíveis que ela gostava de exibir num longo par de luvas de seda — que devia ter custado no mínimo quatro cupons de roupas. "*Gosto* de você", Archie se lembrou de ter dito, sem conseguir se conter, enquanto ela repunha as luvas e calçava as meias. Ela o encarou, sorriu. Archie teve a sensação de que ela também tinha gostado dele, embora fosse uma profissional. Talvez devesse tê-la levado embora correndo, na mesma hora, para as colinas. Mas, na época, parecia impossível, complicado demais, fosse por causa de uma jovem esposa que esperava um bebê (uma gravidez histérica, fictícia, como depois se descobriu, um enorme inchaço de ar quente), fosse por causa de sua perna precária, fosse por causa da falta de colinas.

Curiosamente, Daria foi a última pulsação de pensamento antes de Archie perder a consciência. Foi o pensamento de uma prostituta que ele conhecera havia vinte anos, foi Daria e o sorriso dela que o fizeram molhar o avental de Mo com lágrimas de alegria quando o açougueiro lhe salvou a vida. Viu-a mentalmente: uma bela mulher à porta com um olhar de *entre*; e se deu conta de que lamentava não ter entrado. Se houvesse a oportunidade de alguma vez ver de novo aquele olhar, então desejaria uma segunda oportunidade, desejaria o tempo de prorrogação. Não só este segundo, mas o seguinte e o seguinte — todo o tempo do mundo.

Mais tarde, nessa manhã, Archie fez oito extasiados circuitos com o carro no balão de Swiss Cottage, a cabeça fora da janela enquanto um jato de ar golpeava os dentes do fundo da boca, como a uma biruta. Pensou: *Caramba. É assim então quando um sujeito salva a vida da gente. Como se dessem para a gente um montão de tempo sensacional.* Passou direto pelo apartamento, passou direto pelas placas de sinalização (Hendon 3¾), rindo feito um lunático. No sinal, atirou para o ar uma moeda de dez *pence* e sorriu quando o resultado pareceu concordar que o Destino o puxava para uma outra vida. Feito um cão na coleira virando uma esquina. Em geral, as mulheres não são capazes de fazê-lo, mas os homens conservam a velha capacidade de deixar uma família e um passado. Simplesmente se descomprometem, como se tirassem uma barba postiça, e com jeitinho se insinuam de volta na sociedade, homens mudados. Irreconhecíveis. Assim, um novo Archie está para surgir. Nós o pegamos despreparado. Porque está numa espécie de estado de espírito pretérito, futuro perfeito. Está num estado de espírito *talvez isto, talvez aquilo*. Ao se aproximar de uma bifurcação, reduz a velocidade, examina o rosto indistinto no espelho lateral e, sem nenhum discernimento, escolhe um itinerário que nunca fizera antes, uma rua residencial que levava a um lugar chamado Queens Park. Vá em frente e *vá além!*, meu querido Archie, diz a si mesmo; pé na tábua e, pelo amor de Deus, não olhe para trás.

Tim Westleigh (mais conhecido como Merlin) por fim registrou o insistente soar da campainha. Levantou-se do chão da cozinha, vadeou um oceano de corpos inertes, abriu a porta e deu de cara com um homem de meia-idade vestido de veludo cotelê da cabeça aos pés, segurando uma moeda de dez *pence* na palma da mão aberta. Como Merlin mais tarde ponderaria ao descrever o incidente, veludo cotelê é um tecido altamente estressante a qualquer hora do dia. Garotos de programa o usam. Taxistas também. Professores de história acrescentam um remendo de couro na região dos cotovelos do paletó. Defrontar-se com uma grande quantidade dele, às nove da manhã, no primeiro dia de um ano-novo, é uma aparição letal só pela quantidade de vibrações negativas.

— Qual o problema, cara? — À porta, Merlin piscou os olhos para o homem de veludo cotelê parado no degrau, iluminado pelo sol de inverno. — Enciclopédia ou Deus?

Archie percebeu que o rapaz tinha um modo descontraído de enfatizar algumas palavras movendo a cabeça num amplo movimento circular, do ombro direito para o esquerdo. Depois, uma vez completado o círculo, sacudia a cabeça num sinal afirmativo.

— Porque se for enciclopédia a gente já tem bastante conhecimento... e se for Deus bateu na porta errada. Aqui a gente vive numa casa harmoniosa. Sabe como é? — concluiu Merlin com a sacudida de cabeça, recuando para fechar a porta.

Archie fez um sinal negativo com a cabeça, sorriu e não se mexeu.

— Ei... você tá bem? — Merlin perguntou, a mão no trinco da porta. — Posso ajudar em alguma coisa? Tá baratinado, coisa assim?

— Vi o aviso — Archie respondeu.

Merlin deu uma tragada num fininho e pareceu achar graça.

— Aquele aviso? — Inclinou a cabeça para acompanhar o olhar de Archie. O lençol branco estendido numa janela no alto. Nele, em letras garrafais na cor do arco-íris, estava pintado: BEM-VINDO À FESTA DO "FIM DO MUNDO", 1975.

Merlin encolheu os ombros.

— É, desculpe, cara, parece que não foi. Meio uma decepção. Ou uma bênção — sorriu amistosamente —, depende do ponto de vista.

— Bênção — disse Archie, com ardor. — Cem por cento, *bênção* de boa-fé.

— Então você, hã, gostou do aviso? — Merlin perguntou, recuando um passo, caso o homem fosse violento ou esquizo. — Curte esse tipo de coisa? Foi uma espécie de brincadeira, sabe, mais que outra coisa.

— Chamou a minha atenção, digamos assim — Archie retrucou, ainda radiante como um louco. — Eu só estava passando de carro, procurando um lugar, sabe, um lugar para tomar outro drinque. Dia de ano-novo, curando ressaca, essa coisa toda, e tive uma manhã ruim no fim das contas, e foi então que me ocorreu. Atirei uma moeda para o ar e pensei: por que não?

Merlin parecia perplexo com o rumo que a conversa ia tomando.

— Hã... a festa acabou faz tempo, cara. Depois, acho que você tá um pouco *avançado* nos anos... se entende o que eu quero dizer... — Merlin se acanhou; por baixo do *dashiki*, era no fundo um bom rapaz de classe média, instilado de respeito pelos mais velhos. — Quero dizer — disse depois de uma pausa penosa —, é um pessoal um bocado mais novo do que o que você deve conhecer. Uma coisa meio comunitária.

— *But I was so much older then* — Archie cantarolou com malícia, uma canção de Dylan de dez anos atrás, arqueando a cabeça em volta da porta. — *I'm younger than that now.*

Merlin tirou um cigarro de trás da orelha, acendeu-o e franziu a testa.

— Escuta, cara... eu simplesmente não posso deixar ninguém da rua entrar, entende? Quero dizer, você pode ser da polícia, pode ser um doido varrido, pode...

Mas alguma coisa no rosto de Archie — enorme, inocente, agradavelmente esperançosa — lembrou Tim do que o pai, o vigário de Snarebrook, que não vivia mais com ele, dizia sobre a caridade cristã de cima do púlpito todos os domingos. — Ora, deixa pra lá. É dia de ano-novo, caramba. Vamos entrando.

Archie passou se esgueirando por Merlin e entrou num longo corredor que dava acesso a quatro quartos de portas abertas, com uma escada que conduzia a outro andar, e a um jardim nos fundos. Detritos de toda espécie — animal, mineral e vegetal — forravam o chão; um enorme leito de roupas de cama, sob as quais pessoas dormiam, estendia-se de uma extremidade a outra do corredor, um mar vermelho que com relutância se abria cada vez que Archie dava um passo. Dentro dos quartos, em alguns cantos, testemunhava-se a transferência de fluidos do corpo: beijos, mamação, trepadas, vômito — todas as coisas que o suplemento dominical de Archie lhe informara que ele encontraria numa comunidade. Por um momento ele brincou com a idéia de participar da zona, perder-se entre os corpos (tinha nas mãos todo esse novo *tempo*, montões e montões dele, escoando entre os dedos), mas resolveu que era preferível uma bebida forte. Foi vencendo os obstáculos do corredor até chegar ao outro extremo da casa e sair no jardim frio, onde alguns, desistindo de procurar um espaço dentro da casa aquecida, haviam optado pelo gramado gélido. Pensando num tônico alcoólico, dirigiu-se à mesa de piquenique, na qual algo com a forma e a cor de um Jack Daniels surgira como uma miragem num deserto de garrafas de vinho vazias.

— Se importam se eu...?

Dois negros, uma chinesinha com os peitos de fora e uma mulher branca que trajava uma bata estavam sentados em cadeiras de cozinha de madeira, jogando cacheta. Quando Archie esticou o braço para pegar o Jack Daniels, a branca balançou a cabeça e fez um gesto de apagar cigarro.

— Mar de tabaco, sinto muito, meu bem. Um cretino malvado apagou o cigarro num uísque perfeitamente tomável. Tem vinho de pêra e as porcarias de sempre por aqui. — Archie sorriu agradecido pelo aviso e pela gentil oferta. Sentou-se e se serviu de um enorme copo de Liebfraumilch.

Muitos drinques depois, era como se Archie conhecesse Clive e Leo, Wan-Si e Petronia a vida inteira, intimamente. De costas e com um pedaço de carvão, seria capaz de desenhar cada pelotinha da pele arrepiada ao redor dos mamilos de Wan-Si, cada fio de cabelo que caía no rosto de Petronia enquanto ela falava. Às onze da manhã, amava todas elas com ardor, eram as filhas que nunca teve. Em troca, elas lhe disseram que ele possuía uma alma inigualável para um homem de sua idade. Todos concordavam que havia uma energia cármica intensamente positiva circulando no interior e em volta de Archie, o tipo da coisa forte o bastante para instigar um açougueiro a abaixar uma janela de carro no momento decisivo. E resultou que Archie foi o primeiro homem com mais de quarenta anos a ser convidado a fazer parte de uma comunidade; resultou que havia algum tempo se falava da necessidade de uma presença sexual mais velha para satisfazer algumas das mulheres mais aventurosas.

— Sensacional — disse Archie. — Fantástico. Serei eu, então. — Sentia-se tão próximo delas que ficou confuso quando, por volta do meio-dia, o relacionamento de repente azedou, e ele se viu mortificado por uma ressaca e enredado numa discussão acerca da Segunda Guerra Mundial, entre tantos assuntos.

— Nem sei como a gente foi embarcar nessa — queixou-se Wan-Si, que se cobrira justamente na hora que resolveram entrar na casa, o veludo cotelê de Archie sobre os ombros pequeninos. — Melhor a gente não embarcar nessa. Prefiro ir pra cama a embarcar nessa.

— A *gente embarcou* nessa, *embarcou* nessa — arengou Clive. — Esse é o problema dessa geração, acha que pode resistir à guerra como uma espécie de...

Archie ficou agradecido quando Leo interrompeu Clive e conduziu a discussão para um assunto mais distante do tema original, que Archie iniciou (uma imprudente observação, uns quarenta e cinco minutos antes, sobre o serviço militar moldar o caráter de um jovem) e imediatamente lamentou quando a conversa passou a exigir que ele se defendesse a intervalos regulares. Libertado, enfim, dessa obrigação, sentou-se no degrau da escada, deixando o debate continuar lá em cima enquanto apoiava a cabeça nas mãos.

Pena. Teria *gostado* de participar da comunidade. Se tivesse jogado as cartas corretamente, em lugar de iniciar uma discussão inflamada, poderia ter tido amor livre e seios expostos por toda a casa; talvez até mesmo um pedaço do terreno para uma horta. Por um momento (por volta das duas da tarde, quando falava com Wan-Si a respeito de sua infância), parecia que a nova vida seria fabulosa e, a partir de então, diria sempre a coisa certa na hora certa e aonde quer que fosse todo o mundo gostaria dele. A *culpa não é de ninguém*, Archie pensou, ruminando a confusão, *a culpa não é de ninguém, é só minha*, mas se perguntou se não havia nisso algum desígnio superior. Talvez sempre haverá homens que dizem a coisa certa na hora certa, que dão um passo adiante como Téspis exatamente no momento certo da história, e depois haverá homens como Archie Jones, que vem à cena apenas para fazer número. Ou, pior, que têm a grande oportunidade de só entrar em cena na deixa e morrer uma morte horrível bem ali, no centro do palco, para todo o mundo ver.

Uma linha escura teria sublinhado todo o incidente, todo esse dia lamentável, se não tivesse acontecido algo que levou à transformação de Archie Jones em todos os detalhes em que um homem pode ser transformado; não devido a algum esforço especial da parte dele, mas por meio da colisão puramente casual de uma pessoa com outra. Algo que aconteceu por acidente. Esse acidente foi Clara Bowden.

Mas, primeiro, uma descrição: Clara Bowden era bela em todos os sentidos, exceto, talvez, em virtude de ser negra, no sentido clássico. Clara Bowden era magnificamente alta, preta como ébano e sable moído, o cabelo trançado na forma de uma ferradura que apontava para cima quando ela se sentia feliz e para baixo quando não se sentia. Naquele momento, apontava para cima. Difícil saber se isso era significativo.

Não precisava de sutiã — era independente, até da gravidade —, usava uma frente-única vermelha que terminava abaixo dos seios, sob a qual expunha o umbigo (belamente) e, abaixo dele, um jeans amarelo bem justo. Na extremidade da calça, havia sapatos de salto alto com tiras de suede marrom-claro, e com eles ela desceu a escada assim como uma espécie de visão ou, como pareceu a Archie quando se virou para observá-la, como um animal puro-sangue de traseiro empinado.

Agora, no entender de Archie, nos filmes e coisas assim é comum alguém ser tão admirável, de modo que, quando desce a escada, todo o mundo se cala. Na vida real ele nunca vira isso acontecer. Mas aconteceu com Clara Bowden. Ela descia a escada em câmara lenta, rodeada de esplendor e luzes difusas. E, além da coisa mais linda que ele jamais vira, era também a mulher mais confortadora que jamais conhecera. Sua beleza não era uma mercadoria bem definida, impassível. Ela cheirava a bolor, femininamente, como uma porção de roupas preferidas da gente. Embora fosse fisicamente desarticulada — as pernas e os braços falavam um dialeto um tanto diferente do sistema nervoso central —, mesmo seu ar desajeitado parecia, a Archie, de uma elegância excepcional. Exibia sua sexualidade com a naturalidade de uma mulher mais velha, não (a exemplo da maioria das garotas com quem Archie saíra no passado) como uma bolsa incômoda, sem saber como a carregar, onde a pendurar ou quando simplesmente a pôr em algum lugar.

— Ânimo, carinha — disse ela com um melodioso sotaque caribenho que a Archie lembrava "aquele" jogador de críquete jamaicano —, podia nem ter acontecido.

— Acho que já aconteceu.

Archie, que acabara de tirar um cigarro da boca, que de qualquer forma queimara sozinho, viu Clara esmagar a bituca depressa com a sola do sapato. Ela lhe deu um sorriso largo que revelou, talvez, sua única imperfeição. A falta total de dentes na parte superior da boca.

— Sabe... foram arrancado — balbuciou, notando a surpresa dele. — Mas é como eu digo: quando o mundo acabar, Deus não vai nem se incomodar se não tenho dentes. — Riu com meiguice.

— Archie Jones — disse Archie, oferecendo-lhe um Marlboro.

— Clara. — Assobiou inadvertidamente ao sorrir e engolir a fumaça. — Archie Jones, parece que você sente quase que nem eu. O Clive e essas pessoas andaram falando bobagem pra você? Clive, você andou chateando o coitado?

Clive resmungou — a memória de Archie praticamente desapareceu com os efeitos do vinho — e continuou a falar de onde tinha parado, acusando Leo de entender mal a diferença entre o sacrifício político e o físico.

— Ah, não... nada sério — Archie murmurou, impotente diante do belo rosto de Clara. — Uma pequena discordância, só isso. Clive e eu temos pontos de vista diferentes sobre algumas coisas. Abismo de gerações, acho.

Clara lhe deu um tapinha na mão.

— Fecha esse bico! Você não é tão velho assim. Velha sou eu.

— Sou velho o suficiente — retrucou Archie, e depois, só porque sentiu vontade de contar: — Não vai acreditar, mas quase morri hoje.

Clara arqueou uma sobrancelha.

— Não diga. Bom, se junte à gente então. Tem um monte da gente aqui hoje de manhã. Mas que festa mais esquisita. Sabe — disse, passando a mão comprida na parte calva da cabeça dele —, você parece bom demais pra quem chegou tão pertinho do portão do São Pedro. Quer um conselho?

Archie aquiesceu vigorosamente. Sempre queria conselhos, era um tremendo fã de segundas opiniões. Por isso nunca ia a lugar algum sem uma moeda de dez *pence*.

— Vai pra casa descansar. De manhã é outro mundo, toda vez. Carinha... esta vida não é nada fácil!

Que casa?, pensou Archie. Tinha tirado a vida antiga do gancho, estava entrando em território desconhecido.

— Carinha... — Clara repetiu, dando-lhe um tapinha nas costas —, esta vida não é nada fácil!

Deixou escapar outro longo assobio e uma risada triste, e Archie viu, a menos que estivesse mesmo enlouquecendo, aquele olhar de *entre*, idêntico ao de Daria; mesclado com uma espécie de melancolia, decepção, como se ela não tivesse muitas outras opções. Clara tinha dezenove anos de idade. Archibald, quarenta e sete.

Seis semanas depois estavam casados.

2. Probleminha inicial

Mas Archie não tirou Clara Bowden de um aspirador de pó. E chegou a hora de dizer a verdade acerca de mulheres bonitas. Elas não brilham ao descerem escadas. Não baixam, como se supôs uma vez, das alturas, presas a nada exceto asas. Clara *vinha* de algum lugar. Tinha *raízes*. Mais especificamente, era de Lambeth (via Jamaica) e estava ligada, por um tácito acordo adolescente, a um certo Ryan Topps. Porque, antes de ser bonita, Clara era feia. E, antes de haver Clara e Archie, havia Clara e Ryan. E não havia como escapar de Ryan Topps. Assim como um bom historiador precisa reconhecer as ambições napoleônicas de Hitler no Leste para compreender sua relutância em invadir os britânicos no Oeste, Ryan Topps é essencial para entender o motivo pelo qual Clara fez o que fez. Ryan é indispensável. Houve Clara e Ryan durante oito meses antes de Clara e Archie serem atraídos um para o outro dos extremos opostos de uma escada. E Clara jamais teria corrido para os braços de Archie Jones se não estivesse correndo, o mais depressa que podia, de Ryan Topps.

Pobre Ryan Topps. Tinha uma grande quantidade de características físicas desastrosas. Era muito magro e muito alto, ruivo, de pés chatos, e tão sardento que a pele era mais rara do que as sardas. Ryan se via como um *mod*. Usava ternos cinza mal ajustados com pulôver preto de gola rulê. Usava botas de Chelsea quando todo o mundo já tinha deixado de usá-las. Enquanto o resto do mundo descobria os prazeres do sintetizador eletrônico, Ryan jurava fidelidade aos homenzinhos com guitarras enormes: Kinks, Small Faces, Who. Ryan Topps dirigia uma motoneta verde Vespa GS, que lustrava duas vezes por dia com um babador de bebê e guardava num abrigo de chapa de ferro corrugado construído sob encomenda. No modo de pensar de Ryan, uma Vespa não era apenas uma forma de transporte, mas ideologia, família, amiga e amante, tudo reunido num modelo da engenharia do final dos anos 40.

Ryan Topps, como era de esperar, tinha poucos amigos.

Clara Bowden, aos dezesseis anos de idade, era desengonçada, dentuça, testemunha-de-jeová, e viu em Ryan um semelhante. Típica torre de observação feminina adolescente, sabia tudo o que havia para saber a respeito de Ryan Topps antes mesmo de conversarem. Sabia o essencial: a mesma escola (St. Jude's Community School, de Lambeth), a mesma estatura (um metro e oitenta e cinco); sabia que, assim como ela, não era nem irlandês nem católico, o que os tornava duas ilhas flutuando em volta do oceano papista da St. Jude's, admitidos na escola pelo acaso dos códigos de endereçamento postal, insultados tanto pelos professores quanto pelos alunos. Sabia o nome da moto dele, lia os cabeçalhos de suas fichas quando elas despontavam da sacola, quase caindo. Sabia até coisas que ele não sabia: por exemplo, que era o Último Homem na Terra. Toda escola tem um, e na St. Jude's, tal como em outros centros de aprendizado, as moças é que escolhiam esse apelido e o espalhavam. Havia, claro, variações:

Senhor Nem por Um Milhão de Libras Esterlinas.

Senhor Nem Pela Vida da Minha Mãe.

Senhor Nem pela Paz Mundial.

Mas, em geral, as alunas da St. Jude's se aferravam à fórmula experimentada e testada. Embora Ryan jamais estivesse a par das conversas nos vestiários femininos da escola, Clara sabia. Sabia como o objeto de sua afeição era discutido, mantinha um ouvido atento, sabia o que ele significava quando se tratava disso, quando se tratava do suor e da malha de exercícios e da brusca fricção da toalha molhada.

— Ah, meu Deus, quer fazer o favor de prestar atenção? Tô dizendo se ele fosse o *último* homem na Terra!

— Mesmo assim, *não*.

— Ah, bobagem, *sim*!

— Mas escuta: o mundo inteiro foi atingido pela porcaria da bomba, tá? E todos os homens bonitos, todos os *tesudos* iguais ao teu Nicky Laird tinham morrido, todos. Torradinhos da Silva. E sobrou só o Ryan Topps e um monte de baratas.

— Juro que eu preferia dormir com as baratas.

A impopularidade de Ryan na St. Jude's se igualava apenas à de Clara. No primeiro dia de escola, a mãe lhe explicou que ela estava entrando no covil do diabo, encheu-lhe a sacola com duzentos exemplares da *Torre de vigia* e a instruiu para pregar Nosso Senhor. Semana após semana, Clara percorreu a escola às pressas e sem jeito, de cabeça baixa, distribuindo as revistas, a murmurar "Só Jeová salva"; numa escola onde impressionantes espinhas da pele poderiam levar um aluno ao ostracismo, uma missionária negra de mais de um metro e oitenta, meias até os joelhos, disposta a converter seiscentos católicos a testemunhas-de-jeová equivalia a uma lepra social.

De modo que Ryan era vermelho como camarão. E Clara era preta como carvão. As sardas de Ryan eram uma polução noturna para um entusiasta do pontilhismo. Clara era capaz de circunavegar uma maçã com os dentes da frente antes de a tocar com a língua. Nem os católicos os perdoavam por isso (e olhe que católicos concedem perdão com mais ou menos a mesma freqüência com que políticos fazem promessas e prostitutas se oferecem); nem mesmo são Judas, que no século I foi encarregado de ser o patrono das causas perdidas (devido à identidade sonora com o outro Judas), estava disposto a se envolver.

Às dezessete horas, todos os dias, enquanto Clara ficava sentada em casa cuidando com desvelo da mensagem dos evangelhos ou escrevendo um panfleto em que condenava a prática pagã da transfusão de sangue, Ryan Topps passava pela janela aberta a caminho de casa. A sala de estar dos Bowden se situava abaixo do nível da rua, a janela era gradeada, de modo que a visão de qualquer coisa era parcial. Geralmente, ela via pés, rodas, canos de escape, guarda-chuvas balançando. Esses rápidos vislumbres eram, com freqüência, reveladores; uma imaginação fértil conseguiria extrair muita paixão de um cordão de sapato puído, de uma meia remendada, de uma bolsa ordinária que já teve dias melhores. Mas nada a comovia mais profundamente do que ficar olhando para o vazio depois de o tubo de escape da motoneta de Ryan desaparecer. Na falta de um nome para os furtivos ruídos surdos produzidos abaixo do abdome nessas ocasiões, Clara os chamava de Espírito Santo. Sentia que de algum modo salvaria o pagão Ryan Topps. Clara pretendia acolher o rapaz bem junto do seio, mantê-lo a salvo da tentação que assedia todos nós, prepará-lo para o dia da redenção. (E não havia, em algum lugar mais abaixo do abdome — em algum lugar na região ínfera das coisas que não se devem mencionar —, não havia a esperança semi-imaginada de que Ryan Topps poderia *salvá-la*?)

Quando Hortense Bowden surpreendia a filha sentada pensativa perto da janela gradeada, a ouvir o débil espocar de um motor que se distanciava enquanto as páginas da *Nova Bíblia* eram viradas pela brisa, afagava-lhe a cabeça e agradecia por se lembrar de que apenas cento e quarenta e quatro mil testemunhas-de-jeová se sentariam no tribunal de Deus no Dia do Juízo Final. Entre os ungidos, não havia lugar para fulanos de aparência detestável que andavam de motocicleta.

— Mas e se a gente salvar...

— Certas pessoas — Hortense lhe assegurava, bufando — pecaram tanto, mas tanto, que é *tarde* pra procurar Jeová. Precisa esforço pra estar junto de Jeová. Precisa devoção e dedicação. *Bem-aventurados os limpos de coração, porque verão a Deus*. Mateus, 5:8. Não é mesmo, Darcus?

Darcus Bowden, o pai de Clara, era um velho fedorento e salivante, enterrado numa poltrona infestada de insetos da qual jamais foi visto se levantar, nem mesmo, graças a uma sonda, para ir ao banheiro fora da casa. Darcus chegara à Inglaterra havia catorze anos e passara todo esse período no canto da sala de estar, vendo televisão. A intenção original era vir para a Inglaterra e juntar dinheiro suficiente para que Clara e Hortense viessem mais tarde e fixassem residência. Ao chegar, porém, uma misteriosa doença debilitara Darcus Bowden. Uma doença cujos sintomas físicos médico nenhum conseguiu detectar, mas que se manifestava pela mais inacreditável letargia, criando em Darcus — confessamente, longe de ser o mais vibrante dos homens — uma perpétua afeição pelo auxílio-desemprego governamental, pela poltrona e pela televisão britânica. Em 1972, enfurecida com uma espera de catorze anos, Hortense resolveu enfim fazer a viagem com seus próprios esforços. Força era coisa que Hortense tinha de sobra. Chegou ao degrau da porta com a Clara de dezessete anos de idade, rebentou a porta num ato de fúria e — segundo a lenda que foi parar em St. Elizabeth — deu em Darcus Bowden a surra de língua da vida dele. Alguns dizem que essa fubecada demorou quatro horas, outros que ela citou todos os livros da Bíblia de memória e levou um dia inteiro e uma noite inteira. O certo é que, no fim de tudo, Darcus se afundou ainda mais nos recessos da poltrona, olhou com tristeza para a televisão com a qual tinha uma relação tão piedosa e compreensiva — uma afeição tão incomplexa, tão inocente — e uma lágrima se espremeu no ducto e foi se assentar num alcantil debaixo dos olhos. Depois disse apenas uma palavra: Hum.

Hum foi tudo que Darcus disse ou viria a dizer desde então. Pergunte qualquer coisa a Darcus; ou inquira-o acerca de qualquer assunto a qualquer hora do dia e da noite; interrogue-o; converse com ele; suplique lhe; declare amor por ele; acuse-o ou inocente-o, e ele lhe dará apenas uma resposta.

— Pois é, não é mesmo, Darcus?

— Hum.

— Mas não — exclamou Hortense, virando-se para Clara depois de receber o resmungo de aprovação de Darcus — a *alma* desse moço que te ocupa a cabeça! Quantas vezes vou ter que repetir... você não tem tempo pra moço nenhum!

Porque o tempo estava expirando na família Bowden. Era o ano de 1974 e Hortense se preparava para o Fim do Mundo, o qual ela cuidadosamente registrara na agenda da família com caneta esferográfica azul: 1º de janeiro de 1975. Não se tratava de uma psicose solitária dos Bowden. Junto com Hortense aguardavam oito milhões de testemunhas-de-jeová. Ela fazia parte de um grande, embora excêntrico, grupo. Hortense recebera (na qualidade de secretária da filial do Salão do Reino em Lambeth) uma carta pessoal com a assinatura fotocopiada de William J. Rangeforth, do mais numeroso Salão do Reino de todos nos Estados Unidos, no Brooklyn, confirmando a data. O fim do mundo fora confirmado *oficialmente* com um timbre dourado, e Hortense respondeu à altura, enquadrando a carta numa atraente moldura de mogno. Colocara-a em destaque sobre um pano ornamental em cima do aparelho de televisão, entre uma estatueta de vidro da Cinderela a caminho do baile e um abafador de bule de chá bordado com os Dez Mandamentos. Perguntara a Darcus se ele achava bonito. Darcus humara que sim.

O fim do mundo estava próximo. E não se tratava — garantira-se à filial das Testemunhas de Jeová de Lambeth — do mesmo equívoco de 1914 e 1925. Houvera a promessa de entranhas dos pecadores amarradas em volta de troncos de árvore, mas desta vez as entranhas dos pecadores amarradas em volta de troncos de árvore *apareceriam*. Haviam esperado muito tempo que os rios de sangue transbordassem nas sarjetas da rua do comércio, e agora a sede *seria* saciada. Chegara a hora. Essa era a data correta, essa era a única data, todas as outras apresentadas antes haviam resultado de algum erro de cálculo: alguém se esqueceu de somar, alguém se esqueceu de subtrair, alguém se esqueceu de transportar o número 1. Agora, porém, era a hora. A coisa para valer. Primeiro de janeiro de 1975.

Hortense, por exemplo, ficou contente em saber. Na primeira manhã de 1925, chorara feito uma criança ao acordar e descobrir — em lugar do granizo, do enxofre e da destruição universal — a continuidade da vida cotidiana, a circulação normal dos ônibus e trens. Fora para nada, pois, toda a inquietação e agitação da noite anterior, esperando

> aqueles próximos, aqueles que não deram ouvidos a seus alertas, sucumbir num fogo quente e terrível que separará a pele dos ossos, derreterá os olhos nas órbitas, queimará os bebês que se nutrem nos seios das mães [...] tantos de seus próximos morrerão nesse dia que seus corpos, se alinhados um ao lado do outro, estender-se-ão trezentas vezes em volta da Terra, e em seus restos carbonizados a verdadeira Testemunha de Deus caminhará a Seu lado.
>
> — *O sino claríssono*, edição 245

Que dolorosa decepção! Mas as feridas de 1925 se curaram, e Hortense estava mais uma vez pronta para se convencer de que o apocalipse, tal como explicara o justo e venerável sr. Rangeforth, era iminente. A promessa da geração de 1914 permanecia válida: *Em verdade vos digo que não passará esta geração sem que tudo isto aconteça* (Mateus, 24:34). Os que estavam vivos em 1914 viveriam para ver o Armagedon. Fora prometido. Nascida em 1907, Hortense agora envelhecia, cansava-se, e seus pares morriam feito moscas. O ano de 1975 parecia ser a última oportunidade.

Pois não era então que duzentos dos melhores intelectuais das congregações haviam passado vinte anos estudando a Bíblia para chegar a essa data numa conclusão unânime? Pois não era então que haviam lido nas entrelinhas em Daniel, perscrutado o sentido oculto no Apocalipse, identificado corretamente as guerras asiáticas (Coréia e Vietnã) como o período referido pelo anjo, "um tempo, e tempos, e meio tempo"? Hortense estava convencida de que esse era o sinal dos sinais. Esses eram os dias finais. Faltavam oito meses para o fim do mundo. Muito pouco tempo! Havia faixas para fazer, artigos para escrever ("Perdoará Deus o onanista?"), portas em que bater, campainhas que tocar. Havia Darcus em quem pensar — incapaz de andar até a geladeira sem ajuda —, como chegaria ao Reino de Deus? E em tudo Clara tinha de dar uma mãozinha; não havia tempo para moços, para Ryan Topps, para fugir ao dever, para angústias de adolescente. Porque Clara não era igual às outras adolescentes. Era a filha de Deus, a criança milagrosa de Hortense. Hortense estava com quarenta e oito anos quando ouviu a voz de Deus enquanto estripava um peixe certa manhã, em Montego Bay, em 1955. Largou imediatamente o marlim, pegou o bonde para ir para casa e se submeteu a sua menos apreciada atividade a fim de conceber o filho que Ele pedira. Por que Deus demorara tanto tempo? Porque Deus queria mostrar um milagre para Hortense. Porque Hortense mesma fora uma criança milagrosa, nascida no meio do lendário terremoto de Kingston, em 1907, quando todo o mundo se ocupava em morrer — milagres estavam no sangue da família. Era assim que Hortense entendia: se viera a este mundo no meio de um terremoto, enquanto áreas de Montego Bay desabavam no mar, chamas escorriam pelas montanhas, então ninguém poderia apresentar desculpas para nada. Gostava de dizer: "Nascer é o pior pedaço! Depois é fácil". De modo que, agora que Clara estava *ali*, bastante crescida para ajudá-la indo de porta em porta, na administração, na redação dos discursos e em todas as variadas tarefas das Testemunhas de Jeová, que continuasse ajudando. Sem tempo para moços. O trabalho dessa menina estava só começando. Hortense — nascida enquanto a Jamaica desmoronava — não aceitava apocalipse antes dos dezenove anos de idade como desculpa para a indolência.

Entretanto, estranhamente, e possivelmente devido à bem documentada preferência de Jeová por agir de maneira misteriosa, foi ao cumprir a missão do Senhor que Clara por fim conheceu Ryan Topps, face a face. O grupo juvenil do Salão do Reino de Lambeth foi incumbido de bater de porta em porta numa manhã de domingo, *Separando dos cabritos as ovelhas* (Mateus, 25:31-46), e Clara, detestando os jovens testemunhas, com suas gravatas feias e fala mansa, pegou a pasta e saiu sozinha para apertar as campainhas ao longo da Creighton Road. Nas primeiras portas, receberam-na com as habituais caras condoídas: mulheres gentis despachando-a o mais polidamente possível, certificando-se de não se aproximarem muito, com receio de pegar a infecção da religião. Ao chegar à parte mais pobre da rua, as reações se tornaram mais agressivas; berros soavam das janelas ou de trás das portas fechadas.

— Se for esses chatos das testemunhas-de-jeová, manda pastar!

Ou com mais imaginação:

— Desculpe, meu bem, mas sabe que dia é hoje? É domingo, né? Tô *um trapo*. Passei a semana *inteira* criando a terra e os oceanos. É o meu dia de descansar.

No número 75, ela passou uma hora com um gênio da física de catorze anos de idade chamado Colin, que desejava refutar intelectualmente a existência de Deus enquanto não desgrudava os olhos de sua saia. Depois tocou a campainha do 87. E Ryan Topps abriu a porta.

— Que é?

E ali ficou em toda a sua glória ruiva e gola rulê, os lábios rispidamente encrespados.

— Eu... eu...

Ela procurou, num desespero, esquecer que estava usando blusa branca de gola com folhos, saia xadrez até os joelhos e uma faixa em que, orgulhosamente, estava escrito: MAIS PERTO DE DEUS POR TI.

— Quer alguma coisa? — perguntou Ryan Topps, tragando fundo um cigarro quase apagado. — Ou o quê?

Clara se valeu do sorriso mais largo e dentuço, e acionou o piloto automático.

— Bom dia, senhor. Sou do Salão do Reino de Lambeth, onde nós, testemunhas-de-jeová, estamos esperando Deus chegar e nos honrar mais uma vez com a Sua sagrada presença; como Ele fez brevemente, mas, pra nossa tristeza, invisivelmente, no ano do nosso fundador, 1914. Acreditamos que, quando Ele se deixar conhecer, Ele vai trazer com Ele os trezentos fogos do inferno no Armagedon, dia em que uns poucos estimados vão ser salvos. O senhor não tá interessado nos...

— Como é que é?

Clara, prestes a chorar de vergonha, tentou de novo.

— O senhor não tá interessado nos ensinamentos de Jeová?

— De quê?

— Jeová, nos ensinamentos de Deus. Veja, é que nem uma escada. — O último recurso de Clara era sempre a metáfora dos degraus sagrados usada pela mãe. — O senhor tá descendo a escada e falta um degrau. É como eu digo: cuidado com o degrau! Só quero dividir o céu com o senhor. Não quero que o senhor quebre as pernas.

Ryan Topps se encostou no batente da porta e a olhou um bom tempo através da franja ruiva. Clara sentiu que observava a si mesma, como um telescópio. Era uma questão de segundos, decerto, para sumir completamente.

— Tenho aqui uns folhetos pro senhor ler com calma... — Atrapalhou-se com o fecho da pasta, apertou-o com o polegar, mas se esqueceu de segurar o outro lado da pasta. Cinqüenta exemplares da *Torre de vigia* se espalharam no degrau da porta. — Puxa, hoje não tô conseguindo fazer nada direito...

Agachou-se às pressas para recolhê-los e arranhou o joelho esquerdo.

— Ai!

— Você se chama Clara — disse Ryan, devagar. — É da escola, não é?

— Sou, sim senhor — respondeu Clara, tão exultante com o fato de ele se lembrar de seu nome que se esqueceu da dor. — St. Jude's.

— Eu *sei* o nome da escola.

Clara ficou vermelha como gente negra fica e olhou para o chão.

— Causas perdidas. Santo das — disse Ryan, tirando algo sub-repticiamente do nariz e o jogando num vaso de flores. — IRA. Sei lá mais o quê.

Ryan examinou mais uma vez o corpo comprido de Clara, levando um descomedido tempo nos dois peitos de bom tamanho, o contorno dos mamilos eriçados perceptível através do poliéster branco.

— Melhor entrar — disse ele enfim, baixando o olhar para inspecionar o joelho que sangrava. — Passar alguma coisa aí.

Nessa mesma tarde houve alguns agitos no sofá de Ryan (que foram um tanto além do que se esperaria de uma moça cristã), e o diabo ganhou outra mão de pôquer na partida com Deus. Coisas foram sacudidas, puxadas e empurradas; e na segunda-feira, quando soou a sineta da escola assinalando o fim das atividades, Ryan Topps e Clara Bowden (para desgosto geral da escola) formavam mais ou menos um casal de namorados; na fraseologia da St. Jude's, estavam "tendo um caso". Seria tudo o que Clara, em todo o seu abrasador poder de invenção adolescente, imaginara?

Bom, "ter um caso" com Ryan na verdade consistia em três grandes passatempos (em ordem de importância): admirar a motoneta de Ryan, admirar os discos de Ryan, admirar Ryan. Mas, enquanto outras garotas teriam se esquivado dos encontros que se davam na garagem de Ryan e que se resumiam inteiramente em observá-lo contemplar o motor da motoneta, louvando suas complicações e complexidades, para Clara não havia coisa mais emocionante. Logo ela soube que Ryan era um homem de penosas poucas palavras e que as raras conversas que tinham diziam respeito apenas a Ryan: suas esperanças, seus temores (todos relacionados à motoneta) e sua peculiar crença de que ele e a motoneta não viveriam muito. Por algum motivo, Ryan estava convencido do lema dos anos 50 acerca do envelhecimento: "Viva a toda, morra novo", e, embora a motoneta não fizesse mais do que 35 km/h nas descidas, gostava de avisar Clara, num tom de voz intimidador, para não se "envolver demais", pois ele não viveria muito tempo; iria "embora" cedo e numa "explosão". Ela se imaginava abraçando Ryan ensangüentado, ouvindo-o enfim declarar seu amor imorredouro; via a si mesma como uma viúva *mod*, usando blusas pretas de gola rulê e exigindo que "Waterloo sunset" fosse tocada no funeral. A inexplicável dedicação de Clara a Ryan Topps não tinha limites. Transcendia a feiúra dele, a personalidade enfadonha e os repugnantes hábitos pessoais. Essencialmente, transcendia Ryan, pois, o que quer que Hortense argumentasse, Clara era uma adolescente como qualquer outra; o objeto de sua paixão era apenas um acessório da própria paixão, uma paixão que, depois de reprimida por muito tempo, estava agora se afirmando como uma necessidade vulcânica. Nos meses que se seguiram, a mentalidade de Clara mudou, as roupas de Clara mudaram, o andar de Clara mudou, a alma de Clara mudou. Em todo o mundo, as garotas chamavam essa mudança de Donny Osmond, Michael Jackson ou Bay City Rollers. Clara preferiu chamá-la de Ryan Topps.

Não havia encontros, no sentido normal. Não havia flores ou restaurantes, filmes ou festas. Ocasionalmente, quando precisava de mais maconha, Ryan a levava para visitar uma enorme casa ocupada por invasores no norte de Londres, onde oito gramas era barato e as pessoas, chapadas demais para distinguir quaisquer feições, agiam como se fossem grandes amigos. Lá, Ryan se refestelava numa rede e, depois de alguns baseados, passava do monossilabismo habitual para a catatonia absoluta. Clara, que não fumava, sentava-se a seus pés, admirava-o e procurava acompanhar as conversas à volta. Não tinha histórias para contar, como os outros, não como Merlin, como Clive, como Leo, Petronia, Wan-Si e os demais. Nenhum episódio de viagens de LSD, de brutalidade policial ou de manifestações na Trafalgar Square. Mas Clara fez amigos. Garota de muitos recursos, usava o que tinha para entreter e horrorizar um variado grupo de hippies, bichos-grilos, excêntricos e estranhos: um tipo diferente de extremismo; histórias de castigo e condenação eternos, do amor do demônio por fezes, sua paixão por esfolar a pele, por perfurar olhos com ferro em brasa e pelar os genitais — todos os planos minuciosos de Lúcifer, o mais refinado dos anjos caídos, para o 1º de janeiro de 1975.

Evidentemente, essa coisa chamada Ryan Topps começou a empurrar o Fim do Mundo cada vez mais para o fundo da consciência de Clara. Tantas outras coisas se apresentavam a ela, tantas novidades na vida! Se isso fosse possível, ela se sentia um dos ungidos naquele instante mesmo, bem ali, em Lambeth. Quanto mais abençoada se sentia na Terra, cada vez menos voltava os pensamentos para o Céu. No fim, era o épico feito da grande divisão que Clara simplesmente não conseguia compreender. Tantos sem salvação. De oito milhões de testemunhas-de-jeová, apenas cento e quarenta e quatro mil se juntariam a Cristo no Céu. As mulheres devotas e os homens suficientemente devotos conquistariam o paraíso na Terra — um prêmio de consolação nada desprezível, considerando as circunstâncias —, mas isso ainda deixava de fora uns dois milhões que não seriam bem-sucedidos. Adicionem-se os pagãos, os judeus, os católicos, os muçulmanos, os pobres habitantes da floresta amazônica por quem Clara chorou quando menina; tantos sem salvação. As testemunhas-de-jeová se orgulham da ausência do inferno em sua teologia — a punição é a tortura, a inimaginável tortura no fim do dia, e depois a cova é a cova. Mas, para Clara, isto parecia pior — a idéia da Grande Multidão divertindo-se no paraíso terrestre, enquanto os esqueletos dos perdidos, torturados e mutilados jazem debaixo da terra.

De um lado ficava a gigantesca quantidade de pessoas no planeta não familiarizadas com os ensinamentos da *Torre de vigia* (algumas sem acesso a uma caixa de correio), incapazes de contatar o Salão do Reino de Lambeth e receber o útil material de leitura sobre o caminho da redenção. De outro, Hortense, o cabelo enrolado com rolinhos de ferro, agitando-se sob os lençóis, aguardando cheia de júbilo as chuvas de enxofre caírem sobre os pecadores, sobretudo sobre a mulher do 53. Hortense tentava explicar: "Os que morrerem sem conhecer Deus vão ser ressuscitados e vão ter outra oportunidade". Mas, para Clara, ainda era uma equação iníqua. Livros de contabilidade sem balanço possível. A fé é difícil de obter, fácil de perder. Ela se tornou mais e mais relutante em deixar a impressão dos joelhos nas almofadas vermelhas do Salão do Reino. Não usava sacolas, não portava faixas nem distribuía panfletos. Não falava com ninguém de degraus que faltavam. Descobriu o entorpecente, esqueceu a escada e começou a pegar o elevador.

Primeiro de outubro de 1974. Posta de castigo. Retida por quarenta e cinco minutos depois das aulas (por afirmar, numa aula de música, que Roger Daltrey era um músico superior a Johann Sebastian Bach), e por conseguinte Clara perdeu o encontro das quatro horas com Ryan na esquina da Leenan Street. Fazia muito frio e começava a escurecer quando saiu; correu entre pilhas de folhas outonais em putrefação, fez uma busca em todos os cantos da Leenan Street, mas nem sinal. Foi com apreensão que se aproximou da porta de casa, propondo a Deus um monte de acordos silenciosos (*Nunca mais vou fazer amor, nunca mais vou fumar maconha, nunca mais vou usar saia acima do joelho*) se Ele lhe garantisse que Ryan Topps não tinha tocado a campainha da porta da mãe e pedido abrigo contra o vento.

— Clara! Entre que está frio.

Era a voz que Hortense adotava quando tinha visita — uma excessiva compensação de todas as consoantes —, a voz usada para pastores e mulheres brancas.

Clara fechou a porta atrás de si e entrou na sala de estar com uma espécie de terror, passou pelo Jesus que chorava (e depois parava de chorar) e foi para a cozinha.

— Meu Deus, ela parece um bichinho que o gato trouxe pra dentro de casa, hein?

— Hum-hum — resmungou Ryan, que todo alegre devorava um prato de *ackee* e bacalhau seco, sentado à ponta da pequena mesa da cozinha.

Clara gaguejou, os dentes salientes recortando formas no lábio inferior.

— O que tá fazendo *aqui*?

— Ah! — exclamou Hortense, quase exultante. — Pensa que pode esconder os seus amigos de mim pra sempre? O moço estava com frio, deixei entrar, e a gente estava tendo uma boa conversa, não é mesmo, moço?

— Hum-hum, sim, senhora Bowden.

— Mas por que essa cara de espanto? Estava pensando que eu ia comer ele ou coisa assim, hein, Ryan? — disse Hortense, afogueando-se de um modo que Clara jamais vira.

— É, pois é — respondeu Ryan, com um sorriso dengoso. E, juntos, Ryan Topps e a mãe de Clara começaram a rir.

Haverá algo mais provável de tirar o brilho de um caso amoroso do que um amante travar relações sociais com a mãe da amada? À medida que as tardes foram ficando mais escuras e curtas, tornando mais difícil reconhecer Ryan na multidão que remoinhava em frente dos portões da escola todos os dias às três e meia da tarde, Clara, descoroçoada, fazia o longo caminho de volta a casa e mais uma vez encontrava o namorado na cozinha, batendo um papo animado com Hortense, devorando a cornucópia de delícias da família Bowden: *ackee* com bacalhau seco, charque, arroz com frango e ervilhas, bolo de gengibre e sorvete de coco.

Essas conversas, que soavam animadas quando Clara girava a chave na fechadura, eram sempre interrompidas quando ela se aproximava da cozinha. Como crianças flagradas, os dois ficavam sérios, depois atrapalhados, e então Ryan se desculpava e ia embora. Havia também um olhar, ela notou, que começaram a lhe lançar, um olhar de piedade, de condescendência; e não só isso: passaram a fazer comentários sobre suas roupas, que aos poucos foram ficando mais juvenis, mais coloridas; e Ryan — mas o que estava acontecendo com Ryan? — aposentou a gola rulê, evitava-a na escola, *comprou uma gravata*.

Naturalmente, assim como a mãe de um toxicômano ou a vizinha de um assassino seqüencial, Clara seria a última a saber. No passado, soubera tudo acerca de Ryan — antes de o próprio Ryan saber —, fora uma *especialista* em Ryan. Agora estava limitada a ouvir por acaso as garotas irlandesas comentarem que Clara Bowden e Ryan Topps não transavam mais — com certeza, com certeza *não estavam* transando —, ah, não, *não estavam mais*.

Se compreendesse o que estava acontecendo, Clara se recusaria a acreditar. Na ocasião em que viu Ryan à mesa da cozinha, rodeado de panfletos — Hortense recolhendo-os às pressas e enfiando-os no bolso do avental —, Clara *desejou* esquecer. Mais tarde, naquele mês, quando persuadiu o tristonho Ryan a uma rapidinha com ela num banheiro para deficientes físicos, Clara semicerrou os olhos para não ver o que *não queria* ver. Mas lá estava, embaixo do blusão, quando ele se curvou sobre a pia, lá estava um brilho de prata, a cintilação quase invisível na penumbra — não podia ser, mas *era* —, o brilho prateado de uma pequena cruz de prata.

Não podia ser, *mas era*. A isso é que chamam de milagre. De algum modo, os opostos de Hortense e Ryan se encontraram em seus extremos lógicos, a predileção mútua pela dor e pela morte alheia encontrando-se como pontos de perspectiva num horizonte mórbido. De repente, o salvo e o sem-salvação se uniram num milagroso círculo completo. Hortense e Ryan estavam agora tentando *salvá-la*.

— Monta na moto.

Clara tinha acabado de sair da escola na escuridão da tarde, e era Ryan, a motoneta parando bruscamente perto dos pés.

— Cla, monta.

— Vai perguntar pra minha mãe se ela não quer montar!

— Por favor — disse Ryan, oferecendo o capacete sobressalente. — É importante. Preciso falar com você. O tempo tá acabando.

— Por quê? — Clara retrucou, oscilando com petulância nos saltos de plataforma. — Tá indo pra algum lugar?

— Você e eu, os dois — murmurou Ryan. — Pro lugar certo, espero.

— Não.

— Por favor, Cla.

— *Não*.

— *Por favor*. É importante. Questão de vida ou morte.

— Escuta, cara... tudo bem. Mas não vou pôr essa porcaria — devolveu o capacete e montou na motoneta —, desmancha o cabelo.

Ryan atravessou Londres com ela e subiu até Hampstead Heath, até o ponto culminante de Primrose Hill, onde, olhando para a insalubre fluorescência alaranjada lá embaixo, cautelosa e tortuosamente, e num linguajar que lhe era estranho, apresentou seu argumento. O qual, em essência, era este: faltava apenas um mês para o fim do mundo.

— E acontece que ela e eu, nós...

— Nós!

— A sua mãe... a sua mãe e eu — resmungou Ryan —, nós estamos preocupados. Com você. São poucos os que vão sobreviver nos últimos dias. Você tá andando em má companhia, Cla...

— *Escuta aqui* — disse Clara, balançando a cabeça e sugando os dentes —, não posso acreditar nesse troço. Eles são amigos *teus*.

— Não, não são, não. Deixaram de ser. A maconha... a maconha é o mal. E toda aquela gente... Wan-Si, Petronia.

— Elas são minhas amigas!

— Não são boas moças, Clara. Deviam tá é com as famílias delas, e não se vestindo como se vestem e fazendo aquelas coisas com os homens naquela casa. Você também não devia fazer. E se vestir igual, igual, igual...

— Igual o quê?

— Igual prostituta! — disse Ryan, a palavra explodindo, como se fosse um alívio se livrar dela. — Igual mulher perdida!

— Sabe, cara, já ouvi *demais*... me leva pra casa.

— Eles vão levar o deles — disse Ryan, balançando a cabeça, estendendo o braço e gesticulando sobre Londres, de Chiswick a Archway. — Você ainda tem tempo. Cla, com quem você vai querer tá? Com quem vai querer tá? Com os cento e quarenta e quatro mil, no céu, guiando com Cristo? Ou quer fazer parte da Grande Multidão, vivendo no paraíso terrestre, o que tá muito bem, mas.... Ou vai ser um dos que levam na cabeça, tortura e morte? Hein? Só tô separando os cabritos das ovelhas, Cla, os cabritos das ovelhas. É Mateus. E acho que você é uma ovelha, ou não é?

— Vou falar uma coisa — disse Clara, voltando para a motoneta e montando na garupa —, eu sô um cabrito. *Gosto* de ser cabrito. *Quero* ser cabrito. E prefiro me fritar na chuva de enxofre com as minhas amigas que me sentar no céu, morta de tédio, com Darcus, a minha mãe e você!

— Não fala assim, Cla — disse Ryan, com ar de gravidade, pondo o capacete. — Uma pena falar assim. Pelo seu bem. *Ele* tá ouvindo a gente.

— *Cansei* de te ouvir. Me leva pra casa.

— É verdade! Ele tá ouvindo a gente! — gritou, virando-se para trás, berrando para se fazer ouvir no meio do ruído do cano de escape, enquanto a rotação do motor se acelerava e a motoneta descia a colina. — Tá vendo tudo! Tá de olho em todo mundo!

— Pois fique você de olho onde tá indo — gritou Clara de volta, enquanto a motoneta forçava um grupo de judeus hassídicos a correr para todas as direções. — De olho na rua!

— Só os eleitos... é o que diz... só os eleitos. Todos os outros vão levar... é o que diz no Deu-tro-nômio... todos vão levar o que vem aí, e só os eleitos...

Num momento qualquer no meio da iluminadora exegese bíblica de Ryan Topps, seu falso ex-ídolo, a Vespa GS, colidiu com estrondo contra um carvalho de quatrocentos anos. A natureza triunfou sobre as presunções da engenharia. A árvore sobreviveu; a moto morreu. Ryan foi arremessado para um lado; Clara, para outro.

Os princípios do cristianismo e os da Lei da Foda (também conhecida como Lei de Murphy) são os mesmos: *Tudo acontece comigo, para mim*. Assim, se um homem derruba uma fatia de pão torrado, e ela cai com o lado da manteiga para baixo, esse lamentável evento é interpretado como a prova de uma verdade essencial sobre a má sorte: a de que a torrada caiu dessa maneira só para provar para *você*, Senhor Pé-Frio, que há uma força definidora no universo, e ela é a má sorte. Não é acaso. Jamais a torrada teria caído do outro lado, sustenta o argumento, por causa da Lei da Foda. Em resumo, a Lei da Foda acontece para provar que há uma Lei da Foda. No entanto, ao contrário da gravidade, trata-se de uma lei que não existe, não importa o que aconteça: quando a torrada cai do *outro* lado, a Lei da Foda desaparece misteriosamente. Da mesma forma, quando Clara caiu, perdendo os dentes da parte superior da boca, enquanto Ryan se levantou sem um arranhão sequer, Ryan sabia que foi porque Deus escolhera Ryan como um dos salvos e Clara como um dos sem-salvação. Não porque um estava usando capacete e o outro não. E se tivesse acontecido o contrário, se a gravidade tivesse reclamado os dentes de Ryan, fazendo-os rolar Primrose Hill abaixo como minúsculas bolas de neve esmaltadas, bem... pode apostar a vida que Deus, na visão de Ryan, teria feito um número de desaparecimento.

Com efeito, fora o sinal definitivo de que Ryan precisava. Na véspera do ano-novo, lá estava ele na sala de estar, sentado com Hortense no centro de um círculo de velas, rezando com fervor pela alma de Clara, enquanto Darcus urinava pela sonda e assistia ao programa *Generation game*, na BBC 1. Clara, nesse ínterim, tinha vestido uma calça amarela com um bustiê vermelho e ido a uma festa. Sugerira o tema da festa, ajudara a pintar a faixa e a pendurá-la na janela; dançou e fumou com a turma e se sentiu, sem falsa modéstia, a própria beldade da casa. Mas quando a meia-noite inevitavelmente chegou e se foi sem a aparição dos cavaleiros do Apocalipse, Clara se pegou mergulhando na melancolia. Pois se livrar da fé é como ferver a água do mar para extrair sal — algo se ganha, mas algo se perde. Embora os amigos — Merlin, Wan-Si *et cetera* — tivessem lhe dado tapinhas nas costas e a congratulado por exorcizar aqueles fervorosos sonhos de perdição e redenção, Clara no íntimo sentia a falta do toque mais caloroso que esperara para seus dezenove anos, o abrangente abraço bem apertado do Salvador, aquele que era Alfa e Ômega, o princípio e o fim; o homem que deveria tirá-la de tudo aquilo, da apática realidade da vida num apartamento térreo de Lambeth. O que aguardava Clara agora? Ryan encontraria uma nova moda; Darcus precisaria apenas mudar de canal; Hortense decerto descobriria uma outra data, outros panfletos, uma fé ainda mais forte. Clara, porém, não era como Hortense.

Contudo, restava um resíduo, deixado pela evaporação da fé. Clara ainda ansiava por um salvador. Ainda ansiava por um homem que a levasse embora, que a escolhesse acima de todas as outras, para que pudesse *Andar de branco com Ele, pois* [ela *é digna*]. Apocalipse, 3:4.

* * *

Talvez não seja tão inexplicável, portanto, que, quando conheceu Archie Jones ao pé de uma escada na manhã seguinte, Clara Bowden tenha visto nele mais do que apenas um homem branco de meia-idade, baixote e roliço, num terno mal cortado. Clara viu Archie através dos olhos verdes-cinza da perda; seu mundo havia acabado de desaparecer, a fé pela qual tinha vivido recuara feito maré baixa, e Archie, por mero acidente, tornara-se o sujeito da brincadeira: o último homem na Terra.

3. Duas famílias

É melhor casar do que viver abrasado, diz o Coríntios I, capítulo 7, versículo 9.

Bom conselho. Evidentemente, o Coríntios também nos informa que *não amordaçarás o boi que debulha* — então, imagine.

Em fevereiro de 1975, Clara trocara a religião e todo o literalismo bíblico desta por Archibald Jones, mas não era ainda uma ateísta descontraída, do tipo capaz de rir diante de altares ou de rejeitar totalmente os ensinamentos de são Paulo. A segunda máxima não era problema — não possuindo boi, estava excluída por procuração. A primeira, porém, não a deixava dormir à noite. Seria melhor casar? Mesmo com um pagão? Não havia como saber: agora vivia sem muletas, sem rede de segurança. Mais preocupante que Deus era a mãe. Hortense se opunha visceralmente à relação, por motivos de cor, não de idade, e numa manhã, assim que tomou conhecimento dela, expulsou a filha de casa.

Clara ainda sentia que, no fundo, a mãe preferiria que casasse com um homem inadequado a viver com ele como pecadora, de modo que agiu por impulso e pediu a Archie que a levasse para tão longe de Lambeth quanto um homem com seus recursos poderia — Marrocos, Bélgica, Itália. Archie lhe segurou as mãos, aquiesceu e sussurrou doces promessas vazias, sabendo perfeitamente que o mais longe que um homem com seus recursos poderia ir era o sobrado recém-adquirido, mediante um monstruoso financiamento, em Willesden Green. Mas não havia necessidade de mencioná-lo agora, ele pensou, não agora, no calor da hora. Ele a faria perder as ilusões, por assim dizer, delicadamente.

Três meses depois, Clara fora delicadamente desiludida e ali estavam eles, mudando-se. Archie subindo a escada com dificuldade, como sempre a xingar e às cegas, vergando sob o peso de caixas que Clara era capaz de carregar duas ou três ao mesmo tempo, sem esforço; Clara fazendo uma pausa, semicerrando os olhos no quente sol de maio, tentando se orientar. Tirou a blusa, ficando com uma camiseta roxa, e se encostou no portão da entrada. Mas que lugar era aquele? Esse era o problema, entende?, não dava para *saber*. Sentada no banco de passageiros na perua de mudança, vira a rua principal e tudo era feio, pobre e familiar (embora não houvesse Salão do Reino ou igrejas episcopais), mas depois, ao virar uma esquina, de repente as ruas explodiram em áreas verdes, belos carvalhos, as casas se tornaram mais altas, maiores e mais separadas, ela viu parques, viu bibliotecas. E aí, de repente, as árvores sumiram, os pontos de ônibus retornaram, como se pelo soar de algum sino da meia-noite; um sinal a que as casas também obedeciam, transformando-se em moradias menores, sem escadas, erguidas angulosamente em frente de galerias comerciais em ruína, as características fileiras de estabelecimentos que incluem, sem exceção,

uma lanchonete extinta ainda anunciando café da manhã

um serralheiro não mais interessado no negócio de ornamentos supérfluos (CHAVEIRO)

e um cabeleireiro unissex invariavelmente fechado, o orgulhoso portador de jogos de palavras execráveis (*Cortes celestes*, *Permanente até sempre* ou *Cabelo na palma da mão*).

Era uma loteria passar por ali desse jeito, a observar, sem saber se sossegaria de vez no meio das árvores ou no meio da merda. Depois, por fim, a perua parou em frente de uma casa, uma casa boa em algum lugar a meio caminho entre as árvores e a merda, e Clara sentiu uma onda de gratidão lhe percorrer o corpo. Era *boa*, não tão boa quanto esperara, mas não tão ruim quanto receara; havia dois jardinzinhos, um na frente e um nos fundos, um capacho, uma campainha, um banheiro *dentro da casa*... E ela não pagara um alto preço. Só amor. Não mais que amor. E, diga o que diga o Coríntios, o amor não é uma coisa assim tão difícil de fingir, não se a gente nunca o sentiu de verdade. Não amava Archie, mas decidira, desde aquele primeiro momento na escada, dedicar-se a ele se ele a levasse embora. E ele a levara; e, apesar de que não para Marrocos, Bélgica ou Itália, era bom — não a Terra Prometida, mas *bom*, melhor do que qualquer lugar em que estivera.

Clara percebeu que Archibald Jones não era um herói romântico. Morar três meses num quartinho mixuruca em Cricklewood fora uma revelação suficiente. Ah, sim, ele era carinhoso e às vezes até charmoso, logo cedinho assobiava uma canção clara como cristal, dirigia com calma e responsabilidade, e era um cozinheiro de uma competência surpreendente, mas romance passava longe dele, e paixão nem pensar. E se a gente fica atrelada a um homem tão mediano como esse, Clara pensava, ele deveria pelo menos se dedicar totalmente *à gente* — à beleza da gente, à juventude da gente —, isso era o mínimo que poderia fazer para compensar as coisas. Mas Archie não. Um mês depois do casamento, já tinha o olhar vidrado esquisito que os homens têm quando atravessam a gente com o olhar. Já tinha voltado à vida de solteiro: drinques com Samad Iqbal, jantares com Samad Iqbal, almoços dominicais com Samad Iqbal, cada momento livre com esse homem naquela droga de bar, o O'Connell's, naquela droga de espelunca. Ela tentava ser sensata. Perguntava-lhe: *Por que você nunca pára em casa? Por que você passa tanto tempo com o indiano?* Mas uma palmadinha nas costas, um beijinho na bochecha, e ele pegava o paletó, punha o pé fora de casa e dava sempre a mesma resposta: *Eu e o Sam? A gente se conhece faz um tempão.* Ela não podia questionar. Era um tempão bem antes de ela ter nascido.

Não era um cavaleiro cândido, portanto, Archibald Jones. Nenhum objetivo, nenhuma esperança, nenhuma ambição. Um homem cujos maiores prazeres eram o café da manhã inglês e o faça-você-mesmo. Um homem enfadonho. Um homem *velho*. E no entanto... bondoso. E *bondoso* talvez não significasse muito, *bondoso* talvez não alegrasse a vida, mas era alguma coisa. Viu isso nele naquela primeira vez na escada, simplesmente, diretamente, da mesma forma que identificaria uma boa manga numa barraca de feira em Brixton só de apalpar a casca.

Esses eram os pensamentos em que Clara se absorvia encostada no portão do jardim, três meses depois do casamento, observando em silêncio a testa do marido se preguear e se encolher feito sanfona, a barriga pender grávida sobre o cinto, a brancura da pele, as dobras sobressaindo — os dois cordões de carne que aparecem no pescoço de um homem (assim diziam na Jamaica) quando seu tempo está para terminar.

Clara franziu o cenho. Não tinha notado essas aflições na cerimônia de casamento. Por que não? Ele estava sorridente e usava uma blusa de gola rulê branca, mas não, não era isso — Clara não as *procurou* naquele momento, *isso* é o que era. Passara a maior parte do dia do casamento olhando para os próprios pés. Era um dia quente, 14 de fevereiro, mas inusitadamente quente, e havia espera, porque o mundo inteiro resolvera casar naquele dia num pequeno cartório de registros de Ludgate Hill. Clara se lembrava de ter tirado os sapatinhos marrons de salto alto que calçava e de colocar os pés nus no chão frio, certificando-se de assentá-los firmemente nos dois lados de uma escura rachadela no ladrilho, um ato de equilíbrio no qual escorara ao acaso a felicidade futura.

Archie, enquanto isso, enxugava a umidade no lábio superior e maldizia um raio de sol teimoso que fizera uma gota de água salgada escorrer pela parte interna da coxa. Para o segundo casamento, escolhera um terno de tecido angorá com uma blusa de gola rulê branca, mas ambos se revelaram problemáticos. O calor incitou o brotar de regatos de suor em todo o corpo, que penetraram na gola rulê e no angorá e desprenderam o inconfundível cheiro de cachorro molhado. Clara, evidentemente, estava toda gata. Usava um vestido longo de lã marrom Jeff Banks e dentaduras postiças perfeitas; o vestido era aberto nas costas, os dentes eram brancos, e o efeito geral era felino; uma pantera em traje a rigor; onde a lã terminava e a pele de Clara começava não era visível a olho nu. E como gata reagia ao empoeirado raio de sol que atravessava uma janela alta e incidia sobre os casais à espera. Nele aqueceu as costas desnudas, quase como se as *desfraldasse*. Até o escrivão, que vira de tudo — mulheres cavalares casando com homens fuinhas, homens elefantinos casando com mulheres corujentas —, ergueu uma sobrancelha ante a mais inatural das uniões quando o casal se aproximou da escrivaninha. Gata e cão.

— Oi, padre — disse Archie.

— Ele é escrivão, Archibald, seu caduco — disse o amigo Samad Miah Iqbal, que, junto com a diminuta mulher Alsana, foi chamado do exílio na sala de convidados para testemunhar o contrato. — Não um padre católico.

— Certo. Claro. Desculpe. Nervoso.

O formal escrivão disse:

— Podemos prosseguir? Há muitos como vocês hoje aqui para processar.

Isso e pouco mais constituiu a cerimônia. Archie pegou a caneta que o escrivão lhe entregou e escreveu o nome (Alfred Archibald Jones), a nacionalidade (inglês) e a idade (47). Hesitando um instante diante das opções do campo "Profissão", decidiu-se por "Publicitário (panfletos impressos)", depois assinou embaixo. Clara escreveu o nome (Clara Iphegenia Bowden), a nacionalidade (jamaicana) e a idade (19). Não encontrando nenhum campo que se relacionasse com sua profissão, foi direto para a decisiva linha pontilhada, riscou um traço e tornou a endireitar o corpo, uma Jones. Uma Jones como nenhuma outra surgida antes dela.

Depois saíram, desceram os degraus da escada, onde uma brisa levantava no ar confetes de segunda mão e os jogava sobre novos casais, onde Clara foi apresentada formalmente aos convidados pela primeira vez: dois indianos, ambos vestidos com seda purpúrea. Samad Iqbal, um homem alto e vistoso, de dentes muito brancos e uma mão morta, que não parou de lhe dar tapinhas nas costas com a mão viva.

— Idéia minha, sabe — repetia sem parar. — Idéia minha, esse negócio de casamento. Conheço este velho camarada desde... desde quando?

— Desde 1945, Sam.

— É o que eu estava querendo dizer para a sua bela esposa, 1945... Quando a gente conhece um homem tanto tempo assim, a gente combateu lado a lado, então é uma missão da gente fazer ele feliz, se ele não é. E ele não era! Bem o contrário, até você aparecer! Nadando na fossa, se me perdoa a grosseria. Graças, *ela* agora já foi despachada. Só tem um lugar para os loucos, e é junto com outros iguais a eles — disse Samad, perdendo o gás no meio da frase, pois Clara não entendia o que ele estava falando. — De qualquer maneira, não preciso insistir... Mas foi idéia minha, sabe, tudo isso.

E depois havia a mulher dele, Alsana, que era minúscula, de lábios cerrados, e parecia de algum modo desaprovar Clara (embora fosse apenas alguns anos mais velha); limitava-se a dizer "Ah, sim, senhora Jones" ou "Ah, não, senhora Jones", deixando Clara tão nervosa, tão *vexada*, que se sentiu obrigada a tornar a calçar os sapatos.

Archie ficou com pena de Clara por não ter havido uma recepção maior. Mas não havia ninguém mais para convidar. Todos os parentes e amigos tinham recusado o convite para o casamento; alguns com sobriedade, alguns com horror; outros, julgando o silêncio a melhor opção, passaram a semana anterior ignorando calculadamente a correspondência acumulada e evitando o telefone. A única pessoa a desejar sorte foi Ibelgaufts, que não fora nem convidado nem informado do acontecimento, mas de quem, curiosamente, chegara uma cartinha no correio da manhã:

14 de fevereiro de 1975

Caro Archibald,

Em geral, há algo relacionado a casamentos que desperta em mim o misantropo, mas hoje, enquanto procurava impedir a extinção de um canteiro de petúnias, senti uma simpatia não insignificante pela idéia da união de um homem e de uma mulher em coabitação durante a vida toda. É de fato extraordinário que nós, humanos, empreendamos uma tal proeza impossível, não acha? Mas falando sério por um momento: como você sabe, sou um homem cuja profissão é examinar o interior profundo da "mulher" e, assim como um psiquiatra, identificar nela uma relação de sintomas saudáveis ou não. E estou certo, meu amigo (para ampliar uma metáfora), de que você sondou sua futura esposa com tal procedimento, tanto espiritual quanto mentalmente, e constatou que ela não é desprovida de algum pormenor, e, sendo assim, nada mais posso oferecer senão os mais sinceros parabéns do seu mais sério concorrente,

Horst Ibelgaufts

Que outra recordação daquele dia poderia torná-lo excepcional e destacá-lo dos outros trezentos e cinqüenta e cinco que compuseram 1975? Clara se lembrava de um garoto negro em cima de um engradado de maçãs, suando dentro de um terno preto, que começou a fazer pedidos aos irmãos e às irmãs; de uma velha desabrigada que pegou um cravo de uma lata de lixo e o pôs no cabelo. Mas isso era tudo: os sanduíches que Clara preparara e embrulhara em papel-filme foram esquecidos e ficaram murchando no fundo de uma bolsa, o céu se nublara e, ao subirem a ladeira até o King Ludd Pub, passando pelos rapazes debochados na Fleet Street com suas canecas de chope, descobriram que Archie tinha sido multado por estacionar em lugar proibido.

Foi assim que Clara passou as três primeiras horas da vida de casada na delegacia de Cheapside, os sapatos nas mãos, observando seu salvador discutir sem tréguas com um fiscal de trânsito que não conseguia entender a sutil interpretação de Archie para as leis de estacionamento nos domingos.

— Clara, Clara, amorzinho...

Era Archie, espremendo-se contra ela a caminho da porta da frente, em parte obstruído por uma mesa de centro.

— Os Iqbala vêm visitar a gente esta noite e eu quero botar um pouco de ordem nesta casa... então vai saindo do meu caminho.

— Quer uma mãozinha? — perguntou Clara com paciência, embora ainda meio que em devaneio. — Posso erguer se...

— Não, não, não, não... deixa comigo.

Clara estendeu o braço para erguer um lado da mesa.

— Deixa eu só...

Archie se debateu para passar entre batentes estreitos, tentando segurar ao mesmo tempo as pernas da mesa e o enorme tampo de vidro removível.

Trabalho para homem, amorzinho.

— Mas... — Clara ergueu uma enorme poltrona com uma invejável facilidade e a carregou até onde Archie caíra, resfolegando nos degraus do vestíbulo. — Sem problema. Se quer ajuda, é só pedir. — Esfregou a mão com suavidade na testa.

— Tá, tá, tá. — Dispensou-a irritado, gesticulando como se espantasse uma mosca. — Sou bastante capaz, sabe...?

— Tô sabendo...

— É trabalho para *homem*.

— Sei, sei, tô vendo... Não quis dizer...

— Escuta, Clara, amorzinho, só sai do caminho que eu me viro, está bem?

Clara o observou arregaçar as mangas com determinação e lidar mais uma vez com a mesa de centro.

— Se quer mesmo ajudar, amorzinho, pode começar a trazer as suas roupas. Tem um monte delas, bastantes para afundar a porcaria de um navio de guerra. Não sei como é que a gente vai conseguir guardar tudo no espaço minúsculo que a gente tem.

— Eu já falei... a gente joga umas fora, se acha melhor.

— Isso não é comigo, não, isso não é comigo, é? E o cabide?

Era o homem: jamais capaz de tomar uma decisão, jamais capaz de afirmar uma posição.

— Mas já falei: se não gosta, então devolve essa porcaria. Comprei porque achei que você gostava.

— Bem, amorzinho — disse Archie com cautela, agora que ela tinha levantado a voz —, foi com o meu dinheiro... teria sido bom você pelo menos *pedir* a minha opinião.

— Carinha! É um cabide. Só que é vermelho. E vermelho é vermelho é vermelho. Qual o problema com vermelho assim de repente?

— Só estou tentando — retrucou Archie, abaixando a voz para um sussurro forçado e roufenho (uma arma vocal predileta no arsenal conjugal: *Não na frente dos vizinhos/das crianças*) — melhorar um pouquinho o *visual* da casa. Essa é uma vizinhança boa, vida nova, sabe. Escuta, nada de bate-boca. Vamos jogar a sorte com a moeda; cara, ele fica, coroa...

Briga de amantes verdadeiros, um segundo depois caem nos braços um do outro; amantes mais experimentados sobem a escada ou vão para o cômodo contíguo antes de se enternecerem e irem um ao encontro do outro. Um relacionamento à beira do colapso encontrará um parceiro a dois quarteirões de casa ou a dois países a leste antes de algum esforço emocional, de alguma responsabilidade, alguma recordação, antes do puxão da mão de um filho ou de uma corda do coração que os instiga a fazer a longa viagem de volta até a outra metade. Nessa escala Richter, portanto, Clara provocou o menor dos estrondos. Virou-se a caminho do portão, deu apenas dois passos e parou.

— Cara! — exclamou Archie, aparentemente sem melindre. — Ele fica. Está vendo? Não foi tão difícil.

— Não quero discutir. — Voltou-se e o encarou, tendo tomado uma silenciosa e renovada decisão de se lembrar da dívida para com ele. — Você falou que os Iqbal vão vim jantar. Eu tava pensando... Se querem que eu cozinho um prato de *curry* pra eles... Quer dizer, eu sei cozinhar um *curry*, mas *do meu jeito*.

— Pelo amor de Deus, eles são indianos, mas não *desse* tipo — retrucou Archie com irritação, ofendido com a insinuação. — O Sam come carne assada aos domingos, que nem todo o mundo. Ele serve comida indiana o tempo inteiro, não vai querer comer também.

— Eu só tava pensando...

— Bom, não pense, Clara. *Faz favor.*

Deu-lhe um beijo carinhoso na testa, para o qual ela se curvou um pouco.

— Conheço o Sam faz anos, e a mulher dele parece ser tranqüila. Não são da família real, sabe? Não são *desse* tipo de indianos — repetiu, e balançou a cabeça, preocupado com algum problema, algum sentimento complicado do qual não conseguia se desembaraçar completamente.

∽

Samad e Alsana Iqbal, que não eram *desse* tipo de indianos (assim como, na cabeça de Archie, Clara não era *desse* tipo de negra), que na verdade não eram de modo algum indianos, mas naturais de Bangladesh, moravam a quatro quarteirões dali no pior lado da Willesden High Road. Levara um ano para ali se estabelecerem, um ano de trabalho implacavelmente exaustivo para fazerem a importante mudança do pior lado de Whitechapel para o pior lado de Willesden. Um ano de Alsana dando duro na velha Singer que ficava na cozinha, costurando retalhos de plástico preto para uma loja chamada Domination, no Soho (foram muitas as noites em que Alsana examinou uma peça de roupa que acabara de fazer, conforme o molde que lhe forneciam, perguntando-se o que poderia ser). Um ano de Samad inclinando a cabeça de leve exatamente no ângulo diferencial correto, lápis na mão esquerda, escutando a horrenda pronúncia dos britânicos, espanhóis, norte-americanos, franceses, australianos:

Xixi Quebabe com fritas, faz favor.

Tica de Frango à Massa Alá, brigado.

Das seis da tarde às três da madrugada; e depois todos os dias sem dormir, até a luz do dia ser tão rara quanto uma gorjeta decente. Pois qual é o sentido, Samad pensava, pondo de lado dois bombons de hortelã e um recibo para encontrar quinze *pence*, qual é o sentido de dar de gorjeta a um homem a mesma quantia que se jogaria dentro de uma fonte, na esperança de realizar um desejo? Mas, antes mesmo de o pensamento ilícito de embrulhar com discrição os quinze *pence* na mão do guardanapo ter tido a oportunidade de ganhar forma, Mukhul — Ardashir Mukhul, que gerenciava o Palace e cujo corpo esquelético percorria a passo o restaurante, um olhar benevolente nos fregueses, um olhar sempre vigilante nos empregados —, Mukhul o flagrou.

— Saaamaad — tinha um jeito enjoado e pegajoso de falar —, já deu a bênção hoje, primo?

Samad e Ardashir eram primos distantes, Samad seis anos mais velho. Com que alegria (pura ventura!) Ardashir abrira a carta em janeiro passado e constatara que o primo mais velho, mais inteligente, mais vistoso, estava encontrando dificuldade de arranjar trabalho na Inglaterra e quem sabe ele não poderia...

— Quinze *pence*, primo — disse Samad, erguendo a palma da mão.

— De grão em grão a galinha enche o papo, não? — retrucou Ardashir, os lábios de peixe morto esticando-se num sorriso viscoso. — Põe no penico.

O penico era uma caçarola de *balti* preta que ficava no plinto de um pedestal em frente do banheiro dos empregados e na qual se juntavam as gorjetas que seriam divididas no fim da noite. Para os garçons mais jovens, exibidos e boas-pintas como Shiva, essa era uma grande injustiça. Shiva era o único empregado hindu — o que representava um tributo a suas habilidades de garçom, que triunfaram sobre as diferenças religiosas. Conseguiria quatro libras esterlinas de gorjeta numa noite se a chorosa divorciada branca lá no canto se sentisse muito solitária e ele batesse as longas pestanas para ela com eficácia. Tirava também algum com os diretores e produtores de gola rulê (o Palace ficava no centro da teatrolândia de Londres, e ainda era a época do Royal Court, de rapazes bonitos e dramas realistas) que adulavam o rapaz, admiravam seu traseiro gingar provocativamente enquanto ia ao balcão e voltava, e prometiam que, se alguém algum dia adaptasse para o palco *Uma passagem para a Índia*, ele teria o papel que mais lhe agradasse. Para Shiva, portanto, o sistema do penico era simplesmente roubo à luz do dia e um insulto a suas incontestáveis habilidades de garçom. Mas, para homens como Samad, avançado nos quarenta anos, e mesmo para os mais velhos, como o encanecido Muhammed (tio-avô de Ardashir), que estava no mínimo com oitenta anos, que tinha profundos vincos talhados nos lados da boca onde sorrira quando jovem, para homens como eles o penico não era motivo de reclamação. Fazia mais sentido participar da coleta do que insinuar no bolso quinze *pence* e arriscar ser flagrado (e privado das gorjetas de uma semana).

— Vocês vivem às minhas custas! — Shiva rosnava quando se via obrigado a renunciar a cinco libras esterlinas no fim de uma noite e a jogá-las dentro da caçarola. — Vocês todos vivem às minhas custas! Quem é que vai me livrar desses derrotados? As cinco libras eram minhas e agora vão ser divididas de sessenta e cinco milhões de jeitos como doações para esses derrotados! O que é isso: comunismo?

Os demais evitavam o olhar dele e, quietos, se ocupavam com outras coisas, até que numa noite, uma noite de quinze *pence*, Samad falou:

— Cale esse boca, seu moleque! — com calma, quase num sussurro.

— Você! — Shiva se virou para onde Samad estava, esmagando uma grande cuba de lentilhas para o *dal* do dia seguinte. — Você é o pior deles! Você é o pior garçom que já conheci! Escuto você tentando conversar com o freguês que a biologia isso, que a política aquilo... Se limite a servir comida, seu ignorante... Você é garçom, porra, não é o Michael Parkinson. "*Te ouvi dizer Nova Délhi*" — Shiva pôs o avental no braço e começou a fazer poses na cozinha (era um imitador deplorável) — "Eu estive lá, sabe, na Universidade de Nova Délhi, foi fascinante, ah, sim... E lutei na guerra, pela Inglaterra, sim, sim, sim, encantador, encantador." — Andou e andou pela cozinha, curvando a cabeça e esfregando as mãos sem parar como Uriah Heep, fazendo mesuras e genuflexões para o cozinheiro-chefe, para os velhos que guardavam grandes peças de carne no frigorífico, para o jovem que esfregava o lado inferior do forno. — Samad, *Samad*... — disse ele com o que parecia uma pena infinita, depois parou de repente, arrancou o avental e o amarrou em volta da cintura. — Você é um sujeito digno de dó.

Muhammed interrompeu por um instante a limpeza de uma panela e balançou a cabeça repetidas vezes. A ninguém em especial, disse:

— Essa moçada... que conversa é essa? Que conversa é essa? Onde é que está o respeito? Mas que conversa é essa?

— Vá se foder você também — Shiva retrucou, brandindo uma concha na direção dele —, seu velho tonto. Você não é meu pai.

— Primo em segundo grau do tio da sua mãe — uma voz resmungou atrás.

— Babaquice — disse Shiva. — Isso é babaquice.

Agarrou o esfregão e, quando estava indo para um dos banheiros, parou perto de Samad e pôs o cabo a alguns centímetros da boca de Samad.

— Chupa — zombou; e depois, arremedando a fala arrastada e mole de Ardashir: — Quem sabe, primo, recebe um aumento!

E era assim quase todas as noites: insultos de Shiva e dos outros; a condescendência de Ardashir; nunca ver Alsana; nunca ver o sol; pegando quinze *pence* e depois largando-os; desejando desesperadamente portar um aviso, uma enorme placa com os dizeres:

NÃO SOU GARÇOM. FUI ESTUDANTE, CIENTISTA, SOLDADO, A MINHA MULHER SE CHAMA ALSANA, VIVEMOS NO LESTE DE LONDRES, MAS GOSTARÍAMOS DE NOS MUDAR PARA O NORTE. SOU MUÇULMANO, MAS ALÁ ME ABANDONOU OU EU ABANDONEI ALÁ, NÃO TENHO CERTEZA. TENHO UM AMIGO — ARCHIE — E OUTROS. TENHO 49 ANOS MAS AS MULHERES AINDA OLHAM PARA MIM NA RUA. ÀS VEZES.

Mas, dado que não existia uma placa assim, em lugar dela ele tinha um impulso, uma necessidade, de falar com todos os homens e, da mesma forma que o Velho Marinheiro, explicar constantemente, constantemente, desejando reafirmar alguma coisa, qualquer coisa. Não era isso importante? Mas depois a dolorosa decepção: descobrir que a inclinação da cabeça, o posicionamento da caneta, essas coisas, sim, eram importantes, muito importantes — era importante ser garçom, prestar atenção quando alguém dizia:

Cordeiro Vândalu e arroz. Com fritas. Obrigado.

E quinze *pence* tilintavam no penico. Obrigado, senhor. Muito obrigado.

Na terça-feira seguinte ao casamento de Archie, Samad esperou todos irem embora, dobrou a calça branca e cintilante (feita com o mesmo tecido das toalhas de mesa) num quadrado perfeito e depois subiu a escada até o escritório de Ardashir, pois queria lhe perguntar uma coisa.

— Primo! — disse Ardashir, com um sorriso amistoso, ao ver Samad enroscando o corpo cautelosamente na porta. Sabia que Samad o procurava para perguntar acerca de um aumento de salário e queria que o primo sentisse que ele pelo menos examinara o caso com toda a ponderação amigável antes de rejeitá-lo. — Entre, primo!

— Boa noite, Ardashir Mukhul — disse Samad, entrando na sala.

— Vai sentando, vai sentando — disse Ardashir, calorosamente. — Não tem por que fazer cerimônia agora, tem?

Samad ficou satisfeito de que era assim. Foi o que disse. Por um momento passeou o olhar com a necessária admiração pela sala, os dourados inexoráveis, as três camadas de tapetes, os móveis em diferentes tons de amarelo e verde. Não havia como não admirar o tino de Ardashir para o negócio. Pegara a idéia simples de um restaurante indiano (salão pequeno, toalhas de mesa róseas, música barulhenta, papel de parede detestável, pratos inexistentes na Índia, molheiras numa base giratória) e apenas a ampliara. Não melhorara nada; tudo era a mesma porcaria de sempre, mas tudo era maior num prédio maior na maior armadilha para turistas de Londres, Leicester Square. Não havia como não admirar isso e não admirar o homem, agora sentado como um gafanhoto bondoso, o esguio corpo de inseto afundado numa cadeira de couro preto, debruçado sobre a escrivaninha, todo sorrisos, um parasita disfarçado de filantropo.

— Primo, em que lhe posso ser útil?

Samad respirou fundo. A questão era a seguinte...

Os olhos de Ardashir se embaciaram um pouco enquanto Samad explicava a situação. Seus cambitos se contraíam sob a escrivaninha e nos dedos ele manipulou um clipe até este se assemelhar mais ou menos a um A. A de Ardashir. A questão era... qual era a questão? A casa era a questão. Samad estava se mudando do leste de Londres (onde a gente não podia criar filhos, de fato não podia, não se a gente quisesse que eles não corressem risco de vida, ele concordava), do leste de Londres e das gangues da Frente Nacional, para o norte de Londres, noroeste, onde as coisas eram mais... mais... liberais.

Era a vez dele de falar?

— Primo... — disse Ardashir, compondo a expressão —, você precisa entender... não posso assumir o compromisso de comprar casas para todos os meus empregados, primo ou não primo... pago salários, primo... isso é negócio neste país.

Ardashir encolheu os ombros enquanto falava, dando a entender que condenava profundamente o "negócio neste país", mas que era assim. Era obrigado, sua expressão dizia, obrigado pelo inglês a ganhar muito dinheiro.

— Não me entenda mal, Ardashir. Eu tenho o dinheiro do depósito para a casa, a casa é *nossa* agora, nós já mudamos...

Mas com que recursos a comprara, devia ter feito a mulher trabalhar feito escrava, pensou Ardashir, tirando outro clipe da última gaveta.

— Só preciso de um pequeno aumento de salário para me ajudar a financiar a mudança. Para facilitar um pouco as coisas enquanto a gente se assenta. E a Alsana, bem, ela está grávida.

Grávida. Difícil. A situação requeria extrema diplomacia.

— Não me entenda mal, Samad, nós dois somos inteligentes, francos, e acho que posso falar com franqueza... sei que você não é um garçom *de merda* — sussurrou o palavrão e em seguida sorriu com indulgência, como se fosse uma coisa privada e maliciosa que os aproximava. — Entendo a sua situação, claro que entendo, mas você precisa compreender a *minha*... Se eu fizesse concessões para cada parente que emprego, eu andaria por aí que nem Gandhi. Sem um penico para mijar. Tecendo o meu fio ao luar. Um exemplo: agora mesmo, aquele Elvis Baleia, o meu cunhado perdulário, Hussein-Ishmael...

— O açougueiro?

— O açougueiro, está exigindo que eu pague mais pela carne fedida dele! Mas ele me diz "Ardashir, somos cunhados!" E eu digo para ele "Mas Mohammed, isto é *varejo*..."

Foi a vez de Samad ficar com os olhos embaçados. Pensou na mulher, Alsana, que não era tão dócil quanto ele presumira quando casaram, a quem deveria dar a má notícia; Alsana, que era propensa a momentos de instabilidade, até mesmo a acessos — sim, acessos não era uma palavra muito forte — de fúria. Primos, tias, irmãos achavam que era um mau sinal, perguntavam-se se não haveria algum "histórico mental esquisito" na família de Alsana, compadeciam-se dele assim como alguém se compadece de um homem que comprou um carro roubado com mais quilometragem do que tinha pensado. Em sua ingenuidade, Samad simplesmente presumira que uma mulher assim nova seria... fácil. Mas Alsana não era... não, ela não era fácil. Era, ele supunha, o jeito das jovens nos dias de hoje. A noiva de Archie... na terça-feira anterior tinha visto algo nos olhos dela que também não era fácil. Era o novo jeito dessas mulheres.

Ardashir concluiu o que julgava ser um discurso perfeitamente formulado, recostou-se satisfeito e depositou o M de Mukhul que moldara ao lado do A de Ardashir que estava no colo.

— Obrigado, senhor — disse Samad. — Muito obrigado.

Naquela noite houve uma briga feia. Alsana atirou ao chão a máquina de costura, junto com o calção preto curto e guarnecido de tachões que estava costurando.

— Inútil! Me diz, Samad Miah, qual é o sentido de mudar para cá... casa bonita, sim, muito bonita, muito bonita, mas cadê a comida?

— É uma área boa, temos amigos aqui.

— Quem são eles? — Bateu na mesa da cozinha com o pequeno punho cerrado, fazendo voar sal e pimenta, que colidiram no ar espetacularmente. — Eu não conheço eles! Você lutou na guerra velha e esquecida com um inglês... casado com uma preta! São amigos de quem? É com essa gente que o meu filho vai crescer? Os filhos deles... meio café-com-leite? Mas me diga — gritou, retornando ao tópico predileto —, cadê a nossa comida? — Teatralmente, escancarou cada porta do armário na cozinha. — Cadê? Dá para comer louça? — Dois pratos se espatifaram no chão. Afagou o estômago para indicar o filho por nascer e apontou para os cacos. — Está com fome?

Samad, que tinha uma natureza igualmente melodramática quando incitado, abriu o congelador e arrancou uma montanha de carnes que se empilharam no meio da cozinha. A mãe dele trabalhava a noite inteira preparando carne para a família, disse. A mãe dele não gastava o dinheiro da família, disse, como Alsana gastava, com carnes prontas, iogurtes e espaguete em lata.

Alsana lhe deu um soco na boca do estômago.

— Samad Iqbal, o tradicionalista! Por que é que eu não vou me ajoelhar na rua com um balde e lavar roupas? Hein? De fato, que tal as minhas roupas? Comestíveis?

Enquanto Samad, sem fôlego, apertava a barriga, ali na cozinha ela esfrangalhou cada peça de roupa que vestia e as juntou à pilha de cordeiros congelados, pedaços de sobra do restaurante. Ficou nua diante dele por um momento, a ainda pequena protuberância da gravidez em plena vista, depois vestiu um casaco marrom e saiu da casa.

Mas mesmo assim, ela refletiu, batendo a porta atrás de si, era verdade: era uma área boa; não podia negar enquanto, enraivecida, caminhava na direção da rua principal, evitando árvores, quando antes, em Whitechapel, evitara colchões jogados fora e os desabrigados. Seria bom para a criança, não podia negar. Alsana tinha uma arraigada convicção de que viver perto de áreas verdes era moralmente benéfico para os jovens, e à direita estava Gladstone Park, um arrebatador horizonte de vegetação que recebera o nome do primeiro-ministro liberal (Alsana vinha de uma antiga e respeitada família bengali e estudara a história inglesa; mas veja-a agora; se vissem a que nível inferior...!), e, na tradição liberal, era um parque sem cercas, ao contrário do mais opulento Queens Park (de Victoria), com as grades de metal pontiagudas. Willesden não era tão bonito quanto Queens Park, mas era uma área boa. Não havia como negar. Não como Whitechapel, onde o louco E-knock, ou quem quer que fosse, fez um discurso que os forçou a se refugiar no porão enquanto marmanjos quebravam as janelas com as botas capeadas com aço. Rios de disparates de imbecis sanguinários. Agora que estava grávida, precisava de um pouco de paz e tranqüilidade. Apesar de que ali era a mesma coisa, de certa forma: todos olhavam para ela de maneira estranha, a indianazinha de capa de chuva andando pela rua principal com ar altivo, o cabelo abundante a esvoaçar. *Mali's Kebabs, Mr. Cheungs, Raj's, Malkovich Bakeries* — lia as placas novas e desconhecidas enquanto passava. Era perspicaz. Entendia o que era aquilo. "Liberal? Disparate *hosh-kosh*!" Ninguém era mais liberal do que qualquer um em qualquer parte de qualquer modo. Ali, porém, em Willesden, simplesmente não havia muito de qualquer coisa que se chocasse contra alguma outra coisa e espantasse as pessoas para dentro de porões enquanto janelas eram espatifadas.

— É uma questão de sobrevivência! — concluiu em voz alta (conversava com o bebê; gostava de lhe dizer um pensamento sensato por dia), fazendo a sineta acima da Crazy Shoes tilintar ao abrir a porta. A sobrinha Neena trabalhava lá. Era uma sapataria antiquada. Neena consertava saltos com estilete.

— Alsana, mas que aparência horrível! — Neena a chamou em bengali. — Que casaco horrível é esse?

— Não é da sua conta, é o que é — retrucou Alsana em inglês. — Vim buscar os sapatos do meu marido, não ter uma conversa fiada com a Sobrinha da Vergonha.

Neena se acostumara a isso, e agora que Alsana se mudara para Willesden só poderia haver mais disso. Em geral dizia frases mais longas, como *Você apenas trouxe vergonha...* ou *Minha sobrinha, a vergonhosa...* mas agora, porque já não tinha tempo ou energia para causar o choque necessário a cada vez, Alsana as abreviara para Sobrinha da Vergonha, um rótulo de múltiplas finalidades que resumia o sentimento geral.

— Tá vendo estas solas? — disse Neena, afastando dos olhos uma das mechas tingidas de louro, tirando os sapatos de Samad de uma prateleira e entregando a Alsana o comprovante azul. — Estavam tão gastas por inteiro, tia Alsi, que tive que reconstruir a partir da base. Da base! O que ele faz com estes sapatos? Corre em maratonas?

— Ele trabalha — respondeu Alsana laconicamente. — E reza — acrescentou, pois gostava de mostrar às pessoas que era respeitável, além de ser realmente muito tradicional, muito religiosa, carente de tudo menos de fé. — E não me chame de tia. Sou dois anos mais velha que você. — Alsana enfiou os sapatos dentro de uma sacola de plástico e se virou para ir embora.

— Eu pensava que reza as pessoas fazem de joelhos — disse Neena, com um leve riso.

— Dos dois jeitos, dos dois, dormindo, acordado, andando — retrucou Alsana, enquanto passava de novo debaixo da sineta tilintante. — Nunca estamos longe da vista do Criador.

— E como vai de casa nova? — Neena perguntou às costas dela.

Mas Alsana tinha se ido; Neena balançou a cabeça e suspirou enquanto observava a jovem tia desaparecer na rua como um pequeno projétil marrom. Alsana. Jovem e velha ao mesmo tempo, Neena refletiu. Agia de forma tão sensata, tão correta com o discreto casaco longo, mas a sensação era de que...

— Ei! Moça! Tem uns sapatos aqui nos fundos que precisam dos seus cuidados — soou uma voz do depósito.

— Vê se não amola — respondeu Neena.

* * *

Na esquina, Alsana se deteve atrás da caixa do correio e trocou as sandálias surradas pelos sapatos de Samad. (Era uma peculiaridade de Alsana. Pequena, porém com pés enormes. Sentia-se instintivamente, ao olhar para ela, que ainda teria de crescer mais.) Em segundos enrolou o cabelo num coque eficiente e apertou o casaco em volta do corpo para se proteger do vento. Depois prosseguiu, passando pela biblioteca e subindo por uma comprida rua arborizada pela qual nunca andara antes.

— Sobrevivência é tudo, meu Iqbalinha — disse mais uma vez para a barriga. — Sobrevivência.

A meio caminho na rua, atravessou, com a intenção de virar à esquerda e dar a volta para retornar à rua principal. Mas então, quando se aproximou de uma grande perua branca com a traseira aberta e viu, com inveja, os móveis empilhados dentro dela, reconheceu a moça negra encostada na cerca do jardim, olhando com ar sonhador para a biblioteca (semivestida, porém!, uma camiseta roxa medonha, quase roupa de baixo), como se seu futuro residisse naquela direção. Antes que atravessasse de novo para evitá-la, Alsana foi vista.

— Senhora Iqbal! — Clara chamou, acenando.

— Senhora Jones.

As duas ficaram um pouco envergonhadas por causa das roupas que trajavam, mas, depois de olharem uma para a outra, sentiram-se confiantes.

— Poxa, não é estranho, Archie? — disse Clara, pronunciando todas as consoantes. Já estava começando a perder o sotaque e gostava de se esforçar para isso a cada oportunidade.

— O quê? O quê? — perguntou Archie, que estava no vestíbulo, exasperando-se com a estante de livros.

— É que a gente estava falando de vocês agorinha mesmo... estão vindo jantar esta noite, não é?

Negros, em geral, são amistosos, pensou Alsana, sorrindo para Clara e, subconscientemente, adicionando esse fato ao conciso lado "pró" da lista de prós e contras que tinha feito da moça negra. De cada minoria de que não gostava, Alsana gostava de destacar um exemplo para o perdão espiritual. Em Whitechapel, houvera muitas dessas personagens redimidas. O sr. Van, um pedicuro chinês; o sr. Segal, um carpinteiro judeu; Rosie, uma dominicana que a visitava com insistência, para a queixa e o deleite de Alsana, numa tentativa de convertê-la em adventista de sétimo dia — todos esses indivíduos felizardos receberam de Alsana a absolvição e magicamente foram além de suas peles como tigres de Pequim.

— Sim, Samad mencionou — disse Alsana, embora Samad não o tivesse feito.

Clara se alegrou.

— Que bom... bom!

Seguiu-se um silêncio. A nenhuma delas ocorria o que dizer. Ambas olharam para o chão.

— Esses sapatos parecem muito confortáveis — disse Clara.

— São. São. Eu ando bastante, sabe. E com este aqui... — afagou a barriga.

— Tá grávida? — Clara perguntou, surpresa. — Caramba! Você é tão pequetita que nem atinei.

Clara corou assim que terminou de falar; sempre retomava seu vernáculo quando ficava excitada ou satisfeita com alguma coisa. Alsana apenas sorriu com suavidade, sem certeza do que ela dissera.

— Eu não sabia — falou Clara, mais contida.

— Puxa vida — disse Alsana, com uma alegria forçada. — Os nossos maridos não contam as coisas um para o outro?

Mas assim que acabou de dizer isso, o peso da outra possibilidade baixou na cabeça das duas jovens esposas. A de que os maridos contavam tudo um para o outro. A de que elas é que ficavam no escuro.

4. Três a caminho

Archie estava trabalhando quando soube da notícia. Clara estava de barriga fazia dois meses e meio.

— Está não, benzinho!

— Estou, sim!

— Está não!

— Estou! E perguntei pro médico como é que vai ser, se meio preto, meio branco, essa coisa toda. Tudo pode acontecer. Tem até a possibilidade de ter olho azul! Dá pra imaginar?

Não dava para Archie imaginar. Não dava para imaginar qualquer pedaço dele competindo no mar de genes com um pedaço de Clara e ser o *vencedor*. Mas que possibilidade! Que fantástico seria! Saiu correndo do escritório e foi até a Euston Road à procura de uma caixa de charutos. Vinte minutos depois, voltou todo cheio de si para a Morgan*Hero* com uma enorme caixa de doces indianos e começou a percorrer a sala.

— Noel, pegue um doce. Este aqui é bom.

Noel, o auxiliar de escritório, olhou com desconfiança a caixa gordurosa.

— Por que tudo isso...?

Archie lhe deu uma batidinha nas costas.

— Vou ter um filho, não é? Olhos azuis, acredita? Estou comemorando! O problema é que a gente encontra quinze tipos de *dal*, mas não encontra uma porcaria de um charuto na Euston Road, nem por amor nem por dinheiro. Vai, Noel. Que tal este aqui?

Archie ergueu um meio branco, meio róseo, com um cheiro desagradável.

— Hã, senhor Jones, isto aqui é bem... Mas não é coisa do meu agrado... — Noel agiu como se quisesse retomar o arquivamento. — É melhor eu continuar a...

— Ora, Noel. Vou ter um filho. Quarenta e sete anos e *vou ter um neném*. Merece uma festinha, não merece? Pega... não vai saber se gosta, se não provar. Dá só uma mordida.

— É que a comida paquistanesa não é sempre... Me dá um treco...

Noel passou a mão na barriga com ar de desespero. Apesar de trabalhar no negócio de mala direta, detestava que se dirigissem a ele diretamente. Gostava de ser o intermediário na Morgan*Hero*. Gostava de transferir ligações, dizer para uma pessoa o que uma outra disse, endereçar cartas.

— Mas que coisa, Noel... é só um doce. Só estou querendo comemorar, cara. Vocês hippies não comem doce nem nada?

O cabelo de Noel sempre fora ligeiramente mais comprido do que o dos outros, e ele uma vez comprara um incenso para queimar na cozinha. Como a firma era pequena e havia pouco de que falar, essas duas coisas faziam Noel perder apenas para Janis Joplin, assim como Archie era o Jesse Owens branco, porque se classificara em décimo terceiro lugar nas olimpíadas vinte e sete anos atrás; Gary, da contabilidade, era Maurice Chevalier, porque tinha uma avó francesa e soprava a fumaça do cigarro pelo nariz; e Elmott, o dobrador de papel colega de Archie, era Einstein, porque decifrava dois terços das palavras cruzadas do *Times*.

Noel pareceu aflito.

— Archie... Você viu o bilhete do senhor Hero que deixei para você a respeito das dobras na...?

Archie suspirou.

— Na conta da Mothercare. Vi, Noel, eu falei para o Elmott deslocar a perfuração.

Noel pareceu agradecido.

— Bom, parabéns pelo... Eu vou continuar a... — Retornou à escrivaninha.

Archie se retirou para ir tentar a recepcionista Maureen. Para uma mulher de sua idade, Maureen tinha pernas bonitas — pernas iguais a salsichas bem espremidas dentro da pele —, e ela sempre sentira uma certa atração por ele.

— Maureen, meu bem. Vou ser pai!

— Vai, meu bem? Ah, *mas que bom*. Menina ou...?

— Ainda é muito cedo para saber. Mas de olhos azuis! — disse Archie, para quem os olhos passaram de uma rara possibilidade genética para um fato incontestável. — Dá para acreditar?!

— Archie, meu bem, você disse olhos *azuis*? — retrucou Maureen, falando devagar, para encontrar uma forma de frasear. — Não quero fazer brincadeira... mas a sua mulher não é, bem, *de cor*?

Archie assentiu com a cabeça, num assombro.

— Eu sei! Eu e ela fazemos um filho, os genes se misturam, e olhos azuis! Milagre da natureza!

— Ah, sim, milagre — disse Maureen com sobriedade, achando que era uma palavra polida em face do que se tratava.

— Não quer um doce?

Maureen pareceu indecisa. Bateu de leve nas coxas róseas e pintalgadas dentro do collant.

— Ah, Archie, meu bem, eu *não devia*. Vai direto para as pernas e a cintura, não é? E nenhum de nós está rejuvenescendo, está? Hein, está? Nenhum de nós pode voltar no tempo, pode, hein? Queria saber como é que a Joan Rivers consegue!

Maureen riu por um longo tempo, a risada que era sua marca registrada na Morgan*Hero*: estrídula e sonora, mas através da boca apenas entreaberta, pois Maureen tinha um medo doentio das rugas deixadas pelo riso.

Tateou um doce com uma cética unha vermelho-sangue.

— São indianos?

— São, Maureen — respondeu Archie, com um sorrisinho de macho —, picantes e doces ao mesmo tempo. Mais ou menos como você.

— Ô, Archie, você é esquisito *mesmo* — retrucou Maureen com tristeza, pois sempre sentira *um pouco* de atração por Archie, mas nunca mais do que *um pouco*, por causa desse gosto estranho dele, sempre conversando com paquistaneses e caribenhos como se nem notasse, e agora foi e casou com uma e nem sequer achou que valia a pena mencionar a cor dela antes do jantar do escritório, ao qual a moça compareceu preta como o quê, e Maureen quase se engasgou com o coquetel de camarão.

Maureen esticou o braço sobre a escrivaninha para atender o telefone que tocava.

— Acho que não vou querer não, Archie, meu bem...

— Bom, isso é com você. Não sabe o que está perdendo.

Maureen deu um débil sorriso e levantou o fone do gancho.

— Sim, senhor Hero, ele está aqui, acabou de saber que vai ser pai... sim, parece que vai ter olhos azuis... sim, foi o que ele falou, alguma coisa a ver com os genes, acho... ah, sim, pois não... vou dizer a ele, vou pedir que vá... ah, *obrigada*, senhor Hero, o senhor é *muito gentil*. — Maureen estendeu as garras sobre o bocal do telefone e falou com Archie num cochicho audível: — Archibald, meu bem, o senhor Hero quer falar com você. Diz que é urgente. Andou aprontando ou coisa assim?

— Me esqueci do chocolate! — respondeu Archie, dirigindo-se para o elevador.

Na porta, os dizeres:

KELVIN HERO
DIRETOR DA EMPRESA
MORGAN*HERO*
ESPECIALISTAS EM MALA DIRETA

O objetivo era intimidar, e Archie reagiu à altura, batendo leve demais na porta, depois forte demais, e depois quase caindo sobre ela quando Kelvin Hero, de calça de algodão grosso, girou a maçaneta para deixá-lo entrar.

— Archie — disse Kelvin Hero, revelando duas fileiras de dentes brancos perolados que se deviam mais a uma dispendiosa obra de dentista do que a uma escovação regular. — Archie, Archie, Archie, Archie.

— Senhor Hero — disse Archie.

— Você me intriga, Archie — disse o sr. Hero.

— Senhor Hero — disse Archie.

— Sente-se ali, Archie — disse o sr. Hero.

— Pois não, senhor Hero — disse Archie.

Kelvin enxugou um fio de suor encardido em volta do colarinho da camisa, girou algumas vezes na mão a caneta Parker prateada e respirou fundo várias vezes.

— Bom, é uma coisa bastante delicada... e eu nunca me considerei um racialista, Archie...

— Senhor Hero?

Caramba, pensou Kelvin, mas que *coeficiente olho-a-face*. Quando a gente quer dizer algo delicado, não quer se defrontar com esse coeficiente olho-a-face. Olhos grandes, como olhos de bebê ou de foca; a fisionomia da inocência — olhar para Archie Jones é como olhar para um bicho que espera levar uma cacetada na cabeça a qualquer momento.

Kelvin experimentou uma tática mais sutil.

— Para dizer com outras palavras. Em geral, quando diante desse tipo de situação delicada, eu, como você sabe, eu consulto *você*. Porque eu sempre tive um montão de *tempo* para você, Arch. Eu *respeito* você. Você não é *atirado*, Archie, nunca foi atirado, mas é...

— Firme — concluiu Archie, porque conhecia esse discurso.

Kelvin sorriu: um talho enorme no rosto que ia e vinha com a súbita violência de um gordo passando por portas giratórias.

— Exatamente, sim, *firme*. As pessoas *confiam* em você, Archie. Eu sei que está envelhecendo, e as velhas pernas criam alguns problemas... mas, quando este negócio mudou de dono, eu mantive você, Arch, porque enxerguei de cara: *as pessoas confiam em você*. É por isso que está no ramo da mala direta há tanto tempo. Estou confiando, Arch, que vai aceitar da maneira correta o que tenho para dizer.

— Senhor Hero?

Kelvin encolheu os ombros.

— Eu jamais mentiria para você, Archie, eu poderia dizer que cometemos um erro nas reservas e que simplesmente não há lugar para você; eu poderia tirar uma história qualquer da cartola... mas você é um *tremendo sujeito*, Archie.

Você telefonaria para o restaurante, você não é trouxa, Archie, tem tutano, teria somado dois e dois...

— E chegado a quatro.

— E chegado a quatro, *exatamente*, Archie. Teria chegado a *quatro*. Entende o que estou dizendo, Archie? — perguntou o sr. Hero.

— Não, senhor Hero — respondeu Archie.

Kelvin se preparou para ir direto ao ponto.

— Aquele jantar da firma no mês passado... foi inoportuno, Archie, foi desagradável. E agora tem este encontro anual com a nossa associada de Sunderland, seremos trinta ao todo, nada especial, sabe, um *curry*, uma cervejada e um bailinho. Como eu disse, Archie, não que eu seja racista...

— Racista...

— Eu cuspiria no Enoch Powell... mas, pensando bem, ele tem um pouco de razão, não tem? Chega a um ponto, a um ponto de saturação, que as pessoas começam a se sentir um tanto impacientes... Veja, o que ele dizia...

— Quem?

— Powell, Archie, Powell... *mantenha a Inglaterra*... o que ele dizia é que quando basta, basta, depois de um determinado ponto, não é? Quer dizer, parece Nova Délhi em Euston todas as manhãs de segunda-feira. E tem umas pessoas aqui, Arch, e eu não me incluo entre elas, que acham a sua atitude um bocado *estranha*.

— Estranha?

— Veja, as mulheres não gostam, porque, sejamos honestos, ela é um pedaço, bonita mesmo... pernas incríveis, Archie, gostaria de lhe dar os parabéns pelas pernas... e os homens, bom, os homens não gostam, porque não gostam de pensar que estão desejando um pouco de outra coisa quando estão à mesa de um jantar da firma com as caras-metades, principalmente quando ela é... você *entende*... não sabem como reagir a tudo isso.

— Quem?

— O quê?

— De quem está falando, senhor Hero?

— Escute, Archie — retrucou Kelvin, o suor agora escorrendo livremente, repugnante num homem com tal quantidade de pêlos no peito —, fique com eles. — Kelvin deslizou um bolo de vales-refeição no tampo da escrivaninha. — Sobraram daquela rifa, lembra?, para os biafrenses.

— Ah, não... Eu já ganhei uma luva de forno naquela rifa, senhor Hero, não precisa se incomodar...

— Fique com eles, Archie. Esses vales-refeição equivalem a cinqüenta libras esterlinas, aceitos em mais de cinco mil pontos-de-venda alimentares no país. Fique com eles. Faça algumas refeições por minha conta.

Archie folheou os vales como se fossem notas de cinqüenta libras esterlinas. Kelvin pensou por um momento ter visto lágrimas de felicidade nos olhos dele.

— Bom, não sei o que dizer. Tem um lugar aonde eu vou quase todo dia. Se aceitarem estes vales, estou feito. Muito obrigado.

Kelvin levou um lenço à testa para enxugar o suor.

— Isso não é nada, Arch. Por favor.

— Senhor Hero, se me dá licença... — Archie apontou para a porta. — É que eu gostaria de ligar para algumas pessoas, sabe, dar a notícia do bebê... se é que estamos conversados.

Kelvin fez que sim com a cabeça, aliviado. Archie se ergueu da cadeira. Tinha esticado a mão para tocar a maçaneta da porta quando Kelvin sacou mais uma vez a caneta Parker e disse:

— Ah, Archie, só mais uma coisa. O jantar com o pessoal da Sunderland. Falei com a Maureen e acho que precisamos reduzir o número de convidados. Pusemos os nomes num chapéu e o seu ficou de fora. Mas não acho que vai perder grande coisa, não é mesmo? Essas ocasiões são sempre um pouco sacais.

— Tem razão, senhor Hero — disse Archie, a cabeça longe dali, pedindo a Deus que o O'Connell's fosse um "ponto-de-venda alimentar", sorrindo consigo mesmo ao imaginar a reação de Samad quando recebesse as porcarias dos vales-refeição no valor de cinqüenta libras esterlinas.

∞

Em parte porque a sra. Jones engravida logo após a sra. Iqbal e em parte por causa de uma proximidade diária (no momento, Clara trabalha meio período como supervisora de um grupo juvenil de Kilburn que lembra a formação de quinze homens de uma banda de *ska* e raízes — penteado afro de quinze centímetros de altura, roupas de jogging Adidas, gravatas marrons, Velcro, óculos escuros — e Alsana freqüenta um curso pré-natal no Centro das Mulheres Asiáticas ali perto, na Kilburn High Road), as duas mulheres começam a se ver mais. Hesitante no início — um ou outro encontro na hora do almoço, o café ocasional —, logo se desenvolve o que começa como uma ação de retaguarda contra a amizade dos maridos. Tinham se conformado com a apreciação mútua dos maridos, e o tempo livre que isso deixa não é de modo algum desagradável; há tempo para piqueniques e passeios, para debates e estudos pessoais, para filmes franceses antigos nos quais Alsana grita e tampa os olhos nas insinuações de nudez ("Esconde! A gente não quer ver as partes que balangam!"), e Clara tem um vislumbre de como a outra metade vive: a metade que vive romance, paixão e *joie de vivre*. A outra metade que faz sexo. A vida que poderia ter sido sua se não estivesse no topo de uma escada num belo dia enquanto Archibald Jones esperava embaixo.

Depois, quando a barriga fica grande demais e as poltronas dos cinemas já não as acomodam, as mulheres começam a se encontrar para lanches no Kilburn Park, em geral com a Sobrinha da Vergonha, as três espremidas num generoso banco onde Alsana põe nas mãos de Clara uma garrafa térmica de chá P. G. Tips, sem leite, sem limão. Desenrola várias camadas de película de plástico para revelar as delícias do dia: saborosos bolinhos que parecem sonhos, doces indianos farelentos decorados com as cores do caleidoscópio, pasteizinhos de carne condimentada, salada com cebola; diz para Clara:

— Coma tudo! Se empanturre! Está aí dentro, nadando na sua barriga, esperando o cardápio. Não o torture, mulher! Quer fazer o bichinho passar fome? — Porque, a despeito das aparências, há seis pessoas neste banco (três vivas, três a caminho): uma menina para Clara, dois meninos para Alsana. Alsana diz: — Ninguém está reclamando, vamos deixar isso claro. Filhos são uma bênção, quanto mais melhor. Mas vou dizer uma coisa, quando virei a cabeça e vi aquele troço ultra não-sei-o-quê incrível...

— Ultra-*som* — Clara corrige, a boca cheia de arroz.

— É, eu quase tive um ataque do coração de acabar comigo! Dois! Dar de comer para um já é muito!

Clara ri e diz que consegue imaginar a cara de Samad quando ele os viu.

— Não, minha querida — Alsana reprova, enfiando os pés grandes embaixo das dobras do sári. — Ele não viu nada. Ele não estava lá. Eu não deixo ele ver essas coisas. Uma mulher deve ter as coisas privadas. Um marido não precisa se envolver em coisas de corpo, nas... *partes* de uma mulher.

A Sobrinha da Vergonha, sentada entre as duas, suga os dentes.

— Puxa vida, Alsi, ele deve ter se envolvido alguma vez nas suas partes, ou essa aí é a tal da imaculada conceição?

— Mas que grosseria — diz Alsana para Clara de um jeito inglês cheio de empáfia. — Velha demais para ser tão grossa e nova demais para ter algum juízo.

E então Clara e Alsana, com o acidental espelhamento que ocorre quando duas pessoas partilham a mesma experiência, põem a mão sobre a barriga.

Neena, para se redimir:

— É... bom... E os nomes? Vocês já têm idéia dos nomes?

Alsana é decisiva:

— Meena e Malana, se forem meninas. Se forem meninos: Magid e Millat. Os emes são bons. Os emes são fortes. Mahatma, Muhammad, aquele senhor Morecambe muito engraçado, o do programa Morecambe e Wise... Uma letra que inspira confiança.

Mas Clara é mais cautelosa porque, para ela, dar nomes parece uma responsabilidade enorme, uma tarefa divina para um simples mortal.

— Se é menina, acho que gosto de *Irie*. É patoá. Quer dizer tudo *ok, legal, tranqüilo*, sabe?

Alsana fica horrorizada antes de a frase ser concluída:

— "Ok"? Isso lá é nome para uma filha? Então também pode chamar de "*Osenhorgostariadumabroacommanteiga*?" ou "*Táfazendoumdiabonito*".

— E o Archie gosta de *Sarah*. Bom, não tem por que discordar muito de Sarah, mas também não tem muito que agrade. Acho que se era bastante bom para a mulher do Abrão...

— Ibrahim — corrige Alsana, mais por instinto do que por pedantismo alcorânico —, gerando filhos quando Sarah estava com cem anos de idade, por graça de Alá.

Contrariada com o rumo que a conversa vai tomando, Neena diz:

— Bom, eu *gosto* de Irie. Tem balanço. É diferente.

Alsana *adora* esta.

— Tenha dó, o que é que o Archibald sabe de *balanço*? Ou de *diferente*? Se eu fosse você, minha querida — diz, dando uma palmadinha no joelho de Clara —, escolheria Sarah e pronto, fim de conversa. Às vezes a gente tem que satisfazer a vontade dos homens. Tudo por um pouquinho de... como se diz em inglês? Por um pouquinho de... — assenta o indicador sobre os lábios intensamente franzidos, como um guarda diante de um portão — ... *psiu*.

Como reação, porém, a Sobrinha da Vergonha carrega no sotaque, bate as pestanas volumosas, enrola o cachecol escolar na cabeça como um purdá.

— Ah, sim, tia, sim, a mulherzinha indiana *submissa*. Você não conversa com ele, ele é que te joga *indiretas*. Vocês gritam e berram um com o outro, mas não se comunicam. E no fim ele vence de qualquer maneira, porque faz o que quer, quando bem quer. Você nem sabe aonde é que ele vai, o que ele faz, o que ele *sente*, a metade do tempo. A gente tá em 1975, Alsi. Você não pode mais tocar o relacionamento desse jeito. Não é como lá na nossa terra. Precisa ter comunicação entre o homem e a mulher no Ocidente, um tem que ouvir o outro, senão... — Neena imita uma nuvenzinha em forma de cogumelo explodindo na mão.

— Mas que patacoada — diz Alsana sonoramente, fechando os olhos, balançando a cabeça —, você é que não ouve. Por Alá, eu sempre respondo ao pé da letra. Mas você pensa que eu me *preocupo* com o que ele faz. Pensa que eu quero *saber*. A verdade é que, para um casamento sobreviver, não precisa de toda essa falação, falação, falação, essa coisa de "Eu sou isso" e "Eu sou assim mesmo", como nos jornais, toda essa *revelação*... principalmente quando o marido da gente é velho, quando está todo enrugado e caindo aos pedaços... Não precisa *querer* saber o que tem de pegajoso embaixo da cama e o que vibra dentro do guarda-roupa.

Neena franze a testa, Clara não consegue fazer qualquer objeção séria e o arroz é mais uma vez distribuído.

— Além do mais — diz Alsana depois de uma pausa, cruzando os braços encrespados abaixo dos seios, satisfeita de estar discursando sobre um assunto próximo desse peito formidável —, sendo de famílias como as nossas, você devia ter aprendido que o *silêncio*, o que *não* se diz, é a *melhor* receita para a vida familiar.

Porque as três foram criadas em famílias rígidas e religiosas, casas onde Deus aparecia a cada refeição, infiltrava-se em cada brincadeira de criança e se sentava na posição de lótus debaixo das cobertas com uma lanterna, para se certificar de que nada de impróprio estava ocorrendo.

— Então deixa eu esclarecer uma coisa — diz Neena com escarninho. — Você tá dizendo que uma boa dose de repressão mantém um casamento saudável.

E, como se alguém tivesse pressionado um botão, Alsana fica injuriada.

— Repressão! Que palavra mais sem sentido! Só estou falando de bom senso. Quem é o meu marido? Quem é o seu? — pergunta, apontando para Clara. — Viveram vinte e cinco anos antes mesmo de a gente ter *nascido*. Quem eles são? Do que é que são capazes? Que sangue têm nas mãos? O que é grudento e fedorento nas partes pudendas deles? Quem sabe? — Atira os braços para o alto, soltando as perguntas no ar insalubre de Kilburn, espantando com elas um bando de pardais. — O que você não entende, Sobrinha da Vergonha, o que ninguém da sua geração entende...

Neste exato momento, Neena não consegue impedir que um pedaço de cebola lhe escape da boca devido à pura veemência da objeção.

— Minha *geração*?! Puta merda, Alsi, você é só dois anos mais velha que eu.

Mas Alsana prossegue de qualquer maneira, imitando uma faca que esfatia a língua obscena da Sobrinha da Vergonha.

— ... é que nem todo o mundo quer ver as partes íntimas e suarentas dos outros.

— Mas tia... — Neena insiste, erguendo a voz, porque é disso que de fato ela quer falar, a maior diferença entre as duas, o casamento arranjado de Alsana. — Como pode *suportar* viver com um homem que nunca viu mais gordo?

Como resposta, um irritante *pestanejo*: Alsana sempre gosta de parecer jovial assim que o interlocutor perde as estribeiras.

— Porque, *dona Sabichona*, é de longe a opção mais fácil. Foi justamente porque Eva nunca viu Adão mais gordo que eles se deram tão bem. Eu explico. Sim, casei com Samad Iqbal na noite do mesmo dia em que nos conhecemos. Não, nunca tinha visto Samad mais gordo. Mas gostava bastante dele. A gente se conheceu num café num dia quente em Nova Délhi e ele me abanou com o *Times*. Achei que tinha um rosto bonito, uma voz suave e um traseiro empinado e bem formado para um homem da idade dele. Muito bom. Agora, cada vez que conheço ele um pouco mais, *gosto menos*. Para você ver, antes a gente estava numa situação melhor.

Neena bate o pé, exasperada com a lógica enviesada.

— Depois, eu nunca vou conhecer Samad bem. Extrair alguma coisa do meu marido é como tirar leite empedrado.

Neena não consegue evitar uma risada.

— Tirar leite *de pedra*.

— Sei, sei. Você pensa que sou boba. Mas sou experiente em coisas assim como homens. Escute o que vou dizer. — Alsana se prepara para apresentar um sumário, tal como vira ser feito muitos anos antes pelos jovens advogados de Nova Délhi de cabelos lisos partidos de lado. — Os homens são o último mistério. Deus é fácil comparado com os homens. Bom, chega de filosofia. *Samosa?* — Arranca a tampa do recipiente de plástico e se aboleta gorda, bonita e satisfeita com a conclusão.

— Pena que vai ter eles — diz Neena para a tia, acendendo um cigarro. — Quero dizer, meninos. Pena que vai ter meninos.

— Como assim?

Quem fala é Clara, a beneficiária de uma secreta (guarde segredo de Alsana e Archie) biblioteca emprestada de Neena, através da qual, em poucos meses, lê *A mulher eunuco*, de Greer, *Medo de voar*, de Jong, e *O segundo sexo*, numa tentativa clandestina de Neena de libertar Clara de sua "falsa consciência".

— O que eu quero dizer é que acho que os homens já causaram bastante caos neste século. Já tem bastante porcaria de homens no mundo. Se eu soubesse que ia ter um menino — faz uma pausa, preparando as duas amigas falsamente conscientes para este novo conceito —, eu pensaria seriamente no aborto.

Alsana berra, bate palmas acima de uma de suas orelhas e de uma de Clara, e depois quase se engasga com um pedaço de berinjela. Por algum motivo, a afirmação parece simultaneamente engraçada para Clara, histericamente, desesperadamente engraçada; miseravelmente engraçada. A Sobrinha da Vergonha permanece sentada entre elas, pasma, enquanto as duas mulheres ovóides se dobram sobre si mesmas, uma a gargalhar, a outra tomada de horror e asfixia.

— As senhoras estão bem?

É Sol Jozefowicz, o velho que há algum tempo se encarregou de vigiar o parque (embora seu emprego de zelador de parque há muito tenha sido abolido, com os cortes de verba da administração regional), Sol Jozefowicz parado diante delas, pronto como sempre para prestar ajuda.

— Nós todos vamos queimar no inferno, senhor Jozefowicz, se é que considera isso estar bem — explica Alsana, recompondo-se.

A Sobrinha da Vergonha revira os olhos.

— Isso é com você.

Mas Alsana é mais rápida do que qualquer atirador de elite quando se trata de revidar.

— É sim, é sim... graças que Alá arranjou as coisas desse jeito.

— Boa tarde, Neena, boa tarde, senhora Jones — diz Sol, oferecendo uma mesura caprichada para ambas. — A senhora está mesmo bem? A senhora Jones?

Clara não consegue impedir que lágrimas transbordem dos cantos dos olhos. Não sabe, neste momento, se está rindo ou chorando.

— Estou bem... bem. Desculpe deixar o senhor preocupado, senhor Jozefowicz. Estou bem, sim.

— Não vejo o que tem de tão engraçado nisso — resmunga Alsana. — A matança de inocentes... isso é engraçado?

— Segundo a minha experiência, senhora Iqbal, não — diz Sol Jozefowicz, com a serenidade com que dizia tudo, entregando seu lenço a Clara. Ocorre às três mulheres — do modo como a história se dá, embaraçosamente, sem aviso, como um rubor —, qual teria sido a experiência do zelador. Calaram-se.

— Bom, uma vez que as senhoras estão bem, eu vou indo — diz Sol, gesticulando para que Clara fique com o lenço e repondo o chapéu que tirara à moda antiga. Faz de novo a caprichada mesura e se afasta devagar, circulando pelo parque da esquerda para a direita.

Assim que Sol se distancia e não as pode ouvir:

— Tá bem, tia Alsi, peço desculpa, peço desculpa... Puta merda, que mais você quer?

— Ah, cada porcaria de coisa — Alsana retruca, a voz perdendo o tom beligerante, tornando-se vulnerável. — A porcaria toda do mundo esclarecida... em poucas palavras. Eu já não entendo mais nada, e estou só no começo. Entende?

Suspira, sem esperar uma resposta, sem olhar para Neena, e sim para a distância, para a figura curvada de Sol que vai aparecendo e desaparecendo entre os teixos.

— Talvez você tenha razão a respeito do Samad... a respeito de muitas coisas. Talvez não existam homens bons, nem mesmo os dois que trago aqui na barriga. E talvez eu não converse o suficiente com o meu, talvez eu tenha me casado com um estranho. Talvez você enxergue a verdade melhor do que eu. O que é que eu posso saber... menina do campo de pés no chão... que nunca estudou na universidade.

— Ah, Alsi — diz Neena, entrelaçando-se nas palavras de Alsana como fios numa tapeçaria, sentindo culpa. — Não falei por mal.

— Mas eu não posso ficar me preocupando o tempo todo com a *verdade*. Tenho que me preocupar com a verdade que eu posso *suportar*. Essa é a diferença entre perder a cabeça bebendo a água salgada do mar e a água das fontes. A minha Sobrinha da Vergonha acredita na cura pela conversa, não é? — diz Alsana, com um leve sorriso forçado. — Conversa, conversa, conversa, e as coisas melhoram. Seja honesta, arreganhe o coração e espalhe o sangue para tudo quanto é lado. Mas o passado é feito de mais do que palavras, minha querida. Nós casamos com homens velhos, percebe? Essas barrigas — Alsana toca as duas barrigas —, elas vão ter sempre pais pernilongos. Uma perna no presente, uma perna no passado. Conversa nenhuma vai mudar isso. As raízes deles vão estar sempre emaranhadas. E as raízes são sempre desencavadas. Veja só o meu jardim... os passarinhos no coentro todo santo dia...

Ao chegar ao portão dos fundos, Sol Jozefowicz se vira para acenar, e as três mulheres acenam de volta. Clara se sente um tanto teatral, agitando o lenço de cor creme acima da cabeça, como quem se despede de alguém que toma o trem para atravessar a fronteira de dois países.

— Como eles se conheceram? — pergunta Neena, tentando dissipar a nuvem que de algum modo baixou sobre o piquenique. — Quero dizer, o senhor Jones e Samad Miah.

Alsana lança a cabeça para trás, num gesto de desdém.

— Ah, na guerra. Matando uns pobres coitados que, sem dúvida, não mereciam. E o que foi que eles ganharam nesse esforço? Samad, uma mão quebrada, e o outro, uma perna esquisita. Muito útil muito útil, tudo isso.

— A perna *direita* do Archie — diz Clara com calma, apontando para um ponto em sua própria coxa. — Um pedaço de metal, acho. Mas ele não me conta nada.

— Ah, ainda bem! — explode Alsana. — Prefiro acreditar no Vishnu, o batedor de carteiras de muitas mãos, que acreditar numa palavra desses homens.

Mas Clara preza a imagem do jovem soldado Archie, sobretudo quando o velho e flácido Archie-Mala-Direta está em cima dela.

— Ora, bolas... a gente não sabe o que...

Alsana cospe ostensivamente na grama.

— Mentiras de merda! Se são heróis, cadê as coisas de heróis? Cadê as bugigangas de heróis? Os heróis têm coisas. Têm trecos de heróis. A gente identifica um a quilômetros de distância. Nunca vi uma medalha, muito menos uma fotografia. — Alsana produz um ruído desagradável no fundo da garganta, seu sinal de descrença. — Então, veja... não, minha querida, isso tem que ser feito... veja *de perto*. Veja o que sobrou. Samad tem uma mão; diz que quer encontrar Deus, mas o fato é que Deus lhe aprontou uma. E está naquele restaurante indiano já faz dois anos, servindo cabrito fibroso para os brancos que não sabem de nada, e Archibald... bom, veja a coisa de perto...

Alsana se interrompe para verificar com Clara se pode continuar falando com franqueza sem causar ofensa ou dor desnecessária, mas os olhos de Clara estão fechados e ela já está vendo a coisa de perto. Uma mocinha vendo um velho de perto, concluindo a frase de Alsana com o princípio de um sorriso que se alarga no rosto.

— ... dobra papel pra ganhar a vida, *meu Deus*.

5. Os canais das raízes de Alfred Archibald Jones e Samad Miah Iqbal

A propósito: nada há de errado nessa instrução de Alsana para ver a coisa de perto; vê-la bem de frente entre os olhos; um olhar firme e honesto, uma inspeção meticulosa capaz de atravessar o cerne da questão até a medula, atravessar a medula até a raiz. Mas o problema é: até onde querer fazer a volta ao passado? Até onde *bastará*? A velha pergunta dos norte-americanos: o que é que você quer — *sangue*? Muito provavelmente, mais do que sangue se faz necessário: apartes sussurrados; conversas perdidas; medalhas e fotografias; listas e certificados, papel amarelado estampando a desbotada impressão de datas marrons. Volta, volta, *volta*. Bom, então tudo bem. De volta ao Archie casto, de faces rosadas e impecável, parecendo velho o bastante aos dezessete anos para tapear os homens da junta médica com seus lápis e fitas métricas. De volta a Samad, dois anos mais velho e com a cor quente do pão assado. De volta ao dia em que foram designados um para o outro pela primeira vez, Samad Miah Iqbal (fileira dois, um passo à frente agora, soldado!) e Alfred Archibald Jones (avante, avante, avante), o dia em que Archie se esqueceu, involuntariamente, do princípio mais fundamental da educação inglesa. Olhava fixamente. Estavam parados lado a lado num trecho de pista de terra preta em solo russo, usando de maneira idêntica quepes triangulares iguais a barcos de papel, trajando o mesmo uniforme padronizado e pruriente, os dedos dos pés gelados nas mesmas botas pretas cobertas com a mesma poeira. Mas Archie não conseguia evitar olhar fixamente. E Samad tolerou isso, esperou e esperou que isso passasse, até que, depois de ficar uma semana confinado naquele tanque, sentindo calor e sufoco devido à falta de ar na máquina e sujeito ao olhar inexorável de Archie, ele havia tolerado mais do que a cabeça quente poderia jamais ter tolerado.

— Companheiro, o que é que você vê de tão misterioso em mim que o deixa num devaneio assim constante?

— Eu o quê? — retrucou Archie, pois não gostava de ter conversas particulares enquanto servia o Exército. — Ninguém, quero dizer, nada... Quero dizer, bom, o que é que *você* quer dizer?

Os dois cochichavam, porque a conversa não era particular no sentido de íntimo, havia mais dois soldados rasos e um capitão no tanque Churchill concebido para cinco homens que rodava por Atenas a caminho de Tessalonica. Era 1º de abril de 1945. Archie Jones pilotava o tanque, Samad era o radiotelegrafista, Roy Mackintosh era o co-piloto, Will Johnson, o artilheiro, se espremia dentro de um latão e Thomas Dickinson-Smith estava sentado numa cadeira ligeiramente elevada que lhe comprimia a cabeça contra o teto, mas a qual o orgulho pelo recém-concedido posto de capitão não permitia que abandonasse. Não viam outras pessoas além deles mesmos havia três semanas.

— Quero dizer apenas que é provável que a gente passe mais dois anos metidos nesta coisa.

Uma voz estalou através do rádio, e Samad, não desejando que achassem que negligenciava seus deveres, respondeu com rapidez e eficiência.

— E...? — perguntou Archie, depois de Samad ter dado as coordenadas.

— E daí que tem um limite para um homem encarar um olhar. Você está fazendo alguma pesquisa com os operadores de rádio ou está tarado pelo meu rabo?

O capitão Dickinson-Smith, que estava tarado pelo rabo de Samad (mas não só isso: também pela cabeça dele, também pelos dois braços delgados e musculosos que só fariam sentido se abraçassem um amante, também por aqueles olhos claros verde-acastanhados deliciosos), interveio na conversa imediatamente.

— Iqbala! Jones! Parem com isso. Por acaso ouviram mais alguém aqui rosnar?

— Eu só estava fazendo uma objeção, senhor. É difícil, senhor, para um homem se concentrar nos efes de Foxtrote e nos zês de Zebra e depois nos pontos e nos traços quando tem um buldogue seguindo todos os movimentos dele com os olhos de buldogue, senhor. Em Bengala a gente ia supor que esses olhos pertencem a um homem cheio de...

— Fecha esse bico, sultão, seu veado — disse Roy, que detestava Samad e seu jeito efeminado de radiotelegrafista.

— *Mackintosh* — disse Dickinson-Smith —, espere aí, não interrompa o sultão. Continue, sultão.

Para evitar o possível indício de que gostava de Samad, o capitão Dickinson-Smith se acostumou a apoquentá-lo e a incentivar o odioso apelido de "sultão", mas nunca o fez como devia; era sempre bastante suave, com um linguajar bem parecido com o linguajar exuberante de Samad, e isso apenas resultou em que Roy e os outros oitenta Roys sob seu comando direto passassem a detestar Dickinson-Smith, ridicularizando-o, ostentando abertamente o desrespeito por ele. Em abril de 1945 já sentiam um desprezo absoluto por ele, enfarados com seu jeito de comandante bichoso. Archie, novato no Primeiro Regimento de Assalto R. E., começava a tomar conhecimento disso.

— Eu só disse pra ele fechar o bico, e vai fechar, se sabe o que é bom pra ele, o besta do sultão indiano. Com todo o respeito pelo senhor, claro — acrescentou Roy, como um gesto de cortesia.

Dickinson-Smith sabia, de outros regimentos, de outros tanques, que simplesmente as pessoas não respondiam aos superiores, nem mesmo se dirigiam a eles. Até o gesto de cortesia de Roy era um sinal do fracasso de Dickinson-Smith. Nos outros tanques, nos Sherman, nos Churchill e nos Matilda espalhados nos ermos da Europa como baratas resistentes, não se colocava a questão do respeito ou do desrespeito. Apenas obediência, desobediência, punição.

— Sultão... sultão... — Samad refletiu. — Sabe, eu não ligaria para o epíteto, senhor Mackintosh, se ao menos fosse *correto*. Não é *correto* em termos históricos, sabe? Não é correto nem em termos *geográficos*. Tenho certeza de que expliquei ao senhor que sou de *Bengala*. A palavra "sultão" se refere a alguns homens das terras *árabes*... muitas centenas de quilômetros a oeste de Bengala. Me chamar de sultão é tão correto, em termos de quilometragem, se o senhor me entende, quanto eu me referir ao senhor como um boche bárbaro tratante e balofo.

— Te chamei de sultão e tô chamando de novo, tá certo?

— Ah, senhor *Mackintosh*. Será que é tão complexo, será que é tão impossível, que o senhor e eu, empatados aqui nesta máquina britânica, possamos lutar juntos como cidadãos britânicos?

Will Johnson, que era um tanto ingênuo, tirou o quepe, como sempre o fazia quando alguém dizia "britânico".

— O que o maricão tá querendo? — perguntou Mackintosh, ajustando a barriga estofada de cerveja.

— Nada — respondeu Samad. — Sinto dizer que nada; eu só estava falando, falando, só estava vendo para que lado o vento sopra, como se diz, e tentando fazer o sapador Jones aqui parar de ficar me encarando com esses olhos esbugalhados dele, só isso e mais nada. E parece que fracassei nas duas tentativas.

Parecia profundamente magoado, e Archie sentiu o súbito desejo, impróprio para um soldado, de lhe mitigar a dor. Mas não era o lugar nem a hora.

— Muito bem. Chega, vocês todos. Jones, confira o mapa — ordenou Dickinson-Smith.

Archie conferiu o mapa.

A viagem era longa e cansativa, raras vezes pontuada por alguma ação. O tanque de Archie tinha a função de erguer pontes, pertencia a uma das divisões especializadas não submetidas a condados ingleses ou a algum tipo de armas, mas prestava serviços ao Exército, e de país para país, resgatando equipamentos danificados, construindo pontes, abrindo corredores de batalha, abrindo caminhos onde caminhos haviam sido destruídos. A tarefa deles não era nem sequer combater na guerra, mas sim assegurar que ela corresse nos trilhos. Na época em que Archie tomou parte no conflito, estava claro que os ataques cruéis e sangrentos seriam feitos por ar, sem implicar a diferença de trinta centímetros entre o calibre de um obus alemão, capaz de perfurar um veículo blindado, e o de um obus inglês. A verdadeira guerra, aquela em que cidades eram arrasadas, a guerra com os fatais cálculos de tamanho, detonação, população, travava-se muitas milhas acima da cabeça de Archie. Enquanto isso, no solo, seu tanque patrulheiro blindado tinha uma tarefa mais simples: evitar a guerra civil nas montanhas — uma guerra dentro da guerra — entre EAM e ELAS; avançar com cautela entre os olhos vidrados das estatísticas dos mortos e dos "jovens desperdiçados"; certificar-se de que as vias de comunicação que se estendiam de um extremo a outro do inferno estavam plenamente comunicáveis.

— A fábrica de munição bombardeada fica a trinta quilômetros a sudoeste, senhor. Recolheremos o que puder, senhor. O soldado Iqbala me passou, às 16h47, uma mensagem de rádio que me informou que a área, tanto quanto se enxerga do ar, senhor, não está ocupada, senhor — disse Archie.

— Isto não é guerra — murmurou Samad.

Duas semanas mais tarde, enquanto Archie conferia o caminho para Sófia, a ninguém em particular Samad falou:

— Eu não devia estar aqui.

Como de hábito, foi ignorado; com mais veemência e resolução por Archie, que de algum modo queria escutar.

— Quero dizer, sou instruído. Sou treinado. Eu devia estar voando com a Força Aérea Real, bombardeando das alturas! Eu sou um oficial! Não um mulá, um sipaio, gastando a sola das minhas *chappals* no serviço pesado. O meu bisavô, Mangal Pande — olhou em volta esperando o reconhecimento que o nome merecia, mas, deparando-se apenas com os rostos pálidos e inexpressivos dos ingleses, continuou —, foi o grande herói do Motim dos Sipaios!

Silêncio.

— De 1857! Foi ele quem disparou a primeira odiosa bala lambuzada de gordura de porco e a mandou rodopiando para o esquecimento!

Um silêncio mais longo, mais intenso.

— Não fosse esta mão fodida — Samad, amaldiçoando no íntimo a memória de galo que os ingleses têm para a história, ergueu cinco dedos mortos e tensamente encrespados de cima do peito, onde costumavam repousar —, esta merda de mão que o inútil exército indiano me deu em troca dos meus esforços, eu teria realizado o mesmo feito que ele. E por que eu sou aleijado? Porque o exército indiano sabe mais a respeito de lamber cu do que a respeito do calor e do suor da batalha! Nunca vá para a Índia, sapador Jones, meu caro amigo, é um lugar para bobos, e pior do que bobos. Bobos, hindus, *sikhs* e punjabis. E agora todo esse murmurinho de independência... dê a independência a *Bengala*, Archie, é o que eu digo. A Índia que fique na cama com os britânicos, se é do que ela gosta.

Com o peso morto, seu braço despencou ao longo do corpo e descansou como um velho depois de um acesso de fúria. Samad sempre se dirigia a Archie como se eles fossem aliados contra o resto do tanque. Não importava o quanto Archie o evitasse, aqueles quatro dias de encaração haviam criado uma espécie de laço com fios de seda entre os dois homens, que Samad puxava com força quando tinha oportunidade.

— Veja, Jones — disse Samad —, o verdadeiro erro que o vice-rei cometeu foi dar aos *sikhs* alguma posição de poder, entende? Só porque eles têm um êxito limitado junto aos cafres na África, ele diz: "Sim, senhor Fulano, com a tua cara cheia e suarenta, com o teu falso e ridículo bigode inglês, com o teu *pagri* equilibrado como um troço de bosta no alto da cabeça, o senhor pode ser um oficial, nós vamos indianizar o teu exército. Vá, vá lutar na Itália, *rissaldar* major Pugri, *daffadar* Pugri, com as minhas velhas e grandes tropas inglesas!". Um erro! E depois eles me pegam, herói do Nono Regimento dos Rifles Montados do norte de Bengala, herói das esquadrilhas de Bengala, e dizem: "Samad Miah Iqbal, Samad, vamos lhe conferir uma grande honra. Você lutará no continente europeu. Nada de passar fome e beber a própria urina no Egito ou na Malaia; não, você combaterá o alemão onde ele se encontra". Nos próprios degraus da porta dele, sapador Jones, nos próprios degraus da porta dele. Então, lá fui eu! Itália, eu pensei, bom, é lá que eu vou mostrar ao exército inglês que os homens muçulmanos de Bengala conseguem lutar como qualquer *sikh*. Melhores! Mais fortes! E que são os mais instruídos e os que têm sangue bom, nós, que somos a autêntica Matéria-Prima do Oficial.

— Oficiais indianos? É o fim do mundo — disse Roy.

— No meu primeiro dia lá — Samad continuou —, destruí uma toca nazista do ar. Feito águia de rapina.

— Asneira — disse Roy.

— No meu segundo dia, atirei do ar contra o inimigo enquanto ele se aproximava da Linha Gótica, rompendo a garganta de Argenta e empurrando os Aliados pelo vale do Pó. O próprio lorde Mountbatten ia me congratular em pessoa. Ia apertar esta mão. Mas tudo isso foi frustrado. Sabe o que aconteceu no meu terceiro dia, sapador Jones? Sabe como é que eu fiquei aleijado? Um jovem na flor da mocidade?

— Não — retrucou Archie em voz baixa.

— Um canalha de um *sikh*, sapador Jones, um canalha idiota. Quando a gente estava na trincheira, a arma dele disparou e a bala me atravessou o pulso. Mas eu não deixei amputar a minha mão. Cada parte do meu corpo vem de Alá. Cada parte vai voltar para ele.

Dessa maneira Samad foi parar na não-festejada divisão de construção de pontes do Exército de Sua Majestade junto com os demais derrotados; com homens como Archie, com homens como Dickinson-Smith (cujo arquivo oficial incluía a frase: "Perigo: Homossexual"), com casos de lobotomia frontal como Mackintosh e Johnson. Os enjeitados da guerra. Como Roy o chamava afetuosamente: o Batalhão de Bosta. Grande parte do problema com a unidade se devia ao capitão do Primeiro Regimento de Assalto: Dickinson-Smith não era soldado. E decerto não era comandante, embora comandar estivesse em seus genes. Contra sua vontade, tinha sido arrancado de debaixo da asa do pai, libertado das amarras do pai, e obrigado a combater numa guerra, tal como o pai o fizera. E o pai antes dele, e o pai antes dele, *ad infinitum*. O jovem Thomas se resignara a seu destino e se empenhava num planejado e prolongado esforço (quatro anos agora) para que seu nome figurasse na lista sempre em expansão dos Dickinson-Smith gravados numa comprida laje tumular no vilarejo de Little Marlow, para que fosse enterrado em cima de todos eles na sepultura sardinha-em-lata da família que com orgulho dominava o histórico cemitério da igreja.

Mortos pelos boches, pelo crioléu estranja, pelos chinas, pela cafraria, pelos franceses, pelos escoceses, pelos espanhóis, pelos zulus, pelos índios (sulistas, orientais, vermelhos), e acidentalmente confundidos com um ocapi em carreira por um sueco numa caçada de caça grossa em Nairóbi, por tradição os Dickinson-Smith tinham um desejo insaciável de ver o sangue Dickinson-Smith ser derramado em solo estrangeiro. E em algumas ocasiões, quando não havia guerra, os Dickinson-Smith se ocupavam com a situação irlandesa, uma espécie de estância de férias Dickinson-Smith de morte que vinha desde 1600 e não mostrava sinais de amainar. Mas morrer não é mole. E embora a oportunidade de se jogar na frente de qualquer tipo de arma letal exercesse uma atração magnética para a família ao longo dos séculos, este Dickinson-Smith parecia não dar no couro. O pobre Dickinson-Smith tinha um tipo diferente de desejo por terras exóticas. Queria conhecê-las, acalentá-las, aprender com elas, amá-las. Não passava de um brocha no jogo da guerra.

A longa história de como Samad deixara o auge da realização militar no corpo de exército de Bengala e fora parar no Batalhão de Bosta foi contada e recontada para Archie, em diferentes versões e com pormenores, uma vez por dia nas duas semanas seguintes, ele prestasse atenção ou não. Apesar de tediosa, era um ponto culminante em comparação com as outras histórias de fracasso que preenchiam as longas noites e mantinham os homens do Batalhão de Bosta no estado predileto de desmotivação e desespero. No desgastado cânone estava "A trágica morte da noiva", de Roy, uma cabeleireira que escorregou num monte de bobes e quebrou o pescoço na pia; "Não ter estudado no liceu", de Archie, porque sua mãe não tinha dinheiro para comprar o uniforme; os inúmeros parentes assassinados de Dickinson-Smith; quanto a Will Johnson, ele não falava durante o dia, mas choramingava enquanto dormia, e seu rosto falava com eloqüência de misérias mais miseráveis do que alguém se atreveria a indagar. O Batalhão de Bosta continuou desse jeito por algum tempo, um circo itinerante de descontentes a errar sem rumo pela Europa do Leste; aleijões e bufões sem outro público a não ser eles próprios. Que atuavam e assistiam uns aos outros em revezamento. Até que por fim o tanque rolou para dentro de um dia do qual a História não se lembrou. Um dia que a Memória não se esforçou para reter. Uma súbita pedra submersa. Dentes postiços flutuando em silêncio no fundo de um copo. Seis de maio de 1945.

Por volta das dezoito horas do dia 6 de maio de 1945, algo no tanque explodiu. Não era o ruído de uma bomba, mas o ruído de um desastre de engenharia, e o tanque lentamente parou. Achavam-se num vilarejo búlgaro fronteiriço com a Grécia e a Turquia, do qual a guerra se enfastiara e dali se retirara, devolvendo aos habitantes uma rotina quase normal.

— Pronto — disse Roy, após verificar o problema. — O motor pifou e uma lagarta arrebentou. A gente vai ter que pedir socorro pelo rádio, e ficar esperando até chegar. Não dá pra fazer nada.

— Não vamos tentar consertar de jeito nenhum? — perguntou Samad.

— Não — respondeu Dickinson-Smith. — O soldado Mackintosh tem razão. Não há como lidar com esse tipo de dano com o equipamento de que dispomos. Temos apenas que esperar o socorro chegar.

— Quanto tempo vai demorar?

— Um dia — foi o palpite de Johnson. — A gente tá muito longe do resto.

— É necessário, capitão Smith, ficar aqui no tanque nessas vinte e quatro horas? — perguntou Samad, que se afligia muito com a higiene íntima de Roy e não estava disposto a passar, estacionado com ele, uma noite abafada.

— Mas claro que sim. O que pensa que isto aqui é? Um dia de folga? — rosnou Roy.

— Não, não... Não vejo por que não possam dar uma caminhada... Não faz sentido ficarmos enfiados aqui. Você e o Jones vão, relatem o ocorrido, depois os soldados Mackintosh, Johnson e eu vamos quando vocês voltarem.

Então Samad e Archie foram para o vilarejo e passaram três horas tomando Sambucca e escutando o dono do café relatar a miniinvasão de dois nazistas que apareceram no vilarejo, consumiram todos os suprimentos, comeram duas sirigaitas do lugar e mataram um homem com um tiro na cabeça por ter demorado demais para dar a orientação de como chegar à cidade próxima.

— Não tinham paciência para nada — disse o velho, balançando a cabeça. Samad pagou a conta.

No caminho de volta, Archie disse:

— Claro, não precisa um monte deles para conquistar e saquear — numa tentativa de iniciar uma conversa.

— Um homem forte e um outro fraco são uma colônia, sapador Jones — retrucou Samad.

Quando Archie e Samad chegaram ao tanque, encontraram os soldados Mackintosh e Johnson e o capitão Thomas Dickinson-Smith mortos. Johnson estrangulado com um arame fino de cortar queijo, Roy baleado nas costas. A mandíbula de Roy fora aberta à força, as obturações de prata removidas; um alicate permanecia em sua boca feito uma língua de ferro. Parecia que Thomas Dickinson-Smith, à medida que o atacante dele se aproximava, desviara-se do destino que o aguardava e disparara contra o próprio rosto. O único Dickinson-Smith a morrer por mãos inglesas.

∽

Enquanto Archie e Samad avaliavam a situação da melhor maneira possível, o coronel-general Jodl se sentou num pequeno edifício escolar vermelho em Reims e agitou a caneta-tinteiro. Uma vez. Duas vezes. Depois conduziu a tinta numa dança solene ao longo da linha pontilhada e escreveu a história em seu nome. O fim da guerra na Europa. Quando o papel foi levado por um homem postado a suas costas, Jodl abaixou a cabeça, tomado pelo pleno entendimento de seu feito. Mas Archie ou Samad só saberiam disso duas semanas mais tarde.

Era uma época estranha, estranha o suficiente para um Iqbal ou um Jones iniciarem uma amizade. Naquele dia, enquanto o resto da Europa celebrava, Samad e Archie estavam parados numa estrada da Bulgária, Samad carregando na mão boa um punhado de fios, uma chapa de compensado e uma armação de metal.

— Este rádio está zerado — disse Samad. — A gente vai ter que começar do começo. Estamos numa enrascada, Jones. Numa tremenda enrascada. Perdemos todos os meios de comunicação, transporte e defesa. Pior ainda: perdemos o nosso comando. Um homem de guerra sem um comandante está mesmo numa enrascada.

Archie se afastou de Samad e vomitou impetuosamente num arbusto. O soldado Mackintosh, apesar de toda a sua conversa, tinha se borrado diante do Portão de São Pedro, e o fedor penetrara nos pulmões de Archie e lhe arrancara o nervosismo, o medo e o café da manhã.

Quanto a consertar o rádio, Samad sabia *como* fazê-lo, conhecia a *teoria*, mas Archie tinha as mãos e um certo jeito para fios, pregos e cola. E uma engraçada espécie de briga entre conhecimento e habilidade prática se deu entre os dois enquanto juntavam os pedacinhos de metal que poderiam salvá-los.

— Faz favor, me passa o resistor de três ohms.

Archie corou, sem saber a que objeto Samad se referia. Sua mão remexeu na caixa cheia de fios e de uma miscelânea de coisas. Samad tossiu discretamente quando o dedinho de Archie passou mais adiante do objeto correto. Era constrangedor um indiano dizer a um inglês o que fazer — mas de algum modo a serenidade e a bravura fizeram com que superassem as dificuldades. Foi nesse período que Archie tomou conhecimento do autêntico poder do faça-você-mesmo, como este usa o martelo e o prego para substituir substantivos e adjetivos, como este permite aos homens se comunicar. Uma lição da qual não se esqueceu a vida inteira.

— Muito bem — disse Samad quando Archie lhe passou o eletrodo, mas nisso, ao se dar conta de que uma só mão não bastava para manipular os fios ou para fixá-los no painel do rádio, devolveu o eletrodo a Archie e indicou o local em que o devia colocar.

— Vamos terminar isso rapidinho — disse Archie com entusiasmo.

— Chiclete! Por favor, senhor!

No quarto dia, bandos de moleques se formaram em volta do tanque, atraídos pelos assassínios medonhos, pelo encanto dos olhos verdes de Samad e pelo chiclete norte-americano de Archie.

— Senhor Soldado — disse um menino, uma vareta de tão magro e meio acastanhado, procurando caprichar no inglês —, chiclete por favor obrigado.

Archie enfiou a mão no bolso e tirou cinco tiras finas e róseas. O menino as distribuiu a contragosto entre os amigos. Começaram a mascar com avidez, os olhos saltando das órbitas de tanto esforço. Depois, acabado o sabor, ficaram numa silenciosa e pasma contemplação de seu benfeitor. Passados alguns minutos, o mesmo menino esquelético foi mais uma vez enviado como o Representante do Povo.

— Senhor Soldado. — Estendeu a mão. — Chiclete por favor obrigado.

— Não tem mais — retrucou Archie, empenhando-se na linguagem gestual. — Não tenho mais.

— Por favor, obrigado. *Por favor!* — repetiu o menino com insistência.

— Ah, pelo amor de Deus — atalhou Samad. — A gente precisa consertar o rádio e fazer este treco funcionar. Deixa a gente trabalhar, está certo?

— Chiclete, senhor, senhor Soldado, chiclete. — E isso quase virou uma ladainha, as crianças misturando as poucas palavras que sabiam, colocando-as em qualquer ordem.

— *Por favor!* — O menino esticou o braço de uma maneira tão enérgica que o forçou a ficar na ponta dos pés. De repente abriu a palma da mão e sorriu sedutoramente, preparando-se para negociar. Na mão aberta, quatro notas verdes estavam enroladas e amarradas como um punhado de capim. — Dólares, senhor!

— Onde conseguiu? — perguntou Samad, tentando arrebatá-los. O menino recolheu a mão. Apoiava-se constantemente ora num pé, ora no outro, na dança buliçosa que as crianças aprendem com a guerra. A versão mais simples de estar em guarda.

— Primeiro chiclete, senhor.

— Me diga onde conseguiu. Melhor não bancar o bobo comigo.

Samad avançou contra o menino e o agarrou pela manga da camisa. O menino se debateu com desespero para se libertar. Os amigos começaram a se esgueirar, abandonando o paladino que rapidamente sucumbia.

— Matou um homem por isso?

Uma veia na testa de Samad lutava com fervor para escapar da pele. Ele desejava defender um país que não era o dele e vingar o assassínio de homens que não o teriam cumprimentado na rua. Archie ficou pasmo. Era seu país. Com seu jeito modesto, comum e de sangue-frio, ele era uma das muitas vértebras essenciais da coluna do país, no entanto não sentia nada comparável.

— Não, senhor, não, não. Dele. Ele.

Esticou o braço livre e apontou para uma casa grande e em ruínas que se erguia como uma gorda galinha chocadeira no horizonte.

— Alguém daquela casa matou os nossos companheiros? — vociferou Samad.

— O que senhor falou, senhor? — perguntou o menino com a voz esganiçada.

— Quem está lá?

— Ele é médico. Ele tá lá. Mas doente. Não se mexe. Doutor Doente.

Os poucos meninos que restaram confirmaram excitados o nome. Doutor Doente, senhor, Doutor Doente.

— O que é que ele tem?

O menino, agora gostando da atenção, imitou teatralmente um homem chorando.

— Inglês? Como nós? Alemão? Francês? Búlgaro? Grego? — Samad soltou o menino, cansado do desperdício de energia.

— Ele mais ninguém. Ele Doutor Doente, sozinho — respondeu o menino, pondo um ponto final. — Chiclete?

Dias depois, ainda não havia sinal de socorro. A tensão de ter de estar continuamente em guerra num vilarejo tão aprazível começou a afetar Archie e Samad, mas aos poucos eles foram se descontraindo mais e mais, numa espécie de vida civil. Todas as noites jantavam no café do velho Gozan. A sopa rala custava cinco cigarros por cabeça. Qualquer tipo de peixe custava uma medalha de bronze de baixo escalão. Uma vez que estava agora usando um dos uniformes de Dickinson-Smith, porque o dele se rasgara, Archie possuía algumas das medalhas do morto para ceder, e com elas comprava outras iguarias e coisas necessárias: café, sabonete, chocolate. Por uma porção de porco, Archie entregou a figurinha com a imagem de Dorothy Lamour que vinha no maço de cigarros e que estava amassada contra o traseiro no bolso da calça desde que se alistou.

— Vai, Sam, a gente pode usar elas como lembrancinhas, como cupons de mantimentos. Compra de volta quando tiver condições, se quiser.

— Eu sou muçulmano — disse Samad, afastando um prato de porco. — E a minha Rita Hayworth só vai embora com a minha alma.

— Por que não come? — perguntou Archie, devorando as duas bistecas num frenesi. — Muito estranho, se quer saber.

— Eu não como pela mesma razão que você, sendo inglês, não vai nunca satisfazer de verdade uma mulher.

— Como assim? — retrucou Archie, interrompendo o banquete.

— Faz parte das nossas culturas, meu amigo. — Refletiu por um minuto. — Talvez até mais fundo. Talvez faça parte dos nossos ossos.

Depois do jantar, simulavam esquadrinhar o vilarejo em busca de assassinos, percorrendo às pressas o lugar, inspecionando os mesmos três bares mal-afamados e dando uma espiadela nos quartos dos fundos das casas de mulheres bonitas, mas, passado um tempo, também deixaram de fazer isso e se sentavam, como alternativa, ao lado do tanque, fumando charutos baratos, apreciando os crepúsculos vagarosos e carmesim, e conversando sobre as encarnações anteriores como vendedor de jornal (Archie) e estudante de biologia (Samad). Batiam nas mesmas idéias que Archie não compreendia completamente, e Samad soltava segredos na noite fria que jamais revelara. Silêncios demorados e confortadores passavam entre eles como aqueles entre mulheres que se conhecem há anos. Tinham vista para estrelas que iluminavam uma terra desconhecida, mas nenhum deles se apegava a um lar em especial. Em suma, era precisamente o tipo de amizade que um inglês faz nas férias, que só pode fazer nas férias. Uma amizade que transcende classe ou cor, uma amizade que tem como base a proximidade física e sobrevive porque o inglês pressupõe que a proximidade física não continuará.

Passada uma semana do conserto do rádio, ainda não havia resposta aos sinais de socorro que foram enviados ricocheteando pelas ondas do ar em busca de ouvidos que os escutassem. (Nesse momento, o vilarejo já sabia que a guerra terminara, mas os moradores não se mostravam inclinados a revelar o fato aos dois visitantes, cujos escambos haviam dado um grande impulso à economia local.) Nos momentos de ociosidade, Archie soerguia seções da lagarta com uma barra de ferro, enquanto Samad investigava o problema. Nos continentes, as famílias dos dois homens supunham-nos mortos.

— Você tem alguma garota lá na cidade de Brighton? — perguntou Samad, apoiando a cabeça entre as mandíbulas de leão da lagarta e o tanque.

Archie não era um rapaz boa-pinta. Parecia vistoso quando a gente tirava uma foto dele e depois lhe cobria o nariz e a boca com o polegar, mas, fora isso, nada tinha de extraordinário. As garotas se sentiam atraídas pelos enormes e tristes olhos azuis de Sinatra, mas logo se decepcionavam com as orelhas de Bing Crosby e com o nariz que terminava numa bolota igual a um bulbo de cebola que lembrava o de W. C. Fields.

— Algumas — respondeu, com indiferença. — Sabe como é, uma aqui, outra ali. E você?

— Já escolheram uma moça para mim. A senhorita Begum, filha do senhor e da senhora Begum. Os "afins", como vocês dizem. Meu Deus, esses dois se encontram numa posição tão superior ao reto do sistema de Bengala que até mesmo o lorde governador choraminga, à espera de que o mulá dele chegue com um convite do casal para jantar!

Samad soltou um sonora gargalhada e aguardou uma adesão, mas Archie, que não entendeu uma só palavra, ficou com a cara inexpressiva de sempre.

— Ah, eles são pessoas excelentes — continuou Samad, apenas um pouco desanimado. — Pessoas excelentes. De sangue extremamente bom. E, de lambuja, há a propensão entre as mulheres deles, tradicionalmente, através dos séculos, de ter umas melancias realmente enormes.

Samad fez a mímica necessária e em seguida voltou a atenção para o realinhamento de cada dente da lagarta no encaixe apropriado.

— E...? — perguntou Archie.

— E o quê?

— Elas são...? — Archie repetiu a mímica, mas desta vez com o tipo de exagero anatômico que torna as mulheres infladas incapazes de ficar a prumo.

— Ah, mas ainda tenho que esperar mais um tempo — Samad respondeu, sorrindo com tristeza. — Infelizmente, até agora a família Begum não tem uma filha da minha geração.

— Quer dizer que o raio da sua mulher está para nascer?

— E o que tem isso? — retrucou Samad, tirando um cigarro do bolso da camisa de Archie. Riscou um fósforo no casco do tanque e acendeu o cigarro. Archie removeu o suor do rosto com a mão suja de graxa.

— De onde eu venho — disse Archie —, o homem gosta de conhecer a mulher antes de casar.

— De onde você vem, é costume cozinhar verdura até ela desmanchar. Isso não quer dizer — falou Samad, asperamente — que é uma boa idéia.

A última noite no vilarejo estava absolutamente escura, silenciosa. O ar abafado desencorajava fumar, de modo que Archie e Samad tamborilavam os dedos nos frios degraus de pedra de uma igreja, por não terem o que fazer com as mãos. Por um instante, no crepúsculo, Archie se esqueceu da guerra, que, de qualquer maneira, na verdade já não existia. Um tipo de noite de tempo passado, futuro do pretérito.

Foi enquanto ainda não estavam cientes da paz, durante esta noite de ignorância, que Samad decidiu cimentar a amizade com Archie. Em geral, isso ocorre ao se revelar uma informação fora do comum: algum pecadilho sexual, algum segredo emocional ou alguma obscura paixão oculta que a reticência de uma nova amizade impedira de expor. Para Samad, porém, nada era mais íntimo ou mais significativo do que seu sangue. Natural, pois, enquanto estavam em terreno sagrado, que falasse do que, para ele, era sagrado. E não havia evocação mais forte do sangue que lhe corria nas veias, e do terreno que o sangue manchara ao longo dos séculos, do que a história de seu bisavô. Daí que Samad relatou a Archie a comprida, desprezada e embolorada história secular de Mangal Pande.

— Então ele era seu avô? — perguntou Archie, depois que a história foi contada, depois que a Lua passou por trás das nuvens e que ele ficou devidamente impressionado. — Seu avô de sangue, de verdade?

— *Bis*avô.

— Puxa, mas que incrível. Sabe, isso me lembra do tempo da escola, me lembra *mesmo*, História das Colônias, o senhor Juggs. Careca, olhos esbugalhados, um velho malvado de marca. Quero dizer, o senhor Juggs, não seu avô. Mas entendi o que significava, ainda que levando uma reguada no dorso da mão. Sabe, a gente ainda ouve gente no regimento um chamando o outro de *pandies*, sabe, se o camarada é um bocado rebelde... Nunca tinha pensado de onde vinha a expressão... *Pande* era o rebelde, não gostava dos ingleses, disparou a primeira bala do motim. Agora me lembro, claro como cristal. E ele era o seu avô?

— *Bis*avô.

— Puxa vida! Isso é mesmo incrível, não? — disse Archie, pondo as mãos atrás da cabeça e se deitando para olhar as estrelas. — Ter um pouco da história assim no sangue. Motiva a gente, acho. Eu sou um Jones, sabe? Igual a ser um "Smith". A gente não é ninguém. O meu pai costumava dizer: "Nós somos o rebotalho, meu filho, nós somos o rebotalho". Não que me incomode, entende? Mesmo assim orgulhoso, sabe? A boa e a honesta cepa inglesa. Mas você, você teve um herói na família!

Samad soprou a fumaça com orgulho.

— Sim, Archibald, essa é a palavra *exata*. Naturalmente, existem esses acadêmicos ingleses banais que tentam desmerecê-lo porque não suportam reconhecer as qualidades de um indiano. Mas ele era um herói e todas as ações que levei a cabo nesta guerra estiveram ao abrigo do exemplo dele.

— Isso é verdade, sabe — disse Archie, pensativo. — Lá eles não falam bem dos indianos. Sem dúvida não iam gostar se você falasse que um indiano é herói... todo mundo ia olhar você de um jeito esquisito.

De repente, Samad lhe agarrou a mão. Estava quente, quase febril, Archie pensou. Nunca antes um homem lhe segurara a mão; a primeira reação foi rechaçá-lo, esmurrá-lo, ou coisa assim, mas depois refletiu, porque os indianos são emotivos, não são? Toda essa comida condimentada e tudo o mais.

— Jones, *por favor*. Faça-me este grande favor. Se alguma vez ouvir alguém, quando você voltar para o seu país, se você, se *nós*, se a gente voltar para os nossos respectivos lares, se alguma vez ouvir alguém falar do Oriente — e então sua voz baixou um registro, o tom se tornou grave e triste —, *guarde o seu julgamento*. Se disserem: "Eles são isto", "Eles são aquilo" ou "As opiniões deles são assim ou assado", guarde o seu julgamento até dispor de todos os fatos. Porque aquela terra que eles chamam de "Índia" tem milhares de nomes e é povoada por milhões, e, se você acha que encontrou dois homens iguais no meio daquela multidão, está enganado. Não passa de uma ilusão do luar.

Samad lhe soltou a mão e rebuscou no bolso, mergulhando o dedo no depósito de pó branco que lá guardava, pondo-o discretamente na boca. Encostou-se contra o muro e correu as pontas dos dedos na pedra. Era uma igrejola missionária, transformada num hospital e abandonada depois de dois meses, quando o estrondo das bombas começou a sacudir os peitoris das janelas. Samad e Archie passaram a dormir ali por causa dos colchões finos e das enormes janelas elevadas. Samad também passara a se interessar (devido à solidão, disse a si mesmo; devido à melancolia) pela morfina em pó estocada nos armários que se encontravam aqui e ali no prédio: ovos escondidos numa viciante trilha de Páscoa. Toda vez que Archie ia urinar ou testar de novo o rádio, Samad vasculhava a igrejinha, saqueando armário após armário, como um pecador passando de confessionário a confessionário. Depois, ao encontrar o frasco do pecado, aproveitava a oportunidade para esfregar um pouco dele na gengiva ou fumar um pouco no cachimbo, e em seguida se deitava no fresco chão de terracota, fitando a extraordinária curva da abóbada da igreja. Estava forrada de palavras, aquela igreja. Palavras deixadas trezentos anos antes por dissidentes, que se recusaram a pagar um imposto de sepultamento durante uma epidemia de cólera, trancados na igreja por um senhorio corrupto e abandonados até morrer — mas não antes de terem coberto cada parede com cartas a familiares, poemas, declarações de desobediência eterna. Samad gostou muito da história desde que a ouvira pela primeira vez, mas só se comovia de verdade com ela quando a morfina fazia efeito. Então todos os nervos do corpo ganhavam vida, e as informações, todas as informações contidas no universo, todas as informações na parede, estouravam a rolha e jorravam por ele como eletricidade por um fio terra. Então a cabeça se desdobrava como uma espreguiçadeira. E nela ele se sentava por um tempo e observava seu mundo passar. Nesta noite, depois de um pouco mais do que o necessário, Samad se sentiu particularmente lúcido. Como se a língua estivesse amanteigada e como se o mundo fosse um ovo de mármore polido. E sentiu uma afinidade com os dissidentes mortos, eram irmãos de Pande — cada rebelde, parecia a Samad nesta noite, era seu irmão —, desejava poder conversar com eles a respeito da marca que imprimiram no mundo. Fora suficiente? Quando a morte sobreveio, foi de fato suficiente? Ficaram satisfeitos com os milhares de palavras que deixaram?

— Vou lhe dizer uma coisa, só por dizer — falou Archie, seguindo os olhos de Samad e capturando neles o reflexo da cúpula da igreja. — Se eu tivesse só algumas horas de vida, eu não ia desperdiçar pintando imagens num teto.

— Me diga — inquiriu Samad, irritado por ter sido distraído da agradável contemplação —, que grande desafio você ia aceitar nas horas antes de morrer? Decifrar o teorema de Fermat, talvez? Conhecer a fundo a filosofia aristotélica?

— O quê? Quem? Não... eu ia... você sabe... fazer *amor* com uma *moça* — respondeu Archie, cuja inexperiência o tornava pudico. — Você sabe... pela *última vez*.

Samad irrompeu numa risada.

— Pela primeira vez, mais provável.

— Ah, não me venha com essa, estou falando *sério*.

— Muito bem. E se não tivesse "moça" nenhuma nas proximidades?

— Bom, a gente sempre pode — e aí Archie ficou vermelho como uma caixa postal pública, uma vez que esta era sua versão de cimentar uma amizade — descascar a banana, como dizem os soldados rasos!

— *Descascar* — repetiu Samad com desdém — *a banana*... Então é isso, é? A última coisa que você quer fazer antes de bater as botas é "descascar a banana". Ter um orgasmo.

Archie, que vinha de Brighton, onde ninguém nunca, *nunca* dizia palavras como "orgasmo", começou a se convulsionar com um constrangimento histérico.

— Quem é engraçado? Alguma coisa é engraçada? — perguntou Samad, acendendo um cigarro distraidamente, apesar do calor, a cabeça levada para algum outro lugar pela morfina.

— Ninguém — respondeu Archie com hesitação —, nada.

— Será que você não vê, Jones? Será que não vê... — Samad estava deitado metade dentro, metade fora do limiar da porta, os braços estirados na direção do teto — ... a *intenção*? Eles não estavam descascando a banana, espalhando a gosma branca; estavam procurando alguma coisa um pouco mais *permanente*.

— Falando com franqueza, não vejo a diferença — retrucou Archie. — Quando a gente morre, a gente morre.

— Ah, *não*, Archibald, *não* — sussurrou Samad com melancolia. — Não acredite nisso. Você deve viver a vida com a plena consciência de que suas ações vão *permanecer*. Somos criaturas conseqüentes, Archibald — disse, indicando as paredes da igreja. — Eles sabiam disso. Meu bisavô sabia disso. Algum dia nossos filhos vão saber disso.

— Os nossos filhos! — disse Archie gargalhando, simplesmente divertindo-se. A possibilidade de uma prole parecia muito remota.

— Os nossos filhos vão nascer das nossas ações. *Os nossos acidentes vão se tornar o destino deles*. Ah, as ações vão permanecer. É uma simples questão do que fazer quando apagar, meu amigo. Quando a dona gorda estiver cantando. Quando as paredes estiverem caindo, o céu estiver escuro, o chão estiver rugindo. Nesse momento, nossas ações vão definir a gente. E não faz a menor diferença se você está sendo ou não está sendo observado por Alá, Jesus ou Buda. Num dia frio, um homem consegue ver a respiração, num dia quente, não. Nas duas ocasiões, o homem *respira*.

— Sabe de uma coisa — disse Archie depois de uma pausa —, pouco antes de eu sair de Felixstowe vi uma furadeira nova que eles têm que se divide em duas, e você pode pôr coisas diferentes na ponta... chave de porcas, martelo, até um abridor de garrafas. Acho muito útil numa situação difícil. Vou lhe dizer, eu ia gostar mesmo de ter uma dessas.

Samad olhou para Archie por um momento e depois sacudiu a cabeça.

— Vem, vamos entrar. Essa comida búlgara. Me vira o estômago. Preciso dormir um pouco.

— Você está pálido — disse Archie, ajudando-o a se levantar.

— É porque pequei contra as boas maneiras, Jones, porque pequei contra as boas maneiras, apesar de que pecam mais contra mim do que outra coisa. — Samad riu consigo mesmo.

— Você o quê?

Archie sustentou o peso de um lado de Samad enquanto entravam.

— Comi algum treco — disse Samad, gastando um sotaque inglês lapidar — que está a ponto de me fazer mal.

Archie sabia perfeitamente que Samad roubava morfina dos armários, mas percebia que Samad desejava que ele não soubesse, de modo que apenas disse:

— Vou te pôr na cama — e levou Samad até o colchão.

— Quando tudo isso acabar, vamos nos encontrar de novo na Inglaterra, certo? — disse Samad, caminhando trôpego em direção ao colchão.

— Certo — retrucou Archie, tentando imaginar uma caminhada com Samad ao longo do píer de Brighton.

— Porque você é um inglês raro, sapador Jones. Considero você meu amigo.

Archie não sabia ao certo o que considerar Samad, mas sorriu com brandura, como gratidão pelo sentimento.

— Vai jantar com minha esposa e comigo em 1975. Quando a gente estiver barrigudo, sentado em montanhas de dinheiro. De algum modo a gente vai se encontrar.

Archie, que desconfiava de comida estrangeira, deu um sorriso apagado.

— A gente vai ser amigos a vida inteira!

Archie deitou Samad, arranjou um colchão para si mesmo e se ajeitou numa posição para dormir.

— Boa noite, amigo — disse Samad, um contentamento puro na voz.

∽

De manhã, a folia chegou à cidade. Acordado por gritos e risos de alegria, Samad vestiu o uniforme com dificuldade e encaixou a arma numa mão. Saiu no pátio ensolarado e deparou com soldados russos de uniforme pardo brincando entre si de eixo-badeixo, atirando em latas equilibradas na cabeça e lançando facas em batatas espetadas em varas, cada batata exibindo um curto bigode preto. Com toda a fadiga da revelação, Samad arriou na escada da entrada, suspirou e ficou com as mãos em cima dos joelhos, o rosto erguido no calor. Um instante depois, Archie chegou tropeçando, a calça a meio pau, brandindo a arma, procurando o inimigo, e disparou uma bala pasma no ar. A folia prosseguiu, sem tomar conhecimento. Samad puxou extenuado a perna da calça de Archie e fez um sinal para que se sentasse.

— O que se passa? — inquiriu Archie, os olhos lacrimejantes.

— Nada. Não se passa absolutamente nada. Na verdade, já passou.

— Mas esses aí podem ser os homens que...

— Olhe as batatas, Jones.

Archie olhou ao redor com os olhos arregalados.

— O que é que as batatas têm a ver com isso?

— São batatas do Hitler, meu amigo. São ditadores vegetais. Ex-ditadores. — Arrancou uma da vara que a comportava. — Está vendo os bigodinhos? Acabou, Jones. Alguém acabou por nós.

Archie pegou a batata.

— Como um ônibus, Archie. Deixamos passar a merda da guerra.

Archie gritou para um russo desengonçado que estava espetando uma batata de Hitler.

— Fala inglês? Faz quanto tempo que acabou?

— O combate? — gargalhou, incrédulo. — Duas semanas, camarada! Você tem que ir para o Japão se quiser mais!

— Como um ônibus — Samad repetiu, balançando a cabeça. Uma grande fúria se avolumava dentro dele, a bílis bloqueando a garganta. Aquela guerra era para ter sido sua oportunidade. Esperava-se que ele voltasse para casa coberto de glória e depois retornasse triunfante a Nova Délhi. Quando teria outra oportunidade? Não haveria mais guerra alguma como aquela, todo mundo sabia disso. O soldado que falou com Archie se aproximou. Trajava o uniforme de verão dos russos: tecido fino, colarinho alto e de tamanho acima do normal, quepe mole; usava um cinto em torno de uma cintura substancial, cuja fivela capturava o sol e projetava um feixe dele nos olhos de Archie. Quando o clarão passou, Archie focalizou um enorme rosto franco, o olho esquerdo semicerrado, e uma cabeça de cabelo ruivo que se esparramava em todas as direções. Era no conjunto uma aparição agradável numa luminosa manhã, e falava um inglês fluente com sotaque norte-americano que rebentava nos ouvidos como ondas.

— Faz duas semanas que a guerra acabou e você não sabia?

— O nosso rádio... não estava... — a frase de Archie se interrompeu sozinha.

O soldado abriu um sorriso largo e apertou vigorosamente a mão de cada um deles.

— Bem-vindos ao tempo de paz, cavalheiros! E nós que achávamos que os russos eram um povo mal informado! — Tornou a gargalhar a enorme gargalhada. Dirigindo-se a Samad, perguntou: — Bom, cadê o resto de vocês?

— Não tem resto de nós, camarada. Os outros homens no nosso tanque morreram, e não há sinal do nosso batalhão.

— Estão aqui sem nenhum objetivo?

— Hã... sim — respondeu Archie, de repente desconcertado.

— Objetivo, camarada — disse Samad, sentindo-se muito mal do estômago. — A guerra acabou e a gente se vê aqui sem nenhum objetivo. — Sorriu com tristeza e apertou a mão do russo com a mão boa. — Vou entrar. O sol — disse, semicerrando os olhos. — Fere os meus olhinhos. Foi um prazer conhecer você.

— Sim, foi — retrucou o russo, acompanhando Samad com o olhar até ele desaparecer nos recessos da igreja. Depois voltou a atenção para Archie. — Sujeito esquisito.

— É... — fez Archie. — Por que você está aqui? — perguntou, aceitando o cigarro enrolado à mão que o russo lhe ofereceu. Soube então que o russo e os sete homens que o acompanhavam estavam a caminho da Polônia para libertar os campos de trabalho forçado de que se ouviam falar às vezes aos sussurros. Tinham parado ali, no oeste de Tokat, para capturar um nazista.

— Mas não tem ninguém aqui, companheiro — retrucou Archie afavelmente. — Ninguém fora eu, o indiano e alguns velhos e crianças do vilarejo. O resto morreu ou fugiu.

— Morreu ou fugiu... *morreu ou fugiu* — disse o russo, divertindo-se muito, girando um fósforo sem cessar entre o indicador e o polegar. — Boa frase, essa... frase engraçada. Não, bom, sabe, eu ia achar a mesma coisa, mas temos informações fidedignas, aliás do seu próprio serviço secreto, de que há um oficial de alta patente, agora mesmo, se escondendo naquela casa. Lá. — Apontou para a casa no horizonte.

— O médico? Uns moleques falaram dele para nós. Quer dizer, ele deve estar se cagando de medo se vocês estão atrás dele — falou Archie, como lisonja —, mas tenho certeza de que os moleques disseram que ele é só um sujeito doente; eles o chamaram de Doutor Doente. Ei: ele não é inglês, é? Traidor ou coisa assim?

— Hã? Ah, não. Não, não, não, não. Doutor Marc-Pierre Perret. Um jovem francês. Um prodígio. Demais de brilhante. Trabalhou em atividades científicas para os nazistas desde antes da guerra. No programa de esterilização e depois no projeto de eutanásia. Assuntos alemães internos. Era um dos mais leais.

— Puta merda — exclamou Archie, desejando saber o que aquilo tudo significava. — O que é que você vai fazer?

— Capturar e levar para a Polônia, onde ele vai ser julgado pelas autoridades.

— Autoridades — disse Archie, ainda impressionado, mas na verdade não prestando atenção. — Puta merda.

O tempo de concentração de Archie sempre fora curto, e ele se deixara distrair pelo enorme e amigável hábito do russo de olhar em duas direções de uma só vez.

— Como a informação que recebemos foi dada pelo seu serviço secreto, e como o senhor é o oficial da mais alta patente aqui, capitão... capitão...

Um olho de vidro. Era um olho de vidro com um músculo atrás dele que não se comportava direito.

— Desculpe, mas eu não sei o seu nome nem o seu posto — disse o russo, olhando com um olho para Archie e com o outro para uma hera em volta da porta da igreja.

— Quem? Eu? Jones — respondeu Archie, seguindo o trajeto giratório do olho: árvore, batata, Archie, batata.

— Bom, capitão Jones, seria uma honra se o senhor conduzisse a expedição até o topo da colina.

— Capitão... o quê? Puta merda, não, você entendeu tudo errado — disse Archie, fugindo da força magnética do olho e refocalizando a si mesmo trajado com o impecável uniforme abotoado de Dickinson-Smith. — Não sou porra nenhuma de...

— O tenente e eu teríamos prazer em nos encarregar — irrompeu uma voz atrás dele. — Estivemos fora da ação por um tempo bastante longo. Já é hora de voltarmos ao centro da batalha, como dizem.

Samad caminhara até os degraus da frente em silêncio, como uma sombra, trajando outro uniforme de Dickinson-Smith e com um cigarro pendendo ao acaso do lábio inferior como uma frase sutil. Sempre fora um rapaz boa-pinta e, vestido com os botões reluzentes da autoridade, isso apenas se acentuava; na luz forte do dia, emoldurado pela porta da igreja, era uma figura espantosa.

— O que meu amigo quis dizer — falou Samad, com sua mais encantadora cadência anglo-indiana — é que ele não é a porra do capitão. Eu sou a porra do capitão. Capitão Samad Iqbal.

— Camarada Nikolai, Nick, Pesotsky.

Samad e o russo gargalharam juntos entusiasticamente, tornaram a apertar as mãos. Samad acendeu um cigarro.

— Ele é o meu tenente. Archibald Jones. Devo me desculpar se me comportei de maneira estranha antes; a comida não me caiu bem. Bom, partiremos hoje à noite, depois que escurecer, sim? Tenente? — disse Samad, olhando para Archie com um intenso ar de cumplicidade codificada.

— Sim — retrucou Archie, sem pensar.

— Aliás, camarada — disse Samad, riscando um fósforo na parede e começando a fumar —, espero que não se importe se eu lhe perguntar... é um olho de vidro? Bastante realista.

— Sim! Eu o comprei em São Petersburgo. Perdi o meu em Berlim. É de uma semelhança impressionante, não acha?

O amistoso russo tirou o olho da órbita e pôs a pérola viscosa na palma da mão para Samad e Archie verem. Quando a guerra começou, Archie refletiu, todos os rapazes se juntavam ao redor de uma figurinha de cigarro com as pernas de Grable. Agora que a guerra terminou a gente se comprime em volta do olho de um coitado qualquer. Puta merda.

Por um momento o olho deslizou para cima e para baixo nos lados da mão do russo, depois fez uma parada repousante no centro de sua mais ou menos longa e vincada linha da vida. Olhou para o tenente Archie e para o capitão Samad, sem piscar.

∞

Naquela noite, o tenente Jones teve o primeiro gosto da guerra real. Em dois jipes do exército, Archie, os oito russos, Gozan, o proprietário do café, e o sobrinho de Gozan foram liderados por Samad numa missão no alto da colina para capturar um nazista. Enquanto os russos emborcavam garrafas de Sambucca até nenhum entre eles conseguir se lembrar dos primeiros versos do hino nacional, enquanto Gozan vendia pedaços de frango assado aos que oferecessem o lance mais alto, Samad se postava em cima do primeiro jipe, alto como uma pipa no uniforme branco, agitando os braços, cortando a noite em pedacinhos, berrando instruções que o batalhão, de tão bêbado, não escutava e que ele mesmo, de tão delirante, não entendia.

Archie ia sentado no banco de trás do segundo jipe, quieto, sóbrio, assustado e com um grande respeito pelo amigo. Archie nunca tivera um herói: tinha cinco anos de idade quando o pai saiu para comprar um famoso maço de cigarros e não se deu o trabalho de voltar; e, não sendo muito fã de leitura, os inúmeros livros medonhos escritos para oferecer heróis ilusórios aos jovens jamais haviam lhe caído nas mãos — nenhum espadachim, nenhum pirata de um só olho, nenhum patife destemido para Archie. Mas Samad, ali em pé com os polidos botões de oficial reluzindo ao luar como moedas numa fonte de desejos, atingira em cheio o Archie de dezessete anos de idade, um golpe curto no queixo que dizia: eis um homem para quem nenhum caminho da vida é demasiado íngreme. Ali estava um empolgado lunático em cima de um tanque, ali estava um amigo, ali estava um *herói*, numa forma que Archie jamais esperara. Três quartos do caminho acima, porém, a estrada, aberta especificamente para os tanques trilharem, se estreitou de repente; o tanque foi forçado a frear bruscamente, lançando o heróico capitão num salto mortal para trás, por sobre o tanque, o traseiro no ar.

— Ninguém vem aqui faz muito tempo — disse o sobrinho de Gozan, roendo um osso de frango, filosoficamente. — Isto aí? — Olhou para Samad (que aterrizara a seu lado) e apontou para o jipe em que estavam. — De jeito nenhum.

Então Samad reuniu a sua volta o batalhão agora catalítico e começou a marchar montanha acima, em busca de uma guerra sobre a qual um dia pudesse contar aos netos, assim como um dia haviam lhe contado as façanhas do bisavô. O avanço foi impedido por enormes torrões de terra, arrancados de partes da colina pela reverberação de bombas passadas e deixados a intervalos ao longo do caminho. Através de vários deles, as raízes das árvores se projetavam impotentes e definhavam no ar; para passarem, foi preciso abrir caminho a golpes cortantes das baionetas das armas russas.

— Mas que inferno! — bufou o sobrinho de Gozan, lutando embriagadamente para passar por um grupo dessas raízes. — Tudo isso parece um inferno!

— Não liguem pra ele. Reage assim porque é moço. Mas é a verdade. Não era, como vocês dizem, *problema nosso*, tenente Jones — disse Gozan, que fora subornado com dois pares de botas para nada contar acerca da repentina subida dos amigos no escalão. — *O que é que nós temos a ver com tudo isso?* — Enxugou uma lágrima, meio ébrio, meio tomado pela emoção. — O que é que nós podemos ter a ver com isso? Somos pacíficos. Não queremos guerra! Esta colina, ela já foi *linda*! Flores, pássaros que cantavam, entende? Somos do Oriente. O que as batalhas do Ocidente têm a ver com a gente?

Instintivamente, Archie se voltou para Samad, esperando um de seus discursos; mas, antes mesmo de Gozan terminar, Samad de repente retomara o ritmo e, dali a um instante, estava correndo, indo à frente dos russos embriagados, que brandiam as baionetas. Tal era sua velocidade que logo sumiu de vista, virando num canto escuro e desaparecendo na noite envolvente. Archie ficou perturbado por alguns minutos, mas depois se livrou das garras implacáveis do sobrinho de Gozan (acabara de embarcar na história de uma prostituta cubana que conhecera em Amsterdã) e começou a correr para onde vira, pela última vez, reluzir um botão prateado, mais um dos desvios bruscos que o caminho da montanha fazia a seu capricho.

— Capitão Iqbala! Espere, capitão Iqbala!

Continuou a correr, repetindo a frase, agitando a lanterna, que nada conseguia a não ser iluminar a vegetação rasteira em antropomorfismos cada vez mais bizarros, aqui um homem, ali uma mulher de joelhos, acolá três cães uivando para a lua. Passou algum tempo assim, cambaleando a esmo na escuridão.

— Acenda a luz! Capitão Iqbala! Capitão Iqbala!

Nenhuma resposta.

— Capitão Iqbala!

— Por que você me chama assim — disse uma voz próxima, a sua direita —, sabendo que eu não sou nada disso?

— Iqbala? — e, no que fez a pergunta, a lanterna de Archie deu com ele, sentado num matacão, a cabeça nas mãos.

— Por quê?... Quero dizer, você não é mesmo um grande idiota, é?... Você sabe, suponho que saiba, que eu sou na verdade um *soldado raso* do Exército de Sua Majestade.

— Claro. Mas a gente tem que manter as aparências, não tem? Nossa camuflagem e tudo o mais.

— Nossa camuflagem? Rapaz. — Samad deu um risinho consigo mesmo, que para Archie pareceu sinistro, e, ao erguer a cabeça, seus olhos estavam injetados e prestes a derramar lágrimas. — O que você pensa que isso aqui é? Estamos brincando de cabra-cega?

— Não, eu... você está bem, Sam? Parece indisposto.

Samad tinha uma vaga idéia de que parecia indisposto. No princípio da noite colocara uma fina linha do pó branco na cúpula de cada pálpebra. A morfina afiara a lâmina de sua mente e a cortara. Foi um delicioso e eloqüente êxtase enquanto durou, mas depois os pensamentos desse modo liberados chafurdaram numa poça de álcool e lançaram Samad numa depressão malévola. Ele viu seu reflexo naquela noite, e era feio. Viu onde estava — na festa de despedida pelo fim da Europa — e teve *saudade* do Oriente. Olhou para a mão inútil com os cinco apêndices inúteis; para a pele, com a queimadura marrom-chocolate do sol; viu o cérebro, tornado estúpido por conversas estúpidas e pelos melancólicos estímulos da morte, e teve saudade do homem que fora outrora: o Samad Miah erudito, bonito e de pele clara; tão precioso que sua mãe o mantinha dentro de casa para protegê-lo dos raios do sol, enviou-o aos melhores professores e o untava com óleo de linhaça duas vezes por dia.

— Sam? Sam? Você não parece bem, Sam. Por favor, eles vão chegar daqui a pouco... *Sam?*

O ódio que um homem sente de si mesmo faz com que ele se volte contra a primeira pessoa que vê. Mas era particularmente exasperante para Samad que devesse ser Archie, que o olhava com uma preocupação sincera, com um misto de medo e raiva, tudo mesclado naquele rosto amorfo tão mal preparado para expressar emoção.

— Não me chame de Sam — rosnou, numa voz que Archie não reconheceu. — Eu não sou um dos seus chapinhas ingleses. O meu nome é Samad Miah Iqbal. Não Sam. Nem Sammy. E nem, Deus me livre, Samuel. É Sam*ad*.

Archie ficou desconcertado.

— Bom, de qualquer forma — disse Samad, de repente oficioso e desejando evitar uma cena emocional —, ainda bem que você está aqui, porque eu queria dizer que estou avariado, tenente Jones. Eu estou, como você diz, indisposto. Estou muitíssimo avariado.

Levantou-se, mas depois tornou a cair sobre o matacão.

— Levante — sussurrou Archie entre os dentes. — Levante. O que há com você?

— É verdade, estou muitíssimo avariado para ser de qualquer serventia. Mas andei pensando — disse Samad, pegando a arma com a mão boa.

— Larga isso aí.

— Andei pensando que estou fodido, tenente Jones. Não vejo o futuro. Entendo que isso possa lhe causar surpresa... o meu lábio superior, lamento mas não tem a necessária rigidez... Mas é assim. Vejo apenas...

— Larga isso aí.

— Trevas. Sou um *estropiado*, Jones. — A arma executava uma dança alegre em sua mão boa enquanto ele se embalava de um lado para outro. — E a minha fé está estropiada, entende? Não estou preparado para nada agora, nem mesmo para Alá, que é todo-poderoso em sua misericórdia. O que é que eu vou fazer depois que esta guerra acabar, esta guerra que já está acabada... o que eu vou fazer? Voltar para Bengala? Ou para Nova Délhi? Quem aceitaria um inglês desses lá? Para a Inglaterra? Quem aceitaria um indiano desses? Eles nos prometem a independência em troca dos homens que fomos. Mas é um acordo diabólico. O que devo fazer? Ficar aqui? Ir para outro lugar? Qual é o laboratório que precisa de um homem com uma só mão? Para que eu sirvo?

— Escuta, Sam... *você está fazendo papel de bobo*.

— *É mesmo?* E é assim que deve ser, meu amigo? — perguntou Samad, levantando-se, tropeçando numa pedra e abalroando Archie ao recuar. — Numa tarde eu promovo você de Soldado Raso de Bosta a tenente do Exército

Britânico, e é assim que me agradece? Onde está você na hora que eu preciso? Gozan! — gritou para o gordo proprietário do café, que se atrapalhava na curva do caminho, bem atrás, suando profusamente. — Gozan, meu companheiro muçulmano, em nome de Alá, isto está certo?

— Cala a boca — Archie retrucou bruscamente. — Quer que todo mundo escute? Fala *baixo*.

O braço de Samad que segurava a arma saltou da escuridão e se enrolou em volta do pescoço de Archie, de modo que a arma e a cabeça deles ficaram comprimidas num odioso abraço.

— Para que eu sirvo, Jones? Se apertasse este gatilho, o que é que eu deixaria para trás? Um indiano, um indiano vira-casaca inglês com uma munheca estropiada feito veado e nenhuma medalha que possam mandar de volta comigo para o meu país. — Soltou Archie e agarrou o próprio colarinho.

— Fique com umas destas, pelo amor de Deus — disse Archie, arrancando três da lapela e jogando-as para ele. — Tenho um monte.

E quanto àquela pequena questão? Percebe que somos desertores? Desertores de verdade? Recue no tempo um minutinho, meu amigo, e olhe só para nós. O nosso capitão está morto. Estamos vestindo o uniforme dele, assumindo o comando de oficiais, homens de hierarquia mais alta do que nós mesmos, e como? Tapeação. Isso não faz da gente desertores?

— A guerra acabou! Quero dizer, a gente se esforçou para entrar em contato com os outros.

— Se esforçou mesmo? Archie, meu amigo, a gente se esforçou? Mesmo? Ou a gente ficou vagabundeando como desertores, se escondendo numa igreja enquanto o mundo desabava aos nossos ouvidos, enquanto homens morriam nos campos de batalha?

Pelejaram um pouco enquanto Archie tentava lhe arrancar a arma, Samad dando-lhe golpes com uma força não insignificante. Na distância, Archie viu o resto do grupo heterogêneo virar num canto, uma grande massa cinza no crepúsculo atirando-se de um lado para outro, cantando "Lydia the tattooed lady".

— Escute, não erga a voz. E fique calmo — disse Archie, soltando-o.

— Nós somos impostores; vira-casacas com casacas dos outros. Cumprimos nosso dever, Archie? Cumprimos? Com toda a honestidade? E arrastei você junto comigo, Archie, e por isso me desculpo. A verdade é que este era o meu destino. Estava escrito para mim há muito tempo.

O Lydia O Lydia O have you met Lydia O Lydia the Taaaattooooed Lady!

Samad pôs a pistola distraidamente na boca e a engatilhou.

— Iqbala, me escute — disse Archie. — Quando a gente estava lá no tanque com o capitão, com o Roy e os outros.

O Lydia the queen of tattoos! On her back is the battle of Waterloo...

— Você não parava de falar em ser herói e tudo o mais... como o seu tio-avô, como é que ele se chama?

Beside it the wreck of the Hesperus too...

Samad tirou a arma da boca.

— *Pande* — disse. — *Bisavô* — e tornou a pôr a arma na boca.

— E aqui está, é uma oportunidade, bem na sua frente. Você não queria perder o ônibus e nós não vamos perder, não se a gente fizer a coisa direito. Então não seja estúpido para estragar tudo.

And proudly above waves the red, white and bloooo,
You can learn a lot with Lydia!

— Camarada! Em nome de Deus!

Sem que notassem, o amigável russo caminhara a furta-passo atrás deles e estava olhando com horror para Samad, que chupava a arma como um pirulito.

— Limpando — gaguejou Samad, visivelmente trêmulo, retirando a arma da boca.

— É assim que eles fazem — explicou Archie — em Bengala.

A guerra que os doze homens esperavam encontrar na imponente casa velha da colina, a guerra que Samad desejava conservar em salmoura numa jarra para entregar aos netinhos como recordação de sua juventude, não se achava lá. O Doutor Doente era tão saudável como seu nome, sentado numa poltrona em frente de uma lareira em que achas ardiam. Doente. Embrulhado num tapete. Pálido. Um palito. Sem uniforme, apenas camiseta branca e calça escura. Era um homem jovem também, não mais que vinte e cinco anos, e não se sobressaltou ou fez qualquer objeção quando todos irromperam, as armas de prontidão. Era como se todos estivessem fazendo uma visita a uma agradável casa de fazenda francesa, cometendo a gafe de entrar sem ter sido convidados e levando armas à mesa de jantar. O cômodo estava inteiramente iluminado por lampiões a gás com seus pequenos invólucros em forma feminina, e a luz dançava parede acima, iluminando um conjunto de oito quadros que mostravam uma cena contínua do campo búlgaro. No quinto quadro, Samad reconheceu sua igreja, uma mancha de tinta arenosa no horizonte. Os quadros haviam sido pendurados a intervalos e envolviam o cômodo numa panorâmica. Sem moldura e numa insípida tentativa de estilo moderno, um nono quadro estava perto demais da lareira sobre um cavalete, a tinta ainda úmida. Doze armas apontavam para o artista. E, quando o artista-médico se voltou para encará-los, lágrimas que pareciam tingidas de sangue escorriam do rosto.

Samad se adiantou. Tinha posto uma arma na boca e se sentia estimulado por isso. Engolira uma quantidade absurda de morfina, caíra no buraco que a morfina cria e sobrevivera. A gente nunca se sente mais forte, pensou Samad enquanto se aproximava do médico, do que quando aterriza no outro lado do desespero.

— Doutor Perret? — inquiriu, fazendo o francês se encolher diante da pronúncia anglicizada, fazendo escorrer pelas faces mais lágrimas ensangüentadas. Samad continuou apontando a arma para ele.

— Sim.

— O que é isso? Isso nos olhos? — perguntou Samad.

— Tenho retinopatia diabética, *monsieur*.

— O quê? — perguntou Samad, ainda apontando a arma, decidido a não arruinar seu momento de glória com um debate médico não heróico.

— Significa que, quando não recebo insulina, excreto sangue, meu amigo. Pelos olhos. Torna meu passatempo — indicou as pinturas que o rodeavam — um tanto difícil. Era para ter dez. Uma visão de cento e oitenta graus. Mas parece que vocês vieram para me perturbar. — Suspirou e se levantou. — Muito bem. Vai me matar, meu amigo?

— Não sou seu amigo.

— Não, não suponho que seja. Mas sua intenção é me matar? Desculpe-me dizer que você não parece velho o bastante para matar uma mosca. — Olhou para o uniforme de Samad. — *Mon Dieu*, é jovem demais para ter subido tanto na vida, capitão. — Samad se mexeu com inquietação, capturando o olhar de pânico no canto do olho de Archie. Samad abriu um pouco mais as pernas e se manteve firme. — Desculpe-me insistir nesse ponto, mas... é sua intenção me matar?

O braço de Samad permaneceu perfeitamente parado, a arma imóvel. Poderia matá-lo, poderia matá-lo a sangue-frio. Samad não precisava do disfarce da escuridão ou da desculpa da guerra. Poderia matá-lo e ambos sabiam disso. O russo, vendo o olhar nos olhos do indiano, adiantou-se.

— Desculpe-me, capitão.

Samad continuou em silêncio, encarando o médico, de modo que o russo tornou a avançar.

— Não temos nenhuma intenção — disse o russo, dirigindo-se ao Doutor Doente. — Temos ordens de levá-lo para a Polônia.

— E lá serei morto?

— Isso é uma decisão para as autoridades competentes.

O médico inclinou a cabeça num ângulo e semicerrou os olhos.

— É o tipo... é o tipo de coisa que um homem gosta de saber. É curiosamente significativo que um homem saiba. É uma questão de cortesia, no mínimo. Saber se será morto ou se será poupado.

— É uma decisão para as autoridades competentes — repetiu o russo.

Samad se postou atrás do médico e encostou a arma em sua nuca.

— Ande — disse.

— Decisão para as autoridades competentes... O tempo de paz não é civilizado? — indagou o Doutor Doente, enquanto o grupo de doze homens, todos apontando as armas para sua cabeça, o conduziam para fora da casa.

∽

Mais tarde, naquela noite, no pé da colina, o batalhão deixou o Doutor Doente algemado ao jipe e foi para o café.

— Jogam pôquer? — perguntou o muito alegre Nikolai, dirigindo-se a Samad e Archie ao entrarem no salão.

— Eu jogo qualquer coisa — respondeu Archie.

— A pergunta mais pertinente — retrucou Samad, sentando-se com um sorriso irônico — é: eu jogo bem?

— Joga, capitão Iqbal?

— Como um mestre — respondeu Samad, pegando as cartas que lhe foram distribuídas e abrindo-as em leque na única mão.

— Bom — disse Nikolai, servindo Sambucca para todos —, já que o nosso amigo Iqbal é tão seguro, é melhor começar com uma aposta relativamente pequena. A gente começa com cigarros e depois vê onde dá.

Os cigarros os levaram às medalhas, que os levaram às armas, que os levaram a rádios, que os levaram a jipes. À meia-noite, Samad tinha ganhado três jipes, sete armas, catorze medalhas, o terreno anexo à casa da irmã de Gozan e um vale para quatro cavalos, três galinhas e um pato.

— Meu amigo — disse Nikolai Pesotsky, o jeito caloroso e franco substituído por uma apreensiva gravidade. — Você tem que nos dar uma oportunidade de ganhar de volta nossos bens. Não podemos de modo algum deixar as coisas como estão.

— Eu quero o médico — disse Samad, recusando-se a capturar o olhar de Archibald Jones, que estava sentado boquiaberto e embriagado na cadeira. — Em troca de tudo o que ganhei.

— Mas *para quê*? — perguntou Nikolai, pasmo, recostando-se na cadeira. — De que vai servir...

— Tenho os meus motivos. Desejo levá-lo esta noite e não ser seguido, e que o incidente não seja relatado.

Nikolai Pesotsky olhou para suas mãos, olhou em redor da mesa, e depois para as mãos mais uma vez. Então enfiou a mão no bolso e atirou as chaves para Samad.

Uma vez fora do café, Samad e Archie subiram no jipe onde estava o Doutor Doente adormecido sobre o painel de instrumentos, ligaram o motor e partiram escuridão adentro.

A quarenta e cinco quilômetros do vilarejo, o Doutor Doente acordou com uma discussão cochichada acerca de seu futuro iminente.

— Mas *por quê*? — sussurrou Archie.

— Porque, do meu ponto de vista, o problema central é que precisamos de sangue em nossas mãos, entende? Como compensação. Não entende, Jones? Brincamos de cabra-cega nesta guerra, você e eu. Há um grande mal contra o qual não lutamos, e agora é tarde demais. Só que nós o temos, essa oportunidade. Vou perguntar uma coisa: por que houve esta guerra?

— Você está falando bobagem — Archie vociferou, em lugar de responder.

— Para que no futuro possamos ser *livres*. A questão sempre foi: *Em que tipo de mundo você quer que seus filhos cresçam?* E nós não fizemos nada. Estamos numa encruzilhada moral.

— Escute, não sei o que você pretende e nem quero saber — retrucou Archie. — Vamos largar esse aqui — apontou para o Doente semiconsciente — no primeiro quartel que aparecer, depois eu e você seguimos caminhos separados, e essa é a única encruzilhada que me importa.

— O que eu percebi é que as gerações — Samad continuou, enquanto percorriam quilômetros e quilômetros de planícies inalteráveis —, elas falam entre si, Jones. Não é uma linha, a vida não é uma linha... isso não é quiromancia... é um círculo, e elas falam conosco. Por isso você não pode *ler* o destino; você tem que *passar* por ele. — Samad sentia a morfina trazendo-lhe as informações mais uma vez, todas as informações do universo e todas as informações das paredes, numa fantástica revelação. — Sabe quem é esse homem, Jones? — Samad agarrou o médico pelo cabelo e lhe curvou a nuca sobre o encosto. — Os russos me contaram. É um cientista, como eu... mas qual é a ciência dele? Escolher quem deve nascer e quem não deve... criar pessoas como se fossem galinhas e depois destruindo-as, se as especificações não forem corretas. Ele quer controlar, ditar o futuro. Quer uma raça de homens, uma raça de homens indestrutíveis, que vai sobreviver aos últimos dias da Terra. Mas isso não pode ser feito num laboratório. Tem de ser feito, só pode ser feito, com fé! Só Alá salva! Não sou um homem religioso, nunca possuí a força... mas não sou tão tolo assim para negar a verdade!

— Ah, mas então, você disse, não disse?, disse que *não era problema seu*. Na colina... foi o que você disse — matraqueou Archie, excitado por ter flagrado uma incoerência de Samad. — Então, então, então... então, se esse sujeito faz o que faz... seja lá o que faz, você disse que é problema *nosso*, do *Ocidente*, foi o que você disse.

O Doutor Doente, o sangue lacrimejante brotando como rio, ainda agarrado pelo cabelo por Samad, agora engasgava com a própria língua.

— Cuidado, você está sufocando o cara — disse Archie.

— E daí?! — gritou Samad na paisagem sem eco. — Homens como ele acreditam que os órgãos vivos devem responder a um plano. Veneram a ciência do corpo, mas não quem nos deu o corpo! Ele é um nazista. A pior espécie.

— Mas você disse... — pressionou Archie, decidido a chegar ao ponto desejado. — Você disse que não tinha nada a ver com você. Não era problema seu. Se alguém aqui neste jipe tivesse contas a ajustar com esse alemão maluco...

— Francês. Ele é francês.

— Tudo bem, francês... bom, se alguém tivesse contas a ajustar seria provavelmente eu. Foi pelo futuro da Inglaterra que a gente lutou. Pela Inglaterra. Você sabe — disse Archie, rebuscando o cérebro —, democracia, jantares domingueiros e... e... esplanadas e píers, lingüiças e purê... e as coisas que são *nossas*. Não *suas*.

— *Justamente* — disse Samad.

— O quê?

— *Você* tem que ajustar contas, Archie.

— Aqui, ó!

— Jones, seu destino está bem na sua frente e o que você faz é descascar a banana — disse Samad, com um riso de gozação na voz, e ainda puxando o médico pelo cabelo sobre o encosto do banco.

— Calma lá — disse Archie, tentando observar a estrada enquanto Samad curvava o pescoço do médico quase a ponto de quebrá-lo. — Escute, não estou dizendo que ele não merece morrer.

— Então faça. *Faça*.

— Mas por que é tão importante assim para você que eu faça? Sabe de uma coisa, eu nunca matei um homem... não assim, não cara a cara. Um homem não deve morrer num carro... Não posso fazer isso.

— Jones, é simplesmente uma questão do que você vai fazer *quando estiver apagando*. Essa é uma questão que me interessa um bocado. Chame esta noite de uma aplicação prática de uma crença há muito preservada. Um experimento, se quiser.

— Eu não sei do que está falando.

— Quero saber que tipo de homem você é, Jones. Quero saber do que é capaz. Você é um covarde, Jones?

Archie freou o jipe com uma brusquidez estrondosa.

— Você é que está pedindo essa porra, você é que está.

— Você não toma o partido de nada, Jones — continuou Samad. — Nem de fé nem de política. Nem mesmo do seu país. É uma porra de mistério como o seu povo conquistou o meu. Você é uma nulidade, não é?

— Uma o quê?

— Um bocó. O que vai dizer para os seus filhos quando perguntarem quem você é, o que você é? Vai saber? Alguma vez vai saber?

— O que você é de tão fantástico assim?

— Sou um muçulmano, um homem, um filho e um crente. Vou sobreviver aos últimos dias.

— Você é um porra de um bêbado, é o que é... está drogado, está drogado esta noite, não está?

— Sou um muçulmano, um homem, um filho e um crente. Vou sobreviver aos últimos dias — Samad repetiu, como num cântico.

— E o que é que essa merda significa? — Ao gritar, Archie agarrou o Doutor Doente. Puxou o rosto agora coberto de sangue para perto do seu até os narizes se tocarem. — Você — Archie berrou. — Você vem comigo.

— Sim, mas, *monsieur*... — O médico ergueu os pulsos algemados.

Archie lutou para abrir as algemas com a chave enferrujada, puxou o médico para fora do jipe e começou a caminhar, saindo da estrada para dentro das trevas, uma arma apontada para a base do crânio do dr. Marc-Pierre Perret.

— Vai me matar, garoto? — perguntou o Doutor Doente enquanto caminhavam.

— Tudo indica, não é não? — retrucou Archie.

— Posso implorar a minha vida?

— Se quiser — disse Archie, fazendo-o avançar.

Sentado no jipe, uns cinco minutos depois Samad ouviu um disparo ecoar. Sobressaltou-se. Matou com uma palmada um inseto que seguia um trajeto em volta de seu pulso, à procura de carne suficiente para morder. Ao erguer a cabeça, viu que Archie voltava sangrando e mancando gravemente, ora visível, ora invisível, ora iluminado, ora obscurecido, enquanto entrava e saía dos feixes de luz dos faróis. Tinha o aspecto jovem de sua idade, as luzes tornando translúcido o cabelo loiro, o rosto arredondado aceso como um grande bebê, primeiro a cabeça, entrando na vida.

Samad
1984, 1857

O teste do críquete — para que lado dão vivas? [...] Você ainda está relembrando o lugar de onde veio ou o lugar em que está?

Norman Tebbit

6. A tentação de Samad Iqbal

Crianças. Samad pegou crianças como se pega doença. Sim, gerara dois filhos voluntariamente — tão voluntariamente quanto um homem pode —, mas não esperara esta outra coisa. Esta coisa da qual ninguém lhe falou. Esta coisa de *conhecer* as crianças. Por quarenta e tantos anos, viajando feliz pela estrada da vida, Samad não se dera conta de que, aqui e ali ao longo dessa estrada, nas creches de cada posto de abastecimento vivia uma subclasse da sociedade, uma subclasse que choraminga e vomita; nada sabia sobre ela e não lhe dizia respeito. Então, de repente, no início dos anos 80, ficou contaminado por crianças; crianças *de outras pessoas*, crianças que eram amigas dos filhos *dele*, depois amigas *dele*; depois crianças em programas para crianças em televisão para crianças. Em 1984, pelo menos trinta por cento de seu círculo social e cultural eram menores de nove anos — e tudo isso o levou, inevitavelmente, à posição em que agora se encontrava. Era *representante de pais* na comissão diretora da escola estadual.

Por um estranho processo de simetria, ser representante de pais espelha à perfeição o processo de se tornar pai. Começa inocentemente. Casualmente. A gente visita a Feira da Primavera anual todo animado, ajuda com os bilhetes da rifa (porque a professora de música, ruiva e bonita, pede-lhe para ajudar), ganha uma garrafa de uísque (todas as rifas escolares são marmelada) e, antes mesmo de se dar conta, já está comparecendo às reuniões semanais do conselho escolar, organizando concertos, debatendo planos para um novo departamento de música, doando fundos para a revitalização das fontes — está *implicado* na escola, está *envolvido* nela. Cedo ou tarde, pára de deixar os filhos na frente do portão da escola. Começa a entrar junto com eles.

— Abaixa a mão.

— *Não vou* abaixar.

— Abaixa, faz favor.

— Me solta.

— Samad, por que essa vontade de me humilhar? *Abaixa*.

— Eu tenho uma opinião. Eu tenho o direito de ter uma opinião. E eu tenho o direito de *expressar* essa opinião.

— Sim, mas precisa expressar toda hora?

Esse era o diálogo sussurrado entre Samad e Alsana Iqbal, sentados no fundo da sala numa reunião da comissão de pais e mestres das quartas-feiras, no início de julho de 1984, Alsana dando o máximo de si para forçar Samad a abaixar o decidido braço esquerdo.

— Tire a mão de mim, mulher!

Alsana lhe prendeu o pulso com as duas mãozinhas e o torceu, tentando provocar uma sensação de ardência.

— Samad Miah, será que não entende que eu só estou querendo salvar a sua pele?

Enquanto a disfarçada contenda prosseguia, a presidenta Katie Miniver, uma divorciada branca e magricela de jeans agarrado, cabelo muito crespo e dentes protuberantes, procurava desesperadamente evitar os olhos de Samad. Amaldiçoou em silêncio a sra. Hanson, a gorda atrás dele que discursava sobre o carcoma no pomar da escola e que, sem querer, tornava impossível fazer de conta que a insistente mão erguida de Samad não fora notada. Cedo ou tarde, teria de deixá-lo falar. Entre uma inclinação de cabeça e outra para a sra. Hanson, em sinal de atenção, lançava um olhar sub-reptício para as notas que a secretária, a sra. Khilnani, ia tomando a sua esquerda. Queria verificar se não era imaginação sua, se não estava sendo injusta ou antidemocrática, ou, pior ainda, *racista* (mas lera *Daltonismo*, um fecundo panfleto da Coalizão Arco-Íris, e marcara um ótimo número de pontos no teste de auto-avaliação), racista de um modo tão profundamente arraigado e socialmente determinante que lhe escapasse à atenção. Mas não, não. Louca não estava. Qualquer trecho escolhido ao acaso sublinhava o problema:

13.0 A sra. Janet Trott deseja propor que um segundo trepa-trepa seja erguido no playground para atender ao grande número de crianças que apreciam o atual trepa-trepa, mas que, lamentavelmente, tornou-se um risco para a segurança por sua perigosa superlotação. O marido da sra. Trott, o arquiteto Janover Trott, dispõe-se a projetar e a supervisionar a construção desse trepa-trepa sem nenhum ônus para a escola.

13.1 A presidenta não faz qualquer objeção a isso. Sugere que a proposta seja votada.

13.2 O sr. Iqbal deseja saber por que o sistema educacional ocidental privilegia a atividade do corpo em detrimento da atividade da mente e do espírito.

13.3 A presidenta questiona a pertinência desse ponto.

13.4 O sr. Iqbal exige que a votação seja adiada até que ele possa apresentar um estudo em que detalhará os principais argumentos, e enfatiza que seus filhos, Magid e Millat, devem realizar os exercícios de que precisam na posição ponta-cabeça, que fortalece os músculos e faz circular o sangue para estimular o córtex somato-sensorial no cérebro.

13.5 A sra. Wolfe pergunta se o sr. Iqbal crê que sua filha Susan deva ficar compulsoriamente de ponta-cabeça.

13.6 O sr. Iqbal infere que, levando em conta o desempenho escolar e os problemas de peso de Susan, um regime de ponta-cabeça seria recomendável.

— *Pois não*, senhor Iqbal?

Samad removeu à força os dedos de Alsana que lhe prendiam a lapela como grampos, levantou-se sem necessidade alguma, examinou as várias folhas de papel presas na prancheta que tinha na mão e tirou a que desejava, segurando-a diante de si.

— Sim, sim. Tenho uma proposta. Tenho uma proposta.

A mais sutil manifestação de murmúrio percorreu o grupo de diretores, seguida de um breve período de mudanças de posição, rangidos, cruzar de pernas, revolver de bolsas e reposicionamento de casacos nas cadeiras.

— *Outra*, senhor Iqbal?

— Ah, sim, senhora Miniver.

— É que nesta tarde o senhor já apresentou doze propostas. Acho que talvez outra pessoa...

— Ah, é importante demais para ser adiada, senhora Miniver. Bom, se eu só puder...

— *Senhorita* Miniver.

— Como?

— É que... é *senhorita* Miniver. A tarde inteira o senhor disse... e é, hum... na verdade não é senhora. É senhorita. Senhorita.

Samad olhou com ar de curiosidade para Katie Miniver, depois para seus papéis, como se procurasse neles uma resposta, depois de novo para a assediada presidenta.

— Desculpe. Não é casada?

— Divorciada, na verdade, sim, divorciada. Conservei o nome.

— Entendo. Meus pêsames, dona Miniver. Agora, a questão que eu...

— Desculpe — retrucou Katie, correndo os dedos entre os cabelos indóceis. — Hum, também não é dona. Desculpe. *Fui* casada, entende, de modo que...

Ellen Corcoran e Janine Lanzerano, duas amigas do Grupo de Ação das Mulheres, deram a Katie um sorriso de aprovação. Ellen abanou a cabeça para indicar que Katie não precisava chorar (*porque você está se saindo bem, muito bem*); Janine articulou em silêncio *Continue* e lhe fez um furtivo sinal de positivo com o polegar para cima.

— Realmente não me sentiria à vontade... acho apenas que o estado civil não deveria ser um problema. Não é que eu queira deixá-lo desconcertado, senhor Iqbal. É só que eu me sentiria mais... se o senhor... senhorita.

— Senhorita?

— Senhorita.

— E há algum tipo de conflito lingüístico entre as duas palavras, dona e senhorita? — perguntou Samad, sinceramente curioso e desatento para os sons trêmulos e baixos produzidos pelo lábio inferior de Katie Miniver. — Algo que descreva a mulher que perdeu o marido ou não tem perspectiva de arranjar outro?

Alsana resmungou e cobriu o rosto com as mãos.

Samad olhou para a prancheta, sublinhou algo três vezes com a caneta e se dirigiu mais uma vez aos representantes dos pais.

— A Festa da Colheita.

Agitação, coceiras, cruzar de pernas, reposicionamento de casacos.

— Pois não, senhor Iqbal — disse Katie Miniver. — O *que é que tem* a Festa da Colheita?

— É justamente isso o que eu gostaria de saber. O que é que tem a Festa da Colheita? O que é? *Por que* é? E por que meus filhos devem comemorá-la?

A diretora da escola, a sra. Owens, uma mulher cortês, com um rosto sereno meio escondido sob bandós de madeixas loiras, fez um sinal para Katie Miniver, indicando que ela responderia.

— Senhor Iqbal, examinamos em detalhe a questão das comemorações religiosas na revisão de outono. Como decerto o senhor está a par, a escola já reconhece uma grande variedade de acontecimentos religiosos e seculares: entre eles, Natal, Ramadã, Ano-Novo Chinês, Diwali, Yom Kippur, Hanukkah, o nascimento de Haile Selassie e a morte de Martin Luther King. A Festa da Colheita faz parte do atual compromisso da escola com a diversidade religiosa, senhor Iqbal.

— Entendo. E há muitos pagãos, senhora Owens, na Manor School?

— Pagãos? Acho que não enten...

— É muito simples. O calendário cristão tem trinta e sete comemorações religiosas. *Trinta e sete*. O calendário muçulmano tem *nove*. Apenas nove. E elas ficam de fora por causa dessa incrível enxurrada de festas cristãs. Agora, a minha moção é simples. Se excluíssemos todas as festas pagãs do calendário cristão, haveria uma média de... — Samad se interrompeu para consultar a prancheta — ... vinte e seis dias livres nos quais as crianças poderiam comemorar o Lailat-ul-Qadr em dezembro, o Eid-ul-Fitr em janeiro e o Eid-ul-Adha em abril, para dar alguns exemplos. E a primeira festa que deveria ser eliminada, na minha opinião, é essa tal Festa da Colheita.

— Sinto muito — disse a sra. Owens, expondo o agradável porém firme sorriso e dirigindo a conclusão da frase para a audiência —, mas extinguir as festas cristãs da face da Terra está um tanto além da minha jurisdição. Não fosse assim, eu extinguiria a véspera do Natal e me pouparia o trabalhão de encher meias com presentes.

Samad ignorou os risinhos generalizados e prosseguiu.

— Mas é esse precisamente o meu argumento. Essa festa *não é* cristã. Onde é que a Bíblia diz *Deves roubar comida do armário dos teus pais e trazê-la para a reunião da escola, e deves forçar a tua mãe a cozinhar pão em forma de peixe*? Esses são ideais pagãos! Diga-me, onde está escrito *Deves levar uma caixa de postas de peixe à milanesa congeladas para um velhote que vive em Wembley*?

A sra. Owens fechou a cara, desabituada a sarcasmos, salvo os relacionados com o ensino, como por exemplo: *Vivemos num chiqueiro? Então imagino que é assim que vocês agem em casa!*

— Sem dúvida, senhor Iqbal, não é justamente o aspecto *caritativo* da Festa da Colheita que justifica preservá-la? Levar comida para os idosos parece-me uma idéia louvável, tenha ou não apoio nas Escrituras. Decerto, nada na Bíblia sugere que comamos peru no dia de Natal, mas poucas pessoas o reprovariam com base nessa premissa. Para ser sincera, senhor Iqbal, preferimos achar que essas coisas têm mais a ver com a *comunidade* do que com a *religião* como tal.

— O deus de um homem é a comunidade! — Samad retrucou, erguendo a voz.

— Sim, hum... bem, devemos votar a moção?

A sra. Owens olhou nervosamente ao redor à procura de mãos.

— Alguém apóia?

Samad apertou a mão de Alsana. Ela chutou o tornozelo dele. Ele pisou no dedão dela. Ela beliscou a cintura dele. Ele entortou o mindinho dela para trás, e ela, com relutância, levantou o braço direito, ao mesmo tempo que, habilmente, dava-lhe uma cotovelada na virilha com o esquerdo.

— Obrigada, senhora Iqbal — disse a sra. Owens, enquanto Janice e Ellen lhe lançavam um olhar, com o sorriso de dó e tristeza que reservavam para as muçulmanas subjugadas.

— Quem for a favor da moção para eliminar a Festa da Colheita do calendário escolar...

— Tendo como motivo as raízes pagãs.

— Tendo como motivo algumas conotações... pagãs, levante a mão.

A sra. Owens sondou o salão. Uma mão, a da graciosa e ruiva professora de música Poppy Burt-Jones, projetou-se, fazendo os muitos braceletes tilintarem dissonantes braço abaixo. Em seguida, os Chalfen, Marcus e Joyce, um casal de hippies maduro com trajes pseudo-indianos, ergueram a mão desafiadoramente. Depois Samad olhou todo decepcionado para Clara e Archie, sentados tímidos no outro lado da sala, e duas mãos se ergueram muito devagar acima dos presentes.

— Todos os outros contra?

As trinta e seis mãos restantes se ergueram no ar.

— A moção não foi aprovada.

— Tenho certeza de que a Convenção Solar das Bruxas e dos Gnomos da Manor School vai ficar muito satisfeita com essa decisão — disse Samad, tornando a sentar.

Terminada a reunião, quando Samad saiu do banheiro, depois de se aliviar com alguma dificuldade num mictório em miniatura, a graciosa e ruiva professora de música Poppy Burt-Jones dirigiu-lhe a palavra no corredor.

— Senhor Iqbal.

— Hum?

Ela estendeu um braço longo, pálido e ligeiramente sardento.

— Poppy Burt-Jones. Ensino orquestração e canto para Magid e Millat.

Samad substituiu a mão direita morta que ela pretendia apertar pela esquerda funcional.

— Ah! Desculpe.

— Não, não. Não dói nada. Só não funciona.

— Ah! Então está bem. Quero dizer, ainda bem, o senhor sabe, que não *dói*.

Ela era o que se podia chamar de bonita sem esforço. Cerca de vinte e oito anos, talvez trinta e dois, no máximo. Esguia, mas de modo algum ossuda, e com uma caixa torácica redonda como a de uma criança; seios compridos e aplainados que se empinavam nos mamilos; camiseta branca com decote em V, calça Levi's gasta e tênis cinza, um monte de cabelo ruivo esticado para cima num rabo-de-cavalo descuidado. Fios soltos no pescoço. Sardenta. Sorriso ligeiramente simplório e bastante agradável, que no momento ela mostrava para Samad.

— Deseja discutir alguma coisa sobre os gêmeos? Algum problema?

— Ah, não, não... Bom, o senhor sabe, eles estão indo bem. Magid tem uma pequena dificuldade, mas, pelas boas notas dele, tenho certeza de que tocar flauta doce não é uma prioridade dele, e Millat tem mesmo jeito para o sax. Não, eu só queria dizer que achei que o senhor fez uma boa observação, sabe — disse, lançando o polegar sobre o ombro na direção do auditório. — Na reunião. Sempre achei a Festa da Colheita um tanto ridícula. Quero dizer, se a gente deseja ajudar os idosos, o senhor sabe, bem, então a gente deve votar para um governo diferente, e não enviar a eles latas de espaguete Heinz. — Sorriu de novo para Samad e encaixou um feixe de cabelo atrás da orelha.

— Pena que mais pessoas não concordaram — retrucou Samad, de algum modo exultando com o segundo sorriso e encolhendo o bem reforçado estômago de cinqüenta e sete anos de idade. — Parece que éramos a grande minoria esta tarde.

— Bom, os Chalfen o apoiaram... eles são muito *legais*... *intelectuais* — ela sussurrou, como se fizesse referência a alguma doença exótica dos trópicos. — Ele é cientista, e ela faz alguma coisa com jardinagem... mas os dois são muito sensatos em relação a isso. Conversei com eles e eles acham que o senhor deve persistir. Sabe, na verdade *eu* estava pensando que talvez pudéssemos nos reunir em algum momento nos próximos meses e continuar trabalhando numa segunda moção para a reunião de setembro. Sabe, mais perto da época, torná-la um pouco mais coerente, talvez, imprimir uns folhetos, esse tipo de coisa. Porque, sabe, tenho realmente interesse na cultura indiana. Acho que as festas que o senhor mencionou seriam muito mais... pitorescas, e poderíamos vinculá-las com os trabalhos artísticos, música. Poderia ser *realmente* empolgante —

disse Poppy Burt-Jones, ficando realmente empolgada. — E acho que poderia ser realmente bom, sabe, para as crianças.

Não era possível, Samad sabia, que essa mulher tivesse qualquer interesse erótico nele. Mesmo assim olhou em volta à procura de Alsana, mesmo assim tilintou nervosamente as chaves do carro no bolso, mesmo assim sentiu um friozinho na barriga e constatou que era o temor a seu Deus.

— Na verdade não sou *da* Índia, sabe — disse Samad, com infinitamente mais paciência do que teve nas muitas vezes em que precisou repetir essa frase desde que se mudara para a Inglaterra.

Poppy Burt-Jones fez cara de surpresa e decepção.

— Não é?

— Não. Sou de Bangladesh.

— Bangladesh...

— Antigo Paquistão. Antes disso, Bengala.

— Ah, certo. Uma espécie de campo de beisebol, então.

— Quase o mesmo estádio, sim.

Houve uma breve pausa embaraçosa, na qual Samad percebeu com clareza que a desejava mais do que qualquer mulher que conhecera nos últimos dez anos. Sem mais nem menos. O desejo nem sequer se deu ao trabalho de examinar o lugar e de verificar se os vizinhos estavam por perto — o desejo simplesmente pôs a porta abaixo sem cerimônia. Ele se sentiu constrangido. Depois se deu conta de que seu rosto passava da excitação ao horror, numa grotesca paródia de seus movimentos mentais, à medida que avaliava Poppy Burt-Jones e todas as conseqüências físicas e metafísicas que ela sugeria. Tinha de falar antes que a coisa piorasse.

— Bom... hum, é uma boa idéia, reapresentar a moção — disse contra a vontade, pois algo mais bestial do que sua vontade ia conduzindo a conversa. — Se a senhorita tiver tempo disponível.

— Bem, falaremos sobre isso. Vou lhe telefonar a propósito disso daqui a algumas semanas. Quem sabe possamos nos encontrar depois da orquestra?

— Seria... ótimo.

— Excelente! Combinado, então. O senhor sabe, os seus filhos são realmente encantadores... são fora do comum. Eu estava dizendo isso aos Chalfen, e o Marcus fez uma observação correta: ele disse que as crianças indianas, se o senhor não se incomoda de eu falar, são em geral bem mais...

— Mais?

— *Quietas*. Comportam-se muitíssimo bem, mas são muito, não sei, *submissas*.

Samad estremeceu por dentro, imaginando Alsana ouvindo isso.

— E Magid e Millat são tão... *extravagantes*.

Samad procurou sorrir.

— Para um menino de nove anos de idade, Magid é intelectualmente impressionante. Todo mundo comenta isso. Quero dizer, ele é realmente notável. O senhor deve sentir *muito* orgulho. Ele é como um pequeno adulto. Até nas roupas. Acho que nunca conheci um menino de nove anos que se vestisse com tanta... tanta *austeridade*.

Os dois irmãos sempre fizeram questão de escolher as próprias roupas, mas, enquanto Millat insistia com Alsana que comprasse Nike de listras vermelhas, Osh-Kosh Begosh e estranhas jaquetas com motivos no lado de dentro e de fora, Magid era visto, não importasse o tempo, de pulôver cinza, camisa cinza e gravata preta com sapatos pretos polidos, óculos de aro encarapitados na ponte do nariz, como um bibliotecário anão. Alsana dizia: "Homenzinho, que tal o azul para agradar a *amma*, hein?", e o empurrava para dentro da seção de cores primárias da loja Mothercare. "Só unzinho azul. Combina tão bem com os seus olhos. Para a *amma*, Magid. Como é que pode não ligar para o azul? É a cor do céu!".

— Não, *amma*. O céu não é azul. Só tem luz branca. A luz branca contém todas as cores do arco-íris e, quando ela se espalha pelos zilhões de moléculas no céu, as cores de ondas curtas — azul, violeta — são as que a senhora vê. O céu não é realmente azul. Só parece que é. Isso se chama dispersão Rayleigh.

Um estranho menino com um intelecto frio.

— O senhor deve sentir *muito* orgulho — Poppy repetiu com um enorme sorriso. — Eu sentiria.

— Infelizmente — retrucou Samad, suspirando, distraído de sua ereção pelo triste pensamento do segundo filho (por dois minutos) —, Millat não serve para nada.

Isso pareceu deixar Poppy mortificada.

— Ah, não! Não, não foi isso o que eu quis dizer, de jeito nenhum. Quero dizer, acho que ele está, provavelmente, um pouco assim intimidado pelo Magid, mas tem uma tremenda personalidade! Só que não é... intelectual. Mas todo mundo simplesmente o *adora*... um menino muito bonito também. Claro — ela disse, dando-lhe uma piscadela e uma batidinha no ombro —, genes bons.

Genes bons? O que queria dizer com *genes bons*?

— Oi! — disse Archie, que parara atrás deles, dando uma forte pancada nas costas de Samad. — Oi! — repetiu, apertando a mão de Poppy, com o modo quase pseudo-aristocrático que adotava ao se defrontar com pessoas instruídas. — Archie Jones. Pai de Irie, por erro meu.

— Poppy Burt-Jones. Dou aula para Irie, de...

— Música, sim, eu sei. Ela vive falando da senhorita. Mas está um pouco decepcionada porque a senhorita não a passou para o primeiro violino. Quem sabe no ano que vem, hein? Então! — exclamou Archie, olhando de Poppy para Samad, que estava parado ligeiramente à parte dos outros dois e com uma estranha expressão, Archie pensou, uma terrível e estranha expressão no rosto. — A senhorita conheceu o famigerado Iqbala! Samad, você exagerou um bocado na reunião, hein? Não foi não, hein?

— Ah, não sei — retrucou Poppy com doçura. — Na verdade, acho que o senhor Iqbal levantou umas boas questões. Fiquei realmente impressionada com uma porção de coisas que ele disse. Bem que eu gostaria de conhecer assim tantos assuntos. Lamentavelmente, sou pônei de um truque só. Não sei, mas é *professor* de alguma coisa, senhor Iqbal?

— Não, não — respondeu Samad, furioso com o fato de não poder mentir por causa de Archie e constatando que a palavra "garçom" entalara na garganta. — Não, para falar a verdade trabalho num restaurante. Estudei um pouco quando jovem, mas aí veio a guerra e... — Samad encolheu os ombros, pondo um ponto final à frase e, com o coração desfalecido, observou o rosto sardento de Poppy Burt-Jones se contorcer num enorme e vermelho ponto de interrogação de perplexidade.

— Guerra? — ela perguntou, como se ele tivesse dito radiotelefonia, pianola ou retreta. — As Falklands?

— Não — respondeu Samad categoricamente. — A Segunda Guerra Mundial.

— Nossa, senhor Iqbal, quem diria. O senhor devia ser muito jovem.

— Por lá havia tanques mais velhos que nós, minha querida — disse Archie com um largo sorriso.

— Puxa, senhor Iqbal, isso foi uma surpresa! Mas dizem que pele escura enruga menos, não é?

— Dizem? — retrucou Samad, forçando-se a imaginar a pele rosa e tesa da professora dobrada sobre camadas e mais camadas de epiderme morta. — Eu pensava que filhos é que conservam um homem jovem.

Poppy riu.

— Eles também, imagino. Bom! — exclamou, parecendo desconcertada, tímida e segura de si mesma, tudo ao mesmo tempo. — O senhor me parece muito conservado. Com certeza, senhor Iqbal, já o compararam antes com o Omar Sharif.

— Não, não, não, não — disse Samad, afogueado de prazer. — A única comparação reside no amor mútuo que temos pelo bridge. Não, não, não... E é Samad — acrescentou. — Me chame de Samad, por favor.

— A senhorita vai chamá-lo de Samad uma outra vez — disse Archie, que sempre insistia em tratar uma professora por senhorita. — Temos de ir andando. As esposas estão esperando lá fora. Jantar, pelo jeito.

— Bom, foi um prazer conversar com o senhor — disse Poppy, estendendo a mão para de novo apertar a mão errada, e corando quando ele lhe estendeu a mão esquerda.

— Sim, até logo.

— Vamos, vamos — disse Archie, conduzindo Samad porta afora e pela rampa até o portão de entrada. — Caramba, ela é mesmo enxuta! *Ufa!* Boa, muito boa. Puxa vida, você estava pondo a mão no fogo... E essa história de *amor mútuo que temos pelo bridge*. Eu te conheço há décadas e nunca te vi jogando bridge. O seu jogo é mais o pôquer de cinco cartas.

— Cale essa boca, Archibald.

— Não, não, justiça seja feita, você se saiu muito bem. Mas não é característica sua, Samad, depois de encontrar Deus e tudo o mais, não é característica sua ser distraído pelas tentações da carne.

Samad apertou a mão de Archie pousada em seu ombro.

— Por que você é tão *irredimivelmente* vulgar?

— Não fui *eu* quem...

Mas Samad não estava mais ouvindo; já recitava na cabeça, repetindo duas frases inglesas nas quais se esforçava para acreditar, palavras que aprendera nos últimos dez anos na Inglaterra, palavras que ele esperava o protegessem do abominável calor na calça:

Para o puro tudo é puro. Para o puro tudo é puro. Para o puro tudo é puro.

Não posso ser mais justo que isso. Não posso ser mais justo que isso. Não posso ser mais justo que isso.

Mas retrocedamos um pouco.

1. Para o puro tudo é puro

Sexo, ao menos a tentação do sexo, havia muito era um problema. Quando o temor a Deus começou a penetrar pela primeira vez os ossos de Samad, por volta de 1976, logo após o casamento com a desinteressada Alsana de mãos pequenas e punhos fracos, ele perguntara a um *alim* ancião na mesquita de Croydon se seria admissível que um homem pudesse... por meio da mão no...

Antes que arriscasse a mímica experimental, o velho sábio lhe entregou um panfleto que pegara de uma pilha numa mesa e passou firmemente o indicador enrugado sob o ponto número três.

Há nove atos que invalidam a abstinência:

(i) Comer e beber

(ii) Relação sexual

(iii) Masturbação (istimna), que significa abuso de si mesmo, resultando em ejaculação

(iv) Atribuir coisas falsas ao Onipotente Alá, ou a seu Profeta, ou aos sucessores do Santo Profeta

(v) Engolir pó grosso

(vi) Imergir a cabeça completamente na água

(vii) Permanecer em Janabat ou Haidth ou Nifas até o Adhan para as orações de Fajr

(viii) Enema com líquidos
(ix) Vômito

— E o que acontece, *alim* — Samad perguntou, atemorizado —, se não se observar a abstinência?

O velho sábio fez uma expressão séria.

— Perguntaram isso a Ibn Umar e ele teria respondido: *Nada mais é que friccionar o membro masculino até sair a água. É só um nervo que se massageia.*

Com isso, Samad recobrou o ânimo, mas o *alim* prosseguiu.

— No entanto, segundo um outro relato, ele teria respondido: *É proibido que alguém tenha relação sexual consigo mesmo.*

— Mas qual é a crença correta? É *halal* ou *haraam*? Alguns dizem... — Samad começou a falar, acanhadamente — Para o puro tudo é puro. Se alguém é verdadeiro e firme consigo mesmo, a ninguém pode fazer mal ou ofender...

Mas o *alim* riu disso.

— E sabemos quem são *eles*. Alá tem pena dos anglicanos! Samad, quando o órgão masculino fica ereto, dois terços do intelecto do homem vão-se embora — disse o *alim*, balançando a cabeça. — E um terço de sua religião. Há um *hadith* do Profeta Maomé, que Ele descanse em paz!, que é o seguinte: *Ó Alá, busco em ti refúgio do mal de minha audição, de minha visão, de meu coração e de meus órgãos genitais.*

— Mas com certeza... com certeza, se o homem for puro, então...

— Mostre-me um homem puro, Samad! Mostre-me um ato puro! Ah, Samad Miah... o conselho que tenho para lhe dar é: fique longe de sua mão direita.

Claro. Samad, sendo Samad, empregou o melhor de seu pragmatismo ocidental, foi para casa e cumpriu vigorosamente a tarefa com a mão esquerda funcional, repetindo *Para o puro tudo é puro. Para o puro tudo é puro*, até enfim chegar ao orgasmo: grudento, triste, deprimente. E esse ritual prosseguiu, por uns cinco anos, no quartinho no alto da casa onde dormia sozinho (para não acordar Alsana) depois de voltar arrastando-se do restaurante às três da manhã, a cada e toda madrugada, secretamente, silenciosamente; pois ele estava, acredite-se ou não, torturado por isso, por esse massagear, comprimir e jorrar, por esse receio de não ser puro, de que seus atos não eram puros, de que ele jamais seria puro, e seu Deus parecia sempre lhe enviar pequenos sinais, pequenos avisos, pequenas pragas (uma infecção na uretra, 1976; um sonho de castração, 1978; um lençol sujo e maculado descoberto, mas mal interpretado, pela tia-avó de Alsana, 1979), até que 1986 trouxe um momento de crise e Samad ouviu Alá lhe bramar no ouvido como ondas numa concha, e pareceu ser a hora de fazer um trato.

2. *Não posso ser mais justo que isso*

O trato foi este: no dia 1º de janeiro de 1980, como um abstinente de ano-novo que desiste de comer queijo com a condição de poder comer chocolate, Samad desistiu da masturbação para poder beber. Era um trato, uma proposta de negócio que fizera com Deus: Samad sendo o lado interessado da primeira parte e Deus o sócio comanditário. E desse dia em diante Samad desfrutou uma relativa paz espiritual e muitas Guinness cremosas com Archibald Jones; adquiriu até o hábito de tomar o último gole olhando para o céu como um cristão, pensando: sou fundamentalmente um homem bom. Não descasco a banana. Me dê uma chance. Tomo a minha bebida ocasional. *Não posso ser mais justo que isso...*

Mas, claro, seguia a religião errada no que se referia a soluções conciliatórias, acordos, pactos, fraquezas e os *não posso ser mais justo que isso*. Torcia pelo time errado, se era empatia e concessões que desejava, se desejava a exegese liberal, se desejava *ter uma chance*. Seu Deus não era *igual* ao encantador trapalhão de barbas brancas das Igrejas anglicana, metodista ou católica. Seu Deus não tinha a intenção de *dar chances às pessoas*. Na mesma hora em que deitou os olhos na bela professora de música de cabelo ruivo, Poppy Burt-Jones, naquele julho de 1984, Samad enfim constatou a verdade disso. Constatou que seu Deus estava se vingando, constatou que o plano havia malogrado, percebeu que o contrato havia sido violado, e a cláusula da sanidade não existia; afinal, essa tentação fora deliberada e malevolamente posta em seu caminho. Em resumo, todos os acordos estavam acabados.

A masturbação recomeçou para valer. Aqueles dois meses, desde ter visto pela primeira vez a bela e ruiva professora de música até vê-la de novo, foram os cinqüenta e seis dias mais longos, mais viscosos, mais morrinhentos e mais culposos da vida de Samad. Onde estivesse, o que quer que fizesse, via-se de repente acossado por algum tipo de fixação sinestésica relacionada com a mulher: ouvia a cor do cabelo dela na mesquita, cheirava o toque da mão dela no metrô, degustava o sorriso dela ao andar inocentemente pelas ruas a caminho do trabalho. Isso, por sua vez, levou-o a conhecer cada banheiro público de Londres, levou a um tipo de masturbação que mesmo um garoto de quinze anos morador das ilhas Shetland julgaria excessivo. Seu único alívio era, assim como Roosevelt, ter feito um novo acordo: iria bater, mas não iria *comer*. Pretendia, de algum modo, purgar-se das visões e dos odores de Poppy Burt-Jones, do pecado da *istimna*, e, embora não fosse época de jejum e aqueles fossem os dias mais longos do ano, ainda assim nenhuma substância passou pelos lábios de Samad entre o alvorecer e o pôr-do-sol, nem mesmo, graças a uma pequena escarradeira de louça, a própria saliva. E como nenhum alimento entrava por uma extremidade, o que saía pela outra extremidade era tão diluído e insignificante, tão escasso e translúcido, que Samad podia quase se convencer de que o pecado fora minorado, de que um belo dia poderia massagear o joãozinho tão vigorosamente quanto desejasse que dele nada sairia a não ser ar.

No entanto, apesar da intensidade do apetite — espiritual, físico, sexual —, Samad continuou a trabalhar as doze horas diárias no restaurante. Concluiu, honestamente, que o restaurante era o único lugar em que suportava estar. Não suportava ver a família, não suportava ir ao O'Connell's, não suportava dar a Archie a satisfação de vê-lo em tal estado. Em meados de agosto, tinha aumentado as horas diárias de trabalho para catorze; algo no ritual da faina — pegar a cesta de guardanapos cor-de-rosa em forma de cisne e acompanhar a trilha de cravos de plástico de Shiva, corrigir a ordem de uma faca ou de um garfo, polir um copo, remover a impressão de um dedo nos pratos de louça — acalmava-o. Não importava o quanto fosse um mau muçulmano, ninguém poderia dizer que Samad não era um rematado garçom. Abraçara uma arte tediosa e a afiara à perfeição. Ali pelo menos podia mostrar aos outros o caminho certo: como disfarçar um *bhaji* de cebola rançoso, como fazer uma porção pequena de camarões parecer grande, como explicar a um australiano que ele não deseja comer a quantidade de pimentões picantes que pensa que deseja comer. Do lado de lá das portas do Palace, era um masturbador, um mau marido, um pai indiferente, com toda a moralidade de um anglicano. Ali dentro, porém, entre aquelas quatro paredes com estampados verdes e amarelos, era um gênio maneta.

— Shiva! Falta flor. Aqui.

Era a segunda semana do novo acordo de Samad e uma típica tarde de sexta-feira no Palace, de preparação.

— Shiva, você esqueceu este vaso!

Shiva caminhou preguiçosamente para examinar o vaso cor de água-marinha, fino como lápis e vazio na mesa dezenove.

— E tem um picles de lima boiando no molho de manga no porta-molheiro da mesa quinze.

— Mesmo? — retrucou Shiva secamente. Coitado do Shiva, já perto dos trinta anos, não muito bonito, ainda ali. Não se concretizara para ele o que quer que ele pensasse que fosse se concretizar. Samad tinha a vaga lembrança de que, por um breve período em 1979, ele deixara o restaurante para abrir uma firma de segurança, mas, como ninguém quis empregar um leão-de-chácara paqui, teve de voltar, um pouco menos agressivo, um pouco mais desesperançado, feito um cavalo amansado.

— Sim, Shiva. Mesmo, de fato.

— E é isso que está te deixando enfezado, é?

— Eu não diria enfezado, não... está me *incomodando*.

— Porque alguma coisa — Shiva interrompeu — te ferrou recentemente. Nós todos notamos.

— Nós?

— Nós. O pessoal. Ontem foi um grão de sal num guardanapo. Anteontem o Gandhi pendurado torto na parede. Na semana passada, você se comportou como um *führer* — disse Shiva, fazendo um sinal com a cabeça na direção de Ardashir. — Feito doido. Você não sorri. Você não come. Está toda hora pegando no pé dos outros. E, quando o chefe dos garçons não está, aporrinha todo mundo. Como um capitão de time de futebol.

— Não sei mesmo do que você está falando — retrucou Samad, lacônico, entregando-lhe o vaso.

— E eu sei que você sabe — disse Shiva provocativamente, tornando a colocar o vaso vazio na mesa.

— Se estou preocupado com alguma coisa, não tem por que isso atrapalhar meu serviço — disse Samad, ficando apavorado, entregando-lhe o vaso de novo. — Não quero aborrecer ninguém.

Shiva colocou o vaso de volta na mesa mais uma vez.

— Então *tem* alguma coisa. Escuta, cara, eu sei que a gente nunca foi muito um com o outro, mas aqui a gente tem que ficar unido. Desde quando a gente trabalha junto? Samad Miah?!

Samad ergueu de súbito o olhar para Shiva e Shiva notou que ele transpirava, que parecia quase atordoado.

— Sim, sim... tem... alguma coisa.

Shiva pôs a mão no ombro de Samad.

— Então por que a gente não esquece a porra do cravo e vai cozinhar um *curry* para você? Vai escurecer daqui a vinte minutos. Vem, conte tudo para o Shiva. Não que eu dê a mínima, entende, mas eu também tenho que trabalhar aqui, camarada, e você está me enlouquecendo.

Samad, estranhamente tocado por essa desajeitada oferta de ser um confessor, depositou os cisnes cor-de-rosa e seguiu Shiva até a cozinha.

— Animal, vegetal, mineral?

Shiva parou diante de uma mesa de trabalho e começou a cortar um peito de frango em cubos perfeitos e a mergulhá-los na farinha de milho.

— Desculpe, não entendi.

— É animal, vegetal ou mineral? — Shiva repetiu com impaciência. — A coisa que te preocupa.

— Animal, principalmente.

— Fêmea?

Samad se prostrou num tamborete ao lado e pendeu a cabeça.

— Fêmea — concluiu Shiva. — Esposa?

— A vergonha disso, a dor disso, afetará minha mulher, mas não... a causa não é ela.

— Outro brotinho. O assunto da minha especialidade. — Shiva fingiu que acionava uma câmara, cantou o tema do programa *Mastermind* e entrou em cena num salto. — Shiva Bhagwati, você tem trinta segundos para responder sobre transar com uma mulher que não seja a sua mulher. Primeira pergunta: é certo? Resposta: depende. Segunda pergunta: devo ir para o inferno?

Samad interveio, revoltado.

— Eu não estou... transando com ela.

— Já que comecei, vou terminar: devo ir para o inferno? Resposta...

— Chega. Esqueça. Por favor, esqueça que mencionei isso.

— Quer berinjela com o frango?

— Não... basta o pimentão verde.

— Está bem — disse Shiva, atirando no ar um pimentão verde e pegando-o com a ponta da faca. Um *bhuna* de frango saindo. Faz quanto tempo que está rolando, então?

— Não está rolando nada. Eu só a vi uma vez. Eu mal a conheço.

— Então qual é o problema? Uma pegadinha? Uma carícia?

— Um aperto de mão, só isso. Ela é professora dos meus filhos.

Shiva jogou a cebola e o pimentão picados no óleo quente.

— Você andou fantasiando um pouco. Nada de mais.

Samad se levantou.

— É mais que fantasias, Shiva. O meu corpo todo se rebelou, não obedece às minhas ordens. Nunca antes me vi sujeito a um ultraje físico assim. Por exemplo, estou constantemente de...

— Sim — disse Shiva, apontando para as virilhas de Samad. — Nós notamos isso também. Por que não bate umas bem batidas antes de vir trabalhar?

— Eu bato... e bem... mas não faz a menor diferença. Além do mais, Alá proíbe.

— Ah, Samad, você não devia ter virado religioso. Não convém a você. — Shiva enxugou uma lágrima arrancada pela cebola. — Toda essa culpa não é saudável.

— Não é culpa. É medo. Estou com cinqüenta e sete anos, Shiva. Quando a gente chega a essa idade, a gente fica... preocupado com a fé, não quer deixar coisas para depois. Fui corrompido pela Inglaterra, entendo isso agora. Os meus filhos, a minha mulher, eles também foram corrompidos. Penso que talvez fiz amizades erradas. Talvez fui frívolo. Talvez pensei que o intelecto é mais importante que a fé. E agora parece que essa tentação derradeira me confronta com ela. Para me punir, entende? Shiva, você conhece as mulheres. Me ajude.

Como esse sentimento pode ser possível? Eu soube da existência dessa mulher não faz mais que uns poucos meses, conversei com ela só uma vez.

— É o que você falou: está com cinqüenta e sete. Crise da meia-idade.

— Meia-idade? O que isso significa? — retrucou Samad com irritação. — Ora, Shiva, não tenho planos de viver cento e catorze anos.

— É *maneira de falar*. A gente lê a respeito nas revistas de hoje. É quando um homem chega a um determinado estágio na vida, ele começa a sentir que está velho como a serra. Mas você é tão jovem quanto a garota de que gosta, se entende o que quero dizer.

— Estou numa encruzilhada moral da minha vida e você me vem com asneira.

— Você tem que aprender essas coisas, cara — disse Shiva, falando devagar, com paciência. — Organismo feminino, ponto G, câncer dos testículos, a menstropausa... crise de meia-idade é uma delas. Informações que o homem moderno precisa ter na ponta da língua.

— Mas eu não quero ter essas informações! — exclamou Samad, erguendo a voz, levantando-se e andando pela cozinha. — É justamente essa a questão! Eu não quero ser um homem moderno! Eu quero viver como sempre pretendi! Eu quero voltar para o Oriente!

— Ah, sim... nós todos queremos, não queremos? — murmurou Shiva, mexendo o pimentão e a cebola na panela. — Eu tinha três anos quando parti. A merda é que não consegui realizar nada neste país. Mas quem tem o dinheiro da passagem de avião? E quem quer viver num barraco com catorze criados na folha de pagamento? Quem sabe o que teria sido Shiva Bhagwati lá em Calcutá? Príncipe ou pedinte? E quem — Shiva acrescentou, um pouco da antiga beleza retornando ao rosto — consegue arrancar de dentro de si o Ocidente, depois que ele entrou?

Samad continuava a andar compassadamente de um lado para outro.

— Eu não devia nunca ter vindo para cá... isso é que criou todos os problemas. Não devia nunca ter trazido os meus filhos para cá, tão longe de Deus. Willesden Green! Cartões de visita suspeitos na vitrine da confeitaria, livros da Judy Blume na escola, camisinhas na calçada, Festa da Colheita, mulheres-professoras sedutoras! — vociferou Samad, pegando objetos ao acaso. — Shiva...

vou lhe contar, em confiança: o meu melhor amigo, Archibald Jones, é um incrédulo! Portanto, que tipo de modelo sou para os meus filhos?

— Iqbal, sente. Se acalme. Escute: você só quer alguém. Gente quer gente. Isso acontece, de Nova Délhi a Deptford. E não é o fim do mundo.

— Bem que eu gostaria de estar certo disso.

— Quando vai ver a mulher outra vez?

— Vamos nos encontrar para discutir assuntos da escola... na primeira quarta-feira de setembro.

— Sei. Ela é hindu? Muçulmana? Não é *sikh*, é?

— Isso é o pior de tudo — respondeu Samad, a voz falhando. — Inglesa. Branca. Inglesa.

Shiva sacudiu a cabeça.

— Samad, eu saí com um monte de brotinhos brancos. Um monte. Às vezes deu certo, às vezes não. Duas americaninhas encantadoras. Perdi a cabeça por uma parisiense estonteante. Cheguei até a ficar um ano com uma romena. Mas inglesa, nunca. Nunca dá certo. Nunca.

— Por quê? — perguntou Samad, atacando a unha do polegar com os dentes e aguardando uma resposta desagradável, algum edito baixado das alturas. — Por que não, Shiva Bhagwati?

— Muita história — foi a enigmática resposta de Shiva, enquanto colocava no prato o *bhuna* de frango. — Muita porcaria de história.

Oito e meia da manhã, primeira quarta-feira de setembro de 1984. Samad, um tanto absorto em pensamentos, ouviu a porta do passageiro de seu Austin Mini Metro se abrir e fechar — muito distante no mundo real — e, virando-se para a esquerda, deparou com Millat sentando-se a seu lado. Ou pelo menos alguém com a aparência de Millat do pescoço para baixo: a cabeça substituída por um *Tomytronic* —, um jogo de computador elementar com a forma de um enorme par de binóculos. Dentro dele, Samad sabia por experiência, um carrinho vermelho que representava o filho competia com um carro verde e um carro amarelo ao longo de uma estrada tridimensional de LED.

Millat estacionou o traseirinho no assento de plástico marrom.

— Ui! Banco frio! Banco frio! Bumbum gelado!

— Millat, onde estão Magid e Irie?

— Tão vindo.

— Vindo com a velocidade de um trem ou vindo com a velocidade de uma lesma?

— Puxa! — exclamou Millat, em reação a um bloqueio virtual que ameaçava arremessar seu carro vermelho para dentro do esquecimento.

— Por favor, Millat. Tire isso.

— Não posso. Preciso de um, ah, dois, sete, três pontos.

— Millat, você precisa começar a entender os números. Repita: dez mil, duzentos e setenta e três.

— Tez bil, tuzendos e sedenda e drês.

— Tire isso, Millat.

— Não posso. Eu morro. Quer que eu morro, *abba*?

Samad não estava escutando. Era imperioso chegar à escola antes das nove, para que o passeio tivesse algum propósito. Às nove horas, ela estaria na sala de aula. Às nove horas e dois minutos, estaria abrindo o livro de presença com os dedos compridos, às nove horas e três minutos estaria tamborilando as unhas de lua cheia numa escrivaninha de madeira em algum ponto fora da visão.

— Onde eles estão? Querem chegar atrasados na escola?

— Hã-hã.

— Sempre se atrasam assim? — perguntou Samad, porque essa não era sua rotina regular; levar os filhos para a escola era normalmente incumbência de Alsana ou de Clara. Apenas para ter um vislumbre de Burt-Jones (embora faltassem apenas sete horas e cinqüenta e seis minutos para o encontro dos dois, sete horas e cinqüenta e seis minutos, sete horas...) ele se encarregara da mais detestável responsabilidade existente. E lhe dera um trabalhão enorme convencer Alsana de que nada havia de especial nesse repentino desejo de participar integralmente do transporte educacional dos filhos dele e de Archie:

— Mas, Samad, você não chega em casa antes das três da manhã. Está ficando excêntrico?

— Quero ver meus filhos! Quero ver Irie! Estão crescendo a cada manhã... e eu nunca vejo! Millat cresceu cinco centímetros.

— Mas não às oito e meia da manhã. É mesmo bastante esquisito ele crescer o tempo todo. Louvado seja Alá! Deve ser algum tipo de milagre. O que está acontecendo, hein? — Espetou a unha do indicador na barriga pensa do marido. — Tem alguma tramóia. Sinto o cheiro... feito língua de cabra passada.

Ah, o nariz culinário de Alsana para a culpa, a trapaça e o medo... não havia igual no bairro de Brent, e diante dele Samad não servia para nada. Saberia ela? Teria ela adivinhado? Durante a noite toda Samad consultara o travesseiro a respeito dessas inquietações (quando não descascava a banana) e depois as levara para o carro sem demora, a fim de projetá-las nos filhos.

— Mas que diabo, cadê eles?

— Rabo do diabo!

— Millat!

— O *senhor* praguejou — retrucou Millat, liderando a décima quarta volta e ganhando um bônus de cinco pontos, ah-ah, por causar a explosão do carro amarelo. — O *senhor* tá sempre praguejando. O senhor Jones também.

— Bom, nós temos licenças especiais para praguejar.

O Millat acéfalo dispensava o rosto para expressar ultraje.

— NÃO EXISTE ISSO DE...

— Está bem, está bem, está bem — concedeu Samad, sabendo que não haveria prazer algum em discutir ontologia com um garoto de nove anos. — Fui apanhado em erro. Não existe isso de ter licença para praguejar. Millat, onde está o seu saxofone? Hoje você tem orquestra.

— No porta-malas — respondeu Millat, com uma voz ao mesmo tempo de incredulidade e revolta: um homem que não sabia que o saxofone era colocado no porta-malas na noite do domingo constituía um tipo de retardado social. — Por que o *senhor* está pegando a gente hoje? O senhor *Jones* é que pega a gente nas segundas. O senhor não sabe *nada* de pegar a gente. *Ou* levar a gente.

— Tenho certeza de que vou conseguir de algum jeito, muito obrigado, Millat. Afinal de contas, não se trata da ciência dos foguetes. *Cadê aqueles dois!?* — gritou, tocando a buzina, perturbado pela capacidade do filho de nove anos de detectar a irregularidade de seu comportamento. — E quer me fazer o *favor* de tirar esse treco!? — Samad agarrou o *Tomytronic* e o abaixou em volta do pescoço de Millat.

— O SENHOR ME MATOU! — Millat tornou a olhar dentro do *Tomytronic*, horrorizado, a tempo de testemunhar o minúsculo *alter ego* vermelho guinar nas barreiras e desaparecer num catastrófico espetáculo luminoso de chuvas de centelhas amarelas. — O SENHOR ME MATOU NA HORA QUE EU TAVA GANHANDO!

Samad fechou os olhos e forçou os globos oculares a rolar o mais afastado possível dentro da cabeça, na esperança de que o cérebro exercesse algum impacto sobre eles, uma cegueira induzida, caso conseguisse realizá-la, igual à de outra vítima da corrupção ocidental, Édipo. Pense: desejo outra mulher. Pense: matei meu filho. Eu praguejo. Eu como bacon. Eu descasco a banana regularmente. Eu bebo Guinness. O meu melhor amigo é um não-muçulmano ímpio. Digo a mim mesmo que, se esfrego para cima e para baixo sem usar as mãos, não se leva em conta. Mas, ah, é levado em conta. Tudo conta na grande contabilidade daquEle que conta. O que acontecerá quando chegar o *mahshar*? Como irei me absolver quando chegar o Juízo Final?

... Clique-bum. Clique-bum. Um, Magid, o outro, Irie. Samad abriu os olhos e olhou no retrovisor. No banco de trás, estavam as duas crianças pelas quais esperava: ambas de óculos pequenos, Irie com o voluntarioso cabelo afro (não era uma menina bonita: os genes foram embaralhados, o nariz de Archie com os dentes extraordinariamente protuberantes de Clara), Magid com o denso cabelo preto partido ao meio de um modo desinteressante. Magid carregando uma flauta doce, Irie com o violino. Mas, afora esses detalhes básicos, nada era como deveria ser. A menos que ele estivesse muitíssimo enganado, havia algo de podre naquele Mini Metro — algo estava *em andamento*. As duas crianças trajavam preto da cabeça aos pés. Ambas usavam uma faixa branca no braço esquerdo na qual estava pintada uma tosca representação de uma cesta de verduras. Ambas tinham um bloco de anotações e um lápis pendurados com barbante no pescoço.

— Quem fez isso com vocês?

Silêncio.

— Foi a *amma*? E a senhora Jones?

Silêncio.

— Magid! Irie! O gato comeu a língua de vocês?

Mais silêncio; silêncio de criança, tão ansiosamente desejado pelos adultos e no entanto inquietante quando por fim ocorre.

— Millat, *você* sabe do que se trata isso aí?

— Chateação — choramingou Millat. — Só tão querendo ser engraçadinhos, engraçadinhos, malcriados, patetas, Lorde Magoo e a senhorita Bofélia Poo.

Samad girou no banco do carro para encarar os dois dissidentes.

— Será que preciso perguntar a vocês do que se trata isso?

Magid pegou o lápis e, com mão caprichosa, clínica, escreveu: SE QUISER, depois arrancou a folha de papel e a entregou a Samad.

— Um Voto de Silêncio. Entendo. Você também, Irie? Eu achava que era mais sensata para esse tipo de tolice.

Irie rabiscou por um momento em seu bloco e encaminhou a missiva. ESTAMOS PROSTESTANDO.

— Pros-testando? O que é "pros" e o que estão "testando"? Foi sua mãe que ensinou essa palavra?

Irie pareceu prestes a explodir com a pura força de uma explicação, mas Magid fez um gesto de lhe passar um zíper na boca, arrebatou o pedaço de papel e riscou o primeiro S.

— Ah, *entendo. Protestando.*

Magid e Irie concordaram efusivamente com a cabeça.

— Bom, isso é mesmo fascinante. E imagino que a mãe de vocês bolou todo esse roteiro? O vestuário? Os blocos?

Silêncio.

— Vocês são iguaizinhos a prisioneiros políticos... não deixam escapar nada. Pois bem: posso perguntar *em favor do quê* estão protestando?

As duas crianças apontaram com urgência para as faixas.

— Verduras? Estão protestando pelos direitos das verduras?

Irie tampou a boca com uma mão para se impedir de berrar a resposta, enquanto Magid se pôs a escrever num jato. ESTAMOS PROTESTANDO EM FAVOR DA FESTA DA COLHEITA.

Samad rosnou.

— Mas já falei. Não quero que participe dessa tolice. Magid, não tem nada a ver com a gente. Por que está sempre querendo ser quem você não é?

Uma raiva mútua e silenciosa se instalou enquanto ambos recordavam o doloroso incidente aludido. Poucos meses antes, no nono aniversário de Magid, um grupo de garotos brancos bem-apessoados e bem-comportados bateu à porta deles e perguntou por Mark Smith.

— Mark? Aqui não mora nenhum Mark — disse Alsana, curvando-se ao nível deles com um sorriso cordial. — Aqui só mora a família Iqbal. Erraram de casa.

Antes, porém, que concluísse a frase, Magid correra à porta, afastando a mãe do caminho.

— Oi, pessoal.

— Oi, Mark.

— Estou indo pro clube de xadrez, mãe.

— Sim, M... M... Mark — disse Alsana, prestes a chorar diante dessa última afronta, trocar "*amma*" por "mãe". — Mas não volte tarde.

— EU LHE DEI UM NOME GLORIOSO COMO MAGID MAHFOOZ MURSHED MUBTASIM IQBAL! — vociferou Samad quando Magid voltou para casa naquela noite e disparou escada acima feito bala para se esconder no quarto. — E QUER SER CHAMADO DE MARK SMITH!

Isso, porém, fora apenas um sintoma de um mal-estar bem mais profundo. Magid queria, na verdade, pertencer a *uma outra família*. Queria ter gatos e não baratas; queria que a mãe extraísse música do violoncelo, não ruídos da máquina de costura; queria ter uma treliça com flores crescendo num lado da casa em lugar do sempre crescente monte de lixo das outras pessoas; queria um piano no saguão em lugar da porta quebrada do carro do primo Kurshed; queria ir para a França de bicicleta nas férias, não as excursões de um dia a Blackpool para visitar as tias; queria que o soalho de seu quarto fosse de madeira polida, não o enrugado carpete laranja e verde, sobra do restaurante; queria que o pai fosse médico, não um garçom maneta; e, neste mês, Magid convertera todos esses desejos no desejo de participar da Festa da Colheita, tal como Mark Smith o faria. Tal como qualquer um o faria.

MAS NÓS QUEREMOS PARTICIPAR, SENÃO VAMOS SER COLOCADOS DE CASTIGO. A SRA. OWENS FALOU QUE É TRADIÇÃO.

Samad subiu a serra.

— Tradição de quem? — berrou, enquanto Magid, todo choroso, começava a rabiscar freneticamente mais uma vez. — Droga, você é um muçulmano, não um anão de madeira! Eu já *falei*, Magid, eu já falei sob qual condição teria permissão para isso. Você vai comigo na peregrinação a Meca. Se eu tiver que tocar naquela pedra preta antes de morrer, vou tocar com o meu filho mais velho do meu lado.

Magid quebrou a ponta do lápis no meio da resposta, rabiscando a segunda metade com a grafita rombuda. NÃO É JUSTO! NÃO POSSO IR NA PEREGRINAÇÃO. TENHO QUE IR NA ESCOLA. NÃO TENHO TEMPO PRA IR PRA MECA. NÃO É JUSTO!

— Bem-vindo ao século XX. Não é justo. Nunca é justo.

Magid arrancou do bloco a folha de papel seguinte e a ergueu na frente do rosto do pai. O SENHOR FALOU PRO PAI DELA NÃO DEIXAR ELA IR.

Samad não podia negar. Na última terça-feira, pedira a Archie que mostrasse solidariedade prendendo Irie dentro de casa na semana da festa. Archie usara de evasivas e argumentara, temendo a ira de Clara, mas Samad o tranqüilizara: *Siga o meu exemplo, Archibald. Quem veste calças na minha casa?* Archie pensou em Alsana, que com freqüência vestia aquelas encantadoras calças de seda com o tornozelo afunilado, e em Samad, que regularmente trajava uma longa peça de algodão cinza bordado, amarrada em torno da cintura, para todos os efeitos uma saia. Mas guardou o pensamento para si.

NÃO VAMOS FALAR SE O SENHOR NÃO DEIXAR A GENTE IR. NÃO VAMOS FALAR NUNCA, NUNCA, NUNCA, NUNCA MAIS. QUANDO MORRERMOS, TODO MUNDO VAI DIZER QUE FOI O SENHOR. O SENHOR, O SENHOR, O SENHOR.

Excelente, pensou Samad, *mais sangue e culpa pegajosa na minha mão boa.*

Samad nada sabia sobre regência, mas sabia do que gostava. É verdade, provavelmente não foi muito complexo o modo como ela regeu, só um simples três/quatro, só um metrônomo unidimensional desenhado no ar com o dedo indicador —, mas *aaah*, que deleite observá-la regendo! De costas para ele; os pés nus erguendo-se — a cada terceira marcação de compasso — dos mocassins; as nádegas projetando-se muito de leve, pressionadas contra o jeans, cada vez que investia para a frente num dos crescendos fortes da orquestra — que deleite! *Que visão!* Era tudo o que ele podia fazer para se impedir de correr até ela e carregá-la dali. Apavorava-o o quanto *não conseguia tirar os olhos de cima dela.* Teve, porém, de racionalizar: a orquestra precisava dela — Deus sabe que jamais seriam capazes de chegar ao fim daquela adaptação de *Lago dos cisnes* (que mais lembrava patos nadando em águas manchadas de petróleo) sem ela. No entanto, parecia um tremendo *desperdício* — idêntico a observar um menino de colo num ônibus agarrar irrefletidamente o seio da estranha sentada ao lado —, um *desperdício* uma mulher dotada de tal beleza estar à disposição de pessoas tão jovens para saber o que fazer com ela. Assim que saboreou esse pensamento, recolheu-o: *Samad Miah... sem dúvida um homem desceu ao mais baixo ao sentir ciúme da criança no seio de uma mulher, ao sentir ciúme dos jovens, dos futuros...* E então, não pela primeira vez nesta tarde, quando Poppy Burt-Jones ergueu os sapatos mais uma vez e os patos finalmente sucumbiram ao desastre ambiental, perguntou a si mesmo: *Por que, em nome de Alá, estou aqui?* E a resposta retornou mais uma vez com a persistência de um vômito: *Porque simplesmente não posso estar em outro lugar.*

Toque-toque-toque. Samad deu graças ao som da batuta que batia na estante de partituras, o qual lhe interrompeu os pensamentos, os pensamentos que se achavam à beira do delírio.

— Atenção, crianças, crianças. Parem. *Psiu*, quietos. Instrumentos longe da boca, depositem o arco. *Deposite*, Anita. Isso, *sim*, no chão. *Obrigada*. Bem, vocês provavelmente notaram que hoje temos uma visita. — Voltou-se para ele e ele se esforçou ao máximo para localizar uma parte dela na qual pudesse se concentrar, algum centímetro que não lhe fervesse o sangue atribulado. — Esse é o senhor Iqbal, pai de Magid e Millat.

Samad se levantou, como se chamado a se apresentar, abotoou cuidadosamente o sobretudo de lapelas largas sobre as virilhas voláteis, acenou um tanto desajeitadamente e tornou a se sentar.

— Digam "Olá, senhor Iqbal".

— OLÁ, SR. IQ-BALA – ressoou o coro das vozes de todos os músicos, exceto de dois.

— Bom, então não vamos querer tocar três vezes melhor por causa do público?

— SIM, SENHORITA BURT-JONES.

— Não só o senhor Iqbal é o nosso público hoje como ele é também um público muito *especial*. É por causa do senhor Iqbal que na semana que vem não vamos mais tocar o *Lago dos cisnes*.

O anúncio foi recebido com um grande estrondo, acompanhado de um desgarrado coro de apupos de trombeta, rufares de tambor, um címbalo.

— Está bem, está bem, chega. Eu não esperava uma aprovação *tão* entusiástica assim.

Samad sorriu. Então tinha humor. Era espirituosa, perspicaz — mas por que pensar que quanto mais *motivos* havia para pecar *menor* era o pecado? Ele estava pensando outra vez como um cristão; estava dizendo ao Criador: *Não posso ser mais justo que isso*.

— Depositem os instrumentos. Sim, *você*, Marvin. Muito *obrigada*.

— O que é que vamos tocar em vez disso, então, senhorita?

— Bem... — começou Poppy Burt-Jones, o mesmo sorriso meio tímido, meio atrevido que ele notara antes. — Algo *bem* empolgante. Na semana que vem, quero que experimentem uma música *indiana*.

O tocador de címbalo, em dúvida quanto ao lugar que ocuparia numa mudança de gênero assim tão radical, assumiu a responsabilidade de ser o primeiro a zombar do plano.

— O quê? Tá falando daquela música Eeeee EEEAAaaaa EEEeeee AAOoooo? — disse, fazendo uma imitação louvável dos acordes iniciais de um musical híndi, ou desses que se ouvem nos fundos de um restaurante "indiano", acompanhada dos movimentos de cabeça correspondentes. Os alunos explodiram em gargalhadas tão altas quanto os instrumentos de metal e ecoaram a gozação em massa: *Eeee Eaaaoo OOOAaaah Eeee OOOiiiiiii*... Isso, junto com as estridentes paródias de violino, penetrou na profunda e erótica semimodorra de Samad, enviando-lhe a imaginação para um jardim, um jardim encerrado em mármore onde ele se viu vestido de branco e escondido atrás de uma árvore enorme, espionando uma Poppy Burt-Jones de sári *e bindi*, enquanto ela serpenteava coquetemente em volta de algumas fontes, às vezes visível, às vezes não.

— Eu não acho... — começou Poppy Burt-Jones, elevando a voz em meio aos uhs e ahs, aumentando-a, em seguida, em vários decibéis. — EU NÃO ACHO QUE SEJA BONITO... — e então a voz voltou ao normal, uma vez que os alunos registraram o tom de zanga e se acalmaram. — Eu não acho que seja bonito ridicularizar a *cultura dos outros*.

A orquestra, sem consciência de que era isso que estava fazendo, mas ciente de que esse era o crime mais hediondo segundo os regulamentos da Manor School, olhou para os pés coletivos.

— *Vocês* acham? Acham? *Você*, Sophie, *você* gostaria que alguém ridicularizasse o Queen?

Sophie, uma menina de doze anos ligeiramente retardada, coberta da cabeça aos pés com a parafernália de uma banda de rock, arregalou os olhos penetrantes por cima de um par de óculos fundo de garrafa.

— Não gostaria, senhorita.

— Não, não gostaria, não é?

— Não, senhorita.

— Porque Freddie Mercury faz parte *da sua cultura*.

Samad ouvira o boato que corria entre os garçons do Palace segundo o qual esse famoso Mercury era, na realidade, um persa de pele muito clara chamado Farookh, de quem o cozinheiro-chefe se lembrava do tempo de escola em Panchgani, perto de Bombaim. Mas quem queria discutir o sexo dos anjos? Não querendo interromper a encantadora Burt-Jones, que se encontrava numa espécie de torrente, Samad guardou a informação para si mesmo.

— Às vezes julgamos estranha a música de outros povos porque a cultura deles é diferente da *nossa* — disse a senhorita Burt-Jones com solenidade. — Mas isso não significa que ela não seja igualmente boa, significa?

— NÃO, SENHORITA.

— E podemos aprender acerca de nós mesmos através de outra cultura, não podemos?

— SIM, SENHORITA.

— Por exemplo, Millat, de que música você gosta?

Millat refletiu por um momento, pôs o saxofone de lado e começou a dedilhá-lo como uma guitarra.

— *Bo-orn to ruuun! Da da da da daaa!* Bruce Springsteen, senhorita! *Da da da da daaa! Baby, we were bo-orn...*

— Hã, nada... nada mais? Alguma coisa que escuta *em casa*, talvez?

O semblante de Millat descaiu, ele aflito porque a resposta pareceu não ser a correta. Olhou para o pai, que gesticulava freneticamente atrás da professora, tentando comunicar as convulsões de cabeça e os movimentos de mão da *bharata natyam*, a forma de dança que Alsana costumava apreciar antes de a tristeza lhe oprimir o coração e de os bebês lhe atarem as mãos e os pés.

— *Thriiiii-ller!* — cantou Millat, a todo peito, acreditando ter captado a essência do que o pai lhe transmitia. — *Thriii-ller night!* Michael Jackson, senhorita! Michael Jackson!

Samad levou as mãos ao rosto. A senhorita Burt-Jones olhou de modo duvidoso para o pequeno garoto em pé na cadeira, girando e agarrando as virilhas diante dela.

— Está bem, obrigada, Millat. Obrigada por compartilhar... isso.

Millat abriu um largo sorriso.

— De nada, senhorita.

Enquanto as crianças faziam fila para trocar vinte *pence* por dois biscoitos integrais secos e uma xícara de refresco de fruta sem gosto, Samad seguiu os passos leves de Poppy Burt-Jones como um predador — para dentro da saleta de música, um cubículo sem janela, sem saída de emergência, abarrotado de instrumentos, arquivos transbordando de partituras soltas e um aroma que Samad pensou ser dela, mas que depois reconheceu ser do velho couro dos estojos de violino misturado com o abrandado odor de categute.

— É aqui — disse Samad, descobrindo uma escrivaninha sob a montanha de papéis — que a senhorita trabalha?

Poppy corou.

— Minúsculo, não é? Todo ano cortam a verba para música, até que neste ano não sobrou *nada* para cortar. A situação chegou a um ponto em que colocaram escrivaninhas em despensas e as chamaram de escritórios. Não fosse o conselho administrativo da Grande Londres, não haveria nem escrivaninha.

— É mesmo pequeno — disse Samad, sondando desesperadamente o cômodo à procura de um lugar em que pudesse ficar a alguma distância dela. — Diria que quase claustrofóbico.

— Pois é, é *péssimo*... mas não quer sentar?

Samad procurou a cadeira à qual ela estaria se referindo.

— Ah, meu Deus! Desculpe! Está *aqui*. — Com uma mão, jogou papéis, livros e trastes no soalho, revelando um banquinho de aspecto perigoso. — Eu mesma fiz... mas é bastante seguro.

— Tem talento para a carpintaria? — perguntou Samad, buscando de novo mais motivos para cometer um mau pecado. — Uma artesã, além de música?

— Não, não, não... freqüentei umas aulas noturnas. Nada especial. Fiz esse banquinho e um escabelo, mas o escabelo quebrou. Não sou... sabe que não estou conseguindo me lembrar de um nome sequer de carpinteiro!?

— Tem Jesus.

— Mas eu não me sentiria à vontade dizendo "Não sou um Jesus". Quero dizer, é claro que não sou, mas por outros motivos.

Samad sentou no banquinho bambo enquanto Poppy Burt-Jones foi sentar à escrivaninha.

— Está insinuando que não é uma boa pessoa?

Samad percebeu que a perturbou com a solenidade fortuita da pergunta; ela passou os dedos pela franja, remexeu num botãozinho de tartaruga acastanhado da blusa, riu com hesitação.

— Prefiro pensar que não sou de todo má.

— E isso basta?

— Bom... eu...

— Ah, puxa vida, me desculpe... — começou Samad. — Eu não estava falando sério, senhorita Burt-Jones.

— Bem... digamos que eu não sou um *Chippendale*. Isso basta.

— Sim — disse Samad, amavelmente, pensando que ela era dona de pernas muitíssimo melhores do que as de uma cadeira no estilo Rainha Ana —, isso basta.

— Bem, onde estávamos mesmo?

Samad se inclinou um pouco sobre a escrivaninha para encará-la.

— Estávamos em algum lugar, senhorita Burt-Jones?

(Serviu-se dos olhos; lembrou-se de que as pessoas costumavam dizer que seu forte eram os olhos — esse rapaz novo de Nova Délhi, Samad Miah, diziam, tem *olhos de enlouquecer*.)

— Eu estava procurando... procurando... eu estava procurando as minhas anotações... onde *estão* as minhas anotações?

Começou a revirar o caos da escrivaninha, e Samad recuou de novo no banquinho, extraindo todo o prazer que podia do fato de que os dedos dela, se não estava enganado, pareciam tremer. Teria havido *um momento* agorinha mesmo? Estava com cinqüenta e sete — uns bons dez anos haviam se passado desde que vivera um momento —, não tinha certeza de que reconheceria um momento, quando algum chegasse. *Seu velho*, disse a si mesmo enquanto enxugava o rosto com um lenço, *seu velho tolo*. Vá embora agora —, vá embora antes que se afogue em sua própria excrescência culposa (porque suava feito um porco), *vá embora antes que piore tudo*. Mas seria possível? Seria possível que no último mês — o mês em que ele andou massageando e ejaculando, orando e implorando, fazendo acordos e pensando, pensando sempre nela — ela tivesse pensado *nele*?

— Ah, enquanto procuro... me lembrei de que eu queria lhe perguntar uma coisa.

Sim!, disse a voz antropomorfa que se instalara no testículo direito de Samad. Qualquer que seja a pergunta, a resposta é *sim sim sim*. *Sim*, vamos ter uma relação sexual bem em cima desta escrivaninha; *sim*, vamos nos consumir; e *sim*, senhorita Burt-Jones, *sim*, a resposta é inevitavelmente, inescapavelmente, SIM. Contudo, de algum modo, lá fora, onde a conversa prosseguia, no mundo racional a cerca de um metro e vinte centímetros acima do escroto, a resposta acabou sendo:

— Quarta-feira.

Poppy riu.

— Não, não me refiro a que dia é hoje... não pareço tão avoada assim, pareço? Não, eu me refiro ao *dia* que é, quero dizer, para os muçulmanos. É que vi o Magid com aquele tipo de roupa e, quando lhe perguntei para que era, ele não respondeu. Fiquei muitíssimo preocupada, achando que o ofendi de alguma maneira.

Samad fechou a cara. É detestável ser lembrado de um filho quando a gente está calculando com exatidão o matiz e a firmeza exatos de um mamilo que se afirmava através de um sutiã ou de uma camiseta.

— Magid? Por favor, não se preocupe com o Magid. Tenho certeza de que ele não se ofendeu.

— Então eu estava certa — disse Poppy, jubilosa. — É como um tipo de, sei lá, de jejum vocal?

— Hum... sim, sim — vacilou Samad, não desejando divulgar o segredo da família —, é um símbolo do Alcorão... a *declaração* de que o dia do ajuste de contas irá primeiro nos deixar inconscientes. Silenciosos, entende. Daí que, daí que... que o filho mais velho da família se veste de preto e, hum, despreza a fala por um... um período de... de *tempo*, como um processo de... *purificação*.

Meu *Deus*.

— *Entendo*. Isso é simplesmente *fascinante*. E Magid é o mais velho?

— Por dois minutos.

Poppy sorriu.

— Por pouco, então.

— Dois minutos — disse Samad, pacientemente, porque estava conversando com alguém que não tinha idéia do impacto que pequenos períodos de tempo vieram a significar em toda a história da família Iqbal — fizeram toda a diferença.

— E esse processo tem um nome?

— *Amar durbol lagche*.

— O que significa?

Tradução literal: *Sinto-me fraco*. Significa, senhorita Burt-Jones, que *todos os meus filamentos estão enfraquecidos pelo desejo de beijá-la*.

— Significa — disse Samad em voz alta, sem perder uma cadência — adoração de boca fechada ao Criador.

— *Amar durbol lagche*. Puxa! — disse Poppy Burt-Jones.

— É mesmo — disse Samad Miah.

Poppy Burt-Jones se curvou para a frente na cadeira.

— Não sei como... para mim é um ato *incrível* de *autocontrole*. Nós não temos isso no Ocidente... essa sensibilidade para o sacrifício. Tenho uma enorme admiração pela disposição que vocês têm para a abstinência, o *comedimento*.

Ao que Samad chutou sob ele o banquinho como quem enforca a si mesmo e tocou os lábios loquazes de Poppy Burt-Jones com seu próprio par de lábios febris.

7. Molares

E os pecados do pai oriental haverão de punir os filhos ocidentais. Muitas vezes sem pressa, armazenados nos genes, como a calvície ou o carcinoma testicular, mas às vezes no mesmo dia. Às vezes na mesma hora. No mínimo, isso explicaria que, duas semanas mais tarde, durante a antiga festa druídica da colheita, Samad estivesse guardando tranqüilamente a única camisa que jamais usou para ir à mesquita (*Para o puro tudo é puro*) numa sacola de plástico, de modo a poder se trocar depois e se encontrar com a senhorita Burt-Jones (16h30, relógio de Harlesden) sem levantar suspeitas... enquanto Magid e o arrependido Millat colocavam apenas quatro latas de grão-de-bico com datas vencidas, um pacote de batatas fritas de variados sabores e algumas maçãs dentro de duas mochilas (*Não posso ser mais justo que isso*), preparando-se para um encontro com Irie (16h30, carrinho de sorvete) e uma visita ao velhote que lhes fora designado, aquele a quem ofereceram o donativo pagão, um tal de sr. J. P. Hamilton, de Kensal Rise.

Sem o conhecimento de todos os envolvidos, paralelos de tempos remotos subjaziam a essas duas excursões — ou, para expressá-lo no linguajar moderno, tratava-se de um repeteco. Já vimos isso antes. É como assistir à tevê em Bombaim, em Kingston ou em Dhaka, como assistir às mesmas velhas comédias de situação britânicas vomitadas das velhas colônias num eterno e tedioso círculo. Porque os imigrantes sempre foram especialmente propensos à repetição — algo a ver com a experiência de se mudarem do Ocidente para o Oriente ou do Oriente para o Ocidente, ou de uma ilha para outra ilha. Mesmo ao chegar, a gente ainda está indo para trás e para a frente; os filhos da gente estão dando voltas. Não há um termo próprio para isso — *pecado original* parece severo demais; talvez *trauma original* fosse melhor. Trauma é coisa que a gente repete e repete, afinal essa é a tragédia dos Iqbal — não conseguirem reproduzir senão a corrida que fizeram de um território para outro, de uma fé para outra, de uma mãe-pátria parda para os braços pálidos e sardentos de um soberano imperial. Ainda haverá algumas repetições antes de passarem para a música seguinte. E isso é o que está acontecendo enquanto Alsana costura ruidosamente na monstruosa máquina Singer, dando pontos duplos em volta da abertura de um calção sem fundilhos, desatenta ao marido e aos filhos que andam furtivamente pela casa, empacotando roupas, empacotando mantimentos. É uma punição da repetição. É uma corrida pelos continentes. É um repeteco. Mas um por vez, agora, um por vez...

∽

Agora, como os jovens se preparam para conhecer os velhos? Do mesmo modo que os velhos se preparam para conhecer os jovens; com um pouco de condescendência; com baixa expectativa quanto à racionalidade do outro; com a noção de que o outro achará difícil entender o que se diz, que estará além dele (não tanto além da cabeça quanto de entre as pernas); e com a sensação de que se deve chegar com algo de que o outro goste, algo adequado. Como biscoitos Garibaldi.

— Eles *gostam* deles — explicou Irie, quando os gêmeos puseram em dúvida sua escolha enquanto os três seguiam ruidosamente para seu destino no segundo andar do ônibus 52 —, gostam de uva-passa no biscoito. Gente velha *gosta* de uva-passa.

Millat, debaixo do casulo do *Tomytronic*, desdenhou.

— Ninguém gosta de uva-passa. Uva morta... *credo*! Quem vai querer *comer*?

— *Gente velha come* — insistiu Irie, enfiando os biscoitos de volta na sacola. — E não tá morta, *aliais*, tá *seca*.

— É, *depois* de morrer.

— Cala a boca, Millat. Magid, fala pra ele calar a boca!

Magid empurrou os óculos para cima da ponte do nariz e mudou de assunto diplomaticamente.

— Que mais tem aí?

Irie remexeu na sacola.

— Um coco.

— Um coco!

— Se quer saber — retrucou Irie, afastando o coco para longe de Millat —, gente velha *gosta* de coco. Põe o leite de coco no chá. — Prosseguiu energicamente quando Millat fez cara de vômito. — E tem *também* pão francês torradinho, umas fatias de queijo e umas maçãs...

— *Temos* maçãs, *chefe* — interrompeu Millat, *chefe*, por algum inexplicável motivo oculto na etimologia da gíria do norte de Londres, significando *bocó*, *babaca*, *pateta*, um derrotado das proporções mais colossais.

— Bom, tem mais maçãs e melhores, *aliais*, e bolo de hortelã Kendal, um pouco de *ackee* e bacalhau seco.

— Eu detesto *ackee* e bacalhau seco.

— E quem falou que você vai comer?

— Eu *não quero* comer.

— Bom, e *não vai*.

— Bom, tudo bem, porque eu *não quero*.

— Bom, tudo bem, porque eu não ia deixar nem se você *queria*.

— Bom, sorte minha, porque eu *não quero*. Então, *vergonha* — disse Millat; e, sem remover o *Tomytronic*, transmitiu a vergonha, do modo tradicional, passando a palma da mão ao longo da testa de Irie. — *Vergonha* do seu *tutano*.

— Bom, *aliais*, não se preocupe, porque você não vai comer...

— Aaaiii, sinto queimar, *sinto queimar*! — gritou Magid com a voz aguda, esfregando as palmas pequenas. — Você passou vergonha, carinha!

— *Aliais*, não tô envergonhada, vocês tão envergonhados porque é para o senhor J. P. Hamilton...

— É o nosso ponto! — gritou Magid, pondo-se de pé num salto e puxando o cordão da sineta várias vezes.

"*Na minha opinião*", disse um desgostoso velho aposentado para outro, "*todos eles deviam voltar para o lugar de onde...*"

Mas essa mais antiga frase do mundo foi abafada pelo soar da sineta e pelo estrépito de pés, até recuar sob os bancos junto com o chiclete.

— Vergonha, vergonha, sei qual é o seu nome — gorjeou Magid. Os três dispararam zoando escada abaixo e desceram do ônibus.

ര

E o ônibus 52 tem duas rotas. A partir do caleidoscópio de Willesden, pode-se apanhá-lo para o sul, como o fizeram as crianças; através de Kensal Rise, para Portobello, para Knightsbridge, e observar as inúmeras cores se dissolverem nas brilhantes luzes brancas da cidade. Ou pode-se apanhá-lo para o norte, como fez Samad — Willesden, Dollis Hill, Harlesden —, e observar com pavor (quem for medroso como Samad, se tudo o que aprendeu da cidade foi atravessar a rua ao avistar homens de pele escura) o branco se dissolver em amarelo e marrom, e depois surgir o relógio de Harlesden, elevando-se como a estátua da rainha Vitória em Kingston — uma pedra branca e alta circundada de preto.

Samad ficara surpreso, *sim, surpreso*, quando ela lhe sussurrou *Harlesden* enquanto ele lhe segurava a mão depois do beijo — o beijo que ainda saboreava — e perguntara em que lugar poderia se encontrar com ela fora dali, *longe* dali ("*Meus filhos, minha esposa*", ele murmurou, incoerente); esperando ouvir "Islington" ou quem sabe "West Hampstead", ou pelo menos "Swiss Cottage", mas, em lugar disso, ouvindo: "Harlesden. Moro em Harlesden".

— O conjunto habitacional de Stonebridge? — perguntou Samad, assustado, de olhos arregalados ante as maneiras criativas que Alá encontrava para castigá-lo, imaginando-se em cima da nova amante e com um canivete de gângster enterrado nas costas.

— Não... mas não longe de lá. Quer se encontrar?

Naquele dia, a boca de Samad foi como a do solitário assassino profissional que no outeiro ervoso estoura os próprios miolos e ao mesmo tempo se investe de poder.

— Ah, sim. Caramba! *Sim*.

E em seguida a beijara de novo, transformando algo relativamente singelo em uma outra coisa, envolvendo-lhe o seio com a mão esquerda em concha e deleitando-se com o forte resfolegar dela ao fazê-lo.

Depois ambos tiveram o diálogo breve e inevitável que os que traem têm a fim de se tornar menos parecidos com os que traem.

— Eu realmente não deveria...

— Não tenho muita certeza disso...

— Bem, temos de nos encontrar ao menos para conversar sobre...

— De fato, sobre o que aconteceu, temos de conversar sobre...

— Porque algo aconteceu, mas...

— Minha esposa... meus filhos...

— Vamos dar um tempo. Daqui a duas semanas, na quarta-feira? Às quatro e meia? No relógio de Harlesden?

Ao menos ele pôde, nessa confusão sórdida, congratular-se por sua cronometragem: dezesseis e quinze ao descer do ônibus, restando-lhe cinco minutos para dar um pulo no banheiro do McDonald's (com leões-de-chácara negros à porta, guardas negros para impedir a entrada de negros) e trocar as roupas folgadas do uniforme do restaurante por um terno azul-escuro com um pulôver de algodão de gola em V e uma camisa cinza, cujo bolso continha um pente com o qual ajeitou o cabelo denso numa forma mais obediente. Ao cabo do que eram dezesseis e vinte, cinco minutos nos quais ele visitou o primo Hakim e a mulher Zinat, que gerenciavam a loja barateira local (um tipo de loja que comercia segundo a falsa premissa de que não vende artigos por um preço acima de uma libra e meia, mas um exame minucioso logo revela que esse é o preço mínimo da matéria-prima) e os quais, ele esperava, inadvertidamente, iriam lhe proporcionar um álibi.

— Puxa, Samad Miah! Mas que elegância hoje... algum motivo deve ter.

Zinat Mahal: uma boca tão grande quanto o túnel de Blackwall, e era com ela que Samad estava contando.

— Obrigado, Zinat — disse Samad, parecendo premeditadamente dissimulado. — Quanto ao motivo... não sei se devo contar.

— Samad! A minha boca é um túmulo! Tudo o que me contam morre comigo.

Tudo o que se contava a Zinat invariavelmente iluminava a rede telefônica, repercutia nas antenas, nas ondas radiofônicas e nos satélites, até ser captado, enfim, por avançadas civilizações alienígenas depois de ricochetear através da atmosfera de planetas bem distantes deste aqui.

— Bem, a verdade é que...

— Por Alá, desembucha! — exclamou Zinat, que agora estava quase do outro lado do balcão, tão grande o prazer que os mexericos lhe davam. — Aonde está indo?

— Bem... estou indo visitar um sujeito no Park Royal para tratar de um seguro de vida. Quero prover uma boa subsistência para a minha Alsana quando eu morrer... Porém! — disse, agitando um dedo para a animada interrogadora coberta de jóias e com uma excessiva camada de sombra nos olhos —, não quero que ela saiba! Pensamentos de morte a horrorizam, Zinat.

— Ouviu isso, Hakim? Tem homem que se preocupa com o futuro da mulher! Vai... vai embora daqui, primo, não quero prender você. E não se preocupe — acrescentou, enquanto ele se retirava, estendendo ao mesmo tempo as compridas unhas curvas para pegar o telefone —, não vou dizer uma palavra para a Alsi.

Álibi preparado, restavam três minutos para Samad refletir sobre o que um homem velho leva para uma mulher jovem; sobre o que um mulato velho pardo leva para uma garota branca no cruzamento de quatro ruas negras; algo apropriado...

— Um coco?

Poppy Burt-Jones segurou o objeto peludo e olhou para Samad com um sorriso de perplexidade.

— É uma coisa meio misturada — Samad começou a explicar, nervoso. — Com um suco igual ao de uma fruta, mas duro como uma noz. Castanho e velho por fora, branco e fresco por dentro. Mas não acho a mistura ruim. A gente às vezes usa — acrescentou, sem saber mais o que dizer — no *curry*.

Poppy sorriu; um sorriso espetacular que lhe acentuou cada beleza natural do rosto, e havia nele, Samad pensou, algo melhor do que isso, algo sem pudor, algo melhor e mais puro do que o que estavam fazendo.

— É lindo — ela disse.

Na rua, e a cinco minutos do endereço anotado no papel da escola, Irie ainda sentia a irritante ardência da vergonha e queria uma revanche.

— Taxa aquilo — disse, apontando para uma motocicleta um tanto batida, encostada perto da entrada do metrô de Kensal Rise. — Taxa aquilo, e aquilo — indicando duas *motocross* ao lado da motocicleta.

Millat e Magid não tardaram em agir. A prática de "taxar" alguma coisa pela qual se reivindica, tal qual um colonizador recém-chegado, a posse de objetos na rua que não pertencem ao reivindicador, era bastante conhecida e estimada por ambos.

— *Nã*, carinha! De jeito nenhum, *não quero* taxar aquela porcaria — disse Millat com um sotaque jamaicano que todo moleque, não importava a nacionalidade, usava para expressar desdém. — Taxo *aquilo* — disse, apontando para um pequeno MG vermelho, lustroso e sem dúvida magnífico que estava para virar a esquina. — E *aquilo*! — gritou, chegando lá pouco antes de Magid enquanto um BMW passava zunindo. — Carinha, aquilo eu taxo mesmo — disse para Magid, que não o contrariou. — *Loucamente*.

Irie, um tanto desanimada com o rumo dos acontecimentos, afastou os olhos da rua e os pousou na calçada, quando, de súbito, viu-se tomada por um momento de inspiração.

— Eu taxo *aqueles*!

Magid e Millat se detiveram e olharam admirados para os Nike imaculadamente brancos que agora estavam de posse de Irie (um tique de verificação vermelho, o outro azul; tão bonitos, como Millat observou mais tarde, que dava vontade de morrer de inveja), embora, a olho nu, parecessem estar andando na direção do Queens Park atados a um elegante e assustador jovem negro.

Millat balançou a cabeça a contragosto.

— Respeito *com aquilo*. Bem que eu queria ter visto antes.

— Taxo! — disse Magid de repente, pressionando o dedo encardido contra o vidro da vitrine de uma loja na direção de um estojo de química de um metro e vinte com o rosto de uma personalidade da tevê estampado na frente.

Deu umas batidinhas na vitrine.

— Puxa! Isso eu taxo!

Seguiu-se um breve silêncio.

— Você taxa *isso?* — perguntou Millat, incrédulo. — *Isso?* Um estojo de química?

Antes que o coitado do Magid se desse conta do que estava acontecendo, duas palmas lhe deram um tapa feroz na testa e remataram com uma boa esfregadela. Magid lançou para Irie um olhar de apelo do tipo *et tu, Brute*, ciente de que era inútil. Não há honestidade entre crianças de quase dez anos de idade.

— *Vergonha! Vergonha! Conheço o teu nome!*

— Mas e o senhor J. P. Hamilton? — queixou-se Magid em meio ao calor da vergonha. — Agora a gente está aqui. A casa dele é bem aqui. É uma rua tranqüila, a gente não deve fazer tanto barulho assim. Ele é *velho*.

— Mas se é velho, é surdo — raciocinou Millat. — E quem é surdo não ouve.

— Não é bem assim. Para os velhos é difícil. Você não entende.

— Vai ver é velho demais pra conseguir tirar as coisas da sacola — disse Irie. — A gente devia tirar tudo e carregar nas mãos.

Concordaram com isso e demoraram algum tempo arranjando toda a comida nas mãos e nas brechas do corpo para poderem "surpreender" o senhor J. P. Hamilton com a extensão de sua caridade quando ele abrisse a porta. No degrau de sua porta, o senhor J. P. Hamilton ficou devidamente surpreso diante de três crianças de pele escura que carregavam uma miríade de projéteis. Tão velho como o imaginaram, mas bem mais alto e limpo, ele apenas entreabriu a porta, mantendo a mão, com sua cordilheira de veias azuis, na maçaneta, enquanto a cabeça se enroscava em volta do batente. Para Irie, ele lembrava uma idosa águia cortês: tufos de cabelo semelhantes a penugem se projetavam dos ouvidos, do punho da camisa e do pescoço, uma mecha branca caindo sobre a testa, os dedos num permanente espasmo tenso, como garras; e ele estava bem-vestido, como se esperaria de uma idosa ave inglesa no mundo da fantasia — colete de suede, paletó de *tweed* e um relógio numa corrente de ouro.

E, cintilando como uma pega, da dispersão azul dos olhos não empanada pelas adjacências brancas e vermelhas até o reluzir de um anel com sinete, quatro medalhas argênteas se empoleiravam bem acima do coração, e a borda pratcada de um envelope da Marinha de Guerra espreitava por cima do bolso interno do paletó.

— Por favor — soou a voz do homem-ave, uma voz que mesmo as crianças notaram que pertencia a uma classe diferente, a uma época diferente. — Devo lhes pedir que se retirem da minha entrada. Não tenho dinheiro algum. Por isso, se a intenção for roubar ou vender, sinto muito, mas vão se decepcionar.

Magid deu um passo à frente, tentando se posicionar na linha de visão do velho, pois o olho esquerdo, azul como a dispersão Rayleigh, olhava para além deles, enquanto o direito mal se abria, de tão comprimido sob as rugas.

— Senhor Hamilton, o senhor não se lembra, a escola é que mandou a gente, estes são...

— Agora adeus — ele disse, como se despedindo de uma tia que embarcava numa viagem de trem, depois repetiu "adeus", e, através de dois painéis de vitral barato na porta fechada, as crianças observaram o alongado vulto do sr. Hamilton, como que toldado pelo calor, afastar-se vagarosamente num corredor, até seus flocos marrons se mesclarem com os flocos marrons dos móveis da casa e os dele desaparecerem por completo.

Millat abaixou o *Tomytronic* em volta do pescoço, franziu o cenho e propositadamente bateu o pequeno punho cerrado na campainha, mantendo-a pressionada.

— Vai ver — sugeriu Irie — ele não quer a comida.

Por um instante Millat afrouxou a pressão no botão da campainha.

— Tem que querer. Ele pediu — resmungou, pressionando o botão da campainha com toda a força. — É a colheita de Deus, não é? Senhor Hamilton! Senhor J. P. Hamilton!

E em seguida o lento processo de desaparecimento começou a retroceder enquanto ele se reconstituía através dos átomos de uma escada e de uma cômoda, até mais uma vez ficar no tamanho natural, enroscado em volta da porta.

Millat, sem paciência, meteu o papel com as informações da escola na mão dele.

— É a colheita de Deus.

O velho, porém, sacudiu a cabeça como um pássaro que se banha num chafariz.

— Não, não. Eu realmente não serei coagido a fazer compras à porta de minha própria casa. Não sei o que vocês estão vendendo... Deus permita que não seja enciclopédia... na minha idade, não é de *mais* informação que preciso, mas de *menos*.

— Mas é grátis!

— Ah... sim, sei... por quê?

— É a colheita de Deus — Magid repetiu.

— Ajudando a comunidade local. Senhor Hamilton, o senhor deve ter conversado com a nossa professora, porque ela mandou a gente aqui. Vai ver o senhor esqueceu — acrescentou Irie com sua voz de adulta.

O sr. Hamilton tocou a têmpora com ar de tristeza, como se para recuperar a memória, e em seguida, muito vagarosamente, escancarou a porta e avançou com um passo de pombo, banhando-se no sol de verão.

— Está bem... vamos entrando.

Seguiram o sr. Hamilton para dentro da escuridão do saguão da residência abarrotada de objetos vitorianos danificados e lascados, pontuados por sinais de vida mais recente — bicicletas de criança quebradas, um *Speak-and-Spell* fora de uso, quatro pares de botas de borracha Wellington enlameadas nos vários tamanhos de uma família.

— Muito bem — disse ele todo animado, quando eles entraram na sala de estar provida de lindas janelas de sacada, através das quais se avistava um vasto jardim —, o que trouxeram?

As crianças depositaram a carga numa espreguiçadeira comida por traça, Magid desenrolando o conteúdo como itens numa lista de compras, enquanto o sr. Hamilton acendia um cigarro e inspecionava o piquenique urbano com dedos trêmulos.

— Maçãs... puxa vida, não... grão-de-bico... não, não, não, batatinhas fritas...

E assim continuou, um artigo pego por vez e condenado, até que o velho olhou para eles com tênues lágrimas nos olhos.

— Sabem, não posso comer nada disso... muito duro, duro demais. O máximo que eu conseguiria é provavelmente o leite desse coco. Apesar disso... vamos tomar um chá, que tal? Ficam para o chá?

As crianças olharam confusas para ele.

— Vamos, meus queridos, sentem.

Irie, Magid e Millat sentaram nervosamente na espreguiçadeira. Em seguida escutaram um clique-claque e, quando ergueram o olhar, os dentes do sr. Hamilton estavam na língua, como se uma segunda boca tivesse saído da primeira. E então, num átimo, retornaram ao lugar.

— Eu simplesmente não posso comer nada, a não ser que tenha sido triturado de antemão, entendem? Culpa minha. Anos e anos de negligência. Dentes limpos... isso nunca foi prioritário no Exército. — Indicou a si mesmo desajeitadamente, uma constrangida estocada no próprio peito com mão trêmula. — Fui um homem do Exército, entendem? Bem, quantas vezes vocês, jovens, escovam os dentes?

— Três vezes por dia — respondeu Irie, mentindo.

— MENTIROSA! — disseram em coro Millat e Magid. — SONGAMONGA!

— Duas vezes e meia.

— Bem, minha querida, quantas? — perguntou o sr. Hamilton, alisando a calça com uma mão e erguendo o chá com a outra.

— Uma vez por dia — respondeu Irie, acanhada, a preocupação na voz dele forçando-a a dizer a verdade. — Quase todos os dias.

— Receio que virá a se arrepender disso. E vocês dois?

Magid estava no meio da formulação de uma minuciosa fantasia de uma escova de dentes mecânica que fazia todo o trabalho durante o sono, mas Millat confessou.

— A mesma coisa. Uma vez por dia. Mais ou menos.

O sr. Hamilton se reclinou na cadeira contemplativamente.

— Às vezes nos esquecemos da importância dos dentes. Não somos como os animais inferiores, nos quais os dentes são regularmente substituídos e assim por diante... nós somos mamíferos, entendem? E os mamíferos têm apenas duas oportunidades quanto a dentes. Mais açúcar?

As crianças, cônscias das duas oportunidades, recusaram.

— Mas, como todas as coisas, há dois lados nisso. Ter dentes brancos e limpos nem sempre é sensato, não é mesmo? *Par exemplum*: quando eu estava no Congo, a única maneira de eu identificar os negros era pela brancura dos dentes deles, se entendem o que quero dizer. Uma coisa horrível. Era escuro como breu. E por causa disso morriam, entendem? Pobres coitados. Ou por isso eu sobrevivi, para colocar sob uma outra perspectiva, entendem?

As crianças permaneceram caladas. De súbito Irie começou a chorar, muito silenciosamente. O sr. Hamilton prosseguiu.

— Esse é o tipo de decisão radical que a gente toma na guerra. Vê um clarão branco e bangue!, por assim dizer... Escuro como breu. Tempos terríveis. Todos aqueles rapazes bonitos estirados mortos, bem na minha frente, bem aos meus pés. Estômagos abertos, sabem, com as tripas nas minhas botas. Como o fim do mundo sangrento. Homens bonitos, recrutados pelos chucrutes, pretos como o ás de espadas, os pobres idiotas nem sequer sabiam por que estavam lá, em favor de que povo estavam lutando, em quem estavam atirando. A decisão da arma de fogo. Tão rápida, minhas crianças. Tão brutal. Biscoito?

— Eu quero ir pra casa — murmurou Irie.

— O meu pai teve na guerra. Lutou pela Inglaterra — falou Millat com a voz fina, ruborizado e furioso.

— Bem, meu menino, você se refere ao time de futebol ou ao Exército?

— O exército britânico. Ele dirigiu um tanque. Um senhor Churchill. Com o pai dela — explicou Magid.

— Você deve estar equivocado — disse o sr. Hamilton, sempre cortês. — Segundo me lembro, decerto não havia gringos. Se bem que hoje, provavelmente, não podemos dizer essas coisas, não é mesmo? Mas nenhum, nenhum paquistanês... como os alimentaríamos? Não, não — rezingou, avaliando o assunto como se lhe tivessem dado a oportunidade de reescrever a história imediatamente. — Isso é inconcebível. Eu não teria tolerado de modo algum aquela comida condimentada. Nenhum paquistanês. Os paquistaneses deveriam estar no exército paquistanês, entende, fosse lá o que fosse. Quanto aos coitados dos britânicos, eles tinham muito que se ocupar conosco, os velhos maricões...

O sr. Hamilton riu serenamente consigo mesmo, girou a cabeça e admirou em silêncio os galhos errantes de uma cerejeira que dominava um canto inteiro do jardim. Depois de uma pausa longa, virou a cabeça e lágrimas eram visíveis em seus olhos mais uma vez — lágrimas agudas e velozes, como se lhe tivessem esbofeteado.

— Bem, vocês, meus jovens, não deveriam contar lorotas, sabem? As lorotas vão apodrecer os seus dentes.

— Não é mentira, senhor J. P. Hamilton, ele lutou mesmo — disse Magid, sempre o pacificador, sempre o mediador. — Levou um tiro na mão. Tem medalhas. Ele é um herói.

— E quando os seus dentes apodrecerem...

— É verdade! — exclamou Millat num grito, chutando a bandeja de chá no chão entre eles. — Seu velho *babaca*.

— E quando os seus dentes apodrecerem — continuou o sr. Hamilton, sorrindo para o teto —, aaah, não haverá como voltar atrás. As pessoas não olharão para vocês como costumavam fazer. As meninas bonitinhas não olharão duas vezes para vocês, nem por amor nem por dinheiro. Mas, enquanto ainda forem jovens, o importante é o terceiro molar. Os molares são comumente conhecidos como dentes de siso, creio eu. Basta que cuidem do terceiro molar antes de qualquer coisa. Essa foi minha ruína. Vocês ainda não os têm, mas meus bisnetos estão começando a senti-los. O problema com os terceiros molares é que nunca se sabe ao certo se a boca será grande o bastante para acomodá-los. São a única parte do corpo a que temos de nos adequar. Um homem precisa ser bastante grande para abrigar esses dentes, entendem? Porque se não, ah, minha nossa, crescem tortos, ou em qualquer direção, ou simplesmente se recusam a crescer. Ficam trancados dentro do osso... uma inclusão, acho que esse é o termo... e resulta numa terrível, numa terrível infecção. É melhor que nasçam antes do tempo, é o que eu digo a minha neta Jocelyn em relação aos filhos dela. É simplesmente melhor. Não é possível lutar contra eles. Bem que desejei. Bem que desejei ter perdido a esperança e apostado nos dois lados, por assim dizer. Porque são os dentes do seu pai, entendem, os dentes de siso são transmitidos pelo pai, tenho certeza. Então temos de ser bastante grandes para eles. Deus sabe que não fui bastante grande para os meus... Exponham-no e os escovem três vezes por dia, se o meu conselho significa alguma coisa.

Quando o sr. J. P. Hamilton abaixou o olhar para ver se o conselho significava alguma coisa, os três visitantes pardos já tinham desaparecido, levando consigo a sacola de maçãs (maçãs que ele pensara em pedir a Jocelyn para passar no liquidificador), tropeçando em si mesmos, correndo para chegarem a uma área verde, para chegarem a um dos pulmões da cidade, algum lugar onde fosse possível respirar livremente.

Agora, as crianças conheciam a cidade. E sabiam que a cidade engendra malucos. Conheciam o sr. Cara-Pálida, um indiano que anda pelas ruas de Willesden com o rosto pintado de branco, os lábios pintados de azul, trajando uma malha justa e calçando botas de andarilho; conheciam o sr. Jornal, um homem alto e esquelético, de capa de chuva que bate nos tornozelos, que senta nas bibliotecas de Brent, retira da pasta os jornais do dia e os rasga metodicamente em tiras; conheciam a Maria Maluca, uma negra dada ao vodu, de rosto vermelho, cujo território se estende de Kilburn à Oxford Street, mas que pratica suas feitiçarias numa lata de lixo em West Hampstead; conheciam o sr. Chinó, que não tem sobrancelhas e usa peruca, não na cabeça, mas pendurada num cordão em volta do pescoço. Essas pessoas, porém, *anunciavam* sua loucura — eram melhores, menos assustadoras que o sr. J. P. Hamilton —, ostentavam sua insanidade, não eram metade malucas e metade não, enroscadas em batentes de porta. Eram propriamente loucas no sentido shakespeariano, fazendo sentido quando menos se esperava. Na zona norte de Londres, onde membros de conselhos administrativos uma vez votaram para mudar o nome da área para *Nirvana*, não é incomum andar nas ruas e de repente ser confrontado com palavras sábias do cara-pálida, do lábios-azuis ou do sem-sobrancelhas. Do outro lado da rua, ou da outra extremidade de um vagão do metrô, eles usarão o talento esquizofrênico para ver conexões no aleatório (para perceber o mundo inteiro num grão de areia, para derivar narrativa a partir de nada) a fim de intrigar a gente, desconcertar a gente, desnudar a gente, dizer para a gente o que a gente é, aonde vai (em geral, Baker Street — a grande maioria dos videntes da vida moderna viaja na linha Metropolitan) e por quê. Mas, enquanto cidade, não prezamos essas pessoas. Nosso instinto visceral nos diz que elas pretendem nos embaraçar, que estão dispostas a nos *envergonhar* de algum modo ao darem guinadas no corredor do trem, de olhos bulbosos e nariz carbuncular, preparando-se para nos perguntar, inevitavelmente, *o que é que estamos olhando*. Que *porra* estamos olhando. Como uma espécie de mecanismo preventivo de defesa, os londrinos aprenderam a não olhar, a jamais olhar, a evitar olhares o tempo todo, para que assim a temível pergunta "O que é que está olhando?" e a resposta inútil, pusilânime e deplorável — "Nada" — possam ser evitadas.

No entanto, à medida que a presa evolui (e somos presas dos malucos que nos perseguem, desesperados para partilhar sua própria marca da verdade com o infeliz viajante), o caçador também evolui, e os verdadeiros profissionais, cansados do velho bordão "O que é que está olhando?", instalam-se num território mais exótico. A Maria Maluca, por exemplo. Bem, o princípio ainda é o mesmo, ainda é o contato visual e o risco de fazê-lo, só que agora ela faz o contato visual a uma distância de cem, duzentos ou até trezentos metros e, se flagrar a gente fazendo o mesmo, corre vociferando pela rua, tranças e plumas e capa flutuando, a vara do azar na mão, até chegar aonde a gente está, cuspir e começar. Samad conhecia tudo isso — estabeleceram contatos antes, ele e a Maria Maluca de rosto afogueado. Até mesmo passara pela desventura de tê-la sentada a seu lado num ônibus. Num outro dia qualquer, Samad teria sido atencioso com ela. Mas, neste dia, sentia-se culpado e vulnerável, neste dia estava segurando a mão de Poppy enquanto o sol ia se retirando; não conseguia encarar a Maria Maluca e sua doentia revelação da verdade, sua ameaçadora loucura — motivo pelo qual justamente ela o perseguia, muito propositadamente ela o perseguia pela Church Road.

— Para a sua segurança, não olhe — disse Samad. Limite-se apenas a continuar andando em linha reta. Eu não tinha idéia de que ela viajava até esta parte de Harlesden.

Poppy deu uma rápida olhadela no fluido clarão multicolorido que galopava na rua do comércio num cavalo imaginário. Riu.

— Quem é *aquela*?

Samad acelerou o passo.

— É a Maria Maluca. E não é nem um pouco engraçada. É perigosa.

— Ora, não seja ridículo. Só porque é uma sem-teto e tem... *dificuldades* mentais, não que faça mal a alguém. Coitada, você consegue imaginar o que aconteceu na vida dela que a deixou assim?

Samad suspirou.

— Em primeiro lugar, não é uma desabrigada. Ela roubou todas as latas de lixo de West Hampstead e com elas construiu uma estrutura digna de nota em Fortune Green. Em segundo lugar, não é uma "coitada". Todo mundo tem medo dela, da administração regional para baixo, ela recebe comida de graça de cada lojinha da zona norte de Londres desde que amaldiçoou a loja do Ramchandra e os negócios dele fracassaram no prazo de um mês. — O corpo grandalhão de Samad transpirava uma boa quantidade de suor no que ele mudava de marcha como reação à mudança de marcha da Maria Maluca no outro lado da rua. Sem fôlego, murmurou: — E ela não gosta de brancos.

Os olhos de Poppy se arregalaram.

— É mesmo? — disse, como se essa idéia jamais lhe tivesse ocorrido, e se virou para cometer o erro fatal de olhar. Num segundo, a Maria Maluca os alcançou.

Um espesso glóbulo de cuspe atingiu Samad bem entre os olhos, na ponte do nariz. Ele o limpou, puxou Poppy contra si e tentou fugir da Maria Maluca entrando no pátio da igreja St. Andrew's, mas a vara do azar bateu súbita e ruidosamente na frente de ambos, marcando uma linha nas pedras e na terra que não poderia ser transposta.

Ela falou devagar e com uma carranca tão ameaçadora que o lado esquerdo do rosto pareceu paralisado.

— Tá... atrás... de... alguma... coisa?

Poppy emitiu um guincho:

— Não!

Maria Maluca fustigou a panturrilha de Poppy com a vara do azar e se virou para Samad.

— O senhor, senhor! O senhor... atrás... de... alguma... coisa?

Samad fez que não com a cabeça.

De repente, ela gritou:

— PRETÃO! QUE TE BLOQUEIEM EM TODA E QUALQUER DIREÇÃO!

— Por favor — gaguejou Poppy, sem dúvida apavorada. — Não queremos encrenca.

— PRETÃO! — (Gostava de falar em dísticos rimados.) — A CADELA QUER TE VER QUEIMAR QUE NEM CARVÃO!

— A gente está cuidando da nossa vida... — começou Samad, mas foi interrompido por um segundo projétil de fleuma, que dessa vez lhe atingiu a face.

— *Por colina e ravina, vão te seguir e seguir te vão, Por colina e ravina, o cão vai te engolir e engolir te vai*. — Isso foi emitido numa espécie de cochicho cantado, acompanhado por passos de dança de um lado para o outro, os braços abertos e a vara do azar repousando firmemente sob o queixo de Poppy Burt-Jones. — *Que fizeram pra nós corpo senão nos matar e escravizar? Que fizeram pra nossa mente só nos danar e exasperar? Qual é a poluição?* — Maria Maluca ergueu o queixo de Poppy com a vara e tornou a perguntar: — QUAL É A POLUIÇÃO?

Poppy estava chorando:

— Por favor... eu não sei o que você quer que eu...

Maria Maluca sugou os dentes e voltou a atenção mais uma vez para Samad.

— QUAL É A SOLUÇÃO?

— Não sei.

Maria Maluca lhe golpeou os lados dos tornozelos com a vara.

— QUAL É A SOLUÇÃO, PRETÃO?

Maria Maluca era uma mulher bela e admirável: uma fronte nobre, um nariz proeminente, uma pele de meia-noite que não envelhece e um pescoço comprido com os quais as rainhas só podem sonhar. Mas eram em seus olhos alarmantes, que chispavam uma ira à beira de um colapso total, que Samad se concentrava, porque percebeu que falavam com ele e mais ninguém. Poppy nada tinha a ver com isso. Maria Maluca olhava para ele com *reconhecimento*. Maria Maluca identificara um *companheiro de viagem*. Identificara nele o maluco (ou seja, o *profeta*); ele estava certo de que ela identificara o homem irado, o homem masturbador, o homem abandonado no deserto longe dos filhos, o homem estrangeiro num país estrangeiro flagrado entre fronteiras... o homem que, se pressionado o bastante, de repente enxergará o sentido. Que outro motivo a teria levado a escolhê-lo numa rua cheia de gente? Simplesmente porque o reconheceu. Simplesmente porque vinham do mesmo lugar, ele e Maria Maluca, ou seja: *de longe*.

— *Satyagraha* — disse Samad, surpreendendo-se com a própria serenidade.

Maria Maluca, não habituada a ouvir respostas a suas perguntas, olhou-o com espanto.

— QUAL É A SOLUÇÃO?

— *Satyagraha*. É sânscrito, que significa "verdade e tenacidade". A palavra do grande Gandhi. Sabe, ele não gostava de "resistência passiva" ou de "desobediência civil".

Maria Maluca começou a estremecer e a praguejar compulsivamente a meia-voz, mas Samad sentiu que, de algum modo, tratava-se da Maria Maluca que o escutava, tratava-se da mente da Maria Maluca que procurava processar palavras que não eram dela.

— Essas palavras não eram muito significativas para ele. Ele queria mostrar que o que chamamos de fraqueza é uma força. Ele compreendeu que às vezes não agir é o maior triunfo de um homem. Ele era um hindu. Eu sou um muçulmano. A minha amiga aqui é...

— Católica — respondeu Poppy, vacilando. — Relapsa.

— E você é...? — começou Samad.

Maria Maluca disse *boceta, cadela, rasclaat* várias vezes e cuspiu no *chão*, o que, no entender de Samad, era um sinal de esfriar as hostilidades.

— O que estou tentando dizer...

Samad olhou para o pequeno grupo de metodistas que, ouvindo o barulho, haviam começado a se reunir nervosamente em frente da porta da St. Andrew's. Sentiu-se mais seguro. Sempre houvera um pregador irrealizado em Samad. Um sabe-tudo, um passeador e um falador. Com um pequeno público e um monte de ar fresco, sempre fora capaz de se convencer de que todo o conhecimento do universo, todo o conhecimento das paredes, era dele.

— Estou tentando dizer que a vida é uma igreja liberal, não é mesmo? — Apontou para o feio prédio de tijolos vermelhos lotado de fiéis palpitantes. — Com corredores largos. — Apontou para a malcheirosa azáfama de negros, brancos, mulatos e amarelos que se confundiam acima e abaixo na rua do comércio. Para a mulher albina parada em frente da Cash and Carry, vendendo belas-margaridas colhidas no cemitério da igreja. — Os quais minha amiga e eu gostaríamos de continuar percorrendo, se não se importa. Acredite em mim, eu entendo o que a preocupa — disse Samad, inspirando-se agora naquele outro grande pregador da zona norte de Londres, Ken Livingstone —, eu mesmo estou passando por dificuldades... nós todos estamos passando por dificuldades neste país, este país que é para nós novo e velho ao mesmo tempo. Nós somos um povo dividido, não é mesmo?

E nisso Samad fez com Maria Maluca algo que ninguém havia feito em mais de quinze anos: ele a tocou. Muito de leve, no ombro.

— Nós somos um povo partido ao meio. Quanto a mim, uma metade de mim deseja se sentar tranqüilamente de pernas cruzadas, deixando as coisas além do meu controle passarem por mim. Mas a outra metade quer lutar na guerra santa. Jihad! E, decerto, poderíamos questionar isso na rua, mas, no fim, eu acho que o seu passado não é o meu passado e que a sua verdade não é a minha verdade e que a sua solução... não é a minha solução. Então eu não sei o que quer que eu diga. Verdade e tenacidade é uma sugestão, embora haja muitas pessoas a quem perguntar, se essa resposta não for satisfatória. Pessoalmente, a minha esperança reside nos últimos dias. O profeta Maomé, que Ele descanse em paz!, nos diz que, no Dia da Ressurreição, todo mundo vai ficar inconsciente. Surdos e mudos. Sem conversa fiada. E que *puta* alívio isso vai ser. Bom, agora com licença.

Samad segurou com firmeza as mãos de Poppy e seguiu em frente, enquanto Maria Maluca ficou parada pasma apenas por um breve instante, antes de correr até a porta da igreja e borrifar saliva nos fiéis.

Poppy enxugou uma lágrima de pavor e suspirou. Disse:

— Calmo numa crise. Impressionante.

Samad, cada vez mais dado a visões, viu o bisavô, Mangal Pande, portando um mosquete; lutando contra o novo, agarrando-se à tradição.

— Está no sangue da família — retrucou.

Posteriormente, Samad e Poppy caminharam por Harlesden, ao redor de Dollis Hill, e depois, quando pareceu que estavam rondando muito perto de Willesden, Samad esperou o sol se pôr, comprou uma caixa de balas de goma indianas e tomou o rumo do Roundwood Park; admirou as flores derradeiras. Falou sem parar, o tipo de falação no qual a gente embarca para afugentar o inevitável desejo físico, o tipo de falação que só faz aumentá-lo. Ele falou sobre a Nova Délhi por volta de 1942, ela falou sobre St. Albans por volta de 1972. Ela se queixou de uma longa lista de namorados totalmente inadequados, e Samad, não sendo capaz de criticar Alsana, nem sequer de mencionar seu nome, falou dos filhos: os receios da paixão de Millat por obscenidades e um barulhento show de tevê sobre o melhor time de todos os times; as preocupações com Magid apanhar ou não apanhar luz de sol direta suficiente. O que o país estava fazendo com seus filhos, queria saber, o que estava fazendo?

— Gosto de você — ela disse por fim. — Muito. Você é tão engraçado. Sabia que é engraçado?

Samad sorriu e balançou a cabeça.

— Nunca achei que tivesse uma grande espirituosidade cômica.

— Não... você é engraçado. Aquilo que você falou dos camelos... — Começou a rir, e sua risada era contagiante.

— O quê?

— Dos camelos... quando a gente estava andando.

— Ah, você se refere a "Os homens são como camelos: há, mal-e-mal, um em cem ao qual confiar a vida".

— Sim!

— Isso não é comédia, isso é o *Bukhari*, parte 8, página 130 — disse Samad. — E é um bom conselho. Eu, sem dúvida, concluí que é verdadeiro.

— Bem, ainda assim é engraçado. — Ela se achegou mais no banco e lhe beijou a orelha. — Sério. Gosto de você.

— Sou bastante velho para ser seu pai. Sou casado. Muçulmano.

— Tudo bem. Assim a *Dateline* não iria comparar os nossos formulários. Que que tem?

— Mas que frase é essa, "Que que tem?"... Isso lá é inglês? Não, isso não é inglês. Hoje em dia só os imigrantes falam o inglês castiço.

Poppy deu uma risadinha.

— Pois repito: Que que...

Mas Samad lhe cobriu a boca com uma mão e, por um momento, olhou-a quase como se fosse esbofeteá-la.

— Que que tem *tudo*. Que que tem *tudo*. Esta situação não é nada engraçada. Não é nada boa. Não desejo discutir com você o que é certo ou errado. Vamos nos ater ao que, evidentemente, nos trouxe aqui — disse com veemência. — O físico, não o metafísico.

Poppy se deslocou para a outra ponta do banco e se curvou, os cotovelos apoiados nos joelhos.

— Eu sei — começou com vagar — que isto é só o que é. Mas não admito que fale assim comigo.

— Desculpe. Procedi mal...

— Só porque você sente culpa, eu não tenho que...

— Sim, desculpe. Eu não...

— Porque, se quiser, pode ir...

Meios pensamentos. Junte-os e resultarão em menos do que quando se começou.

— Eu não quero ir. Eu quero você.

Poppy se animou um pouco e sorriu um sorriso meio triste, meio tolo.

— Quero passar a noite... com você.

— Ótimo — ela retrucou. Porque eu comprei uma coisa para você enquanto você estava na lojinha comprando as balas.

— O que é?

Ela mergulhou na bolsa e, no rarefeito minuto em que remexeu batom, chaves do carro e moedas, duas coisas aconteceram.

I.1 Samad fechou os olhos e ouviu as palavras *Para o puro tudo é puro* e, quase imediatamente depois, *Não posso ser mais justo que isso*.

I.2 Samad abriu os olhos e viu muito claramente, ao lado do coreto, os dois filhos, os dentes brancos mordendo duas maçãs cerosas, a acenar, a sorrir.

E então Poppy reemergiu, triunfante, com um objeto de plástico vermelho na mão.

— Uma escova de dentes — disse.

8. Mitose

O estranho que entrar por acaso no O'Connell's Pool House esperando talvez encontrar as subidas e descidas africadas do forte sotaque regional irlandês de seu avô ou buscando o ricochetear de uma bola vermelha junto da tablilha para dentro da caçapa do canto ficará imediatamente decepcionado ao descobrir que o lugar não é nem irlandês nem uma casa de bilhar. Examinará com certa perplexidade as paredes carpetadas, as reproduções de George Stubbs das pinturas de cavalos de corrida, os fragmentos emoldurados de um texto estrangeiro, oriental. Procurará uma mesa de sinuca e, em lugar dela, encontrará um homem alto e moreno com uma acne horrível, fritando ovos e cogumelos atrás do balcão. Pousará os olhos, com suspeita, sobre uma bandeira irlandesa e um mapa dos Emirados Árabes amarrados juntos e pendurados de parede a parede, separando-o dos demais fregueses. Depois irá se dar conta de vários pares de olhos cravados nele, alguns com ares de superioridade, outros de incredulidade. O desafortunado estrangeiro sairá pisando em falso, desconfiado, recuando, derrubando no caminho o *display* recortado de Viv Richards em tamanho natural. Os fregueses cairão na risada. O O'Connell's não é lugar para estranhos.

O O'Connell's é o tipo de lugar que homens de família freqüentam em busca de um tipo diferente de família. Ao contrário dos parentes consangüíneos, aqui é necessário *merecer* uma posição na comunidade; exige anos de um dedicado coçar saco, perder tempo, vadiar, ficar às moscas, observar a tinta secar — uma dedicação bem maior do que a que os homens investem no incauto momento da procriação. Há que se *conhecer* o lugar. Por exemplo, há motivos para o O'Connell's ser uma casa de bilhar irlandesa sem mesas de bilhar gerenciada por árabes. E há motivos para Mickey, coberto de pústulas, preparar um prato de fritas, ovos e feijão, ou ovos, fritas e feijão, ou feijão, fritas e ovos e cogumelos, mas jamais, em circunstância alguma, fritas, feijão, ovos e bacon. Mas é necessário freqüentar para obter esse tipo de informação. Veremos isso em detalhe mais adiante. Por ora, basta dizer que esse é o segundo lar de Archie e Samad; há dez anos eles vêm aqui entre seis (a hora em que Archie sai do trabalho) e oito (a hora em que Samad começa a trabalhar) para conversar sobre tudo, do significado do Apocalipse aos preços dos encanadores. E sobre mulheres. Mulheres hipotéticas. Quando uma mulher passava pela janela cor de gema do O'Connell's (ao que se sabe, mulher alguma jamais ousou entrar), eles sorriam e especulavam — dependendo da sensibilidade religiosa de Samad naquela noite — sobre assuntos que iam desde indagar se ela seria ou não expulsa da cama o mais depressa possível até os relativos méritos das meias ou malhas, passando então, inevitavelmente, para o grande debate: seios pequenos (que se mantêm firmes) ou seios grandes (que caem para os lados). Mas jamais tinham tido uma conversa sobre mulheres de verdade, sobre mulheres complicadas com carne e sangue e suor de verdade. Jamais até então. De modo que os acontecimentos sem precedentes dos últimos meses exigiam uma reunião no O'Connell's mais cedo do que o habitual. Samad finalmente telefonara para Archie e confessara toda a terrível confusão: traíra, estava traindo; fora visto pelos filhos e agora estava vendo os filhos, em visões, dia e noite. Archie ficara em silêncio durante um tempo, depois dissera: "Puta merda. Às quatro horas, então. Puta merda". Archie era assim. Calmo numa crise.

Mas já eram quatro e quinze da tarde e nem sinal dele. Um desesperado Samad mastigara até a cutícula todas as unhas que possuía e desabara no balcão, o nariz prensado contra o vidro quente onde os hambúrgueres formados eram conservados, cara a cara com um cartão-postal que mostrava as oito atrações do condado de Antrim.

Mickey, cozinheiro-chefe, garçom e proprietário, que se orgulhava de saber o nome de cada freguês e de perceber quando cada freguês estava indisposto, ergueu o rosto de Samad de cima do vidro quente com a espátula de omelete.

— Ei.

— Oi, Mickey, como vai?

— Como sempre, como sempre. E pra mim já é muito. Que raio de coisa te aporrinha, companheiro? Hein? Hein? Eu tava de olho em você, Summy, desde a hora que entrou. Com essa cara de bosta. Conta pro tio Mickey.

Samad rezingou.

— Ei. Não. Nada disso. Você me conhece. Eu sou o lado compreensivo da indústria de serviços, sou o serviço com um puta sorriso, eu era capaz de usar uma gravatinha vermelha e um chapeuzinho vermelho como aqueles espertinhos de merda do Mr. Burger se o raio da minha cabeça não fosse tão grande.

Não era uma metáfora. A cabeça de Mickey era bem grande, quase como se sua acne tivesse reivindicado mais espaço e o plano de expansão tivesse sido autorizado.

— Qual é o problema?

Samad olhou para o cabeção vermelho de Mickey.

— Mickey, só estou esperando o Archibald. Não se preocupe, por favor. Vou ficar bem.

— É um pouco cedo, não é não?

— Como assim?

Mickey conferiu o relógio atrás dele, o que tinha o ovo paleolítico incrustado no mostrador.

— Eu disse que é um pouco cedo, não é? Pra você e o Archie. Sempre espero vocês lá pelas seis. Fritas, feijão, ovo e cogumelos. Omelete e cogumelos. Com variações de tempero, claro.

Samad suspirou.

— Temos muito que conversar.

Mickey revirou os olhos.

— Não vai começar de novo com a lengalenga do Mangy Pandy, vai? Quem atirou em quem, quem enforcou quem, o meu avô governou os paquis ou sei lá eu quem, como se alguém fizesse caso disso. Você tá espantando a freguesia. Você tá criando... — Mickey folheou sua nova bíblia, *Ração para a razão: Um guia para os empregadores e empregados na indústria do serviço ali-*

mentar — Estratégias do consumidor e relações com o consumidor. — Você tá criando uma *síndrome repetitiva* que priva todos esses hambúrgueres da *experiência culinária*.

— Não, não. O meu *bis*avô não entra na conversa hoje. Temos outros assuntos.

— Pois sim, aqui, ó. Síndrome repetitiva é o que é. — Mickey afagou o livro. — Tá tudo aqui, companheiro. As quatro libras e noventa e cinco *pence* mais bem gastas da minha vida. Por falar em grana, vai fazer uma fezinha hoje? — perguntou Mickey, apontando para o subsolo.

— Eu sou muçulmano, Mickey, não me entrego mais a excessos.

— É, claro, sim, somos todos irmãos... mas, convenhamos, um homem tem que viver. Não tem? Digo, não tem?

— Não sei, Mickey, tem?

Mickey deu uma palmada firme nas costas de Samad.

— Claro que tem! Eu tava dizendo pro meu irmão Abdul...

— Qual Abdul?

Era uma tradição, tanto na família nuclear quanto na família mais ampla de Mickey, chamar todos os filhos de Abdul, para lhes ensinar o orgulho de arrogarem uma posição mais elevada que a de qualquer outro homem, o que não era um problema, mas tendia a criar confusão nos anos de formação. No entanto, crianças são criativas, e todos os muitos Abdul anexaram um nome inglês como uma espécie de anteparo para o primeiro.

— Abdul-Colin.

— Certo.

— Então, você sabe que o Abdul-Colin virou um bocado fundamental... OVO, FEIJÃO, FRITAS, TORRADAS... deixou crescer uma puta barba, nada de carne de porco, nada de álcool, nada de bocetinha, só o raio da aplicação... aí é que tá, patrão.

Abdul-Mickey empurrou um prato de carboidrato rançoso para um velho encovado cuja calça fora suspensa tão alto no corpo que parecia engoli-lo gradualmente por inteiro.

— Bom, onde você acha que eu vi o Abdul-Colin semana passada? Justamente no Mickey Finn, lá na Harrow Road, e eu falei: "Ei, Abdul-Colin, é mesmo um raio de uma surpresa ver quem segue o raio da regra", e ele respondeu, todo solene, sabe, todo barbudo, ele respondeu...

— Mickey, Mickey... se importa muito de deixar essa história para depois? É que eu...

— Não, não, tudo bem, tudo bem. Não sei nem por que tô me incomodando com isso.

— Por favor, quando o Archibald chegar, diz para ele que estou sentado no reservado atrás do fliperama. Ah, e o de sempre.

— Sem problema, companheiro.

Cerca de dez minutos depois, a porta se fechou e Mickey, erguendo os olhos do sexto capítulo, "Tem uma mosca na minha sopa: Lidando com estruturas de hostilidade relativas a questões de saúde", viu Archibald Jones, pasta barata na mão, aproximar-se do balcão.

— Oi, Arch. Como vai o trampo de dobrar?

— Ah, você sabe, *comme si, comme sar*. O Samad está por aí?

— *Por aí? Por aí?* Faz meia hora que não sai daqui, feito o raio de uma catinga. Com cara de bosta. Tem gente querendo buscar uma pazinha pra limpar ele.

Archie pôs a pasta em cima do balcão e franziu o cenho.

— De ovo virado, é? Cá entre nós, Mickey, estou muito preocupado com ele.

— Pois vai falar isso pro raio da montanha — disse Mickey, que se irritara com a afirmativa, no sexto capítulo, de que pratos devem ser lavados com água fervente. — Ou, então, vai até o reservado atrás do fliperama.

— Obrigado, Mickey. Ah, omelete e...

— Sei. Cogumelos.

Archie caminhou pelo corredor de linóleo do O'Connell's.

— Oi, Denzel, boa tarde, Clarence...

Denzel e Clarence eram dois jamaicanos octogenários excepcionalmente rudes e bocas-sujas. Denzel era extraordinariamente gordo, Clarence era extremamente magro, os familiares de ambos haviam morrido, ambos usavam chapéu de feltro de aba estreita e ficavam sentados no canto jogando dominó durante as horas todas que lhes restavam.

— Que foi que esse babacão falô?

— Falô boa-tarde.

— Será que não percebe que tô jogando dominó?

— Nã, mano! Tem bunda no lugar da cara. Como vai enxergar alguma coisa?

Archie engoliu o sapo como tinha de engolir e entrou no reservado, sentando-se em frente de Samad.

— Não entendo — disse Archie, retomando logo a conversa no ponto em que a tinham interrompido ao telefone. — Está dizendo que vê Magid e Millat na imaginação ou que vê na vida real?

— É muito simples, mesmo. Na primeira vez, na primeiríssima vez, estavam lá. Mas desde então, Archie, nas últimas semanas, vejo os gêmeos toda vez que estou com ela... como aparições! Até quando a gente está... eu os vejo lá. Sorrindo para mim.

— Tem certeza que não é só cansaço do trabalho?

— Archie, escute o que estou falando: eu os *vejo*. É um sinal.

— Sam, procuremos lidar com os fatos. Quando viram você de verdade... o que você fez?

— O que eu podia fazer? Disse: "Oi, filhos. Digam oi para a senhorita Burt-Jones".

— E eles disseram o quê?

— Disseram oi.

— E você disse o quê?

— Archibald, será que dá para eu simplesmente lhe contar o que aconteceu sem essas constantes interrupções idiotas?

— FRITAS, FEIJÃO, OVO, TOMATE E COGUMELO!

— É o seu, Sam.

— Essa acusação me ofende. Não é o meu. Não pedi tomate. Não quero um coitado de um tomate despelado fervido até a morte e depois frito até a morte.

— Bom, meu não é. Pedi omelete.

— Bom, meu não é. Então, posso continuar?

— Com prazer.

— Olhei para os meus filhos, Archie... olhei para os meus belos filhos... e o meu coração se partiu. Não, mais que isso... se despedaçou. Se despedaçou em vários pedacinhos e cada pedacinho me perfurava como uma ferida mortal.

Fiquei pensando: como posso ensinar alguma coisa aos meus filhos, como posso mostrar a eles o caminho certo quando eu mesmo me desencaminhei?

— Eu pensei — começou Archie, hesitante — que o problema fosse a mulher. Se realmente não sabe o que fazer em relação a ela, bom... a gente pode jogar uma moeda no ar, cara você encara, coroa cai fora... Pelo menos terá tomado uma...

Samad deu um soco na mesa com o punho bom.

— Não quero jogar porra de moeda nenhuma! Além do mais, é tarde demais para isso. Será que não entende? O que está feito está feito. Sou um monstro, agora percebo. Só me resta me concentrar em salvar os meus filhos. Tenho que fazer uma escolha, uma escolha pela *moralidade*. — Samad abaixou a voz e, mesmo antes de falar, Archie sabia a que ele iria se referir. — Você mesmo, Archie, tomou decisões difíceis muitos anos atrás. Você disfarça bem, mas sei que não esqueceu como é. Tem um pedaço de bala na perna para provar. Lutou com ele. Venceu. Eu não me esqueci. Archibald, eu sempre admirei você por isso.

Archie olhou para o chão.

— Eu prefiro não...

— Acredite em mim, meu amigo, não me dá prazer nenhum desenterrar uma coisa que, para você, é repugnante. Mas eu só estou tentando fazer você entender a minha situação. Naquele tempo, tal como hoje, a questão é sempre: *Em que tipo de mundo eu quero que os meus filhos cresçam?* Você agiu quanto a isso no passado. Agora é a minha vez.

Archie, não compreendendo os discursos de Samad tanto quanto não os compreendera quarenta anos atrás, brincou com um palito de dentes por um momento.

— Então... por que simplesmente não pára... bem, de vê-la?

— Eu tento... eu tento.

— Tão bom assim?

— Não, bem, isso não é estritamente... o que eu quero dizer é que é ótimo, sim... mas não é devasso... a gente se beija, se abraça.

— Mas não...

— Não, estritamente falando, não.

— Mas alguma...

— Archibald, você está preocupado com os meus filhos ou com o meu esperma?

— Com os filhos — respondeu Archie. — Sem dúvida, os filhos.

— Porque estão ficando rebeldes, Archie. Percebo... há uma rebeldia pequena agora, mas que vai crescendo. Vou lhe dizer uma coisa, não sei o que está acontecendo com os nossos filhos neste país. Onde quer que a gente olhe é a mesma coisa. Na semana passada, o filho da Zinat foi pego fumando maconha. Que nem jamaicano!

Archie arqueou as sobrancelhas.

— Opa, não quis ofender, Archibald.

— Não ofendeu, não, camarada. Mas não se deve julgar antes de experimentar. Ter casado com uma jamaicana fez milagres para a minha artrite. Mas disse isso só a propósito. Continue.

— Bom, as irmãs da Alsana, por exemplo... os filhos delas só dão problema. Não freqüentam a mesquita, não oram, falam de um jeito esquisito, se vestem de um jeito esquisito, comem todo tipo de porcaria, fazem sexo sabe Deus com quem. Nenhum respeito pela tradição. As pessoas chamam isso de assimilação, quando não passa de corrupção. Corrupção!

Archie procurou parecer chocado e, em seguida, enojado, sem saber o que dizer. Archie gostava que as pessoas se dessem bem com as coisas. Achava que as pessoas deveriam simplesmente viver unidas, entende, em paz ou harmonia ou sabe-se lá.

— FRITAS, FEIJÃO, OVO, COGUMELO! OMELETE E COGUMELOS!

Samad ergueu a mão e se virou para o balcão.

— Abdul-Mickey! — gritou, a voz adquirindo um leve e cômico sotaque do linguajar *cockney*.

Mickey olhou para Samad, debruçou-se no balcão e limpou o nariz com o avental.

— Acho que já era tempo de ter aprendido. Senhores, aqui cada um se serve. Isto aqui não é o raio do Waldorf!

— Vou buscar— disse Archie, deslizando de lado para sair do banco.

— Como é que ele tá? — perguntou Mickey em voz baixa, empurrando o prato na direção de Archie.

Archie franziu o cenho.

— Sei lá. Está falando de tradição de novo. Preocupado com os filhos, entende? Hoje em dia é fácil os filhos saírem dos trilhos, sabe. Sinceramente, não sei o que dizer para ele.

— Nem precisa me falar, companheiro — retrucou Mickey, balançando a cabeça. — Eu disse pra eles como é que as coisas têm que ser, né? E veja só o meu caçula, Abdul-Jimmy. Semana que vem vai pro Juizado de Menores porque surrupiou umas merdas de medalhas de veterano de guerra. Falei pra ele: é debilóide ou o quê? Que sentido faz aprontar uma merda dessa? Pelo menos roube a merda de um *carro*, se é disso que tá a fins. Quero dizer, por quê? Ele me fala que tem alguma coisa a ver com uns tal de Beetie Boys, uma bobajada dessa. Bom, eu digo pra ele, se deito as mãos neles eu mando eles pro inferno, e te digo isso numa boa. Nenhuma noção de tradição, nenhum raio de moralidade, esse é o problema.

Archie concordou com a cabeça e pegou um punhado de guardanapos para segurar os pratos quentes.

— Se quer um conselho, e quer, porque faz parte do relacionamento especial entre o dono do bar e o freguês do bar, diga pro Samad que ele tem duas opções. Pode mandar os filhos de volta pro país de origem, lá pra Índia...

— Bangladesh — corrigiu Archie, roubando uma batata frita do prato de Samad.

— A merda que for. Ele pode mandar eles de volta pra lá e educar eles direito, com os avós, sei lá eu, aprender o raio da cultura deles, fazer eles crescerem com algum raio de princípio. Ou... espera aí um pouquinho... FRITAS, FEIJÃO, EMPADA E COGUMELOS! PRA DOIS!

Danzel e Clarence, sempre muito devagar, foram chegando de lado para pegar os pratos quentes.

— Essa empada tá com cara *feia* — disse Clarence.

— Ele tá querendo envenenar a gente — disse Denzel.

— Os cogumelos tão com uma cara *muito esquisita* — disse Clarence.

— Ele tá querendo infiltrar gente boa com o rango do demo — disse Denzel.

Mickey bateu nos dedos de Denzel com a espátula de omelete.

— Ei. Morecambe e raio de Wise. Vê se mudam o disco, tá certo?

— Ou o quê? — insistiu Archie.

— Tá querendo matar um velhinho. Um velhinho franzino — resmungou Denzel, enquanto os dois voltavam para o lugar arrastando os pés.

— Cacete! Esses dois aí, vou te contar. Só tão vivos porque são pães-duros demais pra pagar o raio da cremação.

— Ou o quê?

— O quê?

— Qual é a segunda opção?

— Ah, sim. Bom, a segunda opção é óbvia, não é não?

— É?

— *Aceitar*. Vai ter que *aceitar*, não vai? Agora, companheiro, nós todos somos ingleses. Curta ou grame, como o aspargo disse pro creme. E isso vai ser meio a meio, meu caro Archibald. A idade de ouro dos vales-refeição já acabou.

A idade de ouro dos vales-refeição acabara dez anos atrás. Passados dez anos, Mickey continuava dizendo: "A idade de ouro dos vales-refeição acabou". E Archie gostava disso em relação ao O'Connell's. Tudo era lembrado, nada era esquecido. A história não era revista nem reinterpretada, não era adaptada nem maquiada. Era tão sólida e simples como o ovo incrustado no relógio.

Quando Archie voltou para a mesa oito, Samad estava como Jeeves: se não exatamente descontente, um bocado longe de contente.

— Archibald, você deu a volta errada pelo Ganges? Não estava ouvindo o meu dilema? Fui corrompido, os meus filhos estão sendo corrompidos, nós todos vamos arder logo no fogo do inferno. Esses são problemas de uma certa urgência, Archibald.

Archie sorriu com serenidade e roubou outra batata frita.

— Problema resolvido, Samad, meu amigão.

— Problema resolvido?

— Problema resolvido. Bom, na minha opinião, você tem duas opções...

Por volta do início do século XX, a rainha da Tailândia se encontrava a bordo de um navio, a singrar com os muitos cortesãos, servos, criadas, lavadores de pés e provadores de comida, quando, de repente, a popa se chocou com uma onda e a rainha foi lançada pela borda afora para dentro das águas turquesas do

Nipon-Kai, onde, não obstante seus gritos de socorro, afogou-se, pois ninguém no navio lhe prestou ajuda. Misteriosa para o mundo estrangeiro, para os tailandeses a explicação foi bastante clara: a tradição exigia, tal como exige ainda hoje, que nenhum homem ou mulher jamais tocasse a rainha.

Se a religião é o ópio do povo, a tradição é um analgésico ainda mais sinistro, simplesmente porque raras vezes parece sinistra. Se a religião é uma correia apertada, uma veia pulsante e uma agulha, a tradição é um preparado bem mais caseiro: sementes de papoula moídas para o chá; uma doce bebida de cacau misturado com cocaína; o tipo de coisa que a avó da gente teria feito. Para Samad, assim como para o povo da Tailândia, tradição é cultura, e cultura resulta em raízes, e essas são boas, essas são princípios imaculados. Isso não significa que ele vivesse segundo elas, que se conformasse com elas ou se desenvolvesse à maneira exigida por elas, mas raízes são raízes, e raízes são boas. De nada adiantaria lhe dizer que ervas daninhas também possuem tubérculos ou que os primeiros sinais de dentes bambos indicam algo podre, algo degenerado nas profundezas das gengivas. Raízes são a salvação, as cordas que jogamos para resgatar homens prestes a se afogar, para lhes Salvar a Alma. E quanto mais Samad boiava longe no mar, tragado até as profundezas por uma sereia de nome Poppy Burt-Jones, mais resolvido estava a criar para os filhos raízes na praia, raízes fundas que nenhum vendaval ou nenhuma tempestade arrancaria. Mais fácil dizer que fazer. Ele se encontrava no minúsculo e desconfortável apartamento de Poppy, examinando as despesas da família, quando ficou evidente que tinha mais filhos do que dinheiro. Se fosse para mandar os filhos de volta, precisaria de duas mesadas para os avós, duas para a escola, duas para o vestuário. Tal como era, mal poderia comprar duas passagens de avião. Poppy perguntara: "E a sua mulher? Ela não é de família rica?". Samad, porém, ainda não tinha revelado o plano a Alsana. Tinha só sondado, mencionando-o de passagem, de modo hipotético, para Clara, enquanto ela cuidava do jardim. Como reagiria ela se alguém, agindo para o bem de Irie, levasse a menina para longe, para uma vida melhor? Clara se ergueu do canteiro e o fitou em silêncio, refletindo, e em seguida soltou uma longa e estridente gargalhada. *Para o homem que fizesse isso*, falou por fim, brandindo uma enorme podadeira a poucos centímetros da virilha de Samad, *corta, corta*. Corta, corta, pensou ele; e ficou claro o que faria.

* * *

— *Um* deles?

O O'Connell's de novo, 18h25. Um prato de fritas, feijão, ovo e cogumelos. E um omelete e cogumelos com *ervilhas* (variação sazonal).

— Só *um* deles?

— Archibald, fale baixo.

— Mas... só *um* deles?

— Foi o que eu falei. Corta, corta. — E partiu ao meio o ovo frito no prato. — Não tem outro jeito.

— Mas...

Archie voltou a refletir, o melhor que podia. A história de sempre. Caramba, por que as pessoas simplesmente não levam a vida delas, vivem juntas, caramba, em paz ou harmonia ou sabe-se lá. Porém não o disse em voz alta. Apenas falou:

— Mas... — E em seguida: — Mas...

Por fim.

— Mas *qual*?

E essa (contando a passagem de avião, a mesada, a taxa de matrícula) era uma questão equivalente a 3,245 libras. Uma vez arranjado o dinheiro — sim, ele tornou a hipotecar a casa, pôs em risco sua terra, o maior erro que um imigrante pode fazer —, restou apenas a questão de escolher o filho. Na primeira semana, seria Magid, sem dúvida Magid. Magid tinha cabeça, Magid se estabilizaria mais depressa, aprenderia a língua mais depressa, e Archie tinha, de direito, um interesse em manter Millat no país, porque era o melhor artilheiro do Willesden Athletic FC (juniores) que o time tivera em décadas. De modo que Samad começou a recolher às escondidas roupas de Magid, para furtivamente ir fazendo as malas, obteve outro passaporte (viajaria com a tia Zinat no dia 4 de novembro) e discretamente consultou o pessoal na escola (férias longas, talvez pudessem lhe dar um dever escolar para levar consigo etc.).

Na segunda semana, porém, mudou de idéia e escolheu Millat, porque Magid era de fato o predileto de Samad e ele queria vê-lo crescer, e Millat era, de qualquer modo, quem estava precisando de uma orientação moral. De modo que as roupas *dele* foram surripiadas, o passaporte *dele* foi obtido, o nome *dele* sussurrado nos ouvidos certos.

Na terceira semana, foi Magid até a quarta-feira, depois Millat, porque o velho correspondente de Archie, Horst Ibelgaufts, escreveu a seguinte carta, para a qual Archie, conhecedor da natureza estranhamente profética da correspondência de Horst, chamou a atenção de Samad:

15 de setembro de 1984

Caríssimo Archibald,

Faz algum tempo desde que lhe enviei a última carta, mas senti-me compelido a escrever-lhe acerca de um maravilhoso progresso no meu jardim que me deu um considerável prazer nos últimos meses. Para encurtar uma longa história, e dar-lhe frescor, eu finalmente resolvi cortar e arrancar aquele velho carvalho do fundo, e nem sei como descrever-lhe a diferença que fez! Agora as plantas novas mais fracas estão recebendo tanto mais sol e estão tão saudáveis que até posso tirar mudas delas — segundo a minha lembrança, é o primeiro ano em que cada um dos meus filhos tem um vaso de peônias no peitoril da janela. Durante todos esses anos angustiei-me por erroneamente ver-me apenas como um jardineiro medíocre — quando o tempo inteiro era a enorme árvore velha, que tomava metade do jardim com suas raízes, que impedia o crescimento de tudo o mais.

A carta continuava, mas Samad interrompeu a leitura. Irritado, falou:

— E a partir disso eu devo conjeturar precisamente... o quê?

Archie deu umas batidinhas na asa do nariz, indicando seu faro.

— Corta, corta. Tem que ser Millat. Um presságio, amigão. Confie no Ibelgaufts.

Mas Samad, que em geral não tinha tempo a perder com presságios ou faros, estava nervoso demais para aceitar o conselho. Foi então que Poppy (perfeitamente ciente de que ia pouco a pouco sumindo do pensamento de Samad, em comparação com a questão dos filhos) de repente passou a se interessar, afirmando que *acabara de sentir*, num sonho, que deveria ser Magid, e por conseguinte, mais uma vez, foi Magid. No desespero, Samad, chegou a permitir que Archie jogasse a sorte com a moeda, mas era difícil acatar a decisão — uma melhor de três, uma melhor de cinco —, Samad não confiou nela. E foi assim, acredite-se ou não, que Archie e Samad começaram a jogar a loteria com os dois meninos, ricocheteando a questão nas paredes do O'Connell's, atirando almas no ar para ver que lado caía voltado para cima.

Em defesa de ambos, há que se esclarecer uma coisa. Em momento algum a palavra *seqüestro* foi mencionada. De fato, se tivesse sido apresentada como terminologia para o que ele estava prestes a fazer, Samad teria ficado pasmo e estarrecido, teria largado tudo, tal como um sonâmbulo que desperta e depara consigo no quarto segurando uma faca de pão. Compreendia que *ainda não tinha informado Alsana*. Compreendia que tinha *reservado um vôo às três da manhã*. Mas, para ele, não estava de modo algum evidente que esses dois fatos estavam relacionados ou viriam a se combinar para significar *seqüestro*. Foi, pois, com surpresa que Samad recebeu a cena de Alsana num impetuoso pranto, às duas da manhã do dia 31 de outubro, debruçada na mesa da cozinha. Ele não pensou *Ah, ela descobriu o que vou fazer com o Magid* (era, por fim, e de uma vez por todas, Magid), porque não era um vilão bigodudo num romance policial vitoriano e, ademais, não estava ciente de qualquer crime tramado por ele. Mais exatamente, o primeiro pensamento foi *Então ela sabe da Poppy*, e, em reação a essa situação, fez o que todo adúltero faz por instinto: atacou primeiro.

— Então é isso o que me espera quando volto para casa, é? — Depositou a sacola com estrondo, para impressionar. — Passo a noite inteira naquele inferno e ainda tenho que agüentar os seus melodramas?

Alsana chorava convulsivamente. Samad notou também que um gargarejo emanava de sua amena gordura, que vibrava na brecha do sári; Alsana agitou as mãos na direção dele e em seguida com elas cobriu os ouvidos.

— Isso é mesmo necessário? — perguntou Samad, procurando dissimular o medo (esperara raiva, não sabia lidar com lágrimas). — Por favor, Alsana. Isso é, sem dúvida, um exagero.

Ela tornou a agitar uma mão para ele, como se o mandasse andar, depois ergueu um pouco o corpo e Samad percebeu que o gargarejo não era orgânico e que ela estava debruçada sobre um *objeto*. Um rádio.

— Mas por que cargas-d'água...?

Alsana afastou o rádio do corpo, empurrando-o para o centro da mesa, e fez um sinal para que Samad aumentasse o volume. Quatro bips familiares, os bips que acompanham os ingleses em qualquer terra que conquistem, ressoaram na cozinha, e então, numa linguagem impecável, Samad ouviu o seguinte:

> Este é o Serviço Mundial da BBC, às três horas da manhã. A senhora Indira Ghandi, primeira-ministra da Índia, foi assassinada hoje, alvejada por guarda-costas *sikhs*, num ato de rebelião, enquanto passeava no jardim de sua residência em Nova Délhi. Não restam dúvidas de que o assassínio foi um ato de vingança contra a "Operação Estrela Azul", o violento ataque ao mais sagrado templo dos *sikhs* em Amritsar, em junho passado. A comunidade *sikh*, que sente que sua cultura está sendo prejudicada por...

— Basta — disse Samad, desligando o rádio. — Ela não era tão boa assim, de qualquer maneira. Nenhum deles é tão bom assim. E quem se importa com o que acontece naquela cloaca, na Índia? Caramba... — E, mesmo antes de dizê-lo, perguntou a si mesmo por que tinha de dizê-lo, por que se sentia tão *maligno* naquela manhã. — Você é mesmo verdadeiramente *patética*. Eu me pergunto: onde estariam essas lágrimas se *eu* morresse? Em lugar nenhum. Você se preocupa mais com um político corrupto que nem conheceu. Alsi, sabia que você é o exemplo perfeito da ignorância das massas? Sabia disso? — perguntou, como se falasse com uma criança e lhe erguesse o queixo. — Chorando por causa dos ricos e poderosos que a desprezariam urinando em você. Sem dúvida, na semana que vem vai se debulhar porque a princesa Diana quebrou uma unha.

Alsana acumulou toda a saliva que a boca conseguiria acumular e a disparou contra ele.

— *Bhainchute!* Não estou chorando por ela, seu *imbecil*, estou chorando pelos meus *amigos*. Por causa disso, sangue vai ser derramado nas ruas, na Índia *e* em Bangladesh. Vai haver tumulto... facas, armas de fogo. Morte pública, foi o que vi. Vai ser como *Mahshar*, o Dia do Juízo Final... gente vai morrer nas ruas, Samad. Eu sei e você sabe. E vai ser pior em Nova Délhi, lá é sempre pior. Eu tenho familiares em Nova Délhi, eu tenho amigos, *antigos amantes*...

E nisso Samad a esbofeteou, em parte por causa dos antigos amantes, em parte porque fazia anos que ela se referia a ele como *bhainchute* (tradução: aquele que, para colocar em termos simples, come as irmãs).

Alsana ergueu o rosto e falou com calma.

— Estou chorando de angústia por aquelas famílias pobres e de *alívio* em relação aos meus próprios filhos! O pai os ignora e os oprime, sim, mas pelo menos não vão morrer nas ruas que nem ratos!

Essa, portanto, seria uma daquelas brigas: as mesmas posições, as mesmas frases, as mesmas recriminações, os mesmos golpes curtos com a direita. Punhos nus. O sino soa. Samad sai do seu canto.

— Não, eles vão sofrer uma coisa pior, bem pior: ficar num país moralmente falido com uma mãe que está ficando maluca. Totalmente maluca. Uvas-passas demais para pouco bolo de fruta. Olhe para você, veja em que estado se encontra! Veja quanto ficou *balofa*! — Agarrou uma porção dela e a soltou, como se fosse contaminá-lo. — Veja só como se veste. Tênis com sári? E o que é isso aí?

Era um dos lenços de cabeça africanos de Clara, uma comprida e bela peça de tecido *kenti* laranja com a qual Alsana passara a envolver a densa cabeleira comprida. Samad o arrancou e o jogou no outro lado da cozinha, fazendo a cabeleira de Alsana desabar nas costas.

— Você nem sabe quem você é, de onde vem. A gente não vê mais as nossas famílias... Tenho vergonha de que vejam você. *Por que teve de ir até Bengala por causa de uma mulher?*, é o que me perguntam. *Por que simplesmente não foi até Putney?*

Alsana sorriu com tristeza, balançou a cabeça, enquanto Samad fingia calma, enchendo a chaleira com água e depositando-a no fogão com uma batida.

— E esse *lungi* que você está usando, Samad Miah, é muito bonito — ela disse com rispidez, apontando a cabeça na direção do conjunto de malha de jogging azul-toalha, complementado por um boné de beisebol LA Raiders de Poppy.

— A diferença é o que está aqui dentro — Samad replicou, sem olhar para ela, batendo bem abaixo do esterno esquerdo. — Você se diz agradecida por estarmos na Inglaterra, e isso porque engole tudo por inteiro. Pois lhe digo que esses meninos teriam uma vida melhor na nossa terra do que jamais terão...

— Samad Miah! Vai parando por aí! Só por cima do meu cadáver esta família vai voltar para um lugar onde a nossa vida vai estar em perigo! A Clara me contou de você, ela me conta tudo. Você andou perguntando coisas estranhas para ela. O que está tramando, Samad? Soube pela Zinat dessa história de seguro de vida... quem está morrendo? O que estou farejando? Pois escute o que eu digo, só por cima do meu cadáver...

— Mas, Alsi, se você já morreu...

— Cala essa boca! Cala essa boca! Eu não sou maluca. *Você* está tentando me deixar maluca! Telefonei para o Ardashir, Samad. Ele me contou que você anda saindo do trabalho às onze e meia. *São duas da manhã*. Maluca eu não sou!

— Não, pior ainda. Está ruim da cabeça. Se considera muçulmana...

Alsana se virou de repente para encarar Samad, que procurava concentrar a atenção no vapor sonoro que escapava da chaleira.

— Não, Samad. Ah, não. Ah, não. Não me considero nada. Não pretendo nada. *Você* se considera muçulmano. *Você* faz tratos com Alá. É com *você* que ele vai conversar na hora do *Mahshar*. *Você*, Samad Miah. Você, você, *vo-cê*.

Segundo assalto. Samad esbofeteou Alsana. Alsana lhe aplicou um gancho direito na boca do estômago, seguido de um soco no osso malar esquerdo. Depois correu para a porta dos fundos, mas Samad a agarrou pela cintura, prendendo-a como a um jogador de rúgbi, arrastou-a e lhe deu uma cotovelada no cóccix. Alsana, mais pesada que Samad, pôs-se de joelhos, erguendo-o; girou-o num zás e o arrastou até o jardim, onde o chutou duas vezes enquanto ele estava estirado no chão — duas estocadas breves e ferozes na fronte —, mas a sola de borracha do tênis pouco dano causou e, num instante, ele se pôs de joelhos de novo. Agarraram a cabeleira um do outro, Samad resolvido a puxar até sangrar. Mas com isso os joelhos de Alsana ficaram livres para, velozes, atingir as virilhas de Samad, forçando-o a soltar o cabelo e dar um soco cego destinado à boca de Alsana, mas que lhe acertou a orelha. A essa altura, os gêmeos tinham saído da cama e, semi-acordados, estavam parados em frente da comprida janela da cozinha assistindo à luta, enquanto as luzes de segurança dos vizinhos se acendiam, iluminando o jardim dos Iqbal como um estádio.

— *Abba* — disse Magid, depois de estudar a situação da contenda por um instante. — *Abba*, sem dúvida.

— *Nã*, carinha. Não *mesmo* — retrucou Millat, piscando os olhos na luz. — Aposto dois pirulitos de laranja que a *amma* vai acabar com ele.

— Obaaaaaa! — gritaram os irmãos em uníssono, como se fosse um espetáculo de fogos de artifício, e em seguida: — Etaaaaaa!

Alsana pusera fim à luta com a ajuda do ancinho do jardim.

— Quem sabe agora *nós* aqui, que temos que *trabalhar* de manhã, podemos ter um *sono decente*! Esses paquis são *um saco* — berrou um vizinho.

Alguns minutos mais tarde (porque sempre se agarravam um ao outro depois das lutas, um abraço que ficava entre a afeição e o desfalecimento), Samad voltou do jardim, ainda um tanto abalado, e disse:

— Vão dormir — e então passou a mão no denso cabelo preto de cada filho. Ao chegar à porta, deteve-se. — Você vai me agradecer — disse, virando-se para Magid, que sorriu de leve, pensando que o *abba* talvez fosse afinal lhe comprar o estojo de química. — No fim você vai me agradecer. Este país não é bom. Neste país, a gente acaba um com o outro.

Em seguida subiu a escada e telefonou para Poppy Burt-Jones, acordando-a para dizer que não haveria mais beijos à tarde, não haveria mais passeios de dar remorso, não haveria mais táxis furtivos. Fim de caso.

Talvez todos os Iqbal fossem profetas, porque o faro de Alsana para calamidades foi mais acertado do que nunca. Decapitações públicas, famílias incineradas enquanto dormiam, corpos pendurados na entrada de Caxemira, pessoas aturdidas tropeçando em pedaços de si mesmas que faltavam; membros de corpos arrancados de muçulmanos por *sikhs*, de *sikhs* por hindus; pernas, dedos das mãos, narizes, dedos dos pés e dentes, dentes por toda parte, espalhados no país, misturando-se com a terra. Milhares de pessoas haviam morrido até o dia 4 de novembro, quando Alsana se levantou da banheira e ouviu a voz crepitante do Nosso Correspondente em Nova Délhi informá-la acerca disso de cima do armário de remédios.

Coisa terrível. Mas, na visão de Samad, uns podem se dar ao luxo de ficar na banheira escutando o noticiário internacional, enquanto outros têm de ganhar a vida, têm de esquecer um caso amoroso, têm de seqüestrar uma criança. Enfiou a mão no bolso da calça do uniforme branco, conferiu a passagem aérea, telefonou para Archie para lhe comunicar o plano e foi trabalhar.

No trem do metrô havia uma mulher mais ou menos nova, mais ou menos bonita, com traços de espanhola, sobrancelhas unidas, que chorava. Estava sentada bem em frente dele, usando um par de enormes meias compridas cor-de-rosa, chorando sem disfarçar. Ninguém dizia nada. Ninguém fazia nada. Todo mundo esperava que ela descesse na estação de Kilburn. Mas ficou assim desse jeito, sentada, chorando; West Hampstead, Finchley Road, Swiss Cottage, St. John's Wood. Então, na estação Bond Street, sacou da mochila uma foto de um jovem de aspecto pouco prometedor, mostrou-a a Samad e a alguns outros passageiros.

— Por que me deixou? Partiu meu coração... Neil, falou que se chama assim, Neil. Neil, *Neil*.

Na estação Charing Cross, fim da linha, Samad a observou atravessar a plataforma e entrar no trem que voltaria para Willesden Green. Romântico, de certo modo. O jeito como ela disse "Neil", como se fosse uma palavra estourando nas costuras com a paixão terminada, com a perda. Um tipo fluido de angústia feminina. De alguma forma, ele esperara algo semelhante de Poppy; pegara o telefone na expectativa de ouvir lágrimas suaves e rítmicas e, posteriormente, de receber cartas, talvez, perfumadas e borradas. E da aflição *dela ele* teria florescido, como Neil estava provavelmente fazendo nesse momento; a aflição dela teria sido uma epifania, conduzindo-o um passo mais perto de sua própria redenção. Mas, em lugar disso, ouviu: "Vá à merda, seu *bunda-mole*".

— Eu falei — disse Shiva, balançando a cabeça e entregando a Samad uma cesta cheia de guardanapos amarelos que ganhariam a forma de um castelo. — Eu falei para você não se meter nessa, não falei? Tem história demais, cara. Veja: não é só com você que ela está zangada, é?

Samad encolheu os ombros e começou pelos torreões.

— Não, cara, história, história. Tem sempre um moreno deixando uma inglesa, tem sempre um Nehru dizendo tchau para a Madame Grã-Bretanha. — Shiva, num esforço para progredir, tinha entrado para a Open University. — É tudo complicado, uma merda de complicação, tudo tem a ver com orgulho. Aposto que ela te queria como criado, como o servo que descasca as uvas.

— Não — objetou Samad. — Não foi assim. Shiva, a gente não está na Idade Média, a gente está em 1984.

— Isso demonstra o seu grau de conhecimento. Pelo que você me contou, ela é um caso clássico, cara, clássico.

— Bom, agora estou preocupado com outras coisas — resmungou Samad (supondo, no íntimo, que seus filhos agora estariam dormindo a salvo na casa dos Jones e que faltavam mais duas horas para Archie ter de acordar Magid sem atrapalhar o sono de Millat). — Coisas de família.

— Não tem tempo! — gritou Ardashir, que se aproximara por trás, imperceptivelmente como sempre, para inspecionar as ameias dos castelos de Samad. — Não tem tempo para se preocupar com coisa de família, primo. Todo mundo está preocupado, todo mundo está tentando livrar a família daquela confusão no nosso país, eu mesmo estou bancando uma passagem aérea de mil libras esterlinas para a minha irmã faladeira, mas mesmo assim tenho que vir trabalhar, tenho que tocar as coisas. Primo, a noite hoje vai ser movimentada — disse Ardashir, erguendo a voz, enquanto saía da cozinha para ir andar pelo salão do restaurante, trajando o smoking preto.

Era a noite mais movimentada da semana, sábado, a noite em que as pessoas chegam em levas: antes do teatro, depois do teatro, depois do bar, depois da boate. A primeira leva, educada e comunicativa; a segunda, cantarolando canções do espetáculo; a terceira, desordeira; a quarta, viajando e grosseira. O pessoal do teatro, claro, era o predileto dos garçons, tranqüilo, dava gorjetas gordas e fazia perguntas sobre a geografia da comida — sua origem, sua história oriental —, devidamente inventada pelos garçons mais jovens (cuja expedição mais remota pelo Oriente era a que faziam todos os dias ao voltar para casa em Whitechapel, Smithfield, na Isle of Dogs) ou fiel e orgulhosamente retratada pelos mais velhos com esferográfica preta em guardanapo rosa.

Aposto que ela é! era o espetáculo em cartaz no National nos últimos meses, um redescoberto musical dos meados da década de 50 ambientado nos anos 30. Era sobre uma garota rica que foge da família e conhece um rapaz pobre na estrada, o qual deverá lutar na Guerra Civil espanhola. Apaixonam-se. Mesmo Samad, que não tinha ouvido bom para música, conhecia grande parte das canções por já ter recolhido um número suficiente de programas rejeitados e escutado um número suficiente de mesas cantá-las. Gostava delas. Na verdade, afastavam-lhe o pensamento da labuta (melhor ainda: nessa noite atuavam como um agradável refrigério, preocupado que estava com Archie conseguir ou não entregar Magid em frente do Palace à uma em ponto). Cantarolou-as com o resto do pessoal da cozinha, uma espécie de batida de fundo para o trabalho, enquanto picavam e marinavam, esfatiavam e trituravam.

Vi a ópera de Paris e do Oriente as maravilhas

— Samad Miah, onde estão as sementes de mostarda Rajah?

Passei verões junto ao Nilo e invernos a esquiar

— As sementes de mostarda... acho que estão com o Muhammed.

Tive diamantes, rubis, peles, capas de veludo

— Amolação, amolação... sei lá das sementes de mostarda.

Até Howard Hughes me despelou uma uva

— Desculpe, Shiva, se não estão com o velho, então também não sei.

Mas, sem amor, de que vale tudo isso?

— Então o que é isto aqui? — Shiva saiu de onde estava, ao lado do cozinheiro-chefe, e foi pegar um pacote de sementes de mostarda junto do cotovelo direito de Samad. — Poxa, Sam... vê se colabora. Tá com a cabeça nas nuvens hoje.

— Desculpe... um monte de coisas na cabeça.

— Aquela sua namoradinha, é?

— Fala baixo, Shiva.

— *Dizem-me: és mimada, só dá problema quem é rica* — cantarolou Shiva com o mais estranho dos sotaques transatlânticos hindificados. — Oi-oi, meu coro. *Mas o amor que recebo pago em dobro.*

Shiva arrebatou um vasinho cor de água-marinha e cantou o grande encerramento no bocal.

— *Mas níquel algum tornará meu o meu mel*... Samad Miah, você devia seguir esse conselho — disse Shiva, convencido de que a segunda hipoteca que Samad recentemente fizera da casa estava financiando um caso amoroso ilícito —, é um bom conselho.

Poucas horas depois, Ardashir entrou mais uma vez pela porta de vaivém, interrompendo a cantoria para uma segunda rodada de incentivos.

— Senhores, senhores! Já chega disso. Agora, prestem atenção: são dez e meia. Eles viram o espetáculo. Estão com fome. Comeram só uma miséria de um sorvete de casquinha no intervalo e tomaram um monte de gim Bombay, o qual, como nós todos sabemos, desperta a necessidade de um *curry*, e é aí, senhores, que nós entramos. Duas mesas de quinze pessoas acabaram de chegar e sentar lá no fundo. Agora: quando pedirem água, o que vocês fazem? Ravind, o que você faz?

Ravind era novato, sobrinho do cozinheiro-chefe, dezesseis anos, nervoso.

— A gente diz pra eles...

— Não, Ravind, antes mesmo de abrir a boca, o que você faz?

Ravind mordeu o lábio.

— Não sei, Ardashir.

— *Você balança a cabeça* — disse Ardashir, balançando a cabeça. — Ao mesmo tempo com um ar de interesse e preocupação com o bem-estar deles. — Ardashir ilustrou com a expressão. — E depois diz o quê?

— "Água não ajuda o calor, senhor."

— Mas o que ajuda o calor, Ravind? O que ajudará o cavalheiro a atenuar a sensação abrasadora que está tendo no momento?

— Mais arroz, Ardashir.

— E? E?

Ravind pareceu confuso e começou a transpirar. Samad, que fora humilhado demais por Ardashir para gostar de ver alguém no papel de vítima, inclinou-se para soprar a resposta no ouvido viscoso de Ravind. O rosto de Ravind se iluminou de gratidão.

— Mais pão *nan*, Ardashir?

— Sim; porque absorve a pimenta, e, mais importante, água é de graça, o pão *nan* é uma libra e vinte *pence*. Agora, primo — disse Ardashir, virando-se para Samad e brandindo um dedo ossudo —, como é que o rapaz vai aprender, hein? Na próxima vez, deixe que ele responda. Você tem o seu trabalho: duas senhoras na mesa doze solicitaram especificamente o *maître*, querem ser servidas apenas por ele, portanto...

— Solicitaram o meu serviço? Mas eu pensei que poderia ficar na cozinha esta noite. Além do mais, não posso ser solicitado feito um mordomo particular, tenho muita coisa para fazer... primo, a diretriz não é essa.

E, nesse momento, Samad fica aterrorizado. Seus pensamentos estão tão concentrados no seqüestro da uma hora, na perspectiva de separar os gêmeos, que prefere não confiar a si mesmo pratos quentes e tigelas de *dal* fumegantes, espirros de gordura de frango cozido no forno de barro, todos os perigos que assediam um garçom maneta. A cabeça está repleta de filhos. Nessa noite, encontra-se num devaneio. Mordera mais uma vez cada unha para além da cutícula e se aproxima rapidamente das meias-luas, das estrias ensangüentadas.

Está dizendo, ouve-se dizendo:

— Ardashir, tenho mil coisas para fazer aqui na cozinha. E por que tenho que...

E vem a resposta:

— Porque o *maître* é o melhor garçom e, obviamente, deram uma gorjeta para mim, para nós, pelo privilégio. Nada de evasivas, primo, faz favor. Mesa doze, Samad Miah.

E transpirando um pouco, jogando uma toalha branca sobre o braço esquerdo, Samad começa a cantarolar desafinadamente a canção mais aclamada, enquanto passa pela porta de vaivém.

O que não faz um homem por uma mulher? Quão doce o aroma, quão grande a pérola?

É uma longa caminhada até a mesa 12. Não em termos de distância, a distância é de apenas vinte metros, mas é uma longa caminhada através dos aromas densos, das vozes sonoras e das exigências; através dos berros dos ingleses; passando pela mesa 2, onde o cinzeiro está cheio e deve ser substituído por um cinzeiro vazio, um acoplado no outro, erguido em silêncio e trocado pelo novo com perfeita descontração; parando na mesa 4, onde há um prato não identificável que não fora pedido; argumentando com a mesa 5, que deseja ser juntada com a mesa 6, não importa a inconveniência; e a mesa 7 quer arroz frito com ovo mexido, seja ou não um prato chinês; e a mesa 8 está manca, e mais vinho! Mais cerveja! É uma longa caminhada, quando se quer transpor a selva; atendendo às necessidades sem fim e os fins desnecessários, os desejos, as exigências dos rostos róseos que a Samad parecem, agora, senhores de capacetes, pés em cima da mesa com armas de través no colo; senhoras bebericando chá ruidosamente em varandas, tomando o fresco na brisa produzida pelas penas de avestruz que rapazes morenos abanam...

Que distâncias não percorrerá, quantos malhos do martelo

Por Alá, quão *agradecido* ele está (*sim, senhora, um momentinho, senhora*), quão *alegre* pela idéia de que Magid, pelo menos Magid, estará, dentro de quatro horas, voando para o Oriente, para longe deste lugar e de suas exigências, de seus constantes anseios, este lugar onde não existe paciência ou piedade, onde as pessoas querem o que querem *agora*, já (*Faz vinte minutos que estamos esperando os legumes*), aguardando a chegada de amantes, filhos, amigos e até mesmo deuses por um preço e um tempo mínimos, exatamente como a mesa dez espera os camarões na brasa do *tandoori*...

No leilão que ela escolha, quantos Rembrandts, Klimts, De Koonings?

Essa gente que trocaria toda fé por sexo e todo sexo por poder, que trocaria o temor a Deus por orgulho de si mesma, o conhecimento por ironia, uma cabeça coberta e respeitável por um comprido, estridente e chocante cabelo laranja...

É Poppy na mesa doze. É Poppy Burt-Jones. E neste momento bastaria o nome (pois Samad se acha no estado mais volátil, está prestes a separar os próprios filhos em dois, tal como o primeiro cirurgião brandiu nervoso a tosca faca molhada de cuspe na pele grosseira dos irmãos siameses), bastaria o nome para lhe explodir a cabeça. O nome em si é um torpedo disparado na direção de um pequeno barco de pesca, fazendo os pensamentos saírem da água num jato. Mas é mais que o nome, o eco de um nome pronunciado por um tolo estouvado ou localizado no fim de uma antiga carta, é a própria Poppy Burt-Jones em carne sardenta e osso. Sentada impassível e resoluta com a irmã, que parece, como todas as irmãs daquelas que desejamos, uma versão mais feia, desfavorável.

— Então, fale alguma coisa — Poppy diz, bruscamente, virando e revirando um maço de Marlboro entre os dedos. — Nenhuma réplica espirituosa? Nenhuma asneira acerca de cocos ou camelos? Nada a dizer?

Samad nada tem a dizer. Simplesmente se detém, cantarolando sua canção, inclina a cabeça exatamente no ângulo diferencial correto e, pondo-se de prontidão, repousa a ponta da caneta no papel. É como um sonho.

— Então vá lá — diz Poppy, acremente, medindo Samad de cima a baixo, acendendo um cigarro. — Do seu jeito. Certo. Como entrada, queremos *samosas* de carne de cordeiro e o iogurte *seiláoquê*.

— E como prato principal — vai dizendo a irmã alaranjada, sem graça, de nariz arrebitado e estatura mais baixa — dois cordeiros à Dano Saco, com arroz e fritas, *por favor*, garçom.

Pelo menos Archie é pontual; ano certo, data certa, hora certa: 1984, 5 de novembro, uma hora. No lado de fora do restaurante, trajando uma capa impermeável comprida, parado em frente de seu Vauxhall, uma mão alisando um formidável pneu Pirelli novo, a outra com firmeza levando um cigarro à boca, tal qual Bogart, ou um chofer, ou um chofer de Bogart. Samad chega, aperta na sua a mão direita de Archie e sente os dedos frios do amigo, sente a grande dívida que tem para com ele. Involuntariamente, sopra uma nuvem de hálito gelado no rosto dele.

— Archibald, não vou me esquecer disso — diz —, não vou me esquecer do que está fazendo para mim esta noite, meu amigo.

Archie se inquieta, todo desajeitado.

— Sam, antes de você... tem uma coisa que eu preciso...

Mas Samad já está abrindo a porta, e a explicação de Archie só pode vir depois da visão de três crianças tiritantes de frio no banco de trás, como a conclusão de uma piada sem graça.

— Eles *acordaram*, Sam. Estavam dormindo no mesmo quarto... uma noitada, eu diria. Não pude fazer nada. Vestiram o casaco sobre o pijama... não pude correr o risco da Clara ouvir... eu *tive* que trazer eles.

Irie dormia encolhida, a cabeça sobre o cinzeiro e os pés apoiados na caixa de câmbio, mas Millat e Magid estendiam os braços para o pai com alegria, puxando-lhe o uniforme, afagando-lhe o queixo.

— Oi, *abba*! Pra onde a gente vai, *abba*? Pruma festinha *disco* secreta? Mesmo?

Samad olha sério para Archie; Archie encolhe os ombros.

— A gente vai até um aeroporto. Até Heathrow.

— Oba!

— E aí, quando a gente chegar lá, Magid... Magid...

É como um sonho. Samad sente as lágrimas antes de poder contê-las; estende os braços para o filho dois minutos mais velho e o abraça tão forte contra o peito que quebra a alça dos óculos. — E aí Magid vai partir numa viagem com a tia Zinat.

— Ele vai voltar? — pergunta Millat. — Seria *legal* se não voltasse!

Magid se desvencilha da chave de cabeça do pai.

— É longe? Vou voltar antes da segunda-feira? Tenho que ver como vai ser a minha fotossíntese pra ciência... Tenho duas plantas: pus uma no armário e uma no sol... e tenho que *ver, abba, tenho que ver qual delas...*

Daqui a anos, até mesmo horas depois de o avião decolar, esta será uma história de que Samad tentará não se lembrar. Que sua memória não fará esforço para reter. Uma súbita pedra submersa. Dentes postiços flutuando em silêncio no fundo de um copo.

— Vou voltar a tempo de ir pra escola, *abba*?

— Escuta — disse Archie com solenidade, sentado no banco da frente. — É melhor ir indo, se a gente quiser chegar na hora.

— Você vai para a escola na segunda-feira, Magid. Prometo. Agora senta aí no banco. Por *abba*, faz favor.

Samad fecha a porta do carro e se abaixa para observar os gêmeos embaçarem o vidro com o bafo quente. Ergue uma mão, simulando lhes tocar os lábios, rosa-vivo contra o vidro, a saliva mesclada na condensação encardida.

9. Motim!

Na opinião de Alsana, a verdadeira diferença entre as pessoas não estava na cor. Tampouco residia no gênero, na fé, na relativa capacidade de dançar um ritmo sincopado ou de abrir as mãos para revelar um punhado de moedas de ouro. A verdadeira diferença era bem mais fundamental. Estava na terra. Estava no céu. Para Alsana, era possível dividir a humanidade inteira em dois campos distintos apenas lhe pedindo que respondesse a um questionário bastante simples, do tipo que se encontra na edição de terça-feira da *Woman's Own*:

(a) Pode o céu debaixo do qual você dorme manter-se aberto semanas a fio?
(b) Pode o chão que você pisa tremer e fender-se?
(c) Há uma possibilidade (e, por favor, marque a caixa de seleção, mesmo que essa possibilidade seja mínima) de a montanha ominosa que lança uma sombra meridiana sobre sua casa um dia explodir inexplicavelmente?

Porque, se a resposta for "sim" para uma dessas perguntas, ou para todas, então a vida que a gente leva é tenebrosa, sempre a uma distância muito exígua da meia-noite; é volátil, é frágil; é despreocupada no verdadeiro sentido da palavra; é leve, perdível como um chaveiro ou um grampo de cabelo. E é letargia: por que não senta a manhã inteira, o dia inteiro, o ano inteiro debaixo do mesmo cipreste, desenhando a forma de oito na terra? Mais que isso, é um desastre, é um *caos*: por que não depor um governo por capricho, por que não cegar o homem que se odeia, por que não enlouquecer, andar pela cidade tagarelando incoerências como um lunático, agitando as mãos, arrancando os cabelos? Nada há que impeça — ou, melhor, *tudo* impede, a toda hora, a todo minuto. *Essa* sensação. *Essa* é a verdadeira diferença na vida. As pessoas que vivem sobre um chão firme, sob um céu seguro, nada sabem a respeito: são como os prisioneiros de guerra em Dresden, que continuaram a servir chá e a se vestir para o jantar mesmo quando as sirenas soavam, mesmo quando a cidade se transformou numa enorme bola de fogo. Nascidos numa terra verde e aprazível, numa terra temperada, os ingleses têm uma incapacidade básica para conceber um desastre, mesmo quando provocado pelo homem.

É diferente para as pessoas de Bangladesh, ex-Paquistão do Leste, ex-Índia, ex-Bengala. Elas vivem sob o dedo invisível do desastre aleatório, da enchente e do ciclone, do furacão e do deslizamento de terra. A maior parte do tempo, a maior parte do país jaz sob as águas; gerações exterminadas com a mesma regularidade do mecanismo de um relógio; a probabilidade de vida individual uns otimistas cinqüenta e dois anos, e elas estão serenamente cientes de que, quando se trata de apocalipse, quando se trata de morte aleatória em massa, bem, elas estão na liderança nesse campo em particular, serão as primeiras a desaparecer, as primeiras a deslizar para o fundo do mar, tal como a Atlântida, quando as inconvenientes calotas glaciais polares começarem a se deslocar e derreter. Bangladesh é o país mais absurdo do mundo. É a idéia que Deus faz de *uma trama realmente boa*, é Seu experimento com a comédia de humor negro. Não é necessário distribuir questionários para os bengalis. Os fatos dos desastres são os fatos da vida deles. Entre o encantador décimo sexto aniversário de Alsana (1971), por exemplo, e o ano em que ela deixou de conversar diretamente com o marido (1985), morreram mais pessoas em Blangladesh, pereceram mais pessoas nos vendavais e nas chuvas do que em Hiroshima, Nagasaki e Dresden *juntas*. Um milhão de vidas perdidas, de pessoas que, para começar, tinham aprendido a levar a vida sem preocupação.

E era quanto a isso que Alsana realmente se revoltava contra Samad, se é para falar a verdade, mais que a traição, mais que as mentiras, mais que os fatos básicos do seqüestro: Magid deveria *aprender a levar a vida sem preocupação*.

Mesmo que ele estivesse relativamente a salvo nas colinas de Chittagong, o ponto mais alto daquele país de planícies e montes pouco elevados, ainda assim ela detestava a idéia de que Magid estivesse na condição em que ela uma vez esteve: agarrando-se a uma vida que não pesava mais que uma moeda de *paisa*, caminhando descuidadamente por áreas inundadas, estremecendo sob o peso de céus negros...

Claro que ficou histérica. Claro que tentou trazê-lo de volta. Conversou com as autoridades competentes. As autoridades competentes disseram coisas como: "Para ser franca, minha querida, estamos mais preocupados com a *entrada* deles no país" ou "Para falar a verdade, se foi seu *marido* quem organizou a viagem, há pouca coisa que podemos...", de modo que ela desligava o telefone. Depois de alguns meses, parou de telefonar. Tomada de desespero, foi a Wembley e Whitechapel e ficou nas casas de parentes para épicos fins de semana de prantos, refeições e comiserações, mas o instinto lhe dizia que, embora o *curry* fosse bom, as comiserações não eram o que pareciam ser. Pois havia quem no íntimo sentisse prazer com o fato de que Alsana Iqbal, com sua casa grande, seus amigos brancos e negros, seu marido que era a cara do Omar Sharif e seu filho que falava como o príncipe de Gales, vivia agora em dúvida e inconstância como todos os demais, aprendendo a exibir a angústia como uma velha seda familiar. Havia alguma *satisfação* nisso, mesmo quando Zinat (que jamais revelou sua participação na façanha) se inclinou sobre o braço da poltrona para segurar a mão de Alsana em suas garras solidárias.

— Ah, Alsi, vivo pensando que foi uma *pena* ele ter mandado o melhor! Ele é tão inteligente e se comporta *tão bem*! Sendo ele, você não tem por que se preocupar com drogas e sirigaitas. Só com o preço dos óculos, já que ele lê demais.

Ah, havia algum *prazer*. E não se deve nunca subestimar as pessoas, não se deve nunca subestimar o prazer que extraem ao testemunhar a dor alheia, ao darem má notícia, ao verem pela televisão bombas caindo, ao ouvirem os soluços sufocados no outro lado da linha telefônica. Dor em si não passa de dor. Mas dor + distância pode ser = a entretenimento, voyeurismo, curiosidade por aspectos humanos, *cinéma vérité*, uma boa risada, um sorriso compreensivo, uma sobrancelha erguida, um desdém disfarçado. Alsana sentiu tudo isso, e mais, no outro lado da linha quando choveram telefonemas — 28 de maio de

1985 — para informá-la, para lhe oferecerem *comiserações*, sobre o mais recente ciclone.

— Alsi, eu tinha que telefonar. Falam que tem um monte de corpos boiando na baía de Bengala...

— Acabei de ouvir as últimas notícias no rádio... dez mil!

— E os sobreviventes estão flutuando nos telhados, com tubarões e crocodilos tentando morder os tornozelos deles.

— Deve ser terrível, Alsi, não saber, não ter certeza...

Por seis dias e seis noites, não soube, não teve certeza. Durante esse período, leu amplamente os poemas do poeta Rabindranath Tagore e se esforçou para acreditar em suas asserções (*A treva da noite é uma bolsa que estoura com o ouro da aurora*), mas Alsana era, no fundo, uma mulher prática e não encontrava consolo na poesia. Nesses seis dias, sua vida foi tenebrosa, a uma distância muito exígua da meia-noite. No sétimo dia, porém, fez-se a luz: chegou a notícia de que Magid estava bem, padecendo apenas com um nariz quebrado, resultado da queda de um vaso que se achava numa perigosa posição numa estante elevada na mesquita, derrubado pelo primeiro sopro dos primeiros ventos (e, por favor, fique de olho nesse vaso, pois é o mesmo vaso que levará Magid, pelo faro, a sua vocação). Apenas os criados, que dois dias antes carregaram consigo um secreto suprimento de gim e se apinharam no velho furgão da família para uma excursão até Dhaka, agora boiavam de barriga para cima no rio Jamuna enquanto peixes de barbatanas prateadas os observavam, olhos arregalados e confusos.

Samad exultou.

— Está vendo? Nada de ruim aconteceu com ele em Chittagong! Uma notícia melhor ainda, ele estava numa *mesquita*. É melhor quebrar o nariz numa mesquita do que numa briga em Kilburn! É exatamente como eu esperava. Ele está aprendendo do jeito antigo. Não está aprendendo do jeito antigo?

Alsana refletiu por um momento. Depois disse:

— Talvez, Samad Miah.

— Como assim, "talvez"?

— Talvez, Samad Miah, talvez não.

Alsana resolvera parar de falar diretamente com o marido. Nos oito anos seguintes, jamais diria *sim* para ele, jamais diria *não* para ele, forçando-o, em lugar disso, a viver como ela viveu — jamais *sabendo*, jamais estando *certa*, mantendo a sanidade de Samad como refém, até que fosse plenamente recompensada com o retorno do primeiro filho, o dois minutos mais velho, até que pudesse correr a mão rechonchuda por seu cabelo abundante. Essa era sua promessa, essa era a praga que lançara contra ele, e era uma *excelente* vingança. Às vezes, quase o levava ao extremo, ao estágio da faca da cozinha, ao armário de remédios. Mas Samad era o tipo da pessoa turrona demais para se matar, se isso significasse dar satisfação a alguém. Agüentou. Alsana a se agitar, mal dormindo, murmurando: "Traz de volta, seu idiota... se está te enlouquecendo, traz meu filho de volta".

Mas não havia dinheiro para trazer Magid de volta, mesmo que Samad estivesse disposto a agitar o avental branco hindu. Aprendera a conviver com isso. Chegara a tal ponto que, se alguém dissesse "sim" ou "não" para Samad na rua, ou no restaurante, ele mal saberia o que responder; esquecera o que esses dois elegantes e breves denotadores significam. Não os ouvia dos lábios de Alsana. Qualquer que fosse a pergunta na casa dos Iqbal, jamais haveria de novo uma resposta direta:

— Alsana, você viu os meus chinelos?

— Provavelmente, Samad Miah.

— Que horas são?

— Talvez três, Samad Miah, mas Alá sabe que também poderiam ser quatro.

— Alsana, onde você pôs o controle remoto?

— É provável que esteja na gaveta, Samad Miah, já que fica atrás do sofá.

E assim por diante.

Algum tempo depois do ciclone de maio, os Iqbal receberam uma carta do filho-mais-velho-por-dois-minutos, escrita com uma caligrafia caprichada em papel de composição escolar, dobrado de modo a conter uma fotografia recente. Não era a primeira vez que tinha escrito, mas Samad percebeu algo diferente nessa carta, algo que o emocionava e corroborava a impopular decisão que tomara; uma mudança de tom, um indício de maturidade, de sabedoria oriental em desenvolvimento; e, tendo-a lido primeiro com atenção no jardim, sentiu um grande prazer em levá-la de volta para dentro da cozinha e lê-la em voz alta para Clara e Alsana, que estavam tomando chá de hortelã-pimenta.

— Escutem, ele diz aqui: "Ontem, o vovô deu uma surra de cinto no Tamim (o criado) até o traseiro dele ficar vermelho que nem tomate. Ele falou que o Tamim tinha roubado umas velas (é verdade, eu o vi roubar!) e que era isso o que merecia. Ele fala que às vezes Alá pune e que às vezes os homens têm que punir, e que é sábio o homem que sabe quando é a vez de Alá e quando é a vez dele. Espero um dia ser um homem sábio". Ouviram isso? Ele quer ser sábio. Quantos meninos vocês conhecem naquela escola que querem ser sábios?

— Talvez nenhum, Samad Miah. Talvez todos.

Samad olhou feio para a mulher e prosseguiu:

— E aqui, aqui ele fala do nariz: "No meu entender um vaso não deveria estar num lugar assim absurdo de onde pode cair e quebrar o nariz de um menino. Isso deve ser culpa de alguém e alguém deveria ser punido (mas não umas palmadas na bunda, a não ser que seja *pequeno e não um adulto*. Se tiver menos que doze anos). Quando eu crescer, acho que gostaria de garantir que vasos não fossem colocados em lugares assim absurdos onde possam ser perigosos e de me queixar de outras coisas perigosas também (por falar nisso, *o meu nariz agora está bom!*)". Estão vendo?

Clara franziu o cenho.

— Vendo o quê?

— Ele evidentemente condena a iconografia na mesquita, tem aversão a toda decoração perigosa, supérflua e pagã! Um menino desse está destinado à grandeza, não está?

— Talvez, Samad Miah, talvez não.

— Talvez trabalhe para o governo, talvez para a Justiça — sugeriu Clara.

— Asneira! O meu filho é para Deus, não para os homens. Ele não teme o dever. Não teme ser um bengali de verdade, um muçulmano autêntico. Ele fala que o bode na fotografia está morto. "*Abba*, ajudei a matar o bode", ele fala. "Ficou estrebuchando um tempo depois que abrimos ele no meio." É este um menino que teme?

Como, obviamente, tornou-se uma obrigação alguém dizer alguma coisa, Clara o disse com pouco entusiasmo e esticou a mão para pegar a fotografia que Samad estendia para ela. Lá estava Magid, trajando a habitual roupa cinza, ao lado do bode condenado, a antiga casa atrás dele.

— Ah! Olha o nariz dele! Olha a fratura. Agora ele tem um nariz aquilino. Parece um aristocratinha, parece um inglesinho. Olha, Millat. — Clara pôs a fotografia debaixo do nariz menor e mais chato de Millat. — Vocês dois não parecem mais gêmeos.

— Ele parece — disse Millat, depois de uma olhada superficial — um *chefe*!

Samad, que não era versado no linguajar de rua de Willesden, concordou com a cabeça e afagou a cabeça do filho.

— Millat, é bom você notar a diferença entre os dois, antes cedo que tarde. — Samad olhou para Alsana, enquanto ela desenhava um círculo na têmpora com o indicador, dava umas batidas no lado da cabeça: *doido de pedra*. — Tem gente que zomba, mas você e eu sabemos que seu irmão conduzirá outros para fora do deserto. Será um líder de bandos. Ele é um *chefe* natural.

Isso arrancou de Millat uma risada tão alta, tão forte, tão incontrolável, que ele perdeu o equilíbrio, escorregou num pano de prato e quebrou o nariz ao batê-lo na pia.

∽

Dois filhos. Um invisível e perfeito, congelado na agradável idade de nove anos, estático na moldura de uma fotografia enquanto a televisão embaixo dele vomitava toda a merda dos anos 80 — bombas irlandesas, distúrbios ingleses, impasses norte-americanos –, mixórdia acima da qual o menino se elevava intocável e imaculado, alçado ao status do Buda sempre sorridente, imbuído de uma serena contemplação oriental; capaz de nada, um líder natural, um muçulmano natural, um chefe natural — em resumo, nada a não ser uma aparição. Um daguerreótipo espectral formado do mercúrio da imaginação do pai, preservado na solução salina das lágrimas maternas. O filho permanecia silencioso, distante e "supostamente bem", como um dos postos avançados coloniais de Sua Majestade, imobilizado num eterno estado de ingenuidade original, de pré-pubescência perpétua. Esse filho Samad não conseguia ver. E havia muito Samad aprendera a cultuar o que não conseguia ver.

Quanto ao filho que ele conseguia ver, o que estava a seus pés e o aborrecia, bom, é melhor não estimular Samad a embarcar nesse assunto, o assunto O *problema do Millat*, mas *aqui vai*: é o segundo filho, atrasado como um ônibus, atrasado como a correspondência com selo de segunda classe, o lerdo, o menino a sair-do-atraso, perdendo a primeira corrida pelo canal do nascimento e agora simplesmente um seguidor por predisposição genética, pelo intricado desígnio de Alá, o perdedor de dois minutos vitais que jamais recuperaria, não naqueles espelhos parabólicos onividentes, não naqueles globos de vidro da divindade, não *aos olhos do pai*.

Agora, um menino mais melancólico do que Millat, um menino mais pensativo, teria passado o resto da vida em busca desses dois minutos e se tornado infeliz, à caça da presa ardilosa, depositando-a, finalmente, aos pés do pai. Mas o que o pai dizia a seu respeito não preocupava muito Millat: ele sabia que não era um seguidor, um chefe, um bunda-mole, um sucesso, um pé-de-boi, um paspalhão — não importava o que o pai dissesse. No linguajar das ruas, Millat era um malcriado, um capeta, um antenado, mudando a imagem sempre que trocava de calçados; um doce, legal, *duca*, liderando a molecada ladeiras acima para jogar uma pelada, ladeiras abaixo para saquear caça-níqueis, para fora da escola, para dentro das locadoras de vídeo. Na Rocky Video, a predileta de Millat, gerenciada por um inescrupuloso traficante de coca, um garoto de quinze anos podia obter pornografia, um garoto de onze podia obter filmes proibidos para menores de dezoito, e filmes *snuff* estavam disponíveis por baixo do pano por cinco libras esterlinas. Lá é que Millat aprendeu de fato a conhecer pais. Padrinhos, irmãos de sangue, *pacinodeniros*, homens de preto com aparência de gente fina, que falavam que nem metralhadora, que nunca esperavam ("a porra de") uma mesa, que tinham duas mãos inteiramente funcionais para sacar armas. Aprendeu que não é necessário viver no meio da enchente, do ciclone, para passar por um pouco de perigo, para ser um sábio. É só ir atrás disso. Aos doze anos, Millat foi atrás disso e, embora Willesden não fosse o Bronx, o Centro-Sul, encontrou um pouco, encontrou o bastante. Era metido e matraca, tinha uma boa estampa selvagem bem comprimida dentro dele, como uma caixa de surpresas que se abriria aos treze anos, quando ele passou de líder da molecada com a cara cheia de espinhas a líder das mulheres. O Sedutor de Willesden Green, as meninas enamoradas atrás, língua de fora, peitos petulantes, caindo em fossas de sofrimento profundo... e tudo porque ele era o MAIOR e o PIOR, vivendo a vida adolescente com LETRAS MAIÚSCULAS: fumou pela primeira vez, bebeu pela primeira vez, até mesmo "a" perdeu — A perdeu! — aos treze anos e meio de idade. Que seja: então não SENTIU muito ou não TOCOU muito, era ÚMIDO e CONFUSO, perdeu-A sem sequer saber onde ELA foi parar, mas mesmo assim A perdeu porque não havia dúvida, NENHUMA, de que ele era o melhor do resto, em qualquer escala de delinqüência juvenil ele era a luz brilhante da comunidade adolescente, o BAMBA, o EXEMPLO, a GENITÁLIA DO CÃO, um moleque de rua, um líder do bando. Na verdade, o único problema de Millat era que ele *adorava* um rolo. Era *bom* nisso. Não, apague isso. Ele era *sensacional*.

Contudo, havia muita discussão — em casa, na escola, nas várias cozinhas do espalhado clã Iqbal/Begum — acerca do *Problema do Millat*, do rebelde Millat de treze anos que peidava na mesquita, perseguia loiras e fedia a cigarro, e não só Millat, mas *todos* os filhos: Mujib (catorze anos, cadastro criminal por dirigir acima do limite de velocidade), Khandakar (dezesseis, namorada branca, usava rímel à noite), Dipesh (quinze, maconha), Kurshed (dezoito, maconha e calças bastante folgadas), Khaleda (dezessete, sexo antes do casamento com um rapaz chinês), Bimal (dezenove, formando-se em teatro). *O que estava errado com todos os filhos*, o que dera errado com esses primeiros descendentes do grande experimento de atravessar o oceano? Não tinham tudo o que poderiam desejar? Não havia uma área de jardim considerável, refeições regulares, roupas limpas da Marks 'n' Sparks, uma educação de primeira categoria de classe A? Os pais não deram o melhor de si? Não tinham todos eles ido para essa ilha por um motivo? Para estar seguros. E não estavam todos *seguros*?

— Seguros *demais* — explicou Samad, com paciência, consolando uma ou outra carpideira, a irada *ma* ou *baba*, a perplexa e anciã *dadu* ou *dida* —, seguros demais neste país, *accha*? Vivem em enormes bolhas de plástico que nós mesmos criamos, a vida deles toda planejada por nós. Pessoalmente, vocês sabem que eu cuspiria em são Paulo, mas a sabedoria é correta, a sabedoria é mesmo a de Alá: *ponha de lado o pueril*. Como poderão os nossos filhos se tornar homens se jamais forem desafiados como homens? Hein? Sem dúvida alguma, pensando bem, mandar Magid de volta foi a melhor coisa. Eu teria recomendado.

Nisso, as carpideiras e lamentadoras olham todas pesarosas para a estimada fotografia de Magid com o bode. Ficam hipnotizadas, como hindus que esperam uma vaca de pedra mugir, até que uma aura invisível parece emanar da foto: bondade e bravura através da adversidade, através do inferno e da maré alta; o verdadeiro garoto muçulmano; o filho que nunca tiveram. Patético que era, Alsana achou ligeiramente engraçado, tendo as posições sido invertidas, ninguém chorando por ela, todo o mundo chorando por si mesmo e pelos filhos, pelo que a terrível década de 80 estava fazendo com todos eles. Esses encontros eram como desesperadas cúpulas políticas, eram como irremediáveis reuniões governamentais e clericais a portas fechadas, enquanto a turba amotinada tomava as ruas, quebrava as janelas. Uma distância instalava-se, não só entre *pais-filhos, velhos-jovens, nascidos-aqui-nascidos-lá*, mas entre os que ficavam dentro de casa e os que saíam em tumulto às ruas.

— Seguros demais, fácil demais — repetiu Samad, enquanto a tia-avó Bibi lustrava Magid carinhosamente com um pouco de Mr. Sheen. — Um mês lá na nossa terra daria um jeito em cada um deles.

O fato, porém, era que Millat não precisava voltar para a terrinha: estava numa situação esquizofrênica, um pé em Bengala e outro em Willesden. Em sua opinião, estava tanto lá quanto ali. Não necessitava de um passaporte para viver em dois lugares ao mesmo tempo, não necessitava de visto para viver a vida do irmão e sua própria vida (era gêmeo, afinal de contas). Alsana foi a primeira a perceber isso. Confidenciou a Clara: *Deus do céu, estão presos um ao outro feito cama-de-gato, unidos feito gangorra, impulsione uma extremidade, a outra sobe, não importa o que Millat veja embaixo, o que Magid veja em cima, e vice-versa*! E Alsana estava a par apenas dos incidentes: doenças semelhantes, acidentes simultâneos, animais de estimação morrendo em continentes separados. Ela não sabia que, enquanto Magid observava das alturas o ciclone de 1985 sacudir coisas, Millat se arriscava sem necessidade em cima do elevado muro do cemitério de Fortune Green; que no dia 10 de fevereiro de 1988, enquanto Magid abria caminho à força na violenta multidão de Dhaka, esquivando-se dos golpes dos que se empenhavam em definir os resultados de uma eleição com facas e punhos, Millat enfrentava três irlandeses de pés rápidos, furiosos e bêbados em frente do Biddy Mulligan's, bar de Kilburn de má reputação. Ah, mas então a coincidência não convence? Quer fatos, fatos, fatos?

Quer um confronto com a grande figura de capuz preto e foice? Pois bem: no dia 28 de abril de 1989, um tornado arrancou a cozinha de Chittagong e a arremessou ao céu, levando tudo consigo, exceto Magid, deixado milagrosamente enrolado no chão feito uma bola. Agora, acompanhe Millat, a oito mil quilômetros dali, curvando-se sobre a lendária Natalia Cavendish da sexta classe do colegial (cujo corpo está ocultando dela um segredo terrível). As camisinhas, lacradas, estão numa caixinha no bolso de trás da calça; mas, por algum motivo, ele não as pegará; ainda que agora esteja se movimentando ritmadamente, para cima e para baixo, mais e mais fundo e para os lados, dançando com a morte.

∽

Três dias:

15 de outubro de 1987

Mesmo quando as luzes se apagaram e o vento castigava para valer as janelas de vidraça dupla, Alsana, uma grande crente no oráculo que é a BBC, instalou-se de camisola no sofá, recusando-se a se arredar.

— Se o senhor Fish, que é meteorologista, falou que é bom, então é porque é bom. Ele é da BBC, puxa vida!

Samad desistiu (era quase impossível fazer Alsana mudar de idéia acerca da inerente confiabilidade de suas instituições inglesas preferidas, entre elas: a princesa Anne, o adesivo Blu-Tack, o espetáculo real de variedades infantis, o comediante Eric Morecambe, o programa de rádio *Woman's Hour*). Ele pegou a lanterna que estava na gaveta da cozinha e subiu, à procura de Millat.

— Millat? Responda, Millat! Está aí?

— Talvez, *abba*, talvez.

Samad seguiu a voz até o banheiro e deparou com Millat imerso até o queixo na rósea espuma suja na banheira, lendo *Viz*.

— Ô, pai, superlegal. Lanterna. Ilumina aqui pra eu poder ler.

— Esquece. — Samad arrancou o gibi das mãos do filho. — Tem um puta vendaval soprando lá fora e a doida da tua mãe pretende ficar plantada aqui dentro até o telhado desabar. Saia da banheira. Quero que você vá até o barracão buscar madeira e prego para a gente poder...

— Mas, *abba*, tô peladinho da silva!

— Não me venha com detalhes... estamos numa emergência. Quero que você vá...

Um onipotente ruído de ruptura, como algo que se partisse nas raízes e chocasse numa parede, soou lá fora.

Dois minutos depois, a família Iqbal estava arregimentada, em diferentes roupas informais, diante da comprida janela da cozinha e olhando um trecho do gramado onde antes se erguera o barracão. Millat bateu os calcanhares três vezes e, com um sotaque de dono de lojinha, exagerou:

— Oh, não, mas que coisa! Nada como um lar. Nada como um lar.

— *Pois então*, mulher. Vai se mexer *agora*?

— Talvez, Samad Miah, talvez.

— *Droga!* Não estou com disposição para fazer um plebiscito. Vamos para a casa do Archibald. Vai ver eles ainda têm eletricidade. E vai ser bem mais seguro. Vocês dois... se vistam, recolham o essencial, *as coisas de vida ou morte*, e entrem no carro!

Enquanto mantinha aberto o porta-malas, contra um vento resolvido a fechá-lo, Samad primeiro se entreteve, depois se deprimiu, com os objetos que a mulher e o filho consideravam essenciais, coisas de vida ou morte:

Millat
Born to run (disco) — Springsteen
Pôster de De Niro na cena do "Tá falando comigo?", em *Taxi Driver*
Cópia em Betamax de *Purple rain* (filme de rock)
Calça Levi's 501, pré-encolhida (etiqueta vermelha)
Um par de tênis de beisebol preto
Laranja mecânica (livro)

Alsana
Máquina de costura
Três potes de bálsamo de tigre
Perna de cordeiro (congelada)
Lava-pés
Linda Goodman's Starsigns (livro)
Pacote-gigante de cigarros "bidi"
Divargiit Singh em *Luar sobre Kerala* (musical em vídeo)

Samad fechou o porta-malas com uma batida.

— Nada de canivete, nada de comestíveis, nada de fontes de luz. Fantástico. Nenhum prêmio para quem adivinhar quem da família Iqbal é o veterano de guerra. Ninguém nem sequer pensou em pegar o Alcorão. Um artigo indispensável numa situação de emergência: apoio espiritual. Vou voltar lá dentro. Fiquem sentados no carro e não mexam um músculo.

Uma vez na cozinha, Samad inspecionou com a lanterna: chaleira, boca do forno, xícara de chá, cortina e depois um vislumbre surreal do barracão alegremente assentado como casinha de árvore no castanheiro do vizinho. Pegou o canivete suíço do Exército que, lembrou-se, tinha deixado debaixo da pia, recolheu na sala de estar o Alcorão folheado a ouro com bordas de veludo e, quando estava para sair, a tentação de sentir a ventania, de ter uma breve visão da terrível destruição, apossou-se dele. Esperou o vento se acalmar um pouco e abriu a porta da cozinha, avançando às apalpadelas pelo jardim, onde uma película de luz iluminava uma cena de apocalipse suburbano: carvalhos, cedros, sicômoros e olmos caídos em jardim após jardim, cercas tombadas, mobília de jardim arrasada. Apenas seu próprio jardim, tantas vezes ridicularizado por estar cercado com ferro corrugado, por seu interior sem árvores e canteiro após canteiro de ervas aromáticas, permanecera relativamente intato.

Mal começara a formular, todo satisfeito, uma alegoria sobre o flexível junco oriental em oposição ao obstinado carvalho ocidental, quando o vento se reafirmou, empurrando-o de lado e prosseguindo rumo à janela de vidraças duplas, que trincou e explodiu sem esforço, espalhando estilhaços de vidro pelo interior da casa, regurgitando para fora no ar livre tudo o que havia na cozinha. Samad, de cuja orelha pendia uma peneira recém-carregada pelo vento, prendeu o livro contra o peito e correu para o carro.

— O que *você* está fazendo sentada aí no banco do motorista?

Alsana segurou com firmeza o volante e falou com Millat pelo retrovisor.

— Alguém pode por favor dizer para o meu marido que *eu* vou dirigir? *Eu* cresci nas margens da baía de Bengala. *Eu* vi minha mãe dirigindo em vendavais como este, enquanto meu marido bundeava por Nova Délhi com um bando de maricas da faculdade. Sugiro que meu marido sente no banco do passageiro e só peide quando eu mandar.

Alsana dirigiu a seis quilômetros por hora pela estrada principal escura e deserta, enquanto ventos de 150 km/h açoitavam implacavelmente o topo dos prédios mais altos.

— Inglaterra, tinha que ser! Vim para a Inglaterra para não ter que fazer isso. Nunca mais vou confiar no senhor Caranguejo.

— *Amma*, é o senhor Fish.

— A partir de agora, para mim ele é o senhor Caranguejo — retrucou Alsana com um olhar soturno. — Com BBC ou sem BBC.

As luzes *tinham* se apagado na casa de Archie, mas a família Jones estava preparada para todas as eventualidades desastrosas, desde vagas provocadoras de marés até uma precipitação radioativa. Quando os Iqbal chegaram, a casa estava iluminada com um monte de lampiões, velas de jardim e lamparinas, a porta da frente e as janelas haviam sido reforçadas às pressas com madeira compensada e os galhos das árvores do jardim amarrados uns aos outros com corda.

— É tudo uma questão de estar preparado — anunciou Archie, abrindo a porta para os desesperados Iqbal, que carregavam nos braços os pertences, como um rei do faça-você-mesmo saudando os destituídos. — Quero dizer, a gente tem que proteger a família, não tem? Não que você tenha fracassado nesse departamento, você entende o que eu quero dizer... é só o meu jeito de ver a coisa: sou eu contra o vento. Se eu te falei uma vez, Iqbala, foi como te falar mil vezes: *inspecione as paredes de sustentação*. Se não estiverem em ótimas condições, você se estrepa, companheiro. Se estrepa mesmo. E precisa ter uma chave inglesa pneumática em casa. É essencial.

— Isso é fascinante, Archibald. Podemos entrar?

Archie se pôs de lado.

— Claro. Para falar a verdade, eu estava te esperando. Iqbala, você nunca soube ver a diferença entre uma broca e uma chave de fenda. Bom de teoria, mas nunca se familiarizou com as praticabilidades. Vamos entrando, vão lá para cima, cuidado com as lamparinas... Boa idéia essa, não? Oi, Alsi, graciosa como sempre; oi, Millatinho, seu safado. Então, Sam, me conte: o que perdeu?

Samad relatou, envergonhado, os danos até o momento.

— Ah, agora você percebe, não eram as vidraças duplas... estavam perfeitas, *eu* as coloquei... Foram os *chassis*. Simplesmente se desprenderam daquela parede farelenta, aposto.

Samad admitiu a contragosto que esse era o caso.

— O pior ainda vai acontecer, anote isso. Bom, o que foi feito está feito. A Clara e a Irie estão na cozinha. Acendemos um bico de gás Bunsen e a bóia fica pronta daqui a pouco. Mas que tempestade terrível, hein? O telefone está mudo. A eletricidade pifou. Nunca vi coisa igual.

Na cozinha, reinava uma espécie de calmaria artificial. Clara mexia o feijão, cantarolando serenamente a música de *Buffalo soldier*. Irie, debruçada sobre um bloco de anotações, escrevia obsessivamente no diário, no estilo dos adolescentes de treze anos:

> 20h30. Millat acabou de chegar. Ele é muuuito bonito, mas ultimamente anda irritante! Jeans apertados como sempre. Não olha para mim (como sempre, a não ser com AMIZADE). Me apaixonei por um bobo (sou uma tonta)! Se ele pelo menos fosse inteligente como o irmão... ora, blablablá. Um namoradinho e uma gorduchinha — credo! A tempestade ainda está forte. Tenho que parar. Escrevo mais tarde.

— Oi — disse Millat.

— Oi — disse Irie.

— Que doideira, né?

— É, uma loucura.

— O pai tá tendo um ataque. A casa tá despencando.

— Idem. Por aqui também foi uma maluquice.

— Eu gostaria de saber o que seria de você sem mim, mocinha — disse Archie, martelando um prego num outro compensado. — Esta é a casa mais bem protegida de Willesden. Daqui de dentro é difícil dizer que tem uma tempestade lá fora.

— É — retrucou Millat, dando uma última e emocionante espiada pela janela nas árvores apopléticas, antes de Archie bloquear o céu completamente com madeira e pregos. — Esse é o problema.

Samad torceu a orelha de Millat.

— Não comece com os seus atrevimentos. Nós sabemos o que estamos fazendo. Não se esqueça, o Archibald e eu enfrentamos situações extremas. Depois de botar um tanque com cinco homens no meio de um campo de batalha, a vida correndo perigo a cada curva, balas assobiando a centímetros do seu traseiro, ao mesmo tempo capturando o inimigo nas mais adversas condições, escute o que eu digo: furacão é fichinha. Vocês poderiam estar bem pior do que... sim, sim, é muito engraçado, sem dúvida — resmungou Samad, quando as duas crianças e as duas mulheres simularam narcolepsia. — Quem quer um pouco desse feijão? Estou distribuindo.

— Alguém conte uma história — disse Alsana. — Ai, vai ser muito chato se a gente tiver que escutar a noite inteira a conversa fiada de velhos veteranos de guerra.

— Vai, Sam — falou Archie, piscando o olho. — Conta aquela do Mangal Pande. É sempre divertida.

Um clamor de *nããão*s, mímicas de gargantas sendo cortadas e de auto-asfixia emanaram do grupo reunido.

— A história de Mangal Pande — objetou Samad — não é divertida. Ele é a comichão que provoca o espirro, ele é o motivo pelo qual estamos como estamos, o fundador da Índia moderna, a grande figura histórica.

Alsana bufou.

— Mas que asneira! Todo mundo sabe que a grande figura é Gandhi. Ou Nehru. Ou, talvez, Akbar, mas ele era corcunda, narigudo, jamais gostei dele.

— Droga! Não fale bobagem, mulher. O que é que você sabe sobre isso? O fato é: é simplesmente uma questão de economia de mercado, de publicidade, de direitos autorais de filme. O problema é: os homens bonitos com enormes dentes brancos se dispõem a interpretar você, *et cetera*? Gandhi foi interpretado pelo senhor Kingsley, sorte dele, mas quem vai interpretar Pande, hein? Pande não é lá muito bonito, é? A cara dele é demais de indiano, nariz grande, sobrancelhas grandes. Por isso estou sempre contando para vocês, ingratos, algumas coisas sobre Mangal Pande. O critério básico é: se eu não conto, ninguém conta.

— Escuta — disse Millat —, vou contar a versão abreviada. O meu bisavô...

— O *seu tres*avô, seu ignorante — corrigiu Alsana.

— O que for. Ele decide foder os ingleses...

— Millat!

— Se *rebelar* contra os ingleses, só ele e mais ele, os olhos vermelhos de tão maconhado, tenta atirar no capitão, erra, tenta atirar nele mesmo, erra, é forcado...

— Enforcado — disse Clara, distraidamente.

— Forcado ou enforcado? Vou buscar o dicionário — disse Archie, pondo de lado o martelo e descendo da bancada da cozinha.

— O que for. Fim da história. *Sa-cal.*

E então uma árvore gigantesca — típica da zona norte de Londres, dessas de cujo tronco brotam três árvores menores antes de enfim irromperem numa gloriosa folhagem, um viveiro urbano para toda uma diáspora de pegas — uma árvore desse tipo se desprendeu dos excrementos de cachorro e do concreto, avançou titubeante, desfaleceu e desabou, rompendo as calhas, rompendo as vidraças duplas, rompendo os compensados, tombando um lampião e depois aterrando numa ausência que tinha o formato de Archie, pois ele acabara de se retirar.

Archie foi o primeiro a entrar em ação, jogando uma toalha sobre o pequeno fogo que ia evoluindo ao longo dos ladrilhos de cortiça da cozinha, enquanto os demais tremiam, choravam e verificavam se não estavam machucados. Depois Archie, visivelmente abalado com o ataque contra sua supremacia do faça-você-mesmo, tentou reassumir o controle sobre as forças da natureza amarrando alguns galhos com trapos da cozinha e mandando Millat e Irie percorrer a casa apagando os lampiões.

— Não queremos morrer carbonizados, queremos? Preciso encontrar um plástico preto e uma fita isolante à prova de água. Faça alguma coisa!

Samad ficou em dúvida.

— Archibald, *faça alguma coisa*? Não vejo como uma fita isolante vai alterar o fato de que tem metade de uma árvore na cozinha.

— Cara, estou apavorada — murmurou Clara, após alguns minutos de silêncio, enquanto a tempestade aplacava. — A calmaria é sempre um mau sinal. Minha avó, que ela descanse em paz, sempre dizia isso. A calmaria é só Deus fazendo uma pausa para respirar antes de berrar de novo. Acho que a gente devia ir pro outro cômodo.

— Era a única árvore deste lado. Melhor ficar aqui. O pior já aconteceu aqui. Além do mais — disse Archie, tocando o braço da mulher com ternura —, vocês, da família Bowden, passaram por coisas piores que esta! A sua mãe nasceu no meio de um terremoto terrível, pelo amor de Deus! Em 1907, Kingston estava sendo arrasada quando a Hortense veio à luz deste mundo. Não ia se preocupar com uma tempestadezinha dessa. Ela é dura na queda.

— Dura não — retrucou Clara, levantando-se para espiar o caos lá fora através da janela quebrada —, foi sorte. Sorte e fé.

— Eu sugiro que oremos — disse Samad, pegando o Alcorão novo. — Sugiro que reconheçamos o poder do Criador em sua pior ação nesta noite.

Samad começou a folhear o livro e, ao encontrar o que procurava, levou-o feito um nobre sob o nariz da mulher, mas Alsana o fechou num ímpeto e o encarou. A Alsana ímpia, que ainda se alinhava um pouquinho com a palavra divina (boa escolaridade, pais respeitáveis, ah, sim), desprovida apenas de fé, preparou-se para fazer o que só fazia numa emergência: recitar:

— "Não sirvo ao que você cultua, tampouco você serve ao que eu cultuo. Jamais servirei ao que você cultua, tampouco você jamais servirá ao que eu cultuo. Você tem a sua religião, eu tenho a minha. *Sura* 109, tradução de N. J. Dawood." Agora, alguém, por favor — disse Alsana, olhando para Clara —, lembre ao meu marido que ele não é o senhor Manilow e que não tem as canções que fazem o mundo inteiro cantar. Ele vai assobiar a melodia dele e eu vou assobiar a minha.

Samad se desviou com desdém da mulher e com firmeza assentou as duas mãos sobre o livro.

— Quem vai orar comigo?

— Desculpe, Sam — soou uma voz abafada (Archie enfiara a cabeça dentro do armário, à procura dos sacos de lixo). — Essa também não é a minha. Nunca fui de igreja. Sem querer ofender.

Passaram-se outros cinco minutos sem ventania. Depois a calmaria se rompeu e Deus berrou, tal como Ambrosia Bowden dissera à neta que Ele o faria. Trovões ribombaram acima da casa como a bílis de um moribundo, raios seguindo-se como uma derradeira maldição, e Samad fechou os olhos.

— Irie! Millat! — gritou Clara, depois Alsana. Nenhuma resposta. Aprumando-se dentro do armário, batendo a cabeça na prateleira de condimentos, Archie disse:

— Faz dez minutos. Ah, cacete! *Onde estão os nossos filhos?*

Um filho estava em Chittagong, sendo desafiado por um amigo a tirar o *lungi* e atravessar um famoso pântano infestado de crocodilos; os outros dois tinham saído furtivamente da casa para sentir o âmago da tempestade e caminhavam contra o vento, como se imersos em água até as coxas. Vadearam até a área de recreação, onde se deu a conversa que se segue.

— Mas que *incrível*!

— É, uma *loucura*!

— *Você* é louca.

— Como assim? Me sinto bem!

— Não, não. Vive de *olho em mim*. E o que tava escrevendo? Você é esquisita. Tá sempre escrevendo.

— Nada. Umas coisas. Coisa de diário, sabe?

— Você tá *doidinha* por mim.

— Não consigo te ouvir! Fala mais alto!

— DOIDINHA! POR MIM! CLARO QUE ME OUVE.

— Não estou, não. Você é um *egocêntrico*.

— Você quer me comer.

— Mas que convencido!

— Bom, de qualquer jeito, não é uma boa. Você tá ficando um bocado gorda. Não gosto de gorda. Não vai me traçar.

— Eu não quero, *senhor Egocêntrico*.

— E mais: imagine como o nosso filho ia sair.

— Acho que ia sair *bonito*.

— Pardo-preto. Preto-pardo. Afro, nariz chato, dente de coelho e sarda. Uma anomalia!

— Fale o que quiser. Vi a foto do seu avô...

— TRESAVÔ.

— Nariz gigante, sobrancelhas horríveis...

— Um retrato de artista, sua *chefe*.

— E eram doidos... *ele* era doido... a sua família inteira é doida. É genético.

— Tá, tá. *O que for*.

— E, para a sua informação, não tenho atração por você, de qualquer maneira. O teu nariz é curvo. E você é rolo. Quem quer rolo?

— Bom, te cuida — disse Millat, inclinando-se, colidindo com dentes protuberantes, introduzindo a língua rapidamente e depois recuando. — Porque este é todo o rolo que você vai ter.

14 de janeiro de 1989

Millat abriu as pernas como Elvis e bateu a carteira no balcão.

— Um pra Bradford, falou?

O bilheteiro aproximou do vidro o rosto cansado.

— Está me perguntando, garoto, ou está me pedindo?

— Eu só pedi, falou? Um pra Bradford, falou? Tem algum problema, é? Não sabe inglês? Esta aqui é a estação King's Cross, falou? Um pra Bradford, tá?

A turma do Millat (Rajik, Ranil, Dipesh e Hifan) dava risadinhas e se impacientava atrás dele, repetindo os *falou* como um grupo vocal de acompanhamento.

— *Por favor.*

— Por favor *o quê*, cara? Um pra Bradford, falou? Tá me entendendo? Um pra Bradford. *Chefe.*

— E seria ida e volta? Para criança?

— É, cara. Tô com quinze, falou? Claro que quero ida e volta, tenho uma *barii* pra voltar, como todo mundo.

— Então o preço é setenta e cinco libras, por favor.

Millat e a turma de Millat reagiram com indignação.

— O quê? Tá abusando! Setenta... *e olha lá*, cara. Isso é *maus*. Não vou pagar setenta e cinco libras!

— Bom, sinto muito, mas é o preço. Quem sabe na próxima vez que assaltar uma velhinha — disse o bilheteiro, olhando acintosamente para as volumosas bijuterias douradas que pendiam das orelhas, dos pulsos, dos dedos e do pescoço de Millat — você pára aqui primeiro *antes* de ir para a joalheria.

— Tá abusando! — chiou Hifan.

— Tá te incriminando, falou? — confirmou Ranil.

— É melhor dar um alô pra ele — alertou Rajik.

Millat aguardou um minuto. A escolha do momento era tudo. Depois se virou, ergueu o traseiro no ar e soltou um traque longo e ruidoso na direção do bilheteiro.

A turma, no momento certo:

— *Somokami!*

— Me xingaram de quê? Você aí... o que foi que você disse? Seus merdinhas. Não podem falar inglês comigo? Têm que falar essa língua paqui de vocês?

Millat deu um soco tão forte no vidro que o impacto reverberou nas cabines no outro extremo, até o bilheteiro que vendia passagens para Milton Keynes.

— Pra começar, não sou paqui, seu ignorante da porra. Depois, você não precisa de tradutor, falou? Te digo na cara. Você é um fresco de merda, falou? Tia, boneca, maricão, ventilado.

Não havia outra coisa de que a turma do Millat mais se orgulhasse afora a quantidade de eufemismos que eram capazes de apresentar para "homossexualismo".

— Bicha-louca, arrombado, fila-de-gente.

— Agradeça a Deus por haver um vidro entre nós, garoto.

— Tá, tá, tá. Agradeço a Alá, falou? Tomara que ele te estrepe, falou? Tamos indo pra Bradford pra dar uma lição em gente igual você, falou? *Chefe!*

A meio caminho da plataforma 12, prestes a embarcarem num trem para o qual não tinham bilhetes, um segurança da King's Cross parou a turma do Millat para fazer uma pergunta.

— Não estão atrás de encrenca, estão?

A pergunta era justificável. A turma do Millat transpirava encrenca. E, na época, uma turma que transpirava encrenca desse jeito em especial tinha um nome, pertencia a uma raça: *Raggastani*.

Era uma nova raça, recém-integrada nas fileiras de outras turmas de rua: os Becks, a turma da cultura do *hip-hop*, a turma *indie*, os ladrões pés-de-chinelo, os *ravers*, os delinqüentes vidrados no *ska* e no *raggae*, os adeptos do LSD, as Sharons, os Tracies, os Kevs, os Nation Brothers, os *raggas* e os paquis; manifestava-se como uma espécie de mestiçagem cultural das últimas três categorias. Os *raggastanis* falavam uma estranha mistura de patoá jamaicano, bengali, guzerate e inglês. Seu etos, seu manifesto, se assim pudesse ser chamado, era algo igualmente híbrido: Alá *figurava*, mas mais como um grande irmão coletivo do que como um ser supremo, um *faixa* do cacete que brigaria do lado deles, se necessário; o kung fu e os filmes de Bruce Lee também eram fundamentais para a filosofia; somada a isso, havia uma pitada de *black power* (tal como fora corporificado pelo álbum *Fear of a black planet*, do Public Enemy); mas, principalmente, a missão deles era resgatar o Invencível em hindu, o Arruaceiro em bengali, o *P-funk* em paquistanês. As pessoas aporrinhavam Rajik na época em que ele curtia xadrez e usava pulôver com decote em V. As pessoas aporrinhavam Ranil quando ele sentava no fundo da sala de aula e com esmero anotava no caderno todos os comentários dos professores. As pessoas aporrinhavam Dipesh e Hifan, quando elas usavam vestido tradicional no playground. As pessoas aporrinhavam até Millat, com seus jeans apertados e seu rock branco. Mas ninguém mais os aporrinhava, porque eles transpiravam encrenca. Transpiravam uma encrenca estereofônica. Evidentemente, havia um uniforme. Cada um deles se cobria de berloques dourados e usava bandana, em volta da testa ou amarrada na articulação de um braço ou de uma perna. As calças eram coisas enormes que desabavam, a perna esquerda sempre, inexplicavelmente, enrolada até o joelho; os tênis eram igualmente espetaculares, com lingüetas tão altas que ocultavam o tornozelo inteiro; boné de beisebol era compulsório, enterrado na cabeça, pala baixa e irremovível, e tudo, tudo, tudo era *Nike*™. Aonde quer que os cinco fossem, a impressão que deixavam era de um gigantesco jato, de uma vasta marca de aprovação empresarial. E *andavam* de um jeito muito peculiar, o lado esquerdo do corpo adquirindo uma espécie de relaxada paralisia que requeria ser suportada pelo lado direito; uma espécie de coxeadura glorificada, *funky*, tal como o lento e inflado movimento que Yeats imaginou para sua bruta fera milenar. Enquanto, dez anos antes, os alegres adeptos do LSD dançavam durante o Verão do Amor, a turma do Millat se dirigia descaída e deselegantemente para Bradford.

— Sem encrenca, falou? — disse Millat para o segurança.

— Tamos só indo... — começou Hifan.

— Pra Bradford — concluiu Rajik.

— A negócios, falou? — explicou Dipesh.

— Tchauzinho! *Bidayo*! — gritou Hifan, enquanto saltavam para dentro do trem, e lhe deram uma banana e empinaram os traseiros contra as portas que se fechavam.

— Taxa o banco da janela, falou? Legal. Agora tá me dando uma puta fissura de um cigarro, falou? Tô ligado, falou? Essa transa toda, cara. Puta pentelho, cara. Puta bicho-careta, cara... me deu gana de estrepar ele, falou?

— Ele vai tá lá mesmo?

Todas as perguntas sérias eram sempre dirigidas a Millat, e Millat sempre respondia ao grupo como um todo.

— De jeito nenhum. Vai tá lá, não. Só os nossos manos. É uma porra de protesto, chefe, por que é que ele ia num protesto contra ele mesmo?

— Só tô falando — disse Ranil, melindrado. — Eu ia estrepar ele, falou? Se tivesse lá, saca? Porra de livro sujo.

— É um puta insulto! — disse Millat, cuspindo um chiclete na janela. — A gente agüentou muito neste país. E agora leva da nossa própria gente, cara. *Rhas clut*! Ele é um puta *bador*, fantoche dos brancos.

— O meu tio fala que ele não sabe nem soletrar — disse a furiosa Hifan, a mais honesta religiosa de todos eles. — E se mete a falar de Alá!

— Alá vai estrepar ele, falou? — bradou Rajik, o menos inteligente, que concebia Deus como uma espécie de cruzamento de Monkey-Magic e Bruce Willis. — Vai chutar os colhões dele. Livro sujo.

— Você leu? — perguntou Ranil, enquanto o trem passava zunindo por Finsbury Park.

Silêncio geral.

— Ler direito não li — disse Millat —, mas sei tudo sobre essa merda, falou?

Com mais precisão, Millat não o leu. Millat nada sabia acerca do escritor, nada acerca do livro; não identificaria o livro se estivesse empilhado sobre outros livros, não reconheceria o escritor numa linha de formação de outros escritores (irresistível esse alinhamento de escritores transgressores: Sócrates, Protágoras, Ovídio e Juvenal, Radclyffe Hall, Boris Pasternak, D. H. Lawrence, Soljenitsin, Nabokov, todos segurando o número de identificação para a fotografia, piscando os olhos na hora do flash). Mas sabia de outras coisas. Sabia que ele, Millat, era um paqui, não importava a origem; depois, que cheirava a *curry*;

que não tinha identidade sexual; que tomava o emprego dos outros ou não tinha emprego e vivia à custa do Estado, ou passava todos os empregos para os parentes; que poderia ser dentista, dono de loja ou preparador de *curry*, mas não jogador de futebol ou cineasta; que deveria voltar para seu país ou permanecer onde estava e ganhar a porra do sustento; que cultuava elefantes e usava turbantes; que ninguém com a aparência de Millat, ou que falasse como Millat, ou sentisse como Millat, era notícia, a não ser que tivesse acabado de ser assassinado. Em resumo, sabia que não tinha rosto neste país, não tinha voz neste país, até a penúltima semana, quando de repente pessoas como Millat apareceram em todos os canais de tevê, em todas as estações de rádio e em todos os jornais, e estavam iradas, e Millat reconheceu essa ira, pensou que a ira o reconheceu, e a agarrou com as duas mãos.

— Então... não leu? — perguntou Ranil com nervosismo.

— Escuta: pode crer que não engulo essa merda, cara. De jeito nenhum, vivaldino.

— Eu também não — disse Hifan.

— Vivaldice — disse Rajik.

— Puta sujeira — disse Ranil.

— Tá frito, tá sabendo? — disse Dipesh.

— Além do mais — disse Millat, num tom decisivo, apesar de estar perdendo a paciência —, a gente nem tem que ler essa merda pra saber que é blasfemo, sacou?

Em Willesden, Samad Iqbal expressava enfaticamente esse mesmo sentimento ao assistir ao telejornal vespertino.

— Não *preciso* ler. Me deram fotocópias dos trechos pertinentes.

— Alguém pode lembrar ao meu marido — disse Alsana, dirigindo-se à apresentadora — que ele nem sabe do que trata a porcaria do livro, porque a última coisa que ele leu foi a porcaria do guia da cidade A-Z?

— Vou te pedir mais uma vez para calar essa boca e me deixar ver o noticiário.

— Ouvi um grito, mas parece que não é a minha voz.

— Será que não entende, mulher? Essa é a coisa mais importante que aconteceu para a gente neste país, em todos os tempos. É um momento de crise. É a comichão do espirro. É uma hora fundamental. — Samad pressionou o botão de volume algumas vezes com o polegar. — Essa mulher, Moira sei-lá-o-quê, ela fala para dentro. Por que está lendo a notícia se não consegue falar direito?

Moira, de repente mais do que audível no meio de uma frase, disse:

"[...] o escritor nega blasfêmia e argumenta que o livro aborda a luta entre as visões de vida secular e religiosa".

Samad bufou:

— Que luta? Não vejo luta nenhuma! Eu vou indo perfeitamente bem. Todas as células cinzentas em boa condição. Nenhuma dificuldade emocional.

Alsana riu com escarninho.

— O meu marido luta na Terceira Guerra Mundial todo santo dia dentro da cabeça dele, assim como todo mundo...

— Não, não, não. Luta nenhuma. O que é que ele está querendo, hein? Ele não pode se livrar dessa sendo racional. Racionalidade! A virtude ocidental mais superestimada. Ah, não. O fato é que ele é simplesmente ofensivo... ele ofendeu...

— Escute — interpelou Alsana. — Quando a nossa turma se reúne, se discordamos de alguma coisa, nós resolvemos. Um exemplo: a Mohona Hossain detesta o Divargiit Singh. Detesta todos os filmes dele. Detesta com paixão. Gosta daquele outro tonto com pestanas de mulher! Mas fazemos concessões. Eu nunca queimei um vídeo dela.

— Não é bem a mesma coisa, dona Iqbal, não é bem a mesma embrulhada.

— Ah, os ânimos estão esquentando na Comissão das Mulheres... mostra o quanto Samad Iqbal sabe. Mas eu não sou igual ao Samad Iqbal. Eu me contenho. Eu vivo. E deixo viver.

— Não é uma questão de deixar os outros viverem. É uma questão de proteger a cultura dos outros, de impedir que a religião dos outros seja ofendida. Claro, não que você saiba alguma coisa sobre isso. Sempre ocupada demais com esse cérebro hindu de pipoca para prestar alguma atenção na sua própria cultura!

— A minha *própria* cultura? E, por favor, me diga o que ela é?

— Você é bengali. Aja como uma.

— E o que é um bengali, meu marido, por favor?

— Saia da frente da televisão e consulte.

Alsana pegou o volume BÁLTICO — CÉREBRO, o terceiro da *Reader's Digest Encyclopedia*, de vinte e quatro volumes, e leu no verbete concernente:

> A grande maioria dos habitantes de Bangladesh compõe-se de bengalis, que são em grande parte descendentes de indo-arianos que começaram a migrar do Oeste para o país há milhares de anos e que, em Bengala, mesclaram-se com grupos indígenas de diversos troncos raciais. Entre as minorias étnicas, encontram-se os chakma e os mogh, povos mongolóides que vivem na região das colinas de Chittagong; os santal, descendentes sobretudo de migrantes da atual Índia; e os bihari, muçulmanos não-bengalis que migraram da Índia após a divisão.

— Olha, senhor Iqbal! Indo-*arianos*... parece que sou ocidental, apesar de tudo! Talvez eu devesse ouvir Tina Turner, usar minissaias de couro. Ora. Isso só mostra — disse Alsana, revelando sua língua inglesa — que a gente volta atrás, volta atrás e volta atrás, e ainda assim é mais fácil encontrar o saco certo para o Hoover do que encontrar uma pessoa pura, uma fé pura, na face da Terra. Acha que alguém é inglês? Realmente inglês? Isso é patranha!

— Você não sabe do que está falando. Perdeu o pé.

Alsana brandiu a enciclopédia.

— Ah, *Samad Miah*. Quer queimar isto também?

— Escute: não tenho tempo para brincar agora. Estou tentando ouvir uma notícia importantíssima. Acontecimentos graves em Bradford. Portanto, se não se incomoda...

— Ah, meu Deus! — berrou Alsana, o sorriso sumindo do rosto, ajoelhando-se na frente da televisão, correndo o dedo do livro em chamas para o rosto que ela reconhecia, que sorria para ela através de válvulas, o segundo filho amalucado sob a fotografia emoldurada do primeiro. — O que ele está fazendo? Enlouqueceu? Quem ele pensa que é? Mas o que é que ele está fazendo lá? Devia estar na escola! Chegou o dia em que bebês queimam os livros, *chegou*? Não acredito!

— Nada a ver comigo. A comichão do espirro, senhora Iqbal — retrucou Samad, calmamente, reclinando-se na poltrona. — A comichão do espirro.

* * *

Quando Millat voltou para casa naquela noite, uma grande fogueira vociferava no jardim dos fundos. Todas as suas coisas seculares — quatro anos de uma coleção jóia pré e pós-*raggastani*, cada álbum, cada pôster, edições especiais de camisetas, panfletos de boates guardados e conservados ao longo de dois anos, lindos tênis Air Max, exemplares dos números 20 a 75 de *2000 AD Magazine*, uma foto autografada de Chuck D., uma cópia extremamente rara de *Hey young world*, de Slick Rick, *O apanhador no campo de centeio*, a guitarra, *O poderoso chefão I* e *II*, *Caminhos perigosos*, *O selvagem da motocicleta*, *Um dia de cão* e *Shaft na África* —, tudo tinha sido colocado na pira funerária, agora um monte de cinzas em combustão lenta que liberava fumaça de plástico e papel, ardendo os olhos do rapaz já cheios de lágrimas.

— Todo mundo tem que receber uma lição — dissera Alsana horas antes, acendendo um fósforo com o coração partido. — Ou tudo é sagrado ou nada é sagrado. E, se ele começar a queimar as coisas dos outros, então também vai perder algo sagrado. Todo mundo leva o seu, cedo ou tarde.

10 de novembro de 1989

Um muro desmoronava. Algo a ver com a história. Era *uma conjuntura histórica*. Ninguém sabia exatamente quem o erguera ou quem o punha abaixo, ou se isso era bom, ruim, ou sabe lá o quê. Ninguém sabia quão alto ele era, quão comprido era, ou por que pessoas morreram tentando transpô-lo, ou se parariam de morrer no futuro, mas mesmo assim era educativo. Uma desculpa tão boa quanto qualquer outra para uma reunião. Era uma noite de quinta-feira, Alsana e Clara tinham cozinhado e todos assistiam à história pela tevê.

— Quem quer mais arroz?

Millat e Irie ergueram o prato, disputando quem seria o primeiro.

— O que está acontecendo agora? — perguntou Clara, correndo de volta para a poltrona com uma tigela de bolinhos jamaicanos fritos, da qual Irie arrebatou três.

— O mesmo, cara — resmungou Millat. — O mesmo, o mesmo, o mesmo. Dançando em cima do muro, quebrando o muro com martelo. O que for. Quero ver o que mais tá passando, falou?

Alsana se apossou do controle remoto e se espremeu entre Clara e Archie.

— Nem pensar, mocinho.

— É *educativo* — disse Clara, de propósito, o bloco de notas no braço da poltrona, esperando entrar em ação diante do indício de algo edificante. — É o tipo da coisa que todos nós devíamos assistir.

Alsana concordou com a cabeça e aguardou que dois *bhajis* de estranho formato lhe descessem goela abaixo.

— É isso que eu tento explicar para o mocinho aqui. Um grande acontecimento. Momento histórico de primeira ordem. Um dia, quando os seus Iqbalinhas lhe derem um puxão na calça e perguntarem onde você estava quando...

— Vou responder que fiquei de saco cheio de ver isso na televisão.

Millat levou um cascudo no cocuruto pelo "saco cheio" e outro pela impertinência do sentimento. Irie, com um aspecto curiosamente semelhante ao da multidão em cima do muro, trajando a roupinha diária crivada de emblemas da Campanha pelo Desarmamento Nuclear (CDN), calça coberta de pichação e cabelo enfeitado de contas, balançou a cabeça numa triste incredulidade. Ela era daquela *geração*. O que quer que dissesse explodia como gênio em séculos de silêncio. O que quer que tocasse era o primeiro toque do tipo. No que quer que cresse não era formado pela fé, mas moldado pela certeza. No que quer que pensasse era a primeira vez que tal pensamento fora pensado.

— Mill, esse é um problema *todo seu*. Nenhum interesse pelo mundo exterior. Acho isso *extraordinário*. Eles estão livres! Depois de todo esse tempo, não acha que é *extraordinário*? Que depois de anos sob as nuvens negras do comunismo oriental estejam vindo à luz da democracia ocidental, unidos? — ela disse, citando com exatidão o telejornal *Newsnight*. — Eu simplesmente acho que a democracia é *a maior* invenção humana.

Alsana, que, no íntimo, achava que a filha de Clara estava se tornando terrivelmente bombástica nos últimos tempos, ergueu a cabeça de um peixe jamaicano frito, em sinal de protesto.

— Não, minha querida. Não cometa esse erro. O descascador de batata é a maior invenção humana. Isso ou a pazinha Poop-a-Scoop para limpar cocô de cachorro.

— Eles querem — disse Millat — é parar de embromar com essa droga de martelo e pegar uns Semtex e explodir a coisa toda, se não gostarem, tão me sacando? Era mais rapidinho, não era não?

— Por que você fala desse jeito? — replicou Irie, devorando um bolinho. — Essa não é a sua voz. Você soa ridículo!

— E você toma cuidado com esses bolinhos — respondeu Millat, batendo na barriga. — Ser balofo não é ser bonito.

— Ah, vai passear.

— Sabem — murmurou Archie, mastigando uma asa de galinha. — Não tenho muita certeza de que isso seja boa coisa. Quero dizer, vocês têm que se lembrar, eu e o Samad, *nós estivemos lá*. E, acreditem em mim, há um bom motivo para ter sido dividida em dois. Divida e conquiste, mocinha.

— Pelo amor de *Deus*, pai. Andou tomando alguma coisa, é?

— Não tomou nada — disse Samad com seriedade. — Vocês, mais jovens, se esquecem do motivo por que determinadas coisas foram feitas, se esquecem da importância delas. Nós estivemos lá. Nem todos vêem com otimismo uma Alemanha unida. Eram outros tempos, mocinha.

— O que tem de errado um monte de gente fazer folia por causa da liberdade? Olha pra eles. Veja como estão *felizes*.

Samad olhou para as pessoas felizes que dançavam em cima do muro e sentiu desprezo, e algo mais irritante subjacente que poderia ter sido inveja.

— Não é que eu discorde de atos rebeldes *per se*. É só que, se for para derrubar uma ordem antiga, é preciso ter certeza de que se pode oferecer algo sólido que a substitua; é isso que a Alemanha tem que entender. Por exemplo, pegue o caso do meu bisavô, Mangal Pande...

Irie suspirou o mais eloqüente suspiro jamais suspirado.

— Melhor não, é tudo a mesma coisa.

— Irie! — exclamou Clara, porque achava que devia.

Irie se zangou. E bufou.

— Ah, ele fala como se soubesse tudo! Tudo sempre tem a ver com *ele*... e eu estou tentando falar de agora, de *hoje*, da Alemanha. Aposto — disse, virando-se para Samad — que sei mais sobre isso do que você. Vai. Experimente. Estudei isso o trimestre inteiro. Ah, a propósito: vocês *não estiveram* lá. Você e o meu pai saíram de lá em 1945. Só construíram o muro em *1961*.

— Guerra fria — disse Samad, mal-humorado, ignorando-a. — Não se fala mais de guerra quente. O tipo de guerra em que homens morrem. Foi assim que aprendi a respeito da Europa. Não está nos livros.

— Opa, opa — fez Archie, procurando dissipar a discussão. — Sabem que vão passar *Last of the summer wine* daqui a dez minutos? Na BBC 2.

— Vai — insistiu Irie, levantando-se e encarando Samad. — Experimente.

— O abismo entre livros e experiência — entoou Samad com solenidade — é um oceano solitário.

— Está bem. Vocês dois só falam um monte de m...

Mas Clara foi rapidíssima ao lhe dar um pé-de-ouvido.

— Irie!

Irie tornou a se sentar, não tanto derrotada quanto exasperada, e aumentou o volume da tevê.

> A cicatriz de quarenta e cinco quilômetros de comprimento — o símbolo mais infame de um mundo dividido, Oriente e Ocidente — já não tem qualquer significado. Poucas pessoas, inclusive este repórter que lhes fala, pensaram um dia assistir a este acontecimento na vida, mas ontem à noite, ao soar a meia-noite, milhares de pessoas reunidas nos dois lados do muro emitiram brados, começaram a atravessar os postos de controle e a escalar o muro até o topo.

— Insensatez. Isso vai criar um enorme problema de imigração — disse Samad para a televisão, mergulhando um bolinho numa porção de ketchup. — Não se pode deixar um milhão de pessoas entrar num país rico. Receita para o desastre.

— E quem ele pensa que é? O senhor Churchill? — riu Alsana com desdém. — O original buldoguebritânico espetáculo-régio-de-variedades gelatina-de-enguia torta-e-purê dover-de-penhasco-branco, é?

— Cicatriz — disse Clara, anotando a palavra. — É a palavra certa, não é?

— Pelo amor de *Deus*. Será que nenhum de vocês consegue entender a enormidade do que está acontecendo? Estes são os dias derradeiros de um regime. Apocalipse político, dissolução. É uma conjuntura histórica.

— É o que todo mundo está dizendo — retrucou Archie, procurando programas na *TV Times*. — Mas que tal *The krypton factor*, na ITV? Esse é sempre bom, não é? Já começou.

— E pára com isso de dizer "conjuntura" — interveio Millat, irritado com toda a empolada discussão política. — Por que simplesmente não diz "momento", como todo mundo, hein? Por que tem sempre de ser tão prosa?

— Cacete, mas que pentelho! (Ela o adorava, mas ele era *impossível*.) — Que merda de diferença faz?

Samad se levantou da poltrona.

— Irie! Esta é a minha casa e você ainda é uma visita. Não tolero esse linguajar na minha casa!

— Está bem! Vou tomar as ruas junto com o resto do proletariado.

— Essa menina — impacientou-se Alsana, enquanto a porta da frente era fechada com estrondo. — Ingeriu uma enciclopédia e um esgoto ao mesmo tempo.

Millat sugou os dentes, censurando a mãe.

— Não me venha também a *senhora*. Por que não "engoliu" uma enciclopédia, hein? Por que todo mundo nesta casa tá sempre com essa porra de ar de grandeza?

Samad apontou para a porta.

— Muito bem, mister. Não fale assim com a sua mãe. Para a rua você também.

— Eu não acho — disse Clara com serenidade, depois que Millat subiu tempestuosamente para o quarto — que devemos desencorajar os meninos a terem uma opinião. É bom que eles sejam livres-pensadores.

— E você sabe... o quê? — zombou Samad. — Você é uma livre-pensadora praticante? Dentro de casa o dia inteiro, assistindo televisão?

— Como é que é?

— Com todo o respeito: o mundo é complexo, Clara. Se tem uma coisa que essa meninada precisa entender é que precisamos de *regras* para sobreviver nele, não de *ilusão*.

— Ele tem razão, sabe — disse Archie com seriedade, batendo a cinza de um cigarro numa tigela de *curry* vazia. — Questões emocionais... isso sim, esse é o departamento de vocês...

— Ah... trabalho de mulher! — protestou Alsana, a boca cheia de *curry*. — *Muitíssimo* obrigada, Archibald.

Archie continuou, atrapalhado.

— Mas não dá para competir com a experiência, dá? Quero dizer, vocês duas, vocês ainda são jovens, de certa maneira. Enquanto *nós*, quero dizer, nós somos... bem, *poços de experiência* que os meninos podem usar, entendem, quando sentirem necessidade. Nós somos como enciclopédias. Vocês não podem oferecer o que nós podemos. Honestamente.

Alsana pôs a palma da mão na testa de Archie e bateu de leve.

— Como você é *bobinho*. Não sabe que vocês são deixados para trás como carruagem e cavalos, como cera de vela? Não sabe que para eles vocês são velhos e fedorentos que nem papel de peixe-com-fritas para viagem do dia anterior? Eu concordo com a sua filha numa questão importante. — Alsana se levantou, seguindo Clara, que tinha se retirado diante daquele insulto decisivo e fora, chorosa, para a cozinha. — Os dois cavalheiros aqui falam um monte de sabem-o-quê.

Deixados sozinhos, Archie e Samad acusaram a deserção das duas famílias com um mútuo revirar de olhos, de sorrisos retorcidos. Permaneceram em silêncio por um instante, enquanto o polegar de Archie mudava habilmente de canais, passando por *Uma conjuntura histórica*, *Um drama de época ambientado em Jersey*, *Dois homens tentando construir uma balsa em trinta segundos*, *Um debate de auditório sobre o aborto*, e de volta, mais uma vez, para *Uma conjuntura histórica*.

Clique.

Clique.

Clique.

Clique.

Clique.

— Casa? Bar? O'Connell's?

Archie estava prestes a enfiar a mão no bolso para tirar uma reluzente moeda de dez *pence* quando percebeu que não havia necessidade.

— O'Connell's — disse Archie.

— O'Connell's — disse Samad.

10. Os canais das raízes de Mangal Pande

Irrevogavelmente, o O'Connell's. *Inevitavelmente*, o O'Connell's. Simplesmente porque é possível não ter família no O'Connell's, não ter bens ou posição social, não ter glória passada ou esperança futura — a gente pode entrar sem nada pela porta e ser exatamente igual a todo mundo ali dentro. Se lá fora fosse 1989, 1999 ou 2009, ainda assim a gente poderia sentar ao balcão usando o mesmo pulôver com decote em V do casamento de 1975, 1945, 1935. Ali nada muda, as coisas são apenas recontadas, relembradas. Por isso os velhos gostam do bar.

Tudo tem a ver com o tempo. Não só sua imobilidade, mas sua pura e brônzea quantidade. Quantidade, mais do que qualidade. É difícil explicar isso. Se ao menos houvesse uma equação... algo como:

$$\frac{\text{TEMPO PASSADO AQUI}}{\text{TEMPO QUE PODERIA TER PASSADO COM PROVEITO EM OUTRO LUGAR}}\ \text{PRAZER} \times \text{MASOQUISMO} = \text{Daí sou freguês}$$

Algo que racionalizasse, explicasse o motivo pelo qual uma pessoa continua voltando, como o neto de Freud com seu jogo *fort-da*, ao mesmo cenário triste. Mas é ao *tempo* que isso se reduz. Depois de ter gastado determinada quantia, de ter investido tanto tempo num só lugar, o saldo credor engorda e a gente sente como se quebrasse o banco cronológico. Fica no lugar até ele devolver o tempo que a gente investiu — mesmo que jamais o faça.

E com o tempo gasto vem o conhecimento, vem a história. Foi no O'Connell's que Samad sugeriu a Archie o segundo casamento, em 1974. Debaixo da mesa seis, numa poça de seu próprio vômito, Archie comemorou o nascimento de Irie, em 1975. Há uma mancha na quina do fliperama onde Samad derramou sangue civil pela primeira vez, aplicando um pesado gancho direito num bêbado racista, em 1980. Archie estava no subsolo na noite em que observou seu qüinquagésimo aniversário flutuar em braças de uísque até vir a seu encontro como um velho navio naufragado, em 1977. E ali estavam os dois na véspera do ano-novo, em 1989 (tanto a família Iqbal quanto a família Jones expressaram o desejo de não entrar nos anos 90 na companhia deles), felizes por aproveitarem o prato feito de frituras especial de Mickey para o ano-novo: por duas libras e oitenta e cinco, três ovos, feijão, duas torradas, cogumelos e uma generosa fatia do peru sazonal.

O peru sazonal era um bônus. Para Archie e Samad, tudo se resumia ao fato de serem testemunhas, de serem *especialistas*. Estavam ali porque *conheciam* o lugar. Conheciam como a palma da mão. E, se a gente não consegue explicar para os filhos por que o vidro se estilhaça com determinados impactos, mas não com outros; se a gente não consegue entender como se alcança um equilíbrio entre secularismo democrático e crença religiosa num mesmo país; ou se a gente não consegue se lembrar das circunstâncias nas quais a Alemanha foi dividida, então dá uma sensação boa — não, dá uma sensação *sensacional* — conhecer ao menos um lugar específico, um período específico, com base na experiência de primeira mão, relatos de testemunha; ser a autoridade, ter o tempo a favor da gente, por exceção, *por exceção*. Não havia *no mundo* melhores historiadores, melhores especialistas do que Archie e Samad em *A Reconstrução e o desenvolvimento do O'Connell's Pool House no pós-guerra*.

1952 Ali (pai de Mickey) e seus três irmãos chegam a Dover com trinta libras antigas e o relógio de bolso de ouro pertencente ao pai. Todos sofrem de uma doença de pele deformadora.

1954-1963 Casamentos; trabalhos avulsos de todos os tipos; o nascimento de Abdul-Mickey, de outros cinco Abdul e seus primos.

1968 Depois de trabalharem durante três anos como entregadores numa companhia iugoslava de máquinas de lavagem a seco, Ali e os irmãos têm poupada uma modesta quantia, com a qual estabelecem uma firma de táxi chamada Ali's Cab Service.

1971 O empreendimento da firma é um grande sucesso. Mas Ali está insatisfeito. Decide que o que deseja fazer mesmo é "servir comida, deixar as pessoas felizes, ter conversas face a face de vez em quando". Compra a desusada casa de bilhar irlandesa ao lado da extinta estação de trem na Finchley Road e começa a reformá-la.

1972 Na Finchley Road, apenas estabelecimentos comerciais irlandeses são bem-sucedidos. Assim, apesar de procedente do Oriente Médio e do fato de estar abrindo um café e não uma casa de bilhar, Ali resolve manter o nome irlandês original. Pinta todos os acessórios de laranja e verde, pendura quadros de corrida de cavalos e registra o nome do negócio como "Andrew O'Connell Yusuf". Por reverência, os irmãos o incentivam a pendurar fragmentos do Alcorão na parede, de modo que o híbrido negócio seja "visto favoravelmente".

13 de maio de 1973 O O'Connell's é inaugurado.

2 de novembro de 1974 A caminho de casa, Samad e Archie topam com o O'Connell's e entram para um prato feito.

1975 Ali resolve carpetar as paredes para disfarçar as manchas de comida.

Maio de 1977 Samad ganha quinze libras no caça-níqueis.

1979 Ali tem um ataque cardíaco fulminante devido ao acúmulo de colesterol em volta do coração. O restante da família de Ali conclui que sua morte é resultado de um profano consumo de produtos derivados de porco. Porco é excluído do cardápio.

1980 Ano significativo. Abdul-Mickey assume a direção do O'Connell's. Institui salão de jogo no subsolo para compensar o dinheiro perdido com as lingüiças. Duas mesas de bilhar enormes são usadas: a mesa da Morte e a mesa da Vida. Quem quer jogar apostando dinheiro joga na mesa da Morte. Quem faz objeções, por motivos religiosos ou porque está na pindaíba, joga na camarada mesa da Vida. O plano é um grande sucesso. Samad e Archie jogam na mesa da Morte.

Dezembro de 1980 Archie obtém o escore mais alto jamais registrado no fliperama: 51 998 pontos.

1981 Archie descobre uma rejeitada figura recortada de Viv Richards no porão da loja Selfridges e a leva para o O'Connell's. Samad pede para pendurar a fotografia do bisavô Mangal Pande na parede. Mickey nega o pedido, alegando que "os olhos dele são muito perto um do outro".

1982 Samad pára de jogar na mesa da Morte por motivos religiosos. Samad continua a solicitar a instalação da fotografia.

31 de outubro de 1984 Archie ganha 268,72 libras na mesa da Morte. Compra quatro pneus novos belíssimos para o calhambeque.

Véspera de ano-novo de 1989, 22h30 Samad por fim convence Mickey a pendurar a fotografia. Mickey ainda acha que ela "tira o apetite das pessoas".

— Ainda acho que tira o apetite das pessoas. E na véspera do ano-novo. Desculpe, companheiro. Sem querer ofender. Claro que a minha opinião não é a porra da palavra de Deus, digamos assim, mas é a minha opinião.

Mickey amarrou um arame no suporte da moldura barata, deu uma rápida limpada no vidro com o avental e, relutante, colocou a fotografia no gancho acima do fogão.

— Quero dizer, ele tem uma puta cara *ruim*. Esse bigode. Parece uma obra de arte *ruim*. E o que é esse brinco? Ele não é bicha, é?

— Não, não, não. Não era incomum, na época, homens usarem jóias.

Mickey ficou em dúvida, olhando para Samad do jeito que olhava para o freguês que alegava, depois de introduzir cinqüenta *pence* no fliperama, que a máquina tinha se recusado a jogar e pedia a restituição. Saiu de trás do balcão e deu uma olhada na foto daquele ângulo novo.

— O que acha, Arch?

— *Bom* — disse Archie, sem hesitar. — Eu acho que é *bom*.

— Por favor. Eu consideraria um grande favor pessoal se você deixasse a foto pendurada.

Mickey inclinou a cabeça para um lado, depois para o outro.

— Como eu falei, não quis ofender, nem nada. Só acho que ele parece um pouco *soturno* demais. Não tem outra foto dele ou coisa parecida?

— Esta é a única que sobrou. Eu consideraria um grande favor pessoal, muito grande.

— Bem... — ruminou Mickey, virando um ovo —, você é um habitué, digamos assim, e tem insistido nisso tanto, mas tanto, que acho que vamos deixar. Que tal uma pesquisa de opinião? Denzel, Clarence, o que acham?

Denzel e Clarence estavam sentados no canto, como sempre, as únicas concessões para a véspera do ano-novo umas poucas tiras de brocatel encardidas pendendo das abas estreitas do feltro de Denzel e um *kazoo* empenachado partilhando o espaço da boca de Clarence com um charuto.

— Que é isso?

— Perguntei o que acham da foto desse sujeito que o Samad quer pendurar. É o avô dele.

— *Bis*avô — corrigiu Samad.

— Não vê que estamos jogando dominó? Tá querendo privar um velhinho do prazer dele? Que foto? — Denzel se virou de má vontade para olhar. — Isso aí? Hum! Não gosto. Tem cara de cria do demo.

— Parente teu? — guinchou Clarence para Samad, com sua voz de mulher. — Isso explica muito, meu amigo, muito! Tem cara de cocô de asno.

Denzel e Clarence caíram na suja gargalhada deles.

— Bastante pra me dar azia, sim-sim!

— Tá vendo!? — exclamou Mickey, vitorioso, dirigindo-se a Samad. — Tira o apetite da clientela... foi o que falei de cara.

— Me garanta que não vai dar ouvidos a esses dois.

— Não sei... — Mickey se contorcia enquanto cozinhava; o exigente ato de pensar sempre convocava a ajuda involuntária do corpo. — Respeito você e tudo o mais, e você e o meu pai eram muito chegados, mas... sem desrespeito nem nada... Samad, meu camarada, você tá ficando assim como um cavalo de meia jorna, algum freguês mais novo pode não...

— Que freguês mais novo? — inquiriu Samad, apontando para Clarence e Denzel.

— Tá, entendi... mas o freguês tem sempre razão, não é mesmo?

Samad se sentiu profundamente magoado.

— *Eu* sou um freguês. *Eu* sou um freguês. Mickey, faz quinze anos que freqüento este seu estabelecimento. Um tempo bastante longo nas contas de qualquer um.

— É, mas é a maioria que conta, né? Em muitas coisas eu aceito, digamos assim, a tua opinião. O pessoal te chama de "professor", e, pra ser justo, não é à toa. Respeito o teu bom senso nos sete dias de cada semana. Mas, no fim das contas, se você é o capitão e o resto da guarnição quer a porra dum motim, então... você tá fodido, não tá?

Compreensivamente, Mickey demonstrou a sabedoria desse raciocínio na frigideira, mostrando de que maneira doze cogumelos poderiam forçar um cogumelo a transbordar e cair no chão.

Com as risadinhas de Denzel e Clarence ainda ecoando nos ouvidos, uma onda de raiva assomou no interior de Samad e subiu à garganta antes de conseguir contê-la.

— Me dá aqui! — Esticou o braço sobre o balcão na direção do local onde Mangal Pande estava pendurado, num melancólico ângulo acima do fogão. — Eu jamais deveria ter pedido... seria uma desonra, lançaria na *ignomínia* a memória de Mangal Pande o fato de tê-lo pendurado nesta... nesta irreligiosa casa de opróbrio!

— Como é que é?

— Me dá aqui!

— Escuta... espera aí...

Mickey e Archie se aproximaram para controlá-lo, mas Samad, aflito e saturado das humilhações da década, continuou relutando para superar a forte presença obstrutiva de Mickey. Pelejaram um pouco, mas o corpo de Samad bambeou e, coberto por uma fina película de suor, ele se rendeu.

— Escuta, Samad — e nisso Mickey tocou os ombros de Samad com uma tal ternura que Samad pensou que fosse chorar. — Não saquei que isso tinha uma puta importância pra você. Vamos começar tudo de novo. Vamos deixar a foto pendurada uma semana e ver no que dá, tá?

— Obrigado, meu amigo. — Samad tirou um lenço e o passou na testa. — Eu agradeço. Eu agradeço.

Mickey lhe deu um tapinha conciliatório entre as omoplatas.

— Cacete, a gente ouviu falar dele à beça nesses anos todos. Por que não pendurar na merda da parede? Pra mim dá no mesmo, acho. *Comme-si-comme-*

sar, como dizem os franceses. Quer dizer, puta *merda*. Puuta *merda*. E aquele peru extra, Archibald, meu bom amigo, requer dinheiro vivo. A idade de ouro dos vales-refeição já acabou. Ora, ora, tanto *papo furado* pra nada...

Samad fitou profundamente os olhos do bisavô. Enfrentaram inúmeras vezes essa batalha, Samad e Pande, a batalha pela reputação de Pande. Os dois sabiam muitíssimo bem que a opinião moderna sobre Mangal Pande pesava em dois pratos de uma balança:

Um herói não reconhecido	**Tanto papo furado pra nada**
Samad Iqbal	Mickey
A. S. Misra	Magid e Millat
	Alsana
	Archie
	Irie
	Clarence e Denzel
	Erudição britânica, de 1857 até hoje

Muitas vezes, ele discutiu com Archie quem venceria quem nessa questão. Ao longo dos anos, plantaram-se no O'Connell's e insistiram no mesmo debate, às vezes com novas informações coligidas por Samad em sua incansável pesquisa do assunto — mas desde que descobriu a "verdade" sobre Pande, por volta de 1953, Archie não mudou de idéia. A única reivindicação à fama de Pande, como Archie se esforçava para salientar, era sua contribuição etimológica ao idioma inglês por intermédio da palavra "Pandy", para a qual, no respectivo verbete que consta no *Oxford English Dictionary*, o leitor curioso encontrará a seguinte definição:

> **Pandy** /'pandi/ *s. 2 coloq.* (hoje *Hist.*) Também **-dee**. M19 [Talvez ref. sobrenome do primeiro amotinado entre os sipaios de alta casta no exército bengali.] **1** Um sipaio que se rebelou no motim hindu de 1857-59 **2** Um amotinado ou traidor **3** Um tolo ou covarde numa situação militar.

— Meu amigo, é claro como água. — E então Archie fechava o livro com um estrondo exultante. — E não preciso que um dicionário me diga isso... e você também não. É um jargão comum. Quando você e eu estávamos no Exército: a mesma coisa. Você tentou me iludir uma vez, mas a verdade aparecerá, camarada. "Pandy" sempre significou uma coisa. Se eu fosse você, começaria a não dar importância à ligação familiar, em vez de alugar o ouvido alheio as vinte e quatro horas da porra de cada dia.

— Archibald, não é porque a palavra existe que se trata de uma representação correta do caráter de Mangal Pande. Concordamos com a primeira definição: o meu bisavô foi um amotinado, e digo isso com orgulho. Admito que as coisas não saíram exatamente como o planejado. Mas traidor? Covarde? O dicionário que você me mostrou é antigo... essas definições são obsoletas. Pande não foi traidor nem covarde.

— Aaah, mas veja, agora que examinamos isso, penso o seguinte: *onde há fumaça há fogo* — dizia Archie, parecendo impressionado com a sabedoria de sua própria conclusão. — Entende o que eu quero dizer? — Essa era uma das ferramentas analíticas preferidas de Archie ao ser confrontado com novas histórias, acontecimentos históricos e com o espinhoso processo diário de separar o fato da ficção. *Onde há fumaça há fogo*. Havia algo tão vulnerável na confiança que tinha nessa convicção que Samad jamais tivera a coragem de desiludi-lo em relação a ela. Por que dizer a um velho que pode haver fumaça sem fogo, como decerto há feridas profundas que não sangram?

— Claro, entendo seu ponto de vista, Archie, entendo, sim. Mas o que quero salientar, e sempre quis, desde a primeira vez que discutimos o assunto, o que quero salientar é que esta não é a *história completa*. E, sim, compreendo que inúmeras vezes investigamos minuciosamente a questão, mas permanece o fato: histórias completas são raras como a honestidade, preciosas como diamantes. Se tiver a sorte de descobrir uma, uma história completa afundará no seu cérebro como chumbo. Elas são difíceis. São de grande fôlego. São épicos. São como as histórias que Deus conta: cheias de informações insuportavelmente específicas. Você *não* as encontra no dicionário.

— Está bem, está bem, professor. Ouçamos a *sua* versão.

Com freqüência a gente vê homens idosos no canto de um bar escuro, discutindo e gesticulando, usando canecas de chope e saleiros para representar pessoas há muito mortas e lugares remotos. Nesse momento, exibem uma vitalidade ausente em qualquer outra área de sua vida. Iluminam-se. Ao desembrulharem uma história completa na mesa — aqui está o Churchill-garfo, ali está a Tchecoslováquia-guardanapo, aqui o agrupamento de soldados alemães representado por um punhado de ervilhas frias —, eles renascem. Mas, quando Archie e Samad tinham essas mesas de debate durante os anos 80, facas e garfos não bastavam. Todo aquele tórrido verão indiano de 1857, todo aquele ano de motim e massacre, era rebocado para dentro do O'Connell's e trazido para a semiconsciência por esses dois historiadores temporários. A área que se estendia da vitrola automática ao caça-níqueis se transformava na Nova Délhi; Viv Richards consentia, silenciosamente, em ser o superior inglês de Pande, o capitão Zunzum; Clarence e Denzel continuavam a jogar dominó, ao mesmo tempo que recebiam os papéis das hordas descontentes de sipaios do exército britânico. Cada homem trazia as peças de seu argumento, dispunha-as em ordem e as reunia para os outros ver. Cenas eram armadas. Percursos de projéteis traçados. A divergência reinava.

Segundo a lenda, durante a primavera de 1857, numa fábrica em Dum-Dum, um novo tipo de projétil britânico passou a ser produzido. Concebido para ser usado em armas inglesas por soldados hindus, tinha um invólucro que precisava ser arrancado para que se ajustasse ao cano, como acontecia com a maioria dos projéteis da época. Aparentemente, o projétil nada tinha de excepcional, até que um astuto operário da fábrica descobriu que ele era untado com uma graxa — uma graxa feita de gordura de porco, monstruoso para os muçulmanos, e gordura de vaca, sagrada para os hindus. Um equívoco inocente — na medida em que algo é inocente em terras conquistadas —, um abominável erro crasso britânico. Mas em que febril agitação devem ter mergulhado as pessoas ao tomarem conhecimento da notícia! Sob o especioso pretexto de uma nova arma, os ingleses pretendiam destruir sua casta, sua honra, sua presença aos olhos dos deuses e dos homens — tudo, em resumo, que tornava a vida digna de ser vivida. Um rumor como esse não podia permanecer em segredo; espalhou-se rapidamente pelas terras secas da Índia naquele verão, passou pela linha de produção, chegou às ruas, às casas urbanas e choupanas do campo, a um quartel após outro quartel, até que o país inteiro se inflamou no desejo de um motim. O rumor chegou aos ouvidos enormes e feios de Mangal Pande, um desconhecido sipaio da cidadezinha de Barrackpore, que se pavoneou em sua praça de armas — em 29 de março de 1857 — separando-se da multidão para fazer um determinado tipo de história. "Fazer papel de bobo, isso sim", dizia Archie (pois nesta época não engolia a pandeologia com a mesma ingenuidade do passado).

— Você entende muito mal o sacrifício dele — retorquia Samad.

— Que sacrifício? Não foi nem capaz de se matar devidamente! O seu problema, Sam, é que não aceita as provas. Eu li a respeito disso tudo. A verdade é a verdade, não importa que seja amarga.

— *Mesmo?* Bom, por favor, amigão, já que parece ser um perito nas façanhas da minha família, por favor, me esclareça. Ouçamos a sua versão.

A maioria dos estudantes de hoje está ciente das complexas forças, dos movimentos e das profundas tendências que incitam guerras e deflagram revoluções. Quando Archie estava na escola, porém, o mundo parecia bem mais aberto à invenção de si mesmo. Naquele tempo, a história era bem diferente: ensinada com um olho na narrativa, o outro no drama, não importava que fosse improvável ou cronologicamente incorreta. Conforme essa concepção, a Revolução Russa começou porque todo mundo odiava Rasputin. O Império Romano decaiu e caiu porque Marco Antônio estava traçando Cleópatra. Henrique V triunfou em Agincourt porque os franceses estavam demasiado ocupados em admirar as próprias roupas. E o Grande Motim Hindu de 1857 começou quando um embriagado paspalho de nome Mangal Pande disparou um projétil. Não obstante a objeção de Samad, Archie mais se convencia disso toda vez que lia o seguinte trecho:

> O cenário é Barrackpore, a data, 29 de março de 1857. É uma tarde de domingo; contudo, no chão empoeirado da praça de armas, encena-se um drama que sugere tudo menos a paz de um domingo. Ali tagarela, agita-se e remoinha uma multidão de sipaios em trajes e uniformes de todos os graus; alguns armados, alguns desarmados, mas todos fervendo de arrebatamento. Cerca de trinta metros à frente da linha do regimento 34, anda de um lado para o outro um sipaio de nome

Mangal Pande. Está um pouco embriagado de *bhang* e totalmente embriagado de fanatismo religioso. A cabeça erguida, mosquete carregado na mão, pavoneia-se para a frente e para trás, numa espécie de dança, gritando em salmodia estrídula e nasal: "Apareçam, patifes! Venham, todos vocês! Os ingleses estão contra nós. Disparando esses cartuchos, seremos todos transformados em infiéis!".

O homem, na verdade, está nesse estado de mistura de *bhang* e "histeria" que faz um malaio atacar às cegas; e cada grito emitido por seus lábios percorre, qual súbita chama, os cérebros e os nervos da multidão de sipaios que o escutam, à medida que a multidão engrossa e os ânimos se tornam mais exaltados. Um paiol de pólvora humano, em suma, está prestes a explodir.

E, de fato, explodiu. Pande disparou contra seu tenente e não o acertou. Em seguida, desembainhou um enorme sabre, um *tulwar*, e covardemente investiu enquanto o tenente estava de costas para ele, ferindo-o no ombro. Um sipaio tentou controlá-lo, mas Pande continuou a lutar. Depois, chegaram reforços: o capitão Zunzum avançou, o filho seguindo-o, ambos armados, honrados e dispostos a morrer pelo país. ("Zunzum é exatamente o que é! Tolice. Invencionice!") Nesse momento, Pande percebeu que o jogo chegara ao fim, apontou a enorme arma para a própria cabeça e, teatralmente, apertou o gatilho com o pé esquerdo. Errou. Poucos dias depois, Pande foi julgado e considerado culpado. Do outro lado do país, numa espreguiçadeira em Nova Délhi, sua execução foi ordenada por um certo general Henry Cobre-Nuca (um homem glorificado, para a fúria de Samad, com um estátua bem perto do Palace Restaurant, na Trafalgar Square, à direita de Nelson), que acrescentou — num pós-escrito a seu edito — que ele *tinha a esperança* de que isso poria fim a toda a imprudente falação de motim que se continuava a ouvir. Era tarde demais, porém. Enquanto Pande oscilava na brisa quente, pendurado numa forca improvisada, seus camaradas dispersos do regimento 34 se encaminhavam para Nova Délhi, resolvidos a se unir às forças rebeldes no que viria a ser um dos mais sangrentos motins fracassados desse e de qualquer outro século.

Essa versão dos acontecimentos — elaborada por um historiador contemporâneo de nome Fitchett — bastou para provocar espasmos de fúria em Samad. Quando um homem possui apenas seu sangue como recomendação, cada gota dele é importante, tremendamente importante; deve ser zelosamente defendido. Deve ser protegido contra críticos e detratores. Por ele se deve lutar. No entanto, como um diz-que-diz-que soprado, o incompetente, o bêbado Pande de Fitchett foi adotado por uma série de historiadores subseqüentes, a verdade sendo alterada, distorcida, retrocedendo à medida que a balela prosseguia. Não importava que fosse extremamente improvável que *bhang*, uma bebida derivada da maconha tomada em doses pequenas com propósitos medicinais, causasse uma embriaguez desse tipo ou que fosse extremamente improvável que Pande, um hindu estrito, a bebesse. Não importava que Samad não encontrasse uma só prova corroborativa de que Pande tomara *bhang* naquela manhã. A história ainda se aderia, como uma gigantesca citação incorreta, à reputação de Iqbal, tão sólida e aparentemente indelével quanto a concepção errônea de que Hamlet alguma vez afirmou ter conhecido Yorick "bem".

— Basta! Archibald, não faz a menor diferença quantas vezes você leia essas coisas para mim. — (Em geral Archie chegava munido de uma sacola de plástico cheia de livros da biblioteca de Brent, propaganda anti-Pande, abundância de citações equivocadas.) — É como um bando de crianças flagradas com as mãos num enorme pote de mel: todas vão me contar a mesma mentira. Esse tipo de calúnia não me interessa. Teatro de marionetes ou farsa trágica não me interessam. Meu amigo, o que me interessa é ação. — E nisso Samad arremedou um passar final de zíper na boca e o gesto de jogar fora a chave. — Ação de verdade. Não palavras. Archibald, eu lhe digo, Mangal Pande sacrificou a vida em nome da justiça para a Índia, não porque estava embriagado ou insano. Passe o ketchup.

Era o turno da véspera do ano-novo de 1989 no O'Connell's, e o debate estava acalorado.

— É verdade, ele não foi um herói como os heróis que vocês apreciam no Ocidente... não foi bem-sucedido, exceto na morte honrosa que teve. Mas imagine o seguinte: ali ele sentou. — Samad apontou para Denzel, prestes a jogar o dominó vencedor. — No julgamento, ciente de que a morte lhe sobreviria, recusando-se a jamais revelar os nomes dos companheiros conspiradores...

— Bom, *quanto a isso* — disse Archie, afagando sua pilha de céticos, Michael Edwardes, P. J. O. Taylor, Syed Moinul Haq e tantos outros —, depende do que você lê.

— Não, Archie. Está aí um erro comum. A verdade *não* depende do que você lê. Por favor, não entremos na natureza da verdade. Assim você não tem que misturar alhos e nem eu bugalhos.

— Então está bem. Pande: o que foi que ele realizou? Nada! Tudo o que fez foi iniciar um motim... cedo demais, veja bem, antes da data combinada... e, me desculpe a grosseria, mas se trata de um puta desastre em termos militares. A gente *planeja*, não age por instinto. Ele causou vítimas desnecessariamente. Inglesas *e* indianas.

— Com todo o respeito, não acredito que seja o caso.

— Bom, pois está errado.

— Com todo o respeito, acredito que estou certo.

— Sam, é assim: imagine que estas — juntou uma pilha de pratos sujos que Mickey estava para colocar na máquina de lavar pratos — são todas as pessoas que escreveram sobre Pande nos últimos, sei lá eu, cem anos. Agora, estas são as que concordam comigo. — Pôs dez pratos de seu lado da mesa e empurrou um na direção de Samad. — E este é o maluco do seu lado.

— A. S. Misra. Um respeitado funcionário público indiano. *Não* um maluco.

— Certo. Bom, você levaria, no mínimo, mais, sei lá, cem anos para ter tantos pratos quanto eu tenho, ainda que você mesmo fizesse todos eles, e a probabilidade é que, depois de ter juntado todos eles, ninguém iria querer comer neles, de qualquer maneira. Metaforicamente falando. Entende o que eu quero dizer?

Com isso, restava apenas A. S. Misra. Um dos sobrinhos de Samad, Rajnu, escrevera-lhe da Universidade de Cambridge na primavera de 1981, mencionando, de passagem, que descobrira um livro que poderia ser do interesse do tio. No livro, disse, encontrava-se uma eloqüente defesa de um ancestral deles, um tal de Mangal Pande. O único exemplar existente estava na biblioteca de sua faculdade e o autor se chamava Misra. Teria ele já ouvido falar do livro? Em caso negativo, não serviria o livro (Rajnu acrescentou num prudente P. S.) de um agradável pretexto para rever o tio?

Samad chegou de trem logo no dia seguinte e ficou na plataforma, saudando calorosamente o sobrinho afável debaixo de chuva, apertando-lhe a mão sem parar e falando como se isso fosse cair de moda.

— Um dia magnífico — repetiu ele várias vezes, até os dois ficarem encharcados. — Um dia magnífico para a nossa família, Rajnu, um dia magnífico para a *verdade*.

Dado que não se admitiam homens molhados em bibliotecas universitárias, passaram a manhã secando-se num abafado café no piso superior, repleto do tipo certo de moças que tomavam o tipo certo de chá. Rajnu, como sempre um bom ouvinte, permaneceu conformado enquanto o tio tagarelava incontrolavelmente — Oh, a *importância* da descoberta, Oh, esperara *tanto tempo* por aquele momento —, assentindo com acenos de cabeça nas ocasiões propícias e sorrindo com ternura enquanto Samad enxugava as lágrimas dos cantos dos olhos.

— É um grande livro, não é, Rajnu? — perguntou Samad, suplicante, enquanto o sobrinho deixava uma generosa gorjeta para as garçonetes carrancudas, que não gostavam que indianos superexcitados passassem três horas bebericando um chá com creme e deixando marcas molhadas na mobília toda. — É reconhecido, não é?

No fundo, Rajnu sabia que o livro era uma obra acadêmica inferior, sem mérito e perdida no limbo, mas adorava o tio, de modo que sorriu, fez que sim com a cabeça e tornou a sorrir com resolução.

Uma vez na biblioteca, pediram a Samad que escrevesse no livro de visitas:

Nome: Samad Miah Iqbal
Faculdade: Instruído em outro país (Nova Délhi)
Projeto de pesquisa: Verdade

Rajnu, deliciado com a última anotação, pegou a caneta e acrescentou: "e Tragédia".

— Verdade e Tragédia — disse um bibliotecário impassível, girando o livro de visitas. — Algum tipo em especial?

— Não se preocupe — respondeu Samad, cordialmente. — Nós o localizaremos.

Foi necessária uma escada de mão para alcançá-lo, mas valia o esforço. Quando Rajnu entregou o livro ao tio, Samad sentiu os dedos formigarem e, ao olhar a capa, o formato e a cor, viu que era tudo o que pensara. Pesado, volumoso, encadernado em couro de cor bronzeada e coberto com a fina camada de pó que denota algo inacreditavelmente precioso, algo raramente tocado.

— Pus um marcador. Há muito para ler, mas há algo que achei que o senhor gostaria de ver primeiro — disse Rajnu, colocando o livro numa mesa. O surdo baque de um lado do livro percutiu na mesa e Samad olhou a página assinalada. Era mais do que pudera esperar.

— É apenas uma representação artística, mas a semelhança entre...

— Não diga nada — falou Samad, correndo o dedo sobre a figura. — Este é o nosso *sangue*, Rajnu. Jamais imaginei que veria... Que sobrancelhas! Que nariz! Eu tenho o nariz dele!

— Tem o rosto dele, tio. Mais vistoso, evidentemente.

— E o que... o que está escrito embaixo? Droga! Onde estão os meus óculos de leitura... leia para mim, Rajnu, é muito miúdo.

— A legenda? *Mangal Pande disparou o primeiro projétil no movimento de 1857. O sacrifício de si mesmo acionou a sirene para a nação tomar armas contra um governante estrangeiro, culminando numa insurreição em massa sem paralelo na história do mundo. Embora o empenho tenha fracassado em suas conseqüências imediatas, vingou ao deitar as fundações da Independência, conquistada em 1947. Por seu patriotismo, pagou com a vida. Contudo, até o suspiro final, recusou-se a revelar os nomes daqueles que estavam se preparando, e incitando, a grande insurreição.*

Samad sentou no primeiro degrau da escada de mão e chorou.

— Pois bem. Vamos esclarecer uma coisa. Você está afirmando que sem Pande não haveria Gandhi. Que sem o seu avô maluco não haveria porra de Independência nenhuma...

— Bisavô.

— Espera, Sam, deixa eu terminar. É nisso que você está pedindo que *a gente* — Archie deu uma batidinha nas costas dos desinteressados Clarence e Denzel — acredite? *Você* acredita nisso? — perguntou a Clarence.

— Não acredito nisso! — respondeu Clarence, sem a menor idéia do assunto.

Denzel assoou o nariz no guardanapo.

— Pra falar a verdade, prefiro não acreditar em nada. Não ouço o mal, não vejo o mal, não falo o mal. Esse é o meu lema.

— Archibald, ele era a comichão que provoca o espirro. É simples assim. *Acredito* nisso.

Fez-se silêncio por um minuto. Archibald observou três cubos de açúcar se dissolverem em sua xícara de chá. Depois, muito tentativamente, disse:

— Você sabe que eu tenho a minha própria teoria. Independente dos livros, quero dizer.

Samad fez uma reverência.

— Esclareça-nos.

— Não vá se irritar... Mas *pense* um pouquinho. Por que um homem estritamente religioso como Pande bebe *bhang*? Sério, sei que te provoco com isso. Mas por quê?

— Você sabe qual é a minha opinião a respeito. Não bebe. Não bebeu. Foi propaganda inglesa.

— E ele era um bom atirador...

— Sem sombra de dúvida. A. S. Misra apresenta uma cópia de um registro em que se afirma que Pande treinou numa guarda especial durante um ano, foi especialmente treinado no uso de mosquetes.

— Muito bem. Então, por que ele erra? Por quê?

— Na minha opinião, a única explicação possível é que a arma estava com defeito.

— Sim... tem isso. Mas, talvez, talvez alguma outra coisa. Talvez ele estivesse sendo pressionado para se expor e fazer um banzé, entende?, incitado pelos outros camaradas. E, para começar, ele não queria matar ninguém, entende? Então *fingiu* que estava bêbado, para os camaradas nos quartéis acreditarem que ele errou o tiro.

— Essa é a teoria mais estapafúrdia que já ouvi — suspirou Samad, enquanto o segundo ponteiro do relógio sujo de ovo de Mickey começava a contagem regressiva de trinta segundos para a meia-noite. — O tipo da teoria que só você poderia elaborar. É absurda.

— Por quê?

— Por quê? Archibald, aqueles ingleses, o tal de capitão Zunzum, o tal de Cobre-Nuca e todo o resto, eles eram o inimigo mortal de cada indiano. Por que ele pouparia vidas que desprezava?

— Talvez só porque não conseguisse. Talvez não fosse do tipo.

— Acredita mesmo que haja um tipo de homem que mata e um tipo de homem que não mata?

— Talvez, Sam, talvez não.

— Está falando que nem a minha mulher — Samad rezingou, dando cabo da derradeira porção de ovo. — Vou lhe dizer uma coisa, Archibald. Um homem é um homem é um homem. Sua família ameaçada, suas crenças atacadas, seu modo de vida destruído, seu mundo inteiro acabando... ele matará. Não se iluda. Ele não deixará a nova ordem passar por cima dele sem resistência. Haverá gente que ele matará.

— E haverá gente que ele salvará — retrucou Archie Jones, com uma expressão enigmática que o amigo julgaria um feito impossível para aquela feição descaída e gorducha. — Vá por mim.

— Cinco! Quatro! Três! Dois! Um! Jamaica Irie! — exclamaram Denzel e Clarence, erguendo os cafés irlandeses quentes um para o outro, num brinde, e logo em seguida retomando a nona rodada de dominó.

— FELIZ MERDA DE ANO-NOVO! — berrou Mickey de trás do balcão.

Irie
1990, 1907

Neste mundo de ferro forjado em que causa e efeito se entrecruzam, poderia ser que a oculta pulsação que deles furtei não influiu no futuro deles?

Lolita, Vladimir Nabokov

11. A deseducação de Irie Jones

Havia um poste de iluminação, eqüidistante da casa de Jones e da escola secundária estatal Glenard Oak, que começara a aparecer nos sonhos de Irie. Não o poste propriamente, mas um pequeno anúncio feito à mão, colado no cilindro com fita adesiva transparente à altura dos olhos. O anúncio dizia:

> ***PERCA PESO E GANHE DINHEIRO***
>
> ***081 555 6752***

Agora, Irie Jones, aos quinze anos de idade, era volumosa. As dimensões européias do corpo de Clara haviam saltado uma geração e ela herdara a sólida constituição jamaicana de Hortense, carregada de abacaxis, mangas e goiabas. A moça tinha peso: peitos grandes, nádegas grandes, cadeiras grandes, coxas grandes, dentes grandes. Pesava oitenta e dois quilos e meio e tinha treze libras na poupança. Sabia que era o público-alvo (se alguma vez existira um), sabia muito bem, enquanto caminhava pesadona para a escola, a boca cheia mastigando um sonho, apertando os pneus entre os braços, que o anúncio falava a ela. Falava *com* ela. PERCA PESO (estava dizendo) E GANHE DINHEIRO. Você, você, *você*, senhorita Jones, com seus braços estrategicamente posicionados e seu cardigã apertado na bunda (o mistério insolúvel: como diminuir essa enormidade intumescida, o posterior jamaicano?), com seus calções redutores de barriga e seu sutiã redutor de peitos, com seu meticuloso corselete de lycra — a enaltecida resposta dos anos 90 à barbatana do espartilho —, com sua cintura elástica. Ela sabia que o anúncio estava conversando *com ela*. Mas não sabia ao certo o que ele lhe dizia. Do que se tratava? Da esbelteza patrocinada? Da capacidade das pessoas magras de auferir renda? Ou de algo totalmente mais jacobiano, o fruto da imaginação de algum sórdido Shylock de Willesden, meio quilo de carne por meio quilo de ouro: *carne por cobres*?

Rapidez. De olho. Movimento. Em ocasiões, ela andava pela escola de biquíni com o enigma do poste de iluminação escrito com giz em suas protuberâncias morenas, em suas várias reentrâncias (espaço de prateleira para livros, xícaras de chá, cestos ou, mais apropriadamente, crianças, sacos de frutas, baldes de água), reentrâncias geneticamente concebidas com outro país em mente, outro clima. Em outras ocasiões, o sonho da esbelteza patrocinada: batendo de porta em porta, a bunda à mostra, prancheta na mão, banhada na luz do sol, tentando convencer velhotes a se apropriar de dois dedos de gordura por uma libra em troca. Ocasiões piores? Arrancando a carne flácida e sarapintada e enfiando-a nas antigas garrafas curvilíneas de Coca-Cola; ela as carrega até a lojinha da esquina e as entrega no balcão; e Millat, usando *bindi*, o comerciante de pulôver de decote em V, conta as garrafas, abre de má vontade a gaveta da caixa registradora com as patas sujas de sangue, entrega o dinheiro. *Uma carninha caribenha por uns cobrinhos ingleses*.

Irie Jones estava obcecada. De vez em quando, a mãe preocupada a encurralava no vestíbulo antes que escapulisse pela porta, implicava com seu colete esmerado e perguntava: "O que acontece com você? O que, em nome de Deus, está vestindo? Como consegue respirar? Irie, minha querida, você é vistosa... você tem o físico de uma autêntica Bowden... não percebe que é vistosa?".

Mas Irie não sabia que era vistosa. Havia a Inglaterra, um espelho gigantesco, e havia Irie, sem reflexo. Uma estranha numa terra mais estranha.

Pesadelos e devaneios, no ônibus, na banheira, na sala de aula. Antes. Depois. Antes. Depois. Antes. *Depois*. O mantra do traste remodelado, encolhendo a barriga, soltando a barriga, relutante em aceitar a sina genética, aguardando, em lugar disso, a transformação de uma ampulheta jamaicana, pesada com a areia que se acumula em redor das quedas do rio Dunn, em *Rosa inglesa* — ah, você sabe quem ela é —; ela é uma coisinha esguia, delicada, não feita para os sóis abrasadores, uma prancha de surfe agitada pela onda:

Antes: Depois:

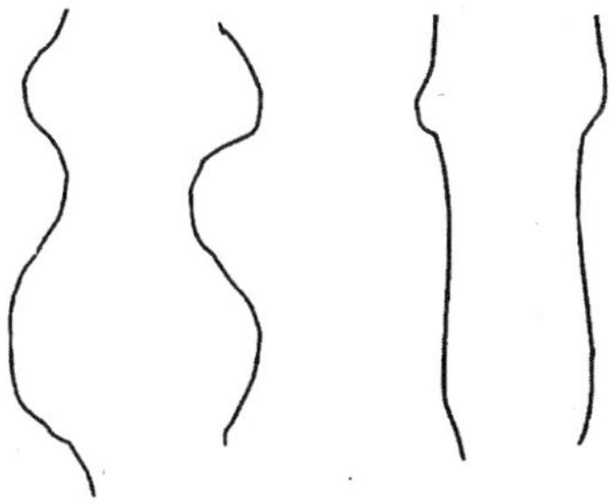

A sra. Olive Roody, professora de inglês e perita na identificação de um rabisco a uma distância de até vinte metros, saiu de trás da mesa, arrebatou o caderno de exercícios de Irie e arrancou a página em questão. Olhou com suspeita para o rabisco. Em seguida inquiriu com a melodiosa ênfase escocesa:

— Antes e depois *o quê*?

— Hã... o quê?

— Antes e depois *o quê*?

— Ah, nada, não, senhora.

— Nada? Ora, convenhamos, senhorita Jones. Para que a modéstia? Isto é, claramente, mais interessante do que o soneto 127.

— Nada. Não é *nada*.

— Certeza absoluta? Não quer mais atrasar a aula? Porque alguns alunos aqui na classe precisam escutar o que eu tenho a dizer... *não*, têm até mesmo um bocado de *interesse*. Portanto, se puder parar um pouco de raaabiscaaar...

Ninguém, mas ninguém mesmo, pronunciava "raaabiscaaar" como Olive Roody.

— ... e se unir a nós, prosseguiremos. Que tal?

— Que tal o quê?

— Pode? Parar um pouco?

— Sim, senhora Roody.

— Ah, *ótimo*. Isso me alegra. Soneto 127, por favor.

— "*Outrora não se cria o negro belo*" — continuou Francis Stone, com o catatônico tom monótono com que os estudantes lêem poesia elisabetana—, "*Ou, se sim, beleza não se chamava*".

Irie pôs a mão no estômago, encolheu-o e procurou capturar o olhar de Millat. Mas Millat estava ocupado, mostrando para a graciosa Nikki Tyler que ele sabia manipular a língua e com ela formar um rolinho estreito, uma flauta. Nikki Tyler lhe mostrava que o lóbulo de cada uma de suas orelhas era pregado no lado da cabeça, e não despregado. Resíduos coquetes da aula de ciência daquela manhã: *Características herdadas. Primeira parte* (*a*). Despregado. Pregado. Enrolada. Plana. Olhos azuis. Olhos castanhos. Antes. Depois.

— "*Eis que os olhos da amada são nigérrimos, as sobrancelhas aptas de enlutada* [...] *Os olhos da amada não são solares; O coral é mais rubro que seus lábios; Se alva é a neve, por que pardos os seios* [...]"

A puberdade, a puberdade desabrochada (não a leve elevação de um peito ou a vaga emergência da penugem), separara esses velhos amigos, Irie Jones e Millat Iqbal. Lados diferentes da cerca da escola. Irie acreditava que lhe haviam distribuído as cartas trapaceiras: curvas montanhosas, dentes protuberantes, um denso e intolerável cabelo afro de arame e, ainda por cima, uma vista de toupeira que, por sua vez, requeria óculos com lentes de fundo de garrafa ligeiramente matizadas de rosa. (Mesmo aqueles olhos azuis — os olhos que tanto entusiasmaram Archie — duraram só duas semanas. Ela nascera com eles, sim, mas um dia Clara olhou de novo e havia olhos castanhos olhando para ela, como a transição entre um botão fechado e uma flor aberta, cujo momento exato o expectante olho nu jamais percebe.) E essa crença em sua feiúra, em sua *inconveniência*, subjugou-a; ela passou a guardar para si mesma os comentários de sabichona, conservou a mão direita no estômago. Ela era toda *inconveniente*.

Ao passo que Millat era como a juventude recordada no nostálgico ocular da velhice, a beleza parodiando a si mesma: nariz aquilino quebrado, alto, magro, veias suaves, músculos lisos, olhos cor de chocolate com um brilho verde refletivo como o luar que tremeluz num mar escuro; sorriso irresistível, dentes brancos enormes. Na escola Glenard Oak, pretos, paquistaneses, gregos, irlandeses — essas eram as raças. Mas os que eram capazes de atrair sexualmente se achavam uma volta à frente dos competidores. Constituíam uma espécie exclusiva.

— "*Se é pêlo arame, em tua cabeça cresce* [...]".

Ela o amava, claro. Mas ele costumava lhe dizer: "O negócio é que as pessoas botam fé em mim. Precisam que eu seja Millat. O velho e bom Millat. O danado Millat. O firme, o doce Millat. Precisam que eu seja o máximo. É *praticamente* uma responsabilidade".

E praticamente era. Ringo Starr uma vez disse acerca dos Beatles que eles nunca foram maiores do que tinham sido em Liverpool, no final de 1962. Apenas tinham mais países. E, para Millat, era assim. Ele era tão grande em Cricklewood, em Willesden, em West Hampstead, no verão de 1990, que nada do que viria a fazer mais tarde na vida poderia superá-lo. A partir da primeira turma *raggastani*, expandiu-se e formou bandos em toda a escola, em toda a zona norte de Londres. Era simplesmente grande demais para permanecer mero objeto da afeição de Irie, líder dos *raggastanis* ou filho de Samad e Alsana Iqbal. Tinha de satisfazer todas as pessoas o tempo todo. Para os malandros *cockneys* de jeans brancos e camisetas coloridas, ele era o mano, o cara que se arriscava, o respeitado sedutor. Para os garotos negros, era o camarada maconheiro e o valioso freguês. Para os garotos asiáticos, herói e porta-voz. Camaleão social. E, sob tudo isso, uma raiva e uma mágoa estavam constantemente presentes: a sensação de não se ajustar a qualquer lugar, que ocorre às pessoas que se ajustam a todos os lugares. Era esse delicado ponto fraco que o tornava muitíssimo querido, muitíssimo adorado por Irie e pelas garotas classe média de saias compridas que tocavam oboé, tido em altíssima estima por essas fêmeas de cabelos esvoaçantes e cantoras de fuga. Ele era o príncipe negro delas, amante ocasional ou uma paixonite impossível, o objeto de fantasias abrasadoras e sonhos ardentes...

E era também o *projeto* delas: o que *fazer* com Millat? Ele simplesmente *precisa* parar de fumar maconha. Nós *temos que* tentar impedi-lo de matar as aulas. Preocupavam-se com sua "atitude" ao passar noites fora de casa, discutiam a educação dele, hipoteticamente, com seus próprios pais (*Só pra dizer que tem um rapaz indiano, saca, que tá sempre se metendo em...*), chegavam até a escrever poemas sobre o assunto. As garotas ou o queriam ou queriam melhorá-lo, mas, na maioria das vezes, era uma combinação das duas coisas. Queriam melhorá-lo até que ele justificasse a intensidade com que o queriam. O durão tesudo de todas, Millat Iqbal.

"Mas com você é diferente", Millat Iqbal dizia para a mártir Irie Jones, "com você é *diferente*. A gente tem um passado. A gente tem uma história. Você é uma amiga *pra valer*. Elas não *significam* nada pra mim."

Irie preferia acreditar nisso. Que tinham uma história, que ela era diferente de um jeito positivo.

— *"Tua negritude é mais clara a meu ver* [...]"

A sra. Roody fez Francis se calar, com um dedo em riste.

— Muito bem, o que ele está dizendo aqui? Annalese?

Annalese Hersh, que até então tinha passado a aula trançando o cabelo com cordões vermelhos e amarelos, olhou para ela com absoluta perplexidade.

— *Qualquer coisa*, Annalese, minha querida. A menor idéia que tiver. Não faz mal que seja a menor delas. Não faz mal que seja infantil.

Annalese mordeu o lábio. Olhou para o livro. Olhou para a sra. Roody. Olhou para o livro.

— Negrura?... é... bom?

— Sim... bem, suponho que podemos juntar isso à contribuição da semana passada: Hamlet?... é... louco? Alguém mais? Que tal isto? *Pois que cada mão fingiu o poder da natureza, Limpar o sujo com falsa arte ganhou rosto*. O que será que isso significa?

Joshua Chalfen, o único garoto na sala de aula que apresentava opiniões espontaneamente, ergueu a mão.

— Pois não, Joshua?

— Maquiagem.

— Sim — retrucou a sra. Roody, parecendo perto do orgasmo. — Sim, Joshua, é isso. Que mais?

— Ela tem uma tez escura que está tentando tornar mais clara com a maquiagem, um artifício. Os elisabetanos gostavam muito de pele clara.

— Eles iam te adorar, então — zombou Millat, porque Joshua era lívido, praticamente anêmico, de cabelo encaracolado e rechonchudo —, ia ser o Tom Bamba Cruise.

Risos. Não porque fosse engraçado, mas porque era Millat pondo um bobo no lugar em que um bobo deveria estar. No seu lugar.

— Se disser mais uma palavra, senhor Iqbala, vou expulsá-lo da classe!

— Shakespeare. Encheção. Babaquice. Três palavras. Não se preocupe, tô me expulsando.

Esse era o tipo de coisa que Millat fazia com muita destreza. A porta se fechou com estrondo. As garotas bem-comportadas trocaram *aquele tipo* de olhar. (Mas ele é *tão* rebelde, *tão* doido... precisa *mesmo* de uma ajuda, da ajuda *pessoal* cara a cara de uma *boa amiga*...) Os garotos caíram na gargalhada. A professora perguntou a si mesma se isso não seria o começo de um motim. Irie cobriu o estômago com a mão direita.

— Maravilhoso. Muito maduro. Imagino que Millat Iqbal seja um tipo de herói. — A sra. Roody, olhando em volta os rostos de palermas da turma 5F, viu pela primeira vez, e com desoladora clareza, que se tratava exatamente disso. — Alguém mais tem algo a dizer a respeito desses sonetos? Senhorita Jones! Quer *parar* de olhar com tristeza para a porta? Ele foi embora, certo? A não ser que queira se juntar a ele...

— Não, senhora Roody.

— Pois então, muito bem. Tem algo a dizer a respeito dos sonetos?

— Tenho.

— O quê?

— Ela é negra?

— Quem é negra?

— A dama escura.

— Não, minha querida, ela é escura. Não é negra no sentido moderno. Não havia... bem, afro-carribennhaas na Inglaterra naquela época, minha querida. Isso é mais um fenômeno moderno, como, sem dúvida, é do seu conhecimento. Mas estamos falando dos anos 1600. Quero dizer, não tenho muita certeza, mas parece extremamente improvável, a não ser que ela fosse uma espécie de escrava, e é improvável que ele tenha escrito uma série de sonetos para um lorde e depois para uma escrava, não é mesmo?

Irie corou. Pensou, nesse exato instante, ter visto algo semelhante a um reflexo, mas começara a desaparecer, de modo que respondeu:

— Não sei, não, senhora.

— Além do mais, ele diz com bastante clareza: *Em nada és negra, a não ser em teus feitos*... Não, minha querida, ela tem apenas uma tez escura, entende?, tão escura quanto a minha provavelmente.

Irie olhou para a sra. Roody. Era da cor da musse de morango.

— Veja, Joshua está certíssimo: a preferência naqueles dias era por mulheres que fossem excessivamente pálidas. O soneto é sobre o debate entre a cor natural e a maquiagem que era moda na época.

— É que eu pensei... como quando ele fala aqui: *Então, juro, a beleza em si é negra*... E a coisa do cabelo crespo, arames pretos... — Irie desistiu ao ouvir risinhos e deu de ombros.

— Não, minha querida, está lendo com um ouvido moderno. Nunca leia o que é antigo com um ouvido moderno. Na verdade, isso servirá como o princípio de hoje... por favor, anotem isso.

A classe anotou. E o reflexo que Irie vira de relance se retirou furtivamente para dentro da escuridão familiar. Quando estava saindo da sala, Annalese Hersh lhe passou um bilhete; Annalese encolheu os ombros, querendo dizer que não era a autora, mas apenas uma das muitas portadoras. O bilhete dizia: "Por William Shakespeare: ODE A LETÍCIA E A TODAS AS MINHAS MINAS DE BUNDONA COM PÊLO PIXAIM".

∽

O dubiamente chamado P. K.'s Afro Hair: Design and Management se situava entre Fairweather Funeral Parlour e Raakshan Dentists, a oportuna proximidade significando que não era de modo algum raro um cadáver de origem africana passar pelos três estabelecimentos na derradeira viagem dentro de um caixão aberto. Assim, quando a gente telefonava para marcar uma hora com a cabeleireira, e Andrea, ou Denise, ou Jackie dizia *três e meia, hora jamaicana*, evidentemente isso queria dizer "chegue com atraso", mas havia também a possibilidade de que queria dizer que uma carola gélida tivesse resolvido ir para a cova com tranças e unhas compridas postiças. Por mais estranho que pareça, há muita gente que se recusa a se encontrar com Deus com o cabelo no estilo afro.

Irie, sem saber dessas coisas, chegou na hora marcada, três e meia em ponto, decidida a operar uma transformação, decidida a combater seus genes, um lenço de cabeça disfarçando o ninho de passarinho do cabelo, a mão direita colocada atentamente sobre o estômago.

— Quer alguma coisa, minha filha?

Cabelo liso. Um comprido cabelo preto liso liso macio esvoaçável jogável sacudível tocável afagável vento-soprável. Com uma franja.

— Três e meia — foi o que Irie conseguiu transmitir disso tudo —, com a Andrea.

— Andrea tá ali do lado — respondeu a mulher, esticando um chiclete e acenando na direção do Fairweather's —, se divertindo com os queridos falecidos. É melhor vir sentar aqui e esperar, e me deixe em paz. Não sei quanto tempo ela vai demorar.

Irie pareceu perdida, parada no meio do salão, agarrando as gorduras. A mulher se apiedou, abocanhou o chiclete e olhou para Irie da cabeça aos pés; sentiu-se mais solidária ao notar a pele cor de chocolate de Irie, os olhos claros.

— Jackie.

— Irie.

— Pálida, sim, senhora! Sardas e tudo o mais. É mexicana?

— Não.

— Árabe?

— Metade jamaicana. Metade inglesa.

— Meia *casta* — explicou Jackie pacientemente. — A mãe é que é branca?

— O pai.

Jackie torceu o nariz.

— Em geral é o contrário. É muito crespo? Deixa eu dar uma olhada... — Estendeu a mão para tirar o lenço de cabeça de Irie. Irie, horrorizada ante a possibilidade de ser desnudada no salão lotado, foi rápida e assentou as mãos sobre o lenço. Jackie estalou os dentes. — O que acha que a gente vai fazer, se não pode ver o cabelo?

Irie encolheu os ombros. Jackie sacudiu a cabeça, curiosa.

— Nunca veio aqui antes, veio?

— Não, nunca.

— O que quer?

— Liso — respondeu Irie com firmeza, pensando em Nikki Tyler. — Liso e vermelho-escuro.

— Tô sabendo! Lavou a cabeça?

— Ontem — disse Irie, ofendida. Jackie bateu as mãos acima de sua cabeça.

— Não lave! Se quer liso, não lave! Alguma vez passou amoníaco na cabeça? É como se o demo desse uma festa no teu couro cabeludo. É doida? Fique duas semanas sem lavar a cabeça e volte aqui.

Mas Irie não podia esperar duas semanas. Estava tudo planejado; visitaria Millat nessa mesma noite com a nova cabeleira, toda presa num coque, tiraria os óculos e soltaria o cabelo com sacudidelas, e ele lhe diria: *Senhorita Jones, eu jamais teria imaginado... puxa, senhorita Jones, a senhorita está...*

— Tem que ser *hoje*. A minha irmã está casando.

— Bom, quando a Andrea voltar ela vai queimar sete mechas de cor no seu cabelo e sorte sua se não sair daqui careca. Mas o enterro é *seu*. Toma... — disse, socando uma pilha de revistas nas mãos de Irie. — Lá — disse, apontando para uma cadeira.

O P. K.'s tinha duas seções, uma masculina e uma feminina. Na masculina, enquanto um *ragga* implacável soava instavelmente num sistema estéreo malhado, rapazes recebiam o corte de logotipos na parte posterior da cabeça pelas mãos de rapazes um pouco mais velhos, hábeis manuseadores de aparadores elétricos. ADIDAS. BADMUTHA. MARTIN. A seção masculina era toda risos, bate-papos, diversão. Havia uma facilidade que emanava de um corte masculino que jamais custava mais do que seis libras ou demorava mais do que quinze minutos. Era uma pechincha bastante simples, e nela havia alegria: o zumbido da lâmina rotativa em torno do ouvido, uma brusca escovada por uma mão quente, espelhos na frente e atrás para se admirar a transformação. Entrava-se com um cabelo complicado, desigual e emaranhado, disfarçado embaixo de um boné de beisebol, e logo depois saía às pressas um novo homem, cheirando a suave óleo de coco e com um corte tão preciso e nítido quanto um palavrão.

Em contraste, a seção feminina do P. K.'s era algo mortal. Ali, o impossível desejo da lisura e do "movimento" lutava cotidianamente contra a teimosa determinação do curvo folículo africano. Ali, amoníaco, pentes quentes, tesouras, grampos e o simples fogo haviam todos sido convocados para a guerra e davam o máximo de si para subjugar cada fio de cabelo crespo.

"Está liso?" era a única pergunta que se ouvia quando as toalhas eram retiradas e as cabeças emergiam do secador com uma dor pulsante. "Está liso, Denise? Jackie, me diga, está liso?"

Ao que Jackie ou Denise, sem a menor das obrigações das cabeleireiras brancas, sem nenhuma necessidade de oferecer chá ou de lamber, agradar ou conversar (pois lidavam não com freguesas, mas com infelizes e desesperadas *pacientes*), davam um cético escarninho e escovavam o avental verde-vômito. "Está tão liso quanto dá pra ficar!"

Quatro mulheres estavam sentadas agora em frente de Irie, mordendo os lábios, fitando atentamente dentro de um espelho encardido e comprido, aguardando a corporificação de uma identidade mais lisa. Enquanto Irie folheava com nervosismo revistas norte-americanas especializadas em cabelo de negras, as quatro mulheres faziam caretas de aflição. De vez em quando, uma perguntava para a outra:

— Quanto tempo? — E vinha a orgulhosa resposta:

— Quinze minutos. E você, quanto tempo?

— Vinte e dois. Faz vinte e dois minutos que a minha cabeça está dentro desta merda. É *bom* que saia liso.

Era uma competição para ver quem se agoniava mais. Como mulheres ricas em restaurantes finos que pedem porções de salada cada vez menores.

Por fim, soou um grito, ou um "Chega! Merda, não agüento mais!", e a cabeça em questão foi levada às pressas para dentro da pia, onde a lavagem nunca era bastante rápida (não dá para remover o amoníaco do cabelo com muita rapidez) e o silencioso choramingo começava. Nesse estágio surgia a animosidade; o cabelo de algumas mulheres era "mais encarapinhado" do que o de outras; alguns afros eram mais resistentes, alguns sobreviviam. E a animosidade se alastrava da freguesa para a cabeleireira, para a infligidora dessa dor, pois era muito natural desconfiar que Jackie ou Denise curtiam algo assim como o sadismo: os dedos delas eram lentos demais ao remover a substância, a água parecia pingar em vez de jorrar, e, nesse ínterim, o demo tinha todo o tempo do mundo para queimar o contorno do couro cabeludo.

— Está liso? Jackie, ficou liso?

Os rapazes esticaram a cabeça sobre a divisória, Irie afastou os olhos da revista. Havia pouco a dizer. Todos os cabelos acabavam lisos ou bastante lisos. Mas também acabavam mortos. Secos. Quebrados. Duros. Toda a energia perdida. Como o cabelo de um cadáver, do qual a umidade exsuda.

Jackie ou Denise, sabendo perfeitamente que o curvo folículo afro seguirá, no fim, as instruções genéticas, acrescentavam um ângulo filosófico à má notícia.

— Está tão liso quanto dá pra ficar. E por três semanas, se tiver sorte.

Apesar do evidente fracasso do projeto, cada mulher ao longo de toda a fileira sentia que com ela seria diferente, que, quando chegasse o momento da revelação, a cabeleira lisa lisa esvoaçável, vento-soprável, seria dela. Irie, toda cheia da fé das demais, voltou a ler a revista.

> Malika, a vibrante estrela jovem da comédia de costumes de enorme sucesso *Malika's life*, explica como consegue manter a aparência solta e fluida do cabelo: "Toda noite eu o envolvo numa toalha quente, certificando-me de que as pontas sejam ligeiramente enceradas com *African Queen Afro Sheen*™. Depois, de manhã, deixo o pente no forno por mais ou menos..."

O retorno de Andrea. A revista arrebatada de suas mãos, o lenço de cabeça removido sem a menor cerimônia antes que Irie o impedisse e cinco unhas compridas eloqüentes começaram a remexer em seu couro cabeludo.

— Ooooh — exclamou Andrea num murmúrio.

Esse sinal de aprovação era um acontecimento tão raro que o resto do salão se juntou em volta da divisória para dar uma espiada.

— Oooooh — fez Denise, juntando seus dedos aos de Andrea. — Tão soltinho.

Uma senhora mais velha, piscando de dor dentro do secador, acenou com admiração.

— Cachos bem soltinhos — expressou-se Jackie suavemente, ignorando sua paciente escaldada para tocar o velo de Irie.

— O seu cabelo é de meia casta. Ah, se o meu fosse assim. Vai esticar lindamente.

Irie fechou a cara.

— *Detesto* meu cabelo.

— Ela detesta ele! — disse Denise para o ajuntamento. — É castanho-claro em algumas partes!

— Trabalhei num cadáver a manhã toda. Bom tocar uma coisa fofinha — disse Andrea, saindo do devaneio. — Quer esticar ele, meu bem?

— Quero. Liso. Liso e vermelho.

Andrea amarrou um avental verde em volta do pescoço de Irie e a abaixou na cadeira giratória.

— Não sei, não, quanto ao vermelho, meu bem. Não posso tingir e esticar no mesmo dia. Acaba bem acabado com o seu cabelo. Mas posso esticar pra você, nenhum problema. Vai ficar lindo-lindo, meu bem.

Como a comunicação entre as cabeleireiras no P. K.'s era sofrível, ninguém havia dito a Andrea que Irie tinha lavado a cabeça. Dois minutos depois de a espessa pasta de amoníaco ter sido espalhada na cabeça, Irie sentiu a fria sensação inicial se transformar numa ardência terrível. Não havia sujeira para proteger o couro cabeludo, e ela se pôs a gritar.

— Acabei de aplicar! Quer liso, não quer? Pára com essa gritaria!

— Mas tá doendo!

— A vida dói — retrucou Andrea com desdém —, a beleza dói.

Irie mordeu a língua durante outros trinta segundos, até que o sangue apareceu acima da orelha direita. Em seguida a coitada da menina perdeu a visão.

Ao recobrá-la, estava com a cabeça sobre a pia, examinando o cabelo, que caía em chumaços, dançando ralo abaixo.

— Por que não me falou? — ralhou Andrea. — Devia ter me falado que lavou a cabeça. Tem que estar sujo primeiro. Agora veja só.

Agora veja só. O cabelo que antes batia na vértebra do meio estava a poucos centímetros da cabeça.

— Veja só o que fez — continuou Andrea, enquanto Irie chorava indisfarçadamente. — Gostaria de saber o que o senhor Paul King vai dizer sobre isso. Acho melhor eu telefonar pra ele e ver se podemos resolver isso pra você sem qualquer custo.

O sr. Paul King, o P. K. em questão, era o dono do salão. Um sujeito grandalhão, branco, na casa dos cinqüenta anos, que fora um empreiteiro no negócio da construção até a Quarta-Feira Negra e os excessos do cartão de crédito da mulher rasparem tudo o que possuía, salvo alguns tijolos e alguma argamassa. Em busca de uma idéia nova, ele leu na seção de estilo de vida de seu jornal matutino que as mulheres negras gastam cinco vezes mais do que as mulheres brancas com produtos de beleza e nove vezes mais com o cabelo. Tomando a mulher, Sheila, como arquétipo da mulher branca, Paul King começou a salivar. Um pouco mais de pesquisa na biblioteca do bairro revelou uma indústria multimilionária. Paul King comprou então um açougue fechado na Willesden High Road, comprou o passe de Andrea de um salão de beleza em Harlesden e deu uma chance ao negócio de cabeleireiro para negros. O sucesso foi imediato. Ele ficou surpreso ao descobrir que mulheres com baixa renda estavam de fato dispostas a gastar centenas de libras esterlinas por mês com o cabelo e ainda mais com unhas e acessórios. Ficou vagamente curioso quando Andrea lhe explicou pela primeira vez que a dor física também fazia parte do processo. E o melhor disso era que a possibilidade de uma ação judicial estava fora de cogitação — as mulheres *contavam* com as queimaduras. Um negócio perfeito.

— Tudo bem, Andrea, meu coração, dê uma de graça pra ela — disse Paul King, berrando num celular com formato de tijolo em meio ao barulho da construção do novo salão de beleza, que seria inaugurado em Wembley. — Mas que isso não vire praxe.

Andrea voltou para Irie com a boa notícia.

— Tudo certo, meu bem. Por conta da casa.

— Mas o quê... — Irie fitou seu reflexo estilo Hiroshima. — O que você pode...

— Ponha o lenço na cabeça, saia, vire à esquerda e siga pela rua do comércio até chegar numa loja chamada Roshi's Haircare. Leve este cartão e diga que o P. K.'s a mandou. Peça oito pacotes de cabelo preto com realce vermelho tipo número 5 e volte aqui correndo.

— Cabelo? — repetiu Irie entre ranho e lágrimas. — Cabelo *falso*?

— Sua boba. Não é falso. É de verdade. E quando estiver na sua cabeça vai ser seu cabelo de verdade. Anda!

Debulhando-se em lágrimas feito criança, Irie se arrastou para fora do P. K.'s e desceu a rua do comércio, procurando evitar seu reflexo nas vitrines das lojas. Ao chegar ao Roshi's, esforçou-se para se recompor, pôs a mão direita no estômago e entrou.

O interior do Roshi's era escuro e cheirava à mesma essência forte do P. K.'s: amoníaco e óleo de coco, dor misturada com prazer. No opaco fulgor produzido por um tubo de luz bruxuleante, Irie viu que não havia o que pudesse chamar de prateleiras, havendo, em lugar delas, montanhas de produtos de cabelo empilhados no chão, enquanto acessórios (pentes, fitas, esmaltes) estavam grampeados nas paredes com o preço escrito ao lado com hidrográfica. A única exposição que merecesse esse nome se situava bem abaixo do teto num arco que circundava o lugar, orgulhosa da posição como se fosse uma coleção de escalpos sacrificais ou troféus de caça. Cabelos. Longas cabeleiras grampeadas a poucos centímetros umas das outras. Abaixo de cada uma, um enorme aviso de papelão, explicando a linhagem:

2 metros. Tai natural. Liso. Castanho.
1 metro. Paquistanês natural. Liso, ondulado. Preto.
5 metros. Chinês natural. Liso. Preto.
3 metros. Sintético. Cachos espiralados. Rosa.

Irie se aproximou do balcão. Uma mulher extremamente gorda, de sári, bamboleou até a caixa registradora e voltou para entregar vinte e cinco libras para uma moça indiana cujo cabelo fora tosquiado a esmo quase rente ao couro cabeludo.

— E, faz favor, não me olhe assim. Vinte e cinco libras é um valor bastante razoável. Já falei que não tem outro jeito, por causa das pontas quebradas.

A moça objetou num outro idioma, pegou de cima do balcão a sacola com o cabelo em questão e ameaçou sair com ela, mas a mulher mais velha arrebatou a sacola.

— Faz favor, não complique ainda mais. Nós duas vimos as pontas. Vinte e cinco é o máximo que posso dar por ele. Não vai conseguir mais que isso em outro lugar. Agora, se me faz o favor... — disse a mulher, olhando para Irie por cima do ombro da moça — tem freguesa esperando.

Irie viu lágrimas quentes, não diferentes das dela, brotarem dos olhos da moça. A moça ficou imóvel por um momento, tremendo de raiva ligeiramente, depois deu um murro no balcão, passou a mão nas vinte e cinco libras e se encaminhou para a porta.

A mulher gorda abanou a cabeça com desprezo, depois que a moça saiu.

— Ingrata, é o que ela é.

Em seguida arrancou uma etiqueta adesiva do revestimento de papel marrom e com uma batida a grudou na sacola de cabelo. Na etiqueta, estava escrito: "6 metros. Hindu. Liso. Preto/vermelho".

— Pois não, meu bem. Em que posso servi-la?

Irie repetiu a instrução de Andrea e entregou o cartão.

— Oito pacotes? É mais ou menos seis metros, não é?

— Não sei.

— É, é sim. Quer liso ou ondulado?

— Liso. Superliso.

A gorda fez um cálculo silencioso e pegou a sacola de cabelo que a moça acabara de deixar.

— O que está procurando é este aqui. Desculpe, não tive tempo de empacotar. Mas está perfeitamente limpo. Quer?

Irie hesitou.

— Não ligue pro que eu falei. Não tem nada de pontas quebradas. É que aquela espertinha estava tentando conseguir mais do que merece. Tem gente que não tem noção da economia mais elementar... Ela tem pena de cortar o cabelo, daí espera em troca milhões de libras esterlinas, ou um absurdo desse. O cabelo dela é lindo. Quando eu era nova, ah, o meu também era lindo, sabe? — A gorda irrompeu numa gargalhada estridente, o buliçoso lábio superior fazendo o bigode trepidar. A gargalhada amainou. — Diz pra Andrea que vai custar trinta e sete libras e cinqüenta. Nós, indianas, temos cabelos lindos, não temos? Todo mundo quer!

Uma negra com filhos num carrinho de criança duplo esperava atrás de Irie com uma caixa de grampos de cabelo na mão. Estalou os dentes.

— Vocês pensam que são as Madame de Tal — resmungou meio consigo mesma. — Algumas de nós estamos bem satisfeitas com o nosso cabelo africano, muito obrigada. Eu não quero comprar porcaria nenhuma de cabelo de uma mocinha indiana. E, para variar, peço a Deus que eu possa comprar de gente negra produtos de cabelo para negro. Como é que a gente vai se dar bem neste país sem o nosso próprio negócio?

A pele em redor da boca da gorda se contraiu, muito tensa. Ela começou a falar pelos cotovelos, pondo o cabelo de Irie numa sacola e passando-lhe o recibo, dirigindo através dela todos os comentários à mulher, ao mesmo tempo fazendo o possível para ignorar as interjeições da mulher:

— Se não gosta de comprar aqui, então, faz favor, não compre aqui... alguém está obrigando? Não está, está? É impressionante, essa gente, a grosseria, não sou racista, mas não consigo entender, só estou prestando um serviço, um serviço. Não tenho por que ser insultada, largue o dinheiro aí no balcão, se é pra me insultar, não vou servir.

— Pelo amor de Deus, ninguém está te insultando!

— Então é culpa minha se querem cabelo liso... e às vezes pele mais clara, que nem o Michael Jackson, é culpa minha também? Me falam pra não vender o descolorante Dr. Peacock... o jornal do bairro, meu Deus, a onda que ele fez!... e elas vão e compram... meu bem, entregue o recibo pra Andrea, faz este favor, sim? Só estou tentando ganhar a vida neste país, como todo mundo. Toma, meu bem, toma o teu cabelo.

A mulher chegou por trás de Irie e pôs o dinheiro exato em cima do balcão, com um furioso estrondo.

— Puta merda!

— O que eu posso fazer se é o que elas querem... oferta, demanda. E boca suja eu não tolero! Economia elementar... cuidado com o degrau ao sair, meu bem... e *você*, não volte aqui, não, faz favor, senão chamo a polícia, não vou deixar que me ameacem, a polícia, vou chamar a polícia.

— Tá-tá-*tá*.

Irie abriu a porta para o carrinho duplo passar e segurou um lado dele para ajudar a carregá-lo sobre o degrau da entrada. Na rua, a mulher guardou os grampos de cabelo no bolso. Com ar de cansaço.

— Detesto essa loja — desabafou. — Mas preciso de grampos de cabelo.

— E eu preciso de cabelo — retrucou Irie.

A mulher sacudiu a cabeça.

— Mas você *tem* cabelo — disse.

Cinco horas e meia depois, graças à árdua operação que envolveu entrelaçar em pequenas porções o cabelo de uma estranha com os três dedos de cabelo da própria Irie e vedá-lo com cola, Irie Jones exibia uma cabeça cheia de cabelo liso, comprido e preto-avermelhado.

— Está liso? — perguntou, descrendo do testemunho dos próprios olhos.

— Liso feito enguia — respondeu Andrea, admirando sua obra. — Mas, meu bem, precisa entrelaçar direitinho, pra ficar no lugar. Por que não deixa eu entrelaçar? Não vai ficar no lugar, frouxo desse jeito.

— Vai, sim — disse Irie, encantada com o reflexo de si mesma. — Vai ter que ficar.

Bastava que ele — Millat — o visse uma vez, afinal de contas, uma única vez. Para garantir que se encontrasse com ele impecável, ela andou o trajeto inteiro até a casa dos Iqbal com as mãos no cabelo, com um medo terrível de que o vento o desmantelasse.

Alsana abriu a porta.

— Oh, oi. Não, ele não está. Saiu. Não me pergunte aonde foi, ele nunca me fala nada. Quase sempre sei mais onde o Magid está.

Irie entrou no vestíbulo e, disfarçadamente, olhou de relance para si mesma no espelho. Ainda na cabeça e tudo no lugar.

— Posso esperar aqui?

— Claro. Você está diferente, minha querida. Perdeu peso?

Irie se animou.

— Corte novo de cabelo.

— Ah, sim... parece uma apresentadora de telejornal. Muito bonito. Agora vamos para a sala de estar, por favor. A Sobrinha da Vergonha e a asquerosa da amiga dela estão lá, mas não se aborreça com isso. Eu estou trabalhando na cozinha e o Samad está arrancando as ervas daninhas no jardim, portanto não façam muito barulho.

Irie entrou na sala.

— Nossa! — exclamou Neena, a voz esganiçada, ao deparar com a visão que se aproximava. — Mas que porra de visual é esse?!

Estava linda. Liso, não-encarapinhado. Linda.

— Que coisa mais esdrúxula! Cacete! Maxine, dá uma olhada, cara. Pelo amor de Deus, Irie. O que está querendo com isso exatamente?

Então não era óbvio? Liso. Lisura. Sedosidade.

— Melhor dizendo, qual é o grande plano? Ser a Meryl Streep negra? — Neena se dobrou feito um acolchoado e riu feito uma pateta.

— Sobrinha da Vergonha! — soou da cozinha a voz de Alsana. — Costura exige concentração. Fique quieta, por favor, dona Boca-Suja!

A "amiga asquerosa" de Neena, também conhecida como amiguinha de Neena, uma garota esguia e sexy chamada Maxine, com um belo rosto de porcelana, olhos pretos e um monte de cabelo castanho encaracolado, cutucou as peculiares mechas de Irie.

— O que você fez? Você tinha um *cabelo lindo*, cara. Todo encaracolado e rebelde. Era maravilhoso.

Irie ficou muda por alguns instantes. Não tinha pensado na possibilidade de que parecia algo menos do que espetacular.

— Acabei de fazer um novo penteado. Qual é o problema?

— Mas esse cabelo não é *teu*, caramba, é de uma coitada de uma paquistanesa que precisa de grana pros filhos — disse Neena, dando um puxão no cabelo e sendo retribuída com um punhado dele. — AH, MERDA!

Neena e Maxine tiveram um ataque de histeria.

— *Vê se tira a mão, tá?* — Irie bateu em retirada, sentando-se numa poltrona e encaixou o queixo entre os joelhos. Procurando soar casual, perguntou: — Bom... e... cadê o Millat?

— Foi tudo pra isso então? — inquiriu Neena, pasma. — O meu priminho cabeça-de-merda?

— Não. Vá se danar.

— Bom, ele não está. Tem outro broto. Uma ginasta do bloco do Leste com um estômago duro que nem tábua de bater roupa. Até que atraente, peitos de impressionar, mas uma bundica de nada. Se chama... como ela se chama?

— Stasia — respondeu Maxine, desviando brevemente o olhar do *Top of the pops*. — Ou um troço assim.

Irie se afundou ainda mais nas molas arruinadas da poltrona predileta de Samad.

— Irie, quer um conselho? Desde que te conheço, você anda atrás desse garoto como cachorra sem rumo. E, nesse tempo todo, ele tirou um sarro com todas as garotas, com *todas* menos com você. Tirou um sarro *até comigo*, e olha que sou prima-irmã, cacete.

— E comigo — disse Maxine —, eu que nem sou chegada nisso.

— Você nunca se perguntou por que ele nunca tirou um sarro com você?

— Porque sou feia. E gorda. E tenho cabelo afro.

— Não, cacete, porque ele *só tem* você. Vocês têm uma história. Você *conhece* ele. Veja como ele está confuso. Um hora é Alá isso, Alá aquilo. Outra hora é loiraça peituda, ginasta russa e um fuminho do puro. Não sabe distinguir o cu das calças. Igual ao pai. Não sabe quem ele é. Mas *você* conhece ele, pelo menos um pouco, conhece todas as faces dele. E ele precisa disso. Você é diferente.

Irie revirou os olhos. Às vezes a gente quer ser diferente. E às vezes a gente não dá o cabelo da cabeça para ser igual a todo mundo.

— Escuta, Irie, você é uma garota com cabeça. Mas não aprendeu todas as sacanagens. Você tem que se reeducar. Reconhecer o teu valor, parar com essa dedicação servil e viver. Transe com mulher ou com homem, mas viva.

— Você é uma garota muito sensual, Irie — disse Maxine com doçura.

— Sei. Entendi.

— Confie nela, ela é uma tremenda sapata — disse Neena, desmanchando carinhosamente o cabelo de Maxine e dando-lhe um beijo. — Mas a verdade é que esse cabelo tipo Barbra Streisand não ajuda nada. O afro era legal, cara. Era duca. Era *teu*.

Alsana apareceu de repente à porta com um prato cheio de biscoitos e uma intensa cara de desconfiada. Maxine lhe soprou um beijo.

— Biscoitos, Irie? Venha comer uns biscoitos. Comigo. Na cozinha.

Neena resmungou.

— Não tenha medo, tia. A gente não tá aliciando ela pro culto da Safo.

— *Pouco me importa* o que vocês estão fazendo. *Não sei* o que estão fazendo. *Não quero* saber dessas coisas.

— A gente está vendo *tevê*.

Era Madonna na tela da televisão, alisando com as mãos os dois peitos de formato cônico.

— Muito bom, tenho certeza — replicou Alsana, fitando Maxine. — Irie, biscoitos?

— *Eu* gostaria de comer uns biscoitos — murmurou Maxine, com um bater das extravagantes pestanas.

— Sem dúvida — disse Alsana, devagar e incisivamente, traduzindo o código: — Não tenho o tipo de biscoito que *você* gosta.

Neena e Maxine caíram de novo na risada.

— Irie?! — exclamou Alsana, indicando a cozinha com uma careta. Irie a seguiu. — Sou liberal como qualquer um — queixou-se Alsana, assim que se viram a sós na cozinha. — Mas por que elas têm que rir e fazer um circo a respeito de tudo? Não posso acreditar que o homossexualismo seja tão divertido. O heterossexualismo com certeza não é.

— Eu não quero mais ouvir essa palavra nesta casa — disse Samad com displicência, voltando do jardim e pondo as luvas de jardinagem em cima da mesa.

— Qual delas?

— As duas. Estou dando o melhor de mim para chefiar uma casa religiosa.

Samad percebeu uma figura à mesa da cozinha, franziu o cenho, concluiu que era de fato Irie Jones e começou com o pequeno ramerrão a que os dois se acostumaram.

— Olá, senhorita Jones. E o seu pai, como vai?

Irie encolheu os ombros ao ouvir a deixa.

— O senhor o vê mais do que nós. E Deus, como vai?

— Muito bem, obrigado. Tem visto o meu filho que não serve para nada ultimamente?

— Ultimamente não.

— E o meu filho que serve para tudo?

— Faz anos que não.

— Pode fazer o favor de dizer ao não-serve-para-nada que ele não serve para nada quando o encontrar?

— Farei o possível, senhor Iqbal.

— Deus a abençoe.

— *Gesundheit.*

— Agora, se a senhorita me dá licença... — Samad pegou o tapete de orações de cima da geladeira e saiu da cozinha.

— O que é que ele tem? — perguntou Irie, notando que Samad enunciara as falas com bem menos entusiasmo. — Parece, sei lá, *triste*.

Alsana suspirou.

— Ele *está* triste. Acha que estragou tudo. É claro que *estragou* tudo, mas, aí é que é, quem vai atirar a primeira pedra, *et cetera* e tal? Ele reza, reza, reza. Mas é incapaz de encarar os fatos: Millat andando sabe Deus com que tipo de gente, sempre com moças brancas, e Magid...

Irie se recordava do primeiro namoradinho circundado por um difuso halo de perfeição, uma ilusão nascida das decepções com que Millat a presenteara ao longo dos anos.

— Por quê? O que está errado com o Magid?

Alsana fechou a cara e esticou a mão na direção da prateleira do alto, de onde pegou um magro envelope aéreo e o entregou a Irie. Irie tirou a carta e a fotografia contidas nele.

A fotografia era de Magid, agora um rapaz alto, de aparência distinta. O cabelo tão preto quanto o do irmão, mas não penteado sobre o rosto. Estava repartido no lado esquerdo, escorrido e puxado atrás da orelha direita. Magid trajava um terno de *tweed* e o que aparentava ser — embora não desse para ter certeza, a foto não era boa — um lenço de pescoço. Segurava um enorme chapéu de sol numa mão. Na outra, segurava a mão do eminente escritor indiano *sir* R. V. Saraswati. Saraswati estava vestido todo de branco, um chapéu de abas largas na cabeça e uma aparatosa bengala na mão livre. Ambos faziam uma pose como se congratulassem a si mesmos, com um sorriso rasgado, e parecia, sob todos os aspectos, que fossem dar tapinhas nas costas um do outro ou que já o tivessem feito. O sol meridiano brilhava e ricocheteava na escada da frente da Universidade de Dhaka, onde a cena toda fora capturada.

Alsana removeu uma nódoa da foto com o indicador.

— Conhece Saraswati?

Irie fez que sim com a cabeça. Texto obrigatório no exame especial para o certificado do segundo grau: *O tempo alinhavado*, por R. V. Saraswati. Uma história agridoce dos últimos dias do Império.

— Samad detesta Saraswati, sabe? Chama-o de retrocesso colonial, lambe-cu inglês.

Irie escolheu ao acaso um parágrafo da carta e o leu em voz alta.

Como vêem, tive a grande sorte de conhecer o maior escritor da Índia num radiante dia de março. Depois de vencer um concurso de ensaios (que intitulei "Bangladesh — a quem recorrer?"), fui a Dhaka para receber o prêmio (um certificado e uma modesta remuneração em dinheiro), entregue pelo próprio homem notável numa solenidade na universidade. Tenho a honra de dizer que ele simpatizou comigo e passamos uma agradabilíssima tarde juntos; um demorado e ínti-

mo chá, seguido de uma caminhada pelas paisagens mais encantadoras de Dhaka. Durante nossas longas conversas, sir *Saraswati louvou minhas faculdades intelectuais e chegou mesmo a dizer (e cito) que sou "um jovem de primeira ordem" — um comentário que haverei de conservar na memória! Ele opinou que o meu futuro poderia estar no Direito, na Universidade, ou mesmo na sua própria profissão da pena criadora! Eu lhe disse que a primeira profissão mencionada me fala mais de perto ao coração e que há muito tempo tem sido intenção minha tornar os países asiáticos lugares sensatos, onde a ordem prevaleça, façam-se preparativos para os desastres e um jovem não corra o risco de ser atingido pela queda de um vaso (!) Novas leis, novas cláusulas, são necessárias (eu lhe disse) para lidar com o nosso desafortunado destino, o desastre natural. Nisso, porém, ele me corrigiu: "Destino, não", disse. "Muitas vezes, nós, indianos, nós, bengalis, nós, paquistaneses, abrimos os braços e bradamos 'Destino!', a despeito da história. Mas muitos de nós somos incultos, muitos de nós não entendemos o mundo. Temos de ser mais como os ingleses. Os ingleses combatem o destino até a morte. Não dão ouvidos à história, a menos que esta lhes diga o que querem ouvir. Nós dizemos: 'Tinha de ser!'. Não tem de ser. Nada tem". Numa única tarde, aprendi mais com este homem notável do que...*

— Não aprende nada! — Samad voltou marchando à cozinha numa fúria e bateu a chaleira no fogão. — Não aprende nada de um homem que nada sabe! Onde está a barba dele? Onde está o *khamise* dele? Onde está a humildade dele? Se Alá diz que haverá tempestade, haverá tempestade. Se diz terremoto, será terremoto. É claro que tem de ser! É por esse motivo mesmo que mandei o menino para lá... para entender que somos, essencialmente, fracos, que não temos o controle. O que significa islã? A palavra, a palavra mesmo, o que significa? *Resignação*. Resignação a Deus. Eu me resigno à vontade de Deus. Esta vida não é minha, esta vida é Dele. Esta vida que digo que é minha é Dele para Ele fazer com ela o que bem quiser. De fato, vou ser jogado de um lado para outro pelo vagalhão, e não haverá nada a fazer. Nada! A natureza é, ela mesma, muçulmana, porque obedece às leis que o Criador entranhou nela.

— Não pregue nesta casa, Samad Miah! Tem lugar para esse tipo de coisa. Vá para a mesquita, mas não pregue na cozinha, as pessoas comem aqui...

— Mas nós, nós não obedecemos automaticamente. Somos astutos, somos danados de astutos, nós, humanos. Temos o demônio dentro de nós, o livre-arbítrio. Precisamos *aprender* a obedecer. Foi isso que mandei o filho Magid Mahfooz Murshed Mubtasim Iqbal descobrir. Me diga, por acaso eu o mandei para ter a cabeça envenenada por uma tia velha hindu adoradora do governo britânico?

— Talvez, Samad Miah, talvez não.

— Alsi, não comece, estou avisando...

— Ah, pois continue, seu velho sensacionalista! — Alsana agarrou os pneus sobressalentes em volta da cintura, como uma lutadora de sumô. — Você diz que não temos o controle, mas está sempre tentando controlar tudo! Solte, Samad Miah. Solte o rapaz. Ele é da segunda geração, nasceu aqui, é claro que vai fazer as coisas de um jeito diferente. Você não pode planejar tudo. E, depois, o que é tão terrível assim? Não está treinando para ser um *alim*, mas é instruído, é inocente!

— E é só isso que você pede do seu filho? Que seja inocente?

— Talvez, Samad Miah, talvez...

— E não me venha com essa de segunda geração! *Uma* geração! Indivisível! Eterna!

Num momento qualquer, em meio a essa discussão, Irie escapuliu da cozinha e se encaminhou para a porta da frente. Flagrou uma infeliz visão de si mesma nos arranhões e nas manchas do espelho do vestíbulo. Parecia a filha ilegítima de Diana Ross e Engelbert Humperdinck.

— *Você tem que deixar eles cometer os erros deles...* — soou a voz de Alsana no calor da batalha, percutindo na madeira ordinária da porta da cozinha até o vestíbulo, onde Irie parara, fitando o próprio reflexo, empenhada em arrancar o cabelo alheio com as mãos nuas.

∽

Como qualquer escola, Glenard Oak tinha uma complexa geografia. Não que a distribuição de espaço fosse particularmente labiríntica. Fora construída em dois estágios simples, o primeiro em 1886, como asilo de pobres (resultado: uma enorme monstruosidade vermelha, asilo vitoriano), recebendo depois um anexo em 1963, quando foi transformado em escola (resultado: um monolito cinzento, um Admirável Conjunto Municipal Novo). As duas monstruosidades foram unidas em 1974 por uma enorme passarela tubular de acrílico termoplástico. Mas uma passarela não bastou para tornar os dois prédios um só, ou para conter a determinação do corpo estudantil de depredar e formar facções. A escola aprendeu, a seu próprio custo, que não se pode unir mil crianças sob um único lema latino (o código da escola: *Laborare est orare* — laborar é orar); crianças são como gatos que urinam, ou toupeiras que se entocam, marcando cada pedaço de território com suas próprias regras, crenças, leis de engajamento. Apesar de todos os esforços para eliminá-los, a escola continha e sustentava zonas, antros, territórios disputados, estados satélites, estados de emergência, guetos, enclaves, ilhas. Não havia mapas, mas o bom senso dizia, por exemplo, que ninguém se intrometesse na área entre as lixeiras e o departamento de artesanato. Ali houve baixas (a mais notável um pobre coitado chamado Keith cuja cabeça fora prensada num torno mecânico) e o melhor era ninguém se meter com os garotos magricelos e fortes que patrulhavam essa área — eram os filhos esqueléticos dos homens gordos com malignos tablóides enfiados no bolso traseiro da calça feito revólveres, os gordos que acreditavam na justiça brutal — *vida por vida, forca é bom demais.*

Do outro lado: os bancos, três deles enfileirados. Serviam para a furtiva negociação de minúsculas porções de drogas. Coisas como duas libras e cinqüenta de resina de maconha, tão pouca que poderia se perder dentro do porta-lápis e ser confundida com farelo de borracha. Ou um quarto de êxtase, cujo maior uso era aliviar as dores particularmente persistentes do chico. O ingênuo podia comprar também um sortimento de artigos domésticos — chá de jasmim, grama de jardim, aspirina, alcaçuz, farinha de trigo —, todos disfarçados como agentes tóxicos de primeiríssima, a ser fumados ou engolidos nos fundos, na cavidade atrás do departamento de teatro. Essa parte côncava da parede, dependendo de onde a pessoa se postava, proporcionava uma baixa visibilidade dos professores para os fumantes novos demais para fumarem no jardim dos fumantes (um jardim de concreto destinado aos que tinham chegado aos dezesseis anos de idade e estavam autorizados a fumar que nem bobos — será que ainda existem escolas *iguais a essa*?). Devia-se evitar a cavidade do teatro. Os bostinhas tenazes, esses fumantes inveterados de doze, treze anos, cagavam montes. Cagavam montes *mesmo* — para a saúde da gente, para a saúde deles, dos professores, dos pais, dos policiais — o que fosse. Fumar era a reação deles ao universo, o 42 deles, a *raison d'être* deles. Eram vidrados num cigarro. Não entendidos, não exigentes quanto a marcas, só cigarro, qualquer cigarro. Tragavam baganas como bebês sugam mamas e, quando chegavam ao fim, esmagavam-nas na lama com olhos lacrimejantes. Gostavam pacas. Cigarro, cigarro, cigarro. O único interesse deles afora o cigarro era a política, ou, mais exatamente, o bunda-suja que era o ministro das Finanças, que vivia aumentando o preço do cigarro. Porque nunca havia dinheiro suficiente e nunca havia cigarros suficientes. Eles tiveram de se tornar especialistas em filar, esmolar, mendigar, roubar cigarros. Uma manobra comum era queimar a grana de uma semana com um maço de vinte, distribuí-los a todos e passar o mês seguinte lembrando aos que tinham cigarro a ocasião em que ganharam um. Essa, porém, era uma diretriz de alto risco. Melhor ter uma cara absolutamente irreconhecível, melhor ser capaz de filar e voltar cinco minutos depois para pedir outro sem ser lembrado. Melhor cultivar uma *persona* tipo criptograma, ser um pequeno busca-pé sem traços característicos chamado Mart, Jules, Ian. Do contrário, tinham de confiar em caridade e na *partilha* do cigarro. Um cigarro podia ser repartido de inúmeras maneiras. Funcionava assim: alguém (quem quer que tivesse comprado um maço) acende. Alguém grita: "metades". Na metade, o cigarro é passado. Assim que chega à segunda pessoa, ouvimos "terços", depois "poupanças" (que é metade de um terço), depois "guimba!", depois, se o dia estiver frio e a necessidade de um cigarro for avassaladora, "última tragada!". Mas a última tragada é só para o desesperado; vai além da perfuração, além da marca do cigarro, além do que poderia ser, razoavelmente, descrito como guimba. Última tragada é a textura amarelada da ponta, contendo o material que é menos do que tabaco, o material que se acumula nos pulmões como uma bomba-relógio, destrói o sistema imunológico e acarreta o permanente escorrimento nasal. O material que torna dentes brancos amarelos.

Todo mundo na Glenard Oak se achava em atividade; eram babélicos de todas as classes e cores concebíveis falando em idiomas, cada um em seu próprio canto laborioso, as ocupadas bocas de incensório enviando o ex-voto de fumaça de tabaco aos inúmeros deuses que os sobrepairavam (relatório escolar de Brent: sessenta e sete doutrinas religiosas, cento e vinte e três idiomas).

Laborare est orare:

Bocós à beira da lagoa verificando o sexo das rãs,

Moças finas no departamento de música cantando canções francesas em forma de cânone, falando jargões inventados, fazendo dietas de uva, reprimindo instintos lésbicos,

Moços balofos parados no corredor de educação física, tocando punheta,

Moças extremamente nervosas em frente do bloco de línguas lendo relatórios de homicídios,

Garotos indianos jogando críquete com raquetes de tênis no campo de futebol,

Irie Jones à procura de Millat Iqbal,

Scott Brisa e Lisa Arco-Íris no banheiro, trepando,

Joshua Chalfen, duende, ancião e anão, atrás do bloco de ciências jogando *Goblins and gorgons*,

E todo mundo, todo mundo fumando cigarro, cigarro, cigarro, dando duro na tarefa de filá-lo, acendê-lo e tragá-lo, de catar guimbas e refazê-las, celebrando o poder de reunir pessoas de culturas e credos diferentes, mas, sobretudo, de fumar — *só unzinho, cara, só um cigarro* —, resfolegando feito chaminezinhas até a fumaça se engrossar tanto que os que alimentaram as chaminés em 1886, nos tempos do asilo, não se sentiriam deslocados.

E, no meio da fumaceira, Irie estava à procura de Millat. Procurara-o na quadra de basquete, no jardim dos fumantes, no departamento de música, no refeitório, nos banheiros de ambos os sexos e no cemitério que ficava atrás da escola. Precisava alertá-lo. Haveria uma *blitz* para flagrar todos os fumantes de maconha ou tabaco ilícitos, um empenho conjunto dos funcionários da escola e da polícia do bairro. Os ribombos sísmicos partiram de Archie, anjo da revelação; ela ouvira por acaso a conversa do pai ao telefone e os sagrados segredos da Associação de Pais e Mestres; agora sobrara para Irie um fardo bem mais pesado do que o do sismólogo, sobrara, em lugar disso, o fardo do profeta, pois ela sabia qual era o dia e a hora do tremor (hoje, 14h30), conhecia seu poder (possível expulsão) e sabia quem seria a vítima mais provável da linha de transgressão. Tinha de salvá-lo. Segurando a banha tremulante e transpirando pelos três dedos de cabelo afro, correu pelas instalações, gritando o nome dele, perguntando sobre ele aos demais, olhando em todos os lugares habituais, mas ele não estava com os garotos-mascate, com as garotas finas, com a turba hindu nem com os negros. Por fim, dirigiu-se pesadamente para o bloco de ciências, parte do antigo asilo e um agradável setor cego da escola, a parede do fundo e a quina oriental proporcionando trinta preciosos metros de grama, onde um aluno que se entregasse a atos ilícitos estaria totalmente oculto da visão geral. Era um dia claro e bonito de outono, o lugar estava cheio; Irie teve de caminhar entre os populares campeonatos de beijos mais demorados, passar por cima do *Goblins and gorgons* de Joshua Chalfen ("Ei, olhe onde pisa! Cuidado com a Caverna dos Mortos!") e abrir passagem através de uma cerrada falange de fumantes antes de chegar, no epicentro de tudo, até Millat, que puxava laconicamente um baseado em forma de cone e prestava atenção no que falava um sujeito alto de barba comprida.

— Mill!

— Agora não, Jones.

— Mas Mill!

— Faz favor, Jones. Este é o Hifan. Um velho amigo. Tô dando atenção pra ele.

O sujeito alto, Hifan, não interrompeu o discurso. Tinha uma voz profunda e macia feito água corrente, irrefreável e constante, que exigia uma força mais potente do que a súbita aparição de Irie, mais potente, talvez, do que a gravidade, para cessá-la. Ele vestia um elegante terno preto, uma camisa branca e usava gravata-borboleta. No bolso do paletó estava bordado um pequeno emblema, duas mãos em concha que alojavam uma chama no centro, e algo mais embaixo, muito pequeno para enxergar. Embora ele não fosse mais velho do que Millat, era espantosa a capacidade do cabelo dele de crescer, e a barba o envelhecia bastante.

— ... e o fato é que a maconha enfraquece as faculdades da pessoa, o vigor da pessoa, e retira de nós os melhores homens deste país: homens como você, Millat, que é um líder natural, que possui dentro de você a capacidade de pegar as pessoas pela mão e elevar elas. Tem um *hadith* dos *Bukhari*, quinta parte, segunda página, que diz: *As melhores pessoas da minha comunidade são os meus contemporâneos e partidários*. Você, Millat, é contemporâneo meu, e juro que também vai se tornar meu partidário. Está tendo uma guerra, Millat, uma guerra.

Continuou nesse tom, uma palavra fluindo atrás de outra, sem pontuação ou respiração e com a mesma enunciação adocicada — seria quase possível até mesmo galgar suas frases, seria quase possível adormecer nelas.

— Mill. *Mill.* É importante.

Millat parecia entorpecido; se pelo haxixe ou por Hifan, não dava para saber. Livrando-se de Irie, que o agarrava pela manga, tentou fazer uma apresentação.

— Irie, Hifan. Ele e eu, a gente costumava andar junto. O Hifan...

Hifan avançou um passo, sobrepairando Irie como um campanário.

— Prazer em te conhecer, mana. Sou o Hifan.

— Ótimo. *Millat.*

— Irie, mas que *cacete*. Dá um *tempo*, cara! — Passou-lhe o cigarro. — Tô tentando dar atenção pro carinha aqui, falou? Hifan é um figurão. Olha só o terno... estilo gângster! — Correu um dedo pela lapela do paletó de Hifan e Hifan, contrariando seu melhor instinto, irradiou-se de prazer. — Sério, Hifan, você tá uma figura, cara. Impecável.

— É?

— Melhor que aquelas roupas de quando a gente andava por aí, certo? Nos tempos de Kilburn. Lembra quando a gente foi pra Bradford e...

Hifan se lembrou. Retomou a expressão anterior de conscienciosa determinação.

— Não, acho que não me lembro dos tempos de Kilburn, mano. Naquela época, eu fazia coisas por ignorância. Eu era uma outra pessoa.

— É — disse Millat, encabulado. — Claro.

Millat deu um soco de brincadeira no ombro de Hifan, e em reação Hifan ficou duro feito poste.

— Pois é... tá rolando uma puta guerra espiritual... isso é uma puta maluquice! Chegou a hora da gente marcar presença na porra deste país. Qual é mesmo o nome da tua turma?

— Sou dos Guardas da Eterna Nação Islâmica Vitoriosa, da sucursal de Kilburn — respondeu Hifan com orgulho.

Irie tragou.

— *Guardas da Eterna Nação Islâmica Vitoriosa* — repetiu Millat, impressionado. — Puta nome! Tem um puta som kung fu do caralho.

Irie franziu o cenho.

— GENIV?

— Estamos cientes — retrucou Hifan com solenidade, apontando para o lugar embaixo da chama protegida pelas mãos em concha onde as iniciais estavam minusculamente bordadas — de que o acrônimo é um tanto problemático.

— É, um tanto.

— Acontece que o nome pertence a Alá e não pode ser mudado... mas, como eu ia dizendo: Millat, meu amigo, você poderia ser o chefe da sucursal de Cricklewood...

— *Mill.*

— Poderia ter o que eu tenho, em vez de estar metido nessa terrível confusão, em vez de se apoiar numa droga importada especificamente pelos governos para *dominar* as comunidades negra e asiática, para *diminuir* o nosso poder.

— É — disse Millat com tristeza, a meio caminho de outro baseado. — Pra falar a verdade, não é assim que eu vejo a coisa. Acho que eu *devia* ver a coisa desse jeito.

— *Mill.*

— Jones, *dá um tempo*. Tô aqui num puta debate. Hifan, em que escola você tá agora, amigão?

Hifan balançou a cabeça com um sorriso.

— Abandonei o sistema de educação inglês faz algum tempo. Mas a minha educação nem de longe terminou. Se não se importa de eu fazer uma citação do *Tabrizi*, *hadith* número 220: *Aquele que parte em busca de conhecimento presta um serviço ativo a Deus até seu retorno e o...*

— Mill — sussurrou Irie em meio ao fluxo de sons melífluos de Hifan. — *Mill.*

— *Caralho. O que é?* Desculpa, Hifan, só um instantinho, cara.

Irie tragou fundo o cigarro e transmitiu a notícia. Millat suspirou.

— Irie, eles entram por um lado e a gente sai pelo outro. Não tem problema. Isso é feijão-com-arroz. Tá certo? Por que você agora não vai brincar com a criançada, hein? O assunto aqui é sério.

— Gostei de te conhecer, Irie — disse Hifan, estendendo a mão e medindo-a da cabeça aos pés. — Se não se importa de eu dizer, é animador ver uma mulher que se veste com recato, usando o cabelo curto. O GENIV tem a convicção de que uma mulher não deveria sentir a necessidade de se entregar às fantasias eróticas da sexualidade ocidental.

— Hã, sei. Obrigada.

Arrependendo-se do que fez, e mais do que baratinada, Irie retomou o caminho através da barreira de fumaça e passou de novo por cima do jogo *Goblins and gorgons* de Joshua Chalfen.

— Ei, a gente está jogando, viu?

Irie se virou de repente, cheia de uma fúria galopante.

— E DAÍ?

Os amigos de Joshua — um garoto gordo, um garoto de cara sardenta e um garoto com uma cabeça anormalmente grande — se encolheram de medo. Mas Joshua não afrouxou. Tocara oboé atrás da segunda viola de Irie, a pretexto de uma orquestra escolar, com freqüência lhe observara o estranho cabelo e os ombros largos, e achou que talvez houvesse uma possibilidade para ele. Ela era inteligente e não desgraciosa de toda, com um forte e tolo quê de atraente, apesar daquele rapaz com quem andava. O indiano. Ela vivia atrás dele, mas não era *igual* a ele. Joshua Chalfen tinha a profunda desconfiança de que ela era *igual a ele mesmo*. Nela havia algo inato que ele poderia trazer à luz. Ela era uma imigrante desinteressante que fugira da terra dos gordos, facialmente contestada e perturbadoramente inteligente. Escalara a montanha Caldor, nadara no rio Leviathrax, enfrentara com bravura o abismo Duilwen, na louca rejeição aos genuínos conterrâneos em troca de outro país.

— Daí que estou só *dizendo*. Você parece a fim de entrar na terra de Golthon. Quer jogar com a gente?

— Não, eu não quero jogar com você, seu bunda-mole. Eu nem sequer conheço você.

— Sou Joshua Chalfen. Estudei na escola primária de Manor. E estamos juntos no curso de inglês. *E* estamos juntos na orquestra.

— Não, *não* estamos. Eu estou na orquestra. Você está na orquestra. Não estamos *juntos* de jeito nenhum.

O duende, ancião e anão, que gostava de um bom jogo de palavras, deu uma chorosa risadinha diante da resposta. Mas insultos nada significavam para Joshua. Joshua era o Cyrano de Bergerac da tolerância a insultos. Tolerava insultos (os afetuosos, *Chalfen, o Cara de Carpa, Josh Janota, Josh Joça*; os não-afetuosos, *Aquele Hippy de Merda, Chupão de Cabelo Crespo, Come-bosta*), tolerara insultos desmedidos a vida inteira e sobrevivera, dando a volta por cima com classe. Um insulto não passava de uma pedra no caminho, a qual apenas provava a inferioridade intelectual de quem a atirara. Ele prosseguia, de qualquer maneira.

— Gosto do que fez com o cabelo.

— Está gozando da minha cara?

— Não, eu gosto de garota com cabelo curto. Gosto dessa coisa andrógina. Sério.

— Qual é o seu problema, hein?

Joshua encolheu os ombros.

— Nenhum. O mais vago conhecimento da teoria básica freudiana sugeriria que quem tem um problema é você. Por que toda essa agressividade? Eu achava que o propósito de fumar era acalmar. Me dá uma tragada?

Irie se esquecera do baseado que queimava sozinho na mão.

— Ah, sim, certo. Puxador assíduo, é?

— Só um tapinha ocasional.

O anão, ancião e duende emitiu alguns roncos e ruídos líquidos.

— Ah, sei — suspirou Irie, inclinando-se para lhe passar o cigarro. — Dá na mesma.

— Irie!

Era Millat. Esquecera-se de tomar de volta o baseado que dera para Irie e correra para reavê-lo. Irie, a ponto de entregá-lo a Joshua, virando-se a meio caminho do gesto, num só golpe e ao mesmo tempo vislumbrou Millat caminhando em sua direção e sentiu o chão tremer, um tremor que sacudiu o pequeno exército de duendes de ferro fundido de Joshua e os derrubou do tabuleiro.

— Mas que...! — exclamou Millat.

Era o pessoal da *blitz*. Adotando a sugestão do Archibald Jones representante de pais, um ex-militar que reivindicava ser perito no campo da emboscada, seus integrantes resolveram chegar de *ambos os lados* (algo jamais experimentado), centenas deles utilizando o elemento surpresa, sem aviso prévio exceto o ruído dos pés que se aproximavam; simplesmente cercando os danadinhos, desse modo eliminando qualquer via de escape do inimigo e flagrando gente do naipe de Millat Iqbal, Irie Jones e Joshua Chalfen no ato de consumir maconha.

O diretor da Glenard Oak se encontrava num constante estado de implosão. O contorno do couro cabeludo retrocedera e assim permanecera qual maré resoluta, as cavidades oculares eram profundas, os lábios haviam sido sugados para dentro da boca; ele não tinha um corpo que pudesse ser chamado assim, ou, melhor dizendo, dobrara o que tinha num pequeno e contorcido embrulho, selando-o com um par de braços e pernas cruzados. Como se para oferecer um contraponto a esse desmoronamento pessoal, interno, o diretor da escola dispusera as cadeiras num círculo amplo, um gesto expansivo que, ele esperava, ajudaria todos a falar e a se ver, permitindo que todos *expressassem as opiniões* e *se fizessem* ouvir, para que, juntos, trabalhassem no sentido de *resolver os problemas*, em lugar de *condenar comportamentos*. Alguns pais achavam que o diretor era perigosa e demasiadamente brando. Se alguém perguntasse a Tina, a secretária dele (não que jamais tivessem perguntado alguma coisa a Tina, ah, não, medo não havia, só que perguntas como: *Bom, então por que esses três mandriões estão sob consideração?*), a resposta era mais uma hemorragia.

— Bom — perguntou a Tina o diretor, com um sorriso de tristeza —, então por que esses três mandriões estão sob consideração?

Enfastiada, Tina leu os três enquadramentos da posse de maconha. Irie levantou a mão para objetar, mas o diretor a silenciou com um sorriso afável.

— Entendo. Por ora é só, Tina. Por favor, deixe a porta entreaberta ao sair, sim? Isso, um pouco mais... *ótimo*... não quero que ninguém se sinta encurralado aqui, digamos assim. Pois bem. Então? Penso que a maneira mais *civilizada* de proceder — disse o diretor da escola, levantando no ar as mãos abertas e pousando-as nos joelhos, para demonstrar que não portava armas —, para que ninguém fale ao mesmo tempo, é eu falar o que tenho para falar, depois cada um de vocês fala o que tem para falar, começando com você, Millat, e terminando com o Joshua, e depois de levarmos em conta tudo o que foi dito eu falo o que eu tiver para falar e ponto final. Relativamente indolor. Certo? Certo.

— Preciso de um cigarro — disse Millat.

O diretor se ajeitou na cadeira. Descruzou a perna direita e sobre ela descansou a magra perna esquerda, levou os dois dedos indicadores aos lábios, formando com eles uma torre de igreja, recolheu a cabeça como tartaruga.

— Millat, *faça-me o favor*.

— Tem um cinzeiro?

— Não. Ora, Millat, *convenhamos*...

— Então vou fumar lá no portão.

Desse modo a escola inteira chantageava o diretor. Ele não poderia consentir que mil alunos se enfileirassem nas ruas de Cricklewood, fumando cigarros, denegrindo o prestígio da escola. Era a época da confederação das escolas. De pais exigentes que fuçavam o *Times Educational Supplement*, sumariando escolas em letras, números e relatórios de inspetores. O diretor se viu forçado a desligar os alarmes de incêndio para os períodos letivos, ocultando as centenas de alunos fumantes dentro dos limites da escola.

— Hã... escute, apenas leve sua cadeira mais para perto da janela. Convenhamos, convenhamos, não me faça um carnaval. É isso aí. Certo?

Um Lambert & Butler pendeu dos lábios de Millat.

— Tem fogo?

O diretor remexeu no bolso da camisa, onde um pacote de fumo de enrolar alemão e um isqueiro estavam enterrados num monte de lenço de papel e canetas esferográficas.

— Tome lá. — Millat acendeu, soprando a fumaça na direção do diretor da escola. O diretor tossiu como uma velhota. — Muito bem, Millat. Você primeiro. Porque espero no mínimo isso *de você*. Desembuche.

— Eu tava lá — disse Millat —, atrás do bloco de ciências, num papo sobre evolução espiritual.

O diretor se inclinou para a frente e bateu a torre da igreja contra os lábios algumas vezes.

— Você tem de me dar um pouco mais de informações para eu refletir, Millat. Se houver alguma conexão religiosa, ela só poderá estar a seu favor, mas preciso saber a respeito.

Millat acrescentou detalhes.

— Eu tava conversando com o meu amigo. Hifan.

O diretor balançou a cabeça.

— Não estou compreendendo, Millat.

— Ele é um líder espiritual. Tava me dando uns conselhos.

— Líder espiritual? Hifan? Ele é da escola? Você se refere a uma seita aqui dentro, Millat? Preciso saber se você se refere a uma seita.

— Não, nada a ver com seita — vociferou Irie, exasperada. — Será que dá para tocar esse negócio em frente? Tenho aula de viola daqui a dez minutos.

— Irie, o Millat está falando. Estamos escutando o Millat. E esperamos que, quando chegar a sua vez, Millat lhe dê um pouco mais de respeito do que o que você acabou de demonstrar a ele. Está certo? Nós *temos* que nos comunicar uns com os outros. Muito bem, Millat. Continue. Que *tipo* de líder espiritual?

— Muçulmano. Tava me ajudando com a minha fé, falou? É o chefe da sucursal de Cricklewood dos Guardas da Eterna Nação Islâmica Vitoriosa.

O diretor franziu o cenho.

— GENIV?

— Eles sabem que o acrônimo é problemático — explicou Irie.

— Então — continuou o diretor com impaciência — esse sujeito é do GENIV. Foi ele que lhe forneceu o material?

— Não — respondeu Millat, esmagando o cigarro no peitoril da janela. — O material era meu. Ele tava falando comigo, eu tava fumando.

— Escute — disse Irie depois de mais alguns minutos de uma conversa em círculos. — É muito simples. O material era do Millat. Eu fumei sem nem pensar, depois entreguei para o Joshua segurar enquanto eu amarrava o cordão do sapato, mas na verdade ele não teve nada a ver com isso. Certo? Agora podemos ir?

— Tive, sim!

Irie se virou para Joshua.

— *O quê?*

— Ela está tentando me acobertar. Um pouco da maconha era minha. Eu estava traficando com maconha. Nisso os tiras me flagraram.

— Ah, meu Deus. Chalfen, você é maluco.

Talvez. Nos últimos dois dias, porém, Joshua ganhou mais respeito, recebeu de mais gente palmadinhas nas costas e, de modo geral, adotou, como nunca na vida, uma atitude de superioridade. Parecia que uma parte do encanto de Millat havia se transferido para ele por associação, e quanto a Irie, bem, nos últimos dois dias ele deixou um "vago interesse" evoluir para uma paixão madura. Não, melhor dizendo: tinha uma paixão madura por ambos. Havia algo irresistível em ambos. Bem mais do que em Elgin, o anão, ou em Moloch, o bruxo. Gostava de ter uma ligação com eles, por mais tênue que fosse. Fora arrancado por ambos da estupidez, acidentalmente lançado da obscuridade para a berlinda da escola. Não retornaria sem relutar.

— É verdade, Joshua?

— Sim... hã, no começo era quase nada, mas agora acho que o problema ficou sério. Eu *não quero* traficar com drogas, claro que não, mas é como uma *compulsão*...

— Ah, pelo amor de *Deus*...

— Irie, escute, deixe o Joshua se manifestar. O que ele tem a dizer é tão válido quanto o que você tem a dizer.

Millat esticou o braço na direção do bolso da camisa do diretor e sacou o pesado pacote de fumo. Despejou o conteúdo na mesinha de centro.

— Ô, Chalfen. Delinqüente. Mede aí oito.

Joshua olhou para a fedorenta montanha marrom.

— Gramas ou onças?

— Faça só o que Millat sugeriu — disse o diretor com irritação, inclinando-se para a frente na cadeira para inspecionar o fumo. — Assim chegaremos a uma conclusão.

Com os dedos trêmulos, Joshua pôs uma porção de tabaco na palma da mão e a exibiu. O diretor ergueu a mão de Joshua sob o nariz de Millat para a inspeção.

— Mais ou menos um pacote de cinco libras — disse Millat, com desdém. — De você eu não comprava porra nenhuma.

— Muito bem, Joshua — disse o diretor, pondo o tabaco de volta no pacote. — Penso que podemos afirmar, com segurança, que a brincadeira acabou. Até *eu* soube que estava longe de oito gramas. Mas o que me preocupa é que você sentiu a necessidade de mentir, por isso vamos ter de marcar uma hora para conversar a respeito.

— Sim, senhor.

— Por enquanto, conversei com os pais de vocês e, em conformidade com a diretriz da escola de *escapar* da punição por mau comportamento e se *aproximar* do tratamento construtivo da conduta, eles muito generosamente sugeriram um programa de dois meses.

— Programa?

— Todas as terças e quintas-feiras, você, Millat, e você, Irie, irão se reunir na casa de Joshua e participar com ele de um grupo de estudos, por duas horas, dividido em matemática e biologia, as matérias em que vocês são fracos e em que ele é mais forte.

— Não está falando sério! — exclamou Irie com desdém.

— *Bastante* sério, sabe? Acho que é uma idéia muito interessante. Dessa maneira as habilidades do Joshua poderão ser compartilhadas igualmente por vocês, e vocês dois poderão ir para um ambiente estável, um ambiente com a vantagem adicional de mantê-los longe das ruas. Conversei com os pais de vocês e eles estão satisfeitos com o, digamos, *arranjo*. E o aspecto realmente estimulante é que o pai do Joshua é um cientista eminente e a mãe dele é uma horticultora, se não me engano, de modo que vocês aproveitarão bastante, sabem? Vocês dois têm um grande potencial, mas sinto que se envolvem com coisas que estão de fato prejudicando esse potencial, se é o ambiente familiar ou dificuldades pessoais eu não sei, mas esta é realmente uma boa oportunidade de escapar delas. É construtivo. É gente ajudando gente. E eu realmente espero que façam isso com dedicação, sabem? Esse tipo de coisa está muito na história, no espírito, em todo o etos da Glenard Oak, desde o próprio *sir* Glenard.

A história, o espírito e o etos da Glenard Oak, como sabia todo glenardiano que valia o pão que comia, remontavam a *sir* Edmund Flecker Glenard (1842-1907), a quem a escola decidira lembrar como o bondoso benfeitor vitoriano. A diretriz partidária oficial afirmava que Glenard doara o dinheiro para o edifício original em virtude de um dedicado interesse na melhoria social dos desfavorecidos. Em lugar de *asilo de pobres*, o livreto oficial da Associação de Pais e Professores o qualificava como "um abrigo, um local de trabalho e um instituto educacional" utilizado, em sua época, por uma mescla de ingleses e caribenhos. De acordo com o folheto da Associação, o fundador da Glenard Oak era um filantropo educacional. Mas depois, de acordo com o folheto da Associação, "período de exame de aberração pós-classe" era uma substituição apropriada para a palavra "confinamento".

Uma investigação mais completa nos arquivos da Grange, a biblioteca local, revelaria que *sir* Edmund Flecker Glenard era um bem-sucedido colono que amealhara uma vasta fortuna na Jamaica com o cultivo do tabaco, ou, mais precisamente, com a supervisão de extensos terrenos onde o tabaco era cultivado. Ao cabo de vinte anos dessa atividade, tendo ganhado mais dinheiro do que o necessário, *sir* Edmund se reclinou em sua magnífica poltrona de couro e perguntou a si mesmo se havia algo que poderia *fazer*. Algo que o conduzisse à senilidade escorado em um sentimento de boa vontade e mérito. Algo para as pessoas. As pessoas que ele enxergava pela janela. Lá fora no campo.

Durante alguns meses, *sir* Edmund ficou na incerteza. Então, num domingo, numa agradável caminhada por Kingston de tardezinha, ouviu um som familiar que lhe pareceu diferente. Um canto religioso. Bater de palmas. Gemidos e berros. Barulho, calor e um movimento extático provenientes de igreja após igreja a percutirem no denso ar da Jamaica, qual coro invisível. Bom, alguma coisa *há*, pensou *sir* Edmund. Ao contrário de muitos de seus pares expatriotas, que rotulavam o canto de miada e o acusavam de pagão, *sir* Edmund sempre se sentira tocado pela devoção dos cristãos jamaicanos. Apreciava a idéia de uma igreja alegre, onde se podia fungar o nariz, tossir ou fazer um movimento brusco sem que o padre olhasse com estranhamento. *Sir* Edmund estava convencido de que Deus, em toda a Sua sabedoria, jamais pretendera que a igreja fosse uma coisa rígida e triste, como o era em Tunbridge Wells, mas, antes, uma coisa jubilosa, uma coisa de dança e canto, uma coisa de bater palmas e bater pés. Os jamaicanos entendiam isso. Às vezes parecia ser a única coisa que *entendiam*. Parando um instante na frente de uma igreja particularmente vibrante, *sir* Edmund aproveitou a oportunidade para meditar acerca deste quebra-cabeça: a extraordinária diferença entre a devoção de um jamaicano a seu Deus em comparação com sua devoção a seu empregador. Tratava-se de um assunto sobre o qual tivera motivos para refletir muitas vezes no passado. Nesse mês, porém, enquanto estava sentado no escritório, procurando se concentrar no problema que colocara para si mesmo, seus encarregados lhe levaram notícias de três greves, de vários homens encontrados adormecidos ou drogados no trabalho e de todo um grupo de mães (entre elas mulheres da família Bowden) que reclamavam dos baixos salários, recusando-se a trabalhar. Pois então, ali é que estava a dificuldade, bem ali. Os jamaicanos eram capazes de rezar a qualquer hora do dia ou da noite, entravam aos bandos nas igrejas em qualquer data religiosa, mesmo a mais obscura — mas bastava tirar os olhos de cima deles por um minuto nos tabacais que o trabalho parava. Quando participavam do culto religioso, eram cheios de energia, movimentavam-se como fava mexicana, berravam entre as fileiras dos bancos... Quando trabalhavam, no entanto, eram melancólicos e em nada cooperativos. O problema o intrigava tanto que ele escreveu uma carta sobre o assunto para o *Gleaner*, no início do ano, solicitando uma troca de correspondência, mas não recebeu respostas satisfatórias. Quanto mais Edmund pensava a respeito, mais ficava claro que se tratava de uma situação oposta à da Inglaterra. Era possível ficar impressionado com a fé dos jamaicanos, mas não ter esperança alguma em sua ética de trabalho e sua educação. Vice-versa, era possível admirar a ética de trabalho e a educação dos ingleses, mas não ter esperança alguma em sua fé malnutrida. E então, ao retornar para sua grande propriedade, *sir* Edmund se deu conta de que tinha condições de influenciar a situação — não, mais do que isso: transformá-la! *Sir* Edmund, que era um homem bastante corpulento, um homem que parecia ocultar um outro homem dentro de si, praticamente percorreu aos saltos todo o caminho de volta para casa.

No dia seguinte mesmo, escreveu uma carta eletrizante para *The Times* e doou quarenta mil libras a um grupo missionário, com a condição de que o dinheiro fosse destinado à aquisição de uma enorme propriedade em Londres. Ali jamaicanos poderiam trabalhar ao lado de ingleses, empacotando os cigarros de *sir* Edmund e obtendo educação geral dos ingleses à noite. Uma capela seria construída como anexo do prédio principal da fábrica. E, aos domingos, continuou *sir* Edmund, os jamaicanos levariam os ingleses à igreja para lhes mostrar como deveria ser o culto.

O prédio foi construído e, depois de apressadamente lhes prometer mundos e fundos, *sir* Edmund despachou trezentos jamaicanos para a zona norte de Londres. Duas semanas mais tarde, do outro lado do mundo, os jamaicanos mandaram um telegrama para Glenard, confirmando que tinham chegado bem, e Glenard respondeu com outro, sugerindo que um lema latino fosse colocado embaixo da placa que já exibia seu nome. *Laborare est orare*. Por um tempo, tudo correu razoavelmente bem. Os jamaicanos estavam otimistas em relação à Inglaterra. Puseram de lado o clima frio e se aqueceram intimamente com os repentinos entusiasmo e interesse de *sir* Edmund por seu bem-estar. Mas *sir* Edmund sempre tivera dificuldade de manter entusiasmo e interesse. Sua cabeça era uma coisinha com buracos enormes através dos quais as paixões vazavam regularmente, e a *Fé nos jamaicanos* foi logo substituída, no crivo inverso de sua consciência, por outros interesses: *A excitabilidade do militar hindu, As impraticabilidades da virgem inglesa, O efeito do calor extremo nas predisposições sexuais dos habitantes de Trinidad.* Nos quinze anos seguintes, à parte os cheques relativamente freqüentes enviados pelo secretário de *sir* Edmund, a fábrica de Glenard Oak não recebeu notícias dele. Então, no terremoto de Kingston, em 1907, Glenard foi esmagado por uma madona de mármore que tombou sob o testemunho ocular da avó de Irie. (Esses são velhos segredos. Aparecem como os dentes de siso, quando chega a hora.) A data era inadequada. Naquele mesmo mês ele tinha planejado voltar às costas britânicas para ver como progredia o experimento havia muito negligenciado. Uma carta que escrevera, fornecendo detalhes do plano da viagem, chegou a Glenard Oak mais ou menos ao mesmo tempo que um verme, depois de completar a travessia de dois dias por seu cérebro, saiu do ouvido esquerdo do pobre homem. No entanto, embora tivesse se transformado numa refeição verminosa, Glenard escapara de um terrível ordálio, pois o experimento ia muito mal. As despesas decorrentes do despacho do pesado e úmido tabaco para a Inglaterra se revelaram inviáveis desde o começo; quando os subsídios de *sir* Edmund secaram seis meses antes, o negócio faliu, o grupo missionário desapareceu discretamente e os ingleses tiveram de procurar trabalho em outra parte. Os jamaicanos, impossibilitados de conseguir trabalho em outra parte, permaneceram, fazendo a contagem regressiva dos dias até se acabarem os suprimentos de alimentos. Tinham, agora, total conhecimento do modo subjuntivo, da tabuada do nove, da vida e da época de Guilherme, o Conquistador, e da natureza de um triângulo eqüilátero, mas estavam famintos. Alguns morreram em decorrência da fome, alguns foram presos por causa dos pequenos delitos que a fome incita, muitos acabaram parando na zona leste de Londres e junto à classe operária inglesa. Alguns foram parar, dezessete anos mais tarde, na Exposição do Império Britânico, vestidos como jamaicanos na exposição jamaicana, representando um horrendo simulacro de sua existência anterior — tambores de lata, colares de coral —, porque agora eram ingleses, mais ingleses do que os ingleses em virtude de seus desenganos. Tudo considerado, portanto, o diretor da escola estava errado: não se podia dizer que Glenard houvesse transmitido qualquer farol edificante às gerações futuras. Legado não é algo que se dá e se tira por escolha, e não há certezas no difícil negócio de herança. Por mais que o tenha consternado, a influência de Glenard se revelou pessoal, não profissional ou educacional: atravessou o sangue das pessoas e o sangue dos familiares delas; atravessou três gerações de imigrantes que se sentiam famintos e abandonados mesmo no seio da família diante de um banquete; e atravessou até mesmo Irie Jones do clã Bowden na Jamaica, embora ela não o soubesse (mas alguém deveria lhe ter dito para lançar um olhar retroativo para Glenard; a Jamaica é um lugar pequeno, pode-se percorrê-la num dia, e todo mundo que lá vivia topava com todo mundo uma vez ou outra).

∽

— Nós temos *realmente* escolha? — perguntou Irie.

— Vocês foram honestos comigo — replicou o diretor da escola, mordendo o lábio sem cor — e quero ser honesto com vocês.

— Não temos uma escolha.

— Sinceramente, não. É isso ou dois meses de períodos de exame de aberração pós-classe. Lamento, Irie, mas temos de satisfazer as pessoas. E, se não podemos satisfazer todas as pessoas o tempo todo, podemos pelo menos satisfazer algumas...

— Sei, sensacional.

— Irie, os pais do Joshua são pessoas realmente encantadoras. Penso que essa experiência toda será realmente educativa para vocês. Não acha, Joshua?

Joshua sorriu, exultante.

— Ah, sim, senhor. Acho, sim.

— E, sabem, o mais interessante é que isso poderia ser uma espécie de projeto-piloto para toda uma série de programas — disse o diretor da escola, pensando em voz alta. — Colocar crianças de famílias desfavorecidas ou de grupos minoritários em contato com crianças que poderiam oferecer algo a elas. E poderia haver um intercâmbio, vice-versa. Crianças ensinando crianças a jogar basquete, futebol, e assim por diante. Poderíamos obter *fundos*. — Ao pronunciar a palavra mágica, *fundos*, os olhos encovados do diretor começaram a desaparecer sob as pálpebras agitadas.

— Que merda, cara — disse Millat, balançando a cabeça com incredulidade. — Preciso de um cigarro.

— Metades — disse Irie, saindo atrás dele.

— Vejo vocês na terça! — disse Joshua.

12. Caninos: os dentes que dilaceram

Se não for uma comparação demasiado forçada, a revolução sexual e cultural que vivenciamos nas duas últimas décadas não se encontra a um milhão de milhas de distância da revolução horticultural que ocorreu em nossas bordas herbáceas e canteiros rebaixados. Onde antes nos contentávamos com plantas bienais, flores de cores parcas emergindo fracamente da terra e florescendo algumas vezes no ano (com um pouco de sorte), hoje exigimos flores de variedade e continuidade, cores ardentes de florações exóticas trezentos e sessenta e cinco dias por ano. Onde antes os jardineiros depositavam uma grande confiança nas plantas de autopolinização, nas quais o pólen se transfere do estame para o estigma da mesma flor (autogamia), hoje somos aventurosos, entoando positivamente os elogios à polinização por cruzamento, na qual o pólen se transfere de uma flor para outra na mesma planta (alogamia), ou para uma flor de outra planta da mesma espécie (xenogamia). Os pássaros e as abelhas, a profusa névoa de pólen — que todos sejam promovidos! Sim, a autopolinização é o mais simples e o mais infalível dos dois processos de fertilização, em especial para as muitas espécies que se colonizam reproduzindo copiosamente a mesma linhagem de parentesco. Mas uma espécie que clona uma prole assim uniforme corre o risco de ter a população inteira dizimada por um único evento evolucionário. No jardim, tal como nos campos social e político, a mudança deve ser a única constante. Nossos pais e as petúnias de nossos pais aprenderam essa lição da maneira mais difícil. A Marcha da História não é sentimental, ela espezinha uma geração e suas plantas anuais com implacável determinação.

O fato é que a polinização por cruzamento produz uma prole mais variada e capacitada para enfrentar um ambiente alterado. Diz-se que a polinização por cruzamento tende também a produzir mais sementes e de melhor qualidade. Se meu filhinho de um ano de idade puder servir de exemplo (uma polinização por cruzamento entre uma feminista horticultora católica não-praticante e um intelectual judeu!), então decerto dou testemunho da verdade disso. Minha cara amiga, o essencial é isto: se tivermos de continuar usando flores no cabelo na próxima década, que sejam resistentes e estejam sempre à mão, algo que só uma jardineira verdadeiramente maternal pode garantir. Se desejarmos proporcionar playgrounds propícios a nossos filhos, e cantos de reflexão a nossos maridos, criemos jardins de diversidade e de interesse. A terra-mãe é grande e abundante, mas até ela precisa de uma mãozinha de vez em quando!

— Joyce Chalfen, extraído de *O novo poder da flor*, 1976, Editora Lagarta

Joyce Chalfen escreveu *O novo poder da flor* num sótão sem conforto que dá vista para seu próprio jardim repleto de trepadeiras, durante o tórrido verão de 1976. Era um cândido início para um estranho livrinho — mais acerca de relações humanas do que de flores — que acabou tendo vendagem boa e constante até o fim da década de 70 (não se tratava, de modo algum, de um livro *coffee-table*, mas uma atenta inspeção nas estantes de quem nasceu logo após a Segunda Guerra Mundial revelará sua presença, empoeirado e esquecido, ao lado de outros bem conhecidos: Dr. Spock, Shirley Conran, um manuseado exemplar de *The third life of Grange Copeland*, de Alice Walker, publicado pela Women's Press). A popularidade de *O novo poder da flor* não surpreendeu ninguém mais do que a própria Joyce. Ele praticamente se escrevera por si mesmo, em apenas três meses, a maior parte dos quais ela passou vestida com uma camiseta minúscula, de calcinhas, numa tentativa de vencer o calor, amamentando Joshua periodicamente, quase distraidamente, e pensando consigo mesma, entre parágrafos que fluíam com facilidade, que essa era, *exatamente*, a vida que almejara. Esse era o futuro que ousara imaginar quando viu pela primeira vez os olhinhos inteligentes de Marcus darem uma rápida olhada em suas pernas brancas enquanto, de minissaia, sete anos atrás, ela atravessava o pátio quadrangular da faculdade Oxbridge dele. Ela era uma dessas pessoas que sacam tudo *imediatamente*, à primeira vista, e assim foi mesmo quando o futuro marido abriu a boca para dizer um nervoso "oi" inicial.

Um casamento bastante feliz. No verão de 1976, talvez por causa do calor, das moscas e das incessante música dos carros de sorvete, as coisas aconteceram de forma nebulosa — às vezes Joyce se beliscava, para se certificar de que isso era real. O escritório de Marcus ficava no fundo do corredor, à direita; duas vezes por dia, ela o percorria, Joshua apoiado num lado do quadril sólido, empurrava a porta com o outro lado do quadril, só para verificar se ele ainda estava lá, se existia *realmente*, e, inclinando-se com ardor sobre a escrivaninha, arrebatava um beijo de seu gênio predileto, que se entregava ao trabalho, imerso em volutas, letras e números. Gostava de arrancá-lo de tudo isso e de lhe mostrar a mais recente coisa notável que Joshua fizera ou aprendera; sons, o reconhecimento de uma letra, um movimento coordenado, uma imitação: *igualzinho a você*, dizia a Marcus, *genes bons*, ele retrucava, dando-lhe palmadinhas nas nádegas e nas coxas luxuriosas, pesando cada seio na mão, dando-lhe palmadinhas na pequena barriga, em geral admirando sua pêra inglesa, sua deusa terrena... e então ela se sentia satisfeita, voltava cheia de si para o escritório, tal qual um enorme felino carregando o filhote entre os dentes, coberta com uma leve camada de alegre suor. De um modo alegre e desnorteado, ouvia a si mesma murmurar, numa versão oral dos rabiscos de porta de banheiro, próprios dos adolescentes: Joyce e Marcus, Marcus e Joyce.

Marcus também estava escrevendo um livro no verão de 1976. Não tanto um livro (no sentido do de Joyce) quanto um estudo. Intitulava-se *Camundongos quiméricos: Uma avaliação e uma investigação da obra de Brinster (1974) concernente à fusão embriônica de raças de camundongo no estágio da oitava célula de desenvolvimento*. Joyce estudara biologia na faculdade, mas não se atreveu a tocar no volumoso manuscrito que ia crescendo como um montículo de toupeira aos pés do marido. Joyce conhecia as próprias limitações. Não tinha vontade alguma de ler os livros de Marcus. Bastava saber que, de algum modo, estavam sendo escritos. Bastava saber que o homem com quem se casara os estava escrevendo. O marido não só fazia dinheiro, não só fazia coisas, ou vendia coisas que outros haviam feito, ele *criava* seres. Ele fora às bordas da imaginação de seu Deus e fizera camundongos que Jeová jamais teria concebido: camundongos com genes de coelho, camundongos com pés palmados (Joyce os imaginou, não perguntou), camundongos que, ano após ano, expressavam, com uma eloqüência cada vez maior, os desígnios de Marcus: do aleatório processo de procriação seletiva à fusão quimérica de embriões, até os rápidos desenvolvimentos que se situavam além da compreensão de Joyce e do futuro de Marcus — a microinjeção de DNA, a transgênese mediada por retrovírus (pela qual por pouco não ganhou o Nobel de 1987), a transferência de gene embriônico mediada por célula-tronco — todos processos pelos quais Marcus manipulava ovos, regulava a expressão excessiva ou insuficiente de um gene, implantando instruções e imperativos na linhagem germinante a serem percebidos nas características físicas. Criava camundongos cujos corpos faziam exatamente o que Marcus lhes mandava fazer. E sempre tendo em mente a humanidade — uma cura para o câncer, para a paralisia cerebral infantil, para o mal de Parkinson —, sempre com a firme crença na *perfectibilidade* de toda forma viva, na possibilidade de torná-la mais eficiente, mais lógica (pois para Marcus doença nada mais era do que má lógica por parte do genoma, assim como o capitalismo nada mais era do que má lógica por parte do animal social), mais eficaz, mais *chalfenista* no modo em que seguia adiante. Ele manifestava desprezo tanto pelos maníacos defensores dos direitos dos animais — pessoas horrendas que Joyce teve de enxotar da porta de casa com um pau de cortina quando um punhado de extremistas tomou conhecimento de que Marcus estava realizando experimentos com camundongos — quanto por hippies, por pessoas que se instalavam em árvores para impedir que elas fossem derrubadas ou por qualquer um que não entendesse o simples fato de que a evolução social e a científica eram irmãs de armas. Era o jeito de ser dos Chalfen, transmitido de pais para filhos ao longo de gerações; eles tinham um inabilidade congênita de ter ou não paciência com pessoas enfadonhas. Quem discutisse com um Chalfen dando razão aos estranhos franceses que pensam que a verdade é uma função da linguagem ou que a história é interpretativa e a ciência metafórica, veria o Chalfen em questão escutar com a devida atenção e em seguida agitar a mão em sinal de rejeição, não sentindo a necessidade de honrar tal conversa fiada com uma réplica. Para um Chalfen, verdade era verdade. E Gênio era gênio. *Marcus criava seres*. E Joyce era sua mulher, diligente na criação de versões menores de Marcus.

Quinze anos depois, Joyce ainda desafiava qualquer um a lhe apontar um casamento mais feliz que o dela. Três outros filhos se seguiram a Joshua: Benjamin (catorze anos), Jack (doze) e Oscar (seis), meninos vivos, de cabelo encaracolado, todos articulados e divertidos. *A vida íntima das plantas domésticas* (1984) e uma cadeira universitária para Marcus os ajudaram a atravessar os períodos de prosperidade e quebra da década de 80, financiando um segundo banheiro, um jardim-de-inverno e os prazeres da vida: queijo curado, bom vinho, invernos em Florença. Agora havia duas obras em andamento: *As paixões secretas da roseira trepadeira* e *Camundongos transgênicos: Um estudo das limitações intrínsecas da microinjeção de* DNA (*Gordon e Ruddle, 1981*) *comparadas à Transferência de Gene mediada pela Célula-Tronco Embriônica* (CTE) (*Gossler et al.*, *1986*). Contrariando seu bom senso, Marcus estava trabalhando também num livro de "ciência popular" em parceria com uma romancista que, ele esperava, financiaria ao menos os anos de universidade dos dois primeiros filhos. Joshua era um aluno brilhante em matemática, Benjamin queria ser geneticista como o pai, a paixão de Jack era a psiquiatria e Oscar era capaz de dar o xeque-mate ao rei do pai em quinze lances. E tudo isso a despeito do fato de os Chalfen terem colocado os filhos na Glenard Oak, correndo o risco ideológico que, com a consciência pesada, os colegas deles evitavam, os nervosos liberais que davam de ombros e soltavam o dinheiro para uma educação particular. E eram crianças não só inteligentes como também felizes, cujo desenvolvimento de modo algum fora imposto. A única atividade que tinham após as aulas (desprezavam os esportes) era a terapia individual, cinco vezes por semana, pelas mãos de uma antiquada freudiana de nome Marjorie, que, nos fins de semana, tratava de Joyce e Marcus (separadamente). Poderia parecer exagero para um não-Chalfen, mas Marcus fora criado com um profundo respeito pela terapia (na família, a terapia tomara o lugar do judaísmo havia muito tempo) e não se questionava o resultado. Cada Chalfen se proclamava mentalmente são e emocionalmente estável. Os filhos vivenciaram o complexo de Édipo muito cedo e na ordem certa, eram todos veementemente heterossexuais, adoravam a mãe e admiravam o pai, e, de modo insólito, esse sentimento apenas se fez intensificar à medida que chegavam à adolescência. Discussões eram raras, jocosas e sempre a propósito de tópicos políticos e intelectuais (a importância da anarquia, a necessidade de impostos mais elevados, o problema da África do Sul, a dicotomia alma/corpo), com os quais, de qualquer forma, todos concordavam.

Os Chalfen não tinham amigos. Interagiam sobretudo com a ampliada família Chalfen (os *genes bons* aos quais se referiam com tanta freqüência: dois cientistas, um matemático, três psiquiatras e um jovem primo que trabalhava para o Partido Trabalhista). Por condescendência, e nos feriados, visitavam a linhagem havia muito rejeitada de Joyce, o clã Connor, missivistas do *Daily Mail* que, mesmo nesses dias, não conseguiam disfarçar a aversão ao marido israelita de Joyce. Basicamente, os Chalfen não precisavam de outras pessoas. Referiam-se a si mesmos como substantivos, verbos e, raras vezes, adjetivos: *É o jeito Chalfen, E então ele se saiu com um autêntico chalfenismo, Ele está chalfenando de novo, Precisamos ser um pouco mais chalfenistas a respeito disso.* Joyce desafiava qualquer um a lhe mostrar uma família mais feliz, uma família mais chalfenista do que a dela.

E no entanto, no entanto... Joyce tinha saudade da idade de ouro, quando era o eixo da família Chalfen. Quando as pessoas não comiam sem sua presença. Quando as pessoas não se vestiam sem sua assistência. Hoje até mesmo Oscar preparava um lanchinho para si mesmo. Às vezes parecia não haver uma só coisa para melhorar, uma só coisa para cultivar; nos últimos tempos, ela dava consigo podando as partes secas da roseira trepadeira, desejando poder encontrar em Joshua um defeito digno de chamar a atenção, algum trauma secreto de Jack ou de Benjamin, uma perversão em Oscar. Mas todos eram perfeitos. Às vezes, quando os Chalfen se sentavam à mesa para o jantar domingueiro, destrinchando um frango até não sobrar mais do que uma carcaça esfrangalhada, devorando em silêncio, falando apenas para terem acesso ao sal ou à pimenta, o tédio era *palpável*. O século ia chegando ao fim e os Chalfen estavam entediados. Como clones de si mesmos, os jantares eram um exercício da perfeição espelhada, o chalfenismo e todos os seus princípios refletindo-se infinitamente, passando, entre carne e legumes, de Oscar para Joyce, de Joyce para Joshua, de Joshua para Marcus, de Marcus para Benjamin, de Benjamin para Jack, até a saciedade. Ainda constituíam a mesma família notável de sempre. Contudo, tendo cortado todos os laços com os colegas de Oxbridge — juízes, executivos de televisão, publicitários, advogados, atores e outras profissões frívolas de que os Chalfen zombavam —, não sobrara ninguém para admirar o próprio chalfenismo. Sua lógica magnífica, sua compaixão, seu intelecto. Eles eram como passageiros de olhar desvairado do *Mayflower* sem uma rocha à vista. Peregrinos e profetas sem uma terra estranha. Estavam entediados, e ninguém mais do que Joyce.

Para preencher os longos e tediosos dias nos quais ficava sozinha em casa (Marcus viajava para ir à faculdade), Joyce com freqüência era levada a passar os olhos no vasto estoque de revistas dos Chalfen entregues pelo correio (*New Marxism, Living Marxism, New Scientist, Oxfam Report, Third World Action, Anarchist's Journal*) e sentir compaixão pelos romenos carecas ou pelos belos etíopios barrigudos — sim, ela sabia que era *terrível*, mas que fazer —, crianças impressas em papel lustroso, implorando, *precisando* dela. Ela precisava que precisassem dela. Seria a primeira a admiti-lo. *Detestou*, por exemplo, quando os filhos, um após outro, incorrigíveis viciados no leite de peito, por fim abandonaram o hábito. Em geral ela o prolongava em dois ou três anos, e no caso de Joshua em quatro, mas, embora o suprimento jamais cessasse, a demanda cessou. Ela vivia temendo o momento inevitável, quando passaram das drogas leves para as pesadas, a troca do cálcio pelas delícias açucaradas de Ribena. Foi quando parou de amamentar Oscar que se entregou de novo à jardinagem, de novo entregue à quente palha protetora das pequeninas coisas recém-plantadas que com ela contavam.

Então, um belo dia, Millat Iqbal e Irie Jones entraram com relutância na vida dela. Quando isso ocorreu, ela estava no jardim dos fundos, examinando com desgosto os delfínios (heliotrópios e de cor de cobalto, com um centro preto-azeviche, como um buraco de bala no céu) à procura de sinais de lacerdinhas — uma praga detestável que já havia exterminado suas bocônias. A campainha tocou. Inclinando a cabeça para trás, Joyce aguardou até escutar os pés de pantufas de Marcus saírem do escritório e descerem a escada; em seguida, concluindo que ele atenderia à porta, tornou a mergulhar na vegetação. Com as sobrancelhas erguidas, inspecionou as eloqüentes flores dúbias que se exibiam ao longo dos dois metros e meio do suporte do delfínio. *Lacerdinhas*, disse para si mesma em voz alta, reconhecendo a mutação em forma de orelha em flores alternadas; *lacerdinhas*, repetiu, não sem prazer, pois agora seria preciso tomar providências, e isso poderia render um livro ou, pelo menos, um capítulo; *lacerdinhas*. Joyce sabia uma ou outra coisa a respeito dos lacerdinhas:

> *Lacerdinhas*, nome comum dado aos minúsculos insetos que se nutrem de uma grande variedade de plantas, apreciando em especial a atmosfera quente necessária para uma planta doméstica ou exótica. O comprimento de muitas espécies não ultrapassa um milímetro e meio na vida adulta; alguns são desprovidos de asas; outros, porém, possuem dois pares de asas estreitas com franjas pilosas. Tanto os adultos quanto as ninfas possuem aparelhos bucais para punção e sucção. Embora polinizem determinadas plantas e também se alimentem de determinados insetos nocivos, os lacerdinhas constituem ao mesmo tempo uma bênção e uma maldição para o jardineiro moderno, sendo, em geral, considerados uma praga que deve ser controlada com pesticidas como Lindex.
>
> *Classificação científica*: os lacerdinhas pertencem à ordem *Thysanoptera*.
>
> — Joyce Chalfen, *A vida íntima das plantas domésticas*, extraído do índice referente a pragas e parasitas

Sim. Os lacerdinhas têm um bom *instinto*: essencialmente, são organismos benévolos e produtivos que ajudam no desenvolvimento da planta. Os lacerdinhas são *bem-intencionados*, mas os lacerdinhas vão longe demais, os lacerdinhas vão além da polinização e do extermínio das pragas; os lacerdinhas começam por comer a própria planta, comê-la por dentro. Se deixarmos, o lacerdinha infeccionará geração após geração de delfínios. O que podemos fazer quanto ao lacerdinha se, como nesse caso, o Lindex não surtir efeito? O que podemos fazer a não ser podar bastante, podar de maneira drástica e começar do começo? Joyce respirou fundo. Estava fazendo isso em nome do delfínio. Estava fazendo isso porque sem ela o delfínio não sobreviveria. Sacou do bolso do avental a enorme podadeira, agarrou com firmeza as alças cor laranja berrante e posicionou a garganta exposta de um delfínio azul entre as duas lâminas prateadas. Amor implacável.

— Joyce! Ja-*oyce*! Joshua e os amiguinhos maconheiros dele estão aqui!

Pulcritude. Do latim *pulcher*, belo. Essa a palavra que ocorreu a Joyce quando Millat Iqbal subiu os degraus do jardim-de-inverno, zombando das piadas de mau gosto de Marcus, protegendo os olhos violeta contra o sol de inverno que se punha gradualmente. Pulcritude: não só o conceito mas toda a palavra física surgiu diante dela, como se a tivessem digitado em sua retina — `Pulcritude` –, beleza onde a gente menos a esperaria, oculta numa palavra que parecia querer significar um arroto ou uma infecção de pele. Beleza num jovem alto e moreno que, para Joyce, teria sido indistinguível daqueles de quem comprava pão e leite, daqueles a quem dava as contas para inspeção ou daqueles que lhe entregavam o talão de cheques por trás do espesso vidro da caixa do banco.

— Mill-yat Iq-Bala — disse Marcus, imitando as sílabas estrangeiras. — E, ao que parece, Irie Jones. Amigos do Josh. Como eu estava dizendo ao Josh, esses são os amigos dele mais bem-apessoados que vimos até hoje! Em geral, são pequenos e mirrados, tão hipermetropes que são míopes, e com pé torto. E *nunca* fêmeas. Bom! — prosseguiu Marcus com regozijo, ignorando a cara de espanto de Joshua. — Foi muito bom você ter aparecido. Estamos procurando uma mulher que case com o velho Joshua... — Marcus parara nos degraus do jardim, admirando muito abertamente os seios de Irie (embora, para falar a verdade, Irie fosse bem mais alta do que ele). — Ele é um bom sujeito, inteligente, um pouco fraco em frações, mas gostamos dele assim mesmo. Bom... — Marcus se calou, esperando Joyce voltar do jardim, tirar as luvas, cumprimentar Millat e acompanhá-los até a cozinha. — Você é uma garotona.

— Hã... obrigada.

— Gostamos disso aqui... alguém com uma dieta saudável. Todos os Chalfen seguem uma dieta saudável. Eu não engordo nem meio quilo, mas a Joyce engorda. Nos lugares certos, claro. Fica para o jantar?

Irie parou estupefata no meio da cozinha, sem conseguir falar de tão nervosa. Não estava diante de uma espécie de pais que reconhecesse.

— Ah, não ligue para o Marcus — disse Joshua, com uma animada piscadela. — Ele é um provocador. É uma brincadeira dos Chalfen. Eles gostam de bombardear as pessoas assim que elas põem os pés dentro de casa. Descobrir o quanto são espertas. Os Chalfen acham que cortesia não está com nada. Joyce, esta é a Irie e este é o Millat. Eles são os dois do fundo do bloco de ciências.

Joyce, em parte recuperada da visão de Millat Iqbal, recompôs-se o suficiente para desempenhar o papel da Mamãe Chalfen a que fora designada.

— Então *vocês* são os dois que andaram corrompendo o meu filho mais velho. Eu sou Joyce. Querem um chá? Então *vocês* são as *más companhias* do Josh. Eu estava lá no jardim podando os delfínios. Este é o Benjamin, este é o Jack... e aquele no saguão é o Oscar. Morango, manga ou normal?

— Para mim normal, Joyce, obrigado — disse Joshua.

— Para mim também, obrigada — disse Irie.

— É — disse Millat.

— Três normais e um de manga, por favor, Marcus, benzinho, *por favor*.

Marcus, que estava saindo pela porta com o cachimbo recém-enchido de fumo, voltou com um sorriso de enfastiado.

— Sou um escravo dessa mulher — disse, agarrando-a na cintura, como um jogador recolhendo as fichas em círculo com os braços. — Mas, se eu não fosse, ela fugiria com qualquer rapaz bonito que entrasse de repente aqui em casa. Eu não gostaria de ser vítima do darwinismo esta semana.

Esse abraço, tão explícito quanto um abraço pode ser, foi dado de frente, aparentemente para que Millat o apreciasse. Os enormes olhos azul-leitosos de Joyce não desgrudavam dele.

— É isso o que você quer, Irie — disse Joyce, num cochicho familiar e audível, como se uma conhecesse a outra havia cinco anos, não cinco minutos —, um homem igual a Marcus a longo prazo. Os irresponsáveis servem para o divertimento, mas que tipo de pais poderão ser?

Joshua corou.

— Joyce, ela mal acabou de entrar em casa! Deixe ela tomar o chá!

Joyce fingiu surpresa.

— Não encabulei você, encabulei? Perdoe a Mamãe Chalfen, se ela está propensa a meter os pés pelas mãos.

Mas Irie não ficou encabulada; ficou fascinada, encantada, depois de cinco minutos. Ninguém na família Jones fazia piadas a respeito de Darwin, nem dizia "jamais cometeria uma gafe", nem oferecia escolhas de chá, nem deixava a conversa fluir livremente de adulto para criança, de criança para adulto, como se o canal de comunicação entre essas duas tribos estivesse desimpedido, desbloqueado pela história, *livre*.

— Bem — disse Joyce, sendo solta por Marcus e instalando-se na mesa circular, convidando-os a fazer o mesmo —, vocês têm um aspecto bastante exótico. De onde são, se não se importam de eu perguntar?

— Willesden — Irie e Millat responderam ao mesmo tempo.

— Sim, sim, claro, mas de onde *originalmente*?

— *Ah* — fez Millat, com um sotaque que ele chamava de *camarada-simpatia*. — A senhora quer dizer o lugar de onde eu vim *originalmente*.

Joyce pareceu confusa.

— Sim, *originalmente*.

— Whitechapel — disse Millat, pegando um cigarro. — Trajeto do hospital Royal London, ônibus 207.

Todos os Chalfen que se movimentavam pela cozinha, Marcus, Josh, Benjamin, Jack, explodiram em gargalhadas. Joyce, obediente, aderiu a eles.

— Cortem essa, carinhas — disse Millat, desconfiado. — Não foi tão engraçado assim.

Os Chalfen, porém, continuaram a gargalhar. Raras vezes os Chalfen faziam piada, a não ser que fosse de natureza excepcionalmente inacreditável ou numérica: O que foi que o zero disse para o oito? *Que cinto bonito!*

— Vai fumar esse cigarro? — perguntou Joyce de súbito, quando a gargalhada amainou, um tom de pânico na voz. — Aqui dentro? É que nós detestamos o cheiro. Gostamos apenas do cheiro do fumo alemão. E, quando fumamos, fumamos no escritório do Marcus, porque senão perturba o Oscar, não é, Oscar?

— Não — retrucou Oscar, o mais novo e o mais angelical dos meninos, ocupado em construir seu império de Lego. — Não ligo.

— Perturba o Oscar — Joyce repetiu, de novo num cochicho audível. — Ele detesta cigarro.

— Eu... vou... fumar... no... jardim — disse Millat bem devagar, com o tipo de voz que se usa para débeis mentais ou estrangeiros. — Volto... daqui... a... pouco.

Assim que Millat se afastou, e enquanto Marcus trazia o chá, foi como se os anos caíssem de Joyce como pele morta, e ela se debruçou na mesa feito uma escolar.

— Minha nossa, ele é *deslumbrante*, não é? Como o Omar Sharif há trinta anos. Nariz aquilino esquisito. Você e ele são...?

— Não amole a moça, Joyce — repreendeu Marcus. — Acha que ela vai falar sobre isso, acha?

— Não — respondeu Irie, sentindo que gostaria de contar tudo para essas pessoas. — Não somos.

— Ainda bem. Os pais dele provavelmente fizeram algum arranjo para ele, não? O diretor da escola me contou que ele é muçulmano. Mas imagino que deva estar agradecido por não ser mulher, não? É inacreditável o que fazem com as mulheres. Marcus, lembra-se daquele artigo da *Time*?

Marcus remexia no refrigerador, à procura do prato de batatas frias do dia anterior.

— Hum. Inacreditável.

— Mas, sabe, só pelo pouco que vi ele não me parece nem um pouco igual à maioria dos rapazes muçulmanos. Quero dizer, estou falando por experiência própria, visito uma porção de escolas por causa da jardinagem e trabalho com garotos de todas as idades. Em geral são muito quietos, sabe, extremamente submissos... Mas ele é tão cheio de... energia! Mas rapazes como ele preferem loiras altas, não preferem? Quero dizer, isso é o essencial, quando são bonitos assim. Entendo como você se sente... Quando tinha a sua idade, eu gostava dos encrenqueiros, mas a gente acaba aprendendo, acaba mesmo. O perigo não é realmente sensual, escute o que eu digo. Vai se dar bem melhor com alguém como o Joshua.

— Mãe!

— Ele passou a semana inteira falando de você.

— Mãe!

Joyce enfrentou a censura com um sorrisinho.

— Bom, talvez esteja sendo franca demais, para vocês, jovens. Não sei... no meu tempo, a gente era bem mais direta, *tinha* de ser, se quisesse conquistar o homem certo. Duzentas garotas na universidade para dois mil homens! Eles lutavam por uma garota... mas, se a gente era esperta, era *seletiva*.

— Caramba, você *foi* seletiva — replicou Marcus, chegando por trás dela e beijando-lhe a orelha. — E com um tremendo *bom gosto*.

Joyce recebeu os beijos como uma moça que satisfizesse o irmão caçula do melhor amigo.

— Mas sua mãe não estava convencida disso, estava? Achava que eu era muito intelectual, que eu não ia querer filhos.

— Mas você a convenceu. Esses quadris convencem qualquer um!

— Sim, no fim... mas sua mãe me menosprezou, não foi? Não achava que eu era um material Chalfen.

— Na época ela simplesmente não a conhecia.

— Bom, nós a surpreendemos, não foi?

— Coitos infindáveis só para agradar aquela mulher!

— Quatro netos mais tarde!

Durante essa conversa, Irie tentou se concentrar em Oscar, que agora criava um uróboro com um enorme elefante rosa ao introduzir a tromba no traseiro. Ela jamais estivera *tão perto* dessa coisa estranha e bonita, a *classe média*, e descobria por experiência própria o tipo de constrangimento que é, na verdade, intriga, fascínio. Era ao mesmo tempo estranho e assombroso. Ela se sentia como a pudica que caminha por uma praia de nudismo, esquadrinhando a areia. Sentia-se como Colombo ao deparar com os *arawaks* desnudos, sem saber para onde olhar.

— Desculpe os meus pais — disse Joshua. — Eles não conseguem parar de se tocar.

Mesmo isso, porém, foi dito com orgulho, porque os filhos dos Chalfen sabiam que os pais eram criaturas raras, *um casal num casamento feliz*, entre não mais do que uma dúzia deles em toda a Glenard Oak. Irie pensou nos próprios pais, cujos toques eram agora virtuais, existentes apenas nas distrações em que os pares de dedos antes estiveram: o controle remoto, a tampa da lata de biscoitos, os interruptores de luz. Ela retrucou:

— Deve ser sensacional sentir isso depois de vinte anos ou sei lá o quê.

Joyce virou-se, como se tivessem desprendido uma lingüeta.

— É maravilhoso! É incrível! A gente acorda numa manhã e se dá conta de que a monogamia não é uma amarra... ela liberta a gente! E os filhos precisam crescer em torno disso. Não sei se você passou por isso alguma vez... a gente lê muito a respeito de os afro-caribenhos encontrarem dificuldade de manter relações duradouras. Isso é muito triste, não é não? Em A *vida íntima das plan-*

tas domésticas, escrevi sobre uma dominicana que teve de mudar um vaso de azaléias para seis casas de homens diferentes; primeiro colocando-o no peitoril da janela, depois num canto escuro, depois num quarto voltado para o sul, e assim por diante. Isso não é coisa que se faça com uma planta.

Essa era uma típica digressão de Joyce, e Marcus e Joshua reviraram os olhos afetuosamente.

Terminado o cigarro, Millat retornou.

— Como é que é, a gente vai ou não vai estudar? Isso tudo é muito bacana, mas ainda quero sair esta noite.

Enquanto Irie se perdera em devaneios, avaliando os Chalfen como se fosse uma antropóloga romântica, Millat estivera no jardim, espiando pela janela, explorando o terreno. Onde Irie via cultura, requinte, classe, intelecto, Millat via dinheiro, dinheiro fácil, dinheiro ocioso que cercava essa família e nada fazia de especial, dinheiro carente de uma boa causa que poderia muito bem ser ele mesmo.

— Muito bem — disse Joyce, batendo palmas, procurando deter todos onde estavam um pouco mais, procurando prolongar o máximo possível a reafirmação do silêncio dos Chalfen —, vocês todos vão estudar juntos! Quero dizer, você e Irie são muito bem-vindos. Eu disse para o diretor da escola, ou melhor, o Marcus disse, que não há necessidade alguma de isso parecer castigo. Não se trata exatamente de um crime hediondo. Cá entre nós, no passado eu mesma cultivei a minha plantinha de maconha...

— Moderninha — disse Millat.

Alimente, pensou Joyce. Seja paciente, regue regularmente e seja moderada ao podar.

— ... e o diretor da escola nos explicou que o ambiente doméstico em que vocês vivem não é propriamente... bem... tenho certeza de que, para vocês, será mais fácil estudar aqui. Este é um ano importantíssimo, por causa dos exames do certificado geral. E é tão óbvio que vocês dois são brilhantes... qualquer um percebe isso, só de olhar nos olhos de vocês. Não é mesmo, Marcus?

— Josh, sua mãe está me perguntando se o QI se manifesta nas características físicas secundárias da cor dos olhos, da forma dos olhos etc. Há uma resposta sensata para essa indagação?

Joyce prosseguiu. Camundongos e homens, genes e germes, essa era a área de Marcus. Plantas novas, fontes de luz, crescimento, nutrição, o cerne enterrado das coisas — essa era a *dela*. Como num navio missionário, as tarefas eram delegadas. Marcus na proa, atento à tempestade. Joyce embaixo do convés, examinando a roupa da cama à cata de percevejos.

— O diretor da escola sabe o quanto eu detesto ver um potencial desperdiçado... por isso mandou vocês para *nós*.

— E porque ele sabe que quase todos os Chalfen são mil vezes mais inteligentes que ele! — disse Jack, saltando como uma celebridade no palco. Ainda era muito novo, não tinha aprendido a demonstrar o orgulho que sentia pela família de um modo mais aceitável socialmente. —Até o Oscar é!

— Não, não sou — retrucou Oscar, contribuindo com uma garagem de Lego que acabara de construir. — Sou o cara mais burro do mundo.

— O Oscar tem um QI de cento e setenta e oito — sussurrou Joyce. — É um tanto assustador, mesmo para mim, que sou a mãe dele.

— Nossa! — exclamou Irie, virando-se, junto com todos, para ver Oscar tentando engolir a cabeça de uma girafa de plástico. — Isso é extraordinário.

— Sim, mas ele teve de tudo, e muito disso é nutrição, não é? Acredito realmente nisso. Tivemos muita sorte de poder dar a ele o que demos, e com um pai como o Marcus... é como ter um raio de sol incidindo sobre ele vinte e quatro horas por dia, não é, meu bem? Nisso ele tem sorte. Bom, todos eles têm. Vocês podem até achar estranho, mas meu objetivo sempre foi casar com um homem mais inteligente que eu. — Joyce descansou as mãos na cintura e esperou Irie achar que isso fosse estranho. — É, sempre foi mesmo. E olhe que sou uma feminista ferrenha. Está aí o Marcus, que não me deixa mentir.

— Ela é uma feminista ferrenha — disse Marcus, de dentro do santuário íntimo da geladeira.

— Não sei se vocês entendem isto, a geração de vocês tem idéias diferentes, mas eu tinha certeza de que seria liberador. E tinha certeza quanto ao tipo de pai que queria para os meus filhos. Taí, isso surpreende vocês, não surpreende? Desculpem, mas aqui em casa nós realmente *não* jogamos conversa fora. Já que vocês viriam para cá toda semana, pensei que seria melhor terem agora uma boa dose dos Chalfen.

Todos os Chalfen que ouviram este último comentário sorriram e o aprovaram com um aceno de cabeça.

Joyce fez uma pausa e olhou para Irie e Millat do jeito que tinha olhado para o delfínio. Era uma perspicaz e experiente detectora de doenças, e neles detectou dano. Havia nela uma dor silenciosa (*Irieanthus negressium marcusilia*), talvez a ausência da figura paterna, um intelecto não-explorado, um amor-próprio em baixa; e nele, uma ferida aberta. Um vazio que precisava mais do que educação ou dinheiro. Que precisava de amor. Joyce desejou tocar o local com a ponta de seu dedo verde Chalfen, fechar a abertura, ligar a pele.

— Posso perguntar uma coisa? O pai de vocês... o quê...?

(Joyce tinha a curiosidade de saber o que os pais faziam, o que fizeram. Ao topar com uma primeira floração mutante, desejava saber de onde viera a muda. Pergunta errada. Não eram os pais, não era apenas uma geração, era o século inteiro. Não o rebento, mas o arbusto.)

— Preparador de *curry* — respondeu Millat. — Ajudante de garçom. Garçom.

— Papel — começou Irie. — Tipo dobrar papel... trabalhar com coisas como perfuração... um tipo de publicidade de mala direta, mas não bem publicidade, pelo menos *idéias* não faltam... tipo dobrar... — ela desistiu. — É difícil explicar.

— Ah, sei. Sei, sei, *sei*. Sabe, quando falta um modelo do papel masculino... é quando, na minha experiência, as coisas vão mal. Há pouco tempo, escrevi um artigo para a *Terra das Mulheres*. Descrevi uma escola em que trabalhei e onde dei para cada criança um vaso de *Impatiens walleriana* e pedi a todas elas que cuidassem da planta por uma semana como um pai ou uma mãe cuidam de um bebê. Cada criança escolheu o genitor que imitaria. Um menininho jamaicano adorável, Winston, escolheu o pai. Na semana seguinte, a mãe dele me telefonou, perguntando por que eu tinha pedido para o Winston nutrir a planta dele com Pepsi e colocá-la na frente do aparelho de televisão. Quer dizer, é simplesmente *horrível*, não é? Mas acho que a maioria dos pais simplesmente não dão o devido valor aos filhos. Em parte, isso é da cultura, entendem? Isso me irrita muito. A única coisa que deixo o Oscar assistir é o *Newsround*, meia hora por dia. Isso é mais do que suficiente.

— Sorte do Oscar — retrucou Millat.

— Em todo caso, estou realmente entusiasmada com o fato de vocês estarem aqui, porque... porque os Chalfen, quero dizer... pode soar esquisito, mas eu realmente quis convencer o diretor da escola de que essa era a melhor idéia, e agora que conheci vocês dois eu estou ainda mais certa... porque os *Chalfen*...

— Sabem como revelar as coisas boas nas pessoas — concluiu Joshua —, foi o que fizeram comigo.

— Sim — confirmou Joyce, aliviada com o fim da procura de palavras, irradiando orgulho. — *Sim*.

Joshua afastou da mesa a cadeira e se levantou.

— Bom, acho que seria melhor a gente começar a estudar. Marcus, você poderia dar uma subidinha mais tarde e ajudar a gente na biologia? Sou péssimo para reduzir o assunto da reprodução a porções digeríveis.

— Claro. Mas estou trabalhando no meu Camundongo do Futuro. — Esse era o nome jocoso que a família dera ao projeto de Marcus, e os Chalfen mais novos entoaram *Camundongo do Futuro!* junto com ele, imaginando um roedor antropomórfico de calções vermelhos. — E antes tenho de tocar um pouco de piano com o Jack. Scott Joplin. O Jack é a mão esquerda, eu sou a direita. Não bem o Art Tatum — disse, desmanchando o cabelo de Jack. — Mas a gente se vira.

Irie se esforçou para imaginar o sr. Iqbal tocando a mão direita de Scott Joplin com os dedos da mão morta. Ou o sr. Jones transformando qualquer coisa em porções digeríveis. Sentiu as faces arderem com o calor abrasador da revelação chalfenista. Existiam, portanto, pais que lidavam com o presente, que não arrastavam consigo uma história antiga feito grilhões. Havia, portanto, homens que não se encontravam metidos até o pescoço no atoleiro do passado e nele afundando.

— Ficam para o jantar, não ficam? — convidou Joyce. — O Oscar realmente quer que fiquem. Ele gosta quando há estrangeiros em casa, acha muito estimulante. Principalmente estrangeiros morenos. Não é, Oscar?

— Não, não gosto — confessou Oscar, cuspindo na orelha de Irie. — Detesto estrangeiros morenos.

— Ele acha os estrangeiros morenos realmente estimulantes — sussurrou Joyce.

Era o século dos estrangeiros, morenos, amarelos e brancos. Era o século do grande experimento imigrante. Só assim tarde do dia, ao entrar num playground, a gente topa com Isaac Leung ao lado do tanque de peixes, Danny Rahman no gol do futebol, Quang O'Rourke jogando basquete e Irie Jones cantarolando uma canção. Crianças com o nome e o sobrenome num conflito direto. Nomes que ocultam em si um êxodo em massa, navios e aviões apinhados, desembarques mal recebidos, exames médicos. Só assim tarde do dia, e talvez só em Willesden, a gente encontra as melhores amigas, Sita e Sharon, constantemente confundidas uma com a outra, porque Sita é branca (a mãe gostou do nome) e Sharon é paquistanesa (a mãe achou que era o melhor nome — menos problema). No entanto, apesar de toda a confusão, apesar do fato de que nós por fim nos envolvemos com relativo conforto (tal como um homem que volta para a cama da amada depois de uma caminhada à meia-noite), apesar de tudo isso, ainda é difícil aceitar que não haja alguém mais inglês do que o indiano, que não haja alguém mais indiano do que o inglês. Ainda há jovens brancos que se *irritam* com isso, que sairão às ruas mal iluminadas, na hora em que os bares fecham, com uma faca de cozinha disfarçada na mão cerrada.

Mas provoca risos no imigrante ouvir os temores do nacionalista, com medo de infecção, penetração, mestiçagem, quando isso não é nada, quando isso é *mixaria*, comparado ao que o imigrante teme — dissolução, *desaparecimento*. Mesmo a imperturbável Alsana Iqbal normalmente acordava numa poça de suor depois de uma noite em que era assediada por visões de Millat (geneticamente, *BB*, em que *B* representa bengali-dade) casando com uma moça chamada Sarah (aa, em que "a" representa ariana), resultando num filho chamado Michael (*B*a), que, por sua vez, casa com uma moça chamada Lucy (aa), deixando Alsana com um legado de bisnetos irreconhecíveis (Aaaaaaa!), a bengali-dade da família totalmente diluída, o genótipo oculto pelo fenótipo. É o sentimento mais irracional e ao mesmo tempo mais natural do mundo. Na Jamaica, consta até mesmo da gramática: não há escolha de pronome pessoal, nenhuma separação entre *mim*, *você* ou *eles*, há apenas o puro e homogêneo *eu*. Quando Hortense Bowden, ela mesma metade branca, tomou conhecimento do casamento de Clara, foi à casa, parou na entrada, disse "Entendo: daqui pra frente eu e eu não falamos mais", girou nos calcanhares e cumpriu a palavra. Hortense não tinha feito todo aquele esforço de casar com um negro para salvar os genes da beira do desaparecimento, só para que a filha pudesse trazer ao mundo mais filhos de tez afogueada.

Da mesma forma, na casa dos Iqbal as linhas da batalha estavam claramente traçadas. Quando Millat levava para casa uma Emily ou uma Lucy, Alsana chorava em silêncio na cozinha, Samad ia para o jardim cuidar do coentro. A manhã seguinte era um jogo de espera, um furioso ficar de boca fechada, até que Emily ou Lucy saísse da casa e a guerra de palavras pudesse começar. Mas com Irie e Clara a questão era, na maioria das vezes, tácita, pois Clara sabia que não se encontrava numa posição de pregar. Mesmo assim, não procurava disfarçar a decepção ou a dolorosa tristeza. Do santuário de ídolos hollywoodianos de olhos verdes no quarto de Irie até os bandos de amigos brancos que com freqüência nele entravam e dele saíam, Clara via um oceano de peles róseas cercando a filha e receava a maré que a levaria embora.

Foi em parte por esse motivo que Irie não mencionou os Chalfen para os pais. Não que pretendesse se *enturmar* com os Chalfen... mas o instinto era o mesmo. Tinha por eles uma nebulosa, esmagadora paixão de adolescente de quinze anos de idade, contudo sem direção ou objeto reais. Apenas desejava, digamos... meio que se *misturar* com eles. Desejava o caráter inglês. O caráter chalfenês. A *pureza* dele. A ela não ocorreu que os Chalfen também eram, de certo modo, imigrantes (terceira geração, via Alemanha e Polônia, nascidos com o nome Chalfenovsky) ou que necessitassem dela tanto quanto ela deles. Para Irie, os Chalfen eram mais ingleses do que os ingleses. Quando pôs os pés na casa dos Chalfen, Irie sentiu um frêmito ilícito, como um judeu que mastigasse uma lingüiça ou um hindu que devorasse um Big Mac. Atravessava fronteiras, entrando furtivamente na Inglaterra; parecia um ato terrivelmente amotinado, usando o uniforme ou a pele de outra pessoa.

Disse apenas que jogava netbol nas noites de terça-feira, e o assunto morreu aí.

∽

A conversa fluía na casa dos Chalfen. A Irie parecia que lá ninguém rezava, que lá todo mundo guardava os sentimentos numa caixa de ferramentas ou silenciosamente alisava fotografias, perguntando-se o que poderia ter sido. Conversar era a essência da vida.

— Oi, Irie! Vamos entrando, vamos entrando, o Joshua está na cozinha com a Joyce, você está com um aspecto ótimo. Millat não veio com você?

— Ele vem mais tarde. Tem um *encontro*.

— Ah, sei. Bom, se no exame de vocês houver perguntas sobre comunicação oral, ele vai papar todas. Joyce! A Irie chegou! E então, como vão os estudos? Já faz... o quê? Quatro meses? O gênio dos Chalfen está passando por osmose?

— É, nada mal, nada mal, nunca achei que tivesse uma veia científica no corpo, mas... parece que está dando certo. Não sei, não. Às vezes meu cérebro dói.

— É o lado correto do seu cérebro despertando de um longo sono, retornando ao agito. Estou realmente impressionado. Bem que eu falei que era possível, de uma hora para outra, transformar uma estudante de arte insípida numa estudante de ciências... ah, estou com as fotos do Camundongo do Futuro. Me lembre mais tarde, você queria vê-las, não queria? Joyce, a grande deusa mulata chegou!

— Marcus, relaxe, cara... Oi, Joyce. Oi, Josh. Oi, Jack. Ooooi, como vai, Oscar, minha gracinha.

— Oi, Irie! Me dê um beijo. Oscar, olha só, é a Irie, que veio visitar a gente de novo! Ah, olhe só a carinha dele... está querendo saber do Millat, não é mesmo, Oscar?

— Não, não estou.

— Ah, mas claro que está... olhe só a carinha dele... fica muito emburrado quando o Millat não aparece. Oscar, diga para a Irie qual é o nome do macaco novo, o que o papai te deu.

— George.

— Não, George não... você o chamou de Macaco Millat, lembra? Porque os macacos são traquinas e o Millat é *igualzinho*, não é, Oscar?

— Não sei. Não estou nem aí.

— O Oscar fica muito aborrecido quando o Millat não vem.

— Está para chegar. Tem um *encontro*.

— Quando é que ele *não* tem um encontro? Todas essas moças peitudinhas! Vamos acabar ficando com ciúme, não vamos, Oscar? Ele passa mais tempo com elas do que conosco. Mas sem brincadeira. Imagino que, para você, é um bocado difícil.

— Não, Joyce, não ligo, honestamente. Estou acostumada.

— Mas todo mundo adora o Millat, não é mesmo, Oscar? É quase impossível não adorar, não é, Oscar? Nós o adoramos, não adoramos, Oscar?

— Eu odeio ele.

— Ah, Oscar, não fale bobagem.

— Será que vocês podem fazer o *favor* de parar de falar no Millat?!

— Sim, Joshua, está bem. Vê como ele fica enciumado? Eu tento explicar para ele que o Millat precisa de um pouco mais de atenção, sabe? Que ele vem de um ambiente complicado. É igual a quando eu dou mais atenção para as peônias do que para as ásteres, margaridas crescem em qualquer lugar... sabe, Joshi, você às vezes é muito egoísta.

— Tá, mãe, tá. E o jantar... vai ser antes ou depois do estudo?

— Acho que *antes*, não, Joyce? Tenho de trabalhar a noite inteira no Camundongo do Futuro.

— Camundongo do Futuro?!

— Oscar, fique quietinho, estou dando atenção para o seu pai.

— É melhor jantar cedo, porque amanhã tenho de apresentar um ensaio. Se não se importa, Irie, sei que você gosta de comer.

— Por mim tudo bem.

— Marcus, meu querido, não fale assim, ela é muito sensível quanto ao peso dela.

— Não, na verdade não sou...

— Sensível? Quanto ao peso? Mas todo mundo gosta de uma moça cheinha, não gosta? *Eu* gosto.

— Boa noite, pessoal. A porta tava aberta. Entrei. Um dia alguém ainda vai acabar entrando e matando vocês todos.

— Millat! Oscar, olha quem está aqui, o Millat! Oscar, você está supercontente de ver o Millat, não está, meu querido?

Oscar torceu o nariz, fingiu vomitar e atirou um martelo de madeira contra o queixo de Millat.

— O Oscar fica *tão* animado quando te vê. *Ótimo*... você chegou bem na hora do jantar. Frango com couve-flor e molho de queijo. Josh, sente-se, ponha o casaco do Millat em algum lugar. *E então*... como vão as coisas?

Millat sentou à mesa com violência e olhos que pareciam ter acabado de ver lágrimas. Pegou o pacote de tabaco e o saquinho de maconha.

— Uma merda.

— Como assim, uma merda? — indagou Marcus, dando pouca atenção, concentrando-se em cortar para si um grosso pedaço de queijo Stilton. — Não deu para enfiar a mão na calcinha da garota? Não deu para a garota enfiar a mão na sua cueca? A garota não estava usando calcinha? Só por curiosidade, que tipo de calcinha ela estava...

— *Pai!* Dá um *tempo*! — censurou Joshua.

— Bem, se você tivesse alguma vez chegado a encostar um dedo na calcinha de uma garota, Josh — retrucou Marcus, olhando enfaticamente para Irie —, eu me daria ao trabalho de argumentar, mas até agora...

— Quietos, vocês dois — retrucou Joyce. — Estou tentando ouvir o Millat.

Quatro meses atrás, ter um amigo legal como Millat pareceu a Josh um golpe de sorte. Tê-lo freqüentando a casa toda terça-feira levantara o moral de Josh na Glenard Oak bem mais do que ele poderia ter imaginado. E agora que Millat, incentivado por Irie, começara a freqüentar por sua livre vontade, a freqüentar *socialmente*, Joshua Chalfen, nascido Chalfen, o Gorducho, deveria sentir que a sorte aumentava. Mas não sentia. Sentia-se enfurecido. Porque Joshua não tinha contado com o poder de atratividade de Millat. Com suas qualidades magnéticas. Percebia que Irie ainda estava, no fundo, presa a ele como clipe e que mesmo a mãe parecia às vezes se concentrar apenas em Millat; toda a energia dela, que antes se voltava para a jardinagem, para os filhos, o marido, aerodinamizada e atraída por esse único objeto, tal como limalha de ferro. Isso o enfurecia.

— Não posso falar, então? Não posso falar na minha própria casa?

— Joshi, não seja bobo. O Millat está obviamente contrariado... No momento só estou procurando tratar *disso*.

— Tadinho do Joshi — disse Millat num tom de satisfação, lento e malicioso. — Não está recebendo muita atenção da mamãe? Quer que a mamãe limpe o bumbum dele?

— Vá se foder, Millat — retrucou Joshua.

— Oooooopa...

— Joyce, Marcus — invocou Joshua, à procura da intervenção de um parecer externo. — Digam para ele.

Marcus enfiou na boca um enorme pedaço de queijo e encolheu os ombros.

— Sinto muito, mas Millat está sob a jurisdição da sua mãe.

— Joshi, deixe eu primeiro tratar *disso* — começou Joyce. — E depois... — Joyce permitiu que o resto da frase fosse esmagado na porta da cozinha no exato momento em que o filho mais velho a bateu com estrondo.

— Será que devo ir atrás dele...? — perguntou Benjamin.

Joyce balançou a cabeça e lhe deu um beijo na bochecha.

— Não, Benji. Melhor deixá-lo sozinho. — Voltou-se para Millat, tocando-lhe o rosto, seguindo com o dedo o rastro de uma lágrima extinta. — *Então...* o que está acontecendo?

Millat começou a enrolar o baseado sem pressa. Gostava de fazê-los esperar. Extraía mais dos Chalfen quando os fazia esperar.

— Ah, Millat, *não fume* esse negócio. Ultimamente, a gente vê você fumando toda vez. Isso aborrece *tanto* o Oscar. Ele não é tão novo assim e entende mais do que você pensa. Entende o que é maconha.

— O que é má conha? — perguntou Oscar.

— Você sabe o que é, Oscar. É o que deixa o Millat mal, como a gente estava falando hoje, e é o que mata os neuroniozinhos cerebrais dele.

— Joyce, quer parar de encher o meu saco?

— Eu só estou tentando... — Joyce suspirou melodramaticamente, passando a mão no cabelo. — Qual é o problema, Millat? Está precisando de dinheiro?

— É, na verdade tô.

— Por quê? O que aconteceu? *Millat*. Me conte. A família de novo?

Millat introduziu o rolinho de cartão laranja e espetou o cigarro entre os lábios.

— O meu pai me pôs fora de casa.

— Ah, meu Deus — exclamou Joyce, as lágrimas logo brotando, puxando a cadeira para mais perto e segurando-lhe a mão —, se *eu* fosse a sua mãe, eu... bom, de qualquer maneira, não sou, sou?... mas como ela é inepta... isso me deixa *tão*... quero dizer, imagine, deixar o marido mandar para longe um dos filhos e fazer Deus sabe o quê com o outro, eu simplesmente...

— Não fala da minha mãe. Você não conhece ela. Eu não tava nem falando dela.

— Bom, ela se recusa a me conhecer, não é mesmo? Como se fosse um tipo de competição.

— Cala essa matraca, Joyce.

— Bom, não faz sentido, faz? Entrar em... contraria você falar... vejo com clareza, está perto demais do teu... Marcus, faça um chá, ele *precisa* de um chá.

— Cacete! Não quero porra de chá nenhum! Vocês só sabem tomar chá! Devem mijar puro chá.

— Millat, eu só estou tent...

— Pois não tente. — Uma sementinha de fumo escapou do cigarro e grudou no lábio de Millat. Ele a pegou e a pôs na boca. — Mas tomo um conhaque, se tiver.

Joyce se virou para Irie com um olhar de quem pergunta "o que posso fazer?" e, com o indicador e o polegar, esboçou uma medida pequena do conhaque Napoleon envelhecido trinta anos. Irie subiu num balde virado de borco para pegar a garrafa na última prateleira.

— Muito bem, vamos com calma agora. Está bem? Está bem. *Então*, o que aconteceu dessa vez?

— Xinguei ele de bunda-suja. Ele é um bunda-suja. — Millat bateu nos furtivos dedos de Oscar, que buscavam um brinquedo e tateavam os fósforos. — Preciso dum lugar pra ficar um tempinho.

— Bom, isso nem chega a ser um problema, pode ficar aqui com a gente, claro.

Irie se meteu entre os dois, Joyce e Millat, para pôr na mesa a enorme garrafa bojuda de conhaque.

— Está bem, Irie, agora dê um espaço para ele respirar.

— Eu só estou...

— Sei, Irie, está bem... é que, neste momento, ele não precisa de amontoamento...

— Ele é um puta hipócrita, cara — resmungou Millat com raiva, olhando a meia distância e dirigindo-se tanto ao jardim-de-inverno quanto a qualquer um —, reza cinco vezes por dia, mas bebe e não tem nenhum amigo muçulmano, e aí cai em cima de mim porque trepei com uma branca. E aí fica puto da vida com o Magid. Ele me torra o saco por causa de tudo. E quer que eu não me meta mais com o GENIV. Eu sou muito mais muçulmano que ele. Quero que ele se foda!

— Quer falar sobre o assunto com todo mundo aqui — observou Joyce, olhando sugestivamente em redor — ou só entre nós?

— Joyce — retrucou Millat, terminando o conhaque num gole —, tô cagando montes.

Joyce entendeu que isso significava "só entre nós" e, com os olhos, mandou que todos os demais saíssem da cozinha.

Irie sentiu prazer em sair. Nos quatro meses em que ela e Millat freqüentavam os Chalfen, gramando as matérias de ciência do primeiro estágio e comendo a variedade de cozidos da família, uma estranha rotina se estabeleceu. Quanto mais Irie progredia — fosse nos estudos, nas tentativas de manter conversas polidas ou na dedicada imitação do chalfenismo —, menos interesse Joyce mostrava por ela. Contudo, quanto mais Millat saía dos trilhos — aparecendo numa noite de domingo sem ser convidado, agressivo, levando garotas, fumando maconha em todos os cômodos da casa, bebendo às escondidas o Dom Perignon safra 1964, urinando no roseiral, realizando uma reunião do GENIV na sala da frente, elevando a conta do telefone para trezentas libras esterlinas ao ligar para Bangladesh, xingando Marcus de bicha, ameaçando castrar Joshua, chamando Oscar de bostinha mimado, acusando a própria Joyce de ser doida varrida —, mais Joyce o adorava. Em quatro meses, ele já lhe devia mais de trezentas libras, um novo edredom e uma roda de bicicleta.

— Vai subir? — perguntou Marcus, fechando a porta da cozinha para deixá-los sozinhos, desviando o corpo de um lado para o outro feito vara de bambu enquanto os filhos passavam zunindo por ele. — Estou com as fotos que você queria ver.

Irie sorriu para Marcus em agradecimento. Parecia que era Marcus quem a notava. Era Marcus quem a ajudara naqueles quatro meses em que seu cérebro mudara de algo pastoso para algo sólido e definido, à medida que, aos poucos, ela se familiarizava com o modo de pensar dos Chalfen. Ela considerara isso um grande sacrifício por parte de um homem ocupado, mas, mais recentemente, perguntava a si mesma se não haveria nisso algum divertimento. Como, talvez, observar um cego tatear os contornos de um novo objeto. Ou um rato de laboratório descobrir um labirinto. De qualquer forma, em troca da atenção dele, Irie começara a ter um interesse, no início estratégico, depois autêntico, no Camundongo do Futuro. Por conseguinte, os convites ao escritório de Marcus no sótão da casa, de longe o cômodo preferido dela, tornaram-se mais freqüentes.

— Ei, não fique aí parada, rindo como um bobo da corte. Suba comigo.

O cômodo de Marcus não lembrava lugar algum que Irie tivesse visto. Não havia uma utilidade comunal, nenhum outro propósito na casa afora ser o cômodo de Marcus; não havia brinquedos, bricabraques, coisas quebradas, tábuas de passar roupa sobressalentes, ninguém comia ali, ninguém dormia ali, ninguém fazia sexo ali. Não era como o sótão de Clara, um Kubilai Khan de bugigangas, tudo cuidadosamente guardado em caixas etiquetadas, para o caso de ela algum dia precisar fugir desse país para um outro. Não era como os quartos de hóspedes de imigrantes — com todos os pertences empilhados até as vigas, não importava se com defeito ou danificados, montes de quinquilharias — que testemunhavam o fato de que agora *possuíam* coisas, quando antes *tinham nada*. O cômodo de Marcus se destinava puramente a Marcus e ao trabalho de Marcus. Um escritório. Como em Austen, ou *Upstairs, downstairs*, ou Sherlock Holmes. Exceto que era o primeiro escritório que Irie vira na vida real.

O cômodo em si era pequeno e irregular, com um piso inclinado, beirais de madeira que indicavam que se podia ficar em pé em alguns lugares, mas em outros não, e uma clarabóia, não uma janela, que deixava entrar fatias de luz, holofotes para a poeira dançante. Havia quatro arquivos, animais de boca aberta cuspindo papéis; pilhas de papéis no chão, nas estantes, em círculos em volta das cadeiras. O cheiro doce e penetrante de um tabaco alemão pairava numa nuvem logo acima da altura da cabeça, amarelando as páginas dos livros na mais alta prateleira, e havia uns primorosos petrechos de fumar em cima de uma mesinha lateral — boquilhas sobressalentes, cachimbos que iam da forma padronizada em U às mais curiosas, tabaqueiras, uma coleção de gazes —, tudo colocado em um estojo de couro forrado com veludo, como instrumentos de médico. Espalhadas nas paredes e em torno da lareira, havia fotografias do clã dos Chalfen, inclusive graciosos retratos de Joyce com roupas ousadas da juventude hippie, um nariz arrebitado insinuando-se entre duas grandes mechas de cabelo. E depois algumas peças centrais maiores enquadradas. Um mapa da árvore genealógica da família Chalfen. Uma foto do rosto de Mendel com ar de satisfeito consigo mesmo. Um enorme pôster de Einstein na fase de ícone americano — cabelo de professor aloprado, olhar de "espanto" e um cachimbo gigantesco — com a legenda *Deus não joga dados com o mundo*. Por fim, o encosto da enorme poltrona de carvalho de Marcus voltado para um retrato de Crick e Watson com aspecto de cansados, porém eufóricos, na frente da estrutura do ácido desoxirribonucléico, uma escada em espiral de grampos metálicos que se elevava do chão do laboratório em Cambridge para além do alcance da lente do fotógrafo.

— Mas cadê o Wilkins? — perguntou Marcus, curvando-se onde o teto se tornava baixo e dando batidinhas na foto com um lápis. — Em 1962, Wilkins ganhou o Prêmio Nobel de Medicina junto com Crick e Watson. Mas não há nem sinal do Wilkins nas fotos. Só Crick e Watson. A história gosta de gênios solitários ou de duplas. Mas não dá bola para trios. — Marcus refletiu novamente. — A não ser que sejam comediantes ou músicos de jazz.

— Imagine então que você tem de ser um gênio solitário — disse Irie com animação, afastando-se da fotografia para ir se sentar numa cadeira sueca sem encosto.

— Ah, mas eu tenho um *mentor*, percebe? — Apontou para a fotografia em preto-e-branco do tamanho de um pôster na outra parede. — E mentores são um embaraço bem diferente.

Era um close-up exagerado de um homem exageradamente velho, os contornos do rosto definidos nitidamente por linha e sombra, hachuras num mapa topográfico.

— O ilustre francês, um cavalheiro e um erudito. Me ensinou praticamente tudo o que sei. Setenta e tantos anos e afiado como navalha. Mas, sabe, no caso dos mentores a gente não precisa reconhecer diretamente o mérito deles. Isso é o bom nos mentores. Mas onde é que estão as porcarias das fotos...

Enquanto Marcus remexia num arquivo, Irie examinou uma pequena porção da árvore genealógica dos Chalfen, um minucioso carvalho ilustrado que remontava a 1600 e avançava até o presente. As diferenças entre os Chalfen e os Jones/Bowden saltavam à vista. Para começar, na família Chalfen todos pareciam ter um número normal de filhos. Mais precisamente, todos sabiam quais filhos eram de quem. Os homens viviam mais do que as mulheres. Os casamentos eram singulares e duradouros. As datas de nascimento e morte eram especificadas. E os Chalfen *sabiam de fato* quem eles eram em 1675. Archie Jones não era capaz de apresentar um registro de sua família que remontasse a além da acidental aparição do pai no planeta no quarto dos fundos de um bar de

Bromley, por volta de 1895 ou 1896, ou, muito possivelmente, 1897, dependendo da ex-garçonete nonagenária com quem se conversasse. Clara Bowden sabia um pouco a respeito da avó e estava inclinada a acreditar na história de que o tio P., afamado e prolífico, tivera trinta e quatro filhos, mas só podia afirmar com certeza que a própria mãe nascera às 14h45 do dia 14 de janeiro de 1907, numa igreja católica, no meio do terremoto de Kingston. O resto era rumor, folclore e mito:

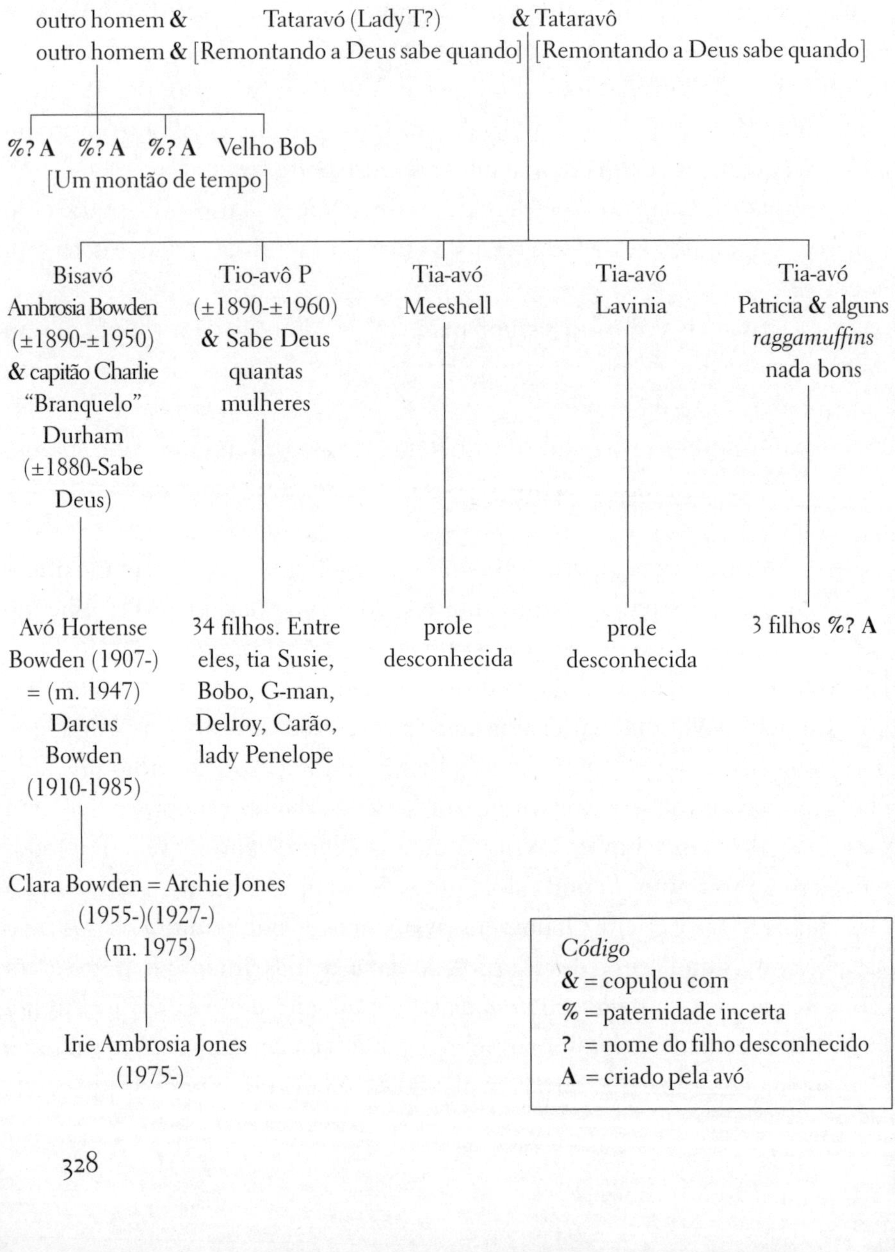

— Vocês vêm de muito tempo atrás — disse Irie, enquanto Marcus se aproximava por detrás dela para ver o que lhe despertara o interesse. — É incrível. Nem consigo imaginar a sensação que isso dá.

— Afirmação absurda. Todos nós vimos de muito tempo atrás. Só que os Chalfen sempre anotaram coisas — disse Marcus, pensativo, pondo fumo no cachimbo. — Isso ajuda, se a gente quer ser lembrado.

— Acho que a minha família está mais para a tradição oral — retrucou Irie, encolhendo os ombros. — Mas, cara, sobre isso você tem de perguntar para o Millat. Ele é descendente de...

— Um grande revolucionário. Ouvi dizer. Se eu fosse você, não levaria essa história a sério. Naquela família, é uma porção de verdade para três porções de ficção, imagino. Alguma figura histórica eminente na sua família? — perguntou Marcus e, em seguida, perdendo logo o interesse na própria pergunta, retomou a busca no arquivo número dois.

— Não... ninguém... *digno de nota*. Mas minha avó nasceu em janeiro de 1907, durante o terremoto de...

— *Achei!* — Marcus emergiu triunfante de dentro de uma gaveta de aço, brandindo uma fina pasta de plástico que continha alguns pedaços de papel. — Fotografias. Especialmente para você. Se o pessoal defensor dos direitos dos animais as visse, contrataria um matador para acabar comigo. Bom, uma por uma. Tire a mão.

Marcus passou para Irie a primeira fotografia. Era de um camundongo deitado de costas. No estômago proliferavam protuberâncias que lembravam pequenos cogumelos, marrons e intumescidos. A boca se expandia anormalmente, devido à posição de prostrado, num grito de agonia. Mas não uma agonia genuína, Irie pensou, mais parecia uma agonia teatral. Era como se o camundongo estivesse fazendo uma grande demonstração de alguma coisa. Um camundongo canastrão. Um camundongo afetado. Havia nele algo de sarcástico.

— Está vendo, as células embrionárias são perfeitas, ajudam a gente a entender os elementos genéticos que possam ser responsáveis pelo câncer, mas o que se deseja de fato é saber como um tumor se desenvolve num *tecido vivo*. Quero dizer, não se pode obter algo semelhante numa cultura. Então procedemos à introdução de cancerígeno químico num órgão-alvo, mas...

Irie meio ouvia, meio se deixava absorver pelas fotografias que lhe eram passadas. A seguinte era do mesmo camundongo, tanto quanto ela conseguia discernir, dessa vez de frente, onde os tumores eram maiores. Havia um no pescoço que parecia ter praticamente o mesmo tamanho da orelha. Mas o camundongo dava a impressão de estar satisfeito com ele. Quase como se de propósito tivesse desenvolvido um novo aparelho para ouvir o que Marcus dizia a respeito dele. Irie sabia que era uma tolice pensar isso com relação a um ratinho de laboratório. Mas, de novo, havia algo de astúcia de camundongo no rosto do camundongo. Havia um sarcasmo de camundongo nos olhos do camundongo. Um sorriso afetado de camundongo se esboçava nos lábios do camundongo. *Doença terminal?* (o camundongo dizia para Irie) *Que doença terminal?*

— ... devagar e impreciso. Mas, se você *reprogramar* o próprio genoma, de maneira que cânceres *específicos* se manifestem em tecidos *específicos* a intervalos *predeterminados* no desenvolvimento do camundongo, então já não estará lidando com o *aleatório*. Estará *eliminando* as ações aleatórias de um mutagene. Estará se referindo ao *programa genético* do camundongo, uma força que ativa os oncogenes *no interior* das células. Como pode ver, este camundongo aqui é um macho novo...

Agora o Camundongo do Futuro© estava sendo seguro pelas patas dianteiras por dois dedos róseos gigantes e colocado de pé na vertical como um camundongo de cartum, forçando, assim, a cabeça para cima. Parecia estar pondo para fora a pequenina língua rósea de camundongo, primeiro para o fotógrafo, agora para Irie. No queixo, os tumores pendiam como enormes pingos de chuva suja.

— ... e expressa o oncogene H-ras em algumas células da pele, de modo que desenvolve papilomas de pele múltiplos e benignos. Agora, o interessante, claro, é que as fêmeas novas *não* o desenvolvem, o que é...

Um olho fechado, o outro aberto. Como uma piscadela. Uma ladina piscadela de camundongo.

— ... e por quê? Por causa da rivalidade entre os machos... as lutas levam à abrasão. Não um imperativo biológico, mas social. Resultado genético: o mesmo. Entende? E é só com os camundongos transgênicos, ao se contribuir experimentalmente para o genoma, que podemos compreender esses tipos de diferença. E este camundongo, Irie, este que você vê, é um camundongo *excepcional*. Eu planto um câncer e um câncer surge precisamente quando eu o esperava. Quinze semanas depois do desenvolvimento. Seu código genético é *novo*. Raça nova. Não há melhor argumento para uma patente, se quiser saber. Ou, pelo menos, para algum tipo de acordo sobre direitos autorais: oitenta por cento para Deus, vinte por cento para mim. Ou o contrário, dependendo de quão bom for o meu advogado. Aqueles coitados de Harvard ainda estão debatendo a questão. Não estou interessado na patente, eu, pessoalmente. Estou interessado na *ciência*.

— Nossa — exclamou Irie, devolvendo as fotografias com relutância. — É difícil assimilar. Eu meio que entendo e meio que não entendo nada. É simplesmente espantoso.

— Bem — disse Marcus, fingindo modéstia. — Preenche o tempo.

— Ser capaz de eliminar o aleatório...

— Elimine o aleatório e governe o mundo — disse Marcus simplesmente. — Por que se ater aos oncogenes? Seria possível programar cada etapa do desenvolvimento da reprodução de um organismo, dos hábitos alimentares, da esperança de vida — voz de autômato, braços estirados feito zumbi, globos oculares revirando-se —, DO-MI-NA-ÇÃO DO MUNDO.

— Já vejo as manchetes nos tablóides — disse Irie.

— Mas, falando sério — disse Marcus, colocando as fotografias de novo em ordem dentro da pasta e encaminhando-se para o arquivo para guardá-la —, o estudo de raças isoladas de animais transgênicos lança uma luz decisiva no aleatório. Está me acompanhando? Um camundongo sacrificado por 5,3 bilhões de seres humanos. Não chega a ser bem um apocalipse de camundongo. Não é pedir muito.

— Não, claro que não.

— Droga! Esta geringonça é uma bagunça só!

Marcus tentou três vezes fechar a última gaveta do arquivo e então, perdendo a paciência, chutou as laterais de aço. — Porcaria!

Irie se aproximou e espiou dentro da gaveta aberta.

— Você precisa de mais divisões — disse, resoluta. — E você está usando um monte de papéis, é A3, A2 ou irregular. Você precisa de algum tipo de diretriz para organizar as pastas. No momento, está simplesmente socando elas aqui dentro.

Marcus atirou a cabeça para trás e riu.

— Diretriz para organizar pastas! Bom, acho que você sabe do que está falando. Tal pai, tal filha.

Agachou-se junto da gaveta e lhe deu mais alguns empurrões.

— Falo sério. Não sei como consegue trabalhar assim. A porcaria que eu tenho na escola é bem mais organizada, e eu não estou no negócio da Dominação do Mundo.

Marcus ergueu o olhar para ela de onde estava ajoelhado. Desse ângulo, ela era uma cordilheira, uma suavizada e fofa versão dos Andes.

— Escute, vou fazer uma proposta: pago quinze libras por semana para você vir duas vezes por semana e pôr ordem nestes arquivos desastrosos. Aprenderá mais e eu terei feita uma coisa que precisa ser feita. Hein? Que tal?

Que tal. Joyce já pagava para Millat um total de trinta e cinco libras por semana por atividades tão variadas quanto servir de babá para Oscar, lavar o carro, arrancar as ervas daninhas, limpar as janelas e reciclar todos os jornais coloridos. Ela pagava, evidentemente, pela presença de Millat. Aquela energia à volta dela. E aquela *segurança*.

Irie entendia o acordo que estava prestes a fazer; não embarcou nele por estar ébria, baratinada, desesperada ou confusa, como Millat o fizera. Além do mais, ela o *queria*; *queria* se incorporar aos Chalfen, ser da mesma carne. Separada da caótica e aleatória carne da própria família e transgeneticamente fundida com outra. Um animal excepcional. Uma nova raça.

Marcus fechou a cara.

— Por que toda essa ponderação? Eu gostaria de ter uma resposta neste milênio, se não se incomodar. É ou não é uma idéia boa?

Irie fez que sim com a cabeça e sorriu.

— Claro que é. Quando começo?

ഗ

Alsana e Clara não ficaram nem um pouco satisfeitas. Mas demorou algum tempo para trocarem idéias e concretizarem a insatisfação. Clara freqüentava uma escola noturna três dias por semana (os cursos: imperialismo britânico, de 1765 ao presente; literatura galesa medieval; feminismo negro),

Alsana freqüentava a máquina de costura durante todas as horas do dia que Deus deu, enquanto uma guerra familiar se travava à volta. Conversavam ao telefone só de vez em quando e se viam menos ainda. Cada uma, porém, sentia uma inquietude em relação aos Chalfen, dos quais ouviam, gradualmente, falar mais e mais. Depois de alguns meses de secreta vigilância, Alsana confirmou que era para a casa dos Chalfen que Millat ia durante as ausências regulares. Quanto a Clara, ela teve a sorte de encontrar Irie em casa uma noite da semana, tendo esta então abandonado as velhas desculpas do netbol. Havia meses que só dizia que os Chalfen isso e que os Chalfen aquilo; Joyce falou uma coisa maravilhosa e Marcus é extremamente inteligente. Mas Clara não estava disposta a fazer um escarcéu; queria muitíssimo o que fosse *melhor para Irie*; e sempre estivera convencida de que noventa por cento da maternidade consistiam em sacrifício. Chegou até mesmo a sugerir um encontro entre ela e os Chalfen, mas ou Clara era paranóica ou Irie fazia de tudo para evitá-lo. E era inútil procurar o apoio de Archibald. Ele via Irie só de passagem — quando ela voltava para casa para tomar banho, trocar de roupa e comer e parecia não se incomodar se ela não se cansava de falar, com empolgação, dos filhos dos Chalfen (*Parecem legais, minha querida*), de alguma coisa que Joyce fizera (*Foi mesmo? Isso é inteligente, não é, minha querida?*) ou de alguma coisa que Marcus dissera (*Isso lembra muito o velho Einstein, não é, minha querida? Mas que bom para você. Agora preciso ir indo. Um encontro com o Sammy às oito no O'Connell's*). Não havia o que perturbasse Archie. Para ele, ser pai era uma posição genética tão sólida (o fato mais sólido da vida de Archie) que não lhe ocorria que alguém disputaria sua coroa. Coube a Clara morder o lábio sozinha, ter a esperança de que não estava prestes a perder a filha única e engolir o sangue.

Alsana, porém, finalmente concluíra que era guerra total e que precisava de uma aliada. No fim de janeiro de 1991, sem o empecilho do Natal e do Ramadã, telefonou.

— Então, sabe alguma coisa desses Chafentilhão?

— *Chalfen*. Acho que o nome é Chalfen. Sim, acho que são os pais de um amigo da Irie — respondeu Clara dissimuladamente, querendo primeiro saber o que Alsana sabia. — Joshua Chalfen. Parece que são uma família legal.

Alsana bufou.

— Pois eu os chamo de Chafentilhão, uma mistura de chafalhão com tentilhão, sabe como é? Um instrumento barulhento e chato igual a esse passarinho inglês pequenininho e predador, que se alimenta de todas as minhas melhores sementes! Esses passarinhos fazem com o meu loureiro a mesma coisa que eles fazem com o meu filho. Mas eles são *piores*; são que nem passarinhos com dentes, com caninos afiados... não só roubam como também estraçalham! O que você sabe sobre eles?

— Eu? Pra falar a verdade, nada. Estão ajudando a Irie e o Millat nas matérias de ciência, foi o que ela me falou. Isso não é uma coisa ruim, Alsi. E a Irie agora está indo muito bem na escola. Ficar fora de casa o tempo todo ela fica, mas eu não posso bater pé.

Clara ouviu Alsana dar uma batida na balaustrada de Iqbal com fúria.

— *Conheceu* eles? Porque eu não conheci, e mesmo assim eles se sentem à vontade para dar dinheiro e guarida para o meu filho, como se ele não tivesse nem um nem outro... e falar mal de mim, não tenho dúvida. *Só Deus sabe* o que ele anda falando de mim para eles! Quem são eles? Não faço a menor idéia de quem ele ou ela é! O Millat passa com eles cada tempo que sobra e não vejo nenhuma melhora dele na escola, e ele está sempre fumando maconha e dormindo com as garotas. Eu tento alertar o Samad, mas ele vive no mundo dele; simplesmente não me ouve. Só grita com o Millat e não fala comigo. Nós estamos tentando levantar dinheiro para trazer o Magid de volta e colocar ele numa escola boa. Eu estou tentando manter a família unida e os Chafentilhão estão tentando destruir ela!

Clara mordeu o lábio e concordou em silêncio do outro lado da linha.

— Clara, está me ouvindo?

— Estou — disse Clara. — Estou. Veja, a Irie... bom, parece que ela adora eles. No começo fiquei muito chateada, mas depois pensei que eu estava sendo boba. O Archie diz que estou sendo boba.

— Se você dissesse para esse cabeça-de-vento que na Lua não tem gravidade, ele ia pensar que você é boba. A gente passou quinze anos sem a opinião dele, podemos passar sem ela agora. Clara — disse Alsana, a respiração pesada estremecendo no bocal, a voz soando exausta —, nós sempre *apoiamos uma à outra*... eu *preciso* de você agora.

— É... só estou pensando...

— Por favor. Não pense. Eu reservei dois ingressos para um filme, antigo e francês, como você gosta... hoje à tarde, às duas e meia. Se encontre comigo na frente do Tricycle Theatre. A Sobrinha da Vergonha também vai. A gente pode tomar um chá. Conversar.

O filme era *A bout de souffle*. Em dezesseis milímetros, branco e cinza. Fords velhos e bulevares. Acontecimentos imprevistos e lenços. Beijos e cigarros. Clara o adorou (Belo Belmondo! Bela Seberg! Bela Paris!), Neena o achou muito francês e Alsana não entendeu patavinas do que o filme tratava.

— Dois jovens andando pela França falando patacoada, matando policiais, roubando veículos, nunca usando sutiã. Se isso é o cinema europeu, quero mais é Bollywood todos os dias da semana. Bom, minhas amigas, vamos ao que interessa?

Neena foi buscar os chás e os pôs apressadamente na mesinha.

— Mas e aí, o que é esse negócio de conspiração dos Chafentilhão? Parece coisa de Hitchcock.

Alsana resumiu a situação.

Neena tirou da bolsa o maço de Consulate, acendeu um cigarro e exalou a fumaça mentolada.

— Tia, pra mim eles são só uma família classe média legal que tá ajudando o Millat nos estudos. Foi pra isso que me fez faltar no trabalho? Quero dizer, não tem nada a ver com os Jones, tem?

— Não — retrucou Clara com cautela —, não, claro que não, mas o que sua tia está dizendo é que o Millat e a Irie passam muito tempo lá e por isso a gente queria saber um pouquinho mais a respeito deles, entende? É uma coisa natural, não é?

Alsana objetou.

— *Não é isso* o que eu estou dizendo. O que estou dizendo é que essas pessoas estão tirando o meu filho de mim! Passarinhos com dentes! Estão inglesando o meu filho completamente! Estão, propositadamente, afastando ele da cultura dele, da família dele, da religião dele...

— Desde quando você liga pra religião dele?

— *Ah*, Sobrinha da Vergonha, *ah*, você não sabe quanto *sangue* eu suei por esse rapaz, você *não sabe*...

— Bom, se eu não sei nada, por que então me arrastou aqui? Eu tenho um monte de porcaria de coisas pra fazer, tá? — Neena pegou a bolsa e se levantou. — Desculpa, Clara. Não sei por que essas coisas têm sempre que acontecer. Até logo...

— Senta — zumbiu Alsana, agarrando-a pelo braço. — Senta. Tudo bem, entendi, senhorita Lésbica Esperta. Escuta, nós precisamos de você, certo? Senta, minhas desculpas, minhas desculpas. Certo? Melhor assim?

— Tá bom — disse Neena, apagando violentamente o cigarro num guardanapo. — Mas vou falar o que eu penso e pelo menos por esta vez cale essa bocona enquanto eu falar. Tá? Então tá. Bom. Agora, você acabou de dizer que a Irie tá indo superbem na escola, e se o Millat não tá indo tão bem assim não é um mistério... ele não se esforça *nem um pouco*. Pelo menos as pessoas tão tentando ajudar ele. E se ele tá vendo essas pessoas demais, tenho certeza que é escolha *dele*, não *deles*. A sua casa no momento não é exatamente um paraíso, é? Ele tá fugindo dele mesmo e procurando alguma coisa o mais longe possível dos Iqbal.

— Ah, mas aí é que está! Eles moram a dois quarteirões de casa! — exclamou Alsana, triunfante.

— Não, tia. *Conceitualmente* longe de vocês. Ser da família Iqbal é de vez em quando sufocante, sabia? Ele tá usando essa outra família como refúgio. Vai ver é uma boa influência, sei lá.

— Sei lá — disse Alsana agourentamente.

— Alsi, tá com medo de quê? Ele é da segunda geração, você mesma sempre diz isso, você tem que deixar ele viver do jeito dele. Pois sim, olhe o que aconteceu comigo, blablablá... Alsi, pra você eu posso ser a Sobrinha da Vergonha, mas ganho o meu pão com os meus sapatos. — Alsana olhou com suspeita para as botas pretas que batiam nos joelhos e que Neena desenhara, fizera e estava usando. — E vivo uma vida boa mesmo, você sabe, vivo segundo princípios. Só estou dizendo. Ele já vive em guerra com o tio Samad. Não precisa viver em outra guerra com você também.

Alsana resmungou dentro da xícara de chá de amora-preta.

— Se é pra se preocupar com alguma coisa, tia, se preocupe com o pessoal desse GENIV com quem ele tá metido. Eles são *doidos*. E são um monte. Gente em que você nem ia pensar. Conhece o Mo? Conhece, sim, o Hussein-Ishmael, do lado da família do Ardashir. Pois então, ele é um deles. E o bostinha do Shiva, do restaurante... um convertido!

— Sorte dele — retrucou Alsana com mordacidade.

— Mas, Alsi, não tem *nada a ver* com o islã propriamente. Eles são um grupo político. Com um pouco de política. Um daqueles bestas falou pra mim e pra Maxine que nós vamos torrar no inferno. Aparentemente, nós somos as formas mais inferiores de vida, mais inferiores que as lesmas. Torci os colhões dele trezentos e sessenta graus. É com *essa gente* que você tem que se preocupar.

Alsana balançou a cabeça e dispensou Neena com um gesto.

— Será que você não entende? Estou preocupada que vão tirar o meu filho de mim. Já perdi um. Faz seis anos que não vejo Magid. *Seis anos*. E vejo essas pessoas, esses Chafentilhão, que passam mais tempo com o Millat do que eu. Será que dá para entender isso, pelo menos?

Neena suspirou, remexeu num botão da blusa e, vendo os olhos da tia se encher de lágrimas, concedeu uma silenciosa concordância com a cabeça.

— O Millat e a Irie vão jantar lá muitas vezes — disse Clara calmamente. E a Alsana, quer dizer, a sua tia e eu estávamos pensando... se você não podia ir com eles uma vez... você tem o aspecto jovem, parece jovem, e podia ir e...

— Fazer um relatório — concluiu Neena revirando os olhos. — Me infiltrar entre os inimigos. Os coitados daquela família... eles não fazem idéia de onde tão se metendo, fazem? Tão sendo vigiados sem saber. É como a porra dos *Trinta e nove degraus*.

— Sobrinha da Vergonha: sim ou não?

Neena resmungou.

— Sim, tia. Sim, se sou obrigada.

— Muitíssimo agradecida — disse Alsana, terminando o chá.

Não que Joyce fosse homofóbica. Gostava dos homens homossexuais. E eles gostavam dela. Ela chegara, inadvertidamente, a propiciar a formação de um pequeno clube de fãs na universidade, um grupo de homens que a viam como uma espécie híbrida de Barbra Streisand/Bette Davis/Joan Baez e se reuniam uma vez por mês para lhe oferecer um jantar e admirar seu senso para se vestir. Portanto, Joyce não podia ser homofóbica. Mas mulheres homossexuais... algo deixava Joyce confusa quanto às mulheres homossexuais. Não que não gostasse delas. Simplesmente não conseguia *compreendê-las*. Joyce entendia por que homens amam homens; passara a vida amando homens, de modo que conhecia o sentimento. Mas, para ela, a idéia de mulheres amarem mulheres estava tão distante do entendimento cognitivo do mundo que não conseguia *processá-la*. A idéia delas. Ela simplesmente não *percebia*. Deus sabia que se esforçara. Nos anos 70, lera conscienciosamente *O poço da solidão* e *Nós somos o nosso corpo* (que continha um breve capítulo); mais recentemente, não só lera como também assistira a *Laranjas não são as únicas frutas*, mas nem um deles lhe servira. Não se sentiu ofendida por eles. Simplesmente não via *sentido*. Assim, quando Neena chegou para o jantar, de braços dados com Maxine, Joyce se pôs a observar as duas durante o primeiro prato (legumes e pão de centeio) com os olhos absolutamente fixos. Ficou atônita nos primeiros vinte minutos, deixando o resto da família proceder à rotina Chalfen sem sua própria imprescindível participação. Era mais ou menos como estar hipnotizada ou sentada numa nuvem densa, e, em meio ao nevoeiro, ela ouvia fragmentos da conversa de jantar que prosseguia sem ela.

— Bom, a primeira pergunta dos Chalfen é sempre: o que você faz?

— Sapatos. Faço sapatos.

— Ah. Humm. Acho que não é material para uma conversa brilhante. E essa bela mulher?

— Sou uma bela mulher do lazer. Eu uso os sapatos que ela faz.

— Ah. Não está na universidade, então?

— Não, nunca dei bola pra universidade. Algum problema?

Neena estava igualmente na defensiva.

— E, antes que me pergunte, eu também não.

— Bem, eu não quis constranger vocês...

— Não constrangeu.

— Porque de fato não me surpreende... sei que vocês não são a família mais acadêmica do mundo.

Joyce sabia que as coisas iam mal, mas não encontrava palavras para atenuá-las. Um milhão de perigosas palavras ambíguas estavam depositadas no fundo da garganta e ela receava que, ao abrir a boca uma fenda (!) que fosse, uma delas escapasse. Marcus, sempre incapaz de perceber quando cometia uma ofensa, continuou alegremente a tagarelar.

— Vocês duas são uma terrível tentação para um homem.

— Somos, é?

— Ah, as sapatas sempre são. E tenho certeza de que alguns cavalheiros teriam certa esperança... embora, imagino, vocês talvez prefiram a beleza ao intelecto e, nesse caso, lá se vão todas as minhas esperanças.

— Parece muito seguro do seu intelecto, senhor Chalfen.

— E por que não? Sou extremamente inteligente, sabe?

Joyce continuava a olhar para eles, pensando: *Quem confia em quem? Quem ensina quem? Quem aprimora quem? Quem poliniza e quem nutre?*

— Bom, é ótimo ter um outro Iqbal à mesa, não é, Josh?

— Sou uma Begum, não uma Iqbal — retrucou Neena.

— Não consigo deixar de achar — disse Marcus, ignorando-a — que um homem Chalfen e uma mulher Iqbal seriam uma tremenda mistura. Como Fred e Ginger. Você nos daria sexo e nós lhe daríamos sensibilidade ou coisa parecida. Que tal? Você faria um Chalfen fincar os pés no chão, você é inflamável como um Iqbal. Paixão indiana. Há uma coisa curiosa em relação à sua família: a primeira geração é totalmente lunática, mas a segunda geração tem a cabeça no lugar.

— Hum, escuta: ninguém chama a minha família de lunática, certo? Mesmo que ela seja. *Eu posso* chamar de lunática.

— Bom, é o seguinte, tente usar o idioma *corretamente*. É possível dizer "ninguém chama a minha família de lunática", mas não se trata de uma asserção correta. Porque as pessoas chamam e chamarão. Diga, perfeitamente, "eu não quero que as pessoas etc.". É um pequeno detalhe, mas nós nos entendemos melhor quando não abusamos de termos e frases.

Nisso, no momento em que Marcus enfiava as mãos no forno para tirar o prato principal (cozido de frango), a boca de Joyce se abriu e, por um motivo inexplicável, esta frase saiu:

— Vocês usam os seios umas das outras como travesseiros?

O garfo de Neena, que se dirigia para a boca, deteve-se diante da ponta do nariz. Millat se engasgou com um pedaço de pepino. Irie se esforçou para que o maxilar inferior retomasse a aliança com o superior. Maxine começou a rir.

Mas Joyce não corou. Descendia da espécie das mulheres pirracentas que continuavam atravessando os pântanos africanos mesmo depois de os nativos carregadores terem largado a carga e dado no pé, mesmo quando os brancos se debruçavam sobre a arma e balançavam a cabeça. Fora talhada com o mesmo tecido das senhoras exploradoras de fronteiras que, armadas apenas com uma bíblia, um revólver e uma cortina de rede, friamente forçavam os homens morenos a avançar do horizonte rumo às planícies. Joyce não sabia o sentido de voltar atrás. Defenderia sua posição.

— É que vários poemas indianos falam de usar os seios como travesseiros, seios macios, seios-almofadas. Eu só... só... só fiquei curiosa de saber se o branco dorme no moreno ou, como se poderia esperar, se o moreno dorme no branco. Expandindo a... a... a metáfora do travesseiro, entendem? Fiquei curiosa de saber de que... jeito...

O silêncio foi longo, largo e simulatório. Neena, desgostosa, balançou a cabeça e deixou o garfo cair no prato com um clangor. Maxine correu os dedos pelo guardanapo, assinalando um nervoso "Guilherme Tell". Josh deu a impressão de que ia chorar.

Por fim, Marcus jogou a cabeça para trás, bateu palmas e soltou uma enorme gargalhada Chalfen.

— Quis perguntar isso a noite toda. *Parabéns*, Mamãe Chalfen!

E assim, pela primeira vez na vida, Neena teve de reconhecer que a tia estava com toda a razão.

— Vocês queriam um relatório, pois tá aqui um relatório completo: loucos, pirados, vários parafusos de menos, doidos varridos, candidatos ao hospício. Cada um deles.

Boquiaberta, Alsana assentiu com a cabeça e pediu a Neena que repetisse pela terceira vez o episódio durante a sobremesa, quando Joyce, servindo um *trifle*, perguntou se não era difícil para uma muçulmana cozinhar trajando aqueles lençóis pretos compridos — a massa de bolo não grudava nos braços? Não havia o perigo de pegar fogo nas bocas de gás do fogão?

— Abilolados não convencionais — concluiu Neena.

No entanto, como ocorre em situações semelhantes, quando chegou a confirmação ninguém soube exatamente o que fazer com as informações. Irie e Millat tinham completado dezesseis anos de idade e não se cansavam de dizer para as respectivas mães que agora tinham atingido a maioridade para várias atividades e que podiam fazer o que bem entendessem, o que bem entendessem. À beira de colocarem cadeados nas portas e trancas nas janelas, Clara e Alsana se sentiam impotentes. Se alguma coisa mudou, mudou para pior. Irie passava mais tempo do que nunca mergulhada no chalfenismo. Clara notou que ela fazia caretas em conversas com o pai e franzia o cenho ao ver o tablóide medíocre que Clara levava para ler na cama. Millat desaparecia de casa durante semanas a cada vez, voltando com dinheiro que não lhe pertencia e com um sotaque que passava ao acaso dos tons torneados dos Chalfen para o linguajar de rua do grupo GENIV. Enfurecia Samad por qualquer motivo. Não, isso não é correto. Havia um motivo. Millat não era uma coisa nem outra, isso ou aquilo, muçulmano ou cristão, inglês ou bengali; vivia para o intermédio, vivia de acordo com o nome do meio, *Zulfikar*, o choque de duas espadas.

— Quantas vezes — Samad resmungou depois de ver o filho comprar a autobiografia de Malcolm X — é necessário dizer *obrigado* numa única transação? *Obrigado* quando você entrega o livro para a moça, *obrigado* quando ela o pega, *obrigado* quando ela lhe diz o preço, *obrigado* quando você assina o cheque, *obrigado* quando ela o pega! Chamam isso de polidez inglesa, quando é pura arrogância. O único ser que merece esse tipo de agradecimento é o próprio Alá!

E Alsana estava, mais uma vez, metida entre os dois, tentando desesperadamente encontrar um meio-termo.

— Se Magid estivesse aqui, ele ia dar um jeito em vocês dois. Cabeça de advogado, ia corrigir as coisas.

Mas Magid não estava ali, estava lá, e ainda não havia dinheiro suficiente para mudar a situação.

Então veio o verão e, com ele, os exames. Irie se classificou logo abaixo de Chalfen, o Gorducho, e Millat se saiu bem melhor do que qualquer um esperara, inclusive ele mesmo. Só poderia ser a influência dos Chalfen, e Clara, por exemplo, sentiu um pouco de vergonha de si mesma. Alsana apenas disse:

— Cérebro dos Iqbal. No fim, acaba triunfando — e resolveu comemorar a ocasião com uma churrascada de celebração conjunta dos Iqbal e Jones a ser realizada no jardim de Samad.

Neena, Maxine, Ardashir, Shiva, Joshua, tias, primos, amigos de Irie, amigos de Millat, amigos do GENIV e o diretor da escola, todos compareceram e se divertiram (exceto o GENIV, que formou um círculo à parte) com copos de papel cheios de champanhe espanhol ordinário.

Tudo corria bem até Samad notar o círculo de braços cruzados e gravata-borboleta verde.

— O que estão fazendo aqui? Quem deixou esses infiéis entrar?

— Bom, você está aqui, não está? — rebateu Alsana, olhando para as três latas de Guinness que Samad já tinha esvaziado, o suco do cachorro-quente escorrendo no queixo. — Quem está atirando a primeira pedra numa churrascada?

Samad lançou um olhar feroz e saiu de fininho com Archie para admirarem a obra conjunta no trabalho de reconstrução do galpão. Clara aproveitou a oportunidade para puxar Alsana de lado e lhe fazer uma pergunta.

Alsana esmagou com o pé seu próprio coentro.

— Não! De jeito nenhum. Por que devo agradecer a ela? Se ele se saiu bem foi por causa do cérebro dele. Cérebro de *Iqbal*. Nem uma vez, nem *uma vez* esses Chafentilhão de dentes afiados sequer se dignaram a me telefonar. Mocinha, só com o meu cadáver sendo arrastado por cavalos desenfreados.

— Mas... eu acho que seria uma idéia boa procurar ela e agradecer por todo esse tempo que gastou com os nossos filhos... acho que fizemos um mal juízo dela...

— Perfeitamente, vá, *lady* Jones, vá, se quiser — respondeu Alsana com desdém. — Quanto a mim, cavalos desenfreados, cavalos desenfreados não o fariam.

∽

— E este é o doutor Solomon Chalfen, avô do Marcus. Um dos poucos a dar ouvidos a Freud, quando todos em Viena julgavam estar lidando com um pervertido sexual. O rosto dele é inacreditável, não acha? Há tanta sabedoria nele. Logo na primeira vez que o Marcus me mostrou esta foto, eu tive certeza de que queria casar com ele. Pensei: se o meu Marcus tiver essa aparência aos oitenta, serei uma moça de sorte!

Clara sorriu e admirou o daguerreótipo. Tinha, até o momento, admirado oito deles ao longo do consolo da lareira, com Irie seguindo-a rabugenta, e ainda havia pelo menos a mesma quantidade à frente.

— É uma família antiga formidável e, se não achar impertinente demais, Clara... posso chamá-la de "Clara", não posso?

— Ah, sim, claro, Clara, senhora Chalfen.

Irie esperou Joyce pedir a Clara que a chamasse de Joyce.

— Bom, como eu estava dizendo, é uma família antiga formidável e, se não achar impertinente demais, penso em Irie como uma espécie de agregada da família, de certa maneira. Ela é uma garota *tão* notável. Nós gostamos *muitíssimo* de tê-la aqui conosco.

— Ela gostou de ter estado aqui com vocês. E de fato ela lhes deve muito. Nós todos devemos.

— Ah, não, não, não. Acredito na responsabilidade dos intelectuais... afora isso, foi um *prazer*. Mesmo. Espero que a vejamos mais, apesar de os exames terem terminado. Ainda há, pelo menos, os exames especiais para o certificado do segundo grau!

— Ah, tenho certeza de que ela vai vir, de qualquer jeito. Ela fala de vocês o tempo todo. Os Chalfen isso, os Chalfen aquilo...

Joyce segurou as mãos de Clara nas suas.

— Ah, Clara, isso me dá uma grande alegria. E me alegra também que, finalmente, nos conhecemos. Ah, sim, mas ainda não terminei. Onde estávamos mesmo?... ah, sim, bom, estes são Charles e Anna... tio-avô e tia, sepultados há muito tempo, lamentavelmente. Ele era psiquiatra... *sim*, outro... e ela era bióloga, especializada em vegetais... mulher que mora no meu coração. — Joyce recuou por um minuto, como uma crítica de arte numa galeria, e descansou as mãos na cintura. — Quer dizer, passado algum tempo, a gente deve suspeitar que faz parte dos genes, não é? Esses cérebros todos. Quer dizer, a nutrição não explica. Quer dizer, explica?

— Hum... não — concordou Clara. — Acho que não.

— Agora, só por curiosidade... quer dizer, estou realmente interessada... que lado você acha que Irie herdou, o jamaicano ou o inglês?

Clara olhou acima e abaixo a linha de homens brancos mortos de colarinhos engomados, uns de monóculo, uns de uniforme, uns sentados no seio da família, cada membro agrilhoado em sua posição para que a câmara pudesse executar a lenta tarefa. Todos lhe lembravam um pouco de alguém. De seu próprio avô, o vistoso capitão Charlie Durham, na única fotografia conservada: atormentado e pálido, olhando desafiadoramente para a câmara, não tanto esperando ser fotografado quanto impondo sua imagem ao acetato. O que se costumava chamar de cristão fisicamente ativo. A família Bowden o chamava de Branquelo. Esse paspalhão pensava que era dono de tudo o que tocava.

— Do meu lado — respondeu Clara, arriscando. — Acho que o inglês no meu lado. O meu avô era inglês, me contaram que era todo prosa. A filha dele, minha mãe, nasceu durante o terremoto de Kingston, em 1907. Eu costumava achar que o tremor tinha botado os neurônios no lugar, porque a gente vem se saindo muito bem desde aquela época!

Joyce percebeu que Clara esperava uma risada e prontamente providenciou uma.

— Mas, falando sério, foi provavelmente o capitão Charlie Durham. Tudo o que minha avó sabia foi ele quem ensinou. Uma boa educação inglesa. Sabe Deus, não consigo pensar em ninguém mais.

— Nossa, mas que fascinante! É o que eu digo para o Marcus... *são* os genes, não importa o que *ele* diga. Ele diz que sou uma simplista, mas ele é teórico demais. Constato que tenho razão o *tempo todo*!

Quando a porta se fechou a suas costas, Clara mordeu o lábio mais uma vez, agora de frustração e raiva. Por que dissera capitão Charlie Durham? Isso era uma mentira deslavada. Falso como seus próprios dentes brancos. Clara era mais inteligente do que o capitão Charlie Durham. Hortense era mais inteligente do que o capitão Charlie Durham. Até mesmo a tia Ambrosia era, provavelmente, mais inteligente do que o capitão Charlie Durham. O capitão Charlie Durham não era inteligente. Achava que era, mas não era. Sacrificara mil pessoas porque queria salvar uma mulher que na verdade jamais conheceu. O capitão Charlie Durham era um inútil paspalhão.

13. Os canais das raízes de Hortense Bowden

Um pouco de educação inglesa pode ser uma coisa perigosa. Quanto a isso, o exemplo predileto de Alsana era a antiga história do lorde Ellenborough, que, ao tomar da Índia a província de Sind, enviou a Nova Délhi um telegrama com apenas uma palavra: *peccavi*, um verbo latino conjugado na primeira pessoa que significa *pequei*. "Os ingleses são as únicas pessoas", dizia ela com repulsa, "que querem ensinar para a gente e ao mesmo tempo roubar da gente." Sua falta de confiança nos Chalfen não era nem mais nem menos do que isso.

Clara concordava com essa opinião, mas por motivos mais pessoais: uma memória de família, um inesquecível rastro de rancor nos Bowden. Sua própria mãe, quando na barriga de sua avó (porque, para contar essa história, precisamos colocar todas de volta uma dentro da outra, como bonecas russas, Irie dentro de Clara, Clara dentro de Hortense, Hortense dentro de Ambrosia), fora testemunha muda do que acontece quando, de repente, um inglês resolve que a gente precisa de educação. Pois não bastara para o capitão Charlie Durham — então recentemente estacionado na Jamaica — engravidar a filha adolescente da senhoria numa noite de embriaguez dentro da despensa dos Bowden, em maio de 1906. Não se contentara com simplesmente lhe tirar a virgindade. Teve também de lhe *ensinar* alguma coisa.

— Eu? Quer ensinar *eu*? — Ambrosia Bowden pôs a mão sobre a pelotinha que era Hortense e tentou fazer a cara mais inocente do mundo. — Por que quer ensinar eu?

— Três dias por semana — respondeu a mãe. — E não me pergunta por quê. Mas Deus sabe que você podia melhorar um bocado. Agradece a generosidade. Não tem que perguntar por que nem onde quando um cavalheiro inglês direito e bonito que nem o seu Durham tá sendo generoso.

Até mesmo Ambrosia Bowden, uma caprichosa mocinha caipira, magrinha e de pernas compridas, que nunca vira uma sala de aula em todos os seus catorze anos, sabia que esse conselho era um equívoco. Quando um inglês quer ser generoso, a *primeira* coisa a perguntar é *por quê*, porque um motivo sempre há.

— Ainda tá aqui, menina? Eu quer te ver. Não vai me fazer cuspir no chão e esperar secar pra sair da cama!

Então Ambrosia Bowden, carregando Hortense na barriga, correu para o quarto do capitão e dali em diante voltou três vezes por semana para receber instrução. Letras, números, Bíblia, história inglesa, trigonometria — e, ao cabo disso, quando a mãe de Ambrosia não estava, com certeza, em casa, anatomia, que era uma aula mais demorada, administrada em cima da aluna enquanto ela ficava deitada de costas, dando risadinhas. O capitão Durham lhe disse para não se preocupar com o bebê, porque ele não lhe faria mal algum. O capitão Durham lhe disse que o filho secreto viria a ser o negro mais inteligente da Jamaica.

À medida que os meses foram passando, Ambrosia aprendeu uma porção de coisas maravilhosas com o bonito capitão. Ele lhe ensinou como ler as provações de Jó e estudar as advertências do Apocalipse; como brandir uma pá de críquete; como cantar "Jerusalém". Como fazer a soma de uma coluna de números. Como declinar um substantivo latino. Como beijar a orelha de um homem até ele chorar feito criança. Mas, sobretudo, ele lhe ensinou que ela não era mais uma empregada doméstica, que a educação adquirida a enobrecera, que, no fundo do coração, ela era uma *lady*, embora os afazeres domésticos continuassem inalterados. *Aqui, aqui*, ele gostava de dizer, cutucando um ponto qualquer abaixo do esterno, no ponto exato, na verdade, em que ela apoiava, rotineiramente, o cabo da vassoura. *Nunca mais uma serviçal, Ambrosia, nunca mais uma serviçal*, ele gostava de dizer, mas apreciando a serventia da ex-donzela.

Foi então que, numa tarde, quando Hortense estava em gestação havia cinco meses, Ambrosia subiu correndo a escada, trajando um vestido riscadinho dissimuladamente bastante folgado, bateu várias vezes à porta com uma mão e com a outra escondeu um maço de cravos-de-defunto nas costas. Desejava surpreender o amante com flores que o fariam se lembrar do país natal. Bateu e tornou a bater à porta, e chamou e tornou a chamar. Mas ele tinha partido.

— Não me pergunte por quê — disse a mãe de Ambrosia, olhando a barriga da filha com suspeição. — Eu simplesmente se levantou e foi embora, sem mais nem menos. Mas deixou um bilhete, dizendo que quer que tomem conta de você. Quer que você vai correndo até a propriedade e se apresenta pro senhor Glenard, um bondoso cavalheiro cristão. Sabe Deus, você pode melhorar um bocado mais. Ainda tá aqui, menina? Não vai me fazer cuspir no chão e...

Mas Ambrosia saíra antes de as palavras caírem ao chão.

Aparentemente, Durham partira para controlar a situação numa tipografia em Kingston, onde um rapaz de nome Garvey comandava uma greve por melhores salários. E planejava, em seguida, ficar mais três meses fora para treinar os soldados de Trinidad de Sua Majestade, mostrar-lhes o que era o quê. Os ingleses são peritos em se livrar de uma responsabilidade e assumir uma outra. Mas também gostam de se considerar homens de boa consciência, de modo que, nesse ínterim, Durham confiou a continuidade da instrução de Ambrosia Bowden ao bom amigo *sir* Edmund Flecker Glenard, que era da opinião, tal como Durham, de que os nativos necessitavam de instrução, de fé cristã e de orientação moral. Glenard ficou encantado por tê-la — quem não ficaria?, moça bonita, obediente, disposta e capaz — em casa. Duas semanas depois da estada na casa, a gravidez se tornou óbvia. As pessoas começaram a comentar. Isso era, simplesmente, insustentável.

— Não me pergunte por quê — disse a mãe de Ambrosia, arrancando das mãos da filha chorosa a carta de pesar que Glenard escrevera —, vai ver tem como melhorar você! Vai ver não quer ter você em casa. Agora chega! O que tá feito tá feito! — Na carta, porém, como se constatou, havia uma sugestão consoladora. — Diz aqui que quer que você vai ver uma dona cristã chamada senhora Brenton. Diz que pode ficar com ela.

Agora, Durham deixara instruções para que Ambrosia fosse iniciada na Igreja Anglicana inglesa, e Glenard sugerira a Igreja Metodista jamaicana, mas a sra. Brenton, uma irascível solteirona escocesa especializada em almas perdidas, tinha idéias próprias.

— Adotamos a *Verdade* — declarou ela, determinada, no domingo seguinte, porque não ligava para a palavra "igreja". — Você, eu e o inocentezinho — disse, dando uns tapinhas na barriga de Ambrosia, apenas alguns centímetros acima da cabeça de Hortense — vamos ouvir as palavras de Jeová.

(Pois foi a sra. Brenton que iniciou os Bowden nas Testemunhas, nos Russellianos, na Torre de Vigia, na Sociedade do Tratado da Bíblia — recebiam várias denominações na época. A sra. Brenton conhecera pessoalmente Charles Taze Russell em Pittsburgh, no final do século anterior, e ficara assombrada com o conhecimento do homem, com sua dedicação, com sua barba considerável. Foi a influência dele que a fez abandonar o protestantismo, e, assim como qualquer convertido, a sra. Brenton sentia um grande prazer em converter outros. Encontrara dois indivíduos propensos e fáceis em Ambrosia e no bebê na barriga, pois os converteria de *nada* a alguma coisa.)

A Verdade penetrou os Bowden no inverno de 1906 e fluiu pela corrente sangüínea de Ambrosia diretamente para Hortense. Hortense acreditava que, no momento em que a mãe reconheceu Jeová, ela mesma, Hortense, tornou-se consciente, embora ainda no útero. Anos mais tarde, juraria com a mão em cima de qualquer Bíblia que lhe dessem que, mesmo dentro da barriga da mãe, todas as palavras de *Aurora milenar*, do sr. Russell, tal como Ambrosia as lia noite após noite, foram transmitidas por osmose à alma de Hortense. Só isso explicaria por que era como se fosse uma "recordação" ler os seis volumes anos mais tarde na vida adulta; porque, tapando as páginas com a mão, era capaz de citá-las de memória, apesar de nunca tê-las lido antes. Por esse motivo, qualquer canal das raízes de Hortense remonta ao princípio, porque ela estava presente; ela se lembra; os acontecimentos de 14 de janeiro de 1907, o dia do terrível terremoto jamaicano, não lhe são obscuros, mas, sim, claros e nítidos como o repicar de um sino.

"*Cedo hei de buscar a ti* [...] *Minh'alma tem sede de ti, minha carne anseia por ti numa terra seca e sedenta onde água não há* [...]"

Assim entoava Ambrosia na gravidez plena, exibindo a enorme barriga ao caminhar pela King Street, rezando pela volta de Cristo ou pela volta de Charlie Durham — os dois homens que poderiam salvá-la —, para ela tão semelhantes que confundia um com o outro. Estava no meio do terceiro versículo, ou pelo menos assim Hortense os contou, quando o indisciplinado e velho bom copo *sir* Edmund Flecker Glenard, afogueado por uma bebedeira no Jamaica Club, surgiu no caminho delas. *A donzela do capitão Durham!*, Hortense se lembrava de ouvi-lo dizer como saudação, recebendo de Ambrosia apenas um olhar fuzilante, *Um belo dia para aquilo, não?* Ambrosia tentou se desviar, mas com o corpanzil ele barrou o caminho dela mais uma vez.

Então, tem se comportado bem ultimamente, minha querida? Segundo os mexericos, a senhora Brenton iniciou você na igreja dela. Muito interessante, essa gente Testemunha. Mas me pergunto se estarão preparados para aceitar este novo membro mulato no rebanho.

Hortense se lembrava muito bem da sensação da mão gorda e quente tocando a mãe; lembrava-se de chutá-la com todas as forças.

Ora, não há problema, minha filha. O capitão me revelou seu segredinho. Mas, evidentemente, segredos têm um preço, Ambrosia. Assim como o inhame, o pimentão e o meu tabaco têm um custo. Agora, você já viu a velha igreja espanhola, Santa Antonia? Entrou nela? Fica bem ali. O interior é deslumbrante, mais do ponto de vista estético do que religioso. Não vai demorar nada, minha querida. Afinal, ninguém deve perder uma oportunidade de aprender alguma coisa.

Cada momento acontece duas vezes: dentro e fora, e são duas histórias diferentes. Fora de Ambrosia, havia muitas pedras brancas, nenhuma pessoa, um altar dourado descascando, pouca luz, fumaça de velas, nomes espanhóis gravados no piso e uma madona de mármore enorme, de cabeça baixa, em cima de um pedestal elevado. Tudo estava sobrenaturalmente sereno enquanto Glenard começava a tocá-la. Dentro, porém, havia uma pulsação galopante, a compressão de milhões de músculos que desejavam, desesperadamente, repelir as tentativas de Glenard de oferecer instrução, os dedos pegajosos que, mesmo nesse momento, tocavam-lhe os seios, deslizando sob o tecido fino de algodão e apertando os mamilos já pesados com o leite, leite que jamais se destinara a uma boca tão grosseira. Dentro, ela já estava correndo pela King Street. Fora, porém, Ambrosia estava paralisada. Enraizada no lugar, uma pedra tão feminina quanto qualquer madona.

E então o mundo começou a tremer. Dentro de Ambrosia, águas rebentaram. Fora de Ambrosia, o chão fendeu. A parede do fundo desabou, o vitral explodiu e a madona caiu de uma grande altura como um anjo desfalecido. Ambrosia se retirou do local aos tropeços, conseguindo apenas chegar à área dos confessionários antes de o chão tornar a se partir — um estalo estrondoso! —, e então caiu, diante do próprio Glenard, que jazia esmagado sob o anjo dele, os dentes esparramados no chão, a calça nos tornozelos. E o chão continuou a vibrar. Soou um segundo estalo. E um terceiro. Os pilares tombaram, metade do telhado desapareceu. Numa outra tarde qualquer na Jamaica, os gritos de Ambrosia, os gritos que se seguiam a cada contração do útero à medida que Hortense era expulsa, teriam chamado a atenção de alguém, teriam trazido alguém em seu socorro. Mas o mundo estava acabando naquela tarde em Kingston. Todo mundo estava gritando.

Se isso fosse um conto da carochinha, agora seria o momento de o capitão Durham atuar como herói. Ao que parece, não lhe faltam as credenciais necessárias. Não que ele não seja boa-pinta, nem alto nem forte, nem que não queira ajudá-la, ou nem que não a ame (ó, ele a *ama*; assim como os ingleses amavam a Índia, a África e a Irlanda; é o amor que é o problema, as pessoas tratam muito mal os amados) — essas coisas são verdadeiras. Mas talvez o cenário seja inapropriado. Talvez não se deva esperar que tudo o que acontece em solo roubado tenha um final feliz.

Porque ao voltar, no dia seguinte ao dos tremores iniciais, Durham encontra uma ilha destruída, duas mil pessoas já mortas, incêndios nas colinas, partes de Kingston afundadas no mar, fome, terror, ruas inteiras tragadas pela terra — e nada disso o horroriza mais do que compreender que talvez jamais a veja de novo. Agora ele entende o significado do amor. Fica parado na praça de armas, sozinho e atormentado, cercado por milhares de rostos pretos que não reconhece; a única outra figura branca é a estátua da rainha Vitória, que, tendo sido girada em vários graus por cinco tremores secundários subseqüentes, parece dar as costas para o povo. O que não está longe da verdade. São os americanos, não os britânicos, que têm os recursos para fazer sérias promessas de ajuda, três navios de guerra carregados de provisões que no momento serpenteiam a costa, vindos de Cuba. Trata-se de um golpe publicitário americano que o governo britânico não aprecia, e Durham, tal como seus conterrâneos, não consegue evitar o sentimento de orgulho ferido. Ele ainda vê este território como dele, dele para ajudar, dele para prejudicar, mesmo agora quando o território demonstrou ter vontade própria. Ele ainda conserva grande parte de sua educação inglesa e, por isso, sente-se desrespeitado ao perceber que dois soldados americanos que chegaram à doca sem autorização (todos os desembarques devem passar por Durham, ou seus superiores) estão parados em frente do prédio do consulado norte-americano, mascando fumo com insolência. É uma sensação estranha, essa impotência; descobrir que há um país mais bem equipado do que a Inglaterra para salvar esta ilhazinha. É uma sensação estranha, ter vista sobre um oceano de peles de ébano, sem conseguir localizar a pessoa que ele ama, a pessoa de quem ele pensa ser dono. Pois Durham tem ordens para cumprir e tem de chamar o nome de um punhado de servos, mordomos e criadas, os poucos escolhidos que os ingleses levarão com eles para Cuba até os incêndios se extinguirem. Se soubesse o sobrenome dela, Deus sabe que o chamaria. Mas, durante todo aquele período de instrução, jamais o soube. Jamais perguntara.

Contudo, não foi por esse lapso que o capitão Durham, o grande educador, foi lembrado como um *paspalhão* nos anais do clã Bowden. Ele descobriu logo onde ela estava; encontrou a priminha Marlene no meio da multidão e a mandou com um bilhete de volta ao salão da congregação onde a vira pela última vez, cantando com as Testemunhas, dando graças pelo Dia do Julgamento Final. Enquanto Marlene corria tão depressa quanto suas pernas de pau a transportariam, Durham caminhava tranqüilamente, pensando que o último ato estava encerrado, rumo à Casa do Rei, a residência de *sir* James Swettenham, governador da Jamaica. Lá, pediu a ele que abrisse uma exceção para Ambrosia —, uma "negra instruída" que ele desejava esposar. Não era como as outras. Era imperativo que fosse com ele no próximo navio a partir.

Mas, quando governamos um país que não é nosso, acostumamo-nos a ignorar as exceções; Swettenham lhe disse, com franqueza, que em seus navios não havia espaço para prostitutas pretas ou animais de criação. Durham, ferido e vingativo, concluiu que Swettenham não tinha poder autônomo, que a chegada de navios norte-americanos era uma prova disso, e, em seguida, numa crítica derradeira, mencionou os dois soldados norte-americanos que vira em solo britânico sem autorização, pessoas atrevidas e presunçosas numa terra que não lhes pertencia. *Então carregamos nós água em peneira*, inquiriu Durham, as faces vermelhas como pimentão, recorrendo à religião da possessão que era seu direito hereditário, *não é ainda este o nosso país? É a nossa autoridade tão facilmente derrubada por uns poucos tremores da terra?*

O resto é esta coisa terrível: história. Enquanto Swettenham dava ordens para que os navios norte-americanos retornassem a Cuba, Marlene voltou correndo com a resposta de Ambrosia. Uma frase arrancada de Jó: *Buscarei o meu conhecimento de longe*. (Hortense, que guardou o exemplar da Bíblia rasgada, gostava de dizer que, daquele dia em diante, nenhuma mulher da família Bowden tomou lições com ninguém exceto Deus.) Marlene entregou a frase a Durham e correu para a praça de armas feliz feito um passarinho, ao encontro da mãe e do pai que estavam feridos e fracos, mal se agüentando em pé à espera dos navios, como milhares de outros. Queria lhes contar a boa notícia, o que Ambrosia lhe contara: *Vem logo, vem logo*. O quê, os navios?, Marlene perguntara, e Ambrosia fizera que sim com a cabeça, embora estivesse muito ocupada em rezar, extasiada demais para ouvir a pergunta. *Vem logo, vem logo*, disse, repetindo o que aprendera com o Apocalipse; o que Durham, depois Glenard e, depois, a sra. Brenton ensinaram para ela, cada um de seu jeito; o que o fogo, as fendas da terra e os ribombos testemunhavam. *Vem logo*, disse para Marlene, que entendeu as palavras como verdade absoluta. Um pouco de educação inglesa pode ser uma coisa perigosa.

14. Mais ingleses do que os ingleses

Na grande tradição da educação inglesa, Marcus e Magid se tornaram correspondentes. De que *maneira* se tornaram correspondentes foi objeto de acalorados debates (Alsana culpava Millat, Millat alegava que Irie passara o endereço para Marcus, Irie dizia que Joyce dera uma espiada furtiva em sua agenda de endereços — a explicação envolvendo Joyce era a correta), mas, de um jeito ou de outro, eram correspondentes e, a partir de março de 1991, trocaram cartas com uma freqüência perturbada apenas pela crônica incompetência do sistema de correios de Bengala. A soma da produção dos dois era inacreditável. Em dois meses, encheram um volume no mínimo tão grosso quanto o das obras completas de Keats e, em quatro meses, chegaram rapidamente à extensão e à quantidade de autênticos epistoleiros, são Paulo, Clarissa, desapontados com o município de Tunbridge Wells. Uma vez que Marcus fazia cópias de todas as cartas que escrevia, Irie teve de repensar o sistema de arquivamento para dedicar uma gaveta só à correspondência. Dividiu o sistema em dois, resolvendo arquivar em primeiro lugar por autor, depois por cronologia, em vez de uma organização com base em simples datas. Porque tudo isso tinha a ver com gente. Gente comunicando-se entre continentes, entre mares. Ela criou duas etiquetas para separar os maços de cartas. A primeira dizia: *De Marcus para Magid*. A segunda dizia: *De Magid para Marcus*.

Uma inquietante mistura de ciúme e animosidade levou Irie a se aproveitar da função de secretária. Ela surrupiou pequenas coleções de cartas cuja falta não seria notada, levou-as para casa, tirou-as dos envelopes e, em seguida, depois de leituras rigorosas que seriam capazes de envergonhar F. R. Leavis, tomou o cuidado de recolocá-las nos arquivos. O que descobriu dentro dos envelopes selados com selos aéreos muito espalhafatosos não lhe deu alegria. Seu mentor tinha um novo protegido. Marcus e Magid. Magid e Marcus. Até mesmo o som era *melhor*. Da mesma forma que o som de Watson e Crick era melhor do que Watson, Crick e Wilkins.

John Donne disse que, *mais do que beijos, cartas unem almas*, e de fato o fazem; Irie se espantou ao constatar tal mescla, um tão bem-sucedido amálgama de duas pessoas a partir de tinta e papel, não obstante a distância que os separava. Nenhuma carta de amor poderia ser mais ardente. Nenhuma paixão mais plenamente correspondida, desde o início. As primeiras cartas estavam repletas de uma alegria sem limites pelo reconhecimento mútuo: tediosas para os subservientes carteiros de Dakha, desconcertantes para Irie, fascinantes para os próprios autores:

É como se eu o conhecesse desde sempre; se eu fosse um hindu, acharia que nos conhecemos numa vida anterior. — Magid.

Você pensa como eu. É meticuloso. Gosto disso. — Marcus.

Você se expressa muito bem e formula os meus pensamentos de uma maneira mais apropriada do que eu jamais conseguiria. No meu desejo de estudar direito, na minha ânsia de melhorar o destino do meu país pobre — que é vítima de cada transitório capricho de Deus, de cada furacão e de cada enchente —, nessas metas, qual instinto é fundamental? Qual é a raiz, o sonho que une essas ambições? Dar sentido ao mundo. Eliminar o aleatório. — Magid.

E, além disso, havia a admiração mútua. Que durou alguns meses:

Isso em que você está trabalhando, Marcus — esses camundongos extraordinários —, isso é nada menos que revolucionário. Quando você sonda os misté-

rios das características herdadas, penetra direto, sem dúvida, na alma da condição humana de uma forma tão surpreendente e fundamental quanto um poeta o faz, exceto que munido de algo essencial de que o poeta não dispõe: a verdade. Reverencio idéias visionárias e visionários. Reverencio um homem como Marcus Chalfen. Considero uma honra poder chamá-lo de amigo. Eu lhe agradeço, do fundo do coração, por ter um inexplicável e honroso interesse no bem-estar da minha família. — Magid.

Para mim é inacreditável o barulho estapafúrdio que as pessoas fazem por causa de uma idéia como clonagem. A clonagem, que ocorrerá (posso lhe dizer, ocorrerá mais cedo do que se pensa), é, simplesmente, uma geminação retardada, e nunca na vida deparei com um par de gêmeos que provasse mais categoricamente o argumento contrário ao determinismo genético do que Millat e você. Em cada área em que ele fracassa, você excele — eu gostaria de poder inverter essa frase para obter um efeito de vice-versa, mas a dura verdade é que ele excele em nada, a não ser no poder sedutor de afrouxar o elástico da cintura da calcinha da minha mulher. — Marcus.

E, finalmente, havia os planos para o futuro, planos feitos às cegas e com velocidade amorosa, como o inglês tonto que casou com uma mórmon de Minnesota só porque a voz dela soava sensual no *chat-line*:

Venha para a Inglaterra o quanto antes, no início de 1993, no mais tardar. Tirarei dinheiro do meu próprio bolso, se necessário. Depois poderemos inscrevê-lo na escola do bairro, passar pelas etapas dos exames e enviá-lo rapidinho para qualquer um dos lugares sonhados que seja do seu agrado (embora, claro, haja apenas uma única oportunidade de fato), e, enquanto lá estiver, poderá se apressar e amadurecer, formar-se e servir-me como o tipo de advogado de que preciso para trabalhar a meu favor. Meu Camundongo do Futuro© requer um defensor dedicado. Apresse-se, meu velho amigo. Não tenho o milênio inteiro. — Marcus.

A última carta, não a última que escreveram, mas a última que Irie digeriu, incluía este parágrafo final de Marcus:

Bom, as coisas continuam as mesmas por aqui, a não ser que os meus arquivos estão numa ordem impecável, graças a Irie. Você gostará dela: é uma moça inteligente com seios extraordinários... Infelizmente, não alimento muito as aspirações dela no campo da "ciência pesada", mais especificamente na minha própria biotecnologia, para a qual parece inclinada... ela é, de certa maneira, perspicaz, mas é boa mesmo para o trabalho doméstico, para o trabalho duro — talvez pudesse ser uma assistente de laboratório, mas não tem inclinação para os conceitos, inclinação nenhuma. Acho que poderia tentar a medicina, mas mesmo nesse campo precisaria ter um pouco mais de ousadia do que tem... então talvez reste a odontologia para a nossa Irie (poderia ao menos consertar os próprios dentes), uma profissão honesta, sem dúvida, mas uma que, espero, você evitará...

No final, Irie não ficou ofendida. Deu umas fungadelas, que logo passaram. Era igual à mãe, igual ao pai — uma grande reinventora de si mesma, uma grande criadora. Não dá para ser correspondente de guerra? Seja ciclista. Não dá para ser ciclista? Dobre papel. Não dá para sentar ao lado de Jesus com os cento e quarenta e quatro mil? Junte-se à Grande Multidão. Não dá para continuar na Grande Multidão? Case com Archie. Irie não ficou muito chateada. Só pensou: tá, odontologia. Serei dentista. Odontologia. Tá.

∽

E, enquanto isso, Joyce estava embaixo do convés, tentando resolver os problemas de Millat com as mulheres brancas. Que eram numerosas. Todas as mulheres, de todos os matizes, do azeviche ao albino, eram de Millat. Elas lhe davam números de telefone, elas lhe faziam uma chupetinha em lugares públicos, elas atravessavam bares lotados para lhe pagar uma bebida, elas o faziam entrar em táxis, elas o seguiam até em casa. Qualquer que fosse o motivo — o nariz aquilino, os olhos como oceano escuro, a pele como chocolate, o cabelo como cortinas de seda preta, ou talvez apenas a catinga, pura e simples —, tudo dava muito certo. Agora, não é preciso sentir inveja. Não faz o menor sentido. Sempre existiu e sempre existirá gente que simplesmente exsuda sexo (que o respira, que o *transpira*). Uns poucos exemplos ao acaso: o jovem Brando, Madonna, Cleópatra, Pam Grier, Valentino, uma moça chamada Tamara que mora em frente do London Hippodrome, bem no meio da cidade; Imran Khan, o Davi de Michelangelo. Não é possível lutar contra esse tipo de força indiscriminada maravilhosa, porque não é sempre simetria ou beleza em si que a compõe (o nariz de Tamara é ligeiramente curvo) e não há como ganhar essa luta. Decerto a mais antiga frase norte-americana é pertinente nesse caso, concernente a assuntos econômicos, políticos e românticos: *ou você tem ou você não tem*. E Millat tinha. Aos montes. Tinha a escolha do mundo conhecido, de cada fêmea luxuriante do tamanho 8 ao 28, tai ou tonganesa, de Zanzibar a Zurique, a perspectiva de vulvas disponíveis e voluntárias estendendo-se por todas as direções até onde os olhos alcançavam. Era de se esperar, com o bom senso, que um homem com um dom natural como esse mergulhasse de cabeça nos reservatórios de uma grande variedade de mulheres, para usufruir uma vasta experiência. Contudo, os lances principais de Millat Iqbal se resumiam, quase exclusivamente, às mulheres brancas protestantes de tamanho 10, com quinze a vinte e oito anos de idade, que morassem em West Hampstead ou nas redondezas.

Inicialmente, isso não preocupava Millat nem lhe parecia fora do comum. A escola estava cheia de moças que correspondiam à descrição geral. Segundo a lei da média — uma vez que ele era o único rapaz digno de uma trepada na Glenard Oak —, acabaria trepando com a maioria delas. E com Karina Cain, o caso do momento, as coisas corriam bem. Ele a enganava apenas com três outras (Alexandra Andrusier, Polly Houghton e Rosie Dew), o que representava um recorde pessoal. Afora isso, Karina Cain era diferente. Com Karina Cain não era só sexo. Ele gostava dela e ela gostava dele, e tinha um ótimo senso de humor, o que parecia um milagre, cuidava dele quando ele estava maus, e ele cuidava dela também, do jeito dele, dando-lhe flores e tudo o mais. Era tanto a lei da média quanto uma coisa aleatória e afortunada que o deixava mais feliz do que era em geral. Então era isso.

Acontece que o GENIV não partilhava dessa visão. Uma noite, depois que Karina o levou até uma reunião do GENIV no Renault da mãe, o irmão Hifan e o irmão Tyrone atravessaram o salão da municipalidade de Kilburn como dois homens-montanha dispostos a se prostrar aos pés de Maomé. Seus vultos se agigantaram.

— Oi, Hifan, essa força, oi, Tyrone, carinha, por que essa carranca?

Mas os irmãos Hifan e Tyrone não lhe contaram o porquê da carranca. Em vez disso, entregaram-lhe um folheto. O título era: *Quem é livre de verdade? As irmãs do* GENIV *ou as irmãs do Soho?* Millat lhes agradeceu cordialmente pelo folheto. E o enfiou no fundo da mochila.

Como é que foi?, perguntaram-lhe na semana seguinte. *Achou uma boa leitura, irmão Millat?* Na verdade, o irmão Millat não chegara a ler o folheto (e, sinceramente, preferia folhetos com títulos como *O grande demônio americano: como a máfia dos Estados Unidos governa o mundo*, ou *A ciência versus o Criador: sem controvérsia*), mas, percebendo o interesse dos irmãos Tyrone e Hifan, respondeu que o tinha lido. Mostraram-se satisfeitos e lhe entregaram outro. Um com o título: *Liberação da Lycra? O estupro e o mundo ocidental*.

— A luz está penetrando as suas trevas, irmão Millat? — perguntou o irmão Tyrone, todo ansioso, na reunião da quarta-feira seguinte. — As coisas estão ficando mais claras?

Para Millat, "mais claras" não pareceu ser a qualificação mais correta. Antes, no início da semana, reservara algum tempo, lera os dois folhetos e desde então se sentia um tanto esquisito. Em três curtos dias, Karina Cain, uma garota adorável, um doce que jamais o irritara de verdade (ao contrário, deixava-o feliz! alegre!), irritou-o mais do que o conseguiu num ano inteiro de trepadas. E não era uma irritação comum. Era uma irritação profunda, perturbadora e inexplicável, como uma coceira num membro amputado. E para ele não estava claro por quê.

— É, Tyrone, carinha — respondeu Millat, com um sinal de cabeça e um sorriso largo. — Cristalino, cara, cristalino.

O irmão Tyrone acenou com a cabeça em resposta. Millat ficou satisfeito de ver que ele parecia satisfeito. Era como participar da máfia na vida real, ou de um filme de Bond ou coisa assim. Os dois de roupa preta e branca, assentindo com a cabeça um para o outro, *Entendo que nos entendemos*.

— Esta é a irmã Aeyisha — disse o irmão Tyrone, ajeitando a gravata-borboleta verde de Millat e empurrando-o na direção de uma moça negra, bonita e miúda, de olhos amendoados e ossos malares grandes. — Uma deusa africana.

— É mesmo? — retrucou Millat, impressionado. — De onde você é?

— Do norte de Clapham — respondeu a irmã Aeyisha com um sorriso tímido.

Millat bateu palmas e saltou num pé.

— Poxa, carinha, então você *deve* conhecer o Redback Café!?

A irmã Aeyisha, a deusa africana, animou-se.

— Ah, *conheço*, era lá que eu costumava ir antes! Você vai lá?

— Vou sempre! É superlegal. Bom, quem sabe a gente se encontra lá uma vez. Prazer em te conhecer, irmã. Irmão Tyrone, tenho que me mandar, cara, a minha garota tá me esperando.

O irmão Tyrone pareceu desapontado. Pouco antes de Millat partir, colocou-lhe na mão um outro folheto e ficou segurando-lhe a mão até o papel umedecer entre as duas palmas.

— Millat, você poderia ser um tremendo líder — disse o irmão Tyrone (por que todo mundo vivia lhe dizendo isso?), primeiro olhando para ele, depois para Karina Cain, a curvatura dos seios dela espiando por cima da porta do carro, a buzinar na rua. — Mas, por enquanto, você é a metade do homem. Precisamos do homem inteiro.

— É, legal, obrigado, você também, irmão — retrucou Millat, passando os olhos pelo folheto e abrindo as portas de vaivém. — Até mais.

— O que é isso? — perguntou Karina Cain, esticando o braço para abrir a porta de caroneiro e notando o papel um tanto ensopado na mão dele.

Por instinto, Millat guardou logo o folheto no bolso. O que era estranho. Em geral, mostrava tudo para Karina. Agora, só com a pergunta, de algum modo ela o irritava. E esse negócio que ela trajava? O mesmo tomara-que-caia de sempre. Mas não estava mais curto? Os bicos dos peitos não estavam mais aparentes, mais intencionalmente visíveis?

— Nada — respondeu — mal-humorado. Mas não era nada mesmo. Era o último folheto da série do GENIV sobre as mulheres ocidentais. *O direito de se expor: a verdade nua sobre a sexualidade ocidental.*

Agora, a propósito do assunto nudez, Karina Cain tinha um belo corpo miúdo. Cremosamente roliço e com extremidades delgadas. Quando chegava o fim de semana, ela gostava de pôr uma roupinha que o realçasse. A primeira vez em que Millat a notou foi numa festa no bairro, quando teve um vislumbre da calça cor de prata, do tomara-que-caia cor de prata e da elevação desnuda de uma barriguinha ligeiramente protuberante que surgia entre a calça e o tomara-que-caia, com uma outra coisa cor de prata no umbigo. Havia algo de convidativo na barriguinha de Karina Cain. Ela a detestava, mas Millat a adorava. Adorava quando ela vestia roupas que a revelavam. Agora, porém, os folhetos iam tornando as coisas *mais claras*. Ele começara a prestar atenção no que ela usava e no modo como outros homens a olhavam. E, ao lhe mencionar isso, ela retrucou: "Ah, eu *detesto* isso. Esses velhinhos sem-vergonha". Para Millat, no entanto, parecia que ela os incentivava, que, inegavelmente, *desejava* que olhassem para ela, que estava — como sugeria o folheto *O direito de se expor* — "prostituindo-se aos olhos dos homens". Sobretudo dos homens brancos. Porque é assim que a coisa funciona entre homens ocidentais e mulheres ocidentais, não é? Gostam de fazer tudo em público. Quanto mais pensava nisso, mais furioso ficava. Por que ela não se cobria? Quem estava tentando impressionar? As deusas africanas do norte de Clapham respeitavam a si mesmas, por que não Karina Cain? "Não posso respeitar você", explicou Millat com prudência, certificando-se de repetir as palavras tal como as lera, "se você não respeita a si mesma." Karina Cain replicou que respeitava a si mesma, mas Millat não acreditou. O que era estranho, porque nunca soube que Karina Cain tivesse alguma vez dito uma mentira, não era desse tipo.

Um dia, quando se preparavam para sair, ele disse: "Você não está se vestindo para mim, está se vestindo para todo mundo!". Karina respondeu que não se vestia nem para ele nem para todo mundo, vestia-se para si mesma. Quando ela cantou "Sexual healing" no caraoquê de um bar, ele disse: "Sexo é uma coisa privada, entre eu e você, não é para todo mundo!". Karina respondeu que estava *cantando*, não transando na frente dos fregueses do Rat and Carrot. Quando fizeram sexo, ele disse: "Não faça isso... não se ofereça pra mim que nem puta. Nunca ouviu falar de ato anormal? E, além do mais, aceito se quiser... e por que não se comporta como mulher decente, por que tem que fazer esse escarcéu todo?". Karina Cain lhe deu um tapa e caiu em prantos. Disse que não sabia o que estava acontecendo com ele. O problema, pensou Millat, ao bater a porta com toda a violência atrás de si, é que *eu também não sei*. E depois dessa briga não se falaram por um bom tempo.

Cerca de duas semanas mais tarde, enquanto fazia um bico no Palace para ganhar um dinheiro extra, Millat tocou no assunto com Shiva, um recém-convertido ao GENIV e astro em ascensão na organização.

— Não fale de brancas comigo — rosnou Shiva, perguntando a si mesmo a quantas gerações mais dos Iqbal teria de dar conselhos. — O Ocidente chegou num ponto em que as mulheres são homens! Quer dizer, elas têm os mesmos desejos e os mesmos anseios que os homens... *elas querem o tempo inteiro*. E se vestem como quem quer que todo mundo *saiba* que elas querem o tempo inteiro. Agora, está certo isso? Está?

Antes, porém, que o debate prosseguisse, Samad entrou pela porta de vaivém para pegar um pouco de molho picante de manga e Millat retomou o trabalho de picar.

Nessa noite, depois do trabalho, Millat avistou uma mulher indiana de rosto redondo, com ar de recatada, através da janela de um café no Piccadilly, que, de perfil, lembrava bastante Alsana nas fotografias de quando jovem. Vestia uma malha preta de gola rulê, calça comprida preta, e os olhos estavam parcialmente cobertos pelo cabelo preto e comprido, havendo como elemento decorativo apenas os padrões vermelhos do *mhendi* na palma das mãos. Estava sozinha.

Com o mesmo peito imprevidente de que se valia para cantar gatinhas e garotas cabeça doidas por *disco*, com o mesmo descaro de quem não tinha o menor pudor de falar com estranhos, Millat entrou e começou a repetir para ela, quase literalmente, o que estava impresso na última página do folheto *O direito de se expor*, esperando que ela o entendesse. Tudo sobre companheiros ideais, sobre auto-respeito, sobre mulheres que buscam levar o "prazer visual" apenas a homens que as amam. Ele explicou:

— É a libertação do véu, né? Como diz aqui, ó: *Livre dos grilhões do olhar perscrutador do homem e dos padrões da atratividade, a mulher está livre para ser quem ela é no íntimo, imune à imagem de símbolo sexual e à concupiscência, como se fosse carne a ser escolhida e inspecionada*. É isso que nós pensamos — disse, sem ter certeza de que era o que pensava. — Essa é a nossa opinião — disse, sem ter certeza de que aquela era sua opinião. — Sabe, eu faço parte do grupo...

A mulher torceu a cara e, delicadamente, pôs o dedo indicador sobre o lábio dele.

— Ah, meu bem — murmurou com tristeza, admirando-lhe a beleza. — Se eu te der dinheiro, você cai fora?

E nisso chegou o namorado dela, um chinês surpreendentemente alto que trajava uma jaqueta de couro.

Mergulhado numa tristeza profunda, Millat resolveu caminhar os cerca de doze quilômetros até a casa, começando no Soho, olhando fixamente para as prostitutas pernudas, para as calcinhas sem fundilhos e os boás de plumas. Quando chegou a Marble Arch, estava tomado de uma fúria tal que ligou para Karina Cain de uma cabina telefônica forrada de colagens de peitos e bundas (putas, putas, putas) e, sem a menor cerimônia, deu-lhe o fora. As outras garotas com quem trepava (Alexandra Andrusier, Polly Houghton e Rosie Dew) não o preocupavam, porque não passavam de biscatinhas tesudinhas, finas e afins. Mas Karina Cain o preocupava, porque era a *amada* dele, e a amada dele tinha de ser dele e de mais ninguém. Protegida como a mulher de Liotta em *Os bons companheiros*, ou como a irmã de Pacino em *Scarface*. Tratada como princesa. Comportando-se como princesa. Numa torre. Vestida.

Caminhando mais devagar agora, arrastando os tacões, não havendo casa de quem quer que fosse para ir, foi abordado na Edgware Road, os velhos camaradas balofos que o chamaram ("Olha lá, é o Millat, o Millatinho, o Mano das Minas! Millat, o Príncipe dos Comedores! Cresceu demais prum fuminho, é?") e desistiram com um sorriso de pesar. Narguilés, frango *halal* frito e absinto importado ilegalmente consumidos às mesas bambas ao ar livre; observando as mulheres passar às pressas com seus cortinados completos, como atarefados fantasmas negros assombrando as ruas, fazendo compras a altas horas, procurando os maridos desgarrados. Millat gostava de observá-las passar: a conversa animada, as belas cores dos olhos comunicativos, as explosões de risos em lábios invisíveis. Lembrou-se de algo que o pai lhe dissera uma vez, quando ainda conversavam. Não saberá o que significa *erótico*, Millat, não saberá o que significa *desejo*, meu segundo filho, enquanto não sentar na Edgware Road com um cachimbo borbulhante, usando todo o poder da imaginação para visualizar o que está além de dez centímetros de pele que o *hajib* revela, o que está debaixo daquele admirável tecido preto.

Cerca de seis horas mais tarde, Millat estava à mesa da cozinha dos Chalfen, muito, mas muito bêbado mesmo, magoado e violento. Destruiu o posto de bombeiros de Lego de Oscar e atirou a cafeteira contra um canto da cozinha. Depois fez o que Joyce esperara o ano inteiro. Pediu-lhe conselho.

Desde então, era como se meses tivessem transcorrido em volta da mesa da cozinha, Joyce escorraçando as pessoas, examinando textos, torcendo as mãos apreensivamente; o cheiro de maconha misturando-se com o aroma de morango que se desprendia do vapor das contínuas xícaras de chá. Porque Joyce o amava de fato e de fato queria ajudá-lo, mas seu conselho era demorado e complexo. Estudara o assunto. E, ao que parecia, Millat estava revoltado contra si mesmo e com ódio de sua própria gente; tinha, provavelmente, uma mentalidade de escravo, ou, talvez, um complexo de cor cujo núcleo era a mãe (era bem mais escuro do que ela), ou um desejo de aniquilar a si mesmo por meio da diluição numa poça de genes brancos, ou uma incapacidade de conciliar duas culturas opostas... e, conforme se divulgou, sessenta por cento dos rapazes asiáticos faziam *isso*... e noventa por cento dos muçulmanos *sentiam* isso... era um fato conhecido que famílias asiáticas com freqüência... e rapazes estavam, hormonalmente, mais inclinados a... e o terapeuta que ela arrumou para ele era realmente muito bom, três dias por semana e não era preciso se preocupar com dinheiro... e não era preciso se preocupar com Joshua, que estava apenas emburrado... e, e, *e*.

Remontando em meio à embrulhada e à falação, Millat se lembrou de uma garota chamada Karina de Tal de quem gostava. E ela gostava dele. E tinha um ótimo senso de humor que parecia um milagre, cuidava dele quando ele estava maus, e ele cuidava dela também, do jeito dele, dando-lhe flores e tudo o mais. Ela parecia distante agora, como o pique e a infância. E então era isso.

∽

Havia problema na casa dos Jones. Irie estava prestes a se tornar a primeira Bowden, ou Jones (possivelmente, talvez, se tudo correr bem, com a graça de Deus, cruze os dedos), a entrar na universidade. Seus certificados especiais eram química, biologia e religião. Queria fazer odontologia (trabalho não-manual! mais de vinte mil libras por ano!), com o que todo mundo estava satisfeito, mas queria também tirar "meio ano de férias" no subcontinente e na África (Malária! Pobreza! Tênias!), o que conduziu a três meses de uma guerra aberta entre ela e Clara. Um lado queria financiamento e permissão, o outro lado estava decidido a não conceder nem um nem outro. O conflito era prolongado, encarniçado, e todos os mediadores voltavam para casa de mãos vazias (*Ela está resolvida, não há como argumentar com essa mulher* — Samad) ou então envolvidos na guerra de palavras (*Por que ela não pode ir para Bangladesh, se quer ir? Está insinuando que o meu país não é bastante bom para a sua filha?* — Alsana).

O impasse era tal que o território foi dividido e redistribuído; Irie reivindicou seu quarto e o sótão, Archie, um opositor consciente, pediu apenas o quarto de hóspedes, um aparelho de televisão e uma antena parabólica, e Clara tomou o resto, o banheiro atuando como um terreno comum. Portas foram batidas com estrondo. O tempo para o diálogo se esgotara.

No dia 25 de outubro de 1991, à uma da madrugada, Irie embarcou num ataque noturno. Sabia, por experiência, que a mãe era mais vulnerável quando deitada na cama; de madrugada, falava com a suavidade de uma criança, o cansaço lhe dava um pronunciado ceceio; esse era o momento mais provável de conseguir o que quer que fosse: dinheiro para despesas, uma bicicleta nova, um toque de recolher mais tarde. Tratava-se de uma tática tão batida, a essa altura, que Irie achava que não seria digna disso, a contenda mais longa e feroz com a mãe. Mas não tinha idéias melhores.

— Irie! Que é...? É madrugada... Volta pra cama...

Irie abriu a porta um pouco mais, deixando mais luz do corredor inundar o quarto.

Archie afundou a cabeça no travesseiro.

— Caramba, benzinho, é uma hora da madruga! Eu tenho que trabalhar amanhã.

— Quero conversar com a mãe — retrucou Irie com firmeza, caminhando até o pé da cama. — Ela não fala comigo de dia, então tive de apelar para isso.

— Irie, faz favor... tô exausta... preciso dormir um pouco.

— Não é que eu só quero meio ano de férias, eu *preciso*. É essencial... sou jovem, quero ganhar experiência. Vivi nesta porcaria de bairro a minha vida inteira. Aqui todo mundo é igual. Quero sair por aí e ver gente do mundo... é isso que o Joshua está fazendo, e os pais *dele* apóiam!

— Bom, mas a gente não tem condição — resmungou Archie, surgindo de debaixo do edredom. — Não é todo mundo que tem emprego chique na área da ciência, é?

— O dinheiro não me interessa... Vou arrumar um emprego de algum jeito, alguma coisa, mas quero permissão! *De vocês dois*. Não quero passar seis meses fora e passar cada dia pensando que estão com raiva.

— Bom, isso não é comigo, é, benzinho? É com a sua mãe, eu...

— Sei, pai. Obrigada por explicar o óbvio.

— Ah, que seja — disse Archie, melindrado, virando-se para a parede. — Então não digo mais nada...

— Ah, *pai*, não era a minha intenção... mãe!? Pode fazer o favor de se erguer daí e falar direito? Estou tentando falar com você? Parece que estou falando comigo mesma? — disse Irie com entonações ilógicas, pois era o ano em que as novelas australianas ensinavam uma geração de adolescentes ingleses a exprimir tudo com frases interrogativas. — Escuta, quero a sua permissão, certo?

Mesmo na penumbra, Irie viu a carranca de Clara.

— Permissão *pra quê*? Pra ir e viver no meio de uma gente pobre e feia? Doutor Livingstone, presumo? Foi isso que aprendeu com os Shalfenz? Porque se quer isso, faz aqui. É só sentar e olhar pra mim seis meses!

— Não tem nada a ver com isso! Só quero ver como outras pessoas vivem!

— E nisso ser morta! Por que não vai pra outra vizinhança? Tem outro tipo de gente por lá. Vai ver como eles vivem!

Enfurecida, Irie agarrou o poste da cama e andou até o lado de Clara na cama.

— Por que não senta direito e conversa comigo direito e pára de falar com essa vozinha ridícula de mocin... — Na penumbra, Irie chutou um copo e respirou fundo quando a água fria penetrou entre os dedos dos pés e o carpete. Em seguida, quando enfim a água escoou, Irie teve a estranha e horrível sensação de que a mordiam. — Ai!

— Caramba, pelo amor de Deus — exclamou Archie, estendendo a mão para o abajur na cabeceira e acendendo-o. — O que é agora?

Irie abaixou o olhar para ver onde doía. Em qualquer guerra, esse era um golpe baixo demais. Os dentes da frente de uma dentadura, sem uma boca anexada a ela, abatiam-se sobre seu pé direito.

— Puta merda! O que é esta merda?

Mas a pergunta era desnecessária; no momento mesmo em que as palavras se formaram na boca, Irie já tinha tirado uma conclusão. A voz da meia-noite. A retidão e a brancura perfeita do dia.

Clara esticou a mão precipitadamente para baixo, pegou os dentes no pé de Irie, uma vez que agora era tarde demais para disfarçar, e os colocou em cima do criado-mudo.

— Satisfeita? — perguntou Clara, deprimida. (Não que não lhe contara de propósito. Nunca houve uma hora que parecesse propícia.)

Mas Irie estava com dezesseis anos e, nessa idade, tudo parece proposital. Para ela, era apenas mais um ponto na longa lista de hipocrisias e inverdades dos pais, era um outro exemplo do dom dos Jones/Bowden para histórias secretas, histórias jamais contadas, uma história jamais revelada inteiramente, um rumor jamais desenredado, o que estaria muito bem se no dia-a-dia não houvesse montes de pistas e sugestões; estilhaços de bomba na perna de Archie... a fotografia do estranho avô branco Durham... o nome "Ophelia" e a palavra "manicômio"... um capacete de ciclista e um pára-lama antigo... cheiro de fritura do O'Connell's... uma vaga lembrança de uma viagem num carro de madrugada, acenando para um garoto num avião... cartas com selos suecos, Horst Ibelgaufts, caso não seja entregue devolver ao remetente...

Oh, que teia emaranhada tecemos! Millat tinha razão: esses pais eram pessoas avariadas, sem mãos, sem dentes. Esses pais estavam repletos de informações que a gente queria obter mas tinha muito medo de ouvir. Irie, porém, não queria mais, estava cansada de tudo. Estava farta de jamais saber toda a verdade. Devolveria ao remetente.

— Ora, não fique tão chocada, benzinho — disse Archie amistosamente. — É só umas porcarias de dentes. Agora você sabe. Não é o fim do mundo.

Mas, de certa forma, era. Para ela, bastava. Voltou para o quarto, pôs o material escolar e as roupas essenciais dentro de uma mochila enorme e vestiu um casaco pesado sobre a camisola de dormir. Por uma fração de segundo, pensou nos Chalfen, mas já sabia que lá não obteria respostas, apenas mais lugares para onde fugir. Além disso, havia só um quarto de hóspede, ocupado por Millat. Irie sabia aonde teria de ir, bem no fundo da questão, onde só o ônibus N17 a levaria naquela hora da noite, sentada no segundo andar, os bancos decorados com vômito, passando estrondosamente por quarenta e sete pontos antes de chegar ao local de destino. Mas no fim ela chegou.

— Deus do céu — murmurou Hortense, os encrespadores de ferro inamovíveis, os olhos cheios de remela, parada à porta. — Irie Ambrosia Jones, *você*?

15. Chalfenismo versus bowdenismo

Sim, Irie Jones. Seis anos mais velha do que na última vez em que se encontraram. Mais alta, mais gorda, com peitos e sem cabelo, chinelos apenas entrevistos sob um casaco de baeta comprido. E Hortense Bowden. Seis anos mais velha, mais baixa, mais gorda, com peitos caídos sobre o estômago e sem cabelo (embora tivesse adotado o curioso hábito de prender encrespadores na peruca), chinelos apenas entrevistos sob um roupão acolchoado rosa e comprido. A grande diferença, porém, era que Hortense estava com oitenta e quatro anos de idade. Não uma velhota, longe disso; uma mulher redonda e robusta, a gordura tão tensa contra a pele que a epiderme fazia força para se enrugar. Contudo, oitenta e quatro não são setenta e sete ou sessenta e três; aos oitenta e quatro, nada há à frente além da morte e sua tediosa persistência. Estampada no rosto, como Irie jamais vira. A espera, o temor e o bendito alívio.

Entretanto, embora houvesse diferenças, Irie ficou chocada com as semelhanças ao descer a escada e entrar no apartamento de Hortense no subsolo. No passado, visitara a avó com alguma freqüência: visitas furtivas com Archie enquanto a mãe estudava, e sempre voltando para casa com um presente incomum, uma cabeça de peixe em salmoura, bolinhos de pimentão picante, a letra de um salmo perdido porém duradouro. Mas então, no enterro de Darcus, em 1985, Irie, aos dez anos de idade, mencionou por acaso essas visitas sociais e Clara pôs um fim nelas. Ainda se falavam por telefone vez ou outra. E até esse dia Irie recebia cartas breves escritas em folha de caderno escolar junto com um exemplar da *Torre de vigia*. Às vezes, Irie olhava para a mãe e via a avó: os ossos malares majestosos, os olhos felinos. Mas fazia seis anos que não ficavam frente a frente.

Quanto à casa, era como se apenas seis segundos tivessem se passado. Ainda escura, ainda úmida, ainda subterrânea. Ainda decorada com centenas de estatuetas seculares ("Cinderela a caminho do baile", "A sra. Tiddlytum mostra aos esquilinhos o caminho do piquenique"), todas equilibradas sobre toalhinhas individuais e rindo alegremente entre si, divertindo-se com a idéia de que alguém fosse capaz de pagar cento e cinqüenta libras, em quinze prestações, por peças de porcelana e vidro tão inferiores quanto elas. Uma enorme tapeçaria tripartida, de cuja confecção Irie se recordava, estava agora pendurada na parede acima da lareira, representando, na primeira tira, o julgamento dos eleitos, no céu com Jesus. Os eleitos eram todos loiros e de olhos azuis, tão serenos quanto a lã ordinária de Hortense permitia, e olhavam para a Grande Multidão embaixo — que tinha um aspecto alegre, embora não tão alegre quanto os eleitos — a brincar no eterno paraíso na Terra. A Grande Multidão, por sua vez, olhava penalizada para os pagãos (de longe o grupo mais numeroso), mortos em suas sepulturas, empilhados, espremidos como sardinhas em lata.

Faltava apenas Darcus (de quem Irie se lembrava, muito vagamente, como uma mistura de cheiro e textura; naftalina e pêlo de cachorro molhado); havia a enorme poltrona dele, vazia, ainda fétida, e havia a televisão dele, ainda ligada.

— Irie, olha só pra você! Esta menina tá sem quase nada por baixo... deve tá morrendo de frio! Tremendo que nem taquara. Deixa eu sentir sua testa. Febre! Tá trazendo febre pra dentro da minha casa!?

Na presença de Hortense era importante jamais admitir a existência de uma doença. A cura, como se dava na maioria das famílias jamaicanas, era sempre mais dolorosa do que os sintomas.

— Eu estou bem. Não tem nada de errado com...

— Ah é, é? — Hortense fez Irie tocar a testa com a própria mão. — Isso aí é febre, tão certo quanto febre é febre. Está sentindo?

Irie sentiu. Ardendo feito brasa.

— Toma aqui. — Hortense pegou a manta que cobria a poltrona de Darcus e com ela envolveu os ombros de Irie. — Agora vem comigo pra cozinha e sossega um pouco. Sair numa noite dessas, com uma roupa fininha assim! Vai tomar um chá bem quente e ir direto pra cama mais correndo que nunca!

Irie aceitou a manta malcheirosa e seguiu Hortense até a cozinha minúscula, onde ambas sentaram.

— Deixa eu olhar bem pra você. — Hortense se encostou no fogão, as mãos na cintura. — Tá com a cara do Senhor Morte, o seu novo namorado. Como chegou aqui?

Mais uma vez, era preciso ter cuidado ao responder. O desprezo de Hortense pelo transporte londrino era para ela um grande consolo na velhice. Ela era capaz de pegar uma palavra como *trem* e extrair dela uma melodia (*Metrô linha norte*), que se expandia numa ária (*O subterrâneo*), desenvolvia-se num tema (*O sobreterrâneo*) e em seguida crescia, exponencialmente, numa opereta (*Os males e as iniqüidades do sistema ferroviário britânico*).

— Hã... de ônibus. O N17. Fazia frio no segundo andar. Acho que peguei friagem.

— Escuta, mocinha, não tem nada de "acho". Eu não entendo por que pegar um ônibus sabendo que ele leva três horas pra chegar e deixa a gente esperando no frio e depois quando a gente entra nele as janelas estão abertas mesmo e a gente morre de frio. — Hortense entornou na mão um líquido incolor de uma pequena vasilha de plástico. — Vem cá.

— Por quê? — Irie perguntou, logo desconfiada. — O que é isso?

— Nada, vem cá. Tira os óculos.

Hortense se aproximou com a mão em concha.

— Nos meus olhos, não! Não tem nada errado com os meus olhos!

— Chega de criar caso. Não vou pôr nada nos olhos.

— Então me diga o que é — pediu Irie, procurando adivinhar em qual orifício o líquido seria colocado e gritando quando a mão em concha se aproximou do rosto, espalhando o líquido na testa e pelas faces abaixo. — Aiii! Queima!

— Rum de pimenta-da-jamaica — explicou Hortense prosaicamente. — Queima a febre. Não, não enxuga. Deixa fazer efeito.

Irie cerrou os dentes enquanto a tortura de mil picadas ia diminuindo para quinhentas, depois para vinte e cinco, até se reduzir a uma ardência do tipo provocado por um tabefe.

— Pois então! — exclamou Hortense, agora completamente desperta e sentindo-se um tanto exultante. — Pelo que vejo até que enfim você fugiu daquela mulher ímpia. E no meio do caminho pegou uma gripe! Bom... tem gente que não ia culpar você, não, de jeito nenhum... Ninguém melhor que eu sabe como aquela mulher é. Nunca em casa, aprendendo todos os "ismos" e os "emas" dela na universidade, deixando o marido e a menina em casa, famintos e magricelos. Deus do céu, claro que ia fugir! Bom... — suspirou e pôs uma chaleira de cobre no fogão. — Tá escrito. *Fugireis pelo vale dos meus montes, porque o vale chegará até Asel. Fugireis como fugistes do terremoto nos dias de Usias, rei de Judá. Então virá o* SENHOR *meu Deus, e todos os santos com Ele*. Zacarias, 14:5. No fim, os bons fugirão do mal. Ah, Irie Ambrosia... eu *sabia* que no fim você vinha. Todos os filhos de Deus voltam no fim.

— Vó, eu não vim aqui para me encontrar com Deus. Vim para poder estudar sossegada e pôr a cabeça no lugar. Preciso ficar uns meses... pelo menos até o ano-novo. Ai... estou meio tonta. Posso comer essa laranja?

— Sim, no fim todos voltam para o Nosso Senhor Jesus Cristo — continuou Hortense, falando consigo mesma, pondo a raiz amarga de *cerace* dentro da chaleira. — Não é laranja de verdade, meu bem. Todas as frutas são de plástico. As flores também são de plástico. Não acho que é vontade de Deus eu gastar em artigos perecíveis o dinheirinho que tenho para os gastos domésticos. Come umas tâmaras.

Irie fez uma careta para os frutos secos postos diante dela.

— Então deixou o Archibald com aquela mulher... coitadinho. Sempre *gostei* do Archibald — disse Hortense com tristeza, esfregando com dois dedos ensaboados os resíduos marrons de uma xícara de chá. — Eu nunca tive uma objeção contra ele, *propriamente*. Ele sempre foi um homem ajuizado. Abençoados sejam os guardiões da paz. Ele sempre me pareceu um guardião da paz. Mas é mais o princípio que a coisa, sabe? Preto e branco nunca dão certo. Nunca foi vontade do Nosso Senhor Jesus Cristo a gente se misturar. Por isso fez um estardalhaço quando os filhos dos homens construíram a torre de Babel. Eu queria que os homens deixassem as coisas separadas. *E o Senhor confundiu a língua de toda a Terra e dali o Senhor os espalhou sobre a face de toda a Terra*. Gênese, 11:9. Quando a gente mistura, o resultado nunca é bom. Não era pra ser *assim*. Menos você — acrescentou, depois de refletir. — Você é a única coisa boa que resultou disso... Puxa, às vezes é que nem olhar num espelho — disse, erguendo o queixo de Irie com os dedos enrugados. — Você tem a minha constituição, grande, percebe? Cintura, coxas, traseiro e peitos. Minha mãe era igual. Você até recebeu o nome da minha mãe.

— Irie? — perguntou Irie, esforçando-se para ouvir, mas sentindo que o úmido embaçamento da febre a dominava.

— Não, meu bem, *Ambrosia*. O manjar que faz você viver pra sempre. Muito bem — disse, batendo as palmas das mãos, apanhando entre elas a próxima pergunta de Irie —, você dorme na sala de estar. Vou buscar o cobertor e os travesseiros e a gente conversa amanhã cedo. Eu acordo às seis, porque tem a atividade das Testemunhas, por isso não acho que o seu sono vai passar das oito. Tá me ouvindo, menina?

— Hum. Mas e o quarto que era da minha mãe? Não posso dormir nele?

Hortense apoiou meio peso do corpo de Irie sobre o ombro e a levou para a sala de estar.

— Não, isso não é possível. Por causa da situação — disse Hortense enigmaticamente. — A explicação pode esperar até o dia raiar. *Portanto, não os temais: pois nada há encoberto que não venha a ser revelado* — entoou a meia-voz, virando-se para sair. — *E nada oculto que não venha a ser conhecido*. Isso é Mateus, 10:26.

O único momento em que valia a pena ficar naquele apartamento de subsolo era numa manhã de inverno. Entre as cinco e seis horas, quando o sol ainda estava baixo, a luz entrava pela janela da frente, banhava a sala de amarelo, sarapintava o comprido e estreito terreno nos fundos (2,20 m × 9,20 m) e dava uma aparência saudável para os tomates. A gente quase podia se convencer de estar às seis da manhã no piso térreo de algum chalé do continente europeu ou, pelo menos, no nível de uma rua qualquer em Torquay, não num subsolo em Lambeth. A luz era tão ofuscante que não dava para distinguir os tapumes da ferrovia, onde terminava a faixa do gramado, ou os apressados pés cotidianos que passavam pela janela da sala de estar, chutando poeira nas vidraças através do gradil. A luz branca e a sombra ágil imperavam às seis da manhã. Agarrada a uma xícara de chá à mesa da cozinha, olhando com os olhos entrefechados para o gramado, Irie viu videiras lá fora; viu panoramas florentinos em lugar dos telhados desiguais e desordenados de Lambeth; viu o vulto de um italiano musculoso colhendo amoras e esmagando-as com os pés. Em seguida, a miragem, que dependia do sol, desapareceu, a cena inteira engolida por uma nuvem devoradora. Deixou apenas umas poucas casas eduardianas caindo aos pedaços, tapumes da ferrovia batizados com o nome de uma criança desordeira, um terreno comprido e estreito onde praticamente nada cresceria. E um homem ruivo, descorado e cambaio, com uma postura terrível e botas de borracha até os joelhos, batendo um pé na palha coberta de geada que protegia as plantas recém-plantadas, tentando tirar do salto da bota os restos de um tomate esmagado.

— Aquele é o senhor Topps — disse Hortense, movimentando-se agitada na cozinha, trajando um vestido marrom-escuro, os colchetes abertos, na mão um chapéu com flores de plástico viradas de lado. — Ele tem me ajudado muito desde que o Darcus morreu. Abranda os meus tormentos e acalma a minha mente.

Acenou-lhe e ele endireitou o corpo e respondeu com outro aceno. Irie o observou pegar os dois sacos de plástico cheios de tomates e andar com pés de pombo pelo jardim, na direção da porta da cozinha.

— E é o único que conseguiu fazer alguma coisa crescer nesse terreno. Uma colheita de tomate dessas nunca se viu! Irie Ambrosia, pára de ficar olhando e vem me fechar este vestido. Depressa, antes dos seus olhos esbugalhados saltarem das órbitas.

— Ele mora aqui? — sussurrou Irie, estupefata, lutando para juntar os dois lados do vestido de Hortense sobre as ilhargas volumosas. — Quero dizer, com a senhora?

— Não no sentido que *você* pensa — disse Hortense torcendo o nariz. — Ele é só uma grande ajuda pra mim na minha velhice. Tá comigo esses seis anos todos. Deus o abençoe e lhe guarde a alma. Agora me dá esse alfinete.

Irie lhe passou o longo alfinete de chapéu que estava em cima de uma manteigueira. Hortense endireitou os cravos de plástico no chapéu e os espetou implacavelmente, depois trouxe o alfinete de volta à superfície do feltro, deixando que se projetassem para fora do chapéu uns dois dedos de metal prateado, como um capacete cravejado de soldado alemão.

— Ora, por que esse ar chocado?! É um arranjo bastante satisfatório. Uma mulher precisa de um homem na casa, senão as coisas ficam complicadas. O senhor Topps e eu, a gente é velhos soldados que combatem na batalha do Senhor. Faz algum tempo que ele se converteu para as Testemunhas e vai se firmando cada vez mais e com rapidez. Eu esperei cinqüenta anos pra fazer alguma coisa no Salão do Reino que não fosse limpeza — disse Hortense, com pesar —, mas eles não querem mulher se metendo de verdade no negócio da congregação. Mas o senhor Topps faz uma porção de coisas, e de vez em quando me deixa ajudar. É um homem muito bom. Só que a família dele é terrível — sussurrou, confidenciando. — O pai é detestável, viciado em jogo e devasso... então, depois de um tempo, convidei ele pra vir morar aqui comigo, vendo o quarto vazio depois que o Darcus se foi. Um homem muito civilizado, ele é. Mas não somos casados, não. Casados com a religião, sim, ah, isso sim! E ele me chama de senhora Bowden depois desses seis anos todos, nunca de outra coisa. — Hortense suspirou muito de leve. — Não sabe o que é ser inconveniente. Nesta vida ele só quer ser um dos eleitos. Admiro muito ele. Melhorou tanto! Fala tão bem agora, sabe? E sabe consertar coisas também. E a febre?

— Não muito forte. Último colchete... pronto, terminado.

Hortense se afastou dela bamboleando e entrou na sala para abrir a porta dos fundos para Ryan.

— Mas, vó, por que ele mora...

— Bom, você vai ter que comer bastante agora de manhã... dar de comer à febre, deixar o resfriado passar fome. Estes tomates fritos com banana-da-terra e um pouco do peixe que sobrou da noite de ontem. Vou fritar tudo e depois pôr no microondas.

— Pensei que era pra deixar a febre passar fo...

— Bom dia, senhor Topps.

— Bom dia, senhora Bowden — respondeu o sr. Topps, fechando a porta atrás de si e revelando, ao tirar a proteção de um anoraque de plástico, um terno azul ordinário com uma pequena cruz dourada pendurada no colarinho. — Pelo que vejo, está quase pronta, não está? Precisamos estar no salão às sete em ponto.

Até então, Ryan não notara Irie. Estava abaixado, removendo a lama das botas. E o fazia com uma lentidão extraordinária, tal como falava, batendo as pestanas translúcidas como um homem em coma. De onde estava, Irie via apenas metade dele: uma franja ruiva, um joelho dobrado e o punho de uma manga de camisa.

A voz, porém, era visual: um sotaque *cockney*, mas refinado, uma voz que tivera bastante treino — perdendo consoantes importantes e recebendo o acréscimo de outras onde jamais deveriam existir, e todos os sons emitidos através do nariz, com a participação mínima da boca.

— Bonita manhã, senhora B., bonita manhã. Devemos agradecer a Deus.

Hortense pareceu extremamente nervosa ante a iminente possibilidade de que, ao levantar a cabeça, ele notasse a moça parada ao lado do fogão. Acenou para Irie avançar e depois para recuar, em dúvida se deveriam se conhecer.

— Ah, *sim*, senhor Topps, muito bonita, e mais que pronta eu não podia estar. O chapéu me dá um pouco de trabalho, sabe, mas acabei de pôr um alfinete e...

— Mas o Senhor não está interessado nas vaidades da carne, está, senhora B.? — retrucou Ryan, pronunciando cada palavra lenta e penosamente, enquanto se curvava todo desajeitado para tirar a bota do pé esquerdo. — Jeová precisa da sua *alma*.

— Ah, sim, decerto essa é a verdade sagrada — disse Hortense com apreensão, tocando nos cravos de plástico. — Mas, ao mesmo tempo, uma senhora testemunha-de-jeová não quer parecer uma... bom, uma *buguyaga* na casa do Senhor.

— O que quero dizer — retrucou Ryan, franzindo o cenho — é que a senhora deve evitar fazer uma interpretação pessoal da Escritura, senhora Bowden. No futuro, discuta comigo e meus colegas. Pergunte para nós: uma roupa aprazível é uma preocupação do Senhor? E eu e meus colegas, entre os eleitos, vamos consultar o capítulo e o versículo pertinentes...

A frase de Ryan morreu num *e-hummmm*, um som que ele tendia a produzir. Começava nas narinas arqueadas e reverberava pelos membros malformados, alongados e franzinos, como o arrepio derradeiro de um homem enforcado.

— Não sei por que faço isso, senhor Topps — retrucou Hortense balançando a cabeça. — Às vezes acho que eu podia ser uma dessas pessoas que ensinam, sabe como é? Mesmo sendo mulher... sinto que o Senhor fala comigo de uma forma especial... É só um mau costume... mas tanta coisa mudou na religião nos últimos tempos que nem sempre consigo acompanhar as normas e os regulamentos.

Ryan olhou pela janela de vidraça dupla. Havia dor em seu rosto.

— A palavra de Deus não muda, senhora B. As pessoas é que se enganam. O melhor que se pode fazer pela verdade é só rezar para que o Salão de Brooklyn nos mande a data definitiva. *E-hummmm*.

— Ah, sim, senhor Topps. Rezo dia e noite.

Ryan juntou as mãos, numa pálida imitação de entusiasmo.

— Bom, ouvi a senhora dizer banana-da-terra para o café da manhã, senhora B.?

— Ah, sim, senhor Topps, e estes tomates, se o senhor não se importa de entregar eles pra cozinheira-chefe.

Como Hortense previra, a entrega dos tomates coincidiu com a visão de Irie.

— Bom, esta é minha neta, Irie Ambrosia Jones. E este é o senhor Topps. Irie, meu bem, diga olá.

Irie o fez, avançando nervosamente um passo e estendendo a mão para apertar a dele. Mas não houve reação por parte do sr. Topps e o distanciamento só aumentou quando, de súbito, ele pareceu reconhecê-la; havia uma emoção de familiaridade enquanto os olhos dele a inspecionavam, ao passo que Irie nada via, nem mesmo um *tipo*, nem mesmo um *gênero* de rosto no dele; sua monstruosidade era inigualável, mais ruivo do que qualquer ruivo, mais sardento do que os mais sardentos, com mais veias azuis do que uma lagosta.

— Ela é... ela é... filha da Clara — tentou explicar Hortense. — O senhor Topps conheceu sua mãe faz muito tempo. Mas tá tudo certo, senhor Topps, ela agora vai morar *com a gente*.

— Só por pouco tempo — Irie se apressou a emendar, percebendo a vaga expressão de horror no rosto do sr. Topps. — Talvez por uns meses, durante o inverno, enquanto estudo. Tenho exames em junho.

O sr. Topps permaneceu imóvel. Além do mais, nada nele se movia. Tal qual um dos soldados do exército de terracota chinês, parecia pronto para a batalha e no entanto incapaz de se mexer.

— Filha da Clara — repetiu Hortense num sussurro lamentoso. — *Podia ter sido sua*.

Irie não se surpreendeu nem um pouco com este último aparte sussurrado; acabara de incluí-lo na lista: Ambrosia Bowden dera à luz num terremoto... o capitão Charlie Durham não passava de um paspalhão... dentaduras num copo... *ela podia ter sido sua...*

Desanimada, sem esperar uma resposta, Irie perguntou:

— O quê?

— Ah, nada, Irie, meu bem. Nada, nada. Melhor eu começar a fritar. Tô ouvindo barriga roncar. Se lembra da Clara, não se lembra, senhor Topps? O senhor e ela eram bons... amigos. Senhor Topps?

Fazia dois minutos que Ryan fitava Irie com olhos firmes, o corpo aprumado, a boca ligeiramente aberta. Ao ouvir a pergunta, pareceu se recompor, fechou a boca e se sentou à mesa que não estava posta.

— Filha da Clara, é? *E-hummmm...* — Tirou do bolso interno do paletó o que aparentava ser um bloco de anotações de ocorrências de um policial e assentou nele uma caneta, como se isso lhe despertasse a lembrança.

— Sabe, muitos episódios, muitas pessoas e muitos acontecimentos da minha vida anterior foram, digamos assim, extirpados de mim pela poderosa espada que me separou do passado quando o Senhor Jeová houve por bem me iluminar com a Verdade, e, como me escolheu para desempenhar um novo papel, eu devo, como Paulo muito sabiamente recomenda na epístola dele no Coríntios, afastar as coisas pueris, permitindo que as encarnações anteriores de mim sejam envolvidas numa grande fumaça e num grande nevoeiro, nos quais — disse Ryan Topps, tomando um breve fôlego e os talheres de Hortense — parece que sua mãe, e qualquer lembrança que eu tenha dela, desapareceu. *E-hummmm.*

— Ela também nunca falou do senhor — disse Irie.

— Bom, isso já faz muito tempo — retrucou Hortense com uma jovialidade forçada. — Mas o senhor deu o melhor de si pra ela, senhor Topps. Era a minha filha milagrosa, a Clara. Eu tinha quarenta e oito anos! Eu achava que era a filha de Deus. Mas Clara tava destinada ao mal... nunca foi uma moça religiosa e, no fim, não se podia fazer nada.

— Ele vai nos mandar a vingança Dele, senhora B. — disse Ryan com uma animação bem maior do que Irie o vira manifestar até então. — Vai mandar uma tortura terrível para aqueles que a merecem. Três bananas-da-terra para mim, faz favor.

Hortense serviu as três bananas-da-terra e Irie, dando-se conta de que não tinha comido desde a manhã anterior, raspou uma montanha de banana-da-terra e a pôs no prato.

— Ai! Tá pelando!

— Melhor quente que morna — disse Hortense soturnamente, com um expressivo encolher de ombros. — Assim seja, amém.

— Amém — repetiu Ryan, comendo com bravura a rubra banana-da-terra. — Amém. Seja. O que está estudando exatamente? — perguntou, tão distraído de Irie que demorou um pouco para Irie perceber que ele se dirigira a ela.

— Química, biologia e religião. — Irie soprou um pedaço fumegante de banana-da-terra. — Quero ser dentista.

Ryan se animou.

— Religião? E familiarizam você com a única igreja verdadeira?

Irie se endireitou na cadeira.

— Hum... acho que mais com as três grandes. Judaica, cristã, muçulmana. A gente teve um mês de catolicismo.

Ryan fez uma careta.

— E se interessa por outras coisas?

Irie refletiu.

— Música. Gosto de música. Concertos, boates, esse tipo de coisa.

— Sei, *e-hummmm*. Teve um tempo que eu também gostava dessas coisas. Até que recebi a Boa Nova. Grandes ajuntamentos de jovens, do tipo que freqüenta concertos populares, são em geral propícios para a adoração do demônio. Uma moça com esses dotes... físicos pode se sentir atraída para os braços lascivos de um sexualista — disse Ryan, levantando-se da mesa e consultando o relógio de pulso. — Pensando bem, de certa maneira você é bem parecida com a sua mãe. Semelhante... os ossos do rosto. — Ryan enxugou da testa uma fileira de suor em pérolas. Reinou um silêncio, durante o qual Hortense permaneceu impassível, agarrando-se nervosamente a um pano de prato, e Irie teve de atravessar fisicamente a cozinha para pegar um copo d'água e evitar o olhar fixo do sr. Topps.

— Bom. Faltam vinte minutos, senhora B., e o tempo continua a correr. Devo ir buscar as coisas?

— Ah, *sim*, senhor Topps — respondeu Hortense com um sorriso exultante. Assim que Ryan saiu da cozinha, porém, o sorriso se transformou numa carranca. — Por que tinha que dizer aquelas coisas, hein? Quer que ele pense que você é uma moça pagã diabólica? Por que não disse que gosta de colecionar selos ou coisa assim? Agora anda que eu tenho que lavar os pratos... vê se come.

Irie olhou para o monte de comida no prato e, com um sentimento de culpa, pôs a mão no estômago.

— Ora! Bem que eu desconfiava. Os olhos devoram mais do que a barriga agüenta. Me dá aqui. — Hortense se encostou na pia e começou a enfiar na boca pedaços de banana-da-terra. — Agora vê se não bate papo com o senhor Topps enquanto estiver aqui. Você tem que estudar e ele tem que estudar — disse Hortense abaixando a voz. — No momento ele anda *conferenciando* com os cavalheiros de Brooklyn... *acertando a data definitiva*; nenhum erro dessa vez. É só a gente olhar pros problemas no mundo inteiro pra saber que o dia determinado não tá longe.

— Não vou criar nenhum problema — retrucou Irie, começando a lavar os pratos num gesto de boa vontade. — Só que ele parece um pouco... esquisito.

— Os escolhidos pelo Senhor sempre parecem estranhos aos olhos dos pagãos. O senhor Topps é simplesmente mal compreendido. Ele significa muito pra mim. Nunca tive ninguém antes. Sua mãe não gosta de contar pra você, porque agora tem o rei na barriga, mas a família Bowden sofreu muito, por muito tempo. Eu nasci num terremoto. Quase morri antes de nascer. E depois, quando eu era mulher feita, minha filha fugiu de mim. Nunca vejo minha única netinha. Tenho só o Senhor nestes anos todos. O senhor Topps é o primeiro homem humano que me estima, tem dó de mim e me cuida. Sua mãe foi uma tonta, deixando ele escapar, ah, sim!

Irie tentou pela última vez.

— O quê? O que quer dizer com isso?

— Ah, nada, nada, Deus do Céu... eu ando falando sozinha sem parar esta manhã... Ah, senhor Topps, o senhor *voltou*. A gente não vai chegar atrasado, vai?

O sr. Topps, que acabara de reentrar na cozinha, trajava couro da cabeça aos pés, um enorme capacete de motociclista na cabeça, uma pequena lâmpada vermelha presa no tornozelo esquerdo e uma pequena lâmpada branca amarrada no direito. Ergueu a viseira.

— Não, estamos na hora, com a graça de Deus. Cadê o capacete, senhora B.?

— Ah, guardo no forno. Fica quentinho e torradinho nessas manhãs geladas. Irie Ambrosia, pega pra mim, faz favor.

De fato, na prateleira do meio, pré-aquecido com a marca de gás 2, achava-se o capacete de Hortense. Irie o puxou com uma colher e com cautela o encaixou sobre os cravos de plástico da avó.

— A senhora anda de moto — comentou Irie, só para sustentar a conversa.

O sr. Topps, porém, se pôs na defensiva.

— De Vespa GS. Nada fantástico. A certa altura pensei em me livrar dela. Representa uma vida que eu preferia esquecer, se entende o que quero dizer. Uma moto é um ímã sexual e, Deus que me perdoe, abusei dela nesse sentido. Estava resolvido a me desfazer dela. Mas aí a senhora B. me convenceu de que com todos esses discursos públicos para fazer preciso de um veículo para me locomover depressa. E a senhora B., na idade dela, não quer perder tempo com ônibus e trens, não é, senhora B.?

— Não, não quero, não. Ele me arranjou um carrinho...

— Um *sidecar* — corrigiu Ryan, mal-humorado. — Se chama *sidecar*. Uma combinação de moto Minetto, modelo de 1973.

— Ah, sim, claro, *sidecar*, confortável como uma cama. A gente vai nele pra tudo quanto é lugar, o senhor Topps e eu.

Hortense pegou o casaco que estava pendurado num gancho na porta, enfiou a mão nos bolsos, tirou duas faixas refletoras de velcro e grudou uma em cada braço.

— Bom, Irie, hoje eu tenho uma porção de coisas pra fazer, por isso vai ter que cozinhar pra você, porque não sei que hora vamos chegar. Mas não se preocupe. A gente volta logo.

— Tudo bem.

Hortense estalou os dentes.

— *Tudo bem*. Isso é o que o nome dela significa em patoá: *Irie*, tudo bem. Agora, que tipo de nome é esse pra...?

O sr. Topps não tinha como responder. Já estava na calçada, acelerando a Vespa.

— Primeiro tenho que afastar ela dos Chalfen — resmunga Clara ao telefone, a voz um ressonante *tremolando* de raiva e receio. — E agora *vocês* de novo.

No outro lado da linha, a mãe tira da máquina a roupa lavada e escuta em silêncio pelo telefone sem fio apoiado entre a orelha e o ombro cansado, aguardando o momento propício.

— Hortense, não quero que encha a cabeça dela com um monte de bobagem. Está me ouvindo? Sua mãe fez a mesma besteira, depois você fez a mesma besteira, mas esse fardo pára em mim e não vai em frente. Se a Irie chegar aqui em casa com essa lengalenga, pode esquecer a tal da Segunda Vinda, porque já vai estar mortinha quando ela acontecer.

Palavras fortes. Mas como é frágil o ateísmo de Clara! Igual a uma das pequeninas pombas de vidro que Hortense conserva na cristaleira da sala — um sopro a derrubaria. Clara ainda prende a respiração ao passar por igrejas, assim como adolescentes vegetarianas passam correndo por açougues; evita Kilburn aos sábados, com medo dos pregadores nas calçadas sobre engradados de maçã virados de borco. Hortense sente o terror de Clara. Calmamente introduzindo uma carga de roupas brancas e medindo a quantidade de líquido com um parcimonioso olhar de mulher, é concisa e resoluta:

— Não se preocupa com a Irie Ambrosia. Ela agora tá num lugar bom. Ela mesma vai lhe contar. — Como se tivesse ascendido junto com a hoste santa e não se achasse sepultada abaixo do solo no bairro de Lambeth, com Ryan Topps.

Clara ouve a filha pegar o telefone da extensão; um ruído inicial e, em seguida, uma voz tão nítida quanto um carrilhão.

— Escuta, não vou voltar para casa, certo?, portanto não se aflija. Volto quando tiver que voltar, simplesmente não se preocupe comigo.

E não *deveria* haver nada com que se preocupar, e não *há* nada com que se preocupar, exceto, talvez, que nas ruas lá fora faz um frio de rachar e até cocô de cachorro se cristaliza, que há o primeiro indício de gelo nas vidraças e que Clara viveu naquela casa inverno após inverno. *Sabe* o que isso significa. Ah, magnificamente luminosa às seis da manhã, sim, magnificamente clara por *uma hora*. Mas, quanto mais curtos os dias, mais longas as noites, mais escura a casa, mais fácil é, mais fácil é, mais fácil é confundir uma sombra com um rabisco na parede, o som dos passos na calçada lá em cima com um distante estalo de trovão e o repique da meia-noite de um relógio no ano-novo com o sino que badala o fim do mundo.

∽

Mas o receio de Clara era desnecessário. O ateísmo de Irie era forte. De uma segurança chalfenista, e ela encarou a resistência a Hortense com uma curiosidade desinteressada. Intrigava-se com o lar Bowden. Era um lugar de fim de jogo e de dias futuros, de pontos finais e *finales*, onde contar com a chegada do amanhã era uma indulgência e todo serviço na casa, do leiteiro à eletricidade, era pago rigorosamente por dia, de modo a não se gastar dinheiro com empresas de utilidades públicas ou mercadorias que seriam desperdiçadas caso Deus aparecesse no dia seguinte com toda a Sua santa vingança. O bowdenismo conferiu um sentido inteiramente novo à expressão "ao deus-dará". Isso era viver no instante eterno, oscilando sem cessar à beira do precipício da aniquilação total; há gente que consome um grande número de drogas só para experimentar algo comparável à vida cotidiana da octogenária Hortense Bowden. Mas então você viu anões rasgarem o ventre e exporem as entranhas, viu um aparelho de televisão ser desligado de súbito, vivenciou a totalidade do mundo como uma consciência de Krishna, liberto do ego individual, flutuando através do cosmo infinito da alma? Bela merda. Tudo isso é um monte de asneiras, não diferentes da viagem de são Paulo, quando Cristo lhe transferiu os vinte e dois capítulos do Apocalipse. Deve ter sido um choque tremendo o apóstolo (depois do impecável serviço de relações-públicas, o Novo Testamento, todas aquelas palavras maviosas, todos aqueles sentimentos sublimes) descobrir, no fim de tudo, a vingança do Antigo Testamento emboscada na esquina. *Tantos quantos amo, repreendo e castigo*. Isso deveria ser bastante esclarecedor.

O Apocalipse é onde todos os doidos terminam. É a última parada no expresso da insensatez. E o bowdenismo, que era as Testemunhas somadas ao Apocalipse *e mais alguma coisa*, não poderia estar mais às avessas. Por exemplo: Hortense Bowden interpretava o Apocalipse 3:15 — *Conheço as tuas obras, que nem és frio nem quente: quem me dera fosses frio ou quente. Assim, porque és morno, e nem frio nem quente, vou te vomitar da minha boca* — como um mandato literal. Entendia que "morno" era uma propriedade do mal em si e de si mesmo. Mantinha um microondas à mão o tempo todo (sua única concessão à tecnologia moderna — por um bom tempo foi uma questão de cara ou coroa entre agradar ao Senhor e se entregar ao programa de controle do pensamento por raios dos Estados Unidos, tal como era operado pelas ondas hertzianas de radiofreqüência) a fim de esquentar cada refeição a uma temperatura insuportável; mantinha baldes cheios de gelo para gelar cada copo d'água "mais gelado que o gelo". Usava duas calcinhas o tempo todo, como precavida vítima de trânsito; quando Irie perguntou por quê, ela revelou acanhadamente que, ao ouvir os primeiros sinais do Senhor (trovões próximos, voz bramindo, o ciclo do *Anel dos nibelungos* de Wagner), tinha a intenção de tirar a de baixo e substituí-la pela de cima, de modo que Jesus a encontraria imaculada e inodora, pronta para o paraíso. Mantinha um barril cheio de tinta preta no vestíbulo para que, quando chegasse o momento, pudesse pichar as portas dos vizinhos com o sinal da Besta, poupando ao Senhor todo o trabalho de extirpar os maus, separando as ovelhas dos cabritos. E naquela casa ninguém estava autorizado a compor qualquer frase que incluísse as palavras "fim", "acabado", "feito" etc., porque eram idênticas aos inúmeros estopins que desencadeavam em Hortense e Ryan o habitual e horripilante prazer:

Irie: Acabei de lavar os pratos.

Ryan Topps (balançando solenemente a cabeça ante a verdade do fato): Tal como um dia nós todos estaremos acabados, Irie, minha querida; seja, portanto, zelosa e se arrependa.

Ou

Irie: É um filme ótimo. O fim é sensacional!

Hortense Bowden (chorosa): E quem espera um fim desse pra este mundo vai ficar bem decepcionado, porque Ele vai vir espalhando o terror e, repare!, a geração que testemunhou os eventos de 1914 agora vai testemunhar a terceira parte das árvores queimar, e a terceira parte do mar virar sangue, e a terceira parte da...

E, depois, havia a aversão de Hortense aos boletins meteorológicos. Quem quer que fosse, não importava como tivesse começado, voz melosa e inofensivamente vestido ou vestida, ela os excomungava implacavelmente durante os cinco minutos em que apareciam na tela, e, em seguida, pelo que aparentava ser pura perversidade, passava a acatar o oposto de qualquer conselho apresentado (blusa leve e nada de guarda-chuva para a chuva, anoraque completo e chapéu de chuva para o sol). Levou semanas para Irie entender que os meteorologistas eram a antítese secular do trabalho de toda a vida de Hortense, que, em essência, era uma espécie de tentativa supercósmica de prever por conjetura o Senhor com uma todo-poderosa exegese bíblica de boletim meteorológico. Esses meteorologistas nada mais eram senão presunçosos... *E amanhã, vindo do leste, podemos esperar um grande forno que irá se intensificar e engolfar a área com chamas que não emitirão luz, mas, sim, escuridão visível... enquanto, lamentavelmente, será aconselhável que as regiões setentrionais se agasalhem contra uma geada densa, e há uma grande possibilidade de que o litoral seja castigado por tempestades perpétuas e chuvas de pedra terríveis que em terra firme não vão se derreter...* Michael Fish e os de sua laia eram atiradores no escuro acreditando nas tolices do Instituto Meteorológico, expondo ao ridículo a ciência precisa da escatologia, que Hortense passou mais de cinqüenta anos estudando.

— Alguma novidade, senhor Topps? (Uma pergunta feita quase invariavelmente durante o café da manhã; e de maneira juvenil, ofegante, como uma menininha perguntando sobre Papai Noel.)

— Não, senhora B. Ainda estamos concluindo os estudos. A senhora precisa dar tempo para mim e meus colegas ponderarmos meticulosamente. Nesta vida tem os mestres e, logo abaixo, tem os discípulos. Oito milhões de testemunhas-de-jeová aguardam a nossa decisão, aguardam o Dia do Juízo Final. Mas temos que aprender a deixar essas coisas para os que têm a linha direta, senhora B., a linha direta.

∽

Depois de acampar lá por algumas semanas, no fim de janeiro Irie voltou à escola. Mas parecia distante demais; o trajeto do sul para o norte de toda manhã dava a impressão de ser uma colossal viagem polar, e, pior ainda, uma que não alcançava a meta e em lugar disso terminava em regiões tépidas, um anticlímax em comparação com o turbilhão fervente da casa dos Bowden. *Assim, porque és morno, e nem frio nem quente, vou te vomitar pela minha boca.* A gente se acostuma tanto com os extremos que, de repente, nada mais serve.

Via Millat com freqüência, mas tinham conversas breves. Ele agora estava comprometido com os verdes e, quanto ao mais, ocupado. Ela ainda cuidava dos arquivos de Marcus duas vezes por semana, mas evitava o resto da família. Via Josh rapidamente. Ele parecia estar evitando os Chalfen com a mesma assiduidade que ela. Quanto aos pais, ela os via nos fins de semana, ocasiões glaciais, quando todos se chamavam pelo primeiro nome (*Irie, pode passar o sal para o Archie? Clara, Archie quer saber onde está a tesoura*) e todos se sentiam desamparados. Ela pressentia que falavam mal dela em NW2, do jeito que quem mora no norte de Londres fala quando desconfia que alguém contraiu religião, essa doença terrível. De modo que voltou correndo para o número 28 de Lindaker Road, em Lambeth, aliviada por estar de volta à escuridão, porque era como hibernar ou estar num casulo, e estava tão curiosa quanto todo mundo para ver que tipo de Irie surgiria. Não era nenhum tipo de prisão. Aquela casa era uma *aventura*. Em guarda-louças, gavetas esquecidas e molduras encardidas encontravam-se os segredos guardados havia muito tempo, como se segredos estivessem fora de moda. Ela descobriu fotografias da bisavó Ambrosia, uma bela mulher esquelética, com olhos amendoados enormes, e uma de Charlie "Branquelo" Durham em pé em cima de um entulho, tendo como fundo um mar sépia. Descobriu uma bíblia com um versículo arrancado. Encontrou instantâneos de Clara vestida com o uniforme escolar, sorrindo como uma demente, o horror genuíno por ter os dentes revelados. Leu, alternadamente, *Anatomia dentária*, de Gerald M. Cathey, e *A Bíblia das boas novas* e mergulhou com voracidade na pequena e eclética Biblioteca de Hortense, soprando o pó vermelho de uma escola jamaicana aderido às capas e usando muitas vezes um canivete para abrir as páginas jamais lidas. A lista de fevereiro era assim:

Relato sobre um sanatório antilhano, por Geo. J. H. Sutton Moxly. Londres: Sampson, Low, Marston & Co., 1886. (Havia uma correlação inversa entre o comprimento do nome do autor e a má qualidade do livro.)

Diário de bordo de Tom Cringle, por Michael Scott. Edimburgo: 1875.

Na terra da cana-de-açúcar, por Eden Philpotts. Londres: McClure & Co., 1893.

Dominica: sugestões e anotações para o pretendente a colonizador, por Sua Excelência H. Hesketh Bell, Irmão da Ordem de São Miguel e São Jorge. Londres: A. & C. Black, 1906.

Quanto mais lia, mais aquela fotografia do vistoso capitão Durham lhe despertava a curiosidade natural: belo e melancólico, observando cuidadosamente os tijolos da metade de uma igreja, com o aspecto de conhecedor do mundo e da vida, não obstante a juventude, com o aspecto de um inglês em cada detalhe, com o aspecto de quem poderia dizer a fulano ou beltrano uma ou outra coisa a respeito de qualquer coisa. Talvez a respeito da própria Irie. Por precaução, ela a guardou debaixo do travesseiro. E, nas manhãs, o que via lá fora não eram vinhais italianos, mas açúcar, açúcar, açúcar e, no terreno vizinho, nada além de tabaco, e imaginou que o aroma da banana-da-terra a remetia a algum lugar do passado, a algum lugar quase fictício, porque nunca estivera lá. Algum lugar que Colombo chamara de São Jago, mas que os *arawaks* rebatizaram teimosamente de Xaymaca, um nome mais duradouro do que eles mesmos. *Bem provido de mata e água*. Não que Irie tivesse ouvido falar daquelas pequenas, barrigudas e afáveis vítimas da própria afabilidade. Aqueles eram *outros* jamaicanos, que não chegaram a receber a ampla atenção da história. Ela reivindicou o passado — a versão dela do passado — agressivamente, como quem retira uma correspondência entregue em endereço errado. Então era *dali* que ela vinha. Tudo aquilo *pertencia* a ela, por direito hereditário, como um par de brincos de pérola ou um título do correio. Um xis marca o local, e Irie pôs um xis em cada coisa descoberta, reunindo uma miscelânea de objetos (certidões de nascimento, mapas, relatórios militares, notícias) e guardando-os embaixo do sofá, para que, como se por osmose, a suculência deles atravessasse o tecido e a penetrasse enquanto ela dormia.

∽

Quando em janeiro vieram os botões, ela foi visitada, como se fosse uma ermitã. Primeiro, por vozes. Estalando no rádio neolítico de Hortense, veio Joyce Chalfen, em *Pergunte aos jardineiros*:

Mediador: Mais uma pergunta da platéia, creio. A senhora Sally Whitaker, de Bournemouth, tem uma pergunta para o painel, não tem, senhora Whitaker?

Sra. Whitaker: Obrigada, Brian. Bom, sou uma jardineira principiante e esta é a primeira vez que enfrento uma geada; em apenas dois meses meu jardim passou de uma verdadeira explosão de cores para algo bastante escalvado... Meus amigos me recomendaram flores com um hábito compacto, mas com isso fiquei com um monte de pequeninas aurículas e margaridas-do-campo duplas, o que é um tanto absurdo, porque o jardim é mesmo bem grande. Bom, gostaria muito de plantar algo um pouco mais surpreendente, mais ou menos da altura de um delfíneo, mas acontece que bate o vento e os vizinhos olham por cima da cerca deles e pensam: *só faltava essa* (*risos complacentes da platéia no estúdio*). Então, a pergunta que eu gostaria de fazer para o painel é a seguinte: como manter as aparências em pleno inverno árido?

Mediador: Obrigado, senhora Whitaker. Bem, esse é um problema comum... e não é necessariamente mais fácil nem mesmo para o jardineiro tarimbado. Eu, pessoalmente, nunca o resolvo a contento. Bom, passemos a pergunta para o painel, não é mesmo? Joyce Chalfen, alguma resposta ou sugestão para o pleno inverno árido?

Joyce Chalfen: Bem, em primeiro lugar, devo dizer que os seus vizinhos me parecem muito *abelhudos*. Eu, se fosse a senhora, diria para meterem a colher na cera de abelha deles (*risos da platéia*). Mas, falando sério, acho que essa tendência a flores que cubram as quatro estações não é de modo algum benéfica para o jardim, para o jardineiro e, *especialmente*, para o solo... Penso que o inverno deve ser uma época de *descanso*, de cores suavizadas, sabe... e mais tarde, quando chegar a última parte da primavera, os vizinhos terão um grande choque! Bum! Lá estará ela, essa maravilhosa explosão de crescimento. Penso que o inverno profundo é, realmente, uma época para *nutrir* o solo, revolvendo-o, permitindo-lhe um descanso e preparando seu futuro da melhor maneira para *surpreender* os vizinhos intrometidos. Sempre penso no solo de um jardim como um corpo feminino — movimentando-se em ciclos, sabe, algumas vezes fértil, outras infértil, e isso é de fato bastante natural. Mas se a senhora está *realmente* resolvida, então sugiro roseiras quaresmeiras, *Helleborus corsicus*, que crescem admiravelmente bem no frio, em solo calcário, mesmo que estejam em...

Irie desligou Joyce. Era muito terapêutico desligar Joyce. Não que isso fosse totalmente pessoal. Só que, de repente, pareceu cansativo e desnecessário esse esforço para extrair algo do recalcitrante solo inglês. Por que se importar quando agora havia esse outro lugar? (Pois, para Irie, Jamaica parecia recém-criada. Assim como o próprio Colombo, apenas com o ato de o descobrir ela o fizera vir à luz.) Esse lugar bem provido de mata e água. Onde as coisas brotavam do solo desenfreadamente e sem supervisão, e onde um jovem capitão branco podia se encontrar com uma jovem negra sem complicações, ambos inexperientes, imaculados e sem passado ou futuro prescrito — um lugar em que as coisas simplesmente *existiam*. Sem ficções, sem mitos, sem mentiras, sem teias emaranhadas — assim Irie imaginava sua pátria. Porque *pátria* é uma das palavras de fantasia mágica, como *unicórnio*, *alma* e *infinito*, que agora fazem parte da língua. E a mágica especial de *pátria*, o fascínio especial que exercia sobre Irie, era que soava como um começo. O começo-começo de todos os começos. Como a primeira manhã do Éden e o dia seguinte ao apocalipse. Uma página em branco.

Mas toda vez que Irie se sentia mais próxima disso, do vazio perfeito do passado, algo do presente apertava a campainha dos Bowden e se intrometia. O Dia das Mães desencadeou uma visita-surpresa de Joshua, zangado à porta, pelo menos dez quilos mais magro e mais desleixado do que nunca. Antes que Irie tivesse a oportunidade de manifestar espanto ou preocupação, ele se precipitou para dentro da sala e bateu a porta.

— Estou cheio! Estou cheio até aqui, ó!

A vibração da porta derrubou o capitão Durham do poleiro no parapeito da janela de Irie e ela cuidadosamente o recolocou a prumo.

— É, legal ver você também, cara. Por que não senta e esfria um pouco. Cheio do quê?

— *Deles*. Eles me enojam. Falam de direitos e liberdades, mas comem cinqüenta galinhas toda merda de semana! Hipócritas!

Irie não viu imediatamente a relação. Pegou um cigarro, preparando-se para uma longa história. Para sua surpresa, Joshua também pegou um, e os dois se ajoelharam no assento inferior da janela, soprando a fumaça para a rua através do gradil.

— Você *sabe* como vivem as galinhas de criação industrial?

Irie não sabia. Joshua explicou. Engaioladas quase a pobre vida inteira de galinha numa total escuridão de galinha, amontoadas como sardinhas de galinha no meio da titica de galinha e alimentadas com o pior tipo de milho de galinha.

E isso, de acordo com Joshua, era aparentemente fichinha em comparação com a vida que os porcos, as vacas e os carneiros levavam.

— É um puta *crime*. Mas vá dizer isso para o Marcus. Tente fazer ele desistir dos banquetes carnívoros dos domingos. Ele é um *puta* mal informado. Já notou isso? Ele sabe um monte sobre *uma* coisa, mas tem esse outro monte de um mundo inteiro que... ah, antes que eu me esqueça, fique com um folheto.

Jamais ocorrera a Irie que um dia veria Joshua Chalfen lhe entregar um folheto. Mas ali estava um, na palma da mão. Intitulado: *Carne é crime: os fatos e a ficção*, uma publicação do grupo SINA.

— A sigla significa Sim à Integridade da Natureza dos Animais. Uma ala radical do Greenpeace, ou coisa assim. Leia... não é um bando de hippies esquisitos, todos têm uma sólida formação científica e acadêmica e estão trabalhando com uma perspectiva anarquista. Sinto que encontrei meu nicho, sabe como é? Um grupo realmente incrível. Empenhado na ação direta. O representante é um ex-membro da Oxford.

— Humm. Como vai o Millat?

Joshua fugiu à pergunta.

— Ah, não sei. Maluco. Está ficando maluco. E a Joyce ainda cede a todos os caprichos dele. Não me pergunte. Todos eles me enojam. As coisas mudaram. — Joshua correu os dedos ansiosos pelo cabelo, que agora batia nos ombros no estilo que as turmas de Willesden chamavam carinhosamente de Milato Judeu-Afro. — Você não imagina como as coisas mudaram. Estou tendo esses verdadeiros... *momentos de lucidez*.

Irie concordou com a cabeça. Era solidária a momentos de lucidez. Seu décimo sétimo ano se revelava cheio deles até a borda. E ela não estava surpresa com a metamorfose de Joshua. Quatro meses na vida de um adolescente de dezessete anos são matéria de vaivéns e viravoltas; de fãs dos Stones a fãs dos Beatles, de conservadores a liberal-democratas, e vice-versa, de vidrados em vinil a viciados em CD. Nunca mais na vida a gente possui a capacidade para um recondicionamento total da personalidade como esse.

— Eu *sabia* que você ia entender. Devia ter conversado com você antes, mas nos últimos tempos eu simplesmente não suporto ficar em casa, e quando vejo você parece que o Millat está sempre no caminho. É mesmo muito *bom* ver você.

— Você também. Está diferente.

Num sinal de desprezo, Josh apontou para as roupas, claramente menos desinteressantes do que costumavam ser.

— Acho que não dá para usar para sempre as velhas roupas de veludo cotelê do seu pai.

— Acho que não. — Joshua estalou as palmas das mãos. — Bom, comprei meu ingresso para Glastonbury e talvez não volte. Conheci esse pessoal do SINA e vou com eles.

— Ainda é março. Não antes do verão, com certeza.

— Joely e Crispin, essas pessoas que conheci, dizem que pode ser que a gente vá para lá antes. Você sabe, acampar um pouco.

— E a escola?

— Se você pode cabular, eu também posso... e não é por isso que vou ficar atrasado. Ainda tenho uma cabeça Chalfen no pescoço, volto para os exames e depois me mando de novo. Irie, você tem que conhecer esse pessoal. Eles são simplesmente... incríveis. Ele é dadaísta. E ela é anarquista. Autêntica. Não igual ao Marcus. Falei para ela do Marcus e da porcaria do Camundongo do Futuro. Ela acha que ele é um sujeito perigoso. Muito possivelmente psicopata.

Irie refletiu sobre isso.

— Humm. Eu ficaria surpresa.

Sem apagar o cigarro, ele jogou a ponta na calçada.

— E parei de comer carne. Agora sou pescatariano, mas isso ainda não é nada. Estou virando uma porra de um vegetariano.

Irie encolheu os ombros, sem saber que resposta seria adequada.

— Há um velho ditado muito significativo, sabe?

— Que velho ditado?

— *O fogo se combate com o fogo*. É só através de um comportamento realmente radical que a gente consegue tocar uma pessoa como o Marcus. Ele nem sequer sabe o quanto está *por fora*. Não faz sentido ser sensato com ele, porque ele se acha o *dono* da racionalidade. Como é que a gente lida com uma pessoa assim? Ah, eu abandonei o couro, quer dizer, não uso mais roupa de couro, e todos os derivados de animais. Gelatina e tudo o mais.

Depois de observar um pouco os pés lá fora passarem — sapatos de couro, tênis, tacões —, Irie disse:

— Isso vai mostrar para eles.

No dia 1º de abril, dia de trote, Samad apareceu. Todo vestido de branco, a caminho do restaurante, amarrotado e enrugado como um santo desiludido. Parecia a ponto de chorar. Irie o deixou entrar.

— Olá, senhorita Jones — disse Samad, fazendo uma leve mesura. — E como vai seu pai?

Irie sorriu ao reconhecer o ramerrão.

— O senhor vê meu pai mais do que nós. E Deus, como vai?

— Muito bem, obrigado. Tem visto o meu filho que não serve para nada ultimamente?

Antes que ela tivesse a oportunidade de dizer a próxima fala, Samad prostrou-se diante dela e Irie teve de levá-lo para a sala de estar, ajudando-o a se sentar na poltrona de Darcus e dando-lhe uma xícara de chá antes de ele ter condições de falar.

— Senhor Iqbal, o que está havendo de errado?

— E o que está certo?

— Aconteceu alguma coisa com meu pai?

— Ah, não, não... o Archibald está bem. Ele é como a máquina de lavar roupa do anúncio. Continua funcionando como sempre.

— Então o que é?

— Millat. Faz três semanas que ele não aparece.

— Meu Deus. Bom, o senhor procurou nos Chalfen?

— Ele não está com eles. Eu sei onde ele está. Da frigideira direto para dentro do fogo. Num retiro qualquer com esse pessoal lunático da gravata verde. Num centro esportivo de Chester.

— Caramba!

Irie sentou, cruzando as pernas, e pegou um cigarro.

— Eu não tenho visto ele na escola, mas não me dei conta de que fazia tanto tempo. Mas se o senhor sabe onde ele está...

— Não vim aqui para encontrar ele. Vim para pedir o seu conselho, Irie. O que é que eu devo fazer? Você o conhece... como fazer contato com ele?

Irie mordeu o lábio, o velho costume da mãe.

— Bom, não sei... a gente não anda tão próximo como antes... mas eu sempre pensei que essa coisa do Magid... de sentir falta dele... quero dizer, ele nunca ia admitir isso... mas o Magid é irmão gêmeo dele e talvez se ele visse ele...

— Não, não. Não, não, não. Gostaria que essa fosse a solução. Alá sabe que eu depositei todas as minhas esperanças no Magid. E agora ele diz que está voltando para estudar o direito inglês, financiado por esses Chalfen. Quer fazer valer as leis do homem, não as leis de Deus. Não aprendeu nenhuma lição de Maomé... que Ele tenha paz! A mãe dele, claro, está feliz. Mas para mim é uma decepção só. Mais inglês do que os ingleses. Acredite em mim, o Magid não vai fazer bem algum a Millat e Millat não vai fazer bem algum a Magid. Os dois perderam o rumo. Se extraviaram muito da vida que tracei para eles. Sem dúvida, os dois vão casar com uma mulher branca chamada Sheila e me mandar para a cova antes do tempo. Meu maior desejo eram dois bons muçulmanos. Ah, Irie... — Samad lhe tomou a mão livre e a afagou com um triste carinho. — Eu simplesmente não sei onde foi que errei. A gente os ensina, mas eles não escutam, porque tocam a música do "Public Enemy" no último volume. A gente mostra para eles a rua e eles tomam a porcaria do rumo do Inns of Court. A gente os guia e eles se soltam da mão da gente e correm para um centro esportivo de Chester. A gente tenta planejar tudo e nada acontece do jeito que a gente esperava...

Mas se o senhor pudesse começar tudo de novo, Irie pensou, se o senhor os reconduzisse à fonte do rio, ao início da história, à pátria... Mas não disse nada, porque ele sentia o que ela sentia, e ambos sabiam que era tão inútil quanto perseguir a própria sombra. Em lugar disso, tirou a mão de debaixo da dele e a pôs em cima, retribuindo o afago.

— Ah, senhor Iqbal. Não sei o que dizer...

— Não há mesmo palavras. O que eu mandei para o meu país me saiu um autêntico inglês, um advogado de terno branco e peruca ridícula. O que eu mantive aqui é um terrorista fundamentalista totalmente engajado que usa gravata-borboleta verde. Às vezes me pergunto por que eu me preocupo — disse Samad com amargura, denunciando as inflexões inglesas de vinte anos no país. — Me pergunto mesmo. Hoje em dia, me parece que a gente faz um pacto com o diabo quando entra neste país. No *check-in*, a gente entrega o passaporte, eles carimbam, a gente quer ganhar um dinheiro, começar algum negócio... mas no fundo a gente quer voltar! Quem ia querer ficar? Frio, úmido, deplorável; comida ruim, jornais horríveis... quem ia querer ficar? Um lugar em que a gente nunca é bem recebido, só tolerado. Não mais que tolerado. Como se a gente fosse um animal finalmente domesticado. Quem ia querer ficar? Mas a gente fez um pacto com o diabo... o pacto arrasta a gente e, de repente, a gente não está mais apto a voltar, os filhos da gente estão irreconhecíveis, a gente não pertence a lugar nenhum.

— Ah, mas com certeza isso não é verdade.

— E então a gente começa a abandonar a *própria idéia* de fazer parte. De repente, essa coisa, esse *fazer parte*, parece uma mentira suja e comprida... e eu começo a acreditar que nascimentos são acidentes, que tudo é um *acidente*. Mas, se a gente acredita nisso, para onde a gente vai? O que é que a gente faz? Que importância têm as coisas?

Enquanto Samad descrevia essa distopia com uma expressão de horror, Irie se envergonhava de constatar que a terra de acidentes parecia, para ela, um *paraíso*. Parecia liberdade.

— Entende, mocinha? Sei que entende.

O que ele queria dizer de fato era: falamos a mesma língua? Somos do mesmo lugar? Somos iguais?

Irie lhe apertou a mão e acenou com a cabeça vigorosamente, tentando afastar as lágrimas dele. Que mais poderia lhe dizer, exceto o que ele queria ouvir?

— Sim — ela disse. — *Sim, sim, sim.*

Quando Hortense e Ryan voltaram naquela noite, após as preces comunitárias que se estenderam até tarde, ambos se achavam num estado de grande excitação. Aquela noite era *a* noite. Depois de dar a Hortense uma enxurrada de instruções quanto à composição tipográfica e ao *layout* de seu mais recente artigo para a *Torre de vigia*, Ryan foi ao vestíbulo para telefonar para Brooklyn e receber a notícia.

— Mas eu achei que ele estava conferenciando *com* eles.

— Sim, sim, ele está... mas a confirmação final, entende, tem que ser dada pelo próprio senhor Charles Wintry, lá em Brooklyn — retrucou Hortense, esbaforida. — Ah, mas que dia! Que dia! Agora me ajuda a erguer esta máquina de escrever... Preciso dela em cima da mesa.

Irie fez o que lhe foi pedido, carregando a enorme e antiga Remington até a cozinha e depositando-a na frente de Hortense. Hortense entregou para Irie um maço de papéis brancos forrados com a minúscula caligrafia de Ryan.

— Agora lê pra mim, Irie Ambrosia, devagar... enquanto vou datilografando.

Irie leu durante mais ou menos meia hora, estremecendo ante à horrenda prosa retorcida de Ryan, cobrindo trechos com o corretor, quando necessário, e cerrando os dentes nas interrupções do autor a cada dez minutos, quando ele entrava na cozinha para corrigir a sintaxe ou recompor um parágrafo.

— Senhor Topps, o senhor ainda não conseguiu falar?

— Não, senhora B., ainda não. Muito ocupado, o senhor Charles Wintry. Vou tentar de novo agora.

Uma frase, uma frase de Samad, passou pela cabeça cansada de Irie. *Às vezes me pergunto por que me preocupo.* E agora que Ryan estava longe, Irie viu a oportunidade de perguntar, embora o fizesse cautelosamente.

Hortense se recostou na cadeira e descansou as mãos no colo.

— Estou fazendo isso faz muito tempo, Irie Ambrosia. Estou esperando desde que era menininha de meias compridas.

— Mas isso não é motivo...

— O que é que você sabe de motivos? Nada de nada. A congregação das testemunhas-de-jeová é onde estão as minhas raízes. Ela foi mais boa pra mim do que qualquer um. Foi a coisa boa que minha mãe me deu, e não vou abandonar ela agora que estamos tão perto do fim.

— Mas, vó, não é... a senhora nunca vai...

— Vou lhe dizer uma coisa. Eu não sou igual às testemunhas-de-jeová que morrem de medo de morrer. Morrem de medo. Querem que todo mundo morra menos elas. Isso não é motivo pra gente dedicar a vida a Jesus Cristo. Meus objetivos são bem diferentes. Ainda tenho a esperança de ser um dos eleitos, mesmo sendo mulher. Quero isso a minha vida toda. Quero ficar lá do lado do Senhor, fazendo as leis e tomando as decisões. — Hortense estalou os dentes longa e estrepitosamente. — Tô cansada de ouvir a congregação viver dizendo que sou uma mulher ou que não tenho bastante educação. Todo mundo tá sempre tentando educar a gente, educar nisso, educar naquilo... O problema das mulheres nesta família sempre foi esse. Alguém tá sempre tentando educar elas em alguma coisa, fingindo que é sempre uma questão de aprender, quando na verdade é uma questão de batalha de vontades. Mas, se eu tivesse cento e quarenta e quatro anos, ninguém ia tentar *me* educar. Isso ia ser trabalho *meu*! Eu ia fazer as minhas próprias leis e não ia aceitar opinião de ninguém. A minha mãe era, no fundo, decidida, e eu sou igual. A sua mãe, o Senhor sabe, era igual. E você é igual.

— Me fala da Ambrosia — pediu Irie, percebendo uma brecha na armadura de Hortense pela qual poderia se espremer e entrar. — Por favor.

Mas Hortense permaneceu intransponível.

— Já sabe bastante. O passado é passado. Ninguém aprende muito com ele. Alto da página cinco, faz favor... acho que foi aí que a gente parou.

Nesse momento, Ryan voltou à cozinha, as faces mais vermelhas do que nunca.

— O quê, senhor Topps? É mesmo? O senhor sabe?

— Deus ajude os pagãos, senhora B., pois o dia está perto mesmo! É como o Senhor expôs claramente no livro do Apocalipse. Nunca planejou um terceiro milênio. Agora preciso desse artigo datilografado e depois de um outro, que vou ditar para a senhora de improviso... Telefone para todos os membros de Lambeth e distribua os folhetos de...

— Ah, sim, senhor Topps, mas me dê um instantinho pra entender... Não podia ser uma outra data qualquer, podia, senhor Topps? Bem que eu lhe disse que eu tinha um pressentimento.

— Não sei quanto o seu pressentimento tem a ver com isso, senhora B. Sem dúvida se deve mais ao estudo completo das Escrituras que eu mesmo e os meus colegas fizemos...

— E Deus, provavelmente — disse Irie, lançando-lhe um olhar penetrante, abraçando Hortense, que se sacudia aos prantos. Hortense beijou as duas faces de Irie e Irie sorriu ao sentir o molhado quente.

— Ah, Irie Ambrosia. Estou tão feliz com você aqui partilhando este momento. Eu vivo neste século... vim a este mundo num terremoto bem no comecinho e mais uma vez vou ver o mal e a poluição pecaminosa serem arrasados num poderoso e estrondoso terremoto. Louvado seja Deus! É como Ele prometeu, afinal de contas. Eu sabia que eu ia conseguir. Eu só tenho sete anos para esperar. Noventa e dois! — Hortense estalou os dentes com desdém. — Nossa! A minha vó viveu pra ver cento e três anos e aquela mulher ainda era capaz de pular corda até o dia em que virou de pernas pro ar e defuntou. Vou conseguir. Eu vivi até aqui. A minha mãe sofreu pra eu viver até aqui... mas conhecia a igreja verdadeira e lutou pra me tirar das circunstâncias mais difíceis pra eu poder viver e ver esse dia de glória.

— Amém!

— Ah, amém, senhor Topps. Veste o terno completo da armadura de Deus! E você, Irie Ambrosia, é testemunha do que vou dizer: eu vou estar lá. E vou estar na *Jamaica* pra ver. Vou pra minha pátria no ano do nosso Senhor. E você pode ir pra lá também se me escutar e aprender comigo. Quer ir pra Jamaica no ano 2000?

Irie deixou sair um gritinho e correu para dar um outro abraço na avó.

Hortense enxugou as lágrimas com o avental.

— Senhor Jesus Cristo, eu vivo neste século! Bem e de verdade eu vivo neste século terrível com todos os problemas e aborrecimentos. E graças ao Senhor, Deus, vou sentir o tremor nos dois extremos.

Magid, Millat e Marcus

1992, 1999

fundamental *adj. 2 g., s. m. 1. Da ou pertencente à base ou fundação; que vai ao âmago da questão. 2. Que serve de base ou fundamento; essencial ou indispensável. Também: primordial, original; de que há derivação. 3. Da(s) ou pertencente(s) à(s) fundação(ões) de um edifício. 4. De uma camada: inferior, que jaz no fundo.*

Fundamentalismo *s. m. [de fundamental + -ismo] A manutenção rigorosa das tradicionais crenças ou doutrinas religiosas ortodoxas; estr. crença na infalibilidade dos textos religiosos.*

— Novo dicionário conciso de inglês Oxford

You must remember this, a kiss is still a kiss,
A sigh is just a sigh;
The fundamental things apply,
As time goes by.
— Herman Hupfeld, "As time goes by", 1931

16. O retorno de Magid Mahfooz Murshed Mubtasim Iqbal

— Me desculpe, mas não vai *fumar* isso, vai?

Marcus fechou os olhos. Detestava a construção da frase. Tinha sempre vontade de responder com uma perversidade gramatical idêntica: Sim, eu não vou fumar isso. Não, eu vou fumar isso.

— Me desculpe, eu falei: não...

— Sei, eu ouvi quando você falou na primeira vez — retrucou Marcus com brandura, virando-se para a direita para ver quem falara e com quem partilhava o único braço da cadeira, cada uma das duas cadeiras provida apenas de um único braço entre eles na comprida fileira de plástico moldado. — Há algum motivo para eu não fumar?

A irritação se evaporou à vista da interlocutora: uma moça asiática bonita e esguia, com uma sedutora falha nos dentes da frente, calça de combate e um rabo-de-cavalo alto, que segurava no colo (de todas as coisas!) um exemplar do livro de ciência popular que ele co-escrevera na primavera anterior (com a romancista Surrey T. Banks), *Bombas-relógio e corpos-relógio: Aventuras do futuro genético.*

— Sim, há um motivo, seu bunda. É proibido fumar no aeroporto de Heathrow. Pelo menos nesta parte dele. E claro que não pode fumar merda de *cachimbo* nenhum. E estas cadeiras estão soldadas umas nas outras e eu tenho asma. São motivos suficientes?

Marcus encolheu os ombros com afabilidade.

— São, mais do que suficientes. O livro é bom?

Era uma nova experiência para Marcus. Conhecer uma de suas leitoras. Conhecer uma de suas leitoras no saguão de espera de um aeroporto. A vida inteira escrevera textos acadêmicos, textos dirigidos a um público minúsculo e seleto, cujos leitores, na grande maioria das vezes, ele conhecia pessoalmente. Nunca jogara suas obras no mundo como quem joga serpentinas, sem saber ao certo onde as diferentes fitas iriam pousar.

— Quê?

— Não se preocupe. Não vou fumar, se não quer que eu fume. É só curiosidade minha, o livro é bom?

A moça contorceu o rosto, que não era tão bonito quanto Marcus pensara de início, o contorno do queixo um tanto duro demais. Ela fechou o livro (estava na metade) e olhou para a capa, como se tivesse se esquecido de que livro se tratava.

— Ah, não é ruim. Meio esquisitão. Meio despirocado.

Marcus franziu o cenho. O livro fora idéia de sua agente: um livro de dois níveis, alta e baixa culturas, para o qual Marcus escrevera um capítulo de "ciência séria", sobre uma evolução específica no campo da genética, e a romancista escrevera um capítulo vinculado a isso, explorando as idéias a partir de um ponto de vista futurístico, ficcional, do tipo "e se isto resultasse nisto", e assim por diante, ao longo de oito capítulos cada um. Marcus tinha de pensar nos filhos prestes a entrar na universidade, mais as despesas com a educação de Magid na faculdade de direito, e aceitara o projeto por motivos financeiros. Quanto a isso, o livro não havia feito o sucesso esperado ou necessitado, e Marcus, ao pensar nesse aspecto, julgava-o um fracasso. Mas esquisitão? Despirocado?

— Hã, *esquisitão* em que sentido?

De repente a moça ficou desconfiada.

— O que é isso? Interrogatório?

Marcus se encolheu um pouco na cadeira. Sua segurança chalfenista era sempre menos óbvia quando ele se aventurava fora de casa, longe do seio da família. Era um homem franco que não via sentido em perguntar qualquer outra coisa que não fossem perguntas francas, mas nos últimos anos tinha se conscientizado de que franqueza nem sempre colhe respostas francas de estranhos, como ocorria em seu pequeno círculo. No mundo exterior, fora de sua faculdade e de sua casa, era necessário acrescentar coisas ao discurso. Em especial quando se tinha uma aparência estranha, como Marcus julgava ter; quando se era um pouco velho, com um cabelo anelado excêntrico e óculos sem os aros inferiores. Era necessário acrescentar coisas ao discurso para torná-lo mais tragável. Sutilezas, frases convencionais, gentilezas e agradecimentos.

— Não, não é um interrogatório. É que eu pensava em lê-lo, entende? Ouvi dizer que é muito bom, sabe? E fiquei curioso por saber por que você acha esquisitão.

A moça, concluindo no momento que Marcus não era nem homicida nem estuprador, relaxou e se recostou na cadeira.

— Ah, não sei. Acho que é mais *alarmante* do que esquisitão.

— Como assim, alarmante?

— Bom, é alarmante, não é?, essa engenharia genética toda.

— É?

— Ah, é, sabe, interferir no corpo. Eles acham que tem gene da inteligência, gene da sexualidade... praticamente de tudo, entende? Tecnologia de DNA recombinante — disse a moça, empregando o termo com cautela, como se sondasse o terreno para ver o quanto Marcus sabia. Não percebendo nenhuma familiaridade na expressão de Marcus, prosseguiu com mais segurança. — Quando se conhece a enzima de restrição de um determinado, digamos, *pedaço* de DNA, é possível ligar ou desligar qualquer coisa, como a porcaria de um estéreo. É isso que eles estão fazendo com os coitados dos ratinhos. Isso é alarmante pacas. Sem falar, digamos, nos organismos patogênicos, ou seja, *produtores de doença*, que eles mantêm nas placas de Petri em tudo que é lugar. Quer dizer, eu sou estudante de política, tá, e fico pensando: mas estão criando o quê? E estão a fim de eliminar quem? Só quem é ingênuo pacas não vai pensar que o Ocidente está planejando usar essa merda contra o Oriente, contra os árabes. É o jeito mais rápido de lidar com os muçulmanos fundamentalistas... Não, cara, sério — disse a moça, em resposta às sobrancelhas arqueadas de Marcus —, as coisas estão ficando alarmantes. Quer dizer, lendo este troço a gente constata como a ciência chegou perto da ficção científica.

Tanto quanto Marcus entendia, a ciência e a ficção científica eram como navios na noite, passando um pelo outro no nevoeiro. Um robô da ficção científica, por exemplo — até mesmo a expectativa que seu filho Oscar tinha de um robô —, estava mil anos à frente do que a robótica ou a inteligência artificial conseguiriam conquistar. Enquanto os robôs da imaginação de Oscar cantavam, dançavam e sentiam empatia por seus sentimentos de alegria e temor, no Instituto de Tecnologia de Massachusetts um pobre coitado estava, lenta e esforçadamente, tentando fazer uma máquina recriar os movimentos de um único polegar humano. No reverso da moeda lançada no ar, os fatos biológicos mais simples, por exemplo a estrutura das células animais, eram um mistério para todos, exceto para adolescentes de catorze anos de idade e cientistas iguais a ele mesmo; aqueles matavam o tempo desenhando-as em sala de aula, este injetando-lhes DNA alheio. Entre eles, ou assim parecia a Marcus, fluía um imenso oceano de idiotas, conspiradores, lunáticos religiosos, romancistas presunçosos, ativistas defensores dos direitos dos animais, estudantes de política e todas as outras raças de fundamentalistas que manifestavam estranhas objeções a seu trabalho de toda uma vida. Nos últimos meses, desde que o Camundongo do Futuro recebeu alguma atenção do público, ele fora forçado a *acreditar* nessas pessoas, acreditar que realmente existiam em massa, e isso, para ele, era tão difícil quanto ser conduzido ao fundo do jardim e ser informado de que fadas o habitavam.

— Quer dizer, eles falam de progresso — disse a moça com estridência, começando a ficar um tanto entusiasmada. — Falam de saltos e avanços no campo da medicina e isso e aquilo, mas a questão básica é: se alguém sabe como eliminar as qualidades "indesejáveis" das pessoas, você acha que algum governo não vai fazer isso? Quer dizer, o que é indesejável? Nesse negócio todo tem um bocado de fascismo... Acho que é um livro bom, mas em algumas partes você pensa: qual é o rumo desse negócio? Milhões de gente loira de olhos azuis? Bebês por reembolso postal? Quer dizer, se você é indiana, como eu sou, preocupa, não preocupa? E, depois, estão implantando câncer nas pobres criaturas; ora, quem é você para interferir na constituição de um camundongo? Honestamente, criar um animal só para ele morrer... é igual a ser Deus! Quer dizer, eu, particularmente, sou hindu, tá? Não sou religiosa nem nada, mas, sabe, acredito na santidade da vida, tá? E essas pessoas, poxa, *programam* o camundongo, tramam cada movimento dele, certo?, quando vai ter filhos, quando vai morrer. É simplesmente *antinatural*.

Marcus concordou com a cabeça e tentou disfarçar a exaustão. Só ouvi-la já era exaustivo. Em nenhuma parte do livro Marcus sequer se referira à eugenia humana — não era seu campo e não tinha interesse especial nele. No entanto, o que essa moça fez foi conseguir ler um livro que se ocupava quase inteiramente dos desenvolvimentos mais prosaicos do DNA recombinante — terapia do gene, proteínas para dissolver coágulos de sangue, a clonagem da insulina — e extrair da leitura as habituais fantasias neofascistas dos tablóides — clones humanos irracionais, policiamento genético de características sexuais e raciais, doenças alteradas etc. Apenas o capítulo sobre o camundongo poderia ter provocado uma reação tão histérica. Era a seu camundongo que o título do livro se referia (também idéia da agente) e foi no camundongo que a atenção da mídia se concentrou. Marcus via agora com clareza o que antes fora apenas uma suspeita: que, não fosse pelo camundongo, o livro teria tido pouquíssimo interesse. Nenhuma outra obra em que se envolvera pareceu capturar a imaginação do público tanto quanto seu camundongo. A determinação do futuro do camundongo provocou as pessoas. Justamente porque era assim que as pessoas viam: não se tratava da determinação do futuro de um câncer, ou de um ciclo reprodutivo, ou da capacidade de envelhecer. Era a determinação do futuro do *camundongo*. As pessoas se concentravam no camundongo de uma forma que sempre o surpreendia. Pareciam incapazes de pensar no animal como um local, um local biológico para um experimento da hereditariedade, da doença, da mortalidade. A especificidade do camundongo parecia inevitável. Uma fotografia de um dos camundongos transgênicos de Marcus no laboratório, ao lado de um artigo sobre a luta para obter uma patente, foi publicada no *The Times*. Tanto ele quanto o jornal receberam uma tonelada de cartas condenatórias enviadas por facções tão distintas como a Associação das Mulheres Conservadoras, o *lobby* Antivivissecção, a Nação do Islã, o reitor da Igreja St. Agnes, em Berkshire, e o conselho editorial da *Schnews*, da esquerda radical. Neena Begum lhe telefonara para informar que ele reencarnaria como barata. A Glenard Oak, sempre sensível a uma reviravolta nas tendências da mídia, voltou atrás no convite que fizera a Marcus para participar da semana da Ciência Nacional na escola. Seu próprio filho, seu Joshua, recusou-se a falar com ele. A insanidade de tudo sinceramente o *abalou*. O *medo* que, inadvertidamente, ele provocou. E tudo porque o público estava três estágios à frente dele como o robô de Oscar, porque já tinham movido as últimas peças do xadrez, já tinham previsto qual seria o resultado de sua pesquisa — algo que ele não se atreveu a imaginar! —, repletos de clones, zumbis, crianças fruto da engenharia, genes gay. Claro, ele entendia que o trabalho que fizera envolvia algum elemento de sorte moral; como se dá com todos os homens da ciência. Trabalha-se em parte no escuro, em dúvida quanto às ramificações futuras, em dúvida quanto ao negror que seu nome possa acarretar, quanto aos corpos que serão deixados na porta de sua casa. Ninguém que trabalhe num campo novo, entregue a um trabalho autenticamente visionário, pode ter certeza de passar por seu século, ou pelo próximo século, sem sangue nas mãos. Mas parar de trabalhar? Calar Einstein à força? Amarrar as mãos de Heisenberg? O que se espera alcançar?

— Mas, sem dúvida — começou Marcus, mais atrapalhado do que esperava —, essa é, sem dúvida, a questão. Todos os animais, num certo sentido, são programados para morrer. É perfeitamente natural. Se parece aleatório, é só porque não entendemos isso completamente, percebe? Não entendemos precisamente por que algumas pessoas morrem de causa natural aos sessenta e três anos de idade e outras aos noventa e sete. Sem dúvida seria interessante saber um pouco mais a respeito dessas coisas. Sem dúvida a questão de algo como um onco-camundongo é que estamos tendo a oportunidade de ver uma vida e uma morte etapa por etapa através do micros...

— Tá, tá bom — retrucou a moça, pondo o livro dentro da bolsa. — Que *seja*. Tenho que ir para o portão 52. Foi um prazer conversar com você. Mas, é, leia mesmo o livro. Sou uma tremenda fã da Surrey T. Banks... o que *ele* escreve é despirocado.

Marcus observou a moça de rabo-de-cavalo galopante se afastar no amplo passadiço até se fundir com outras moças de cabelo preto e desaparecer. De imediato, sentiu-se aliviado, lembrando-se com prazer do compromisso pessoal com o portão 32 e Magid Iqbal, que era uma complicação bastante diferente, ou uma complicação mais complicada, o que fosse. Com quinze minutos de sobra, largou o café, que de fervente logo passou a morno, e começou a andar na direção dos portões inferiores a 50. A expressão "união de mentes" não lhe saía da cabeça. Sabia que era absurdo pensar isso de um rapaz de dezessete anos, mas, ainda assim, pensava, *sentia*: uma exaltação, talvez equivalente à sensação que seu próprio mentor experimentara quando o Marcus Chalfen de dezessete anos entrou na desconfortável sala da faculdade. Uma certa satisfação. Marcus conhecia bem a enfatuação mutuamente benéfica que emana do mentor para o protegido e, de novo, deste para aquele (ah, mas você é brilhante e se digna a gastar seu tempo comigo! Ah, mas eu sou brilhante e atraio a sua atenção entre todos os demais!). Contudo, deixava-se entregar. E estava feliz de ver Magid pela primeira vez, sozinho, embora, esperava, não tivesse a culpa de tê-lo planejado dessa maneira. Era mais uma seqüência de acasos auspiciosos. O carro dos Iqbal havia quebrado e o carro de Marcus, com porta traseira, era pequeno. Ele convencera Samad e Alsana de que não haveria espaço suficiente para a bagagem de Magid se eles o acompanhassem. Millat estava em Chester com o GENIV e teria declarado (numa linguagem que lembrava a da época em que curtia vídeos sobre a máfia): "Eu não tenho irmão". Irie tinha um exame naquela manhã. Joshua recusava-se a entrar em qualquer carro em que Marcus estivesse; na verdade, no momento evitava carros em geral, optando pela ambientalmente ética opção das duas rodas. Quanto à decisão de Josh, o sentimento de Marcus era o mesmo que tinha em relação a todas as decisões humanas desse tipo. Não se podia concordar nem discordar com elas enquanto *idéias*. O que as pessoas faziam era sem pé nem cabeça. E, em seu atual distanciamento de Joshua, ele se sentia mais impotente do que nunca. Magoava-o que mesmo o próprio filho não fosse tão chalfenista quanto esperara. De modo que, nos últimos meses, depositara uma grande expectativa em Magid (e isso explicava por que seus passos se aceleravam, portão 28, portão 29, portão 30); talvez tivesse começado a esperar, começado a *acreditar*, que Magid seria um farol para o chalfenismo bem pensado, mesmo que agonizasse naquele ermo. Eles *salvariam* um ao outro. *Isso não poderia ser fé, poderia, Marcus?*, indagou com franqueza para si mesmo, enquanto andava apressadamente. Por um portão e meio, a pergunta o enervou. Depois isso passou e a resposta foi tranqüilizadora. Fé não, não, Marcus, não a do tipo cega. Algo mais forte, algo mais firme. Fé *intelectual*.

Pronto. Portão 32. Apenas os dois, então, encontrando-se enfim, depois de superada a distância entre continentes; o professor, o discípulo disposto e, em seguida, o primeiro e histórico apertar de mãos. Marcus não pensou, nem por um segundo, que as coisas pudessem ou iriam dar errado. Não era estudante de história (e a ciência lhe ensinara que o passado é o lugar onde fazemos coisas através do vidro, obscuramente, enquanto o futuro é sempre mais claro, um lugar onde fazemos coisas certas ou, pelo menos, mais certas), não tinha histórias assustadoras relativas a um homem moreno conhecendo um homem branco, ambos com grandes expectativas, mas apenas um com o poder. Também não levara consigo um pedaço de cartão branco, uma bandeira enorme com um nome escrito, como outras pessoas que esperavam, e, ao olhar em volta do portão 32, isso o preocupou. Como iriam se reconhecer? Lembrou-se, então, de que estava à espera de um gêmeo e, ao se lembrar disso, riu alto. Era inacreditável e sublime, mesmo para ele, que um rapaz saísse daquele túnel exatamente com o mesmo código genético de um rapaz que ele já conhecia, sendo no entanto, em todas as formas concebíveis, diferente. Ele o veria e no entanto não o veria. Ele o reconheceria e no entanto esse reconhecimento seria falso. Antes de ter a oportunidade de refletir sobre o significado disso, se isso tivesse algum significado, caminhavam na direção dele os passageiros do vôo 261 da BA; uma falante porém exausta multidão de pessoas morenas correndo em sua direção como um rio, desviando-se no último segundo, como se ele fosse a beira de uma cascata. *Nomoskar... salam a lekum... kamon acho*? Isso o que diziam entre si e para os amigos no outro lado da barreira. Algumas mulheres de purdá, algumas de sári, homens com uma estranha mistura de tecidos, couro, *tweed*, lã e náilon, com pequenos chapéus em forma de barquinho que, a Marcus, lembravam Nehru; crianças de jaquetas com capuz fabricadas na Tailândia e mochilas nas cores vermelha e amarela vibrantes, passando pelas portas e entrando no salão do portão 32, encontrando-se com tias, encontrando-se com motoristas, encontrando-se com crianças, encontrando-se com funcionários públicos, encontrando-se com representantes da linha área bronzeados e de dentes brancos...

— Senhor Chalfen?

União de mentes. Marcus ergueu a cabeça e viu um rapaz alto parado diante dele. Era o rosto de Millat, sem dúvida, mas mais bem talhado e de aparência mais jovem. A cor dos olhos não era tão violeta ou, pelo menos, não tão violentamente violeta. O cabelo era solto, no estilo usado nas escolas particulares inglesas, e penteado para a frente. O molde do corpo muitíssimo roliço e saudável. Marcus não tinha gosto para roupas, mas ao menos podia dizer que eram inteiramente brancas e davam a impressão geral de ser bem-feitas, com material macio e de qualidade. E ele era bonito, até Marcus o admitia. O que lhe faltava do carisma byrônico do irmão, Magid parecia ganhar em nobreza, com um queixo mais firme e uma mandíbula dignificada. Esses detalhes, porém, eram apenas agulhas num palheiro, eram as diferenças que se notavam só porque as semelhanças eram surpreendentes. Eram irmãos gêmeos, do nariz quebrado aos pés enormes e deselegantes. Marcus estava cônscio de uma ligeira sensação de desapontamento de que assim era. Mas, colocadas de lado as aparências superficiais, não havia por que ter dúvida, pensou Marcus, quanto a quem esse rapaz Magid realmente se assemelhava. Pois Magid não reconhecera Marcus na multidão? Pois não tinham eles se reconhecido, naquele exato momento, num nível fundamental e bem mais profundo? Não igualados como cidades ou as duas metades de um óvulo partido aleatoriamente, mas igualados como os dois lados de uma equação: logicamente, essencialmente, inexoravelmente. Como é hábito dos racionalistas, Marcus abandonou o racionalismo por um momento diante da pura maravilha da coisa. Esse encontro instintivo no portão 32 (Magid atravessara o salão e caminhara diretamente até ele), localizando um ao outro em meio àquelas volumosas ondas de pessoas, pelo menos quinhentas delas: quais eram as possibilidades? Parecia tão improvável quanto a façanha dos espermas que conquistam a passagem escura rumo ao óvulo. Tão mágico quanto esse óvulo dividir-se em dois. Magid e Marcus. Marcus e Magid.

— Sim! Magid! Finalmente nos encontramos! Sinto como se já o conhecesse... bom, eu o conheço, mas por outro lado não... mas, puxa vida, como soube que era eu?

O rosto de Magid se irradiou e revelou um sorriso oblíquo de um encanto bastante angélico.

— Bem, Marcus, meu querido, você é o único branco no portão 32.

∽

O retorno de Magid Mahfooz Murshed Mubtasim abalou bastante a casa dos Iqbal, dos Jones e dos Chalfen.

— Eu não o reconheço — confidenciou Alsana para Clara, depois de ele ter passado uns dias em casa. — Se comporta de um jeito bem esquisito.

Quando falei que o Millat estava em Chester, não disse uma só palavra. Só ficou firme. Faz *oito anos* que não vê o irmão. Mas nem um pio, nem um murmúrio. O Samad fala que ele é um clone, que não é um Iqbal. A gente mal tem vontade de tocar nele. Os dentes dele, ele escova seis vezes por dia. As cuecas, ele passa a ferro. É que nem tomar o café da manhã com o David Niven.

Joyce e Irie encaravam o recém-chegado com a mesma suspeita. Tinham adorado tanto e totalmente o outro irmão durante tantos anos, e agora, de repente, essa cara nova, embora familiar; como ligar a tevê no canal da novela predileta e topar com um personagem querido dissimuladamente substituído por outro ator com um corte de cabelo semelhante. Nas primeiras semanas, simplesmente não sabiam o que fazer com ele. Quanto a Samad, se pudesse, teria escondido o rapaz para sempre, trancado embaixo da escada ou enviado para a Groenlândia. Tinha pavor das visitas inevitáveis de todos os parentes (aqueles para quem se vangloriara, todos os clãs que adorara no altar da fotografia emoldurada), quando então se fartavam de olhar para esse Iqbal, o caçula, com sua gravata-borboleta, seu Adam Smith, sua droga de E. M. Forster e seu ateísmo! O único aspecto positivo era a mudança de Alsana. O A-Z? *Sim*, Samad Miah, está dentro da gaveta de cima no lado direito, *sim*, é lá que está, *sim*. Na primeira vez que ela respondeu desse modo, ele quase ficou encantado. A maldição fora retirada. Não mais *talvez, Samad Miah*, não mais *provavelmente, Samad Miah*. Sim, sim, sim. Não, não, não. Os fundamentos. Era um alívio bendito, mas não bastava. Os filhos o desapontaram. A dor era excruciante. Ele caminhava pesadamente pelo restaurante com os olhos no chão. Quando tias e tios telefonavam, esquivava-se das perguntas ou simplesmente mentia. Millat? Está em Birmingham, trabalhando na mesquita, sim, recobrando a fé. Magid? Sim, vai casar em breve, sim, um rapaz muito bom, quer uma garota bengali adorável, sim, preservador das tradições, sim.

Pois bem. Primeiro foram os arranjos musicais de vida, no que todos se deslocavam para a direita ou para a esquerda. Millat voltou no início de outubro. Mais magro, de barba cheia e discretamente resolvido a não ver o irmão por motivos políticos, religiosos e pessoais.

— Se Magid ficar — declarou Millat (De Niro, dessa vez) —, caio fora.

E como Millat apresentava um aspecto magro, cansado e fora de si, Samad disse que Millat podia ficar, com o que restou apenas a opção de Magid ficar com os Chalfen (para o dissabor de Alsana) até que a situação fosse resolvida. Joshua, furioso com o fato de que o afeto dos pais mais uma vez era desviado por mais um Iqbal, mudou-se para os Jones, enquanto Irie, embora tivesse retornado ostensivamente para a casa da família (uma concessão ao "meio ano de férias"), passava o tempo todo com os Chalfen, organizando os negócios de Marcus, de modo a ganhar dinheiro para depositar nas duas contas bancárias (*Floresta amazônica, verão de 93* e *Jamaica 2000*), com freqüência trabalhando até tarde da noite e dormindo no sofá.

— Os filhos nos deixaram, foram para o estrangeiro — disse Samad para Archie ao telefone, com uma melancolia tal que Archie desconfiou que ele estava citando um poema. — São estranhos numa terra estranha.

— Fugiram para as colinas, isso sim — retrucou Archie com severidade. — Vou dizer uma coisa, se eu guardasse um pêni em cada vez que vi Irie nos últimos meses...

Teria uns dez *pence*. Ela não parava em casa. Estava empacada entre um rochedo e um lugar duro, como a Irlanda, como Israel, como a Índia. Uma situação sem possibilidade de êxito. Se ficasse em casa, lá estava Joshua, censurando-a por causa do envolvimento com os camundongos de Marcus. Argumentos para os quais ela não tinha resposta nem estômago: *devem os organismos vivos ser patenteados? É correto implantar agentes patogênicos nos animais?* Irie não sabia e por isso, seguindo os instintos que herdara do pai, calava a boca e se punha a distância. Mas, se estivesse com os Chalfen, entregando-se ao que se tornara um trabalho de verão de tempo integral, tinha de lidar com Magid. Aí a situação era insuportável. O trabalho que fazia para Marcus, que começara nove meses antes como um mero arquivamento, setuplicara; o recente interesse pelo trabalho de Marcus exigia que ela cuidasse dos telefonemas dos meios de comunicação, das pilhas de correspondência, que marcasse compromissos. O pagamento, por sua vez, aumentara para o equivalente ao de uma secretária. Mas aí residia o problema: ela era uma *secretária*, enquanto Magid era um confidente, um aprendiz e um discípulo, acompanhando Marcus em viagens, observando-o no laboratório. O menino de ouro. O eleito. Não só brilhante como também encantador. Não só encantador como também generoso. Para Marcus, ele era uma resposta a suas preces. Ali estava um jovem capaz de tecer as mais belas justificações morais com um profissionalismo que contrastava com sua idade, que ajudava Marcus a formular argumentos que ele, sozinho, não teria a paciência de formular. Era Magid quem o incentivava a sair do laboratório, pegando-o pela mão e levando-o, os olhos semicerrados, para o mundo ensolarado onde as pessoas solicitavam sua presença. As pessoas queriam Marcus e seu camundongo, e Magid sabia como satisfazer o desejo delas. Quando *New Statesman* solicitava duas mil palavras sobre o debate da patente, Magid as escrevia enquanto Marcus as ditava, traduzindo suas palavras num inglês elegante, transformando as declarações áridas de um cientista desinteressado nos debates morais nos argumentos refinados de um filósofo. Quando o *Channel 4 News* queria uma entrevista, Magid lhe explicava como manter a postura do corpo, como gesticular, como inclinar a cabeça. Tudo isso partia de um rapaz que passara a maior parte da vida nas colinas de Chittagong, sem televisão e sem jornais. Marcus — ainda que sempre tivesse odiado a palavra, ainda que não a tivesse empregado desde que o próprio pai cortara a orelha em nome dela aos três anos de idade — sentia-se tentado a chamar isso de *milagre*. Ou, no mínimo, de uma extrema fortuidade. Pela primeira vez na vida, Marcus se dispunha a reconhecer falhas em si mesmo — pequenas, porém, mas, ainda assim, *falhas*. Isolara-se demais, talvez, talvez. Fora agressivo com o público interessado em sua obra, talvez, talvez. Enxergava a possibilidade de mudar. E o genial nisso tudo, o toque magistral, era que Magid em momento algum fizera Marcus sentir que o chalfenismo estivesse de algum modo transigindo. Todos os dias, expressava sua afeição e sua admiração imorredouras por ele. Tudo o que Magid desejava fazer, explicou ele para Marcus, era levar o chalfenismo às pessoas. E é necessário dar às pessoas o que elas pedem de uma forma que possam entender. Disse isso de um jeito tão sublime, tão confortante, tão *verdadeiro*, que Marcus, que seis meses antes teria cuspido nesse argumento, cedeu sem nenhuma objeção.

— Há lugar para mais um sujeito neste século — disse-lhe Magid (o rapaz era um mestre da bajulação) —, Freud, Einstein, Crick e Watson... Há uma cadeira vazia, Marcus. O ônibus ainda não está lotado. Tlim-tlim! *Lugar para mais um...*

E não se pode rejeitar uma oferta dessa. Não se pode desprezá-la. Marcus e Magid. Magid e Marcus. Nada mais importava. Ambos estavam desatentos à perturbação que causaram em Irie ou ao desalojamento generalizado, às estranhas ondas sísmicas que a amizade entre eles desencadeou nos demais. Marcus *dera o fora*, como Mountbatten havia caído fora da Índia, ou como um adolescente saciado sai fora da namorada. Revogara todas as responsabilidades, por tudo e por todos — pelos Chalfen, pelos Iqbal, pelos Jones —, por tudo e por todos, exceto por Magid e seus camundongos. E todos os outros eram fanáticos. E Irie teve de morder a própria língua, porque Magid era bom, Magid era bondoso e Magid andava de branco pela casa. Mas, a exemplo de todas as manifestações do Segundo Advento, de todos os santos, salvadores e gurus, Magid Iqbal também era, nas eloqüentes palavras de Neena, um autêntico, cem por cento, total e completamente *pé no saco* de primeira classe. Uma conversa típica:

— Irie, estou confuso.

— Agora não, Magid, estou no telefone.

— Não é minha intenção tomar nem um pouco de seu tempo valioso, mas é uma questão de certa urgência. Estou confuso.

— Magid, pode fazer o favor de...

— Veja. Joyce, muito gentilmente, comprou-me esta calça jeans. Chama-se Levi's.

— Posso ligar para você de volta? Está bom... ok... Até já. O *que* é, Magid? Eu estava fazendo um telefonema importante. O que é?

— Pois então, veja, eu tenho essa bela calça jeans Levi's americana, branca, que a irmã da Joyce trouxe das férias em Chicago, a cidade do vento, como a chamam, embora eu não ache que haja algo de especial em relação ao clima de Chicago, considerando-se a proximidade com o Canadá. O meu jeans de Chicago. Que presente amável! Fiquei desarmado ao recebê-lo. Mas depois fiquei confuso ao ver essa etiqueta no forro, onde está escrito que, aparentemente, o jeans encolhe para se ajustar. Então me perguntei a mim mesmo o que poderia significar "encolher para se ajustar".

— A calça encolhe até se ajustar, Magid. É o que eu imagino.

— Mas a Joyce foi bastante perceptiva para a comprar no tamanho certo, entende? Trinta e dois, trinta e quatro.

— Está bom, Magid. Eu não preciso ver a calça, acredito em você. Então não a encolha.

— Essa também foi minha conclusão inicial. Mas, ao que parece, não há um procedimento à parte para encolhê-la. Basta lavar para o jeans encolher.

— Fascinante.

— E você sabe em que conjuntura será necessário lavar o jeans?

— O que você quer dizer com isso, Magid?

— Bem, a calça encolhe de acordo com uma quantidade pré-calculada? E, sendo esse o caso, qual é a quantidade? Se a quantidade não for correta, ela estará exposta a uma grande questão judicial, não? Não será uma coisa boa que encolha para se ajustar, afinal de contas, se não encolher para se ajustar *a mim*. Há outra possibilidade, como Jack sugeriu, a de que ela encolha para se ajustar aos contornos do corpo. No entanto, como isso é possível?

— Bom, por que é que você não entra na merda da banheira com a merda da calça para ver o que acontece?

Porém, era impossível desconcertar Magid com palavras. Ele virava a outra face. De quando em quando, centenas de vezes por dia, como uma guarda de trânsito diante de uma escola sob o efeito do êxtase. Ele tinha um jeito peculiar de sorrir para a gente, nem magoado nem irritado, e em seguida inclinava a cabeça (no mesmo ângulo exato em que o pai anotava um pedido de camarões ao *curry*), num gesto de perdão total. Ele, Magid, tinha uma empatia absoluta por todo mundo. E era um inacreditável pé no saco.

— Hã... a minha intenção era... Ah, merda. Me desculpe. Escuta... eu não sei... você é muito... tem notícias do Millat?

— Meu irmão me evita — disse Magid, a mesma expressão de calma e perdão universais inalterada. — Ele me marca igual a Caim porque não sou um crente. Pelo menos no deus dele ou em qualquer outro que tenha um nome. Por causa disso, recusa-se a se encontrar comigo, até mesmo a falar comigo ao telefone.

— Ah, sabe, ele deve pintar por aqui. Ele sempre foi um bobão teimoso.

— Claro, sim, você gosta dele — continuou Magid, sem dar a Irie uma oportunidade para objetar. — Conhece os hábitos dele, os modos dele. Você deve entender, portanto, como ele reage com fúria à minha conversa. Eu me converti à Vida. Vejo o deus dele na posição milionésima do *pi*, nas argumentações de Fedro, num paradoxo perfeito. Para Millat, porém, isso não basta.

Irie o encarou. Havia algo no rosto dele que, naqueles quatro meses, ela não conseguiu descobrir, porque estava obliterado pela juventude dele, pela aparência dele, pelas roupas limpas e pela higiene dele. Agora o via com clareza. Ele fora tocado por aquela coisa — tal qual a Maria Maluca, a indiana de cara branca e lábios azuis, e o sujeito que carregava a peruca pendurada no pescoço. A mesma coisa das pessoas que andavam pelas ruas de Willesden sem intenção de comprar a cerveja Black Label ou de roubar um estéreo, receber o dinheiro do subsídio governamental ou urinar num beco. Aqueles que se ocupavam de um negócio totalmente diferente. *Profecia*. E esse negócio estava no rosto de Magid. Ele queria falar e falar e falar.

— Millat exige uma renúncia total.

— Que me parece normal.

— Quer que eu me una aos Guardas da Eterna...

— É, o GENIV, eu conheço eles. Então você *falou* com ele.

— Não é preciso falar com ele para saber o que ele pensa. Ele é o meu irmão gêmeo. Não desejo vê-lo. Não tenho que vê-lo. Entende a natureza dos gêmeos? Entende o significado da palavra *apartar*? Ou, melhor, o significado ambíguo que...

— Magid. Não é por nada, não, mas tenho que trabalhar.

Magid fez uma pequena mesura.

— Claro. Desculpe-me, eu tenho que ir e submeter a minha calça de Chicago ao experimento sugerido por você.

Irie rangeu os dentes, pegou o telefone e tornou a discar para o número cuja ligação interrompera. Tratava-se de um jornalista (nos dias de hoje, sempre jornalistas) e ela tinha algo para ler para ele. Irie encontrara problemas nas relações com a mídia desde os exames escolares e, ao tratar com jornalistas e a mídia em geral, aprendeu que não fazia sentido lidar com eles separadamente. Era impossível dar um ponto de vista único para o *FT*, em seguida para o *Mirror* e em seguida para o *Daily Mail*. Era trabalho *deles*, e não dela, buscar o ângulo, escrever cada livro em separado da gigantesca bíblia da mídia. A cada um o seu. Os repórteres eram faccionários, fanáticos, defendiam obsessivamente seu próprio terreno, expondo a mesma coisa dia após dia. Sempre foi assim. Quem teria imaginado que Lucas e João iriam apresentar diferentes ângulos do furo do século, a morte do Senhor? Isso apenas comprovava que não se podia confiar nesses caras. O trabalho de Irie, portanto, era, toda vez, dar a informação pura, *verbatim*, com base num pedaço de papel escrito por Marcus e Magid, grudado na parede.

— Tudo bem — disse o jornalista. — Gravando.

E, nesse momento, Irie topou com o primeiro obstáculo do relações-públicas: acredite naquilo que vende. Não que lhe faltasse fé moral. Não acreditava que fosse um *fato físico*. Não acreditava que existisse. O Camundongo do Futuro© era agora o *cartum* tão grande e espetacular de uma idéia (presente em colunas de todos os jornais, abordado exaustivamente pelos jornalistas — *Deve ser patenteado?* —, louvado por articulistas rotineiros — *A maior façanha do século?*), que se esperava que essa porcaria de camundongo ficasse em pé e falasse por si mesmo. Irie respirou fundo. Embora tivesse repetido as palavras inúmeras vezes, elas ainda soavam fantásticas e absurdas — ficção nas asas da fantasia —, com mais do que uma pitada de Surrey T. Banks:

PRESS RELEASE: 15 DE OUTUBRO DE 1992

Assunto: Lançamento do Camundongo do Futuro©

O professor Marcus Chalfen, escritor, cientista renomado e figura de destaque num grupo de geneticistas pesquisadores do St. Jude's College, planeja "lançar" seu mais recente "*design*" num espaço público; para difundir o entendimento do transgênico e aumentar o interesse e dar impulso ao investimento em sua obra. O *design* demonstrará o refinamento do trabalho que está sendo feito na manipulação do gene e desmistificará este denegrido campo da pesquisa biológica. Será acompanhado de uma exposição completa, de uma conferência, de uma área de multimídia e de jogos interativos para crianças. Será financiado, em parte, pela Comissão da Ciência do Milênio, do governo, com patrocínio complementar da indústria e do comércio.

Um Camundongo do Futuro© com duas semanas de vida ficará exposto no Instituto Perret, em Londres, a partir do dia 31 de dezembro

de 1992. Lá, poderá ser visto pelo público até 31 de dezembro de 1999. Esse camundongo é geneticamente normal, exceto por um seleto grupo de genes singulares adicionados ao genoma. Um clone do DNA desses genes é injetado no ovo fertilizado do camundongo, ligando-o, por conseguinte, ao DNA cromossômico no zigoto, o qual é, subseqüentemente, herdado pelas células do embrião resultante. Antes da injeção na linhagem do embrião, esses genes são projetados de maneira especial, de modo que possam ser "ligados" e expressos apenas num tecido específico do camundongo e durante um cronograma previsível. O camundongo será o local de um experimento do envelhecimento das células, da progressão do câncer no interior das células e de algumas outras questões que servirão como surpresas durante o processo!

O jornalista riu.
— Caramba! Mas o que é que esse negócio significa?
— Não sei — respondeu irie. — Surpresas, acho.
Ela prosseguiu:

Nos sete anos em que estiver em exposição, o camundongo viverá cerca do dobro do tempo de vida de um camundongo normal. O desenvolvimento do camundongo é retardado, portanto, a uma taxa de dois anos para cada um. Ao cabo do primeiro ano, o grande oncogene T SV40, que o camundongo porta nas células do pâncreas produtoras de insulina, irá se expressar através de carcinomas pancreáticos que continuarão a se desenvolver num ritmo retardado ao longo de toda a sua vida. Ao cabo do segundo ano, o oncogene H-ras nas células da pele começarão a se expressar através de papilomas benignos múltiplos que um observador estará apto a ver claramente três meses depois a olho nu. Ao cabo de quatro anos do experimento, o camundongo começará a perder a capacidade de produzir a melanina por meio de uma lenta e programada erradicação da enzima tirosinásica. Nesse momento, o camundongo perderá toda a pigmentação e se tornará albino: um camundongo branco. Não havendo nenhuma interferência externa ou inesperada, o camundongo viverá até o dia 31 de dezembro de 1999, morrendo no

mês seguinte a essa data. O experimento do Camundongo do Futuro© oferece ao público a oportunidade única de ver a vida e a morte em "*close-up*". A oportunidade de testemunhar uma tecnologia que ainda poderá retardar o avanço da doença, controlar o processo do envelhecimento e eliminar as falhas genéticas. O Camundongo do Futuro© sustenta a tantalizante promessa de uma nova fase na história da humanidade, em que não somos vítimas do aleatório, mas, em lugar disso, mentores e árbitros de nosso próprio destino.

— Caramba — exclamou o jornalista. — É de dar medo.

— É, parece — retrucou Irie distraidamente (tinha dez outros telefonemas para fazer nessa manhã). — Quer que eu mande algum material fotográfico pelo correio?

— Ah, sim, pode mandar. Me poupa o trabalho de procurar no arquivo. Obrigadão.

Assim que Irie pôs o fone no gancho, Joyce se precipitou sala adentro como um cometa *hippy*, um enorme caudal de veludo preto franjado, cafetã e cachecóis de seda múltiplos.

— Não use esse telefone! Já avisei. O telefone tem de estar disponível. Millat pode estar tentando ligar.

Quatro dias antes, Millat perdeu a hora com a psiquiatra que Joyce marcara para ele. Desde então andava sumido. Todo mundo sabia que ele estava com o GENIV e todo mundo sabia que ele não tinha a intenção de telefonar para Joyce. Todo mundo, menos Joyce.

— É simplesmente *essencial* que eu fale com ele quando ele telefonar. Estamos *muitíssimo* perto de uma revelação. A Marjorie tem quase certeza de que se trata de um deagá-cá, Distúrbio de Hiperatividade por Carência de Atenção.

— E como é que *você* sabe disso tudo? Pensei que Marjorie fosse médica. Onde foi parar a privacidade médico/paciente?

— Ora, Irie, mas que tolice. Ela também é minha *amiga*. Só está querendo me manter informada.

— Parece mais a máfia da classe média.

— É *mesmo*? Deixe de histeria. Você está ficando *histérica* a cada dia. Escute, largue esse telefone.

— Eu sei. Você já falou.

— Porque se a Marjorie estiver certa, e for deagá-cá, ele precisa mesmo de um médico e de metilfenidato. É um estado extremamente debilitante.

— Joyce, ele não tem distúrbio nenhum, é só um muçulmano. Há bilhões deles. Todos podem ter deagá-cá.

Joyce respirou fundo.

— Eu acho que você está sendo muito cruel. Esse é *exatamente* o tipo de comentário que não ajuda. — Andou com altivez até a tábua de cortar pão, cortou queixosamente um enorme pedaço de queijo e disse: — Escute. O mais importante é eu conseguir que os dois se encontrem face a face. Já é hora.

— Por que já é hora? — perguntou Irie com um olhar de dúvida.

Joyce pôs o pedaço de queijo na boca.

— É hora porque eles precisam um do outro.

— Mas eles não querem, eles não querem.

— Às vezes as pessoas não sabem o que querem. Não sabem do que precisam. Esses moços precisam um do outro como... — Joyce refletiu um instante. Não sabia usar bem metáforas. Num jardim, nunca se planta uma coisa onde deveria estar uma outra coisa. — Precisam um do outro como Laurel e Hardy, como Crick precisava de Watson...

— Como o Paquistão oriental precisava do Paquistão ocidental.

— Bom, não acho isso nada engraçado, Irie.

— Joyce, eu não estou rindo.

Joyce cortou mais um pedaço de queijo, esfatiou dois nacos de pão de fôrma e dos três fez um sanduíche.

— O fato é que esses dois rapazes têm problemas emocionais sérios e o fato de Millat se recusar a ver Magid não ajuda nada. Isso o contraria tanto. Eles foram separados pelas religiões deles, pelas culturas deles. Dá para imaginar o *trauma*?

Nesse momento, Irie desejou que tivesse deixado Magid contar para ela contar para ela contar para ela. Ao menos teria informações. Teria algo para usar contra Joyce. Porque, se a gente ouvir os profetas, eles não dão munição nenhuma para a gente. A natureza dos gêmeos. A posição milionésima do *pi* (os números infinitos têm começos?). E, sobretudo, o sentido ambíguo da palavra *apartar*. Será que ele sabia qual era o pior, qual era o mais traumático: unir ou desunir?

— Joyce, por que não se preocupa com a sua família dessa vez? Só para variar. E o Josh? Quando foi a última vez que você viu o Josh?

O lábio superior de Joyce enrijeceu.

— Josh está em Glastonbury.

— Certo. Glastonbury está durando dois meses, Joyce.

— Ele está viajando um pouco. Disse que talvez viajasse.

— E com quem? Você não sabe *nada* sobre aquelas pessoas. Por que não se preocupa *com isso* por enquanto e pára de meter a *merda* do bedelho na vida alheia?

Joyce nem sequer vacilou ao ouvir isso. Era difícil explicar o quanto lhe era familiar um insulto adolescente; nos últimos tempos ouvia tantos dos próprios filhos e de outras pessoas que um palavrão ou um comentário cruel não a abalava de maneira nenhuma. Ela simplesmente os extirpava.

— O motivo pelo qual não me preocupo com o Josh, como você bem sabe — retrucou Joyce, dando um sorriso largo e falando com a voz Chalfen do tipo conselho-para-os-pais — é que ele está apenas tentando receber um pouco de atenção. Assim como você, neste momento. É perfeitamente natural que filhos instruídos de classe média pintem o sete nessa idade. — (Ao contrário de muitos nessa época, Joyce não tinha o menor pudor de usar a expressão "classe média". No léxico dos Chalfen, a classe média era a herdeira das luzes, a criadora do bem-estar social, a elite intelectual e a fonte de toda a cultura. De onde tiraram essa idéia é difícil dizer.) — Mas logo voltam a se juntar ao rebanho. Está só revoltado contra o pai, mas isso vai passar. Mas Magid tem alguns problemas sérios. Irie, andei pesquisando. E há *indícios* demais. Eu os entendo.

— Bom, você deve estar entendendo *mal* — Irie retrucou, porque uma batalha estava prestes a começar, ela o pressentia. — O Magid está *bem*. Acabei de conversar com ele. Ele é um mestre do zen. É o sujeito mais sereno que já conheci na vida. Trabalha com o Marcus, que é o que ele quer fazer, e está *feliz*. Que tal dessa vez a gente experimentar uma política de não-envolvimento? Um pouquinho de *laissez-fair*? O Magid está *bem*.

— Irie, minha querida — disse Joyce, conduzindo Irie até uma cadeira e pondo-se ao lado do telefone. — O que você não compreende é que as pessoas são *radicais*. Seria uma maravilha se todos fossem como o seu pai, seguindo em frente como normalmente, mesmo que o teto esteja desabando na cabeça dele. Mas a maioria das pessoas não consegue ser assim. Magid e Millat manifestam um comportamento radical. É fácil dizer *laissez-faire* e ser extremamente hábil em relação a isso, mas o essencial é que Millat vai se meter num apuro terrível com esses fundamentalistas. Um apuro terrível. Mal consigo dormir de tanta preocupação. A gente lê sobre esses grupos nos jornais... E está exercendo uma tremenda pressão psicológica sobre Magid. Agora, será que devo simplesmente ficar sentada e assistir aos dois se destruírem, só porque os pais deles... não, eu vou falar, porque é verdade... só porque os pais deles não se preocupam? Eu no fundo não penso em outra coisa senão no bem-estar desses moços, e você, de todos eles, deveria saber disso. Eles precisam de ajuda. Acabei de passar pelo banheiro e vi Magid sentado na banheira vestido com a calça jeans. *Sim*. Percebe? Pois então — disse Joyce, serena como um bovino. — Acho que sei reconhecer uma criança traumatizada assim que a vejo.

17. Conversações de emergência e táticas de última hora

— Senhora Iqbal? Sou Joyce Chalfen. Senhora Iqbal? Estou vendo a senhora perfeitamente. Sou a Joyce. Realmente acho que deveríamos conversar. A senhora não quer... hã... abrir a porta?

Sim, abriria. *Teoricamente*, abriria. Mas nessa atmosfera de radicalidade, com filhos rivais e facções diversas, Alsana precisava de uma tática toda pessoal. Adotara o silêncio, greves de palavras e a glutonia (o oposto de uma greve de fome; a pessoa engorda bastante para intimidar o inimigo), e agora estava tentando o protesto da imobilidade.

— Senhora Iqbal... só cinco minutos do seu tempo. O Magid está realmente contrariado com tudo isso. Está preocupado com o Millat, e eu também. Só cinco minutos, senhora Iqbal, por favor.

Alsana não se mexeu da cadeira. Continuou a costurar a bainha, acompanhando com atenção a linha preta se mover num vaivém e entrar no PVC, pressionando furiosamente o pedal da Singer, como se chutasse o flanco de um cavalo que ela desejava cavalgar crepúsculo adentro.

— Escute, acho que você poderia deixar ela entrar — disse Samad aborrecido, vindo da sala, onde a persistência de Joyce perturbara sua apreciação de *The antiques roadshow*. (Fora o filme *The equalizer*, estrelado por aquele grande árbitro da moral, Edward Woodward, era o programa preferido de Samad. Ele passara quinze longos anos televisivos esperando que uma dona de casa *cockney* tirasse da bolsa uma quinquilharia de Mangal Pande. *Ah, senhora Winterbottom, puxa, isso é muito emocionante. Isto aqui é o cano do mosquete que pertencia a...* Ele ficou sentado com a mão direita grudada no telefone para, caso isso ocorresse, telefonar para a BBC e solicitar o endereço da sra. Winterbottom e o preço inicial pedido. Até esse dia, apenas medalhas do Motim e um relógio de bolso pertencente ao general Henry [Cobre-Nuca] Havelock, mas ainda assim assistia.)

Deu uma espiada na silhueta de Joyce através do vidro no fundo do vestíbulo e, com tristeza, coçou o saco. Samad ostentava seu estilo televisivo: blusa com gola rulê em cor berrante, a barriga cheia como uma inflada bolsa d'água quente, roupão comprido comido por traças e calções folgados de lã escocesa estampada de dentro dos quais projetavam-se duas pernas-palito, herança da juventude. Nesse estilo televisivo, a ação lhe escapava. O aparelho no canto da sala (que ele preferia considerar um objeto de antiguidade, encerrado em invólucro de madeira e apoiado sobre quatro pernas, como uma espécie de robô vitoriano) o tragava e lhe consumia toda a energia.

— Pois então, senhor Iqbal, por que não *faz* alguma coisa? Faça ela ir embora. Em vez de ficar aí parado com essa pança caída e esse pirulito à mostra.

Samad resmungou e guardou dentro dos calções a causa de todos os seus problemas, dois enormes testículos peludos e um pinto flácido com aspecto de derrotado.

— Ela não vai embora — cochichou. — E, se for, é para voltar com reforços.

— Mas por quê? Já não criou bastante problema? — perguntou Alsana, elevando a voz, alto o suficiente para Joyce escutar. — Ela tem a família dela, não tem? Por quê, para variar, não vai bagunçar com a família dela? Ela tem filhos homens, quatro moços? Quantos moços ela quer? Quantos moços, droga?

Samad encolheu os ombros, abriu a gaveta do armário da cozinha e do fundo dela tirou os fones de ouvido, que poderia plugar na televisão, desligando-se, por conseguinte, do mundo exterior. A exemplo de Marcus, desobrigara-se. *Eles que se virem*, era o sentimento. Que se virem com as batalhas deles.

— Ah, *muito obrigada* — disse Alsana causticamente, enquanto o marido se refugiava com Hugh Scully, seus potes e suas armas. — Muito obrigada, Samad Miah, pela *valiosa* contribuição. É isso que os homens fazem. Armam a confusão, o século acaba, e deixam para as mulheres limpar a merda. Muito obrigada, meu marido!

Acelerou a costura, precipitando-se nas suturas, avançando pelo interior da coxa, enquanto a Esfinge à porta continuava a fazer perguntas irrespondíveis.

— Senhora Iqbal... por favor, podemos conversar? Há algum motivo para não conversarmos? Será que *temos* que nos comportar como crianças?

Alsana começou a cantar.

— Senhora Iqbal!? *Por favor*. Aonde chegaremos desse jeito?

Alsana cantou mais alto.

— Eu preciso lhe contar — disse Joyce, muito estridente, mesmo através das três paredes divisórias de madeira e dos vidros duplos nas janelas. — Não estou aqui por causa da minha sanidade. Queira ou não que eu me envolva, *estou* envolvida, entende? *Estou*.

Envolvida. Pelo menos essa era a palavra certa, Alsana refletiu ao tirar o pé do pedal e deixar a roda girar sozinha algumas vezes antes de parar com um rangido. Às vezes, na Inglaterra, principalmente nos pontos de ônibus e nas novelas exibidas durante o dia, a gente ouve as pessoas falarem: "Estamos *envolvidos* um com o outro", como se essa fosse a situação mais maravilhosa, como se alguém a escolhesse e tivesse prazer nela. Alsana nunca pensou nisso dessa maneira. Estar *envolvidos* acontecia ao longo de um período de tempo, puxando a gente como se para dentro de uma areia movediça. Estar *envolvidos* foi o que ocorreu com a Alsana Begum de rosto redondo e o bem-apessoado Samad Miah uma semana depois de terem sido arrastados para dentro de um salão de Nova Délhi para o café da manhã e informados de que iriam casar. Estar *envolvidos* foi o resultado de quando Clara Bowden conheceu Archie Jones no pé de uma escada. Estar *envolvidos* tragou uma moça chamada Ambrosia e um rapaz chamado Charlie (sim, Clara lhe contara *essa* história triste) na hora em que se beijaram na despensa de um albergue. Estar envolvidos não é nem bom nem ruim. É só uma conseqüência da vida, uma conseqüência da ocupação e da imigração, de impérios e expansão, de viver sob o domínio de alguém... a gente se torna envolvida, e é longo o trajeto de volta para ser des-envolvida. E essa mulher tinha razão, a gente não faz isso pela sanidade da gente. Nada, nesse fim de século, se faz tendo em mente a sanidade. Alsana não era uma beócia quando se tratava da Condição Moderna. Assistia aos *talk shows*, assistia o dia inteiro aos *talk shows* — *A minha mulher dormiu com o meu irmão*, *A minha mãe não pára de se meter na vida do meu namorado* — e o dono do microfone, estivesse diante do Homem Bronzeado com Dentes Brancos ou do Casal de Casados de Meter Medo, sempre perguntava a mesma pergunta idiota: *Mas por que você sente a necessidade...?* Errado! Alsana tinha de explicar para eles através da tela. Seus tapados; eles não *querem* isso, não têm *vontade* disso... só estão envolvidos, entendem? Eles ENTRAM e são pegos pelas portas giratórias desses dois *vês*. *Envolvidos*. Os anos passam, a mixórdia se acumula e cá estamos nós. Seu irmão está dormindo com a prima em segundo grau da sobrinha da minha ex-mulher. *Envolvidos*. Só um fato inevitável, maçante. Alguma coisa no jeito que Joyce o disse, *envolvida* — saturado, ligeiramente ácido —, sugeriu a Alsana que, para ela, a palavra significava a mesma coisa. Uma teia enorme que a gente vai tecendo para apanhar a gente mesma.

— Tá, tá, madame, cinco minutos então. Tenho três macacões inteiriços para costurar esta manhã, chova ou faça sol.

Alsana abriu a porta, Joyce entrou no vestíbulo e, por um instante, as duas avaliaram suas compleições, adivinhando o peso uma da outra como nervosas pugilistas antes de subirem na balança. Eram, sem dúvida, páreo uma para a outra. O que Joyce não tinha de peito, o traseiro compensava. Onde Alsana revelava uma fraqueza em traços delicados — um narizinho bonitinho, sobrancelhas fininhas —, compensavam os braços atarracados, as covinhas do poder maternal. Porque, afinal de contas, nessa casa ela era a mãe. A mãe dos filhos em questão. Estava de posse do naipe de trunfo, se fosse obrigada a jogar com ele.

— Muito bem, muito bem — disse Alsana, espremendo-se na estreita porta da cozinha, chamando Joyce com um gesto para que a seguisse. — Chá ou café?

— Chá — respondeu Joyce. — De fruta, se possível.

— De fruta não é possível. Nem Earl Grey é possível. Eu vim da terra do chá para este país medonho e não tenho condições de comprar nem mesmo um chá decente. P. G. Tips é possível, nada mais.

— Então, P. G. Tips, por favor — disse Joyce estremecendo.

— Como quiser.

A caneca de chá posta diante de Joyce alguns minutos depois apresentava uma borda de escória cinzenta com milhares de microscópicos micróbios nadando nela, menos microscópicos do que era de se esperar. Alsana deu a Joyce um minuto para refletir.

— Não toque nele por uns instantes — explicou com jovialidade. — Meu marido bateu num cano de água quente na hora de cavar uma vala para plantar cebolas. Desde então a água ficou um bocado esquisita. Pode dar e pode não dar uma caganeira. Mas é só esperar um pouco que clareia. Está vendo? — Alsana mexeu a infusão de um jeito nada convincente, fazendo pedaços ainda maiores de matéria não-identificável subir borbulhando para a superfície. — Está vendo? Perfeito para o próprio xá Jahan!

Joyce tomou um gole para experimentar e pôs a caneca de lado.

— Senhora Iqbal, sei que no passado as nossas relações não foram as melhores, mas...

— Senhora Chalfen — disse Alsana, interrompendo Joyce com o longo dedo indicador em riste. — Existem duas regras que todo mundo conhece, do primeiro-ministro ao homem que puxa o riquixá. A primeira é: nunca permita que o seu país se transforme num posto comercial. Muito importante. Se os meus antepassados tivessem seguido esse conselho, minha situação hoje seria bem diferente, mas a vida é assim. A segunda é: não interfira nas coisas de família dos outros. Leite?

— Não, não, obrigada. Um pouco de açúcar... — Alsana entornou uma enorme colherada de açúcar na caneca de Joyce.

— Acha que estou interferindo?

— Acho que interferiu.

— Mas eu só quero que os gêmeos se encontrem.

— A senhora é o motivo da separação deles.

— Mas o Magid só está morando conosco porque o Millat não moraria com ele aqui. E o Magid me contou que seu marido não suporta vê-lo.

Alsana, sendo uma panelinha de pressão, bufou.

— E *por que* não suporta? Porque *a senhora*, a senhora e o seu marido envolveram o Magid numa coisa tão contrária à nossa cultura, às nossas crenças, que agora nós mal o reconhecemos! Isso é o que a senhora fez! Agora ele está de rixa com o irmão. Um conflito absurdo! Aqueles pestes de gravatinhas verdes: o Millat anda com eles agora. Muito envolvido. Ele não me conta, mas escuto. Eles se chamam de seguidores do Islã, mas não passam de bandidos numa gangue que vadia por Kilburn que nem todos os outros doidos. E agora andam distribuindo... como é que se chama?... confusão em papel dobrado.

— Panfletos?

— *Panfletos*. Panfletos sobre o seu marido e o camundongo ímpio dele. Confusão armada, sim, senhora. Descobri os panfletos, centenas debaixo da cama dele. — Alsana se levantou, tirou uma chave do bolso do avental e abriu a porta de um armário da cozinha abarrotado de panfletos verdes, os quais caíram em cascata no chão. — O Millat sumiu de novo, faz três dias. Tenho que pôr essa papelada de volta no lugar antes dele perceber. Pegue uns, minha senhora, vamos, pegue, leia eles para o Magid. Mostre para *ele* o que a senhora fez. Dois moços conduzidos para extremos diferentes do mundo. A *senhora* deflagrou uma guerra entre os meus filhos. A *senhora* está separando eles!

Um minuto antes, Millat girara muito silenciosamente a chave na fechadura da porta da frente. Desde então, estava parado no vestíbulo ouvindo a conversa e fumando um cigarro. Era sensacional! Era como ouvir duas enormes matriarcas italianas de clãs rivais debatendo a questão. Millat adorava clãs. Associara-se ao GENIV porque adorava clãs (o uniforme e a gravata-borboleta), e adorava clãs em guerra. Marjorie, a analista, sugerira que esse desejo de fazer parte de um clã era resultado de ser, efetivamente, uma metade de gêmeos. Marjorie, a analista, sugerira que a conversão religiosa de Millat se originara, muito provavelmente, mais da necessidade de uma identidade dentro de um grupo do que de qualquer crença formulada intelectualmente na existência de um criador todo-poderoso. Talvez. O que *fosse*. No que lhe dizia respeito, era possível ficar analisando aquilo até o dia do Juízo Final, mas nada era melhor do que vestir roupa preta, fumar cigarro, ouvir duas mãezonas discutirem a respeito da gente num estilo operístico:

— Diz que quer ajudar meus filhos, mas só conseguiu foi abrir um abismo entre eles. Agora é tarde demais. Perdi a minha família. Por que não volta para a sua e deixa a gente em paz?

— Acha que a minha casa é um paraíso? Minha família foi desunida pelos dois. Joshua não fala com Marcus. Sabia disso? E eles eram tão próximos... —

Como Joyce parecia um tanto chorosa, Alsana lhe entregou, com relutância, o rolo de papel de cozinha. — Estou tentando ajudar *todos nós*. E a melhor maneira de começar é fazer o Magid conversar com o Millat, antes que a situação se agrave ainda mais. Acho que nós duas concordamos com isso. Se conseguirmos encontrar um lugar neutro, um local em que os dois não sintam pressão ou influência externa...

— Mas lugares neutros não existem mais! Concordo que deviam se encontrar, mas onde e como? A senhora e o seu marido tornaram tudo impossível.

— Senhora Iqbal, com todo o devido respeito, os problemas na sua família começaram bem antes de meu marido ou eu mesma termos qualquer envolvimento.

— Talvez, talvez, senhora Chalfen, mas são o sal na ferida, não são? São a pitada exagerada de pimenta no molho já condimentado.

Millat ouviu Joyce resfolegar fundo.

— Mais uma vez, com respeito, não acredito que seja o caso. Penso que isso vem acontecendo de longa data. O Millat me contou que, faz alguns anos, a senhora queimou todas as coisas dele. Quero dizer, isso é só um exemplo, mas não creio que a senhora entenda o *trauma* que esse tipo de coisa causou em Millat. Ele foi muito *prejudicado*.

— Ah, então o negócio é olho por olho, dente por dente. Sei. E eu devo ser o olho. Não que seja do seu interesse, mas queimei as coisas para dar uma lição nele... para ele respeitar a vida dos outros!

— Uma estranha maneira de dar uma lição, se não se importa de eu dizer isso.

— Claro que me importo! Me importo, sim! O que a senhora sabe dessas coisas?

— Só aquilo que vejo. E vejo que o Millat tem uma porção de cicatrizes mentais. A senhora talvez não saiba, mas financiei sessões para Millat com a minha analista. E posso dizer que a vida interior do Millat, o carma dele, como acho que a senhora diria em bengali, o mundo *inteiro* do subconsciente dele revela uma doença grave.

Na verdade, o problema com o subconsciente de Millat (e era desnecessário que Marjorie lhe dissesse isso) era que estava dividido basicamente em dois níveis. De um lado, fazia um tremendo esforço para viver como Hifan e os demais sugeriam. Isso implicava que seu pensamento girasse em torno de quatro critérios principais:

1. Ter hábitos ascéticos (reduzir a bebida alcoólica, a maconha, as mulheres).
2. Sempre se lembrar da glória de Maomé (a paz esteja com Ele!) e do poder do Criador.
3. Alcançar uma compreensão intelectual total do GENIV e do Alcorão.
4. Purificar-se da corrupção do Ocidente.

Ele sabia que era o grande experimento do GENIV e desejava dar o melhor de si ao grupo. Saía-se bem nas três primeiras áreas. Fumava um ou outro cigarro e, de quando em quando, tomava uma Guinness (nada mais justo), mas era muito bem-sucedido com a erva do diabo e as tentações da carne. Deixara de ver Alexandra Andrusier, Polly Houghton e Rosie Dew (embora visitasse, ocasionalmente, uma tal de Tanya Chapman-Jones, uma garotinha ruiva que compreendia a delicada natureza de seu dilema e lhe aplicava uma chupetinha completa sem que Millat precisasse de modo algum tocá-la. Era um acerto mutuamente benéfico: ela era filha de um juiz e se deleitava em horrorizar o velhão, e Millat necessitava ejacular sem nenhuma participação real de sua parte.) Quanto às coisas relativas às Escrituras, ele achava que Maomé (que a paz esteja com Ele!) era um sujeito justo, um camarada legal, e tinha um grande respeito pelo Criador, no sentido original da palavra: temor, medo, um puta cagaço — e Hifan dizia que isso era correto, que assim é que devia ser. Ele entendia essa idéia de que sua religião não se baseava na fé — não como a dos cristãos, dos judeus e de outros —, mas que podia, sim, ser provada intelectualmente pelas mentes mais brilhantes. Entendia a *idéia*. Lamentavelmente, porém, Millat estava longe de possuir uma das mentes mais brilhantes ou sequer uma mente razoável; a prova ou a prova intelectual em contrário escapava a ele. Contudo, ele entendia que se fiar na fé, como o pai o fazia, era desprezível. E ninguém poderia dizer que ele não estava dando cem por cento à causa. Isso parecia o bastante para o GENIV. Estavam mais que satisfeitos com sua verdadeira especialidade, que era a *transmissão* da coisa. A *apresentação*. Por exemplo, quando uma mulher de aspecto nervoso se aproximava da mesa do GENIV na biblioteca de Willesden e perguntava acerca da fé, Millat se debruçava na mesa, segurava-lhe a mão, apertava-a e dizia: *Fé, não, irmã. Nós aqui não tratamos da fé. Converse cinco minutinhos com meu irmão Rakesh e ele lhe provará intelectualmente a existência do Criador. O Alcorão é um documento científico, um documento de pensamento racional. Converse cinco minutinhos, irmã, se zela por seu futuro além desta Terra*. E, para rematar, em geral conseguia vender uns teipes (*Guerra ideológica* ou *Os eruditos que se cuidem*), duas libras cada um. Ou mesmo alguns dos textos, se ele estivesse com ótima disposição. Todo mundo no GENIV estava muitíssimo impressionado. Até aí tudo bem. Quanto aos programas de ação direta mais heterodoxos do GENIV, Millat estava por dentro, era seu maior trunfo, estava no primeiro plano, o primeirão a participar da batalha quando viesse a Jihad, sereno como quê numa crise, um homem de ação, tal qual Brando, tal qual Pacino, tal qual Liotta. No entanto, mesmo enquanto Millat refletia sobre tudo isso com orgulho no vestíbulo da casa da mãe, seu coração esmorecia. Pois ali estava o problema. O item número quatro. Purificar-se do Ocidente.

Agora, ele sabia, *sabia* que quando a gente deseja um exemplo do *estado moribundo, decadente, degenerado, hipersexualizado e violento da cultura capitalista ocidental* e um exemplo do *estágio final lógico de sua obsessão com as liberdades pessoais* (panfleto: A *falência do Ocidente*), a gente não consegue fazer melhor do que o cinema de Hollywood. E sabia (quantas vezes não discutiu isso com Hifan?) que o filme de "gângster", o gênero máfia, era o pior exemplo disso. E no entanto... era a coisa *mais difícil* de abandonar. Daria todos os cigarros de maconha que fumara na vida e todas as mulheres que comera na vida para recuperar os filmes que a mãe queimara, ou mesmo os poucos que comprara mais recentemente e que Hifan confiscara. Rasgara a carteirinha de associado da Rocky Video e jogara fora o videocassete de Iqbal para se distanciar da tentação direta, mas era culpa dele que o Canal 4 tivesse apresentado um festival de filmes do De Niro? Que podia fazer se o "Rags to riches" de Tony Bennett pairou numa loja de roupas e lhe penetrou a alma? Era seu segredo mais vergonhoso que toda vez que abria uma porta — a porta de um carro, a porta do porta-mala de um carro, a porta da sala de reunião do GENIV ou a porta de sua própria casa, como acabara de fazer — a abertura de *Os bons companhei-*

ros passava dentro da cabeça e ele constatava que esta frase persistia no que ele supunha fosse o subconsciente:

Tanto quanto me lembro, sempre quis ser um gângster.

Até via a frase desse jeito, em negrito, como no pôster do filme. E, ao se flagrar fazendo isso, tentava desesperadamente não fazer, tentava corrigir-se, mas a mente de Millat era uma confusão só e muitas vezes ele acabava empurrando a porta, a cabeça inclinada para trás, os ombros para a frente, estilo Liotta, pensando:

Tanto quanto me lembro, sempre quis ser um muçulmano.

Sabia, de certa maneira, que isso era *pior*, mas não conseguia evitar. Usava um lenço branco no bolsinho do paletó, sempre carregava dados, mesmo sem ter a menor idéia do que era um jogo de azar, adorava paletós compridos castanho-claros e sabia cozinhar um *linguini* com frutos do mar do cacete, embora lhe fugisse à capacidade um cordeiro ao *curry*. Era tudo *haraam*, sabia disso.

Pior do que tudo era a raiva dentro dele. Não a raiva justificada de um homem de Deus, mas a raiva fervente e violenta de um gângster, de um delinqüente juvenil, resolvido a se pôr à prova, resolvido a chefiar o clã, resolvido a derrotar o resto. E, se o jogo era Deus, se o jogo era a luta contra o Ocidente, contra as presunções da ciência ocidental, contra o irmão ou Marcus Chalfen, estava resolvido a vencê-lo. Millat apagou o cigarro, esmagando-o contra o corrimão da escada. Chateava-o o fato de que esses pensamentos não eram respeitosos. Mas correspondiam aos objetivos, não correspondiam? Ele tinha os fundamentos, não tinha? Vida honesta, orações (cinco vezes por dia sem falta), jejum, trabalho por uma causa boa, difusão da mensagem. E isso bastava, não bastava? Talvez. O que *fosse*. De qualquer maneira, não tinha como voltar atrás. Sim, iria se encontrar com Magid, iria se encontrar com ele... Teriam uma bela confrontação direta, e dela ele sairia mais forte; chamaria o irmão de *con-vencido* e iria embora desse *tête-à-tête* ainda mais resolvido a cumprir seu destino. Millat endireitou a gravata-borboleta verde, inclinou o corpo para a frente como Liotta (todo ameaça e charme) e abriu a porta da cozinha com um puxão

(*Tanto quanto me lembro...*), esperando os dois pares de olhos, como duas das câmaras de Scorsese, girarem num movimento panorâmico na direção de seu rosto e focalizarem.

— Millat!

— *Amma*.

— Millat!

— Joyce.

(*Ótimo, excelente, então nós todos nos conhecemos*, prosseguiu o monólogo interior de Millat na voz de Paul Sorvino, *Vamos ao que interessa*.)

— Está tudo bem, senhores. Não precisam se assustar. É só o meu filho. Magid, Mickey. Mickey, Magid.

Mais uma vez o O'Connell's. Porque Alsana por fim cedeu ao ponto de vista de Joyce, mas não se dispôs a sujar as mãos. Em vez disso, exigiu que Samad levasse Magid "para algum lugar" e passasse uma noite convencendo-o a se encontrar com Millat. O único "algum" que Samad conhecia, porém, era o O'Connell's, e a perspectiva de levar o filho lá era repugnante. Ele e a mulher travaram uma luta completa no jardim para resolver a questão, e estava certo de uma vitória até o momento em que Alsana o enganou com uma falsa rasteira, derrotando-o em seguida com uma combinação de chave de braço-joelho-virilha. Então ali estava ele: O'Connell's, e a escolha era tão ruim quanto suspeitara. Quando ele, Archie e Magid entraram, procurando ser bastante discretos, houve uma generalizada consternação entre os empregados e os fregueses do bar. O último estranho que todos se lembravam de ter visto chegar com Arch e Sam era o contador de Samad, um baixote com cara de fuinha que tentara conversar com todo mundo acerca de poupanças (como se o pessoal que freqüentava o O'Connell's fizesse poupança!) e pedira, não uma vez, mas duas, morcela, embora lhe tivessem explicado que porco não constava do cardápio. Isso ocorreu por volta de 1987, e ninguém gostou. E agora o que era isso? Apenas cinco anos depois, ali estava outro, dessa vez todo vestido de branco — afrontosamente limpo para uma noite de sexta-feira no O'Connell's — e muitíssimo abaixo da tácita idade mínima exigida (trinta e seis). O que Samad achava que estava fazendo?

— O que acha que tá fazendo com a gente, Sammy? — perguntou Johnny, um ex-orangista, magro feito um palito e de expressão melancólica, que se debruçava sobre o prato quente para apanhar com o garfo uma porção da fritura de legumes, carne e batatas. — Passar por cima da gente, é, ou o quê?

— Quem é? — inquiriu Danzel, que ainda estava vivo.

— Teu filho? — interrogou Clarence, que também, com a graça de Deus, ainda estava neste mundo.

— Está tudo bem, senhores. Não precisam se assustar. É só o meu filho. Magid, Mickey. Mickey, Magid.

Mickey, um tanto perturbado com essa apresentação, imobilizou-se por uns instantes, um ovo frito encharcado de óleo pendendo da espátula.

— Magid Mahfooz Murshed Mubtasim Iqbal — disse Magid com serenidade. — É uma grande honra conhecê-lo, Michael. Ouvi falar muito de você.

O que era estranho, porque Samad jamais lhe dissera qualquer coisa.

Mickey continuou a olhar para Samad por sobre o ombro de Magid, esperando confirmação.

— Você o quê? Você quer dizer aquele que você... hã... mandou de volta? Ele é o Magid?

— Sim, sim, ele é o Magid — respondeu Samad, irritado com toda a atenção que o rapaz estava recebendo. — Bom, Archibald e eu vamos querer o de sempre e...

— Magid Iqbal — Mickey repetiu devagar. — Caramba, eu nunca ia adivinhar... sabe, nunca ia adivinhar que você é da família Iqbal. Você tem um jeito de cara que... bem, irradia simpatia, inspira confiança, sabe?

— Sim, Michael, *pertenço* à família Iqbal — retrucou Magid, lançando um olhar de empatia total sobre Mickey e sobre o resto da escória da humanidade debruçada no balcão quente —, embora tenha ficado longe daqui por um longo período.

— O que é que eu posso dizer!? Bom, isso *é mesmo* uma surpresa. O teu... espera aí, deixa eu ver se não cometo um erro... o teu *bis*avô tá pendurado ali, tá vendo?

— Eu notei assim que entrei, e posso lhe assegurar, Michael, que a minha alma está muito grata por isso — retrucou Magid, refulgindo feito um anjo. — Isso me faz sentir em casa, e este lugar é muito caro ao meu pai e ao amigo dele,

Archibald Jones. Com certeza haverá de ser caro para mim também. Trouxeram-me aqui, acho, para conversar sobre assuntos importantes e, na minha opinião, não poderia haver melhor lugar para eles, apesar do estado claramente debilitante de sua pele.

Mickey ficou simplesmente sem defesa ao escutar isso e não conseguiu esconder o prazer que sentiu, retrucando tanto para Magid quanto para o resto do O'Connell's.

— Ele fala bem pacas, não fala? Soa que nem o danado do Olivier. A porra do inglês castiço, isso é que é. Puta cara legal. Você é o tipo da clientela que eu ia querer ter aqui, Magid, isso eu te digo. Civilizado e tudo o mais. Mas não se preocupa com a minha pele, não, não chega perto da comida e não me incomoda muito, não. Cacete, que cavalheiro. A gente até sente que perto dele tem que pensar duas vezes antes de falar, não é?

— Pois é, Mickey, o de sempre para mim e para o Archibald — disse Samad. — Deixo meu filho decidir o que vai querer. A gente vai estar lá perto do fliperama.

— Tá, tá — retrucou Mickey, sem dar bola, incapaz de desviar o olhar dos olhos pretos de Magid.

— Essa tua roupa é muito bonita — murmurou Denzel, acariciando pensativamente o tecido branco. — É o que os ingleses costumavam usar lá na Jamaica, lembra, Clarence?

Clarence fez que sim com a cabeça, devagar, babando um pouco, tomado pelo beatífico.

— Ei, vocês dois aí, tirem as patas — resmungou Mickey, enxotando-os. — Levo na mesa, tá bom? Tô querendo conversar com o Magid aqui. Fase de crescimento, precisa comer bem. Então, Magid, o que é que você quer? — Mickey se debruçou no balcão, todo interesse, como uma jovem balconista dando atenção exagerada. — Ovos? Cogumelos? Feijão? Frituras?

— Acho — respondeu Magid examinando com vagar o empoeirado quadro-negro com o cardápio na parede, e em seguida virando-se de volta para Mickey, o rosto iluminado — que vou querer um sanduíche de bacon. Sim, é isso. Eu gostaria um sanduíche de bacon bem passado, mas suculento, com ketchup. Pão de centeio.

Ah, a batalha que nesse momento se tornou visível na fachada de Mickey! Ah, as contorções gargulanescas! Era uma batalha entre a concessão ao mais refinado freguês que ele jamais encontrara e o mais abençoado, o mais sagrado regulamento do O'Oconnell's Pool House. NADA DE PORCO.

O olho esquerdo de Mickey se contraiu.

— Não quer um delicioso prato de ovos mexidos? Eu faço uns ovos mexidos maravilhosos, não faço Johnny?

— Ia mentir se dissesse que não — respondeu Johnny com lealdade, da mesa onde estava sentado, ainda que os ovos de Mickey tivessem a fama de ser cinzentos e duros. — Ia ser um tremendo mentiroso, pela alma da minha mãe, ia mesmo.

Magid franziu o nariz e balançou a cabeça.

— Tá bem... que tal cogumelos e feijão? Omelete e fritas? Não vai achar fritas melhores na Finchley Road. Então, meu filho? — implorou, desesperado. — É muçulmano, não é? Não vai querer partir o coração do teu pai com um sanduíche de bacon.

— O coração do meu pai não se partirá com um sanduíche de bacon. É bem mais provável que o coração do meu pai se parta como resultado do acúmulo de gordura saturada, que, por sua vez, é resultado de comer neste seu estabelecimento ao longo de quinze anos. Pergunto-me — disse Magid com serenidade — se não seria possível apresentar uma causa, uma causa legal, entende?, contra indivíduos da indústria de serviço alimentício que não cumprem a obrigação de etiquetar os alimentos com um conteúdo explícito de gordura ou um aviso sanitário geral. É o que me pergunto.

Tudo isso foi dito com a mais doce e melodiosa voz, sem nenhuma sugestão de ameaça. O coitado do Mickey não soube o que fazer.

— Bom, claro — retrucou Mickey, nervoso —, hipoteticamente taí uma pergunta interessante. Muito interessante.

— Sim, também acho.

— Pois é, sem dúvida.

Mickey se calou e passou um minuto polindo primorosamente a parte superior da chapa elétrica, uma atividade à qual se entregava cerca de uma vez a cada dez anos.

— Taí. É a tua cara ali. Mas então? Onde é que a gente tava mesmo?

— Um sanduíche de bacon.

Ao som da palavra "bacon", algumas orelhas começaram a se contrair nas mesas mais próximas ao bar.

— Se puder falar um pouquinho mais baixo...

— *Um sanduíche de bacon* — cochichou Magid.

— Bacon. Certo. Bom, tenho que dar um pulo ali do lado, porque no momento tá em falta... mas senta lá com o teu pai que eu levo. Vai custar um pouquinho mais. Por causa do trabalho extra, entende? Mas não se preocupa que eu levo lá. E diz pro Archie não se preocupar se não tiver grana. Serve um vale-refeição.

— Muita gentileza sua, Michael. Pegue um destes. — Magid enfiou a mão no bolso e tirou um papel dobrado.

— Ah, cacete, outro panfleto? Hoje em dia não dá nem pra gente andar por causa dessas merdas, desculpa a grosseria, mas não dá nem pra andar no norte de Londres por causa desses panfletos. Meu irmão Abdul-Colin tá sempre me fazendo carregar um monte deles. Mas vendo que é você... tudo bem, me dá aqui.

— Não é panfleto — disse Magid, pegando da bandeja o garfo e a faca. — É um convite para um lançamento.

— O quê!? — disse Mickey, alvoroçado (na gramática de seu tablóide diário *lançamento* significava um monte de câmaras, gatinhas com cara de dispendiosas e peitos enormes, tapetes vermelhos). — Mesmo?

— Coisas inacreditáveis serão vistas e ouvidas lá — disse Magid entregando-lhe o convite.

— Ah — fez Mickey, decepcionado, ao ver o caro cartão. — Ouvi falar desse sujeito e do camundongo dele. — Ouvira falar desse sujeito e do camundongo dele no mesmo tablóide, numa espécie de tapa-buraco entre os peitos e mais outros peitos, e estava lá uma notinha abaixo do título: UM HOMEM E SEU CAMUNDONGO.

— Acho que tem coisa nesse troço, mexer com Deus e tudo o mais. E, depois, não tem um propósito científico, sabe? Me deixa com o pé atrás.

— Não penso assim. Basta olhar a coisa de um ponto de vista que interessa a você pessoalmente. Tome sua pele como exemplo.

— Bem que eu queria que alguém tomasse ela de mim — brincou Mickey com afabilidade. — Tô de saco cheio dela.

Magid não sorriu.

— Você sofre de uma grave doença da glândula endócrina. Com isso quero dizer que não se trata de uma simples acne da adolescência causada pela excreção excessiva de sebo, mas, sim, de um estado decorrente de uma deficiência hormonal. Suponho que sua família tem o mesmo problema, não tem?

— Hã... sim, por acaso, sim. Meus irmãos todos. E meu filho, Abdul-Jimmy. Todos berebentos.

— Mas não gostaria que seu filho passasse essa deficiência para os filhos dele, gostaria?

— Claro que não. Na escola eu tive problemas sérios. Magid, até hoje carrego um canivete. Mas, pra ser sincero com você, não vejo como evitar isso. É assim faz anos e anos.

— Mas, veja — disse Magid (e que especialista ele era no ângulo do interesse pessoal!) —, isso decerto pode ser evitado. Seria muito simples, e grande parte do sofrimento seria poupado. Esse é o tipo de coisa que vamos debater no lançamento.

— Ah, bom, se esse é o caso, conte comigo. Eu achava que era só uma porcaria de camundongo mutante ou coisa assim, entende? Mas se é esse o caso...

— Trinta e um de dezembro — disse Magid antes de caminhar na direção do pai. — Vai ser ótimo contar com sua presença.

— Você não tem pressa — comentou Archie, enquanto Magid se aproximava da mesa.

— Veio pelo Ganges? — indagou Samad com irritação, deslocando-se para abrir espaço para ele.

— Com todo o respeito. Estava apenas conversando com seu amigo Michael. Um sujeito muito decente. Ah, Archibald, antes que eu me esqueça, ele disse que será perfeitamente aceitável você pagar a conta com vales-refeição esta noite.

Archie quase engasgou com o pedaço de palito que estava mastigando.

— Ele disse *o quê*? Tem *certeza*?

— Absoluta. Bem, *abba*. Podemos começar?

— Não há nada para começar — resmungou Samad, recusando-se a encará-lo. — Tenho a impressão de que já avançamos bastante numa trama diabólica que o destino me reservou. E quero que você saiba que não vim aqui por livre e espontânea vontade, mas porque sua mãe me implorou para fazer isso e porque eu tenho mais respeito pela coitada daquela mulher do que você ou o seu irmão tiveram a vida toda.

Magid fez uma careta de leve desagrado.

— Pensei que estivesse aqui porque *amma* o venceu na luta romana.

Samad fechou a cara.

— Ah, tudo bem, zombe de mim. Meu próprio filho. Nunca leu o Alcorão? Sabe quais são os deveres de um filho para com o pai? Você me *enoja*, Magid Mubtasim.

— Ô, Sammy, velhão — interveio Archie, brincando com o ketchup, procurando atenuar as coisas. — Vai devagar.

— Não, não vou devagar! Este rapaz é a minha pedra.

— A pedra no sapato?

— Archibald, não se meta nisso.

Archie desviou a atenção para o pimenteiro e o saleiro, tentando entornar o conteúdo do primeiro no segundo.

— Falou, Sam.

— Tenho uma mensagem para transmitir e vou transmitir, nem mais nem menos. Magid, sua mãe quer que você se encontre com o Millat. Aquela mulher, Chalfen, vai organizar o encontro. As duas são da opinião de que vocês dois têm que conversar.

— E qual é a sua opinião, *abba*?

— Minha opinião não interessa a você.

— Ao contrário, *abba*. Gostaria muito de ouvir sua opinião.

— Acho que é, simplesmente, um erro. Acho que vocês dois não vão fazer bem um para o outro. Acho que deviam ir para cantos opostos do mundo. Acho que fui amaldiçoado por dois filhos mais disfuncionais do que o senhor Caim e o senhor Abel.

— Estou disposto a me encontrar com ele, *abba*. Se ele quiser se encontrar comigo.

— Parece que quer, foi o que me falaram. Não sei. Converso com ele o mesmo tanto que converso com você. No momento estou muitíssimo ocupado em fazer as pazes com Deus.

— Hã... — fez Archibald, mastigando o pedaço de palito por fome e nervosismo, e porque Magid lhe deu nos nervos — vou ver se a comida está saindo, está bem? Sim, vou lá. O que foi que você pediu, Madge?

— Um sanduíche de bacon, por favor, Archibald.

— *Bac...*? Hã... está certo. Perfeito.

O rosto de Samad estourou como um dos tomates fritos de Mickey.

— Então você quer me *ridicularizar*, é isso? Deseja mostrar, na minha cara, o *kafir* que você é. Então vai! Coma o seu porco na minha presença. Tão inteligente que é, não? Seu Sabe-Tudo. Seu inglês de roupa branca, seu valentão de grandes dentes brancos. Conhece tudo, não conhece?, até mesmo o suficiente para escapar do seu próprio dia do juízo final.

— Não sou tão esperto assim, *abba*.

— Não, não, você *não* é. Nem sei por que me preocupo em alertar você, mas me preocupo: Magid, você está num *curso de colisão direta* com seu irmão. Eu presto atenção, escuto a conversa do Shiva no restaurante. E há outros: Mo Hussein-Ishmael, o irmão do Mickey, Abdul-Colin, e o filho dele, Abdul-Jimmy... só para mencionar alguns, há muitos mais, e eles estão se organizando contra você. Millat está com eles. O seu Marcus Chalfen incitou um bocado de ira, e há outros, esses gravatas-verdes, que estão dispostos a agir. Que são bastante loucos para fazer o que acreditam que está certo. Bastante loucos para começar uma guerra. Não há muitas pessoas assim. A maioria de nós segue atrás logo que a guerra é anunciada. Mas algumas pessoas desejam levar as coisas até o ponto crítico. Algumas pessoas vão à praça de armas e disparam o primeiro tiro. Seu irmão é um deles.

Durante todo esse discurso, enquanto a expressão contorcida de Samad passava da raiva ao desespero e aos esgares próximos da histeria, Magid permaneceu inexpressivo, o rosto uma página em branco.

— Não tem nada para dizer? Essas informações não surpreendem você?

— Por que não argumenta com eles, *abba*? — falou Magid após uma pausa. — Muitos deles o respeitam. O senhor é respeitado na comunidade. Argumente com eles.

— Porque eu desaprovo com a mesma veemência deles, apesar de eles serem insensatos. Marcus Chalfen não tem o *direito*. Nenhum direito de fazer o que faz. Não é assunto dele. É assunto de Deus. Quem interfere numa criatura, na própria *natureza* de uma criatura, mesmo que seja um camundongo, está invadindo a área de Deus: a criação. Você supõe que a maravilha da criação de Deus pode ser aperfeiçoada. Mas não pode. O Marcus Chalfen age *presunçosamente*. Espera ser adorado, quando neste universo o único que justifica adoração é Alá. E você erra em ajudar ele. Até o filho renegou ele. E, portanto — disse Samad, incapaz de reprimir a dramaticidade das profundezas da alma —, devo renegar você.

— Ah, aqui está, uma porção de fritas, feijão, ovos e cogumelos para você, Sammy, meu velho amigo — disse Archibald, aproximando-se da mesa e estendendo o prato. — E uma omelete e cogumelos para mim...

— E um sanduíche de bacon — disse Mickey, que insistira em quebrar uma tradição de quinze anos ao levar o prato pessoalmente até a mesa — para o jovem professor.

— Ele *não* vai comer isso na minha mesa.

— Ah, mas que é isso, Sam — começou Archie com cautela. — Dá uma chance para o rapaz.

— Estou falando que ele *não* vai comer isso na minha mesa!

Mickey coçou a testa.

— Caramba, a gente vai ficando um bocado fundamentalista com a velhice, não é não?

— Estou falando...

— Seja feita a sua vontade, *abba* — disse Magid, com o mesmo enfurecedor sorriso de perdão total. Pegou o prato da mão de Mickey e sentou à mesa ao lado, com Clarence e Denzel.

Denzel o recebeu com um sorriso largo.

— Clarence, olha só! É o jovem príncipe de branco. E vem jogar dominó. Só bati o olho e eu e mais eu já sabia que veio jogar dominó. Sou especialista.

— Posso fazer uma pergunta? — disse Magid.

— Mas claro. Faz.

— Acha que devo me encontrar com meu irmão?

— Hum. Acho que isso não sei dizer — respondeu Denzel após um instante de reflexão, durante o qual encaixou um grupo de cinco peças de dominó.

— Eu digo que você parece o tipo de moço que é capaz de tirar uma conclusão sozinho — disse Clarence cautelosamente.

— Pareço?

Magid retornou à mesa, onde o pai se esforçou para ignorá-lo e Archie se entretinha com a omelete.

— Archibald! Devo ou não me encontrar com meu irmão?

Archie lançou um olhar culposo para Samad e tornou a olhar para o prato.

— Archibald! Essa pergunta é extremamente importante para mim. Devo ou não devo?

— Vai — disse Samad mal-humorado. — Responda. Se ele prefere pedir conselho a dois velhos bobos e a um homem que mal conhece a pedir ao próprio pai, então dê o conselho. E aí? Deve?

Archie se mostrou embaraçado.

Bom... eu não posso... quero dizer, não me cabe dar uma opinião... eu acho que, se ele quer... mas também, se não acha que...

Samad esmurrou os cogumelos de Archie com tanta força que a omelete saltou do prato e foi parar no chão.

— Tome uma decisão, Archibald. Por uma vez na sua vidinha patética, tome uma decisão.

— Hum... Cara, sim... — disse Archie, a voz entrecortada, tirando do bolso uma moeda de vinte *pence* — , coroa não. Prontos?

A moeda se elevou e girou no ar tal como uma moeda sempre se elevaria e giraria num mundo perfeito, refletindo sua luz e depois revelando sua escuridão, o tempo suficiente para hipnotizar um homem. Depois, num determinado ponto da ascensão vitoriosa, começou a formar um arco, o arco saiu errado e Archibald se deu conta de que ela não voltaria para ele de modo algum, que iria para trás dele, para bem longe atrás dele, e ele se virou junto com os demais para observá-la completar uma elegante descida em direção à máquina de fliperama e, num salto mortal, entrar direto na fenda para moedas. Imediatamente a velha e gigantesca besta se iluminou; a esfera disparou e começou a percorrer seu caótico e ruidoso curso em torno de um labirinto de portas de vaivém, pás automáticas, tubos e campainhas ressoantes, até que, sem ninguém para a socorrer, sem ninguém para a direcionar, desistiu do fantasma e tornou a cair dentro do orifício voraz.

— Cacete! — exclamou Archibald, nitidamente satisfeito. — Quais são as chances de uma coisa dessa, hein?

Um lugar neutro. Hoje em dia, as possibilidades de se encontrar um lugar desse são mínimas, talvez ainda mais mínimas do que o truque do fliperama de Archie. A mera *quantidade* de merda que se deve esquecer para começar vida nova. Raça. País. Propriedade. Fé. Roubo. Sangue. E mais sangue. E mais. E não só o *lugar* deve ser neutro; também o mensageiro que leva a gente ao lugar e o mensageiro que envia o mensageiro. Não há mais gente ou lugares assim no norte de Londres. Joyce, porém, deu o melhor de si com o que tinha à mão. Primeiro procurou Clara. No atual centro de estudos de Clara, um prédio universitário de tijolos vermelhos no sudoeste, às margens do Tâmisa, havia uma sala que ela usava para estudar nas sextas-feiras à tarde. Um professor solícito lhe emprestara a chave. Sempre vazia entre as três e as seis horas. Conteúdo: um quadro-negro, várias mesas, algumas cadeiras, duas lâmpadas de mesa *anglepoise*, um projetor suspenso, um fichário, um computador. Nada que tivesse mais que doze anos, Clara garantia. A própria universidade existia havia apenas doze anos. Construída num terreno baldio — nenhum cemitério indiano, nenhum viaduto romano, nenhuma nave extraterrestre sepultada, nenhuma fundação de uma igreja extinta havia muito tempo. Apenas terra. Um lugar tão neutro quanto qualquer outro. Clara entregou a chave a Joyce e Joyce entregou a chave a Irie.

— Mas por que eu? Não estou envolvida.

— Exatamente, meu bem. E eu estou envolvida demais. Mas você é perfeita. Porque você o conhece, porém não o *conhece* — disse Joyce enigmaticamente. Entregou a Irie o comprido casaco de inverno que lhe pertencia, luvas e um chapéu de Marcus com uma ridícula bolota no alto. — E porque você o ama, embora ele não a ame.

— É, obrigada, Joyce. Obrigada por me lembrar.

— O amor é o motivo, Irie.

— Não, Joyce, o amor não é a merda do motivo. — Irie estava parada na entrada da casa dos Chalfen, observando sua própria respiração sólida no congelante ar da noite. — É um palavrão que vende seguro de vida e condicionador de cabelo. Está fazendo um puta *frio* aqui fora. Você fica me devendo essa.

— Todo mundo deve para todo mundo — concordou Joyce, e fechou a porta.

Irie tomou o rumo das ruas que conhecia a vida toda, seguindo um trajeto que percorrera milhões de vezes. Se alguém lhe perguntasse nesse momento o que era a memória, qual era *a mais pura definição* de memória, ela daria esta resposta: a rua em que a gente esteve quando pulou pela primeira vez numa pilha de folhas mortas. Caminhava por ela exatamente nesse instante. A cada novo estalo sob os pés, vinham-lhe à lembrança os estalos passados. Ela se impregnava de odores familiares: pedaços de cortiça e cascalhos molhados em volta da base do tronco da árvore, montículos de excremento fresco sob a cobertura de folhas encharcadas. Comoveu-se com essas sensações. Apesar de ter escolhido uma vida de dentista, ainda não tinha perdido de todo a poesia da alma, quer dizer, ainda era capaz de ter seus singulares momentos proustianos, perceber camadas sobre camadas, embora com freqüência os vivenciasse em termos peridentais. Sentiu uma pontada — como acontece com um dente sensível ou com um "dente fantasma", quando o nervo é exposto —, sentiu uma *pontada* ao passar pela venda onde ela e Millat, aos treze anos de idade, depositaram no balcão cento e cinqüenta moedas de um pêni, roubadas de um pote de geléia de Iqbal, numa desatinada tentativa de comprar um maço de cigarros. Sentiu uma *dor* (como uma grave má oclusão, a pressão de um dente sobre outro) ao passar pelo parque onde, crianças, andaram de bicicleta, onde fumaram o primeiro fuminho, onde ele a beijou debaixo de uma tempestade. Irie desejou poder se entregar a essas ficções passadas e presentes: nadar nelas, torná-las mais doces, mais duradouras, principalmente o beijo. Contudo, segurava na mão uma chave fria, que lhe circundava as vidas que eram mais estranhas do que a ficção, mais engraçadas do que a ficção, mais cruéis do que a ficção e com conseqüências que a ficção jamais teria. Não *desejava* se envolver na longa história dessas vidas, mas *estava* envolvida, e se via arrastada para a frente pelos cabelos rumo ao desenlace delas; ao longo da rua do comércio — *Mali's Kebabs, Mr. Cheungs, Raj's, Malkovich Bakeries* —, ela conseguia desenrolá-las com os olhos vendados; e depois por baixo da ponte cocô-de-pombo e a rua comprida e larga que desemboca no Gladstone Park como se despencasse num mar verde. A gente poderia se afogar em lembranças assim, porém ela tentou se salvar delas a nado. Saltou a mureta que cercava a casa dos Iqbal, como fizera um milhão de vezes, e tocou a campainha. Pretérito, futuro imperfeito.

No andar de cima, no quarto, Millat passara os últimos quinze minutos procurando entender as instruções que o irmão Hifan escrevera a respeito do ato da prostração (panfleto: *O culto correto*):

> SAJDA: prostração. No *sajda*, os dedos devem estar fechados, apontando para o *qibla* em linha com as orelhas, e a cabeça deve estar entre as mãos. É *fard* descansar a testa em algo limpo, como, por exemplo, pedra, um punhado de terra, madeira, tecido, e dizem (os sábios) que é *wajib* também abaixar o nariz. Não é permissível apenas pôr o nariz no chão sem uma boa justificativa. É *makruh* pôr apenas a testa no chão. No *sajda*, você deve dizer *Subhana rabbiyal-ala* pelo menos três vezes. Os xiis dizem que é melhor fazer o *sajda* num tijolo fabricado com o barro de Karbala. É *fard* ou *wajib* pôr dois pés, ou pelo menos um dedo de cada pé, no chão. Alguns sábios dizem que isso é *sunnat*. Ou seja, se dois pés não estiverem apoiados no chão, *namaz* não será aceito ou se transformará em *makruh*. Se durante o *sajda* a testa, o nariz ou os pés forem erguidos do chão por um instante, não haverá ofensa. No *sajda*, é *sunnat* dobrar os dedos dos pés e movê-los na direção do *qibla*. Está escrito no *Radd-ul-mukhtar* que aqueles que dizem

Foi o máximo que conseguiu ler, e faltavam mais três páginas. Suava frio com o esforço de tentar lembrar o que era *halal* ou *haraam*, *fard* ou *sunnat*, *makruh-tahrima* (proibido, com muita ênfase) ou *makruh-tanzihi* (proibido, mas nem tanto). Na incerteza, rasgara a camiseta, prendera uma série de cintos em ângulos diferentes no torso espetacular, ficou diante do espelho e praticou outra rotina, mais fácil, cujos detalhes conhecia intimamente:

> *Tá olhando pra mim? Tá olhando pra mim?*
> *Bom, então pra quem mais tá olhando, hein?*
> *Não tô vendo mais ninguém aqui.*
> *Tá olhando pra mim?*

Estava no embalo dessa coisa, revelando para a porta do guarda-roupa as invisíveis armas brancas e de fogo deslizantes, quando Irie entrou.

— Sim — disse Irie, fazendo-o se imobilizar, envergonhado. — Estou olhando para você.

Rápida e tranqüilamente, ela lhe falou do lugar neutro, da sala, da data e da hora. Apresentou seu próprio comprometimento com a conciliação, a paz e a prudência (todo mundo o fazia) e, em seguida, aproximou-se e pôs a chave fria na mão quente dele. Quase sem querer, tocou-lhe o tórax. Bem no ponto entre os dois cintos onde o coração, apertado pelo couro, batia tão forte que ela o sentiu nos ouvidos. Sem experiência nesse campo, era natural que Irie tomasse as pulsações oriundas da restrição sanguínea por uma paixão latente. Quanto a Millat, fazia muito tempo que ninguém o tocava ou que ele não tocava ninguém. Acrescente-se a isso o toque da recordação, o toque de dez anos de amor não correspondido, o toque de uma longa, longa história — o resultado era inevitável.

Em breve, seus braços estavam envolvidos, as pernas estavam envolvidas, os lábios estavam envolvidos, e eles estavam rolando no soalho, envolvidos nas virilhas (difícil estar mais envolvido do que isso), fazendo sexo no tapete de orações. Mas em seguida, tão repentina quanto febrilmente começara, estava acabado; desprenderam-se horrorizados por motivos diferentes, Irie recuando num salto para um canto vazio junto da porta, desconcertada e envergonhada porque percebia o quanto ele lamentava o ocorrido; e Millat agarrando o tapete de orações e apontando na direção da Caaba, certificando-se de que o tapete não estivesse acima do nível do piso, sobre um livro ou um sapato, os dedos fechados e apontando para o *qibla* em linha com as orelhas, certificando-se de que a testa e o nariz tocassem o piso, com os dois pés bem firmados no chão, mas certificando-se de que os dedos dos pés não estivessem dobrados, prostrando-se na direção da Caaba, mas não para *a* Caaba, apenas para *Allahu ta'ala*. Certificou-se de fazer todas essas coisas corretamente, enquanto Irie chorava, vestia-se e partia. Certificou-se de fazer todas essas coisas corretamente porque acreditava estar sendo observado pela grande câmara no céu. Certificou-se de fazer todas essas coisas corretamente porque eram *fard* e "aquele que aspira trocar de culto transforma-se num incrédulo" (panfleto: *O caminho reto*).

No inferno não há fúria, *et cetera, et cetera*. Irie saiu da casa dos Iqbal com o rosto afogueado e rumou direto para a casa dos Chalfen, tendo vingança no pensamento. Mas não contra Millat. Mais exatamente, em *defesa* de Millat, porque sempre fora defensora dele, a cavaleira branca-negra dele. Pois então, Millat não a amava. E ela achava que Millat não a amava porque ele não tinha condições para isso. Achava que ele fora tão danificado que não tinha mais condições para amar qualquer pessoa. Ela queria descobrir quem o *danificara* desse jeito, quem o danificara tão terrivelmente; queria descobrir quem o *incapacitara para amá-la*.

O mundo moderno tem desta coisa esquisita. A gente ouve as garotas nos banheiros dizerem: "É, ele me comeu e se mandou. Não me amava. Simplesmente não era capaz de *encarar* o amor. Estava danificado demais para saber *como* me amar". Agora, como foi que isso aconteceu? O que houve neste século desamável que nos convenceu de que somos, apesar de tudo, eminentemente amáveis enquanto pessoas, enquanto espécie? O que nos levou a pensar que qualquer um que não consiga nos amar está de algum modo danificado, é deficiente, *avariado*? E, em especial, se nos trocam por um deus, ou por uma madona chorosa, ou pelo rosto de Cristo num pão *ciabatta* — nesse caso chamamos as pessoas de malucas. Desiludidas. Regressivas. Estamos tão convencidos da nossa bondade, e da bondade do nosso amor, que não suportamos acreditar que poderia haver algo mais digno de amor do que nós, mais digno de adoração. Os cartões de congratulação nos dizem rotineiramente que todo mundo merece amor. Não. Todo mundo merece água limpa. Nem todo mundo merece amor o tempo inteiro.

Millat não amava Irie e Irie tinha certeza de que deveria haver alguém responsável por isso. Sua cabeça começou a funcionar com vagar. Qual era a raiz disso? O sentimento de inadequabilidade de Millat. Qual era a raiz do sentimento de inadequabilidade de Millat? Magid. Ele nasceu como o segundo por causa de Magid. Era o filho menos importante por causa de Magid.

Joyce abriu a porta para ela e Irie foi direto para o andar de cima, diabolicamente resolvida a tornar Magid o segundo filho por uma vez, dessa vez por vinte e cinco minutos. Ela o agarrou, ela o beijou e com ele fez sexo raivosamente, furiosamente, sem conversa ou carinho. Ela o fez rolar, ela lhe puxou o cabelo com força, ela lhe enterrou as unhas nas costas e, quando ele gozou, sentiu-se satisfeita ao notar que ele o fizera com um breve suspiro, como se algo tivesse sido arrancado dele. Mas se enganava ao considerar isso uma vitória. Era simplesmente porque ele percebera, de imediato, onde ela estivera, o motivo pelo qual estava ali, e isso de repente o entristeceu. Por um tempo bastante longo, permaneceram deitados um ao lado do outro em silêncio, nus, a luz outonal sumindo do quarto a cada minuto que passava.

— Me parece — falou Magid por fim, enquanto a Lua se tornava mais nítida do que o Sol — que você tentou amar um homem como se ele fosse uma ilha e você estivesse naufragada e pudesse se apossar da ilha marcando-a com um xis. Me parece que é tarde demais para isso.

Em seguida lhe deu um beijo na testa que lembrava um batismo e ela chorou feito um bebê.

Três horas da tarde, 5 de novembro de 1992. Os irmãos se encontram (*até que enfim*) numa sala vazia depois de um intervalo de oito anos e descobrem que seus genes, os profetas do futuro, chegaram a conclusões diferentes. Millat se estarrece com as diferenças. O nariz, o contorno do queixo, os olhos, o cabelo. O irmão é um estranho para ele e é isso o que lhe diz.

— Só porque você quer que eu seja — retruca Magid com um olhar matreiro.

Mas Millat é bronco, sem interesse em enigmas, e num único jorro pergunta e responde sua própria pergunta.

— Então vai seguir em frente com esse negócio, é?

Magid encolhe os ombros.

— Não é meu para eu parar ou começar, irmão, mas, sim, pretendo ajudar no que puder. É um grande projeto.

— É uma abominação — (panfleto: *A santidade da Criação*).

Millat puxa a cadeira de uma das escrivaninhas e senta nela com o recosto virado para a frente, feito um caranguejo numa armadilha, as pernas e os braços largados nos lados.

— Vejo mais como uma correção dos erros do Criador.

— O Criador não comete erros.

— Então pensa em continuar?

— Pode crer.

— E eu também.

— Bom, então é isso, né? Já tá resolvido. O GENIV vai fazer o que for necessário pra parar você e os de sua laia. E esse é o fim dessa porra.

No entanto, ao contrário do que Millat pensa, não se trata de um filme e essa porra não tem fim, assim como essa porra não tem começo. Os irmãos começam a discutir. A discussão esquenta em segundos e ambos zombam dessa idéia, a de um lugar neutro; em vez disso, enchem a sala de história — história passada, presente e futura (porque isso existe) —, pegam o que era vazio e abarrotam e borram com a fétida merda do passado, como crianças excitáveis e excrementícias. Forram esta sala neutra com eles mesmos. Todas as dores intestinais, as primeiras recordações, todos os princípios questionáveis, todas as crenças contestadas.

Millat dispõe as cadeiras para demonstrar a visão do sistema solar que foi tão clara e extraordinariamente descrita no Alcorão séculos antes da ciência ocidental (panfleto: *O Alcorão e o cosmos*); Magid desenha em um quadro-negro a praça de armas de Pande, com uma reconstrução detalhada do possível trajeto dos projéteis, e no outro quadro-negro um diagrama que representa uma enzima de restrição penetrando nitidamente uma seqüência de nucleotídeos; Millat usa o computador como televisão, um apagador como a imagem de Magid-bode, em seguida, com uma mão, arremeda cada baba que escorre, a tia-avó e o contador do primo que apareceram nesse ano para a blasfema atividade de cultuar um ícone; Magid utiliza o projetor suspenso para esclarecer um artigo que escrevera, conduzindo o irmão ponto por ponto em seu argumento, defendendo as patentes de organismos alterados geneticamente; Millat usa o fichário para representar outra pessoa que ele despreza, enche-o de cartas imaginárias trocadas entre um cientista judeu e um muçulmano incréu; Magid junta três cadeiras, acende duas lâmpadas *anglepoise* e agora há dois irmãos dentro de um carro, tremendo de frio e agarrados um ao outro até poucos minutos depois se separarem para sempre e de um avião de papel decolar.

E por aí vai, interminavelmente.

E isso vem provar o que se tem dito dos imigrantes vezes incontáveis; eles são *habilidosos*; eles são bem-sucedidos. Eles recorrem ao que podem quando podem.

Porque muitas vezes imaginamos os imigrantes em constante movimento, livres, capazes de mudar de curso a qualquer momento, capazes de empregar a lendária *habilidade* a cada passo. Ouvimos falar da habilidade do sr. Schmutters, da liberdade do sr. Banajii, que desembarcam na ilha de Ellis, Dover ou Calais e invadem terras estrangeiras como *pessoas em branco*, sem bagagem, felizes e dispostas a deixar as diferenças nas docas e a se aventurar nesse novo lugar, fundindo-se com a unicidade dessa aprazívelelibertáriaterraverdedosemancipados.

Qualquer rua que surja à frente, eles a tomam, e se acontece de ela não ter saída, bem, então o sr. Schmutters e o sr. Banajii percorrerão alegremente uma outra, avançando por caminhos sinuosos na Feliz Terra Multicultural. Bem, sorte deles. Magid e Millat, porém, não conseguiam. Deixaram a sala neutra tal como quando nela entraram: oprimidos, sobrecarregados, incapazes de se afastar de seu curso ou de algum modo mudarem suas perigosas trajetórias separadas. Pareciam não fazer progresso. O cético diria que não se movimentavam de modo algum — que Magid e Millat são duas das flechas de Zeno de cabeça fundida, ocupando um espaço à altura deles mesmos e, o mais alarmante, à altura de Mangal Pande, à altura de Samad Iqbal. Dois irmãos apanhados em armadilha no instante temporal. Dois irmãos que pervertem todas as tentativas de datar essa história, de seguir a pista desses camaradas, de apresentar horas e dias, porque não há, não houve e jamais haverá nenhuma *duração*. Com efeito, nada se movimenta. Nada muda. Eles estão correndo parados. O paradoxo de Zeno.

Mas qual era o *negócio* de Zeno (todo mundo tem um negócio), qual era seu *ponto de vista*? Há um grande conjunto de opiniões segundo o qual os paradoxos de Zeno fazem parte de um programa *espiritual* mais amplo. Para

(a) primeiro demonstrar a multiplicidade, a *Multidão*, como ilusão, e
(b) por conseguinte provar que a realidade é uma totalidade fluida e inconsútil. Uma única e indivisível *Unidade*.

Porque se podemos dividir a realidade inexaurivelmente em partes, como os irmãos o fizeram na sala, o resultado é um paradoxo insuportável. Estamos sempre parados, não vamos a lugar algum, não há avanço.

Mas a multiplicidade não é uma ilusão. Tampouco a velocidade com que aqueles que se encontram no caldeirão em ebulição se precipitam na direção dele. Paradoxos à parte, eles estão correndo, assim como Aquiles estava correndo. E ultrapassarão os que o negam com a mesma certeza com que Aquiles teria feito a tartaruga sofrer uma derrota. Sim, Zeno tinha um ponto de vista. Almejava a Unidade, mas o mundo é Multidão. E, no entanto, esse paradoxo ainda é fascinante. Quanto mais Aquiles se esforça para alcançar a tartaruga, mais eloqüentemente a tartaruga expressa sua vantagem. Da mesma maneira, os irmãos correrão em direção ao futuro apenas para constatar que mais e mais eloqüentemente expressam seu passado, esse lugar em que *estiveram há pouco*. Porque esta é uma outra coisa acerca de imigrantes (refugiados, exilados, viajantes): não conseguem se livrar da história deles, assim como não escapamos de nossa própria sombra.

18. O fim da história versus o último homem

— Olhem em volta de *vocês*! O que vêem? Qual é o resultado da chama da *democracia*, da chamada *liberdade*, da chamada *autonomia*? Opressão, perseguição, *matança*. Irmãos, vocês assistem a isso na televisão em cadeia nacional todo dia, toda tarde, toda *noite*! Caos, desordem, *confusão*. Eles não estão envergonhados, desconcertados ou *constrangidos*! Eles não procuram esconder, ocultar, *disfarçar*! Eles sabem o que nós sabemos: o mundo inteiro está em tumulto! Em todos os lugares, o homem se entrega à luxúria, à promiscuidade, à *depravação*, ao vício, à corrupção e ao *prazer*. O mundo inteiro está acometido de uma doença conhecida como *kufr* — o estado de rejeição da unicidade do Criador —, a recusa a admitir as bênçãos infinitas do Criador. E neste dia, 1º de dezembro de 1992, testifico que não há nada merecedor de adoração afora o único Criador, nenhum associado a *Ele*. Neste dia, devemos estar cônscios de que todo aquele que o Criador encaminhou não pode ser *desencaminhado* e que todo aquele que se desencaminhou do caminho reto não voltará ao caminho reto até o Criador colocar encaminhamento em seu coração e trazê-lo à *luz*. Começarei agora minha terceira conferência, que intitulei "Guerra intelectual", e isso significa, explicarei para aqueles que não entendem, que a guerra dessas coisas... dessas ideologias, contra os irmãos do GENIV... ideologia significa uma espécie de lavagem cerebral... e, meus irmãos, estamos sendo doutrinados, burlados, submetidos à *lavagem cerebral*! Portanto, tentarei elucidar, explicar e *explanar*...

Ninguém no salão o admitiria, mas, pensando bem, o irmão Ibrahim ad-Din Shukrallah não era um bom orador. Mesmo que a gente deixasse passar o costume de empregar três palavras onde uma bastaria, de enfatizar a última de uma série de três palavras com inflexões caribenhas em movimentos de gangorra, mesmo que a gente ignorasse esses aspectos, como todos tentavam, ainda assim ele era fisicamente decepcionante. Tinha um arremedo de barba, um porte caído, um repertório de gestos tensos, desajeitados e uma fisionomia que vagamente lembrava Sidney Poitier, mas que não chegava à parecença suficiente para inspirar o devido respeito. E era baixo. Quanto a esse aspecto, o desapontamento de Millat foi grande. Houve um desagrado palpável do público quando o irmão Hifan encerrou o discurso introdutório e o célebre, porém diminuto, irmão Ibrahim ad-Din Shukrallah atravessou o salão e subiu à tribuna. Não que se exigisse um *alim* do islamismo com uma estatura altaneira, ou mesmo que por um momento se ousasse sugerir que o Criador não criara o irmão Ibrahim ad-Din Shukrallah exatamente com a altura que Ele, em toda a Sua sagrada onipotência, selecionara. No entanto, era difícil não pensar, enquanto Hifan abaixava desajeitadamente o microfone e o irmão Ibrahim desajeitadamente se esticava para alcançá-lo, era difícil não pensar no próprio estilo do Irmão de enfatizar a terceira palavra: um metro e *sessenta*.

O outro problema do irmão Ibrahim ad-Din Shukrallah, talvez o maior problema, era a grande paixão pela tautologia. Embora prometesse explicação, elucidação e explanação, lingüisticamente fazia lembrar um cão perseguindo a própria cauda:

— Agora, há muitos tipos de guerra... Mencionarei algumas delas. A guerra química é a guerra em que os homens se matam *quimicamente* em guerra. Um tipo de guerra que pode ser terrível. Guerra física! Essa é uma guerra com armas físicas em que as pessoas se matam *fisicamente*. Depois há a guerra biológica, em que um homem que sabe que é portador do vírus do HIV, sai pelo país espalhando os germes nas mulheres disponíveis desse país e cria uma guerra *biológica*. A guerra *psicológica*, essa é a mais maligna, a guerra em que tentam nos derrotar psicologicamente. Essa é a chamada guerra psicológica. Mas a guerra ideológica! Essa é a sexta guerra, que é a pior guerra...

E, contudo, o irmão Ibrahim ad-Din Shukrallah era ninguém menos que o fundador do GENIV, um homem impressivo com uma reputação formidável. Nascido com o nome de Monty Clyde Benjamin, em Barbados, em 1960, filho de dois dipsomaníacos presbiterianos que viviam na miséria e de pés descalços, converteu-se ao islamismo após uma "visão" aos catorze anos de idade. Aos dezoito, trocou a luxuriante vegetação de sua pátria pelo deserto que circunda Riad e pelos livros que se enfileiravam nas paredes da universidade islâmica Al-Imam Muhammad ibn Saud. Lá, estudou árabe durante cinco anos, desiludiu-se com grande parte do sistema clerical islâmico e pela primeira vez expressou o desprezo ao que qualificou de "secularistas religiosos", os tolos ulemás que se empenham em separar a política da religião. Estava convencido de que muitos movimentos políticos radicais modernos eram pertinentes ao islamismo e, ademais, encontravam-se no Alcorão, o que se evidenciava através de um minucioso exame. Escreveu vários panfletos sobre essa questão, constatando, porém, que suas opiniões radicais não eram bem recebidas em Riad. Foi considerado um criador de caso e sua vida ameaçada "inúmeras, incontáveis, *inumeráveis* vezes". De modo que, em 1984, desejando dar continuidade aos estudos, o irmão Ibrahim chegou à Inglaterra, trancou-se na garagem da tia, em Birmingham, e lá passou mais cinco anos, tendo como companhia apenas o Alcorão e os fascículos de *Ventura infinda*. Recebia as refeições através da portinhola para gatos, depositava o excremento e a urina numa lata de biscoitos Coronation e a punha do lado de fora da mesma forma, e cumpria uma rotina completa de flexões e abdominais para prevenir a atrofia muscular. Durante esse período, o *Selly Oak Reporter* publicou regularmente artigos sobre ele, apelidando-o de "O Guru na Garagem" (em virtude da grande população muçulmana de Birmingham, esse apelido pareceu preferível à sugestão predileta do redator, "O Lelé no Jejé") e divertindo-se ao entrevistar a tia desnorteada, uma tal de Carlene Benjamin, um devota integrante da Igreja Mórmon de Jesus Cristo.

Esses artigos, cruéis, desdenhosos e ofensivos, foram escritos por um certo Norman Henshall e se tornaram clássicos no gênero, distribuídos entre os membros do GENIV em toda a Inglaterra como exemplo (se houvesse necessidade de um exemplo) do elemento virulento e anti-GENIV que se propagava na imprensa desde os primeiros estágios do movimento. Observem — aconselhava-se aos membros do GENIV —, observem que os artigos de Henshall cessam em meados de maio de 1987, justamente o mês em que o irmão Ibrahim ad-Din Shukrallah obteve êxito na conversão da tia Carlene através da portinhola para gatos, utilizando-se de nada mais que a pura verdade tal qual ela foi proferida pelo profeta definitivo, Maomé (que esteja em Paz!). Observem que Henshall omite o registro das filas de pessoas que foram falar com o irmão Ibrahim ad-Din Shukrallah, tantas que se estendiam por três quarteirões no centro de Selly Oak, da portinhola para gatos ao salão de bingo! Observem que o mesmo sr. Henshall não publica as seiscentas e trinta e sete normas e leis independentes do Alcorão que o Irmão passara cinco anos coligindo (arrolando-as em ordem de rigor e, depois, em subgrupos, conforme sua natureza, ou seja, *Concernentes à limpeza e à específica higiene genital e bucal*). Observem tudo isso, irmãos e irmãs, e em seguida se *espantem* com o poder da viva voz. Espantem-se com a dedicação e o comprometimento dos jovens de Birmingham!

A avidez e o entusiasmo desses jovens eram tão notáveis (extraordinários, admiráveis, *inauditos*) que, pouco antes de o Irmão sair do confinamento e ele mesmo anunciá-la, a idéia do GENIV já havia nascido no seio das comunidades negra e asiática. Um novo movimento radical em que política e religião eram os dois lados da mesma moeda. Um grupo que se baseava livremente no garveísmo, no movimento americano de direitos civis e nos pensamentos de Elias Maomé, obedecendo, contudo, às palavras do Alcorão. Os Guardas da Eterna Nação Islâmica Vitoriosa. Em 1992, formavam um pequeno, porém difundido, organismo, com membros em partes tão longínquas como Edimburgo e o cabo Finisterra, um coração em Selly Oak e uma alma na rua do comércio de Kilburn. GENIV: uma facção extremista dedicada à ação direta, com freqüência violenta, um grupo dissidente rejeitado pelo resto da comunidade islâmica; popular entre os jovens na faixa etária entre dezesseis e vinte e cinco anos; temido e ridicularizado na imprensa; e reunido nesta noite, no salão de Kilburn, de pé nas cadeiras e amontoados, ouvindo o discurso de seu fundador.

— Há três coisas — continuou o irmão Ibrahim, consultando brevemente as anotações — que as potências colonialistas desejam fazer com vocês, irmãos do GENIV. Em primeiro lugar, desejam matá-los *espiritualmente*... Ah, sim, dão valor elevado tão-só à sua *escravidão mental*. Vocês são em número suficiente para lutar lado a lado! Mas se eles se apossarem de suas mentes, então...

— Ei — bradou um homem gordo que tentava sussurrar. — Irmão Millat.

Era Mohammed Hussein-Ishmael, o açougueiro. Transpirava em abundância como sempre e abrira caminho numa comprida fileira de pessoas, aparentemente para sentar ao lado de Millat. Eram parentes distantes e, nos últimos meses, Mo vinha se aproximando com rapidez do núcleo do GENIV (Hifan, Millat, Tyrone, Shiva, Abdul-Colin e outros) devido ao dinheiro que doara e ao declarado interesse nos aspectos mais "ativos" do grupo. Pessoalmente, Millat ainda desconfiava um pouco dele e não gostava de seu rosto gordo e baboso, do enorme topete que escapava do *toki* e do bafo de galinha.

— Atrasei. Tive que fechar o açougue. Mas fiquei um pouco de pé lá no fundo. Ouvindo. O irmão Ibrahim é mesmo de impressionar, hein?

— Humm.

— De impressionar mesmo — repetiu Mo, dando umas palmadinhas conspiratórias no joelho de Millat —, um Irmão de impressionar. — Mo Hussein estava, em parte, financiando a turnê do irmão Ibrahim pela Inglaterra, de modo que lhe interessava (ou pelo menos o fazia se sentir melhor em relação à doação das duas mil libras esterlinas) achar o Irmão de impressionar. Mo era um recém-convertido ao GENIV (fora, durante vinte anos, um muçulmano razoavelmente correto) e seu entusiasmo pelo grupo era duplo. Em primeiro lugar, sentia-se lisonjeado, assaz lisonjeado, pelo fato de o considerarem um comerciante muçulmano suficientemente bem-sucedido para fazer doação. Em circunstâncias normais, ele lhes teria mostrado a porta da rua e o lugar por onde rechear uma galinha recém-sangrada, mas a verdade é que na época Mo estava se sentindo um tanto vulnerável, pois a mulher irlandesa de pernas fibrosas, Sheila, tinha acabado de trocá-lo por um gerente de bar; estava se sentindo um pouco *emasculado*, de modo que, quando o GENIV pediu a Ardashir a quantia de cinco mil libras e a obteve, e Nadir, do açougue rival, deu três mil, Mo se encheu de machismo e ofereceu sua participação.

O segundo motivo para a conversão de Mo foi mais pessoal. Violência. Violência e roubo. Durante dezoito anos, Mo fora proprietário do açougue *halal* mais famoso do norte de Londres, tão famoso que teve condições de comprar a propriedade vizinha e expandir para uma confeitaria-açougue. No período em que geria os dois estabelecimentos, fora vítima de graves agressões físicas e de roubos, três num ano, rigorosamente. Essa estatística, porém, não inclui as inúmeras bordoadas na cabeça, os golpes rápidos com pé-de-cabra, os chutes astutos na virilha ou tudo o mais que não implicava derramamento de sangue. Mo nem sequer telefonou para a *mulher*, quanto mais para a polícia, para relatar os ataques. Não: violência *grave*. Mo fora esfaqueado um total de cinco vezes (*Ah*), perdera a ponta de três dedos (*Iiixi*), tivera ambas as pernas e ambos os braços quebrados (*Uuuff*), os pés incendiados (*Aaaii*), os dentes arrancados a pontapés (*Ahg*) e um projétil de pistola de ar comprimido (*ping*) implantado no traseiro por sorte carnudo. *Buuf*. E Mo era um homem corpulento. Um homem corpulento e posudo. As surras não o tornaram mais humilde de modo algum, não o fizeram moderar a linguagem nem caminhar curvado. Ele retribuía quase na mesma moeda. Mas era um homem contra um exército. Não havia ninguém que o ajudasse. Na primeira vez, quando lhe deram uma martelada nas costelas, em janeiro de 1970, ingenuamente notificou o incidente na delegacia do bairro e como retribuição recebeu de madrugada a visita de cinco policiais, que lhe cobriram de pontapés. Desde então, violência e roubo tornaram-se uma parte habitual de sua existência, um triste esporte de espectador, observado pelos homens idosos muçulmanos e pelas jovens mães muçulmanas que iam comprar galinhas e em seguida iam embora às pressas, com medo de ser os próximos. Violência e roubo. Entre os criminosos incluíam-se crianças da escola secundária que iam à confeitaria comprar balas (motivo pelo qual Mo permitia a entrada de apenas uma criança da Glenard Oak por vez. Claro que não fazia diferença, pois apenas o agrediam individualmente em turnos), bêbados caducos, adolescentes brutamontes, os pais dos adolescentes brutamontes, fascistas genéricos, neonazistas específicos, a equipe de sinuca local, a equipe de dardos, o time de futebol e um enorme pelotão de secretárias gárrulas, de saias brancas e saltos mortíferos. Essas várias pessoas lhe faziam várias objeções: ele era um paqui (experimente dizer para um garotão alcoolizado e inspetor da Secretaria do Supermundo que você é bangladeshi); ele reservara metade da confeitaria para vender uma carne paqui esquisita; ele tinha um topete; ele gostava de Elvis ("Então você gosta de Elvis? Gosta, é? Hein, paqui? Gosta?"); o preço dos cigarros; a distância em que estava seu país de origem

("Por que não volta pro teu país?" "Mas então como é que eu ia lhe vender cigarros?" *Buuf*); ou só a expressão do rosto dele. Mas essas pessoas, todas elas tinham uma coisa em comum. Eram todas brancas. E esse simples fato contribuíra mais para politizar Mo ao longo dos anos do que todas as transmissões oficiais dos partidos, todos os comícios e petições que o mundo poderia oferecer. Levara-o com mais segurança para o interior de sua fé do que uma visita do anjo Jabrail o teria conseguido. A última gota, se assim podia ser chamada, ocorreu um mês antes de ele se aliar ao GENIV, quando três "jovens" brancos o amarraram, jogaram-no aos pontapés pela escada do porão abaixo, roubaram-lhe todo o dinheiro e atearam fogo à loja. As mãos de articulações extremamente flexíveis (como resultado de os pulsos terem sido quebrados muitas vezes) o ajudaram a escapar dessa. Mas estava cansado de quase morrer. Quando o GENIV entregou a Mo um folheto que explicava que uma guerra estava sendo travada, ele pensou: nada de *merda*. Pelo menos alguém falava sua linguagem. Mo estivera na linha de frente dessa guerra por dezoito anos. E o GENIV parecia entender que isso não era o *bastante* — os filhos saindo-se bem, freqüentando uma boa escola, tomando aulas de tênis, de pele muito pálida para que pusessem as mãos em cima de suas vidas. Bom. Mas não bastante bom. *Ele* queria dar um pouco de troco. Por *si mesmo*. Queria que o irmão Ibrahim subisse àquela tribuna e dissecasse a cultura cristã e a moral ocidental até que não passassem de pó nas mãos. Queria que lhe explicasse a natureza degenerada dessas pessoas. Queria conhecer a história disso, a política disso e a origem verdadeira disso. Queria ver a arte delas exposta e a ciência delas exposta, e os gostos delas expostos e os desgostos delas. Mas palavras jamais bastariam; ele ouvira muitas palavras (*Se desejar registrar uma queixa... Se não se importa de nos contar como é exatamente a fisionomia do agressor...*) e elas nunca serviram como ação. Ele queria saber por que essas pessoas continuavam a agredi-lo. E depois queria ir agredir algumas dessas pessoas.

— De impressionar mesmo, hein Millat? Tudo o que esperamos.

— É — retrucou Millat desanimado. — Acho que sim. Mas menos conversa e mais ação, se quer saber. Os infiéis estão em todo lugar.

Mo assentiu vigorosamente.

— Ah, sem dúvida, Irmão. Quanto a isso, somos dois passarinhos pousados na mesma moita. Ouvi falar de outros — disse Mo, abaixando a voz e aproximando do ouvido de Millat os lábios cheios e suarentos — que têm um entusiasmo pela ação. Ação imediata. O irmão Hifan conversou comigo. Sobre o 31 de dezembro. E o irmão Shiva, e o irmão Tyrone...

— Sim, sim. Sei quem são. São o coração palpitante do GENIV.

— Eles dizem que *você* conhece o homem em pessoa... o cientista. Você tá numa posição de vantagem. Ouvi dizer que é amigo dele.

— Era. *Era.*

— O irmão Hifan diz que você tem ingresso pra entrar, que tá organizando...

— Psss — fez Millat, irritado. — Não é todo mundo que pode saber. Se quiser chegar perto do centro, tem que fechar esse bico. — Examinou Mo da cabeça aos pés, o pijama *kurta* que de algum modo ele fazia parecer um flamejante macacão de Elvis do fim dos anos 70, a enorme barriga que ele descansava nos joelhos como se fosse um amigo. Rispidamente, Magid perguntou: — Você tá um bocado velho, não tá?

— Você é um bostinha grosseiro. Eu sou forte como um touro.

— É, mas veja, nós não precisamos de força — disse Millat, dando uns toques numa das têmporas com a ponta do dedo indicador — precisamos de um pouco de tutano. Em primeiro lugar, temos que chegar no lugar discretamente, né? Na primeira noite. Engatinhando.

Mo assoou o nariz na mão.

— Eu sei ser discreto.

— É, mas isso quer dizer ficar de bico calado.

— E a terceira coisa — disse o irmão Ibrahim ad-Din Shukrallah, interrompendo-os, de repente mais alto e fazendo o sistema PA zumbir —, a terceira coisa que tentarão fazer é convencer vocês de que o intelecto humano, e não Alá, é onipotente, ilimitado, *todo-poderoso*. Tentarão convencer vocês de que sua mente não deve ser usada para proferir a glória maior do Criador, mas para elevar vocês à igualdade do Criador e para além Dele! E agora nos aproximamos da questão mais séria desta noite. O grande mal do infiel está aqui, no próprio bairro de Brent. Eu lhes direi, irmãos, e vocês não acreditarão, mas há um homem nesta comunidade que acredita que pode aperfeiçoar a criação de Alá. Há um homem que se atreve a alterar, ajustar, *modificar* o que foi decretado. Ele vai pegar um animal, um animal que Alá criou, e se atrever a alterar essa criação. Para criar um novo animal sem nome que é simplesmente uma abominação. E quando terminar esse animalzinho, um camundongo, irmãos, quando terminar, vai passar para as ovelhas, para os gatos e para os *cachorros*. E quem, nesta sociedade sem lei, irá impedi-lo de um dia criar um *homem*? Um homem nascido, não de uma mulher, mas tão-só do intelecto de um homem! E ele lhes dirá que isso é medicina... mas o GENIV não protesta contra a medicina. Nós constituímos uma comunidade de alto nível que conta com muitos médicos entre nós, meus irmãos. Não se deixem enganar, iludir, *burlar*. Isso não é medicina. E a pergunta que quero lhes fazer, irmãos do GENIV, é: quem irá se sacrificar para deter esse homem? Quem se levantará sozinho, em nome do Criador, para mostrar aos modernistas que as leis do Criador ainda existem e são eternas? Porque eles, os modernistas, os cínicos, os *orientalistas*, tentarão lhes dizer que não há mais crenças, que a nossa história, a nossa cultura, *o nosso mundo* estão acabados. Assim pensa esse cientista. Por isso tão confiantemente se atreve. Mas logo compreenderá o que na verdade significa *últimos dias*. Portanto, quem lhe mostrará...

— Sim, bico calado, sim, eu entendo — disse Mo, falando para Millat, mas olhando para a frente, como num filme de espionagem.

Millat olhou para o lado no salão e viu que Hifan lhe dava o sinal com os olhos, de modo que fez o mesmo com Shiva, que fez o mesmo com Abdul-Jimmy e Abdul-Collin, com Tyrone e o resto da turma de Kilburn, todos parados junto das paredes como comissários de bordo em pontos específicos do salão. Hifan deu a Millat outro sinal, depois olhou para o fundo do salão. Começou uma discreta movimentação.

— Alguma coisa tá acontecendo — cochichou Mo, percebendo os homens com as faixas verdes de comissário atravessando a multidão.

— Venha comigo pro meu escritório — disse Millat.

— Muito bem. Então, o que interessa agora é ver a questão dos dois lados. Porque é um caso de tortura direta em laboratório e sem dúvida podemos apresentar isso para a galeria, mas a ênfase central *tem* que ser no argumento da antipatente. Porque esse é um ângulo que podemos trabalhar. E, se colocarmos a ênfase nisso, haverá vários outros grupos com que poderemos contar... o NCGA, o OHNO etc., e o Crispin tem estado em contato com eles. Porque, vocês sabem, nós não lidamos amplamente com essa área antes, mas é sem dúvida uma questão-chave... Acho que daqui a pouco o Crispin vai falar disso com mais profundidade, mas, por enquanto, eu só gostaria de falar do apoio que temos do público. Quero dizer, em especial a imprensa recente, até mesmo o elemento tablóide, tem malhado muito... há uma tremenda rejeição à patente de organismos vivos... acho que as pessoas sentem uma grande inquietação, e com razão, quanto a essa idéia, e cabe mesmo ao SINA tirar *proveito* disso e conseguir de fato uma campanha conjunta abrangente, de modo que...

Ah, Joely. Joely, Joely, *Joely*. Joshua sabia que deveria estar escutando com toda a atenção, mas era *tão bom* olhar. Olhar para Joely era *sensacional*. O jeito de ela sentar (numa mesa, os joelhos dobrados contra o peito), o jeito de ela consultar as anotações (coquetemente!), o jeito de o ar assobiar entre os dentes da frente separados, o jeito de ela com uma mão prender continuamente o cabelo loiro desgrenhado atrás da orelha e com a outra bater de leve e ritmadamente no volumoso sapato Doc Martens. Cabelo loiro à parte, ela se parecia muitíssimo com Joyce quando jovem: os lábios ingleses excessivamente cheios, o nariz arrebitado, os olhos grandes castanho-claros. O rosto, porém, por mais espetacular que fosse, era mera *decoração* para rematar o corpo mais voluptuoso do mundo. Longo em todas as linhas, musculoso nas coxas e suave no estômago, com seios que jamais foram tocados por sutiãs, mas que eram um deleite absoluto, e nádegas que eram o ideal platônico de todas as nádegas inglesas, achatadas porém atraentes, largas porém aceitáveis. Ademais, era inteligente. Ademais, dedicava-se a uma causa. Ademais, desdenhava o pai. Ademais, era dez anos mais velha (o que sugeria a Joshua todos os tipos de perícia sexual que ele não era capaz de *imaginar* sem ter uma tremenda ereção bem agora, bem aqui no meio da reunião). Ademais, era a mulher mais admirável que Joshua conhecera. Oh, Joely!

— A meu ver, o que temos de inculcar nas pessoas é a idéia da abertura de um precedente. Vocês sabem, o tipo de argumento "O que virá depois?", e no meu entender o ponto de vista de Kenny tem um enfoque muito simplista... mas tenho que questionar, acho que é necessário, e vamos colocar isso em votação daqui a pouco. Está certo, Kenny? Tudo bem se eu... prosseguir? Tudo bem. Eu estava falando de... precedente. Porque, se for possível apresentar o argumento de que o animal submetido ao experimento é propriedade de qualquer grupo de pessoas, ou seja, não é um gato, mas é, efetivamente, uma *invenção* com qualidades similares à de um gato, então isso, muito espertamente e muito perigosamente, prejudicará o trabalho dos grupos de defesa dos direitos dos animais e conduzirá a uma puta visão alarmante do futuro. Hã... eu gostaria de passar a palavra para o Crispin, para ele falar um pouco mais desse aspecto.

Claro que isso era a porra do senão, a Joely era casada com o Crispin. E a porra do senão era duas vezes pior, porque haviam se casado por amor, uma ligação espiritual total e uma dedicada união política. Fan-fo-dástico! Ainda pior, entre os integrantes do SINA, o casamento de Joely e Crispin servia como uma espécie de cosmogonia, um mito da criação que explicava sucintamente o que as pessoas podiam e deviam ser, como o grupo começou e como deveria proceder no futuro. Embora Joely e Crispin não incentivassem idéias de liderança ou algum tipo de adoração de ícones, isso de qualquer forma ocorria, eles eram *adorados*. E eram indivisíveis. Quando se aliou ao grupo, Joshua procurara farejar algumas informações sobre o casal, reunir fatos que indicariam suas próprias possibilidades. Estariam eles estremecidos? Teria a dura natureza de suas atividades separado os dois? Pouquíssimas possibilidades. Toda a deprimente fábula lhe foi contada por dois tarimbados ativistas do SINA enquanto bebiam algumas canecas de cerveja no Spotted Dog: um psicótico ex-funcionário do correio chamado Kenny, que, quando criança, testemunhara o pai matar seu cachorrinho, e Paddy, um sensível coletor vitalício do seguro-desemprego e columbófilo.

— Todo mundo começa querendo transar com a Joely — explicara Kenny, compreensivo —, mas a gente supera isso. A gente se dá conta de que a melhor coisa a fazer por ela é se dedicar à luta. E, depois, a segunda coisa de que a gente se dá conta é que o Crispin não passa de um *tremendo* janota...

— Está bem, está bem, continue.

Kenny continuou.

Aparentemente, Joely e Crispin se conheceram e se apaixonaram na Universidade de Leeds no inverno de 1982, dois jovens estudantes radicais, com Che Guevara nas paredes, idealismo no coração e uma paixão mútua por todas as criaturas que voam, cavalgam, rastejam e se enlameiam na face da Terra. Na época, ambos eram membros ativos de uma grande variedade de grupos esquerdistas, mas os conflitos políticos, as intrigas e uma interminável dissidência logo os desiludiram no que concernia ao destino do *Homo erectus*. A certa altura, cansaram-se de levantar a voz em defesa desta nossa espécie que irá, inúmeras vezes, organizar um golpe, falar por trás das nossas costas, escolher outros representantes e jogar tudo na nossa cara. Como alternativa, voltaram a atenção para os nossos amigos animais mudos. Joely e Crispin evoluíram do vegetarianismo para o veganismo, abandonaram a faculdade, casaram e, em 1985, formaram o Não à Exploração e à Tortura dos Animais. A personalidade magnética de Crispin e o encanto natural de Joely atraíram outros políticos desgarrados, formando-se logo uma comunidade de vinte e cinco pessoas (além de dez gatos, catorze cães, um jardim cheio de coelhos silvestres, uma ovelha, dois porcos e uma família de raposas) que viviam e trabalhavam num conjugado em Brixton, cujos fundos davam para um vasto terreno baldio. Eram pioneiros em vários aspectos. Reciclagem antes de isso virar moda, a criação de uma biosfera tropical a partir do banheiro saturado de vapor, a dedicação à produção de alimentos orgânicos. Em termos políticos, eram igualmente prudentes. Desde o início, suas credenciais extremistas eram impecáveis, o SINA representando para a Real Sociedade de Prevenção à Crueldade para com os Animais o que o stalinismo representa para os liberal-democratas. Por três anos, o SINA conduziu uma campanha de terror contra estudiosos, torturadores e exploradores de animais, enviando ameaças de morte a empregados de fábricas de produtos de beleza, arrombando laboratórios, seqüestrando técnicos e acorrentando-se a portões de hospitais. Também arruinaram caças à raposa com cães, filmaram galinhas de criação industrial, incendiaram fazendas, explodiram bombas em estabelecimentos alimentícios e destruíram barracas de circo. Com uma diretriz assim tão ampla e fanática (qualquer animal com qualquer nível de padecimento físico), mantinham-se muitíssimo ocupados, e a vida para os integrantes do SINA era difícil, perigosa e pontuada por freqüentes aprisionamentos. De ponta a ponta, o relacionamento de Joely e Crispin se fortaleceu e serviu de exemplo a todos eles, um farol na tempestade, o exemplo ideal de amor entre ativistas ("Está bem, está bem. Continue"). Então, em 1987, Crispin foi preso por três anos pela participação no ataque a bomba de um laboratório no País de Gales e por libertar do cativeiro quarenta gatos, trezentos e cinqüenta coelhos e mil ratos. Antes de ser levado ao presídio de Wormwood Scrubs, Crispin gentilmente informou Joely de que dava a ela permissão para procurar outro membro do SINA caso sentisse necessidade de satisfação sexual em sua ausência ("E ela?", perguntou Joshua. "Ela *trepou*", respondeu Kenny com tristeza).

Durante o cativeiro de Crispin, Joely se empenhou para transformar o SINA do grupinho de amigos extremamente ligados que era em uma força política clandestina viável. Começou a colocar uma ênfase menos acentuada nas táticas do terror e, depois de ler Guy Debord, passou a se interessar no situacionismo como tática política, o que, a seu ver, significava a crescente utilização de grandes faixas com slogans, indumentárias, vídeos e reconstituições horripilantes. Quando Crispin saiu da prisão, o SINA estava quatro vezes maior e a lenda de Crispin (amante, militante, rebelde, herói) aumentara junto com o grupo, fomentada pela apaixonada interpretação que Joely fez de sua vida e obra e pela cuidadosa escolha de uma fotografia dele de 1980, aproximadamente, na qual ele se assemelhava um pouco a Nick Drake. Mas, embora a imagem tivesse sido retocada, Crispin parecia não ter perdido o radicalismo. Sua primeira ação como cidadão livre foi arquitetar a libertação de centenas e centenas de camundongos, um acontecimento que recebeu ampla cobertura da imprensa, embora Crispin tivesse delegado a responsabilidade da ação a Kenny, que ficou detido num presídio de segurança máxima por quatro meses ("O grande momento da minha vida"). E então, no último verão, em 1991, Joely convenceu Crispin a irem para a Califórnia e se juntarem a outros grupos que lutavam contra a patente dos animais transgênicos. Embora tribunais não fossem uma área de ação do interesse de Crispin ("Crispin é um janota da linha de combate"), ele conseguiu tumultuar com relativo êxito os trâmites legais e assegurar oficialmente um processo inconcluso. Quando o casal retornou à Inglaterra, exultante porém com fundos perigosamente baixos, descobriu que tinham sido postos para fora do conjugado de Brixton e...

Bem, Joshua podia dar continuidade à narrativa a partir desse ponto. Ele os conheceu uma semana mais tarde, enquanto subiam e desciam a rua do comércio de Willesden à procura de uma moradia conveniente para ocupar. Pareciam perdidos e Joshua, encorajado pelas vibrações do verão e pela beleza de Joely, abordou-os para conversar. Acabaram indo tomar uma cerveja. Beberam, como todo mundo em Willesden bebe, no bar já mencionado, o Spotted Dog, famoso marco de Willesden, descrito em 1792 como "uma taberna de boa freguesia" (*O passado de Willesden*, de Len Snow), que em meados da época vitoriana se tornou o centro favorito dos londrinos que desejavam passar "um dia no campo", depois o ponto de reunião dos bondes puxados por cavalos; e posteriormente um bebedouro para os construtores irlandeses do local. Em 1992, havia passado por outra transformação, dessa vez foco da numerosa população de imigrantes australianos de Willesden, os quais, nos últimos cinco anos, vinham deixando as praias sedosas e os mares esmeraldinos para chegar, inexplicavelmente, a NW2. Na tarde em que Joshua entrou com Joely e Crispin, essa comunidade se encontrava num estado de grande excitação. Depois de uma reclamação concernente a um cheiro terrível que vinha do andar acima da quiromante Sister Mary's na rua do comércio, funcionários da Secretaria da Saúde realizaram uma batida no apartamento desse andar e descobriram dezesseis australianos que ocupavam o lugar ilegalmente e que tinham aberto um enorme buraco no soalho e assado um porco dentro dele, numa aparente tentativa de recriar o efeito de um forno subterrâneo dos Mares do Sul. Postos na rua, estavam no momento lamentando seu destino para o gerente, um escocês barbudo e corpulento sem muita compaixão por essa clientela antipódica ("Tem alguma merda de cartaz na merda de Sydney dizendo pra virem pra merda de Willesden?"). Ouvindo a história por acaso, Joshua inferiu que o apartamento agora deveria estar vazio e levou Joely e Crispin para darem uma olhada, a cabeça já maquinando... *se eu conseguir fazer ela morar nas redondezas...*

Era um belo prédio vitoriano caindo aos pedaços, com uma sacada pequena, um jardim no terraço e um enorme buraco no soalho. Ele os aconselhou a ficarem na moita por um mês antes de o ocuparem de vez. Foi o que fizeram, e Joshua os viu com uma freqüência cada vez maior. Um mês mais tarde, ele vivenciou uma "conversão" após horas de papo com Joely (horas de exame dos seios sob camisetas surradas), o que, na ocasião, lhe deu a sensação de que alguém pegara sua cabecinha chalfenista fechada, introduzira em cada ouvido uma dinamite tirada de um cartum e lhe fizera um puta rombo na consciência. Para ele ficou claro, num lampejo ofuscante, que amava Joely, que os pais eram bundas-moles, que ele mesmo era um bunda-mole e que a maior comunidade da Terra, o reino animal, estava sendo oprimida, aprisionada e assassinada dia após dia com o pleno conhecimento e apoio de cada governo no mundo. Era difícil dizer o quanto desta última percepção pressupunha a primeira e nela se baseava, mas abandonara o chalfenismo e não tinha interesse em separar as partes para ver como formavam o todo. Em lugar disso, parou de comer carne, correu para Glastonbury, mandou gravar uma tatuagem, tornou-se o tipo de sujeito capaz de medir oito gramas de olhos fechados (daí, foda-se *você*, Millat) e, de modo geral, divertiu-se a valer... até que, finalmente, a consciência o aferroou. Ele se revelou filho de Marcus Chalfen. Isso horrorizou Joely (*e*, Joshua preferia pensar, *excitou-a* ligeiramente — dormindo com o inimigo e tudo o mais). Joshua foi dispensado, enquanto o SINA realizava uma reunião de cúpula de dois dias nesta linha: *Mas ele é justamente o que nós... Ah, mas poderíamos usar...*

Foi um delongado processo com votos e subcláusulas e objeções e condições, mas no fim não poderia de fato ter resultado em algo mais refinado do que: *De que lado você está?* Joshua respondeu: *Do seu*, e Joely o recebeu de braços abertos, comprimindo-lhe a cabeça contra o seio delicado. Ele foi exibido em reuniões, recebeu a função de secretário e se tornou, de modo geral, a jóia na coroa deles: *o convertido do outro lado*.

Desde então, e ao longo de seis meses, Joshua cultivou o crescente desprezo pelo pai, viu muitas vezes a notável amada e começou a pôr em prática um plano a longo prazo de se insinuar no casal famoso (precisava de um teto, de qualquer forma; a hospitalidade dos Jones estava minguando). Ele se *engraçou* com Crispin, ignorando, premeditadamente, a desconfiança que Crispin tinha dele. Joshua agiu como seu melhor amigo, fez para ele as piores tarefas (fotocopiar, colar cartazes, panfletar), dormiu no chão dele, comemorou seu sétimo aniversário de casamento e lhe deu de presente de aniversário de nascimento uma palheta artesanal para violão; sempre odiando-o *intensamente*, cobiçando a mulher dele como nenhuma mulher casada fora cobiçada antes, imaginando intrigas para a derrocada dele com uma ciumeira que faria Iago corar.

Tudo isso distraiu Joshua do fato de que o SINA se ocupava em tramar a queda de seu próprio pai. Ele o tinha aprovado a princípio, quando Magid retornou, quando sua ira estava no auge e quando a própria idéia lhe parecia nebulosa — apenas uma bravata para impressionar novos integrantes. Agora faltavam três semanas para o dia 31 e até esse momento Joshua não conseguira questionar a si mesmo de maneira coerente, de um modo *chalfenista*, sobre as conseqüências do que estava para acontecer. Não sabia sequer *o que* estava para acontecer exatamente — não se chegara a uma decisão final. E agora, enquanto discutiam a questão, os membros da cúpula do SINA de pernas cruzadas e distribuídos em volta do enorme buraco no soalho, agora que ele *deveria* estar escutando essas decisões fundamentais, ele concentrava o fio da atenção na camiseta de Joely, ao longo dos declives e das curvas do torso atlético de Joely, mais abaixo nas calcinhas com tinturas irregulares, abaixo...

— Josh, meu camarada, pode ler para mim a minuta de instantes atrás, para eu poder retomar meu fio?

— Hein?

Crispin suspirou num resmungo de impaciência. Joely inclinou o corpo de cima da mesa e beijou a orelha de Crispin. *Bunda-suja*.

— As minutas, Josh. Sobre o que a Joely falou da estratégia de protesto. Chegamos à parte mais difícil. Quero ouvir o que o Paddy disse agora há pouco sobre punição versus libertação.

Joshua olhou para a prancheta em branco e a pôs em cima da ereção detumescente.

— Hã... acho que não anotei isso.

— O quê? Isso tinha realmente uma puta *importância*, Josh. Você tem que acompanhar. Que *sentido* faz toda essa discussão...

Bunda-suja, bunda-suja, *bunda-suja*.

— Ele está dando o *melhor de si* — intercedeu Joely, inclinando de novo o corpo por cima da mesa, dessa vez para despentear o cabelo afro-judeu de Joshua. — Isso, provavelmente, é muito difícil para o Joshi, sabe? Quero dizer, é bastante *pessoal* para ele. — Ela sempre o chamava de Joshi desse jeito. Joshi e Joely. Joely e Joshi.

Crispin fechou a cara.

— Bom, você sabe, eu falei *várias vezes* que se o Joshua não quiser se envolver pessoalmente nesta missão, por causa de *simpatias* pessoais, se quiser ficar *de fora*, então...

— Estou *nessa* — retrucou Joshua, mal contendo a agressividade. — Não tenho a menor intenção de *tirar o corpo fora*.

— Por isso que o Joshi é o nosso *herói* — disse Joely com um enorme sorriso de apoio. — Escutem o que eu digo, ele será o último homem a ficar de pé.

Ah, Joely!

— Está bom, muito bem, prossigamos. Procure anotar a partir de agora, está certo? Ok. Paddy, repita o que disse, para nós todos levarmos em consideração, porque acho que o que você disse resume perfeitamente a decisão crucial que agora temos que tomar.

Paddy agitou a cabeça e consultou nervosamente as anotações.

— Hum, bom, basicamente... *basicamente*, é uma questão de... quais são os nossos *alvos* reais. Se punir os perpetradores ou educar o público... depois, bom, isso implica uma determinada abordagem... um ataque direto contra, hã..., a pessoa em questão — disse, lançando um olhar nervoso para Joshua. — Mas se o nosso interesse é o próprio animal, como penso que deveria ser, então é o caso de uma anticampanha, e, se isso não der resultados, então a libertação eficaz do animal.

— Certo — disse Crispin, hesitante, sem saber se a libertação de um camundongo faria jus ao papel glorioso de Crispin. — Mas decerto o camundongo, nesse caso, é um símbolo, ou seja, esse sujeito deve manter mais um monte deles no laboratório... Então temos que ver o quadro mais amplo. Precisamos de alguém que arrombe o lugar...

— Bom, basicamente... *basicamente*, penso que esse é o erro que o OHNO comete, por exemplo. Porque considera o animal um mero símbolo... e, para mim, isso é totalmente o oposto do que o SINA pretende. Se fosse um homem fechado numa caixinha de vidro por seis anos, não seria um símbolo, percebe? Não sei o que vocês acham, mas, na minha opinião, não há diferença entre camundongos e homens, entendem?

A cúpula do SINA murmurou a concordância, porque se tratava do tipo de sentimento para o qual rotineiramente murmuravam concordância.

Crispin se ofendeu.

— Certo, bom, claro que não quis dizer isso, Paddy. Só quis dizer que há um quadro mais amplo, como escolher entre a vida de um homem e as muitas vidas dos homens, certo?

— Questão de ordem! — exclamou Josh, erguendo a mão no ar para aproveitar uma oportunidade de fazer Crispin parecer tolo. Crispin dardejou o olhar.

— Sim, Joshi — disse Joely com suavidade. — Prossiga.

— É que não tem outros camundongos. Quero dizer, sim, tem um monte de camundongos, mas ele não tem outro exatamente como esse. É um processo incrivelmente dispendioso. Ele não teria condições de produzir montes deles. Além do mais, a imprensa o espicaçou, afirmando que, se o Camundongo do Futuro morresse enquanto estivesse em exposição, ele poderia substituí-lo secretamente por outro... daí que ele se tornou pretensioso. Quer provar, diante do mundo inteiro, que os cálculos dele estão corretos. Vai fazer um só e usar um código de barras. Não tem outros.

Joely exultou e se inclinou para massagear os ombros de Josh.

— Certo, sim, bom, acho que faz sentido. Então, Paddy, entendo o que você está dizendo... é uma questão de saber se vamos destinar nossa atenção a Marcus Chalfen ou à libertação do camundongo do cativeiro diante da imprensa internacional.

— Questão de ordem!

— Sim, Josh, o que é?

— Bom, Crispin, esse animal não é igual aos outros que você libertou. Não vai fazer a menor diferença. O dano está feito. O camundongo é portador das próprias torturas nos genes dele. Como uma bomba-relógio. Se soltar ele, simplesmente vai morrer uma morte sofrida num outro lugar.

— Questão de ordem!

— Sim, Paddy, prossiga.

— Bom, basicamente... vocês não ajudariam um prisioneiro político a fugir da prisão mesmo que ele tivesse uma doença terminal?

As várias cabeças do SINA assentiram vigorosamente.

— Sim, Paddy, sim, correto. Acho que nesse ponto Joshua está errado, e acho que Paddy nos apresentou a escolha que devemos fazer. Trata-se de uma que rejeitamos muitas vezes, e fizemos diferentes escolhas em diferentes circunstâncias. No passado, como vocês sabem, visamos os perpetradores. Listas foram elaboradas e punições distribuídas. Agora, sei que, nos últimos anos, nos distanciamos de algumas das táticas anteriores, mas acho que até mesmo a Joely concorda que, quanto a isso, este é realmente o nosso maior teste, o mais fundamental de todos. Estamos lidando com indivíduos seriamente perturbados. Agora, de outro lado, também organizamos protestos pacíficos em larga escala e supervisionamos a libertação de milhares de animais mantidos em cativeiro por este governo. Neste caso, simplesmente não vamos ter tempo ou oportunidade de empregar as duas estratégias. Trata-se de um lugar bastante público e... bom, já passamos por isso. Como Paddy falou, acho que a escolha que temos para o dia 31 é muito simples. É entre o camundongo e o homem. Vocês vêem algum problema em votar isso? Joshua?

Joshua sentou apoiando-se nas mãos para erguer o corpo e dar a Joely uma melhor posição para a massagem dos ombros.

— Problema nenhum — respondeu.

∽

No dia 20 de dezembro, precisamente à meia-noite, o telefone tocou na casa dos Jones. Irie, de camisola, desceu devagar ao térreo e atendeu.

— *E-hummm*. Eu gostaria que a senhorita fizesse uma anotação mental da *data* e da *hora* de quando resolvi telefonar.

— O quê? É... o quê? É o Ryan? Escute, Ryan, não quero ser indelicada, mas é meia-noite, certo? Quer alguma coisa ou...

— Irie? Menina? Tá aí?

— Sua avó está na extensão. Também quer falar com a senhorita.

— Irie — disse Hortense com excitação. — Fala mais alto, não tô ouvindo nada...

— Irie, repito: anotou a *data* e a *hora* da nossa chamada?

— O quê? Escute, não posso... estou realmente cansada... não dá para esperar até...

— Vinte de dezembro, Irie. Centena de zeros. Dois e zeros...

— Tá ouvindo, menina? O senhor Topps tá tentando explicar uma coisa muito importante.

— Vó, falem um por vez... vocês acabaram de me tirar da cama... estou completamente *morta*.

— Dois e zeros, senhorita Jones. Significando o ano dois mil. E sabe o mês da minha chamada?

— Ryan, é dezembro. Isso é mesmo...

— O décimo segundo mês, Irie. Correspondendo aos doze clãs dos filhos de Israel. Dos quais cada um foi selado com doze mil. O clã de Judá foi selado com doze mil. O clã de Reuben foi selado com doze mil. O clã de Gad...

— Ryan, Ryan... já saquei.

— Tem certos dias em que Nosso Senhor deseja que ajamos... certos dias de aviso prévio, dias designados...

— Que a gente tem que salvar as almas dos perdidos. Avisar eles antes da hora.

— Estamos avisando *a senhorita*, Irie.

Hortense começou a chorar de mansinho.

— A gente só tá tentando te avisar, minha querida.

— Ok. Ótimo. Estou avisada. Boa noite.

— O nosso aviso não acabou — disse Ryan todo solene. — Esse foi só o primeiro aviso. Tem mais.

— Não me diga... mais onze.

— Oh! — gritou Hortense, largando o fone, mas ainda audível a distância. — Ela foi visitada pelo Senhor! Sabia antes de ser avisada!

— Escute. Ryan. Será que dá para *condensar* os outros onze avisos num só? Ou pelo menos me dizer o mais importante? Porque senão, sinto muito, mas vou voltar para a cama.

Houve um minuto de silêncio. Depois:

— *E-hummm*. Está bem. Não se envolva com esse homem.

— Oh, Irie! Por favor, escuta o senhor Topps! Por favor, escuta ele!

— Com *qual* homem?

— Ah, senhorita Jones. Por favor, não finja que não tem conhecimento do seu grande pecado. Abra a alma. Deixe o Senhor me deixar te alcançar e te purificar dos...

— Escute, estou mesmo cansada pacas. *Qual* homem?

— O cientista, Chalfen. O homem que a senhorita chama de "amigo", mas que na verdade é o inimigo de toda a humanidade.

— Marcus? Não estou envolvida com ele. Eu só atendo o telefone e arrumo a papelada.

— E assim se torna a secretária do diabo — retrucou Ryan, levando Hortense a —uma agitação maior e mais intensa. — Assim a senhorita se prostra.

— Ryan, escute o que vou dizer. Não tenho *tempo* para isso. Marcus Chalfen está apenas procurando algumas respostas para merdas como... merdas como... o *câncer*. Certo? Não sei de onde você andou tirando essas informações, mas posso lhe garantir que ele não é a encarnação do diabo.

— Só um dos lacaios dele! — protestou Hortense. — Só um dos soldados da linha de combate dele!

— Vamos com calma, senhora B. Receio que a sua neta já está muito além de nós. Como eu esperava, desde que deixou a gente, ela "se juntou ao lado negro".

— Vá se foder, Ryan, eu não sou Darth Vader. Vó...

— Não fale comigo, menina, não fale comigo. Eu e eu estamos tristemente decepcionadas.

— Então, pelo jeito vamos vê-la no 31, senhorita Jones.

— Ryan, pare de me chamar de senhorita Jones. No... quê?

— No 31. O acontecimento vai proporcionar uma plataforma para a mensagem das Testemunhas. A imprensa internacional vai estar lá. E nós também. Pretendemos...

— Queremos avisar eles todos! — interveio Hortense. — E já temos os planos bem planejados, sabe? Vamos cantar hinos com a senhora Dobson no acordeão, porque não dá pra levar um piano até lá. E vamos fazer greve de fome até o homem do diabo parar de mexer com a criação harmoniosa do Senhor e...

— Greve de fome? Vó, se você pula a refeição das onze da manhã você sente *náusea*... Nunca ficou sem comer mais que três horas na vida. Você tem oitenta e cinco anos.

— Tá esquecendo — disse Hortense, com um laconismo nada cordial — que nasci na luta. Sou uma sobrevivente. Ficar um pouco sem comida não me dá medo.

— E você, Ryan, não vai deixar ela fazer isso, vai? Ela tem oitenta e cinco anos, Ryan. *Oitenta e cinco*. Não pode fazer greve de fome.

— Tô te falando, Irie — disse Hortense, soando alto e bom som ao telefone —, eu *quero* fazer isso. Não ligo de ficar um pouco sem comida. O Senhor dá com a mão direita e leva embora com a esquerda.

Irie ouviu Ryan pôr o telefone de lado, andar até o quarto de Hortense e devagar tirar o fone da mão dela, persuadindo-a a se deitar. Irie pôde ouvir a avó cantar enquanto era conduzida pelo corredor, repetindo a frase para ninguém em especial e adaptando-a a uma melodia irreconhecível: *O Senhor dá com a mão direita e leva embora com a esquerda!*

Mas na maioria das vezes, pensou Irie, *não passa de um ladrão na noite.* Simplesmente leva a porra embora.

Magid se orgulhava de dizer que testemunhou todas as etapas. Testemunhou o planejamento personalizado dos genes. Testemunhou a injeção do germe. Testemunhou a inseminação artificial. E testemunhou o nascimento, tão diferente de seu próprio nascimento. Um camundongo só. Nada de competição no canal do nascimento, nada de primeiro e segundo, nada de salvo e não-salvo. Nada de haja o que houver. Nada de fatores aleatórios. Nada de *você tem a cara do seu pai e a paixão por queijo da sua mãe*. Nada de mistérios à espreita. Nada da dúvida sobre quando a morte chegará. Nada de ocultar doenças, nada de fugir da dor. Nada de perguntas acerca de quem está mexendo os pauzinhos. Nada de onipotência duvidosa. Nada de destino incerto. Nada de indagação sobre uma viagem, nada de indagação sobre uma erva mais verde, porque, aonde quer que esse camundongo fosse, sua vida seria exatamente a mesma. Não viajaria através do tempo (e o Tempo é uma cadela, Magid agora *sabia*. O Tempo é *a* cadela), porque seu futuro era igual a seu presente, que era igual a seu passado. Um camundongo caixinha chinesa. Nada de outras estradas, nada de oportunidades perdidas, nada de possibilidades paralelas. Nada de conjecturas, nada de "e se", nada de "o que poderia ter sido". Apenas certeza. Apenas certeza na forma mais pura. E o que mais, pensou Magid — assim que o ato de testemunhar se concluiu, assim que a máscara e as luvas foram retiradas, assim que o avental branco foi pendurado de novo no gancho —, o que mais é Deus além *disso*?

19. O espaço derradeiro

Quinta-feira, 31 de dezembro de 1992

Era o que dizia a linha no alto do jornal. Era o que proclamavam os foliões que dançavam nas ruas de tardezinha com estridentes apitos prateados e bandeiras do Reino Unido, tentando animar o espírito propício à data; tentando atrair a escuridão (eram apenas cinco da tarde) para que a Inglaterra desfrutasse a festa anual. Percam a cabeça, vomitem, tirem um sarro, passem a mão e se empalem; bloqueiem as portas dos trens, segurando-as abertas para os amigos; reclamem das repentinas práticas inflacionárias dos motoristas de radiotáxis somalis, mergulhem na água ou brinquem com fogo, e tudo à luz difusa e dissimuladora das lâmpadas dos postes de iluminação. Era a noite em que a Inglaterra pára de dizer *porfavorobrigadoporfavordesculpeporfavorfoisemquerer*. E começa a dizer *porfavormefodavásefoderseufilhodaputa* (e *nunca* dizemos isso; o sotaque sai errado; soamos tolos). A noite em que a Inglaterra começa a prestar atenção nos fundamentos. Era véspera de ano-novo. Mas Joshua achava difícil acreditar nisso. Onde o tempo fora parar? Escoara-se entre as brechas das pernas de Joely, escorrera para dentro das cavidades secretas das orelhas dela, escondera-se entre os quentes pêlos emaranhados das axilas dela. E as conseqüências do que ele estava prestes a fazer neste dia mais importante de sua vida?, uma situação crítica que três meses antes teria dissecado, compartimentado, pesado e analisado com um vigor chalfenista, também elas lhe escaparam nas fendas de Joely. Não tomara nenhuma decisão de verdade nesta véspera de ano-novo, não fizera nenhuma resolução. Sentia-se tão tonto quanto os rapazes que saíam trôpegos dos bares em busca de confusão; sentia-se tão leve quanto a criança sentada escarranchada nos ombros do pai a caminho de uma reunião familiar. Entretanto, não estava entre eles, nas ruas, divertindo-se — estava aqui, aqui dentro, disparando para o centro da cidade, rumando em linha reta para o Perret Institute tal como um míssel direcionado por calor. Estava aqui, comprimido dentro de um microônibus vermelho-berrante com dez apreensivos integrantes do SINA, chacoalhando de Willesden rumo à Trafalgar Square, só meio que ouvindo Kenny ler o nome do pai em voz alta para adular Crispin, que estava na frente, no volante.

— "Quando o doutor Marcus Chalfen colocar o Camundongo do Futuro em exposição pública esta noite, estará iniciando um novo capítulo do nosso futuro genético".

Crispin jogou a cabeça para trás, emitindo um sonoro "Ah!".

— É, certo, justamente — continuou Kenny, procurando, sem êxito, zombar e ler ao mesmo tempo —, obrigado pelo relato objetivo. Hã... onde é que eu estava mesmo?... Já sei: "Mais importante, ele revela esse complexo, rarefeito e secreto ramo da ciência a um público sem precedente. Enquanto o Perret Institute prepara-se para abrir suas portas vinte e quatro horas por dia durante sete anos, o doutor Chalfen promete um evento nacional 'definitivamente diferente do Festival da Grã-Bretanha de 1951 ou da Exposição do Império Britânico de 1924, porque não tem uma agenda política'".

— Ah! — Crispin tornou a rir com desdém, dessa vez virando o corpo para a direita no banco, de maneira que o microônibus do SINA (que não era oficialmente o microônibus do SINA; ainda ostentava nos dois lados os dizeres UNIDADE DE SERVIÇO FAMILIAR KENSAL RISE em letras amarelas de quinze centímetros, tomado emprestado de um assistente social solidário a animais peludos) por pouco não atropelou um bando de garotas ébrias e de sapatos de saltos altos que atravessavam a rua aos trotes. — Sem agenda política? Ele está *debochando* ou o quê?

— De olho na rua, meu amor — disse Joely, soprando-lhe um beijo. — Queremos pelos menos *tentar* chegar lá inteiros. Hum... agora vire à esquerda... siga pela Edgware Road.

— Filho-da-puta — disse Crispin, olhando com ar furioso para Joshua e depois retomando a posição. — Mas que *filho-da-puta* ele é.

— "Em 1999" — leu Kenny, seguindo a seta da frente que remetia à página cinco — "o ano em que os especialistas prevêem que o procedimento do DNA recombinante se tornará autônomo, cerca de quinze *milhões* de pessoas terão visto a exposição do Camundongo do Futuro e muitas mais no mundo inteiro terão acompanhado a progressão do Camundongo do Futuro na imprensa internacional. Nesse momento, o doutor Chalfen terá alcançado seu objetivo de educar uma nação, lançando a bola ética para dentro do tribunal popular".

— Passando. Para. Mim. A. Porra. Da. Responsabilidade — disse Crispin, como se cada palavra fosse um vômito. — O que dizem os outros jornais?

Paddy ergueu a bíblia da Inglaterra Média para que Crispin pudesse vê-la pelo retrovisor. Manchete: CAMUNDONGOMANIA.

— Oferece como brinde um adesivo do Camundongo do Futuro — comentou Paddy, encolhendo os ombros e grudando o adesivo na boina. — Até que é bonitinho.

— Mas os tablóides são os vencedores de última hora — disse Minnie. Minnie era a mais recente convertida: uma garota ríspida de dezessete anos, tranças loiras enroscadas e *piercings* nos mamilos, por quem Joshua pensou em ficar brevemente obcecado. Tentou durante um tempo, mas constatou que simplesmente não conseguia; simplesmente não podia abandonar seu infeliz e psicótico mundinho de Joely e sair em busca de vida num outro planeta. Minnie teve o mérito de sacar isso de imediato e tendeu para o lado de Crispin. Vestia o mínimo de roupas que o inverno lhe permitia e aproveitava todas as oportunidades para lançar os empinados mamilos perfurados dentro da esfera pessoal de Crispin, como o fazia neste momento, aproximando-se da cabina de motorista para lhe mostrar a primeira página do tablóide em questão. Neste exato instante, e ao mesmo tempo, Crispin tentou sem êxito fazer o balão da Marble Arch, evitar dar uma cotovelada nos peitos de Minnie e olhar para o jornal.

— Não consigo ver direito. O que é?

— É a cabeça do Chalfen com orelhas de camundongo, grudada no torso de um bode, que, por sua vez, está grudado no traseiro de um porco. Ele come numa gamela em que num lado está escrito "Engenharia genética" e no outro lado "Dinheiro público". Manchete: CHALFEN CHAFURDA.

— Ótimo. É pouco mas ajuda.

Crispin retomou o balão e dessa vez fez a volta necessária. Minnie estendeu o braço e pôs o jornal sobre o painel de instrumentos.

— Caramba! Ele parece mais chalfenista do que nunca!

Joshua se arrependeu amargamente de ter revelado a Crispin essa pequena idiossincrasia da família, o costume de se referirem a si mesmos com verbos, substantivos e adjetivos. Na época lhe parecera uma boa idéia; fazer todo o mundo rir, confirmar, se houvesse alguma dúvida, de que lado ele estava. Mas nunca sentira que estivesse traindo o pai — o peso do que fazia não caíra de fato sobre ele — até ouvir o chalfenismo ser ridicularizado por Crispin.

— Olhe só para ele, chalfenando nessa gamela. Explorar tudo e todos, esse é o jeito Chalfen, não é, Josh?

Joshua resmungou e virou as costas para Crispin, preferindo a janela e a visão da geada que cobria o Hyde Park.

— Essa foto aí é clássica, está vendo? Essa que usaram para a cabeça. Me lembro dela. Foi tirada no dia em que ele testemunhou no julgamento da Califórnia. Esse ar da porra de *total superioridade*. Muito chalfenesco!

Joshua mordeu a língua. NÃO RESPONDA À PROVOCAÇÃO. SE NÃO RESPONDER À PROVOCAÇÃO, TERÁ A SOLIDARIEDADE DELA.

— Crisp, *chega* — disse Joely com firmeza, tocando o cabelo de Joshua. — Lembre-se apenas do que estamos para fazer. Ele *não merece* isso esta noite.

NA MOSCA.

— Sim, bem... — Crispin meteu o pé no acelerador. — Minnie, você e Paddy checaram se todo mundo tem tudo o que precisa? Gorros e tudo o mais?

— Sim, tudo checado. Tranqüilo.

— Ótimo. — Crispin pegou uma caixinha prateada que continha todos os ingredientes para um cigarro de maconha generoso e a jogou na direção de Joely, atingindo dolorosamente o queixo de Joshua. — Faz um pra nós, meu bem.

BUNDA-SUJA.

Joely recolheu a caixinha do chão. Agachou-se e manipulou o papel Rizla sobre o joelho de Joshua, o pescoço comprido exposto, os seios inclinando-se para a frente até assentarem praticamente nas mãos dele.

— Está nervoso? — ela perguntou, lançando a cabeça para trás ao terminar de enrolar o cigarro.

— Como assim, nervoso?

— Em relação a esta noite. Quero dizer, falar do conflito de lealdades?

— Conflito? — murmurou Josh vagamente, desejando estar lá fora entre as pessoas felizes, as pessoas sem conflito, as pessoas do ano-novo.

— Poxa, eu realmente *admiro* você. Quero dizer, o SINA se dedica à ação radical... e, sabe, mesmo hoje, acho que o que a gente faz é... *difícil*. E estou falando do princípio que mantenho com a maior convicção na minha vida, entende? Quero dizer, Crispin e SINA... nisso se resume a minha vida.

NOSSA, EXCELENTE, pensou Joshua, NOSSA, FANTÁSTICO.

— E mesmo assim *cago de medo* por esta noite. — Joely acendeu o cigarro e deu uma puxada. Entregou-o a Joshua, enquanto o microônibus pegava a direita, passando pelo Parlamento. — Tem uma frase que diz: "Se eu tivesse de escolher entre trair meu amigo ou meu país, quisera ter a coragem de trair meu país". A escolha entre um dever ou um princípio, sabe? Entenda, não me sinto dividida assim. Não sei se conseguiria fazer o que faço se me sentisse dividida. Quero dizer, se fosse o meu *pai*. Minha primeira obrigação é para com os animais, e essa é a primeira obrigação do Crispin também, de maneira que não há conflito. Para nós é mais ou menos fácil. Mas você, Joshi, *você* tomou a decisão mais radical que qualquer um de nós poderia ter tomado... e parece tão *calmo*. Quero dizer, é admirável... e acho que você *realmente* deixou Crispin impressionado, porque, você sabe, ele não tinha muita certeza quanto a...

Joely continuou a falar e Josh continuou a assentir com a cabeça nos momentos apropriados, mas a erva tai da pesada que ele estava fumando apanhou com laço uma palavra pronunciada por ela — *calmo* — e a domou numa pergunta. *Por que tão calmo, Joshi?* Você está para se meter num puta rolo, *por que tão calmo?*

Porque ele imaginava que parecia *calmo* visto de fora, sobrenaturalmente calmo, a adrenalina curtindo uma relação inversa com a energia crescente do ano-novo, com o nervosismo irrequieto do grupo do SINA; e o efeito da droga ainda por cima... era como andar debaixo d'água, nas profundezas da água, enquanto crianças brincavam em cima. Mas não era tão calmo como a inércia. E ele não era capaz de concluir, enquanto o microônibus continuava a descer pelo Whitehall, se essa era a reação certa — deixar o mundo passar por ele, deixar os acontecimentos seguirem seu curso — ou se deveria ser mais como *aquelas* pessoas, aquelas pessoas lá fora, berrando dançando, brigando, trepando... se deveria ser mais... qual era mesmo aquela péssima tautologia do final do século XX? *Proativo*. Mais proativo diante do futuro.

Mas deu outro tapa bem profundo no cigarro e o efeito o devolveu aos doze, à vida aos doze anos de idade; um menino precoce acordando de manhã e aguardando o anúncio de que faltavam *doze horas para o apocalipse nuclear*, aquele velho roteiro malfeito do fim do mundo. Naquela época, refletira bastante sobre decisões radicais, sobre o futuro e os prazos futuros. Mesmo então lhe parecera improvável que passaria as últimas doze horas comendo Alice, a babá de quinze anos da vizinha, dizendo para as pessoas que as amava, convertendo-se ao judaísmo ortodoxo ou fazendo tudo o que queria ou tudo o que jamais ousara fazer. Sempre lhe parecera mais provável, muito mais provável, que simplesmente voltaria para o quarto e calmamente concluiria a construção do castelo medieval de Lego. O que mais poderia fazer? De que outra escolha poderia ter certeza? Porque escolhas requerem tempo, a *plenitude do tempo*, sendo o tempo o eixo horizontal da moralidade — a gente toma uma decisão e depois espera para ver, espera para ver. E é uma fantasia deliciosa, essa fantasia da ausência do tempo (FALTAM DOZE HORAS FALTAM DOZE HORAS), o ponto em que as conseqüências desaparecem e qualquer ação é permissível ("Estou *doido*... estou *doido* demais por isso!", gritavam na rua). Mas o Josh de doze anos era muito neurótico, muito anal, muito *chalfenista* para curtir isso, até mesmo a idéia. Em vez disso, pensava: mas e se o mundo *não* acabar, e se eu comer Alice Rodwell e ela *engravidar*, e se...

O mesmo ocorria agora. Sempre o medo das conseqüências. Sempre a inércia terrível. O que ele estava para fazer contra o pai era tão grande, tão *colossal*, que as conseqüências eram inconcebíveis — não conseguia imaginar um momento sequer após esse ato. Só o vazio. Nada. Algo assim como o fim do mundo. E encarar o fim do mundo, ou mesmo apenas o fim do ano, sempre dera a Josh uma estranha sensação de desprendimento.

Toda véspera de ano-novo é um apocalipse iminente em miniatura. A gente trepa onde quer, vomita quando quer, espelha quem a gente quer espelhar — as enormes multidões nas ruas; as retrospectivas na televisão dos bons e dos ruins do passado; os desvairados beijos derradeiros; o dez! nove! oito!

Joshua lançava o olhar para cima e para baixo de Whitehall, para as pessoas felizes envolvidas no ensaio geral. Todas tinham a certeza de que não aconteceria ou estavam seguras de que, se acontecesse, dariam um jeitinho. Mas o mundo acontece para a gente, refletiu Joshua, a gente não acontece para o mundo. Nada há que a gente possa fazer. Pela primeira vez na vida, acreditou nisso de verdade. E Marcus Chalfen acreditava no diametralmente oposto. E nisso ele se deu conta, em resumo, de que assim cheguei até aqui, passando por Westminster, observando o Big Ben se aproximar da hora em que vou pôr abaixo a casa do meu pai. Assim todos nós chegamos aqui. Entre pedras e solos duros. A frigideira e o fogo.

∽

Quinta-feira, 31 de dezembro de 1992, véspera do Ano-Novo
Problemas com sinais na Baker Street
Nenhum trem de metrô da Linha Jubilee Sul a partir da Baker Street

Aconselha-se aos usuários baldearem para a
Linha Metropolitan na Finchley Road
Ou baldearem na Baker Street para a Linha Bakerloo
Não há serviço de ônibus alternativo
Último metrô às 2h00
Os funcionários do metrô de Londres lhes desejam
um seguro e feliz Ano-Novo!

Richard Daley,
Gerente da estação de Willesden Green

Os Irmãos Millat, Hifan, Tyrone, Mo Hussein-Ishmael, Shiva, Abdul-Colin e Abdul-Jimmy ficaram parados como postes no meio da estação, enquanto a festa do ano-novo continuava em volta deles.

— *Sensacional* — disse Millat. — O que é que a gente faz agora?

— Não sabe *ler*? — indagou Abdul-Jimmy.

— A gente faz o que o aviso sugere, Irmãos — disse Abdul-Colin, anulando qualquer bate-boca com seu profundo e tranqüilizante barítono. — A gente baldeia na Finchley Road. Com a ajuda de Alá.

O motivo pelo qual Millat não podia ler o aviso na parede era simples. Estava chapado. Era o segundo dia do Ramadã e estava chapado. Cada sinapse de seu corpo batera o relógio de ponto e fora para casa. Mas ainda havia algum trabalhador consciente tocando a rotina do cérebro, assegurando a circulação de um pensamento na cabeça: *Por quê? Por que ficar chapado, Millat? Por quê?* Boa pergunta.

Ao meio-dia, tinha encontrado quase trinta gramas de haxixe velho numa gaveta, um pacotinho de celofane que não tivera a coragem de jogar fora seis meses atrás. E o fumou todo. Fumou um pouquinho na janela do quarto. Depois andou até o Gladstone Park e fumou mais um pouco. Fumou a maior parte no estacionamento da biblioteca de Willesden. Terminou-o na cozinha de um estudante, Warren Chapman, um patinador sul-africano com quem costumava matar algumas horas do dia. E, como resultado, estava agora tão *chapado* que não só ouvia sons dentro de sons como também sons dentro de sons *dentro* de sons. Ouvia o camundongo correr com passos curtos ao longo das pistas, criando um nível superior de ritmo harmonioso com os estalos do *tannoy* e as fungadelas acentuadas nos tempos fracos de uma velhinha a uma distância de seis metros. Mesmo quando o trem chegou, ouvia essas coisas debaixo da superfície. Agora, dá para *ficar* chapado num determinado nível, Millat sabia disso, que é *tão, tão chapadão* que se chega a um nível de sobriedade tipo zen e volta do outro lado sentindo-se perfeitamente bem, como se, para começar, nunca tivesse puxado. Ah, Millat *almejava* isso. Desejava ter podido alcançar esse estado. Mas só que não havia o suficiente.

— Você está bem, Irmão Millat? — perguntou Abdul-Colin, preocupado, enquanto as portas do trem se fechavam. — Está pálido como quê.

— Bem, bem — disse Millat, e deu a verossímil impressão de estar bem porque haxixe não é igual a bebida alcoólica; não importa o quanto seja mau, a gente sempre pode, num determinado nível, readquirir a porra do domínio da gente mesmo. A fim de provar essa teoria a si mesmo, andou devagar porém com segurança pelo vagão e sentou na extremidade da fileira de Irmãos, entre Shiva e uns excitáveis australianos com destino ao Hippodrome.

Shiva, ao contrário de Abdul-Jimmy, tivera experiências desvairadas de vida e era capaz de detectar olhos injetados denunciadores a uma distância de vinte metros.

— Millat, *cara* — disse num cochicho, certo de que não seria ouvido pelos outros Irmãos em meio ao barulho do trem. — O que andou *fazendo* com você mesmo?

Millat olhou para a frente e falou para o próprio reflexo na janela do trem.

— Estou me preparando.

— Aprontando desse jeito? — sussurrou Shiva. Consultou a fotocópia do *sura* 52, que não tinha decorado bem. — Está maluco? Já é bastante difícil lembrar esse negócio sem estar no planeta Marte na hora de praticar.

Millat oscilou ligeiramente e se virou para Shiva com uma estocada inoportuna.

— Não estou me preparando *pra isso*. Estou me preparando pra *ação*. Porque ninguém vai fazer. É só perder um homem que vocês todos traem a causa. Vocês desertam. Mas eu agüento firme.

Shiva se calou. Millat referia-se à recente "prisão" do Irmão Ibrahim ad-Din Shukrallah sob acusações fabricadas de sonegação de imposto e desobediência civil. Ninguém levava a sério as acusações, mas todo mundo sabia que era um alerta não muito gentil da Polícia Metropolitana de que estava de olho nas atividades do GENIV. Tendo isso em mente, Shiva fora o primeiro a rejeitar o combinado Plano A, logo seguido por Abdul-Jimmy e Hussein-Ishmael, que, apesar do desejo de descarregar a violência em cima de alguém, *qualquer um*, tinha a loja para zelar. Por uma semana as discussões foram acaloradas (com Millat defendendo resolutamente o Plano A), mas, no dia 26, Abdul-Colin, Tyrone e, por fim, Hifan admitiram que o Plano A poderia não ser do interesse a longo prazo do GENIV. Não poderiam, afinal de contas, colocar-se numa situação de aprisionamento, a não ser que houvesse a garantia de que o GENIV disporia de líderes para os substituir. Desse modo o Plano A foi cancelado. O Plano B foi improvisado às pressas. O Plano B implicava que os sete representantes do GENIV se pusessem de pé no meio da entrevista coletiva à imprensa de Marcus Chalfen e citassem o *sura* 52, "A montanha", primeiro em árabe (Abdul-Colin faria isso sozinho) e depois em inglês. O Plano B enojou Millat.

— E é isso? Vão só *ler* pra ele? Esse é o castigo dele?

E onde foi parar a vingança? E onde foram parar as sobremesas, a retribuição e a Jihad justas?

— Está sugerindo — inquiriu Abdul-Colin com solenidade — que as palavras de Alá, tal como proferidas pelo profeta Maomé, *Salla Allahu 'Alaihi Wa Sallam*, não bastam?

Bom, *não*. E assim, ainda que o enojasse, Millat teve de recuar. No lugar das questões de honra, sacrifício, dever, das questões de vida e morte que decorriam do cuidadoso planejamento da guerra de clã, os motivos mesmos pelos quais Millat se associara ao GENIV, no lugar delas surgiu a questão da *tradução*. Todos concordavam que tradução alguma do Alcorão poderia pretender ser a palavra de Deus, mas, ao mesmo tempo, todos admitiam que o Plano B perderia algo na apresentação se ninguém entendesse o que estaria sendo dito. Daí a questão de *qual* tradução e *por quê*. Seria de um dos orientalistas indignos de confiança porém claros: Palmer (1880), Bell (1937-9), Arberry (1955), Dawood (1956)? Do excêntrico porém poético J. M. Rodwell (1861)? Do velho favorito, apaixonado e dedicado convertido anglicano por excelência Muhammad Marmaduke Pickthall (1930)? Ou de um dos irmãos árabes, o prosaico Shakir ou o bombástico Yusuf Ali? Debateram isso durante cinco dias. Quando numa noite Millat entrou no salão de Kilburn, bastou-lhe entrecerrar os olhos para tomar esse loquaz círculo de cadeiras, esses supostos fundamentalistas fanáticos, por uma reunião editorial do *London Review of Books*.

— Mas Dawood é bombástico! — argumentava o irmão Hifan com veemência. — Recomendo que leia o 52:44: *Se vissem uma parte do céu desabando, ainda assim diriam: "É apenas uma massa de nuvens!"*. Massa de nuvens? Não se trata de um concerto de rock. Pelo menos, no caso de Rodwell, há uma tentativa de capturar a poesia, a extraordinária natureza do árabe: *E caso vissem um fragmento de céu desabando, diriam: "É apenas uma nuvem densa"*. Fragmento, denso... o efeito é bem mais forte, *accha*?

E em seguida, hesitando, Mo Hussein-Ishmael:

— Sou só um dono de açougue-hífen-confeitaria, não posso afirmar que conheço muito a respeito. Mas gosto bastante desta última frase, é o Rodwell, acho... hã, sim, Rodwell, 52:49: *E na estação da noite: Louvem-No quando as estrelas surgirem*. Estação da noite. Acho que é uma frase linda. Soa como uma balada do Elvis. Muito melhor do que o outro, o tal de Pickthall: *E no tempo da noite também entoem o cântico de louvor a Ele, e a todas as estrelas que surgirem*. Estação da noite é muito mais bonito.

— E é pra isso que a gente tá aqui? — gritou Millat para todos. — Foi pra isso que a gente se aliou ao GENIV? Pra não agir? Pra sentar a bunda na cadeira e brincar com palavras?

Mas o Plano B pegou, e ali estavam eles, passando velozes por Finchley Road, rumo à Trafalgar Square para colocá-lo em prática. E esse era o motivo pelo qual Millat estava chapado. Dar-lhe bastante coragem para fazer uma outra coisa.

— Eu agüento firme — disse Millat no ouvido de Shiva, engrolando as palavras —, é pra isso que a gente tá aqui. Pra agüentar firme. Foi por isso que me aliei. Por que você se aliou?

Bom, na verdade Shiva aliara-se ao GENIV por três motivos. Primeiro, porque estava saturado do embaraço decorrente de ser o único hindu num restaurante muçulmano bengali. Segundo, porque ser o Chefe da Segurança Interna do GENIV era, de longe, melhor do que ser o segundo garçom no Palace. E, terceiro, por causa das mulheres. (Não as mulheres do GENIV, que eram belas porém castas ao extremo, mas todas as mulheres no mundo que tinham se desesperado com seus modos desvairados e que agora se achavam muitíssimo impressionadas com seu novo ascetismo. Adoravam a barba, tiravam o chapéu e diziam a Shiva que, aos trinta e oito anos de idade, ele finalmente deixara de ser um menino. Sentiam-se fortemente atraídas pelo fato de que ele abrira mão de mulheres, e quanto mais abria mão delas mais bem-sucedido ele se tornava. Claro que essa equação tinha tudo para dar certo e agora Shiva estava tendo mais gatinhas do que quando era um *kaffir*.) No entanto, Shiva pressentiu que a verdade era desnecessária nesse caso, de modo que respondeu:

— Para cumprir o meu dever.

— Então estamos na mesma sintonia, Irmão Shiva — retrucou Millat, estendendo o braço para dar uns tapinhas no joelho de Shiva, mas errando o alvo. — A única pergunta é: vai cumprir?

— Me desculpe, companheiro — disse Shiva, tirando o braço de Millat do lugar onde fora parar, entre suas pernas. — Mas eu acho, levando em conta a sua... hum... condição presente... que a pergunta é: *você* vai?

Agora, essa *era* uma boa pergunta. Millat meio que tinha certeza de que possivelmente talvez fosse ou não fazer alguma coisa que seria correta e muito estúpida e legal e nem um pouco boa.

— Mill, temos o Plano B — insistiu Shiva, observando nuvens de dúvida passarem pela fisionomia de Millat. — Vamos pôr em prática o Plano B, certo? Não faz sentido criar problemas. *Cara*. Você é *igualzinho* ao seu pai. O Iqbal típico. Não larga as coisas. Não espera para ver como param as coisas, ou sei lá como é o ditado.

Millat tirou o olhar de cima de Shiva e olhou para os próprios pés. Tinha tido mais certeza ao começar, imaginando a viagem na Linha Jubilee como um arremesso de dardos: Willesden Green Charing Cross, sem baldeação de trens, não essa balbúrdia de viagem; só uma linha reta até Trafalgar, e depois ele subiria as escadas que o levariam à praça e daria de cara com o inimigo de seu trisavô, Henry Havelock em cima do pedestal de pedra, coberto de titica de pombo. Seria encorajado por ele; entraria no Perret Institute com vingança e revisionismo na mente e glória perdida no coração e iria e iria e iria

— Acho — disse Millat, após uma pausa — que vou vomitar.

— Baker Street! — gritou Abdul-Jimmy. E com a discreta ajuda de Shiva, Millat atravessou a plataforma até o trem de conexão.

Vinte minutos mais tarde, a linha Bakerloo os descarregou no frio glacial da Trafalgar Square. Na distância, o Big Ben. Na praça, Nelson. Havelock. Napier. Jorge IV. E depois a National Gallery lá no fundo, perto da igreja St. Martin's. Todas as estátuas de frente para o relógio.

— Aqui na Inglaterra, eles adoram os falsos ícones deles — disse Abdul-Colin com sua curiosa mistura de seriedade e sátira, indiferente à grande multidão de foliões do ano-novo que dançavam em volta dos inúmeros blocos de pedra cinzenta, neles subiam e neles cuspiam. — Agora, quem é que pode me responder: o que é que os ingleses têm que faz eles erguerem estátuas de costas para a cultura e de frente para o tempo? — Calou-se, deixando os tiritantes Irmãos do GENIV refletir sobre a retórica pergunta. — Porque olham para o futuro a fim de esquecer o passado. Às vezes é de dar pena deles, sabiam? — continuou, girando em torno de si para olhar a multidão embriagada em volta. — Os ingleses não têm fé. Acreditam no que o homem faz, mas o que o homem faz cai aos pedaços. Olha só o império deles. Isso é tudo o que eles têm. Charles II Street e South Africa House e um monte de homens de pedra com ar de estúpidos montados em cavalos de pedra. O sol nasce e se põe sobre eles durante doze horas, sem problema nenhum. Isso é o que sobrou.

— Estou sentindo um puta frio — reclamou Abdul-Jimmy, juntando as mãos protegidas por mitenes (achava os discursos do tio um pé no saco). — Vamos andando — propôs, no que um gigantesco inglês grávido de cerveja, molhado com a água da fonte, trombava com ele —, para longe desta loucura de merda. Fica na Chandos Street.

— Irmão!? — Abdul-Colin chamou, dirigindo-se a Millat, que estava um pouco afastado do grupo. — Está pronto?

— Vou já, já. — Acenou para que fossem indo, meio combalido. — Não se preocupem, chego lá.

Havia duas coisas que queria ver antes. A primeira delas era um banco em especial, o banco que estava lá adiante, perto do muro do fundo. Andou até ele, uma longa jornada cambaleante, procurando evitar uma indisciplinada fila de conga (tanto haxixe na cabeça, pesos de chumbo em cada pé); mas chegou lá. Sentou. E ali estava.

IQBAL

Letras de dez centímetros, entre uma perna do banco e a outra. IQBAL. Não eram nítidas, tinham uma cor ferrugem-escura, mas lá estava o nome. A história dele era antiga.

Poucos meses depois de ter chegado à Inglaterra, o pai sentara neste banco para cuidar de um polegar que sangrava, um pedaço da ponta cortado por um incauto e titubeante golpe aplicado por um dos garçons veteranos. Quando aconteceu, no restaurante, Samad não sentiu, porque se tratava da mão morta. Só envolveu o dedo num guardanapo para conter o sangramento e continuou a trabalhar. Mas o tecido ficou encharcado de sangue, começou a tirar o apetite dos fregueses e por fim Ardashir o mandou para casa. Samad levou o polegar para fora do restaurante, atravessou a teatrolândia e desceu a St. Martin's Lane.

Ao chegar à praça, enfiou o polegar na fonte e observou as entranhas vermelhas se derramarem na água azul. Mas estava fazendo uma sujeira e as pessoas estavam olhando. Resolveu, em lugar disso, sentar no banco, segurando a base do polegar até o sangue parar. O sangue continuou a sair. Instantes depois, ele desistiu de manter o polegar na posição vertical e o manteve virado para baixo, para o chão, como carne *halal*, achando que isso aceleraria o processo de sangramento. Em seguida, com a cabeça entre as pernas, o polegar vertendo sangue no calçamento, viu-se apossado de um impulso primitivo. Lentamente, com o sangue que pingava, escreveu IQBAL, de uma perna do banco à outra. Depois, numa tentativa de o tornar mais permanente, reescreveu o nome com a ponta do canivete, gravando-o na pedra.

— Uma grande vergonha me cobriu assim que acabei de escrever — explicou ele aos filhos anos mais tarde. — Corri disso para dentro da noite; tentei fugir de mim mesmo. Eu sabia que tinha sido reprimido neste país... mais isso era diferente. Fui acabar me agarrando nas grades do Piccadilly Circus, me ajoelhando e orando, chorando e orando, atrapalhando os músicos que se esforçavam para ganhar o pão deles. Porque eu sabia o que isso significava, sabia mesmo. Significava que *eu queria escrever meu nome no mundo*. Significava que *eu me atrevia*. Como os ingleses que batizaram ruas de Kerala com o nome das mulheres deles, como os americanos que fincaram a bandeira deles na Lua. Era um alerta de Alá. Ele estava dizendo: Iqbal, *você está ficando igual a eles*. Era isso o que significava.

Não, pensou Millat, na primeira vez que ouviu isso, não, não era isso que significava. Significava só que *o senhor não é nada*. E olhando para isso agora Millat sentiu apenas desprezo. A vida inteira desejara um padrinho, e tudo que teve foi Samad. Um garçom maneta, tolo, derrotado e imperfeito que passara dezoito anos numa terra estranha e não deixara marca superior a essa. *Significa só que o senhor não é nada*, Millat repetiu, caminhando sobre vômitos prematuros (mocinhas bebendo doses duplas desde as três da tarde) até Havelock, para olhar nos olhos empedernidos de Havelock. *Significa que o senhor não é nada e que ele é alguma coisa*. É isso aí. Por isso Pande pendeu de uma árvore enquanto Havelock, o executor, sentava numa espreguiçadeira em Nova Délhi. Pande era ninguém e Havelock era alguém. Não há necessidade de bibliotecas, debates e reconstituições. *Não tá entendendo, abba*?, murmurou Millat. *É isso aí. Essa é a longa, longa história nossa e deles. Assim é que foi. Mas agora chega.*

Porque Millat estava ali para pôr um ponto final. Para se vingar. Para inverter essa história. Gostava de pensar que tinha uma atitude diferente, uma atitude de segunda geração. Se Marcus Chalfen estava para escrever o nome dele em todo o mundo, Millat escreveria o dele AINDA MAIOR. Não haveria erro de ortografia de *seu* nome nos livros de história. Não haveria esquecimento de datas e nomes. Onde Pande pisara em falso ele pisaria com firmeza. Onde Pande escolhera A, Millat escolheria B.

Sim, Millat estava chapado. E talvez soe absurdo que um Iqbal acredite que as migalhas de pão espalhadas por um outro Iqbal, gerações antes dele, ainda não foram carregadas pelo vento. Mas, na verdade, pouco importa aquilo em que acreditamos. Parece que isso não deterá o homem que pensa que esta vida é guiada pela vida que ele pensa que viveu antes ou pela cigana que jura sobre as rainhas de suas cartas de tarô. E é difícil mudar a mentalidade da mulher altamente sensível que deposita a responsabilidade de todas as suas ações aos pés da mãe, ou a do sujeito solitário que senta numa cadeira dobrável numa colina em noite alta à espera de gnomos. Em meio às estranhas paisagens que substituíram nossa crença na eficácia dos astros, a de Millat não é de um terreno tão estranho. Ele acredita que as decisões tomadas retornam. Ele acredita que vivemos em círculos. A crença dele é em um simples e puro fatalismo. O que vai volta.

— Ding, ding — gritou Millat, dando uns tapinhas no pé de Havelock antes de girar nos calcanhares e tomar o nebuloso caminho de Chandos Street. — Segundo assalto.

31 de dezembro de 1992

Quem aumenta a ciência, aumenta a dor

Eclesiastes, cap. 1, v. 18

Quando foi convidado a compilar o calendário de mesa do Salão do Reino de Lambeth, *Pensamento do dia*, para 1992, Ryan Topps tomou um cuidado especial para evitar os equívocos dos antecessores. No passado, com muita freqüência Ryan notou que, ao escolher citações para os dias totalmente fátuos e seculares, o compilador se deixava dominar pelo sentimento, de modo que, no Dia dos Namorados de 1991, encontramos *no amor não existe medo; mas o amor perfeito lança fora o medo*, Primeira Epístola de João, 4:18, como se João estivesse pensando no mero sentimento que leva as pessoas a mandar umas às outras Milk Tray e ursinhos baratos em lugar de amor a Jesus Cristo, o qual nada sobrepuja. Ryan adotou a abordagem oposta. Num dia como a véspera do ano-novo, por exemplo, quando todo mundo se ocupa em tomar as decisões para o ano, avaliando o ano passado e planejando o sucesso do seguinte, ele sentiu a necessidade de trazer as pessoas de volta ao chão com um tranco. Queria oferecer um pequenino lembrete de que o mundo é cruel e sem sentido, todos os esforços humanos basicamente inúteis, não havendo neste mundo nenhum avanço digno de ser alcançado exceto ganhar a leniência de Deus e um ingresso para a melhor metade da vida após a morte. E, tendo concluído o calendário no ano anterior e se esquecido quase totalmente do que fizera, teve uma agradável surpresa — ao rasgar a folha do dia 30 e olhar para a imaculada página em branco do 31 — ao constatar que o lembrete era deveras eficaz. Nenhum pensamento teria sido mais adequado ao dia por vir. Nenhum alerta mais propício. Arrancou a página do calendário, meteu-a dentro da calça de couro justa e pediu à sra. B. que montasse no *sidecar*.

— *Quem bravo for ante todo desastre!* — cantava a sra. B., enquanto atravessavam zunindo a ponte de Lambeth, rumo à Trafalgar Square — *Que na perseverança siga o Mestre!*

Ryan se certificou de dar o sinal um minuto antes de virar à esquerda, para que as senhoras do Reino no microônibus não se sentissem confusas. Fez um rápido levantamento mental das coisas que pusera na caminhonete: cancioneiros, instrumentos, bandeiras, panfletos da *Torre de vigia*. Todas presentes e corretas. Eles não dispunham de ingressos, mas fariam o protesto do lado de fora, no frio, sofrendo como cristãos fiéis. Louvado seja Deus! Que dia de glória! Todos os presságios eram bons. Na noite anterior ele até mesmo sonhara que Marcus Chalfen era o próprio diabo e que ficaram cara a cara. Ryan disse: *Eu e você estamos em guerra. Haverá apenas um vencedor.* Em seguida citou para ele a mesma passagem da Bíblia (agora não se lembrava de qual com exatidão, mas era alguma tirada do livro do Apocalipse) inúmeras, mas inúmeras vezes, até o diabo/Marcus ir diminuindo cada vez mais, cada vez mais, ficar com orelhas grandes e um comprido rabo forcado e, por fim, sair correndo, um camundongozinho satânico. Tal como nessa visão, assim o seria na vida real. Ryan permaneceria inflexível, inabalável, positivamente resoluto, e, no fim, o pecador se arrependeria.

Assim Ryan abordava todos os conflitos teológicos, práticos e pessoais. Não se movia, nem um dedo sequer. Mas nisso sempre fora talentoso; tinha uma monointeligência, uma capacidade de se agarrar a uma única idéia com uma tenacidade fenomenal, e jamais encontrara algo que se adequasse a isso tão bem quanto as Testemunhas de Jeová. Ryan pensava em branco e preto. O problema com as paixões de seu antecessor — lambreta e música *pop* — era que sempre havia tons cinza (embora, possivelmente, as duas coisas na vida secular mais próximas de um pregador testemunha-de-jeová sejam rapazes que mandam cartas para o *New Musical Express* e entusiastas que escrevem artigos para *Scooter Today*). Sempre havia as questões difíceis, se a apreciação dos Kinks deveria ou não ser diluída com um pouco de Small Faces ou se a Itália e a Alemanha eram ou não os melhores fabricantes de peças sobressalentes para motores. Essa vida lhe parecia tão estranha agora que ele mal se lembrava de tê-la vivido. Sentia pena dos que sofriam sob o peso de tais dúvidas e dilemas. Sentiu pena do Parlamento ao passar por ele de motoneta com a sra. B.; sentiu pena porque as leis que se faziam lá dentro eram provisórias, enquanto as dele eram eternas...

— *Não há desalento que o faça ceder uma vez, o primeiro confesso intento ser um peregrino!* — gorjeou a sra. B. — *Quem o assedia com histórias desoladoras... apenas a si mesmo confunde, mais a força dele...*

Ele sentia prazer. Sentia prazer em ficar cara a cara com o diabo e dizer: "Você mesmo: prove para mim. Vá, *prove*". Não havia necessidade de argumentações, como os muçulmanos ou os judeus. Nada de provas ou defesas convolutas. Só fé. E nada racional pode vencer a fé. Se *Guerra nas estrelas* (secretamente, o filme predileto de Ryan. O Bem! O Mal! A Força! Tão *simples*. Tão *verdadeiro*) é de fato a soma de todos os mitos arcaicos e a mais pura alegoria da vida (como Ryan acreditava que fosse), segue-se que a fé, a fé não adulterada, ignorante, é a maior puta espada de luz no universo. *Vá, prove*. Fazia isso todo domingo diante das portas e faria exatamente a mesma coisa com Marcus Chalfen. *Prove para mim que está certo. Prove para mim que você está mais certo do que Deus*. Nada no mundo o faria. Porque Ryan não acreditava em nada no mundo e não se interessava por nada no mundo.

— Estamos chegando?

Ryan apertou a frágil mão da sra. B. e acelerou pelo Strand, em seguida virou às pressas nos fundos da National Gallery.

— *Nenhum inimigo resistirá a seu poder, embora ele com gigantes lute, conquistará seu direito, ser um peregrino!*

Bem dito, sra. B.! O direito de ser um peregrino! Que não se atreve e contudo herda a Terra! O direito de ser direito, de ensinar aos outros, de ser justo o tempo todo, porque Deus ordenou que o sejamos, o direito de ir a terras estrangeiras e lugares estranhos e conversar com o ignorante, seguro de que nada falará exceto a verdade. O direito de ser sempre *direito*. Tão melhor do que os direitos que outrora prezara: o direito à liberdade, a liberdade de expressão, a liberdade sexual, o direito de fumar maconha, o direito de se reunir, o direito de dirigir uma lambreta a cento e trinta quilômetros por hora numa rua principal, sem capacete. Tantos mais além dos que Ryan poderia reivindicar. Ele exercia um direito tão raro, na guimba deste século, que se tornava praticamente obsoleto. O direito mais fundamental de todos. O direito de ser um sujeito bom.

Dia: 31-12-1992
Transporte de Ônibus de Londres
Itinerário 98
De: Willesden Lane
Para: Trafalgar Square
Hora: 17h35
Passagem: Adulto, Ida £0.70
Guarde o bilhete para inspeção

Caramba (Archie pensou), *não são feitos mais como antigamente*. Não que façam *pior*. É só que são feitos de um jeito bem, bem *diferente*. *Informações* demais. Assim que destaca um da perfuração, a gente se sente estofado e espetado por um taxidermista onividente, a gente se sente congelado no tempo, a gente se sente *apanhado*. Não costumava ser assim, Archie recordou. Muitos anos atrás, havia um primo, Bill, que trabalhava no antigo itinerário 32, por Oxford Street. Bom sujeito, o Bill. Todo sorriso e sempre trocando uma palavra com todo mundo. Costumava arrancar um bilhete de uma daquelas maquininhas manuais barulhentas (onde elas foram parar? cadê a tinta borrada?), mais ou menos às escondidas; nenhum dinheiro entregue; *para você ver, Arch*. O Bill era assim, sempre ajudando as pessoas. Bom, seja como for, esses bilhetes, os velhos, não diziam para onde a gente *estava indo*, muito menos de onde a gente *estava vindo*. Ele tampouco se lembrava de ver uma data neles e, com certeza, não havia menção de hora. Tudo era diferente agora, claro. Todas essas informações... Archie perguntava a si mesmo por quê. Cutucou o ombro de Samad. Ele estava sentado na frente de Archie, no primeiro banco do segundo andar do ônibus. Samad se virou, olhou para o bilhete que lhe foi mostrado, ouviu a pergunta e lançou um olhar esquisito para Archie.

— E o que é, *exatamente*, que você quer saber?

Parecia um pouco irritado. Todo mundo estava um tanto irritado neste momento. Houvera uma discussão inflamada à tarde. Neena convocara todo mundo para o evento do camundongo porque, vendo que Irie estava envolvida e que Magid estava envolvido, o mínimo que poderiam fazer era ir e apoiar a família, já que, pensassem o que pensassem, dera um trabalhão e os jovens precisam da confirmação dos pais, e então ela estava indo mesmo que eles não fossem e seria uma péssima demonstração se a família não aparecesse para o grande dia... bom, por aí afora. Em seguida, a precipitação emocional. Irie se debulhou em lágrimas (O que estava errado com Irie? Anda sempre chorosa nos últimos tempos), Clara acusou Neena de fazer chantagem emocional, Alsana disse que iria se Samad fosse, e Samad disse que havia dezoito anos ele celebrava a passagem do ano-novo no O'Connell's e que não deixaria de fazê-lo agora. Archie, por sua vez, disse que enlouqueceria se tivesse que ouvir aquelas baboseiras a noite toda — preferiria sentar sozinho no alto de uma colina. Ao dizer isso, todos lhe lançaram um olhar de dúvida. O que não sabiam era que ele estava seguindo o conselho profético que recebera de Ibelgaufts no dia anterior:

28 de dezembro de 1992

Meu queridíssimo Archibald,

Estamos na estação da alegria... ao menos é o que dizem, mas, daqui da minha janela, vejo apenas tumulto. Neste momento, seis felinos, ávidos de território, estão brigando no meu jardim. Não contente com o passatempo outonal favorito de encharcar de urina seus pedaços de terra, o inverno fez revelar neles um impulso ainda mais fanático... é um dar patadas e um voar de pêlos sem fim... os gritos me mantêm acordado a noite inteira! Não consigo deixar de pensar que o meu próprio gato, Gabriel, é que tem a idéia mais sensata, sentado no teto do galpão, depois de trocar as reivindicações de terra por uma vida tranqüila.

No fim, porém, Alsana baixou o decreto. Archie e os demais iriam, quisessem ou não quisessem. E não queriam. De maneira que, neste momento, estavam tomando quase metade do segundo andar do ônibus, na tentativa de sentarem sozinhos. Clara estava atrás de Alsana, que estava atrás de Archie, que estava atrás de Samad, que estava sentado no banco que ladeava o de Neena. Irie estava sentada ao lado de Archie, mas só porque não havia mais lugar.

— Sabe... eu estava querendo dizer que... — falou Archie, experimentando uma primeira conversa que quebrasse o silêncio de gelo desde a saída de Willesden. — É muito interessante a quantidade de informações que colocam num bilhete de ônibus hoje em dia. Em comparação com antigamente, sabe? Eu estava me perguntando o motivo disso. É muito interessante.

— Para ser sincero, Archibald — retrucou Samad com uma careta —, acho particularmente desinteressante. Acho extremamente aborrecido.

— Está bem — disse Archie. — Você tem razão. — O ônibus fez uma daquelas viradas de esquina que dão a impressão de que um simples sopro o tombará. — Hã... então você não sabe por quê...

— Não, Jones, não tenho nenhum amigo íntimo que trabalhe na empresa de ônibus e nenhuma informação confidencial sobre as decisões progressistas que são, sem dúvida, tomadas todos os dias pelo London Transport. Mas, se quiser saber qual é o palpite de um inculto, então imagino que isso faz parte de um gigantesco processo de monitoria do governo para acompanhar cada movimento de um Archibald Jones, a fim de averiguar o que e onde ele está fazendo todos os dias, todas as horas...

— Puxa vida — interveio Neena com irritação —, por que você tem de ser assim tão *provocador*?

— Faça o favor! Eu não tinha conhecimento de que eu e você, Neena, estávamos conversando.

— Ele só fez uma pergunta e você caiu de pau. Quero dizer, você vem provocando ele já tem meio século. Não está satisfeito ainda? Por que não deixa ele em paz?

— Neena Begum, juro que, se me der mais uma ordem hoje, vou arrancar sua língua pela raiz e usar como gravata.

— Calma, Sam — disse Archie, perturbado com o rebuliço que causara inadvertidamente. — Eu só estava...

— Não *ameace* a minha sobrinha — intrometeu-se Alsana do fundo do ônibus. — Não desabafe com ela só porque preferia estar comendo feijão e fritas (*Ah!*, pensou Archie, com pesar, *Feijão e fritas!*) a ir ver seu próprio filho realizando na verdade alguma coisa e...

— Desde quando *você* tem tanto entusiasmo? — interveio Clara, oferecendo uma opinião. — Sabe, Alsi, você tem um jeito muito oportuno de esquecer o que aconteceu dois minutos atrás.

— E quem diz isso é uma mulher que vive com o Archibald Jones! — Samad escarneceu. — Devo lembrar a vocês que em telhado de vidro...

— Não, Samad — protestou Clara. — Nem *pense* em me vir com essa. Você é que apresentou todos os senões para não vir... mas nunca mantém uma decisão, mantém? Vai sempre pandeando pelas tangentes. O Archie, bom, ele pelo menos... você sabe — vacilou, não acostumada a defender o marido e não encontrando o adjetivo apropriado necessário —, pelo menos ele toma uma decisão e mantém a decisão. Pelo menos o Archie é *constante*.

— Ah, sim, claro — retrucou Alsana, com azedume. — Do mesmo jeito que uma pedra é constante, do mesmo jeito que a minha querida *baba* é constante pelo simples motivo de que foi enterrada já faz...

— Ah, cale esse *bico* — disse Irie.

Alsana se calou um instante e, assim que o choque passou, recobrou a fala.

— Irie Jones, não me diga...

— Pois lhe digo, *sim* — disse Irie, com as bochechas ruborizadas —, digo. É, digo mesmo. Cale esse bico, Alsana. E vocês todos calem o bico. Está certo? Simplesmente, *calem*. Caso não tenham notado, aqui neste ônibus tem *outras pessoas* e, acreditem ou não, nem *todo mundo* quer ouvir vocês. Então calem o bico. Vamos. Experimentem. *Silêncio. Ah.* — Atirou as mãos para o ar como se tentasse tocar a quietude que criara. — Isso não é incrível? Sabiam que é assim que as outras famílias são? Elas são *quietas*. Perguntem a qualquer uma destas pessoas aqui. Elas vão contar. Elas têm família. *É assim que as famílias são o tempo todo*. E há quem goste de chamar essas famílias de reprimidas, de tolhidas emocionalmente, e o diabo, mas sabem o que eu tenho a dizer?

Os Iqbal e os Jones, levados ao silêncio pelo assombro, assim como o resto dos passageiros (inclusive as mocinhas *ragga* estridentes que iam celebrar a passagem num salão de baile de Brixton), não tinham resposta.

— Eu tenho a dizer, *filhas-da-puta sortudas*. Filhas-da-puta *sortudas*.

— Irie Jones! — estrilou Clara. — Deixa de ser língua-suja! — Mas não era possível conter Irie.

— Que existência pacífica. Que *alegria* deve ser a vida delas. Abrem a porta e tudo o que têm atrás delas é um banheiro ou uma sala de estar. Só espaços neutros. E não esse labirinto interminável de cômodos presentes e cômodos passados e as coisas ditas dentro deles anos atrás e a velha merda histórica de todo mundo em todos os lugares. Não cometem constantemente os mesmos erros antigos. Não ouvem sempre a mesma merda antiga. Não fazem representações públicas da angústia no transporte público. É mesmo, essas pessoas existem. Estou falando. Os maiores traumas da vida delas são coisas como colocar um carpete novo. Pagar contas. Consertar o portão. Não se importam com o que os filhos façam na vida, desde que sejam razoavelmente *saudáveis*, entendem? *Felizes*. E cada porra de dia não é essa desmedida batalha entre quem elas são e quem elas deveriam ser, o que elas foram e o que elas serão. Vamos, perguntem para elas. E elas vão contar. Nada de mesquita. Talvez uma igrejinha. Quase pecado nenhum. Montes de perdão. Nada de sótão. Nada de merda no sótão. Nada de segredo guardado. Nada de bisavós. Aposto vinte libras esterlinas *agora* que Samad é a única pessoa aqui que sabe qual é a medida das calças do bisavô dele. E sabem *por que* ninguém mais sabe? Porque *não tem a menor importância*. No que diz respeito a essas pessoas, isso é o *passado*. É assim que é em outras famílias. Elas não são comodistas. Não saem por aí se regalando, *se regalando* com o fato de que são totalmente disfuncionais. Não passam o tempo tentando achar maneiras de tornar a vida delas mais complicadas. Elas simplesmente *vão levando*. Que danadas sortudas. Que filhas da mãe sortudas.

O enorme fluxo de adrenalina que emanou dessa extraordinária explosão se avolumou no corpo de Irie, aumentou a pulsação para um galope e fez cócegas nos terminais nervosos do bebê não nascido, porque Irie estava grávida há oito semanas e sabia disso. O que ela não sabia, e o que ela compreendia que talvez *jamais soubesse* (na mesma hora em que viu as fantasmagóricas linhas azul-claras se formarem no teste caseiro, como o rosto da madona na berinjela de uma dona de casa italiana), era a identidade do pai. Nenhum teste na face da Terra o revelaria. O mesmo cabelo preto e grosso. Os mesmos olhos cintilantes. O mesmo hábito de mastigar a extremidade da caneta. O mesmo número de calçados. O mesmo ácido desoxirribonucléico. Não havia como saber da decisão de seu corpo, que escolha ele fizera, na corrida para o gameta, entre o salvo e o não-salvo. Não havia como saber se a escolha faria alguma diferença. Porque, qualquer que fosse o irmão, seria também o outro. Ela jamais saberia.

No início esse fato pareceu inefavelmente triste para Irie; por instinto, ela se mostrou sentimental aos fatos biológicos, acrescentando seu próprio silogismo inválido: se não fosse o filho de alguém, poderia ser o filho de ninguém? Pensou naqueles meticulosos cartogramas fictícios que se desdobravam nas páginas dos velhos livros de ficção científica de Joshua, as Aventuras de Fantasia dele. Assim lhe parecia o filho. Uma coisa perfeitamente plotada sem nenhuma coordenada real. Um mapa de uma pátria imaginária. Mas então, depois de chorar e andar de um lado para o outro e ruminar e ruminar tudo, ela pensou: *seja o que for*, sabe? Seja *o que for*. Sempre resultaria nisso, não exatamente nisso, mas sempre *envolvida* assim. Os Iqbal eram o assunto em questão. Os Jones. Como alguma vez esperar menos do que isso?

E por conseguinte se acalmou, pondo a mão sobre o peito palpitante e respirando fundo enquanto o ônibus ia se aproximando da praça e os pombos circunvoavam. Ela distinguiria um e não o outro; escolheria qual; ela o faria nessa noite.

— Você está bem, minha querida? — perguntou-lhe Archie após o longo período de silêncio que reinara, pondo a enorme mão rósea no joelho dela, salpicada de pintas iguais a manchas de chá. — Tem um monte de coisas no peito, então.

— Estou bem, pai. Estou bem.

Archie sorriu para ela e encaixou uma mecha de cabelo atrás da orelha dela.

— Pai.

— O que é?

— Esse negócio dos bilhetes de ônibus.

— O que tem?

— Segundo uma teoria, é porque tem muita gente que paga menos do que devia pagar pela viagem. Nos últimos anos, as empresas de ônibus sofreram déficits cada vez maiores. Está vendo onde está escrito *guarde para inspeção*? É porque assim eles podem checar mais tarde. Aqui tem todos os detalhes, para ninguém escapar impune.

E no passado?, Archie perguntou a si mesmo, Havia menos pessoas trapaceando? Elas eram mais honestas, deixavam a porta da frente aberta, deixavam os filhos com os vizinhos, faziam visitas sociais, penduravam a conta do açougueiro? O engraçado de ficar velho num país é que as pessoas sempre querem saber isso da gente. Querem saber se realmente foi outrora uma terra verde e aprazível. *Necessitam* disso. Archie perguntou a si mesmo se a filha necessitava disso. Ela o olhava de um jeito esquisito. A boca caída, os olhos quase suplicando. Mas o que ele poderia lhe dizer? Anos-novos vêm e vão, mas quantidade alguma de decisões parece mudar o fato de que há sujeitos maus. Sempre houve uma fartura de sujeitos maus.

— Quando eu era criança — disse Irie com suavidade, puxando o cordão da campainha porque chegara a hora de descer —, eu achava que eram pequenos álibis. Quero dizer, os bilhetes de ônibus. Veja: têm a hora. Têm a data. Têm o lugar. Se eu estivesse no tribunal e precisasse me defender, provar que eu não estava onde eles diziam que eu estava, fazendo o que eles diziam que eu fiz, quando dissessem que eu fiz, eu mostraria um destes.

Archie permaneceu calado e Irie, supondo que a conversa acabara, surpreendeu-se quando, minutos mais tarde, depois de abrirem caminho na feliz multidão do ano-novo e dos turistas que zanzavam de um lado para o outro, enquanto subiam a escada do Perret Institute, o pai disse:

— Poxa, nunca pensei nisso. Não vou me esquecer disso. Porque nunca se sabe, não é? Quero dizer, se sabe? Bom. Está aí uma idéia. A gente deve recolher eles da rua, acho. Guardar num jarro. Um álibi para cada ocasião.

∽

E todas essas pessoas se dirigiam para a mesma sala. O espaço derradeiro. Uma sala enorme, uma das muitas no Perret Institute; uma sala separada da exposição, embora se chamasse Sala de Exposição; um lugar corporativo, uma lousa limpa; branco/cromo/puro/simples (essa era a síntese do design) usado para as reuniões de pessoas que desejam se reunir em algum lugar neutro no final do século XX; um lugar virtual onde os negócios (seja uma nova marca, uma lingerie ou uma nova marca de lingerie) podem ser realizados num vácuo, numa cavidade não contaminada; o estágio final lógico de mil anos de espaços por demais aglomerados e sangrentos. Este é enxuto, esterilizado, renovado a cada dia por uma faxineira nigeriana com um Hoover industrial e vigiado durante a noite pelo sr. De Winter, um guarda-noturno polonês (assim se refere a si mesmo — o nome de seu cargo é coordenador de segurança de bens). Pode-se vê-lo protegendo o espaço, andando pelas bordas do espaço com um *walkman* que toca músicas polonesas; pode-se vê-lo, pode-se ver *isso*, através da enorme frente envidraçada se você passar por ali — os acres de vácuo protegido e uma placa com os preços por metro quadrado desses metros quadrados de espaço de espaço de espaço mais comprido do que largo e alto o bastante para conter da cabeça aos pés três Archie e pelo menos meia Alsana e hoje à noite há (amanhã não haverá) dois gigantescos pôsteres complementares, estendidos lado a lado da sala como papel de parede e neles o texto diz: COMISSÃO DE CIÊNCIA DO MILÊNIO numa grande variedade de fontes tipográficas que vão do propositado arcaísmo de viking à modernidade de **impacto** a fim de transmitir uma idéia de mil anos de desenho de letras (essa era a síntese), e tudo isso nas cores alternadas de cinza, azul-claro e verde-escuro, porque essas são as cores que, segundo revelam as pesquisas, as pessoas associam a "ciência e tecnologia" (púrpura e vermelho denotam as artes, o azul-marinho significa "qualidade e/ou mercadoria aprovada"), porque por sorte, depois de anos de sinestesia corporativa (sal & azul-vinagre, queijo & verde-cebola), as pessoas podem finalmente dar as respostas necessárias quando um espaço está sendo projetado, ou quando algo está recebendo uma nova marca, sala/mobília/Grã-Bretanha (essa era a síntese: uma nova sala britânica, um espaço para a Grã-Bretanha, britanicidade, espaço da Grã-Bretanha, espaço industrial espaço espaço cultural britânico); elas sabem o que se pretende ao serem indagadas de que modo se sentem com cromo fosco; e elas sabem o que se pretende por identidade nacional? símbolos? pinturas? mapas? música? ar-condicionado? crianças pretas sorridentes ou crianças chinesas sorridentes ou [assinale na caixa de seleção]? música mundial? felpa ou grenha? ladrilho ou tábua de assoalho? plantas? água corrente?

elas sabem o que elas querem, sobretudo as que viveram neste século, forçadas a sair de um espaço para ir para outro espaço como o sr. De Winter (nome de nascimento, Wojciech), recebendo um novo nome, uma nova marca, a resposta a toda enquete nada nada espaço por favor espaço nada por favor nada espaço

20. De camundongos e memória

É igual na tevê! Esse é o elogio mais superlativo que ocorre a Archie para qualquer acontecimento na vida real. Só que é igual na tevê, mas melhor. É bastante *moderno*. É tão bem concebido que a gente nem deseja *respirar* dentro dele, quanto mais peidar. Há estas cadeiras de plástico, mas sem pernas, curvadas como um *s*; parecem funcionar por meio de sua própria dobradura; e se encaixam umas nas outras, cerca de duzentas delas em dez fileiras, e serpenteiam em volta da gente quando a gente senta — flexíveis porém com sustentação! Confortáveis! Modernas! E a gente deve admirar esse envolvimento, Archie pensa, abaixando-se para sentar numa delas, um nível de envolvimento bem superior àquele em que estivera metido. *Muito legal*.

A outra coisa que o torna melhor do que na tevê é que está cheio de pessoas que Archie conhece. Lá está Millboid no fundo (canalha), com Abdul-Jimmy e Abdul-Colin; Josh Chalfen mais próximo do centro, Magid sentado bem na frente junto com a tal da Chalfen (Alsana evita olhar para ela, mas Archie acena de qualquer maneira, porque é grosseria não fazê-lo) e, de frente para todos eles (próximo de Archie — Archie pegou a melhor cadeira da sala), Marcus está sentado a uma mesa comprida, igual na tevê, atravancada de microfones, como um enxame terrível, enormes abdomes de abelhas assassinas. Marcus está sentado ao lado de outros quatro sujeitos, três da mesma idade dele e um realmente velho, de aspecto murcho — *dissecado*, se for esta a palavra. E todos usam óculos, como os cientistas na tevê. Sem aventais brancos, porém. Tudo muito informal: golas em V, gravatas, mocassins. *Um pouco decepcionante.*

Agora, ele já viu uma porção dessas extravagâncias em entrevistas coletivas, Archie viu (pais em prantos, criança desaparecida ou, inversamente, tratando-se de uma situação de órfão estrangeiro, criança em prantos, pais desaparecidos), mas esta é *mil vezes* melhor, porque no centro da mesa há algo bastante interessante (o que em geral a tevê não mostra, só as pessoas em prantos): um camundongo. Um camundongo bem comum, castanho, e não em companhia de outros camundongos, mas extremamente ativo, correndo ao redor da caixa de vidro do tamanho de um aparelho de televisão com respiradouros. Archie ficou um pouco apreensivo ao vê-lo pela primeira vez (sete anos dentro de uma caixa de vidro!), mas ocorre que é algo temporário, só para as fotografias. Irie explicou que há uma construção enorme para ele no instituto, repleta de túneis e lugares secretos, um espaço atrás de outro espaço, para que ele não se aborreça muito, e que mais tarde será transferido para lá. Então tudo bem. É também um ator com cara de esperto, este camundongo. Parece fazer caretas o tempo todo. A gente se esquece de que os camundongos são muito alertas. Dá um trabalhão cuidar deles, claro. Por isso nunca arranjou um para Irie quando ela era pequena. Peixinhos de aquário são mais limpos — com memória mais curta. Na experiência de Archie, tudo o que possui memória comprida acarreta ressentimento, e um animal de estimação com ressentimentos (aquela vez você me deu a comida errada, aquela vez você me deu banho) não é o que a gente deseja.

— Ah, você está aí — aquiesce Abdul-Mickey, desabando na cadeira ao lado de Archie, não revelando nenhum respeito pela cadeira sem pernas. — Você não ia gostar de ter um roedor ressentido nas mãos.

Archie sorri. Mickey é o tipo do camarada com quem a gente quer assistir a uma partida de futebol, ou de críquete, ou, se a gente vê uma briga na rua, quer que ele esteja lá, porque é uma espécie de comentarista da vida. Uma espécie de filósofo. Frustra-se bastante no dia-a-dia porque não encontra muita oportunidade de mostrar esse lado. Mas dê um jeito de o livrar do avental e de o afastar do fogão, dê a ele espaço para manobra — ele faz jus mesmo à fama que tem. Archie sempre tinha muito tempo a perder com Mickey. Muito tempo.

— E então, quando vão começar esse negócio? — pergunta para Archie. — Não têm pressa, não é? A gente não vai ficar olhando prum camundongo a porra da noite inteira, vai? Quero dizer, se é pra juntar essa gentarada toda aqui na véspera do ano-novo, é pra oferecer um *troço* parecido com diversão.

— É, bom — retruca Archie sem discordar, mas também não concordando plenamente —, eu imagino que eles têm que consultar as anotações e que... não é só ficar de pé e falar um monte de asneiras, não é? Quero dizer, não é só agradar todas as pessoas o tempo inteiro, não é? É *ciência*. — Archie diz *ciência* do mesmo jeito que diz *moderno*, como se alguém lhe tivesse emprestado as palavras e feito jurar que não as quebraria. — *Ciência* — Archie repete, manipulando-a com mais firmeza — é uma outra conversa bem diferente.

Mickey concorda com a cabeça, refletindo com seriedade sobre o assunto, tentando resolver quanto peso deveria dar a esse contra-argumento *ciência*, com todas as conotações de perícia e planos superiores, de lugares no pensamento que nem Mickey nem Archie jamais visitaram (resposta: nenhum), quanto respeito deveria dar, tendo em mente essas conotações (resposta: picas. Universidade da Vida, né?), e quantos segundos deveria esperar antes de arrasar com tudo (resposta: três).

— O contrário, Archibald, bem o contrário. Argumentação capenga, é o que é. Um puta erro comum, é o que é. A ciência não é diferente de coisa nenhuma, é? Quero dizer, pensando bem. No fim das contas, tem que agradar as pessoas, entende o que quero dizer?

Archie concorda com a cabeça. Entende o que Mickey quer dizer. (Algumas pessoas — Samad, por exemplo — dirão que a gente não confia em quem abusa da expressão *no fim das contas* — técnicos de times, agentes imobiliários, vendedores de todos os tipos —, mas Archie nunca pensou assim. O uso prudente dessa expressão nunca deixou de convencê-lo de que o interlocutor tocava no fundo das coisas, nos fundamentos.)

— E, se acha que tem alguma diferença entre um lugar como este e o meu bar — continua Mickey, de algum modo com a voz forte e no entanto jamais elevando-a acima de um cochicho em termos de decibéis —, tá brincando. No fim é tudo a mesma coisa. No fim tem a ver com o freguês. *Exempli gratia porcaria*: pra mim não é bom pôr *pato à l'orange* no cardápio se ninguém quer. *Vis-à-vis*, não faz sentido gastar um monte de dinheiro numa idéia inteligente se ela não vai ter porra de serventia nenhuma pra ninguém. *Pense nisso* — diz Mickey, dando batidinhas na têmpora com o dedo, e Archie segue a instrução tão bem quanto pode. — Mas isso não quer dizer que a gente não dá a porcaria da oportunidade — continua Mickey, animando-se com o tema. — A gente tem que dar uma *oportunidade* pra uma idéia nova. Senão, Archie, a gente tá sendo indiferente. Agora, no fim das contas, você sabe que sempre fui um sujeito do tipo pra-frente. Por isso introduzi Bubble e Squeak faz dois anos.

Archie concorda com a cabeça sabiamente. Bubble e Squeak foram mais ou menos uma revelação.

— O mesmo vale pra isto aqui. A gente tem que dar uma oportunidade pra essas coisas. Foi o que falei pro Abdul-Colin e pro meu Jimmy. Eu falei: antes de sacar o revólver, vai lá e dê uma oportunidade. E eles tão aqui. — Abdul-Mickey lançou a cabeça para trás, num repreensível sinal de reconhecimento na direção do irmão e do filho, que responderam na mesma moeda. — Talvez não gostem do que ouvem, claro, mas a gente não pode confiar nisso, pode? Mas pelo menos vieram com a *cabeça aberta*. Agora, eu, pessoalmente, tô aqui por causa da autoridade do Magid Iqbala... e eu confio nele, confio no juízo dele. Mas, como eu digo, é esperar pra ver. A gente vive e aprende pra caralho, Archibald — diz Mickey sem querer ser desagradável, mas porque o palavrão atua como um enchimento para ele; não consegue evitar; é só um recheio, como feijões e ervilhas —, a gente vive e aprende pra caralho. E escuta o que vou dizer: se alguma coisa que falarem aqui esta noite me convencer que o meu Jimmy não vai ter bacorins com pele que nem a porra da superfície da Lua, então, Arch, me converto. Agora escuta. Não faço a menor idéia do que um camundongo tem a ver com a porra da pele do velho Yusuf, mas lhe digo: eu punha a minha vida nas mãos desse moço Iqbala. Esse camarada me passa boas vibrações. Vale dez do irmão dele — acrescenta Mickey com ironia, baixando a voz, porque Samad estava sentado logo atrás. — Dez, fácil, fácil. Quero dizer, que merda ele tava pensando, hein? Eu sei quem eu tinha mandado pra lá. Sem o menor medo.

— Foi uma decisão difícil — retruca Archie, encolhendo os ombros.

Mickey cruza os braços e zomba.

— Isso não existe, amigão. Ou a gente *tá certo* ou *não tá*. E assim que a gente percebe isso, Arch, de repente a vida fica fácil pacas. Escuta o que eu digo.

Archie escuta as palavras de Mickey agradecidamente, juntando-as às outras pérolas de sagacidade que o século lhe oferecera: *A gente tá certo ou não tá. A idade de ouro dos vales-refeição já acabou. Não posso ser mais justo que isso. Cara ou coroa?*

— Ei, ei, o que é aquilo? — diz Mickey com um sorrisinho. — Olha lá. Movimentação. Microfone em ação. Um, dois, um, dois. Parece que a *manneth* vai começar.

— ... e este trabalho *é* pioneiro, *é* algo que merece atenção do público e dinheiro público, e é um trabalho cuja importância anula, na mente de qualquer pessoa racional, as objeções que foram incitadas contra ele. O que é necessário...

O que é *necessário*, pensa Joshua, são cadeiras mais próximas da frente. Um típico planejamento porco da parte de Crispin. Crispin solicitara cadeiras no centro da sala, para que os integrantes do SINA se confundissem, por assim dizer, com o público e colocassem os gorros na última hora, mas era, sem dúvida, uma péssima idéia que se fiava na existência de uma espécie de corredor central na disposição dos assentos, o que simplesmente nao existe aqui. Agora terão de fazer uma desajeitada caminhada até os corredores laterais, como terroristas à procura das poltronas no cinema, atrasando toda a operação, quando as táticas de agilidade e choque são a merda do *objetivo*. Que desempenho! O plano inteiro irrita Josh. Tão minucioso e absurdo, tudo concebido para a maior glória de Crispin. Crispin gosta de berrar, Crispin gosta de brandir uma arma, Crispin reproduz alguns esgares do pseudo-Jack psicótico-Nicholson só para mostrar o drama da coisa. FANTÁSTICO. Tudo o que Josh tem a dizer é: *Pai, por favor. Dê a eles o que eles querem*, embora, no íntimo, imagine que terá algum espaço para a improvisação: *Pai, por favor. Eu sou jovem pacas. Eu quero viver. Dê a eles o que eles querem, pelo amor de Deus. Não passa de um camundongo... Eu sou seu filho*, e, em seguida, talvez um falso desmaio em reação às falsas coronhadas de pistola, caso o pai se mostre relutante. O plano inteiro se apóia em tão alto grau no fator exasperação que praticamente cai no piegas. Mas vai funcionar (Crispin dissera), esse recurso sempre *funciona*. Contudo, tendo passado tanto tempo no reino animal, Crispin é igual a Mowgli: não sabe patavina sobre as motivações das pessoas. E sabe mais sobre a psicologia de um furão do que jamais saberá sobre os mecanismos internos de um Chalfen. De maneira que, ao olhar para Marcus ali no alto com seu magnífico camundongo, celebrando a grande realização de sua vida e, talvez, *desta geração*, Joshua não consegue evitar que seu próprio cérebro perverso pergunte se não é possível que ele, Crispin e o SINA tenham se enganado *redondamente*. Que tenham estragado tudo em grande estilo. Que tenham subesmtimado o poder do chalfenismo e sua extraordinária consagração ao Racional. Pois é bem possível que o pai não vá, simples e irrefletidamente, salvar a coisa que ele ama tal como o resto da plebe. É bem possível que o amor nem seja invocado. E só de pensar nisso Joshua sorri.

ꝏ

— ... e gostaria de agradecer a todos, em especial à minha família e aos meus amigos, que sacrificaram sua véspera de ano-novo... Gostaria de agradecer a todos por estarem aqui, presentes no início do que, todos concordarão, tenho certeza, é um projeto bastante estimulante, não apenas para mim e os demais pesquisadores mas também para um mais amplo...

Marcus começa e Millat observa os Irmãos do GENIV trocarem olhares. Calculam que terão de esperar uns dez minutos. Talvez quinze. Seguirão o exemplo de Abdul-Colin. Estão seguindo instruções. Millat, em compensação, não está seguindo instruções, pelo menos não as do tipo passado boca a boca ou anotado em pedaços de papel. Ele é um imperativo secretado nos genes, e o aço frio no bolso interno do paletó é a resposta a uma exigência que lhe fizeram havia muito tempo. Ele é no íntimo pandiano. E em seu sangue há motim.

Quanto aos aspectos práticos, não foram problema: dois telefonemas a uns camaradas da velha turma, um acordo tácito, um pouco de dinheiro do GENIV, um pulo a Brixton e pronto!, estava na mão dele, mais pesado do que imaginara, mas, à parte isso, um objeto até que normal. Ele quase o *reconheceu*. O efeito dele lhe lembrava um pequeno carro-bomba que viu explodir, anos antes, na área irlandesa de Kilburn. Tinha só nove anos de idade, caminhava com Samad. Mas enquanto Samad ficou abalado, verdadeiramente abalado, Millat mal piscou os olhos. Para Millat, era tão *familiar*. Não ficou nada perturbado. Porque hoje em dia não há mais objetos ou acontecimentos estranhos, assim como não há os sagrados. É tudo muito familiar. Está tudo na tevê. De maneira que manusear o metal, senti-lo perto da pele nessa primeira vez foi fácil. E quando as coisas vêm até a gente assim com tanta facilidade, quando as coisas se encaixam no lugar sem o menor esforço, é tentador demais usar a palavra de quatro letras. SINA. As quais, para Millat, resultam numa soma bastante parecida com a da tevê: uma narrativa interminável, escrita, produzida e dirigida por uma outra pessoa.

Claro que agora que está aqui, agora que está chapado e *apavorado* e que não parece tão fácil assim, e que o lado direito do paletó dá a sensação de alguém ter metido lá a porra de uma bigorna de —desenho animado, agora ele vê a grande diferença entre a tevê e a vida real, e é um pé bem no saco. Conseqüências. Mas mesmo pensar *nisso* é olhar para os filmes à procura de referências (porque ele não é igual a Samad ou a Mangal Pande; nunca esteve na guerra, nunca viu ação nenhuma, não tem analogias ou historietas), é se lembrar de Pacino no primeiro *Poderoso Chefão*, encolhido no banheiro do restaurante (como Pande esteve encolhido no banheiro da caserna), refletindo por um instante sobre o que significa sair precipitadamente do banheiro e estourar os dois sujeitos sentados à mesa de toalha xadrez. E Millat se lembra. Lembra de voltar a fita, congelar a imagem e passar devagar essa cena vezes incontáveis ao longo de anos. Lembra que, não importa por quanto tempo a gente dê um *pause* naquela fração de segundo de Pacino refletindo, não importa a freqüência com que a gente torne a passar a dúvida que parece se estampar no rosto dele, ele nunca faz outra coisa a não ser o que irá fazer sempre.

— ... e quando levamos em consideração que a importância humana desta tecnologia, que se revelará, acredito, equivalente às descobertas deste século no campo da física: relatividade, mecânica quântica.... quando levamos em consideração as escolhas que nos proporciona... não entre olhos azuis e olhos castanhos, mas entre olhos que seriam cegos e aqueles que enxergariam...

Mas Irie agora acredita que há coisas que o olho humano não é capaz de detectar, não com lupa, binóculo ou microscópio. Sabia, experimentara. Olhou para um e depois para o outro, um e depois o outro — tantas vezes que deixaram de parecer rostos, apenas telas com estranhas protuberâncias, assim como repetir uma palavra muitas vezes a desprovê de sentido. Magid e Millat. Millat e Magid. Majlat. Milljid.

Pediu ao filho não nascido que lhe desse algum tipo de dica, mas nada. Versículos líricos da casa de Hortense não lhe saíam da cabeça — Salmo 63 — *de madrugada te buscarei: a minha alma tem sede de ti, a minha carne te deseja...* Mas isso exige demais dela. Requer que volte, volte, volte à raiz, ao momento fundamental em que o esperma encontrou o óvulo, em que o óvulo encontrou o esperma — tão cedo nesta história que não é possível lhe seguir o curso. O filho de Irie jamais poderá ser mapeado exatamente nem se falará dele com certeza. Alguns segredos são permanentes. Numa visão, Irie viu uma época, uma época não distante desta, em que as raízes não terão mais importância porque não podem porque não devem porque são muito extensas e são muito tortuosas e estão enterradas fundo demais. Ela a aguarda com ansiedade.

∽

— *Quem bravo for ante todo desastre...*

Há alguns minutos já, sob o discurso de Marcus e os ruídos dos obturadores das câmeras, outro som (Millat em especial tinha se sintonizado com ele), um débil som de canto, era audível. Marcus está fazendo o possível para ignorá-lo e prossegue, mas acaba de se tornar bem mais alto. Ele começa a fazer pausas entre as palavras para olhar em volta, embora o canto não esteja, nitidamente, na sala.

— ... *Que na perseverança siga o Mestre...*

— Ah, Deus do céu — Clara murmura, curvando-se para a frente para falar no ouvido do marido. — É a *Hortense*. Archie, você *tem* que ir lá resolver isso. *Faz favor*. É mais fácil para você sair da sua cadeira.

Mas Archie está se divertindo a valer. Entre o discurso de Marcus e os comentários de Mickey, é como estar assistindo a duas televisões ao mesmo tempo. Muito informativo.

— Peça para a Irie.

— Não posso. Ela está muito no meio para sair. *Archie* — ela resmunga, reincidindo num ameaçador dialeto —, você não pode simplesmente deixar elas cantar no meio deste treco aqui!

— Sam — diz Archie, procurando se fazer ouvir num cochicho —, Sam, vá lá você. Você nem sequer queria *vir* aqui. Vá. Você conhece a Hortense. Fala só para ela cantar mais baixo. Fala só que eu gostaria de escutar o resto do discurso, você sabe. *Muito informativo*.

— Com prazer — sussurra Samad, levantando-se abruptamente da cadeira e sem se incomodar de pedir desculpas ao pisar com todo o peso no pé de Neena. — Nem precisam guardar o meu lugar.

Marcus, que ainda não chegou à metade do discurso, numa detalhada descrição dos sete anos do camundongo, afasta os olhos dos papéis ao perceber a agitação e se interrompe para observar a pessoa desaparecer no meio do público.

— Acho que alguém se deu conta de que esta história não tem um final feliz.

Enquanto o público ri e torna a mergulhar no silêncio, Mickey cutuca as costelas de Archibald.

— Agora sim, tá vendo? — diz. — Um toquezinho de humor... animar um pouco as coisas. A língua dos leigos, né? Não é todo mundo que estudou na porra da Oxbridge. A maioria das pessoas entrou é pra...

— Universidade da vida — concorda Archie com um sinal afirmativo da cabeça, porque ambos estiveram lá, embora em épocas diferentes. — Imbatível.

Do lado de fora: Samad sente sua resolução, forte ao bater a porta atrás de si, enfraquecida ao se aproximar das intimidantes senhoras testemunhas-de-jeová, dez delas, todas ostentando ferozmente uma peruca, paradas na escadaria da entrada, extraindo sons ruidosos dos instrumentos de percussão como se desejassem extrair algo mais substancial do que ritmo. Cantam a plenos pulmões. Cinco seguranças já haviam admitido a derrota, e mesmo Ryan Topps parece um tanto espantado com esse coral Frankenstein, preferindo ficar longe na calçada, distribuindo exemplares da *Torre de vigia* para a grande multidão que se dirige ao Soho.

— Dão desconto? — indaga uma garota ébria, inspecionando o desenho de céu *kitsch* na capa, juntando a publicação ao punhado de folhetos de ano-novo das casas noturnas. — Tem norma de roupa?

Com receio, Samad dá uns tapinhas nos ombros de atacante de rúgbi da tocadora de triângulo. Tenta a gama completa do vocabulário acessível a um homem indiano que se dirige a velhinhas jamaicanas potencialmente perigosas (*porgentilezadesculpequemsabeporfavor* — a gente aprende isso nos pontos de ônibus), mas os tambores prosseguem, o *kazoo* zumbe, os címbalos colidem com estrondo. As senhoras continuam a triturar a geada com seus calçados prudentes. E Hortense Bowden, demasiado idosa para marchar, continua sentada numa cadeira dobrável, de olhos resolutos sobre a massa de pessoas que dançam na Trafalgar Square. Há uma bandeira entre os joelhos que apenas diz:

O TEMPO ESTÁ PRÓXIMO — Apocalipse 1:3

— Senhora Bowden? — diz Samad, avançando um passo numa pausa entre os versículos. — Sou o Samad Iqbal. Amigo do Archibald Jones.

Como Hortense não olha para ele ou não revela nenhum indício de reconhecimento, Samad se sente obrigado a mergulhar mais fundo na teia intricada de seu relacionamento.

— Minha mulher é muito amiga da sua filha; a sobrinha da minha mulher também. Meus filhos são amigos da sua...

Hortense estala a língua entre os dentes.

— Sei quem você é. Você me conhece, eu te conheço. Mas agora existem só dois tipos de pessoas no mundo.

— É que nós estávamos pensando — Samad interrompe, detectando um sermão e desejando extirpá-lo pela raiz — se a senhora não poderia fazer a gentileza de diminuir um pouco o barulho... se não...

Mas Hortense lhe atropela as palavras, os olhos fechados, o braço erguido, testemunhando a verdade no velho estilo jamaicano.

— Dois tipos de pessoas: as que louvam o Senhor e as que O rejeitam, arriscando a alma.

Ela se vira. Ela se levanta. Ela agita a bandeira com fúria na direção das hordas bêbadas que se movimentam de um lado para o outro em uníssono nas fontes da Trafalgar Square, e nisso um cínico repórter fotográfico com seis páginas de espaço à espera lhe pede que repita os gestos.

— Põe a bandeira um pouco mais no alto, dona — diz ele, a câmera erguida, um joelho na neve. — Vamos, cara de brava, isso. Excelente.

As mulheres testemunhas-de-jeová elevam as vozes, emitindo o canto para o firmamento. "*De madrugada te buscarei*", entoa Hortense. "A *minha alma tem sede de ti, a minha carne te deseja em uma terra seca e sedenta, onde não há água...*"

Samad observa tudo e se vê, para sua surpresa, sem vontade de calá-la. Em parte porque está cansado. Em parte porque está velho. Mas sobretudo porque faria o mesmo, embora com um nome diferente. Sabe o que é buscar. Sabe o que é a secura. Sentiu a sede que a gente sente numa terra estranha — horrível, persistente —, a sede que dura a vida inteira.

Não posso ser mais justo que isso, pensa, *não posso ser mais justo que isso*.

∞

Do lado de dentro:

— Mas ainda tô esperando ele chegar na parte sobre a minha pele. Não ouvi nada ainda, você ouviu, Arch?

— Não, nada ainda. Imagino que ele tem um monte de coisas para falar. Tudo isso é revolucionário.

— É, claro... Mas quem paga tem direito de escolher.

— Não pagou pelo seu ingresso, pagou?

— Não. Não, não paguei. Mesmo assim tenho *expectativas*. O princípio é o mesmo, né? Opa, opa, espera lá... acho que acabei de escutar *pele*...

Mickey ouviu de fato pele. Papilomas na pele, aparentemente. Uns bons cinco minutos. Archie não entende uma só palavra. Mas, no final, Mickey parece satisfeito, como se tivesse obtido todas as informações que procurava.

— Hum, foi pra isso que eu vim, Arch. Muito interessante. Um grande avanço na medicina. Esses médicos são uns puta milagreiros.

— ... e nisso — Marcus está dizendo — ele foi elementar e indispensável. Ele não só é uma inspiração pessoal como também lançou as fundações para grande parte deste trabalho, em especial no ensaio seminal, do qual tomei conhecimento pela primeira vez em...

Ah, isso é bonito. Dar algum crédito para o velho camarada. E, dá para perceber, está contente de ouvir isso. Parece que vai chorar. Não deu para entender o nome. Mesmo assim, bonito isso de não tomar a glória só para si. Mas também não precisa exagerar. Do jeito que o Marcus fala dá a impressão que o camarada fez tudo.

— Caramba — diz Mickey, pensando a mesma coisa —, um excesso de elogios, né? Achei que você tinha falado que o Chalfen é que era o tal.

— Talvez sejam parceiros de crime — sugere Archie.

— ... empenhando-se arduamente, quando o trabalho nesta área carecia seriamente de fundos e corria o risco de permanecer na esfera da ficção científica. Só por esse motivo ele tem sido o espírito-guia, por assim dizer, do grupo de pesquisa e é, como sempre foi, meu mentor, uma posição que ocupa já há vinte anos...

— Sabe quem é o meu mentor? — diz Mickey. — Muhammad Ali. Sem dúvida. Integridade de mente, integridade de espírito, integridade de corpo. Um sujeito de primeira. Lutador duca. E, quando falou que era o maior, não falou só "o maior".

— Não? — retruca Archie.

— Nã, amigão — diz Mickey, solene. — Ele falou que era o *maior de todos os tempos*. Passado, presente, futuro. Um puta arrogante, o Ali. Indiscutivelmente, o meu mentor.

Mentor... pensa Archie. Para ele, sempre foi Samad. Não pode dizer isso ao Mickey, claro. Soa insensato. Soa esquisito. Mas é a verdade. Sempre Sammy. Para o que desse e viesse. Mesmo se o mundo estivesse acabando. Nunca tomou uma decisão sem ele em quarenta anos. O bom e velho Sam. Sam, o homem.

— ... e, portanto, se há uma pessoa que mereça a parte do leão do reconhecimento pelo prodígio que os senhores vêem agora, é o doutor Marc-Pierre Perret. Um homem notável e um eminente...

Cada momento acontece duas vezes: por dentro e por fora, e são duas histórias diferentes. Archie reconhece o nome vagamente, em algum lugar dentro dele, mas então já está se mexendo na cadeira, procurando ver se Samad voltou. Não vê Samad. Em vez dele, nota Millat, que parece esquisito. Que parece obviamente esquisito. Não esquisito excêntrico, mas esquisito esquisito. Está oscilando muito de leve na cadeira e Archie não pode lhe lançar um olhar de "você está bem?" porque os olhos dele estão grudados em alguma coisa, e, ao seguir o trajeto do olhar fixo, Archie olha para a mesma coisa peculiar: um velhinho que chora pequenas lágrimas de orgulho. Lágrimas vermelhas. Lágrimas que Archie reconhece.

Mas não antes que Samad as reconheça; o *capitão Samad Miah*, que acabara de entrar sem fazer barulho pela porta moderna de mecanismo silencioso; o *capitão Samad Miah*, que se detém por um instante no limiar, espia através das lentes dos óculos de leitura e descobre que seu melhor amigo no mundo lhe mentira durante cinqüenta anos. Que a pedra fundamental da amizade era feita de algo nada mais sólida do que gelatina e bolhas de sabão. Que há mais, muito mais, acerca de Archibald Jones do que jamais imaginara. Descobre tudo ao mesmo tempo, como no clímax de um musical indiano ruim. E então, com desagradável júbilo, chega à verdade fundamental, a anagnósia: *Só este incidente nos fará, dois velhos jovens, continuar pelos próximos quarenta anos*. É a história que põe fim a todas as histórias. É a dádiva que continua a dar de si.

— Archibald! — transfere o olhar do médico para o tenente e solta uma breve, estridente e histérica risada; sente-se como um noivo olhando para a noiva com perfeito reconhecimento, justo na hora em que tudo mudou entre os dois. — Seu falso e reles impostor de merda *misa mata, bhainchute, shorabaicha, syut-morani, haraam jadda*...

Samad adota, todo impaciente, o vernáculo bengali, tão pitorescamente povoado de mentirosos, comedores de irmãs, filhos e filhas de porcos, gente que dá à própria mãe prazer oral...

Mas mesmo antes disso, ou ao menos simultaneamente a isso, enquanto o público observa perplexo esse velho moreno gritar com esse velho branco numa língua estrangeira, Archie percebe que algo mais está acontecendo, alguma movimentação neste espaço, uma movimentação latente em toda a sala (os sujeitos indianos no fundo, os rapazes sentados perto de Josh, Irie olhando de

Millat para Magid, de Magid para Millat, como uma juíza), e vê que Millat chegará lá primeiro; e Millat está esticando o braço como Pande; e Archie viu na tevê e viu na vida real e sabe o que esse esticar de braço significa, e então se levanta. E então avança.

E então, quando a arma brilha na luz da sala, *lá* está ele, lá está sem moeda que o ajude, lá está antes que Samad consiga detê-lo, lá está sem álibi, lá está entre a decisão de Millat Iqbal e o alvo dele, como o momento entre o pensamento e a fala, como o átimo da intervenção da memória ou do pesar.

Em determinado momento na escuridão, pararam de caminhar na planície e Archie empurrou o Doutor para a frente, fazendo-o parar bem diante dele, onde poderia enxergá-lo.

— Fique aí — disse, no que o Doutor entrou inadvertidamente na claridade de um feixe do luar. — Fique exatamente onde está.

Porque desejava ver o mal, o mal puro; o momento do grande reconhecimento, *necessitava* vê-lo — e então poderia proceder como o combinado anteriormente. Mas o Doutor se encurvava demais e parecia fraco. O rosto coberto de um sangue vermelho-claro, como se a ação já tivesse sido realizada. Archie jamais vira um homem tão prostrado, tão completamente subjugado. Meio que lhe frustrava o desígnio. Viu-se tentado a dizer *Você representa o que eu sinto*, porque se houvesse uma corporificação de sua própria dor de cabeça latejante, da náusea alcoólica que lhe subia do estômago, ela se achava de pé na frente dele neste momento. Ambos, porém, permaneceram calados; apenas ali de pé por uns instantes, entreolhando-se além da arma carregada. Archie teve a estranha sensação de que poderia *dobrar* esse homem em lugar de matá-lo. Dobrá-lo e guardá-lo no bolso.

— Escute, sinto muito — disse Archie em desespero, após trinta longos segundos de silêncio. — A guerra acabou. Não tenho nada contra você pessoalmente... mas o meu amigo, Sam... bom, estou numa situação meio crítica. Então é isso.

O Doutor piscou os olhos várias vezes e parecia controlar a respiração com muito esforço. Através dos lábios que seu próprio sangue tingia de vermelho, disse:

— Enquanto estávamos andando... você falou que eu poderia implorar...?

Conservando as mãos atrás da cabeça, o Doutor se mexeu para se ajoelhar, mas Archie abanou a cabeça e resmungou.

— Eu *sei* que falei... mas não tem... é melhor que eu... — disse Archie com tristeza, imitando o apertar do gatilho e o coice da arma. — Não acha? Quero dizer, mais fácil... bem mais? — O Doutor abriu a boca para dizer algo, mas Archie tornou a balançar a cabeça. — Nunca fiz isso antes e estou um pouco... bom, bêbado, para ser sincero... bebi um bocado... e não ajudaria nada... você ia ficar tagarelando e eu provavelmente não ia entender, sabe, então...

Archie ergueu os braços até alinhá-los com a testa do Doutor, fechou os olhos e engatilhou a arma.

A voz do Doutor saltou uma oitava.

— Um cigarro?

E foi neste momento que a coisa começou a dar errado. Assim como deu errado para Pande. Deveria ter atirado no sujeito e pronto. Provavelmente. Em vez disso, abriu os olhos e viu a vítima se esforçar para, como um ser humano, tirar do bolso da camisa um maço de cigarros amassado.

— Posso... por favor? Antes...

Archie deixou escapar pelo nariz toda a respiração que prendera nos pulmoes para matar um homem.

— Não posso negar um último pedido — disse, porque vira isso nos filmes. — Tenho fogo, se quiser.

O Doutor aquiesceu, Archie riscou um fósforo e o Doutor se curvou para a frente para acender o cigarro.

— Bom, vamos logo com isso — disse Archie, após um instante; *nunca* conseguiu resistir a um debate sem propósito. — Se tiver alguma coisa para dizer, diga. Não tenho a noite inteira.

— Posso falar? Vamos ter uma conversa?

— Não disse que vamos ter uma conversa — retrucou Archie com rispidez. Porque essa era uma tática dos nazistas nos filmes (e Archie não o ignorava; passara os primeiros quatro anos da guerra assistindo a trêmulos filmes sobre o nazismo no Brighton Odeon), tentam se safar com conversa fiada. — Eu disse que você ia falar e que depois eu ia matar você.

— Ah, sim, claro. — O Doutor limpou o rosto com a manga da camisa e olhou inquisitivo para o rosto do rapaz, verificando se falava sério. O rapaz parecia sério. — Bom, então... Se me permite dizer... — A boca do Doutor permaneceu aberta, esperando que Archie introduzisse um nome, mas não. — Tenente... se permite dizer, tenente, a mim me parece que está numa espécie de... arrepsia moral.

Archie não sabia qual era o significado de arrepsia. Lembrava de algum modo carvão, metal e País de Gales, algo entre pedreira e fundição. Perplexo, disse o que sempre dizia numa situação igual a essa.

— Um chocolate ia bem!

— Hã... sim, *sim* — retrucou o Doutor Doente, ganhando mais segurança; ainda não tinha sido morto e um minuto inteiro se passara. — A mim me parece que você tem um *dilema*. Por um lado... não acredito que deseje me matar...

Archie endireitou os ombros.

— Escute, camarada...

— E, por outro lado, prometeu ao amigo exageradamente zeloso que irá. Mas é *mais* do que isso. — As mãos trêmulas do Doutor colidiram por acaso com o cigarro e Archie observou a cinza cair como neve cinzenta em cima das botas. — Por um lado, tem uma obrigação para com... para com... o seu país e o que acredita ser certo. Por outro lado, eu sou um *homem*. Estou falando com você. Respiro e sangro como você. E não sabe, com certeza, que tipo de homem eu sou. Só ouviu dizer. Entendo, portanto, sua dificuldade.

— Não tenho nenhuma dificuldade. *Você*, camarada, é que tem uma dificuldade.

— E contudo, embora eu não seja seu amigo, você tem um dever para comigo, porque sou um homem. Penso que está dividido entre deveres. Penso que se encontra numa situação interessantíssima.

Archie se adiantou um passo e pôs a boca da arma a cinco centímetros da testa do Doutor.

— Terminou?

O Doutor tentou dizer *sim*, mas nada emitiu exceto um gaguejo.

— Ótimo.

— Espere! *Por favor*. Conhece Sartre?

Archie suspirou, exasperado.

— Não, não, não... não temos amigos em comum... sei disso porque só tenho um amigo e ele se chama Iqbala. Escute, eu vou matar você. Sinto muito, mas...

— Amigo não. Filósofo. Sartre. *Monsieur J.-P.*

— Quem?! — exclamou Archie perturbado, desconfiado. — Soa francês.

— Ele é francês. Um ilustre francês. Encontrei-me com ele brevemente, em 1941, quando foi preso. Mas quando o encontrei ele me propôs um problema, que é semelhante, creio, ao seu.

— Continue — disse Archie devagar. O fato era que bem que gostaria de uma ajuda.

— O problema — prosseguiu o Doutor Doente, procurando controlar a oxidação excessiva do sangue, transpirando tanto que havia duas pocinhas nas cavidades da base do pescoço — refere-se a um jovem estudante francês que deveria cuidar da mãe doente em Paris, mas que, ao mesmo tempo, deveria ir à Inglaterra para ajudar os franceses livres a combater os nacional-socialistas. Agora, tendo em mente que há varios tipos de *dever*... deve-se doar a instituições de caridade, por exemplo, mas nem sempre se faz isso; é *ideal*, porém nao é *obrigatório*... tendo isso em mente, o que ele faria?

Archie zombou:

— Mas que pergunta mais idiota. *Pense bem*. — Gesticulou com a arma, afastando-a do rosto do Doutor e batendo com o cano na própria têmpora. — No fim das contas, vai fazer a coisa com que mais se importa. Ou ama o país, ou ama a velha mãe.

— Mas e no caso de se importar igualmente com as duas opções? Quero dizer, o país e a "velha mãe". E se for obrigado a fazer as duas coisas?

Archie não se deixou impressionar.

— Bom, é melhor só fazer uma e seguir em frente.

— O francês concorda com você — retrucou o Doutor esboçando um sorriso. — Se nenhum dos dois imperativos pode ser anulado, então escolha um, e, como disse você, siga em frente. O homem faz a si mesmo, afinal. E é responsável pelo que faz.

— Então é isso. Fim de conversa.

Archie abriu as pernas, distribuiu o peso, pronto para levar o coice, e engatilhou a arma novamente.

— Mas... mas... reflita... por favor, meu amigo... procure refletir... — O Doutor caiu de joelhos, fazendo subir uma nuvem de pó que se levantou e caiu como um suspiro.

— De pé — arquejou Archie, horrorizado com a torrente de sangue dos olhos, a mão em sua perna e em seguida a boca em sua bota. — Por favor, não há necessidade de...

Mas o Doutor agarrou a parte de trás dos joelhos de Archie.

— Reflita... por favor... qualquer coisa pode acontecer... Talvez eu ainda me redima ante os seus olhos... ou você talvez esteja enganado... sua decisão talvez se volte contra você como a de Édipo se voltou, horrível e mutilado! Não pode afirmar com segurança!

Archie segurou o Doutor pelo braço magro, tornou a pô-lo de pé e começou a berrar.

— Escute aqui, camarada. Agora você me irritou. Não sou um porra de adivinho. O mundo bem que pode acabar amanhã. Mas tenho que fazer isso *agora*. O Sam está me *esperando*. Por favor — disse Archie, porque a mão estava tremendo e sua determinação o estava abandonando às pressas —, *por favor*, pare de falar. Eu não sou adivinho.

Mas o Doutor desmoronou mais uma vez, como uma caixa de surpresas.

— Não... não... não somos adivinhos. Eu jamais poderia ter previsto que minha vida terminaria nas mãos de um menino... Coríntios I, capítulo 13, versículo 8: *Onde houver profecias, serão aniquiladas; onde houver línguas, cessarão; onde houver ciência, passará. Porque em parte conhecemos, e em parte profetizamos. Quando, porém, vier o que é perfeito, então o que é em parte será aniquilado*. Mas quando virá? Quanto a mim, cansei de esperar. É uma coisa terrível conhecer apenas em parte. Uma coisa terrível não ter a perfeição, a perfeição humana, quando é tão facilmente acessível. — O Doutor se ergueu e tentou alcançar Archie na hora em que Archie recuou. — Se ao menos fôssemos bastante corajosos para tomar as decisões que precisam ser tomadas... entre os que merecem ser salvos e o resto... É um crime querer...

— Por favor, *por favor* — disse Archie, envergonhado por se pegar chorando, não lágrimas vermelhas como as do Doutor, mas espessas, translúcidas e salgadas. — Não se mexa daí. Por favor, pare de falar. *Por favor*.

— E, depois, penso no perverso alemão, Friedrich. Imagine o mundo sem princípio ou fim, meu rapaz. — Cuspiu esta última palavra, *rapaz*, e foi um ladrão que alterou o equilíbrio de poder entre eles, roubando a força que restava em Archie e dispersando-a no vento. — Imagine, *se puder*, acontecimentos no mundo tendo lugar repetidamente, interminavelmente, como sempre tiveram lugar...

— Não se mexa daí, porra!

— Imagine esta guerra acontecendo milhões e milhões de vezes...

— Não, muito obrigado — disse Archie, engasgando-se com ranho. — Já foi bastante ruim nesta primeira vez.

— Não é uma proposta séria. É um teste. Apenas os que são suficientemente fortes e bem-dispostos para a vida para afirmá-la, mesmo que simplesmente continue a se repetir, possuem o necessário para resistir à pior escuridão. Eu vi as coisas que fiz se repetirem infinitamente. Eu sou um dos seguros. Mas você não é um deles...

— Por favor, pare de falar, *por favor*, para eu poder...

A decisão que você tomar, Archie — disse o Doutor Doente, traindo um conhecimento que possuía desde o início, o nome do rapaz, o qual vinha esperando para empregar quando exercesse o maior impacto —, consegue vê-la repetida interminavelmente, por toda a eternidade? Consegue?

— Eu tenho uma moeda! — bradou Archie, *berrou* de júbilo, porque acabara de se lembrar dela. — Eu tenho uma moeda!

O Doutor Doente pareceu confuso e interrompeu os trôpegos passos de avanço.

— Ah! Eu tenho uma moeda, seu besta. Ah! Ó, para você!

Depois, outro passo. As mãos estendendo-se, as palmas para cima, inocente.

— Não se aproxime. Fique aí onde está. Ótimo. Vamos fazer o seguinte. Chega de falação. Vou pôr a minha arma aqui... devagar... *aqui*. — Archie se agachou e depositou a arma no chão, mais ou menos entre os dois. — Para mostrar que pode confiar em mim. Cumpro o que falo. E agora vou atirar esta moeda. Se for cara, vou matar você.

— Mas... — disse o Doutor Doente. E, pela primeira vez, Archie viu algo parecido com um medo genuíno nos olhos dele, o mesmo medo que Archie sentiu tão profundamente que mal conseguia falar.

— Se for coroa, não vou. Não, não quero falar disso. Não sou pensador, pensando bem. É o melhor que posso oferecer. Então, lá vai.

A moeda se elevou e girou no ar tal como uma moeda sempre se elevaria e giraria num mundo perfeito, refletindo sua luz e depois revelando sua escuridão, o tempo suficiente para hipnotizar um homem. Depois, num determinado ponto da ascensão vitoriosa, começou a formar um arco, o arco saiu errado e Archibald se deu conta de que ela não voltaria para ele de modo algum, que iria para trás dele, para bem longe atrás dele, e ele se virou para observá-la cair na terra. Estava abaixando-se para apanhá-la quando um disparo ecoou e ele sentiu uma dor ardente na coxa direita. Olhou para baixo. Sangue. A bala atravessara a coxa, por pouco não atingindo o osso, mas deixara um fragmento da cápsula encravado bem fundo na carne. Era uma dor ao mesmo tempo pungente e estranhamente distante. Archie se virou e viu o Doutor Doente semicurvado, a arma pendendo frouxamente na mão direita.

— Puta merda! Por que fez isso? — disse Archie furioso, arrancando a arma da mão do Doutor, fácil e energicamente. — É coroa. Está vendo? É coroa. Olha aqui. Coroa. Era co-ro-a.

∽

Então Archie lá está, na trajetória da bala, prestes a fazer algo insólito mesmo para a tevê: salvar o mesmo homem duas vezes e com o mesmo sem-pé-nem-cabeça da primeira vez. E esse negócio de salvar gente é uma mixórdia. Todo mundo na sala observa horrizado ele ser alvejado na coxa, direto no fêmur, rodopiar com uma dose de melodrama e tombar bem em cima da caixa de vidro do camundongo. Fragmentos de vidro sobre todo o cenário. Que desempenho! Se fosse na tevê, a gente ouviria o saxofone em som quadrifônico, os créditos passando.

Mas primeiro os lances finais. Porque ao que parece, não importa o que se pense deles, eles devem ser jogados, ainda que, como a independência da Índia ou da Jamaica, como a assinatura de tratados de paz ou o atracamento de navios de passageiros, o fim seja simplesmente o começo de uma história ainda mais longa. A mesma equipe que escolheu a cor desta sala, o carpete e as fontes tipográficas dos pôsteres, a altura da mesa teria sem dúvida assinalado a caixa de seleção que pede que todas essas coisas sejam disputadas até o final... e há, seguramente, um modelo demográfico para os que desejam verificar as declarações das testemunhas oculares que identificaram Magid inúmeras vezes como Millat, as confusas transcrições, o videoteipe de vítimas e famílias que se recusam a cooperar, um caso judicial tão improvável que o juiz se deu por vencido e determinou quatrocentas horas de trabalho comunitário para os gêmeos, que serviram, evidentemente, como jardineiros no novo projeto de Joyce, um vasto parque do milênio nas margens do rio Tâmisa...

E são jovens mulheres profissionais entre dezoito e trinta e dois anos de idade as que gostariam de um instantâneo daqui a sete anos de Irie, Joshua e Hortense sentados numa praia do mar do Caribe (porque Irie e Joshua acabaram se tornando amantes; a gente só consegue evitar a sina por pouco tempo), enquanto a filhinha sem pai de Irie escreve cartões-postais carinhosos para o *Mau Tio Millat* e o *Bom Tio Magid* e se sente livre como Pinóquio, um boneco recortado de complicações paternais? E seria possível que em grande parte é a classe de criminosos e os idosos os que se sentem desejosos de apostar no vencedor de um jogo de vinte-e-um, jogado por Alsana e Samad, Archie e Clara no O'Connell's, no dia 31 de dezembro de 1999, na noite histórica em que Abdul-Mickey enfim abriu suas portas para mulheres?

Mas, sem dúvida, contar histórias extravagantes como essas e outras semelhantes seria difundir o mito, a mentira deslavada, de que o tempo é sempre passado e o futuro, perfeito. E, como Archie sabe, não é assim. Nunca foi assim.

Mas seria um interessante levantamento (que tipo de decisão você tomaria) examinar o presente e dividir os espectadores em dois grupos: aqueles cujos olhos depararam com um homem a sangrar, caído sobre uma mesa, e aqueles que observaram a fuga de um rebelde camundongozinho castanho. Archie, por exemplo, observou o camundongo. Observou-o ficar imóvel por um segundo com um ar de presunção, como se esperasse nada menos que isso. Observou-o escapar correndo sobre sua mão. Observou-o se precipitar ao longo da mesa, e pelas mãos daqueles que desejavam encurralá-lo. Observou-o saltar da extremidade e sumir pelo respiradouro. *Siga em frente, meu filho!*, pensou Archie.

ESTA OBRA FOI COMPOSTA EM ELECTRA PELA SPRESS E IMPRESSA PELA PROL EDITORA GRÁFICA EM OFSETE SOBRE PAPEL PÓLEN SOFT DA COMPANHIA SUZANO PARA A EDITORA SCHWARCZ EM MARÇO DE 2003